二月河文集

乾隆皇帝

皇帝

二月河 著

秋声紫苑

长江出版传媒
长江文艺出版社

图书在版编目（ＣＩＰ）数据

乾隆皇帝. 卷六，秋声紫苑 / 二月河著. -- 武汉 ：
长江文艺出版社， 2018.11（2019.1 重印）
　　（二月河文集）
　　ISBN 978-7-5354-8317-1

　　Ⅰ．①乾… Ⅱ．①二… Ⅲ．①长篇历史小说－中国－
当代 Ⅳ．①I247.5

中国版本图书馆 CIP 数据核字(2017)第 298811 号

责任编辑：张远林　　周　阳　　　　　责任校对：陈　琪
封面设计：翟跃飞　　　　　　　　　　责任印制：邱　莉　杨　帆

出版：　长江出版传媒　　长江文艺出版社
地址：武汉市雄楚大街 268 号　　　　邮编：430070
发行：长江文艺出版社
电话：027—87679360
http://www.cjlap.com
印刷：中印南方印刷有限公司

开本：700 毫米×1000 毫米　　1/16　　印张：27.75　　插页：8 页
版次：2018 年 11 月第 1 版　　　　　2019 年 1 月第 2 次印刷
字数：347 千字

定价：350.00 元（全六册）

乾 隆 皇 帝

菩萨娘娘……」

佛，南无观世音

爷……阿弥陀

神佑护我们十五

「天爷！这是山

了。惠儿道：

噜了一声，去远

那畜牲喉咙里呼

子对峙相视……

满把是汗，和豹

三个人捏得

王炎居然提前弃寨，主动前来攻击！福康安千思万虑挖空心思，也没想到他有这个胆略！这下子变起仓猝……

「朝廷人事

要有变更。」和

琳敛了笑容说

道，「这是内廷

老赵说的，广东

那头告李侍尧的

密折三五天就是

一匣子……」

『纪昀听

旨!』王廉也不

进屋，口宣谕旨

道，『……故免

一死，着发往迪

化军前效力，续

功赎罪。钦

此!』

乾隆浑身乱
颤，看着不依不
饶的那拉氏，向
前抢了一步，一
脚踢翻了桌
子……

「丧师辱

国，逃回去也是

死。」兆惠自失

地一笑，……

「皇上要的是

「急进」，七月

打下金鸡堡，压

根是办不到的

事。」

那拉氏满身满心都是躁火，举起剪刀，说道：「我不要做这皇后，做姑姑去！」说着绺绺发丝随剪而落……乾隆惊怔了……

福康安稳稳
神，沉着地说
道：「八卦山一
战壮了我的军
威，高涨了我的
士气；诸罗一战
我原计划是十天
结束，结果只用
了八个时辰。」

吟唱声中，颙琰当先，颙璇、颙理、颙璘（其余诸子已先后善终）随后，大片文武官员是纪昀为首鹭行鹤步亦行亦趋迎上来。

乾隆皇帝

乾隆又沉默一

会儿，不无伤怀地

叹了口气，说道：

「好吧……朕是看

着你长成的，信任

到底吧。朕亲手授

玺，你叫礼部预备

仪节。要当殿申明

你方才说的那个条

陈……」

目　录

第一回　落拓皇子再复蒙尘
　　　　　桃花源里聊作避世

　　"老老老总！"那个"聚赌"的男人结结巴巴哀恳道，"银子我有，怕劫了，都存在这里钱庄上……宽限一夜，明儿日头出来就送过来……"他刚说完，那个哨长嘻地一笑，说道："成啊！你回去吧，她们留下……嘿嘿嘿……明早带钱赎人！"便听一群人嗷声欢呼："郭头儿圣明！你回去弄钱，女人们留下！""明天送不来不要紧，后日也成啊！""大后日也好啊！"……

　　至此颙琰等已经听得明白，这起子败兵借捉赌为名，不但敲诈钱财，还要奸宿良家妇女，竟是比土匪还坏了十倍。颙琰想不到山东绿营军纪败坏到这份儿上，听着隔壁淫言浪语调弄嘲谑女人，气得头一阵阵发昏，手脚都冰凉，正没奈何时，听那商人的妇人"呜"的一声号啕大哭，接着三个女人也一递一声哀哀大恸，那妇人边哭边抱怨丈夫："你个杀千刀的……我说城里我姐家里穷，给几两银子住她家里……就是土炎反贼杀进城，有这么糟心么？就是土匪绑票……也还有个规矩的啊……你这死人，八辈子没积德的……倒说我头发长见识短……"颙琰几人听着，一直觉得这个男人是个窝囊废，正思量间，那男人又说话了，已没了原来那份可怜兮兮的懦气：

　　"长官！"那男的说道，"哪里不是好相识，何必把人赶尽杀绝呢？我乔家瑞在平邑不是无名之辈，死了的县太爷陈英是我表兄，你们兖州府刘希尧镇台是我把兄——不是官亲我还不离平邑城呢！——这样，我说两个章程你选一个，依我，两好合一好过后是朋友。不听，你们今夜杀了我一家五口，那也是我的命。只一句话劝你，要杀杀得一口气也别留，免得你日后招祸！"

　　他这一番话不卑不亢不疾不徐，说得金石有声，似乎倒把那群兵镇住了。静了片刻才听姓郭的笑道:"还有这一手,敲山震虎么?不怕欠债的精穷,就怕讨债的英雄。不逼你,也没有什么'章程'——说说看!"乔家瑞道:"一条,我写五十两借据给你,放我合家走。二条我留下作当头,放我家人走,明早提银子来,也是五十两。弟兄们维持这里治安不容易,想玩女人,使银子到花翠阁。要是还不如意,那我方才说了,悉听尊命!"

一阵衣裳窸窣响过,这些兵士们似乎犹豫着交换了眼色,郭头儿道:"写一百两,你们走路。不怕你飞了天上去——告诉你,别想着有什么他妈的镇台撑腰,平邑坏了事,他早撤差了!老子们这里辛苦,一文钱饷也没有,不从你们这些老财身上打主意,我们喝西北风?"

这也是一篇道理,这屋里四个人已经怔了,只听隔壁磨墨囊囊落笔索索,乔家瑞写据画押摁手印儿,带着家人脚步杂沓离去,犹自远远闻得哭声,四个人料是今夜无事,都松了一口气,刚要再睡,那个郭头儿问:"都收齐了没有?老吴你点过是多少?"

"收得差不多了。连乔家瑞的算上四百多两。"那个尖嗓门儿笑道。颙琰等此时才知道他姓吴,听他说道:"有些只住一夜的,像这样的——"他顿了一小歇,似乎朝东屋里指戳了一下"——就免收了。您的话,传出去名声不好——"他话没说完便被打断了:"屎!要行善,庙里去!我方才到账房查了一下,身份引子都没有,存在柜上的银子有一百多两——是好人歹人还说不定呐!"

这屋里四个人顿时心里一紧:这是说到我们了!他们本来都是和衣而卧,不约而同地坐起身来,暗地里四双眼睛会意顾盼,王尔烈便吩咐:"小任子打火,点灯!"就听隔壁姓郭的怪怪地笑一声道:"嗬!跟老子拧劲儿挺腰子了?我还没发话他就'小任子,点灯'!——过去查!"

那屋里一阵床上响动,提棍子带刀碰得丁零当啷,接着一阵脚步声,门"砰"地一关,隔壁不隔门的几步就到,四个人下床,便见草帘子"唰"地一掀,五六个穿号褂子的兵已闯了进来,带进来的风把刚点着的小油灯吹得一暗,少顷才又复光明。颙琰看时,进来这群人共是六个,都甚是粗壮,只为首的那个郭头儿略瘦矮些,其余五个都挎大刀片子，满脸横肉一手提棍一手提绳，也都在恶狠狠打量颙琰。颙琰心中一阵惊慌，双手紧握着床上杉木沿子，强自镇着心神。王尔烈见打头的高个子像是随时都要扑上来的样子，身子一挺挡到颙琰身前，问道："你们要怎样？"

"要查你们！"姓郭的一双鹰隼三角眼扫来扫去，问道，"哪来的？"

"北京！"王尔烈操一口辽东话，毫不容让地说道。

"哪去？干什么？"

"到枣庄，给内务府采办煤炭！"

"内务府？内务府是做什么的？没听说过这个衙门，只听有个顺天府！"

"内务府比顺天府大一点，比总督衙门小一点，是专门给皇上办差的，你没听说是你这人物太小了！"

姓郭的被王尔烈顶得倒噎了一口气，嘿嘿一笑说道："这年头充大人吃瓜的多了！前日我们查到个小毛头孩子，他愣说他是福四爷的跟班儿的！方才那个肉头掌柜的说跟我们刘镇台是把兄弟！再问，兴许连冒充乾隆皇上的都有！"他连揶揄带挖苦，跟来的几个兵都哈哈大笑，姓郭的倏地一变脸，又问：

"到枣庄来的，为什么不走微山湖？不晓得平邑正打仗？"

"不晓得。我们的堂官就在平邑，不能走微山湖。"

郭头儿用嘴努努众人，又问道："他们是干什么的？""这是我们少东家、石伍爷，他两个是家人，我是账房师爷。"王尔烈道，"我们的货耽误在平邑，上头催得急，明儿得赶到平邑！"郭头儿哼了一声，一拳支颐提脚踏在破条凳上，歪着眼眯缝着看看唬得变颜失色的鲁惠儿，又乜乜紧挨站在颙琰身侧的人精子，格格一笑，说道："你好难剃的头啊！乍刺儿么？你的引子呢？就算内务府，也总该有个证件儿吧？"

"引子在包裹里头，还有盘缠，怕放这里叫人讹了去或偷了抢了，都存了店里。"王尔烈棱着眉头说道，"我倒要拿引子，店伙计说住一宿就走的事，不用登记——你把他叫来一问就知道。""老子没工夫！"郭头儿收了一脸阴笑，站直了身子，抬手指定了鲁惠儿，说道，"清平世界朗朗乾坤，为什么女扮男装？弟兄们，你们说这起子人可疑不可疑？"

"可疑!"

士兵们提足了嗓门齐声叫道。连隔壁没过来的兵也跟着嚷嚷。"太他妈可疑了!"郭头儿道,"带我们屋里审去! 你是铁公鸡,我有钢钳子,不信拔不了你毛!"几个兵丁便厉声喝叫:"走,统统过去!"

"慢!"坐在床沿上的颙琰忽然一摆手大声说道,"你们是什么人? 你有勘合引子么? 征收钱粮是地方官的事,绿营兵有这个权? 你大胆妄为! 你比土匪不如!"郭头儿凑过来,嘻嘻一笑,像瞧什么稀罕物儿似的盯着颙琰,满口酒臭熏得颙琰身子直趔,"怎么,老爷是土匪? 土匪就土匪,不当土匪谁给吃喝儿? 你这不谙世事的小兔崽子,老子——"

他伸手就抓颙琰领子,人精子在旁再也不敢忍耐,又不敢违了颙琰不杀人的禁令,在旁一伸左手拃了他下颏,右臂急速出掌插入郭头儿怀内,只一振,那郭头儿半句话没完"妈呀"大叫一声,纸鹞子一般向后"飘"去,"呼嗵"一声全身砸在苇笆墙上,把苇笆砸得稀烂,人已是过了隔壁,屋里顿时泥皮草节乱飞,溅起的灰尘雾一样腾空而起。

这下子连隔壁都乱起来,一片叫骂声中夹着叽里咕隆乱响,喊着:"有贼!""强盗下山了!"拔刀持棍有的往外逃,有的从窟窿里往这边钻……姓郭的大约头在什么地方碰了一下,一手提刀一手捂头顶儿晃荡着又钻回来,指着颙琰大叫:"他们都是贼,兄弟们,咱们人多,拿下他们请赏呀!"一时便听店外大锣筛得满街响成一片:"点灯笼上火把,恶虎村丁们拿了贼祭村神啊——"顿时街上也热闹起来,各户壮丁招呼着,呼喊着"护村",叫骂着渐渐近来,鸡飞狗吠的似乎满村是人沸涌而来。

眼见就要吃大亏,人精子急得通身冒出汗来,见王尔烈拧着眉头兀自想主意,颙琰犹自强作镇静,煞白着脸叫:"叫他们来,叫他们都来,敢造反么?!"惠儿还忙着跪趴在炕上死命拽着拉行李搭子。人精子听得清爽,外头的兵已经跑步包围这房子,真的急了,一跃上床,从行李搭子里抽出乾隆赐给颙琰的短枪和那串黄蛇似的枪子带儿,一兜儿捧给颙琰,急急说道:"这里不比黄花镇,三十六计——走! 爷带上这,他两个跟着,我断后——有拦着的,把慈悲放放,冲他脑袋瓜子就开火儿!"那郭头儿还站在苇笆窟窿口,怔怔看着他们张忙,此刻才醒过神来,踩脚扯嗓子，使出吃奶的劲大叫："堵住门！狗日的要走！"

"砰！"

一声脆响打得郭头儿噤了声，也盖倒了屋里屋外的人声——是颙琰冲郭头儿开了枪，连他自己也吓了个怔：七岁之后他和哥哥弟弟天天较射，年年秋猎，射狼射豹十发九中的。但对准人开枪还是头一回，仓皇间没有半点准头，那子弹打在郭头儿脚前，地上崩了个花儿又跳起来，打在郭头儿手掌上，顿时淌下血来。郭头儿也是个懵怔：这是什么枪？只有一个子儿，崩地下跳起还能伤人？——也不用点捻儿！

就这一瞬间隙，趁里外人都发愣，人精子一个箭步冲到郭头儿身边，一膀夹定了他，一手用匕首比着他项间，拖了就走，到门口一脚踢落了草帘子，已见满院十几个火把耀得雪亮，四十多个兵士犹自张口瞪眼痴痴茫茫看着屋门——腋下用了点劲，夹得郭头儿紫头涨脸气也难喘。人精子虎势汹汹一脸杀气站在门口大喝道："识相的闪开，放我们走路！谁敢乱动，我稍一用力就夹死他！"一个大个子像是副头儿，结结巴巴问："好汉！哪……哪山头的？敢在这村作案！我们闪开……你把人放下……"

"放屁！你懂规矩不懂？闪开！"人精子大喝道，"到村外放人！"

士兵们你望我看你，又看郭头儿，似乎等他发话，但郭头儿实被人精子夹得死死的，只有憋着气挣命的份，眼瞪得溜圆，一个字也说不出，螃蟹似的手脚乱扎煞身子动不得。僵持移时，官军们软了，慢慢的，似乎有点懒散样儿闪开一个丈许宽的口子，人精子让王尔烈和惠儿走前，颙琰端枪随着，自己在最后边，夹拖着半死的郭头儿出店，那群兵刀枪火铳都有，只是投鼠忌器，跟在后头又像押送又像送行步步尾随。这时店外人聚了三四百，灯笼火把通照，这阵势看得分明，谁敢向前逞能？

直出恶虎村约二里之遥，已是到了泗水河边。这里没有桥，官道就淹在浅水底下，旁边是一步一跨的过河石碡。暗幽幽的河水裹着碎冰残雪就从石碡间潺潺流去。官兵们见他们踩石过河，有人便喊："喂！好汉，说话算话，该放我们人了吧！"人精子情知一旦放掉郭头儿，官兵就会像黄蜂样扑过来穷追不舍。掉脸儿对颙琰道："爷们先走！我再顶一阵——进山去，一进山，他们就不敢追了！"颙琰嗫嚅着问道："那……你呢？"

"嘻，这时候了爷还这么婆婆妈妈的！我算什么呀！"人精子跺脚道，"您只管走，我好脱身，也能寻着您！半个时辰后我再离开！"

颙琰还要说什么，王尔烈在旁扯他衣襟，说道："十五爷，这是他的差使，不然就让我留下！"颙琰这才无言，牵了惠儿的手一步一跳，消失在黑暗之中。

这是蒙山南麓的一道百里峡谷，北山逶迤直通龟蒙顶，南山是圣水峪，千沟万壑纵横其间，下面是泗河大川。三个人过河五里许就下了官道，急急如漏网之鱼，忙忙似丧家之犬，见道就走见山就钻。高一脚低一脚踩着乱石间小道走了足两个时辰，颙琰才住了脚，揩着额角顶上的汗余惊未息地说道："大约不要紧了，惠儿已经崴了脚，歇歇儿再说吧。"于是三人在小路边择了石头坐下，却都一时没有言语。

一旦身上汗落，头一条便是觉得奇寒难当，此时定心留神，三人才知是钻进了一个山口，天上的星星被一层薄云盖了，混混沌沌可见东壁西壁都是大山，虽说算不上立陡寡崖，高高地矗立在紫赭色的天空下，有一种压得人透不过气的感觉，满山都是黑森森的杂木，看光景松柏橡杨各色都有，夹山的风里头像带了霜，一阵吹来，袭得人手木脸僵彻心凉透，呼啸如潮的松涛在暗中涌动，老树枝桠就在头顶疯狂地摇动，发出怕人的吱吱咯咯声。王尔烈见颙琰石头人般坐着，惠儿抱胸缩颈瑟瑟发抖，震齿之声迭迭作响。一头思量主意，问惠儿道："咱们的关防文书没丢吧？"

"没，没丢，"惠儿道，"没来得及缝鞋里，在我裌襟里……"

"爷的印呢？"

"真凉啊——我揣在贴身小衣里……"

"有钱没有？"

"…………"

半晌，惠儿才答道："有一点……是十五爷在黄花镇赏我的一支钗子，能……能换两吊……"颙琰自想着心思，听惠儿说话，心中不禁一叹，想说话又抿紧了嘴唇。王尔烈道："两吊也不是个小数目，只这深山老林里头没当铺兑钱……"见颙琰一直沉默兀坐，呵气暖着手又问道，"十五爷，乏了吧？这里忒冷的了，能勉强再走么？"

"也乏也冷。不过我里头是狐皮背心，也还支撑得。"颙琰的声音在夜里显得有些忧郁，"我一会儿想阿玛额娘，一会儿想济南，一会儿又想现在冻饿潦倒。光怪陆离变幻莫测，有点像戏，不信它是真的。"王尔烈笑道："彩云楼阁一弹指幻化为虚。以您的身份受这样折磨，真也是人间奇事……我原想在黄花镇受了一场惊，不会再有那样的事了，不料还有个恶虎村！不讲孟子说的'天将降大任于斯人'那大道理。我的同年郑板桥送我一幅字，写着'吃亏是福'，也就耐人寻味。书本子上读不来，自家磨砺出来，这学问怕是更有用些。"颙琰点头称是，笑道："我见过那幅字，这是个有意思人。皇阿玛叫阿哥们都分派差使，也有个磨砺的意思在里头——"他还要往下说，惠儿在旁突然惊呼一声："有狼！"一下子扑在颙琰怀里，缩在他腋下浑身发抖！

王尔烈和颙琰像被谁掀动了机簧，"霍"地跳起身来，颙琰已是掣枪在手。顺着惠儿手指方向看去，却在下山道上，有个黑黝黝的家伙在蠕动，约可离人五丈远近，小牛犊子般大小，行动似乎不很灵便，因为山口逆风，这畜牲竟没听到坡上头有人说话，狼狼劣劣又上几步，警觉地站住了，一双酒杯大的眼睛似黄似绿，眈眈地微微发光，动也不动望着这边。惠儿眼尖，低声颤颤说道："是只豹子，嘴里头叼着不知什么，是麇子，是羊，看不清……"王尔烈也低声道："十五爷别忙开火……看它动静儿再说……"

三个人捏得满把是汗，和豹子对峙相视，足有一袋烟工夫，那畜牲喉咙里呼噜了一声，将黑线样的尾巴甩了一下，满不情愿地侧转身跳入榛树丛中，一阵响动，去远了。王尔烈以手加额，说道："好险！"惠儿也道："天爷！这是山神佑护我们十五爷……阿弥陀佛，南无观世音菩萨娘娘……"

虽然虚惊一场，但这里是不宜再逗留了，眼见天色更暗，显是将近放曙时分，连道上大石也难以分辨，下坡路又格外难走，三个人王尔烈在前，颙琰居中拉着惠儿，手牵手摸索着一步一步往下挨，听到前头鸡鸣，都是心头一松，这是离村子不远了。不知不觉间，天已经亮了，三个人走出一身汗，微曦曙光下看得清，依旧是身在万山丛中，陡路下来的山窝里横着一个小村庄，只可有八九户人家，都是柴扉茅舍，沿山一溜排开，房后是层层梯田，房前一条径尺小道蜿蜒委蛇通向山下，没在霭雾云海之中，环顾周匝，三个人都站在冻得结结实实的冰面上，棋盘样界着田埂，冰中稻茬微露——原来是一片高山腰里的水稻田——再回头看来路，但见怪石嶙峋荆棘榛莽蓬生掩护，是一条依着山洪泄道修的石头小道，天梯般直向峰顶伸去……不禁都暗自咋舌，昨夜是怎么走过来的？……似乎只在一恍神间，天色已经大亮。王尔烈觉得亮得快，审度形势才明白，这个村子地势极高，东边开阔山口，西边南北两峰间山梁平缓，是个朝阳地方，天赐的一片山窝地腴土肥沃，山水从峰边绕过来改成了稻田。见土垣门户前大柳成行，空场上秸草堆垛、碌石碾盘井臼一应俱全，静静地卧在薄曦之中，甚是安谧恬祥。王尔烈不禁暗想：这是个读书的好地方儿，正要说话，颙琰笑道："柳暗花明又一村，好去处！"惠儿看着二人形容儿，王尔烈一身酱色袍褂尽都是挂破的三角口子，左一片右一片挂在身上，一说一动浑身破布乱飘。颙琰也是一般形容，辫上发上沾的都是草节儿，腰里束着的子弹条儿半悬着晃荡，腮边还挂破了一条细细的血痕。两个人都是灰头土脸的犹自不觉。惠儿刚要笑，立刻想到自己，低头看时，裤角也裂了一道大口子，棉鞋也绽了花，忙去摸褂襟，关防文书还在，这才放心，紧揩了一把自己的脸，蹲了身子替颙琰拍打身上的灰土，拨剔头发里的苍耳子儿钩针草之属，说道："王老爷好歹也收拾收拾，这山上敢情有煤！怎么您就弄得灶王爷似的？"说着，又看一眼颙琰，低头吭吭地笑。颙琰和王尔烈这才留意对方，也都掩口胡卢而笑，却也无可"收拾"，只用袖子揩面，剔草节儿拍打灰土而已。听见村里有了动静，颙琰笑道："现在最要紧的是吃顿饱饭，歇歇，弄清楚我们在哪儿才好打算。我这阵子饿上来了呢！"王尔烈道："那边有人出来打水，村里有炊烟就有饭。十五爷，咱们讨饭去！"惠儿指着下山路口一家说道："我看清了，那一家人家烟冒得早。就去他家，要再有什么凶险，逃着也方便些。"她替颙琰把枪子带儿掖进褂襟里系在腰带上，又道："爷把枪掖袍子里，这么着进去人家一见您就吓得咋唬起来了，可怎么好？"

　　一时收拾停当，惠儿看看仍旧不成模样，却也无可设法，只道："进了人家有针有线就好弄了——趁着人少，咱们叫门去。"说罢三人向村里走，已见炎炎红日依地平冉冉而起，腌鸡蛋黄儿似的被云海托着，淡淡的日色映过来，已微有一丝暖意。村里的水井靠着稻场西边，有两个人慢悠悠用扁担摆桶打水，听见狗叫声，只远远瞭着看了一会儿，又低头打水，没有人过来啰唣。他们小心翼翼穿过稻田，踏着池塘上的冰上了岸，径到东首第一家，那门是荆柴编的，院墙也是柴编，轻轻拍了两下，连墙都一阵摇，便听院里一阵鹅叫，"哦哦——哦——！"一声高一声传来，一个老太太的声气隔门问道："是谁啊？"

　　"我们是过路的。"惠儿看一眼王尔烈，答道，"夜里遇了劫道儿的……逃到这儿。大娘行行好，留我们吃顿饭……"里边的老太太没有答话，却有个小孩子声音极响极尖亮喊着道："太婆！是过路的！要在咱家吃饭！"三人这才知道老太太重听，听那老太太咳了一声道："谁背房子走道儿呢？石头，给客人开门！"小石头答应着蹿跳出来，轰撵了鹅才打开门，却是个七八岁的小把戏，统着个大棉袄裹了全身，仰着头上的"朝天蹶"儿眨巴着眼打量眼前二男一女，半晌，回头叫道："他们从凉风口过来的！真的遇了山王爷了！"爽快地开了门，说道："进来吧。"老太太正在屋门口择菜，已经站起身，觑眼儿看着三人，说道："堂屋里坐吧。水已经烧开了，石头给爷台们沏茶。他爷打水去了，一会回来下米做饭……唉……出门人不易啊……不是逼到死路上，谁肯夜里走凉风口呢？不易啊……"念叨着，由三人坐了，仍旧择干菜。

　　这是三间低矮的茅草房，全都用板石叠起，泥皮封得严严实实，因为朝阳，又在村口，并不显得狭窄潮暗，宽大的院落里连鸡笼鹅屋牛棚都是石砌的，墙边垛得高高的都是柴桦子，扫得一根草节儿不见，柔和的阳光几乎从东边平射进屋，石桌子石墩子石头神案子石头神龛，静静晒在那里，一落座便觉心里踏实平安。颙琰见石头忙着在东间灶里添柴加水，寻话问道："老人家贵姓？"

　　"啥？"

　　"你姓啥？"惠儿大声道。

　　"噢……俺姓石，石王氏。他爷叫石栓柱……打水去了。一会回来。"

"您老多大岁数了？"惠儿又大声问道。

这下子老太太听清了，"唉"地叹了一声，说道："九十九了！该死了，棺材板儿都放朽了，坟坑儿也刨好了……老不死，老不死……越老越不死，阎王不收，唉……"三个人惊异地对视一眼，这石王氏怎么瞧也过不了八十，想不到这么高寿！小石头端着大茶碗每人上了一碗茶，笑嘻嘻说道："野茶，山里头的黄芹叶子做的，喝吧——别听我太婆的，她今年一百一十一了！明年你再问，她还是'九十九'！"

三人不禁相顾骇然，却是谁也不相信。王尔烈屈指算了算，大声问道："吴三桂你知不知道？""吴三桂啊？知道，知——道。"老太太瘪着凹陷的腮，细心地掐掉一根野菜根，口里喃喃说道，"还有耿（精忠）王爷尚（可喜）王爷，起反哪！遍世界都是兵，一亩地要缴五斗军粮啊……那年我十七，刚出阁……他大爷爷还没出世啊……那世道不好，一斤盐要一斗米换，豆腐涨到七文钱。我坐月子只吃了一斤豆腐，红糖也没有……造孽啊……我活了九十九岁，再没经过那年月……"

——她说的正是开国之初的"三藩之乱"。这的的确确是一百一十多岁的老人了，事件都记着，年头活乱了，仍旧固执地认为自己"九十九"——民间原也有些忌讳，三个人听她絮叨"早年"脸上不禁莞尔。趁她说话，惠儿寻石头要来针线站在颙琰身后联补衣裳。

略待一时，石头爷爷也回来了。他本人并没有挑水，身后跟着个四十多岁的中年汉子，肩上压着水担子。这老汉看去有六十多岁，身材不高，瞧着憨厚壮实，走道儿石板地咚咚作响，小石头欢蹦乱跳迎上去喊"七叔"，帮着掀缸盖儿，又嚷着："爷，来客了——打凉风口夜里过来的！"老栓柱只冲三人笑了笑，却对壮年人道："山娃子，过你四婶屋里，就说有客，叫她烙几张煎饼子送过来。跟石头二哥说，太婆这儿有客，要碾米，驴不能下山驮盐，明儿个再下山吧！"壮年人往缸里倒水，口里答应着，也对三人一笑，去了。老栓柱这才道："摆桶不小心脱钩儿了，井边都是冰，就叫他七叔帮着捞上来了。唉……我也快不中用了。"

说话间老汉搬出饭来，是煮熬得胶粘的玉米粒子粥加的黄豆，红椒酸菜，咸黄豆，盐调红白萝卜，炒干漉豆角，都用大得出奇的老粗瓷碗盛得岗尖，馏出的小米棒子面窝头金黄金黄，小的也有拳来大，还有一把洗净了的葱，一碟子豆瓣酱。虽是山农粗饭，倒也琳琅满目的，大冒着热气。三个人连惊带吓奔波一夜，早已饥肠辘辘，看这桌饭菜，都眼中出火。一时又见个壮年妇人端着一摞子煎饼过来，焦黄喷香的更是撩人馋虫，却都矜持着拿客人身份。老栓柱却不惯待客，见那妇人要走，讷讷说道："他四婶，你也来坐。我，我吃过得赶紧上山，山上下着夹子①呢！"那妇人也就不客气，家家常常坐了，笑道："三哥就这样儿，见生人就出汗。来！跟自己家一样，吃不饱怪自己啦——老祖宗，你还是一味萝卜？我烙的饼加葱花儿，香呐！来一张？"说着递煎饼，老太太却推开了，说道："你别管我！"颙琰取过饼卷了葱，学着惠儿的样抹了酱，咬一口，赞道："香！果然是好！"那四婶笑道："果然——原来这个饼在你那块叫'果然'——这个名儿真排场！"众人听了都是一笑。

于是众人边吃边说笑，也亏得了四婶，干练麻利口齿便捷，加上小石头，搅得满桌热闹。闲话里打问，才知这村就叫凉风口，九户人家都姓石，石王氏就是这村的老祖宗，由各家轮月供饭，衣服用具都是祠堂兑份子养她。从凉风口下去十里山道，沿途还有两个村子都是石家子孙，有新鲜饭食猎物也都要孝敬这老太太。因为山太高，官府征赋只征到下头两个石家村，凉风口并没有征赋征税这一说，四婶说："我才嫁上来，成日哭，说这上不沾天下不着地儿的，算倒了八辈子血霉的。后来看看，没有里长也没甲长，没有半夜里拍门打户的催粮要租子的，扒房子揭瓦要账的，种菜吃菜种粮吃粮，吃米有碾房，石头榨房能打油，除了下山驮盐什么也不缺！——我哥上来看看，说上哪寻恁好的地方？带着鹿角虎骨下山去了，我看着他走，哭着哭着想起他的话，又扑哧笑了！"她又叹口气道，"唉……就是想我爹我娘，也想逛逛集看看戏什么的……"石栓柱听她絮叨，扒着碗底的饭硬撅撅说了句："知足吧！"颙琰只是笑听，矜持着但毫不犹豫地喝粥，吃了煎饼又吃窝头，夹了豆角又夹萝卜，只觉得样样都好。王尔烈又问及这里山寨上情形，又问县城

---

① 夹子，捕捉猎物在陷阱中设置的猎器。

多远。

"你瞅——"四婶用榛木筷子迎门指着远处，"那就是龟蒙顶儿，下头是山神庙，再往南就是平邑城。听上来的货郎担儿说，龚寨主吃错了药，起反了，还有个叫王什么的，是军师，端了平邑城。"颙琰问道："平邑有多远？""下山十里上山十里二十里。"四婶说道，"——凉风口上头也有寨子。那头圣水峪也有寨子，都只有百十号人，也常打我们这过路。听说是各寨都封寨封山了，这时候都怕招了官兵来打，不劫道儿的，你们怎么就遇上了？"颙琰笑而不答，问道："你们离山寨这么近，难道大王们不来打劫？"石头在旁大声道："他们不劫我们，还给我糖豆儿吃！"老栓柱道："人家讲究个兔子不吃窝边草。那都是些可怜人，山底下抗租或者偷了人家抢了人家，官府里逮人待不住上山来的……""是了。"四婶道，"这道上规矩劫财不杀人。山底下老财才怕他们，有绑票上山，宁死不出一文钱的，也要撕票。别说土匪，那还是个人，就是这山上老虎豹子，有一口吃的，也轻易不伤人的。我就见过几回，口里衔着只兔子，看你几眼，猫噙老鼠似的就躲开了——我们这村里晚上要放只羊出去，大畜牲来了尽着它叼走，它愣不伤人！"

颙琰已经吃饱，放下碗叹道："这个村子有意思。苛政猛于虎——大婶算是给《礼记》下了个注脚。"王尔烈抹着嘴笑道："好是好，都这样儿朝廷就征不上钱粮了。梁园虽美，不是久留之地。吃饱了，我们下山去！"惠儿便拔下头上那钗捧给石王氏，笑着大声道："老寿星！这个孝敬您老啦！"石王氏接过，眯着眼看了看，又还给了惠儿，说道："吃饭不要钱！"栓柱也道："不要钱。"起身摘下墙上挂着的短把矛子道："我上山去了。"四婶道："你们是遇难人，接钱我们成什么人了？这村里上来的货郎子，卖个针头线脑什么的，买货不买货，我们都当客！"王尔烈见石头滴溜溜一双眼看那银钗，笑道："你们不收，石头收了！要不过意儿，给我们带点粮下山，足承你们的情了。"取过钗子塞进石头手中。石头瞧稀罕似的小手捏着看了半日，放在了石桌上，大声道："秋里我爹带我上集，在恶虎村见过这玩意儿！我爹说，等我娶媳妇儿给我买！"说得众人都一笑，石头蹿起身蹦跳出去，一边喊："我去备驴，到碾房碾米！"

当下四婶和惠儿刷碗刷锅，颙琰和王尔烈低声计议，凉风口村离凉风顶土匪寨子只有五里山路，无论如何不是安全之地，看情形福康安已经兵临龟蒙顶，人精子一时失散，又难以和福康安联络，这里土匪封山，也只是观望风色的意思，福康安一战不能打下龟蒙顶，土匪们就都会哄起造反，那就凶险得很了。又和四婶搭讪几句，知道城边官军只是龟缩，没有敢弃营逃跑，山下十里接官亭还有个小驿站，这就定下决心，下山与福康安联络，就在县城附近隐蔽驻节调停调度。正说着，小石头跑跳着回来说："四爷爷也上山了，说是掌子窝里夹住了个野猪，只夹了一条腿，怕它发威挣脱了，大人们都上去了！"四婶隔门道："碾房里现成的稻子，你过去把驴套上，我立马就过去。"王尔烈二人觉得这里说话不方便，也就起身，颙琰道："我们也闲着，和石头一道去就是了。"

碾房就在石王氏宅后，依山势砌的，也是石墙草顶儿，王尔烈和颙琰一路低声商量事情，跟着石头进来，驴已经拴在门口。那小石头却是麻利，也不待王颙二人动手，牵着驴就套上了碾杆，二人帮着摊了稻子，只一霎儿时辰便就停当。可煞作怪的，任凭小石头扬鞭抽肚子打腿，二人在旁吆喝叱呼，那畜牲拧脖子踢腿挣着趔身子，死活就是不肯转圈子，三个人累得呼呼喘粗气，瞪眼无计可施。恰四婶和惠儿一个端簸箕一个提口袋赶来，四婶笑道："怎么不把眼蒙起来？把眼蒙了它就走了。"颙琰和王尔烈不禁诧异：这是什么道道？见石头小手蒙了眼，迟疑着也用双手蒙了眼。

但是听不到驴推碾的声音，只听两个女子格格格嘿嘿嘿……仿佛笑得站不住，颙琰二人放下手，只见四婶提着簸箕弯腰，笑得没了眼睛，惠儿手里握着布袋蹲在地下笑软了，都连气也透不过来，好半日惠儿才换了一口气，指着驴道："四婶说的是驴……把驴眼蒙起它才转碾子呢！"二人方才大悟，不禁放声大笑……

堪堪地碾好米，布袋收口，回到石王氏宅里，四婶给他们装裹物件，山里人厚道，除了一小袋子米，另外还有个布袋，风干羊肉、核桃、山枣，还有党参黄芪也塞了一大包，小石头又从四婶家搬来一架鹿角，还有一小包麝香，也用獾皮袋子塞了个鼓鼓囊囊，石老太太念念叨叨还在说："你们没了盘缠，这够做什么的……"三个人推辞着，见山间小道上爬得满身是汗一个人上来，脖子后头斜插了一面米黄小旗，腰里挂着一面锣，一头走一头敲锣，口里喊："黄家——镖信过山！拜上绿林——好汉，龚三瞎子——造反，天兵征讨——匪叛。从匪——祸灭满门，归顺——就此招安，敬告——列位兄弟，莫失——千载机缘——"脚步跟着锣点喊着口号，从门口匆匆过去，也不和人搭话，渐渐又远去了。

"这是有名的黄天霸家镖头，给山寨子上人送信的。"四婶见他们三人发愣，笑道，"前年王伦造反，也这么喊过山。他这样儿上山，山主爷们不坏他性命……"颙琰听了心里暗喜。

于是三人辞了石家。王尔烈背了那袋米，惠儿扛了核桃枣，颙琰也说不上主子架子，把个獾皮袋子绳儿吊了背在肩上，一步一步趋着下山。又过五七里光景，山道上都无人来往，转过一道漫下坡，面东北山坡地比邻两个村子，中间只隔一个水塘，村里有青堂瓦舍，也有猪圈般的低暗土垣茅棚，已是贫富一目了然，问了问人，果然也都是那凉风口老祖宗的子孙，找人家讨口水喝，男女们一双双乌溜溜的眼不错珠子盯着，生怕人顺手牵羊偷了灶屋的剩饽饽似的……再转弯子又向东南，一路都是缓坡梯田，路上场上牛粪驴粪杂着泥水，地里猪拱羊叫，已显得嘈杂脏污了。因从凉风口下来都是下坡路，出了石家村，三个人都觉得腿软脚脖子酸，看着太阳还不到午时，前头到接官亭还有五里路。又走一程问人，仍说"五里"。颙琰带的东西最少，也耐不得了，一屁股坐了道边土埂子上，悻悻说道："五里，五里！再往前头问，准还是'五里'！"王尔烈知道这位发了阿哥脾气，刚说了句"歇歇也好"，惠儿指着前头道："那是谁？"

第二回　十五皇子危城争功　少壮亲贵奇兵运筹

颙琰顺她指处一看，脱口而出喊道："人精子！"王尔烈也看出来了，米袋子一放扬手就喊："人精子！主子在这儿！"远处但见人精子双手一扬跳起老高，蹿跌着撒欢似的跑过来，到跟前竟绊了个跟跄，就势儿磕下头去，却没有起身，肩膀子双手双脚都剧烈地颤抖着，只是稽颡抽搐，说不出话来。颙琰奇道："你这是闹哪一出儿？山底下出了什么事么？"

"没有……主子，我是喜欢的了……"人精子抬起头，已经满脸是泪，兀自抽搐得浑身颤抖不能自胜，哽咽着说道："从恶虎村到平邑只有两条道，我走的顺河川……到夏集问，到尚营、马家渡口问，都说没人从西往东走……我断着主子走了凉风口，吓得骨头都酥了——就是白天，除了打猎砍柴的，谁敢走那条道儿？没遇着土匪吧？道儿上凶险，老虎豹子熊瞎子也是有的……主子您可怎么对付？方才我还在想，上山寻不着您，我就一头扎了舍身崖拉倒……"他呜的一声放了号啕，"……我的主子呀……您可是吃苦遭难了……"

三个人在凉风口村里憩息消散数时，都已心气平和，乍逢人精子原是欣喜，听他如泣如诉，回思一夜险恶奔波，都有恍若隔世之感，惠儿撑不住便陪哭，王尔烈和颙琰也各自垂泪。良久，颙琰才拭泪笑道："这不是雨过天晴了么！我不觉得怕，倒是身上乏……你来了，我就踏实了。"惠儿便将夜里过山口时遇见豹子的事说了，又笑又哭，说道："我真的吓木了！那两只眼这么大——"她比了两个拳。"——就那么瞅我们！瞅了一会子，呼噜着钻树毛子走了……"王尔烈道："这真正是十五爷的无量福德。我心里想过了这一关，再不会有凶险的了。"人精子道："有凶险没凶险，我是一步也不再离开爷了——我们爷是大命人，虎豹都回避的！"颙琰道："什么大命，不过还不到'投畀豺虎'的地步罢了。"

说笑比划着四人下山，所有的物件自然是人精子一人包揽背了，他还要背颙琰，颙琰笑道："行了行了，我知道你的心——你看看我骑你背上成了什么模样？走，咱们走啊！"

这一来三个人都如释重负，一路走着问人精子，才知道泗水河边他脱身很容易，临走时还在郭头儿身上捋出二十多两散碎银子。平邑城里情形人精子没顾得细打听，人们都说县令是个清官，暴民踹衙门，他先逼着一家子跳井，自己又一绳子吊死在井沿上，说县太爷一个小儿子还活着，云云。说起福康安，只知道他在济南带了"三万人马"，已经把龟蒙顶团团围困，平邑县郊的绿营兵已经奉了福康安的军令派人进驻县城，还有说福康安从济南调了二十门"威武大将军"炮来，要把龟蒙顶炸平，又说还请来了龙虎山真人助阵，防着龚瞎子里头有人施妖法邪术……沸沸扬扬都是道听途说。

"十五爷现在其实是蒙尘民间。"王尔烈边走边道，"要赶紧和兖州钦差行营联络上，有奏章折本随时能转到北京，还有福四爷处也要联络，十五爷在平邑，他有保护责任。这里的驿站不知乱了没有？我们住的吃的要他们管，朝廷的邸报也要他们送的。"人精子听一句答应一句，说道："驿站我进去看了，驿丁们都是本地人。起初乱了一阵子，跑得只剩驿丞和一个伙伕头儿，后来说土匪没占县城，又都回去了。现在都在瞧福四爷的，仗打好了一切平安，打得不好这一大片就全坏了。"颙琰自幼和福康安极相稔熟，深知他的脾性，绝顶聪明又骄纵任性，豪爽侠义又心胸狭窄，要知道自己来平邑"抢功"，没准儿把兵权交过来一古脑儿推卸了站旁边瞧热闹。但这个心思不能对众人说，因斟酌字句说道："福康安是专任讨逆主帅，我们的责任是安抚百姓，不能掣肘。让他放开手脚办军务。我原是想进县城把衙门恢复起来。现在看不必着急。只用兖州的钦差关防知会鲁南各府，沿海各府，江、浙、徽、豫各省留心查拿境口过往人员和出海船只，防着溃散逆匪逃逸。同时要调集粮食囤集兖州府支应军需，军需用不完的善后民用。给福康安咨文用平行关防，除了上头说的，只说我在兖州各县视事策应军务就是，别的不要多说。"他抿了抿嘴唇，问道，"王师傅，你看这样可成？"

他说着，三人都在全神贯注地听，人精子和惠儿是一样的心思：看戏上的小唱本儿鼓儿词摊上说的"太子爷"，高马华轿骑坐了出来游春或私访，逢到冤案平一平，或受奸臣陷害落拓了，又逢良家女子小姐相救了，拥着美人招摇还宫，救忠臣杀奸臣之类的套套儿，哪一条也和颙琰套不上，这说的都是治务经济，一点花哨也没有。若说不是戏，他一挫于黄花镇，再挫于恶虎村，也都是呼吸性命顷刻须臾的凶险，也真的和戏一样惊心动魄。二人都暗自摇头嗟讶：弄不懂这人这事。王尔烈没有听完已经全然明白，颙琰既要管得堂堂正正，还要维护福康安的尊严体面，想的朝廷大局，也若明若暗有点自己的"小局"。品嚼着竟有点"算无遗策"的味道：这么点年纪——谁教他的呢？……想着，口里说道："只有一条要紧，福四爷不知道您在平邑，您的安全就不能要福康安负责了。"

"我不要人为我负责。"颙琰仰了仰脸，只这一刻，也闪露出一分异样的倔强自负，但也只是一闪而过的形容儿，随即一笑，说道，"这是孔子家乡，用孔子一句话说'天生德于予，匪逆其如予何'呢！"王尔烈说起有人筛锣上山的事，问人精子："那人喊的'黄总镖头'是不是黄天霸？黄天霸也来了么？"人精子道："这事我不知道——那是镖行喊山，给山上大王们传言某某局子过山，就用这办法给绿林联络。既有人喊山，必是有点来头的。师父要来了，下山我就知道了。"

一路议论说话，已经来到川下，从这里泗水南流分了岔，东边杂树茂林掩着官道，县城隐约可见，夹岸狭谷中泗水河冰面平滑向南，直通圣水峪，回头再看凉风口，连下边的两个村子也托在云雾中，层云淡霭中绰约只见一条细线似的羊肠小道盘曲蜿蜒隐去。乍然回到车行驴嘶人烟辐辏的市镇，三个人都觉一夜光景不可思议，恍如大梦醒来。眼前镇子东头又一股水注入泗水。官道旁有一六角小亭邻水矗立，亭前一碑石刻分明写着三个大字：

合水峪

旁边一个四合院，全都是卧砖到顶的瓦房，与村镇民舍衔接相连，街上饭店里炒菜的油烟、油条焦葱花儿的香味，还有不知谁家蒸包子蒸出的鲜香一阵阵扑鼻而来，逗得四人食欲大动馋涎欲滴。人精子背了三包子东西走在前头，忽然回身笑指着驿站门口道："十五爷，福至时来三阳开泰——我师父他老人家真的来了！"

在哪里？三个人看时，驿站口一个人也没有，只有一只看门老狗在舔狗食盆子，几只鸡在地下啄食儿。人精子见他们不懂，紧走儿步指了指门框旁的砖墙，说道："瞧见了吧？这是我师父的镖记，他在西边。这么说就是到恶虎村去了——今晚半夜他准又回来！"三个人这才瞧见是个粉笔画的栽倒了的八卦坤象图（☷），中间插一箭头，成了"䷀"的模样，画得极草率流畅。颙琰笑道："你不说我还以为是哪个小孩画的毛毛虫呢！"人精子笑道："坤卦象土，师父姓黄，就是螣蛇的像，爷说的也差不离儿。"

此时不到申牌，颙琰进站痛痛快快洗浴了，惠儿跪在床沿给他按摩揉捏，深沉入梦，王尔烈也是黑甜一觉，都足睡了一个半时辰才起来。一东一西两厢房出门，见惠儿在正间房里蒙眬着眼，边搓洗衣服边栽盹儿，王尔烈笑道："惠儿钓鱼儿呢！"惠儿一惊醒了不禁也笑，颙琰道："叫驿站人给她买布做衣裳，惠儿还是女儿装束好！"说着，人精子抱着一堆文书进来，又点了两支烛，惠儿便忙给手炉子加炭。人精子道："这是近几日的邸报，爷们吃过饭再看。大伙房里饭菜都齐了，请爷们前头用。"颙琰笑道："一道进餐！"人精子道："化装走道儿是不得已儿，我和惠儿这么稳摆大座和爷一道吃饭，哪来那个规矩呢？"颙琰便没话。

一时食毕，颙琰和王尔烈回来，见惠儿还在糊窗缝儿，人精子还在灯下忙着挑选邸报，颙琰便道："剩的饭菜多得很，不吃也糟蹋可惜了，你们吃去。告诉这里驿丞，这是非常之时非常之地，供应不必按十两的例。我们四个人一天一两足够用的了。"人精子和惠儿躬身称是去了。颙琰不言声看他们出去，说道："礼乐二字不可思议。凉风口是桃源世界，这里一样，宫里又一样，各自天渊之别。"

"安上治民，莫善于礼，移风易俗，莫善于乐。"王尔烈引了语录，笑道，"礼就是规矩，是约束，没有规矩约束，君臣、官民、长幼、主仆、夫妇、朋友、六亲九族就全乱了。一旦乱了礼，国即不国，世道也就不成世道，冠履也就倒置，所以鞋子再新不能顶在头上，帽子虽破不能当鞋子用。礼崩乐坏，贵族与庶民同受其难，权奸当道，吃苦的不单是君上。所以上下都要克己复礼，各安其位各安其心，就不致生灵涂炭。所以'礼'字是严酷其形，'爱人'当心，因而子曰'克己复礼为仁'。"

颙琰听他说教颔首微笑，手里拣看着桌上的邸报，信口应道："王炎这个人就是非礼无法。李侍尧来信说北京红果园玄女娘娘庙的人也没见过他，行踪诡秘之极。若真的是林清爽，这次拿住了就好了。我在京查看过旧档案，一枝花党羽里还有个姚秦，也是漏网吞舟之鱼啊！今年总像要出点什么事似的……"看着，眼一亮，说道，"嗯！这是最近的，里头有上谕。"他缓缓坐下了身子。王尔烈见他入神，也就坐下拣看邸报。

但这些邸报都是经过山东巡抚衙门拣视过的了，从道至府、县，与县级不相干的都剔除了出去，许多要紧公事，弹劾奏章都只说了个大概，因县城骚乱，邸报积压着没有送达，王尔烈连看几份，上头还有圣谕"褒扬"国泰的话头，末了才拣出一份，是年节近前的，上头有刘墉在济南发的"钦差宪谕"：

> 东省诸道府州县官员，毋以本钦差查处国泰一案怠忽职守，所有民刑纠案乃及地方治安、赈恤灾民、河防漕运诸事，凡差使在职，勿以省垣人事有所更张有所轻慢。凡有平素阿附国泰于易简，或不得已为谋差营干有所赠贿之事，俱应题章具文，用通封书简寄钦差刘某、和某行在书办房实裹在案，勿以私信交通反增罪戾。前已有谕，本钦差务求穷核国泰于易简辜恩溺职贪赃索贿情由，奉上谕不拟大事株连。举发自新即是悔悟，量法处置即当从轻甚或宽免，此我皇上御极一贯之宗旨。乃有冥顽不灵心存侥幸，转移资产勾连串供之劣员，一旦为同僚举发，则彼为立功，尔为自戕，《大清律》三千章正为汝设，时

至宁不痛悔？即墉亦无可设法矣……

这是下按巡行钦差大臣通常具告文书，文字也并不新鲜，与众不同的只有一条，举发密告的信件文书必须寄到书办房，把熟人同年同乡的私信拒之门外，"杜绝交通"免增营苟舞弊罪庚，说得丁点"指望"也没有。王尔烈想想刘墉那个驼背，那张黑红脸疙瘩扫帚眉三角眼，看人时那副不温不火油盐不浸的神气，不禁暗自一笑，又看几篇没要紧的，接着是洛阳、陕州、西安三府知府"因支应军差不力，运输菜蔬辄有梗阻，据海兰察禀，钦差阿桂已着三员撤差，以其俸禄买购军用菜蔬，亲行押运西宁兆惠处，俟兆惠据情禀后再行发落。军机处备档知道"云云。又见一则情事映入眼帘，是都察院某御史劾奏广东粤海关监督霍立成的。

前十三行设立，乃国家不得已之举，广东华洋杂居，海域交通便捷，外夷、海寇、洋商及岸居传教洋人易于奸宄勾结匪类相连，该衙门实负察奸摘隐羁縻劝化之责。乃据广州府成国运查办外洋所运市布、玻璃大镜货船之中夹带鸦片，解送粤海关监道，仅以没入官收处置，人犯俱保释在外。此关国家体政，且干禁令，不罪而释，刑罚无施，该员何所依律而收没，又据何不行刑询而释放犯律洋人？倘有私相买放情事，则该员枉法辱国之罪何逭？

军机处批："已着两广总督孙士毅查处具报。"又一篇是乾隆诰封黄莺儿的恩旨。却不知是翰林院哪个待诏草拟，写得妙笔生花：

乾清门一等带刀侍卫福康安，志学之年即立功不次，兹已逾冠，正当授室之期。尔父傅恒国之柱石，驱驰蛮疆积劳有疾。尔垣豸冠珥笔黼黻皇猷，镜台举案孝献奉寿。夫冰将迫泮，尚迟穀旦之差；桃已方华，未卜仲春之会。叹三星之在隅，犹五夜之待漏，朕甚悯焉。今特用旨，撤其列星之位，成夫合卺之荣，敕媒氏以平章，幸相公之变理。於戏！天钱撒帐，女床听

鸾鸟之鸣；史笔催妆，银管耀雀钗之色。青绫被好，郎署熏
香；黄纸缄封，夫人锡号。以盈门之喜庆，祷尔父之康寿。休
戚与同之国恩，酬尔父子之忠忱。用是特旨，钦此！

王尔烈不禁一笑，说道："华衮词藻内有轻浮言语。这道赐婚诰谕有点
像套了乡先生撮合媒妁的话套儿写的！"说罢递给颙琰。

"翰林院的文章是京师十大可笑里有的。寻章摘句拼四六偶儿，最
没意思的了。"颙琰漫不经心地接过来，口中说，"这些没要紧文章纪昀
也未必有工夫去改，差不多不离谱儿皇上也就放过去了。你用这种文体
写奏章试试，不批得你魂不附体才怪！"浏览着，只看了看参劾粤海关
的邸文便放下了，问道："王师傅，你看纪昀、李侍尧、刘墉、和珅几
个人才德优劣如何——"见人精子和惠儿进来，点首示意他们自便，又
笑道，"别这么瞧我，这是我们师生私地说话——我听听你怎么想。"

王尔烈颇为踌躇地低头想想，说道："和珅见过几面，没有说过话，
他来毓庆宫给阿哥们送东西，什么时令水果扇子玩具之类，也极少和师
傅们说话，世路上看去是干练的，学问似乎也有一点，透着太精明了
些，浑身机关一触就动，大器性养就难说了。李侍尧更不熟悉，看过些
邸报，处置苗徭、料理铜政、广东洋务、绥靖治安，这都是要务，皇上
屡屡表彰'第一能吏'已有定评，不过有些事我也不懂，像这上头说的
'十三行'，他禁示的，他又在离任时请旨开禁，既有今日何必当初？当
初既是，今日必非。刘墉学术比乃父刘统勋要强，先年瞧他有点内中不
足，长于琐细案务，资治理事胸怀大局比不上刘延清的，但近几年留心
经济勤于政务，做官做得很苦，渐渐愈看愈有大臣之风……至于纪昀，
海内学者之望，博学多才，不拘细礼，称为贤良师尊，为人正直，理事
明详循礼。据我看，此人不擅于权，精于事理而昧于驳杂——学问大
了，名声在外，惟恐一事不知耻于人笑，不知他有没有'大隐于朝'的
念头？于军政要务很少有独到主见坚持恒行，皇上下诏求言，他的条陈
是'寡妇年过五十即可旌表'。意思是有些活不到六十岁的苦节女人不
得上霑皇恩。我看了只是笑！——您临时问出来，这想头都仓猝未必就
对，但是我的真实想头，没有欺饰。"

"我也是个不擅权阿哥，只随便和你探讨而已。"颙琰笑道，"大隐于朝也不是贬语。这个纪昀确是不精于军政要务，他的优长只在'才'之一字。可你不要忘了，修四库全书这样大事离了他不成的。春风无形无质，但不能说春风无用，它能'又绿江南'的啊！皇上用他来管教化，正是适得其人。要让和珅，就弄得满天下铜臭，李侍尧就板子敲得满衙门，刘墉就弄得到处都是'等因奉此'了！"说罢便笑。王尔烈也笑，说道："十五爷说的精当，我说的不算。"颙琰笑道："你看得还是准的。我也不为无因而问，我这份邸报上，有弹劾卢见曾的奏章，还有军机处于敏中批给葛孝化的廷谕，着查处在京二品以上在职大臣东省置买田产的批语，直隶也在查，凑起来看，和这位军机大臣有点干连的吧？"

王尔烈取过颙琰面前的邸报匆匆浏览了一遍，又放回原处，说道："纪晓岚怎么会求田问舍？这上面也没有明指是查他的事情呀！"颙琰却不答问，沉默一会儿，却问道："王师傅，你现在是四品？"

"啊——我啊？"王尔烈怔了一下回道，"从五品。是从翰林院调过毓庆宫调迁的一级。"

"你读书很多，可惜没有办过实差。回京我打算奏明后直给你调一调缺。"颙琰见王尔烈凝视自己，一笑问道，"或是外放知府，或在哪个部补郎中，你愿意到哪里呢？"

王尔烈没想到话题一下子扯到自己头上，思量移时，才缓缓说道："我其实是个迂书生，原是觉得自己胸罗万卷，可以倚马待诏的。这次跟您出来办差理事，这才知道竟是个井底之蛙，阅历学问根本不配'师傅'二字！既承青睐下问——我愿到下头做一任县令，越是冲繁疲难的县越好。三年任满考成卓异有所建树，再回来侍候阿哥，料不定就比现时好些。"颙琰笑着摇头，却又问道："你现在是清职。放外任就算知县，也是日进斗金——你会不会求田问舍呢？"

这和方才议论纪昀的话接上题了。王尔烈沉思了一会儿，说道："日进斗金那是贪官。我觉得富一点也好，我能多多地买些书，有些孤本书我就要雇人把它抄下来。老了退归林泉，办个书院，子侄孙子辈都能修学，我自己也有书可读，不是一大快事？现在实是钱少，到琉璃厂转一匝，每次回来心里难受，想着书夜不能寐：有钱的人不买书，想买书的又没有钱，这是怎么话说？"

颙琰听了大笑："说得好！回京我送你一套《古今图书集成》，以解燃眉之急。我书库里的你随时借阅就是！"人精子坐守在门旁，见是话缝儿，起身赔笑道："起更了，爷们也劳乏得够了，且请安置，明儿有的是辰光……"颙琰问道："你不是说黄天霸要来的么？"人精子笑道："他做了标记，我也做了标记。见了我的标记才能来，这是道里有眼线的。他至少要到半夜才来的。"

于是王尔烈和颙琰一笑起身，王尔烈安排自己住西房，人精子住正房护卫。颙琰伸欠着身子笑道："我其实不困，下午惠儿给我按捏，睡得很香……"王尔烈道："惠儿这么跟着您，也就是您的身边人了，这没什么忌讳的，她就在房里侍候就是了。"颙琰不禁脸一红，惠儿端着一盆热水进来，也听见了这话，红脸低头端水进了东屋。人精子却不敢就睡，抱来草荐在正屋打理了铺盖便出外巡行，里外查看了位置形势，又在合水峪村转了一匝才回来，犹自听东屋里惠儿娇喘呻吟，床上翻腾断云零雨之声隐隐可闻……他是练功之人，且满腹警惕心思，也不理会，靠褥蒙被调息默运元神。直到四鼓时分，听见院中一声轻响，似乎是谁撒了一把土似的，心知是师父来了，人精子蹑脚到窗前舐破楞纸觑了觑，提了刀无声闪出去……

……此时山高月小气寒风清，蒙山祊河幽谷横绝，河冰如岩，都蒙在一派茫茫溟溟的深沉夜幕之中，离着合水峪向东约百里之遥，福康安率两千军士正在夜行军急奔平邑而来。行伍是从界牌镇的河下村戌时出发的。从河下村到平邑从木图①上看，笔直去量只有七十里。但当地人谁都知道，这一段其实几乎没有路，等于是绕龟蒙顶主峰在山下东南走了一个弧形，有的地方还有羊肠小道，有的地方干脆就是榛莽荒石，连放羊的都不肯轻易走的。福康安在蒙阴，一路上只思量两件事，一是不能让王炎龚三瞎子夺路上孟良崮；二是物色向导，急速秘密占据平邑，

---

① 木图，有类于今日军事沙盘、地图。

形成合围之势，即使不能全歼，击溃山上造反人众，他们也只能逃向鲁中平原——剩下的事就是搜剿捕拿了。

两千人的军队无一人骑马，全都是新发的软皮底子快靴，人人衔枚而行，走得无声无息，冷线一样的月亮时而在云中露头，时而又隐进高高的岭背后边，队伍单行行进足足拉了有五里许长，像一条黑蛇在山谷中蜿蜒游走，依山势时而向北又趑向南，却是毫不犹豫地向西南挺进。福康安自己也是徒步，走在离"蛇头"约半里远近队伍中间，王吉保紧随他身边，身上背着福康安用的水、酒，还有一葫芦醋，包里有卷好了葱酱的煎饼、熟牛肉、救急的云南白药、正骨水什么的。他身子不算壮实，已是内衣浑身湿透，咬牙跟着一声不吭。忽然，福康安站住了脚，说道："水，拿水来。"王吉保站住了身，摸索着晃了晃套着棉套子的水葫芦，失望地说道："水葫芦口冻结了封口，酒没冻，爷喝一口解解乏儿，成不？"

"酒是洗伤口用的。军令不许饮酒。"福康安的脸映在黯淡的月影里，看不清什么神色，语气干涩单调，略微带点嘶哑，说道："把醋拿来我喝一口！"

这是父亲傅恒的家教，行军一酒二醋三水，醋排在第二，但他不惯这样干口喝醋，一口下去立时酸得撇嘴咧牙，却也就满口溢津，不渴了，一手递还葫芦，看着队伍，说道："前后传话，就地休息半袋烟时辰，不许走动交谈，有屎快拉有尿快撒——叫前头贺老六带个向导跑步过来！"

长长的队伍挨次停了下来。两个黑影沿着队伍边缘磕磕绊绊到了福康安身边，走在前头是个精干矮个子，操一口四川话，平臂一横行礼问道："四爷，你传我？"

"前头又到岔路口了。"福康安看一眼高矗在暗穹里的龟蒙顶，问道："我们走了多少路？"贺老六道："回四爷，这几个向导卖力，我们全是抄小道走的，已经走了四十里。离平邑还有三十五里。"福康安沉默了一会儿，又问向导："几时能进城？"

为防误导，他共用了十个向导，队前面六个后边四个，每人分发二十两银子，钱喂足得打呃儿，都是一身邪火铮劲，那向导见问，说道：

"回帅爷的话，我们几个都走过，上去右边这道坡就是龟蒙顶的南柏林，下山十里就进平邑，用一个时辰就足够——从这左边向南下去，是祊河上游，一路漫下坡二十里，不过那是夏天走，冬天走河床要跌筋斗儿的——"

"你不要啰嗦，走下坡要多少时辰？"

"回帅爷，要一个半时辰。"

福康安咬着细牙思量了一下，说道："那就走南柏林。老六，你身子还挺得？""我川汉一个，身板儿硬，挺得！行军就这鬼样子，前头的便宜，就怕后头吃不消！"贺老六道，"依着我说，南柏林虽然近点，还要上这个陡坡。节省些气力咱们走下头河川，离龟蒙顶也远点，山上不容易听到动静。"说罢望着福康安等令。他是川军绿营里的小棚长，比芝麻还小一点的官，跟傅恒打金川，又打缅甸，军功晋升直到参将，原是他父亲使出来的悍将。傅恒回京前才调任的济南镇守使。福康安到济南时，因贺老六和国泰案子沾包，已经撤差在家待勘。听说这件事，福康安特地点名"贺老六跟我"，这就带出来了。有这两层夤缘渊源，指挥起来自是加倍得心应手。当下听了贺老六建议，福康安又仔细查看了山势道路，"嗯"了一声说道："你的建议有理。山上逆贼在南柏林里只要设一小队巡哨的，我军行动就亮出来了。林子里有鸟兽，惊动得又飞又叫，也容易让人起疑！老六——下山你带五十个人急走，进城打前站，先占城北玉皇庙，把驻扎安排下来。我们的人进城不走南门，要立刻放出便衣哨去——总之一个'密'字，越密越好！"

"喳！标下明白——天明一切停当！"

"就这样，下令行伍动身！"福康安站起身，又对王吉保道，"你留在这里收容，跟队后走。有伤号跟不上队，天明一律换便衣进城！"说罢随队向南折，隐在夜色之中。

福康安一下山就知道贺老六的建议对头。这里虽然没有路，但一条祊河都冻实了，沿山弯弯曲曲成了冰道，不但平坦，星月余光映着也分外爽亮，比之石磕树绊昏天黑地爬陡坡上山不知好了多少去。福康安听着兵士们嚓嚓走在冰上，不时传来"扑通"的跌倒声，传令："四人一排牵着手走，后边的跟上来！"——这样一来，不但队伍缩短了一多半，摔跤的也少得多了。那些军士前半夜都是钻着头拼命爬山，此刻走这道一路漫下坡，真如走在泰山"快活三"道上似的，兵器扛在肩上，挽手走得威势。一个时辰出头一点，两千人已经聚在平邑城北的玉皇庙里。顷刻之间，偌大的玉皇庙前后大院，前后大殿，廊间树下，黑乎乎都站的兵，不时传来营棚长官低声整顿队伍安排就地休息待命的喝令声。

"老六，干得好！"福康安站在玉皇殿前歇山檐下，望着黑沉沉的庙宇说道。幽暗的老柏树影，翳遮得他像个朦胧的幽灵，声音显得分外清晰："这是黎明前最黑的时候。吉保，你到庙外，冲平邑城打四枪！"王吉保答应一声黑地里就跑了出去。贺老六问道："咱们一路小心，怎么到地方儿了反而放枪？再说怎么不打三枪两枪，不明不白的打四枪？"福康安道："'四'这个数不好琢磨，就要它个不明不白。这是兵荒马乱时分，我们再做得小心，也难免惊动人，放几枪没了动静，反而可以鱼目混珠。"他暗地里孩子气地龇牙儿无声一笑，问道，"庙里有多少道士？"

"六个。"贺老六道，"全都押在神库①里，他们还以为山上土匪下来了呢！"

"等天亮我见他们。从现在起封庙，只许进人不许出人。士兵没有我的军令擅自出庙的格杀勿论！"

"是！要有香客上庙进香的怎么办？"

福康安拧着眉头想了片刻，说道："零星香客进庙就扣起来，打完仗再放人。"伸出二指举起手道，"鸡叫天明，不等太阳出来，在庙里再响两枪，火药放足些——外头人听这边响枪，谁还敢来上香？"

说话间便听庙门外"嗵"的一声火枪爆响，是王吉保在外头开了枪。大约要装填火药，少时又听一声，共是四声火枪响震，惊得庙外树林里鸦鸣雀飞，乱了一阵又岑寂下来。此时曦光薄曙微映，只见王吉保腰下佩刀、肩上斜挂火铳一脸得意进来，禀道："四爷，我打完了！"福康安看看天色，问道："有闲人瞧见你没有？"王吉保道："有个捡粪老头子起得早，在官道上听见枪响，扔下粪叉畚箕子就跑没影了。"

---

① 神库：庙宇内存放破败损毁了的神像、器物的库房。

　　福康安一声不吭便进了玉皇正殿。吉保跟进来，见他双手据案，面对面似乎在审量玉皇大帝的神龛，以为他要烧香祈祷，忙打火点燃了台烛，取香要烧时福康安摆手制止了他，转脸说道："我不信神鬼，信天命。"他吁了一口气，又道，"看来我还不成，走这么点子路就觉得腿疼。我比不上老公爷！"

　　"爷说哪里话呢！"映着灯光，王吉保觑着福康安脸色，果是稍微有点苍白，他手脚不停，把供神卷案拖到一边，从自己背包里取出一张鹿皮褥子铺上了，忙活着说道："奴才带这个，爷还要叫我轻装扔了，这会子用上了不是？——奴才爹说过，老公爷面情上头对爷们严厉，见了爷们一副钟馗相，心里着实看重您呢！那年在枣庄打一仗，老公爷背地怎么说？"他学着傅恒捻须微笑模样，"'嗯——孺子可教！'他老人家还说：'似乎强过赵奢之子了！'——我不明白这意思，有一回纪中堂来府，我问过他的书童小马子，小马子说：'你不读书连赵奢都不晓得？赵奢就是廉颇——《将相和》戏里那位大将军，二十四史里头的有名上将！您将来呀，准又是我们大清的廉颇外加蔺相如！我们四爷那还了得！"

　　福康安起初还肃然敬聆父亲的话，听到后来，王吉保连史带戏，连人带事都搅了一锅糊涂汤，比了廉颇又加蔺相如，都一古脑揉进来混奉承，不禁笑得浑身直抖，道："想必你一定以为赵奢的儿子比他老子强了……你这浑虫！比你老子加倍的浑……"笑了一气，觉得身上松乏了许多，看看庙殿里无可坐处，只好欠身上神案以手支颐歪着，看着灰蒙蒙的殿顶出神。

　　这是他第四次带兵作战了，枣庄一战生擒蔡七，安丘一战歼灭王伦，宁夏一战端了马定钧造反回众老营，斩敌三千献俘七百，乾隆朝野已隐隐有名将之称。就他自己心中划计，比着父亲还差着老大一截子。毫无疑义老公爷在诸子之中是最赏识他的，一条是文有过目不忘之才干，武有出奇制胜之勇略，一条是扎了根儿的傲睨万物超拔不群，因此"牢记赵括马谡"这六个字几乎成了见面必谈的家训。因此，尽自见了人仍旧一副目无下尘的样子，心思却真的是越来越细密小心了。打枣庄是突然遭遇临机处置，打王伦马定钧都是大兵合围，他率先锋突袭成功，但这次龟蒙顶之战与前不同，官军占天时，王炎龚瞎子占的是地利。四周是山，寨中有匪，一个失挫整个鲁南就会糜烂了局面。双方都是有备而为，他喜欢用炮，但大炮根本就拉不到平邑来。四面围困，算了算至少要用七万兵力才能困死龟蒙顶，不但调度艰难，且是守不住秘，一旦反众提前突围，上孟良崮与土匪汇合，下海逃跑，那就一切全完。

……他抚着发烫的脑门子再三检视自己的计划，十门红衣大炮调到龟蒙顶北麓，正面猛轰王炎的北寨门，三千军士由界牌镇鼓噪攻击，王炎决计不敢东进，向西一出山就会溃散，惟一的逃路就是从平邑向圣水峪，再入微山湖与官军周旋。他急急带兵抢行军潜入平邑，也就因为平邑那一千多官军根本不是反众对手。现在已经来了，他心里反而有些忐忑，北麓是刘墉坐镇，若是王炎集全寨之力从那里突围，这书生挡得住挡不住？葛孝化这个老滑头守在界牌，这边是指望不上他策应了，反众溃散，他肯不肯带兵拦击？……"兵将不熟悉啊……"福康安已想得双眸炯炯，"这是野战，临时拉来营兵凑合，能不叫人悬心？……打完这一仗，一定要请旨去练兵，还是自己带出的兵得心应手……"他劳顿了一夜的人，思量着事情，身上懒洋洋的，蒙眬着似乎打了一声鼾，头从肘间滑落下来，"砰"地碰在卷案木框上，一个惊觉跳起身来。他搓脸顿足活泛着身子，见王吉保端一盆热水进来，说道："大事没办，几乎就睡着了！这盆水好！"说着便忙忙洗搓，揩了脸又用青盐擦牙，便觉精神健旺，吩咐道："你出去传令，道士们的锅用来烧水，让兵士就着吃干粮，吃完饭睡觉！叫贺老六来一下！"

"是！"

王吉保跑去了，一时便见贺老六大踏步进来，当胸一拱道："四爷，您传我？"福康安看看卷案角上摆着的印信关防、笔墨纸砚，问道："这个县外头何家岭绿营管带你认识？"

"回四爷，他只是个千总，见过面，标下叫不出他名字。"贺老六道，"去年夏天省城会操，校场上演队，我带的队列最齐整，国泰叫我示范，晚上宴席上又表彰我，把总以上的军官都在场，他应该认识我贺老六！"说着，他骄傲地仰了仰脖子。

福康安脸上掠过一丝笑容：傅恒老爷子在成都阅兵，贺老六大雪天赤膊带兵操演，在傅恒跟前证明"川兵不是孬种"——就是那一次和傅恒结下缘分的。他盯视贺老六片刻，回过身来，缓缓从签筒一样的匣子里抽出一支令箭，语气沉甸甸地说道："此人虽然是朽木粪土，我还要用他这无能畏敌的名声。本来我该亲自去，可我怕这里有事出了娄子，想想，还是要你走一遭。"

"四爷有差使只管吩咐！贺老六是老公爷带着打出来的，现在跟你也是一样！"

"现在是办军政，我心里其实拿你当老叔看待。这一仗打赢，共荣，打坏了，同辱。"

"四爷！"贺老六一下子激动起来，血涌上来，脸涨得通红，跨前一步说道，"老公爷待我恩重如山，我是血性汉子，我拿你当老公爷看！"

福康安会意知心，点头道："你到他营去，持我的令箭命令他立即带队入城——这有两个好处。他们进城，可以掩饰我们主力，这是一群怂包软蛋兵，进城可以向山上逆匪示弱。刘墉佯攻，王炎龚三瞎子要突围，更容易选平邑夺路向微山湖，这里我们的兵就成了伏兵——就是这个计划。"贺老六笑道："——我们卖个破绽给王炎看！标下省的！这没什么难的，我去传他们进城就是了！"福康安笑道："这个管带我们不认识，我敢断定是个滑头老油子。我原来也不明白他为什么不进驻县城，黎明进庙前粗看了一下，平邑城北是山居高临下，是个易攻难守的城。你看，就在这庙外共布置一千弓弩手射箭，守城的连头也不敢露，反贼不敢占领这个城，也为这个缘故。城池既然没有落入敌手，他在城外监护，也不算擅离职守，大军攻山时他出来打太平拳助一阵，原先镇压不力，守土护城失误的罪也就抵消了——他有这个算盘，你命他进城，我担心他拖宕推搪呢！"

"他敢！"贺老六道，"先人板板的，我拧掉他的吃饭家伙！"

"他若奉命，我可以放他一马，允他戴罪立功。"福康安脸色阴郁，喑哑着嗓子道，"他要推搪，那是天理昭彰——你不妨告他我已经到了平邑，叫他来见我——就说我带了十名随从来的。我们的实力要隐蔽到后天卯时！"

　　贺老六带了两个兵传令去了，福康安踱出玉皇殿，先到殿后神库见了庙祝道士，还有带来的十个向导也监护在这里，打叠起温存好语宽慰，许愿捐助香火钱，房舍住宿军费结账，说一阵闲话踅回前院，因见有些军官住在精舍里，兵士们都和衣歪在庑廊下，便命："所有军官一律睡廊下，军医住精舍，有扭了脚受了伤的，安排在精舍调治。"见有军士们互相挑脚泡的，便凑上去帮着摆弄，拨头发丝儿穿泡，他也真放得下架子，一路走着一路照料，扯扯这个毯子，拽拽那个被角，又命军需官："想办法弄点红糖，烧姜糖水给当兵的喝。下午可以进城，去买肉菜米面，庙里不能生火做饭，从城里做熟的送进来——大家都是斩头洒血的勾当，万万不能屈了肚子……"军需官叫苦，说"钱带得少"，福康安笑骂："先打欠条给他们——我离开济南时告诉和珅，仗打完每个军士三十两赏银，拨三十万两过来，一切都富足有余——他们文官坐那里不动不劳大把抓银子，我的兵倒穷着?"这么闲话说着，士兵们便觉这年轻钦差通达人情善解人意，一片声窃窃私议啧啧称赏。

　　福康安心里却一直惦记贺老六，一头忙着巡营安抚兵士，不住地看天上日移时辰。看着将到午时，还不见贺老六的影子，正要派人催问，王吉保从庙门处跑步进来，回道："大帅，贺老六回来了!"接着便见贺老六一脸阴沉按着腰间大刀片子进来。福康安弓着身子正在给一个毛头小兵缠绑腿，偏脸见他们情形，心知自己所料不谬，直起腰来，已板下面孔，问贺老六道："怎么回事?"

　　"四爷，真的叫你料中了!"贺老六铁青着脸，行军礼回道，"我传了令，他说大军未动，粮草先行，先向我讨三个月的饷银。说他还捉了一千多反贼家属，都押在营里，问我怎么处置。我说钦差大臣的令箭就在这里，午时进不了城按军法处置，他说不能草率进城，全军覆没的罪名更当不起，最快也要明天晚上才能进城。我说福大帅已经来了，要传见他。他说来就来，就跟着来了——呸! 龟儿子听说是哪个格格的儿子，说话横得很!"

　　"格格的儿子?"

　　"说是三十四格格是他妈，我弄不明白这事，这跟军务也没尿个相干，我也不想纠缠他的家务，就带他来了!"

　　他不明白，但福康安已经明白，三十四格格是康熙的小女儿，论起来就是当今乾隆皇帝的嫡亲小姑姑，常到府里和母亲说话的。福康安不禁倒抽了一口凉气，咬牙皱眉紧张思索着，问道："他叫什么名字？"

　　"阿葛哈！"

　　"他人呢？"

　　"回大帅，他们一共来了十三个军官。"王吉保在旁道，"因为带有生人，我让他们在庙外听候传见！"

　　福康安觉得耳鼓一阵阵啸鸣，这些答话都没有怎样留心，他其实是问几句闲话腾出时辰思虑处置办法：父亲秉持大政二十余年，自他病重，乾隆已在另行物色心膂股肱，原来"傅家门生"纪昀、李侍尧等人眼见着一日日陵替失势，这些苗头明眼人洞若观火，自己这时候开罪皇室，会是什么结果？乾隆会怎样看自己？母亲那头如何交代？自己又如何处这层干系？会不会有人趁火打劫，背地里放阴炮，打黑砖？……一霎时间，福康安动了无数念头……想着，他自身极为骄傲的自尊占了上风，"哼"地冷笑一声，却不肯轻易失态，阴冷的目光扫视了庙宇一眼，从齿缝里进出一句话，却是极为清晰："庙内全体官兵摆队，军官到玉皇殿前集合，火枪队侍候，我升帐！——传阿葛哈，叫他报名进见！"

第三回　玉皇庙福帅行军法
　　　　龟蒙顶义军计破围

　　庙内还在整队，庙外阿葛哈已经等得有点不耐烦。他是满洲八旗子弟里头叫作"铁头蛐子"那类人物——过了冬的蝈蝈，京师里趟得开，上到王公勋贵，下至乞儿卖唱、引车卖浆之流，斗鸡走狗调鹰喂鹦鹉的场子里头都兜得转——本家祖宗汗血功劳有的说嘴，古董字画碎铜烂铁赏鉴上头抵得了当铺朝奉——下头人瞧他是天家亲戚半个金枝玉叶，上头贵人瞧他是勋戚后代，又有母亲偌大面皮搁着，走到哪人都说"这蝈蝈真帅"——其实不过是夸奖金丝蝈蝈笼子罢了——打东汉外戚党锢至今，千古贵介子弟抵死不悟这个道理——宗人府里闲得发闷又调内务府，又嫌内务府升官慢，又调出来当军差，混几年再回京升官好资格。这么一把算盘今日遇上了福康安。他带着副管带，还有营里的十个棚长、一个书办站在庙外，等得探头探脑，几次伸脖子往里张望，山门里站岗的亲兵那股威势又逼得他退了回去，伸舌头扮鬼脸儿笑道："福四爷见了老傅恒跟个避猫鼠似的，出门就这么大威风！"那书办在旁耸着兔皮耳套谄笑道："您老在京认识四爷么？"

　　"认识！怎么不认识！福隆安福灵安还都是老票友了！"阿葛哈晃着辫子笑道，"有一回这哥儿背不上书，他老子要揍，还是我求的情呢！……四爷喜欢带兵，是个大将胎子，你们一见就知道了……"正胡天胡地吹牛，王吉保出来传令叫进，便住了口，心里打鼓脸上嬉笑着亦步亦趋进了庙。一进山门，他就觉得气氛不对。贺老六告诉他是"福四爷带了十几个随从黑夜赶来"，但这庙里大块方队就有四个，在甬道东西分两厢列队，人人腿缚扎带腰中悬刀挺身立在遮天蔽日的大柏树下，廊庑下碑碣旁几乎隔三步就有一个亲兵，手按刀柄目不斜视钉子似的站岗，满院甲兵如林刀丛剑树，一声喘息咳痰不闻，肃杀得令人窒息。玉皇大殿前矗着的大铁香炉燃着柏枝香檀香，一如平日香烟袅袅笼罩，二十多名军校皮甲银袍雁序旁列，三十多个火枪手也都挂着大刀挺枪直立，俱都是彪形大汉，一个个面目狰狞，中间簇拥着一位青年将军，也是白袍银铠、二层东珠金龙顶旁悬一条白布，白净面皮上目如点漆眉分八字，清秀得令人一见忘俗，这就是带孝请缨的新封公爵福康安了。

十几个人进来见这阵势，起初有点像梦游人，又像吃酒半醉花了眼，迷迷糊糊地直晃荡，沿长长的"兵林"往大殿月台走着清醒过来，又有点像走进密林里落了单的猎手，惊惶四顾互相碰撞着，都是满把冷汗双腿发软，下意识往前"蹭"着。直到王吉保大喝一声："报名！"这一众人等才乍然一惊，阿葛哈双膝一软便头一个跪了，结结巴巴报道："汉，汉军旗山东绿营第二纛，兖州镇守使标营二营管，管带阿葛哈叩、叩叩叩……见钦差大人！"福康安满心一片杀机，双手按膝端坐，目中余光睨着下头这几个不尴不尬的角色，也不叫起，淡淡地问道："有多少日子没有发饷了？"

"回四爷，自从平邑出事，兖州镇守使刘希尧撤差拿问，下头就一文饷银没发。"阿葛哈原本进来时吓得心惊胆战的，听福康安发话辞气声色并不严厉，胆子立刻壮了许多，晃了一下粗大油黑的辫子，满口京腔立时变得流利起来，带着一股痞子味说道，"现在都是一斗一升从乡里自筹。县里已经没人管事儿，征起粮来要多难有多难……四爷你明鉴！我那里还扣着一千多反贼家属，他们也是要吃粮的……一顿饭两窝头、咸菜……"

"你不要说窝头咸菜。"福康安笑了一下，"你扣押家属做什么？"

"回福帅，他们是反贼家属呀！"

"我知道，你扣他们做什么？"

"我……我是想……这个这个……"阿葛哈弄不清福康安问话的意思，抓耳搔腮想了半日，说道，"我想《大清律》里头，凡故造反谋逆者无分首从一律凌迟处死，一人造反株连九族。陈英死了，县衙砸了，监狱也坏了，地方上没人管，留着这些人在乡里容易通匪资敌，所以就派兵把他们暂拘起来，听接印官处置。"他编派谎言，越说越觉得有道理，说完抬头，舐了舐嘴唇看福康安。

福康安这也看清了阿葛哈相貌，是个黝黑发光的两头尖脑袋，大薄嘴唇抿得像个女人，弯月眉下一双小眼睛不住地眨巴，身上官装收拾得甚是利落，雪白的马蹄袖里子不宽不窄还露个边儿。见他盯自己的目光越来越放肆，福康安不禁暗思：近之则不逊——三十四皇姑何等体尊的人，怎么养了这么块料？思量着，脸上已经变色，端坐椅中朗声问道："阿葛哈，你知罪不知？"

"标下有罪过。"阿葛哈眨着眼说道，"当时城里造反作乱，我不在营里，正带着营兵在南河滩操演射箭。事情报到我那里，带兵回营已经中午，派人进城侦探，贼人已经劫了监狱砸了库全伙逃走……""你说了半日，你有什么罪？"福康安问道，"为什么不乘势追剿？"阿葛哈被他的神气震慑得身上一颤，眼皮子一哆嗦，避开福康安的目光，语气里便带了惊恐："……这，这，这就是我的罪……当时满城都乱了，说反众有五五六千人，城里的痞子街棍也都出来打家劫舍。敌情这个不明，城里这个这个要这个——嗯，那个弹压。所以一头据守本寨，一头派人在城里维，维持这个治安……变起这个仓猝，料敌不明，失去战机，这个这个就是我的罪。好在城还在我手。大帅来了，愿作前锋杀敌立功，努力巴结差使将功折罪！"

福康安从椅中站起身来，嗤地一哼说道："打仗用得着你这样的'前锋'？你看看你这花花太岁模样，你再看看我的兵！"他一手按剑，绕着烧得燔热的大铁鼎踱步，脚下橐橐有声，满院士兵静静听他说话，"变起仓猝——不是你的过错。说句'罪过'是何其轻巧！你以为这是上庙送猪头少了一颗猪牙？你带兵操演本为保城安民，知道城中贼匪异动，本应立即驰援，追击反贼，反而龟缩营寨扣押人质，任凭一城百姓惨遭蹂躏，守吏县令被逼自尽。我亲自下令着你部进城，你胆敢索饷要挟推搪军令。你狂妄！"他愈说愈是激愤，字字句句音节铿锵，已是爆豆炸锅般又快又响，突然间一跺脚，大声叫道，"王吉保！"

"标下在！"王吉保就在火枪手队前站着，听见呼喊，高声应道，腾腾两步站到队前，"请爷指令！"

"阿葛哈所犯罪由，照我蒙阴阅兵颁布军令，该当何罪？"

"回大帅——杀！纵敌逃脱者——杀，奉调不从者——杀！"

福康安正眼也不看众人一眼，背着手平视铁鼎，冷冷说道："那就没有什么好说的了！贺老六！"

"标下在！"

"将阿葛哈剥去官袍，就地正法！"

庙宇里的空气乍然间凝固起来，从蒙阴带来的两千军士虽然个个人高马大身强力壮，但也都是太平兵，哪个见过这种阵仗？眼见贺老六带着四个亲兵上去，三下五去二剥脱了阿葛哈官袍，连顶戴袍褂往旁边一丢，连衣服落地的声音都满院里听得见，人人惊得腿肚子转筋脸上全无血色。兀自听福康安说道："别以为你是阿桂的什么本家，又是什么额驸的儿子，是皇亲国戚，我就不敢料理你！误了我的军令，连额驸本人我也不饶！"阿葛哈浑如做一场噩梦，已经吓呆了，吓傻了，由着人剥袍子摘顶子，像一块破布被人晃来晃去，直到冰凉的钢刀刀背压在脖子上才猛地惊醒过来，挣了几下，两个膀子被亲兵架得死死的，哪里动得？浑身抖得筛糠似的，裤下屎屁尿古怪作响，膝盖挣着跪行两步，脸上冷汗涕泪交流，语不成声说道："求……求大帅看在我额娘份上高、高抬抬抬贵手……是是是我冒犯了军令虎威，罪罪该万死，愿立军令状立立立功赎罪，国家有八议制度……"他哀恳着，突然流利地冒出一句，"我交赎罪银子！"

"赎罪银子你留着，下辈子交给和珅。我这军中没有七议八议，只有一议，军法无情！"福康安咬牙切齿，盯着铁鼎，在极度的恐怖气氛中缓缓转身面向阿葛哈，毫不犹豫地迸出两个字："行刑！"

两个亲兵突然同时放开阿葛哈，一个顺手拉起辫子，一个高高扬起大刀，一道弧光闪烁斜劈了下去。阿葛哈连哼也没哼一声，身躯便垮倒在潮湿冰冷的石板地下，脖项中的血有的像水箭激射，有的泛着红沫汩汩泉涌而出。阿葛哈一条腿还在伸延，贺老六已从血泊中提起头来，向福康安道："大帅，请验刑！"

福康安看了一眼那人头。他已经不是第一次杀人，自己也亲手杀过人，但这样近在咫尺，认真地"验刑"却还是第一次，阿葛哈头颅下，发辫梢的血还在滴沥，鼻上颊上满涂的都是血，已经面目模糊，只两只眼鼓得溜圆好像还在盯自己，那张嘴方才还在说话，这会儿成了一个空洞，歪咧着嘴唇往下淌血……福康安一阵恶心，移开目光调息定神，见下头军士们都吓得脸上雪白，自己才稳住心神，看到地下斜歪着一动不动的尸体，已经完全平静下来，点头叹道："我是皇上外甥，他是皇上表弟，论起来不远不近是亲戚呢！吉保记着，用我的俸银给他买一副上好的板儿，回京治丧我去吊祭——你们怎么样？"他突然又问阿葛哈同来的十二人，"他有罪，你们有罪没有？"

这十二个人原就紧挨着阿葛哈跪地，原听阿葛哈胡吹，见福康安时说话声气平和，循循儒雅像个青年秀才，哪知说变脸就变脸，真是如此心狠手辣。待到阿葛哈血溅青石尸陈鼎前，那血已经淌着凝在眼前，犹自心迷神摇眼花缭乱，早已是唬得三魂七魄俱不在位，浑身不知疼痒，此时轻轻一声问，竟如被一阵风骤然袭过来的秋草般一齐瑟瑟发抖，一悸一颤地竟不知自己都答了些什么话。庙院中军士们以为他又要开杀戒，刚刚松缓一点的心立刻又猛地一收吊起老高。

"知罪不一定就能恕你们的罪。"福康安已见立威成功，满意地看了众人一眼。问道，"你们谁是副管带？"

十几个人不安地悸动一下，最前头一个军官畏缩地回头瞟一眼，膝行两步，说道："标下赖奉安……是副管带……"福康安转脸问贺老六："你方才传令，他跟着阿葛哈起哄没有？"十二个人一下子都抬起头来，眼中带着哀恳望定了贺老六，惊恐得发抖，不知他那张可怕的嘴说出什么话来。

"没有。"贺老六说道，"这个赖奉安还说，福四爷惹不得，先遵令，有难处再禀——就这个话。"福康安道："有这个话就能免你一死。你是副管带，阿葛哈军务措置有失，你有禀报上司责任。我调来兖州府镇署衙门文案，并没见你的禀帖，所以还要有点军法处置——来人！"

"在！"

"拖到那株柏树下，打二十军棍！"

"喳！"

若在平日，绿营军中行这样的军法，也会慑得人心惊不安的。但方才的杀戮场面太过紧张恐怖了，这点子刑罚已经"不算事儿"，毕毕剥剥的肉刑声中，满院军士反而都松了一口气，晃眼看着福康安在阶上铁鼎前踱步，福康安踱到哪里，目光也就跟着晃到哪里。

"福康安是读书人，不以杀人为快事。"一时刑罚完毕，两个军士搀着赖奉安过来验刑叩谢了。福康安便向众人训话："但要是不杀他，别的军官兵士违令失事，我无法处置。军伍里还有桃花运——都有！"

兵士们发出一阵兴奋的鼓噪欢跃，还夹着哄笑，只是事前有令不许喧哗，抑着嗓子揎臂扬眉的十分精神。福康安也是一个微笑，对地下跪着的赖奉安等人说道："狗东西们给我滚起来！当兵的没见过杀人？挨上司两板子，踹你一脚赏你几个耳巴子是寻常事，你们娘老子没有开导过你？别这么脓包势，既然现在归我节制，纪律赏罚一视同仁。我已经揍过你了，你从此遵命立功，他妈的，我照样赏你！"他几次带兵，已经摸清了行伍脾气，丘八爷们不爱见咬文嚼字的酸馅小白脸儿，因而时不时也放几句粗话，虽然略带了点刻意，兵士们倒觉得比那些一味粗俗的将领另有一分子亲近。这么几句训斥下来，满院军将已都面带欢容，连刚挨了打的赖奉安也破颜一笑，跟着来的军官们也都如释重负打起了精神。

"现在是——"福康安敛去笑容，掏出怀表看了看，说道，"——离午时正牌还有一刻，你们立刻回营，整顿队伍进城。一来一回二十五里，限你申时正牌全军安置好，申时一刻还来这里听令！"

"喳！"赖奉安忍着屁股疼"啪"地叩了个千儿，又请示道，"我营里现有兵力一千人，外头乡里还散有二百七十多人，一是征粮，二是维持治安。请大帅示下，要不要全数收拢？还有，营里的匪属怎么办？"福康安道："匪属全部随军进城，我有用处——派下去征粮的通知他们，限明天午时以前归队！记住，要把营中存粮全部带进城中，一升粮也不能留在营里。进城两件事，安定民心，征粮买菜买肉供应军需，没有银子先打借条。明白？"

"标下明白！"

"去吧！"

"喳！"

"回来！"

福康安眼中幽幽闪光，像透过庙院在向外眺望，口中徐徐说道："你带的这十一个人，派三名火速到兖州传我军令，兖州府所有驻军，除留守大营的以外，全部向恶虎滩开拔！"赖奉安见福康安无话，行了军礼带人小跑出去了。

当夜，"阿葛哈率军进了平邑城"的消息便报进了龟蒙顶大寨造反好汉帐中。这是紧要军情，龚三瞎子立刻请正在巡寨的王炎过来商议对策，他在民间绰号叫"三瞎子"，其实一双虎目炯炯有神，和"瞎"字不沾边儿。是因当初跟王伦造反，队伍被打散，夜走黑风岭遇到三只狗熊，凭着一把匕首在松林中人熊格斗，三只熊竟都没能逃命。当地老百姓都管狗熊叫"瞎子"，传开了说"龚义天独斗三瞎子"，渐渐就变成了"龚三瞎子"，本名"义天"反而不大有人提起。他原本就是跟从王伦造过反的，龟蒙顶一众三百多人都是他的生死弟兄，王伦事败，这些人无所归宿，官兵一顿搜剿过后，渐渐又零散回到山寨。"龚义天"这名字已被官军造进斩杀"王伦反贼名单"花名册中，"龚三瞎子"却依旧活着。王炎原是在王伦军中结识的朋友，原也不见有什么能耐，直到兵败，三人一同逃亡，到处都有红阳教的香堂接待，管吃管住管放哨，管递消息管送人。走到哪里人们都是顶礼膜拜凛凛敬畏如神。他这才知道王炎在王伦军中不显山不显水，是守时待机的意思，其实本人是个身拥数十万信徒的红阳教"侍主圣使"！几次在寨中演练撒豆成兵呼风唤雨的法术之后，连龚瞎子在内，都尊王炎是寨上的"入云龙"[①] 了。

跟王伦转战两年，山东官军不经打，这是明摆的事。就是平邑的事，就算没有官府衙门欺压良善激起公愤，正月十五闹元宵也准备扯旗放炮大干一场。平邑一反，又上山一千三百余人。抱犊崮、孟良崮、凉风顶、圣水峪……各山各寨寨主纷纷派人投献陈词，都说"以龚寨主马首是瞻"。偏就这个时候，福康安星夜赶来了，济南点将，蒙阴阅兵弄得满世界都知道，裹着红绫的大炮车也招招摇摇向龟蒙顶拖来，各驿道黄尘滚滚都是军队向南开拔，四处送来的消息令人一日三惊。饶是龚三瞎子豪气干云，竟也弄得有点失眠心悸的模样了。

王炎拖着沉重的步履进了大寨主帐。说是"帐"，其实整个"寨子"也就是一座天王庙，主帐就在神殿里头。龚三瞎子在神像前烤火，看着

---

　① 　入云龙：《水浒传》中梁山好汉公孙胜的绰号。

劈柴剥剥爆火，见他进来，透了一口气说道："这会子不会有动静。借给福康安一个胆，他也不敢夜里攻山。"

王炎点头，坐了龚三瞎子对面，明亮的火光映着他的脸庞，看去格外年轻英俊，大约二十四五岁的样子，一袭肥大的棉袍把身子裹得严严实实，刚刚受过冻的脸膛暖和过来，微微泛着红润的光泽，本来分得很开的眉宇像两只蝌蚪蹙着，一双眼眯缝着看那跳跃的火光，许久，才吁了一口气道："粮食还够吃三天。这样困守下去，军心一乱就不好办了。"龚三瞎子道："我最恨的是这些'朋友'，前几日还热炭似的赶着，说跟我鞍前马后共举义旗。官兵还没到，就都变成了缩头乌龟！"

"你不要恨他们。蜂虿入怀各自去解，毒蛇啮臂壮士断腕么！"王炎一笑，自我解嘲道，"那些承许，连封信都不写，原本就没什么诚意，怎么能指靠他们？"龚义天不觉咽了一口气，说道："北边的路已经堵死了，东边界牌镇满山遍野驻的都是兵，我们的探子不能出南柏林——看福康安的意思，不是要突袭攻山，是要合围困死我们。"他顿了一下，"阿葛哈进平邑也是奉了这个命令，进城之前，还有人在城北打了几枪，也是报信给我们听。是突围，还是决战，得赶紧拿个主意。"王炎沉吟了片刻，说道："界牌镇东边就是孟良崮，孟良崮上晁守高有千余人，如果我们打通了界牌镇，两寨合兵，一下子就扭转了局面。"

龚义天没有吭声。王炎是第二次提这个建议了，果真能和晁守高"合兵"，回过头来再打界牌镇，福康安布置的大包围圈子立时就崩溃了，那是再好也不过。但界牌镇现在有多少驻军，摸不到实在底细，北麓正面攻击的官军足有三千，蒙阴城到孟良崮山下那条官道只有二十几里。龟蒙顶到孟良崮一百二十里山路，想要偷偷潜入孟良崮比登天还难，一旦离寨东行，人在山梁上走，几十里都看得清楚。蒙阴、界牌镇的敌军南北夹击，龟蒙顶北麓的兵封住后路，用大炮就能把这一千多人轰成肉泥！他思量着，说道："我再三想过，这条路行不通。我们这些新进寨的，都是在家攥锄头把儿的，根本没有训练过野战。就是王伦的兵，大炮一响石崩山开的，也都蒙成一团儿了。孟良崮的晁天王，他的一千多兵其实是半匪半农，一到大阵仗就散了。他不来联络，又听说黄天霸到处喊山，这种首鼠两端的人不会拿鸡蛋碰石头接应我们。不等到界牌岭，我们就会陷进四面包围里头，让福康安包了饺子！"王炎已经反复钻研局势，料定了是福康安在北路布置了强阵，要压山寨向南突围，在平邑南线张开口袋包抄全歼。明知是计，无奈官兵势大，不得不就范，想想龚三瞎子说的也是实情，咬着牙想了想，说道："不是我要冒险，敌人十倍于我，不冒点险也只有坐着等死。你看清了没有？福康安是逼我们下微山湖，用水师和枣庄驻军剿杀我们。南路下平邑，下去容易上来难啊！"他目光忽地一闪，说道，"白天巡山看到下头祊河，是冻得结结实实的一条路，顺这条路能不能再回龟蒙顶来？"——他竟想到了福康安进平邑的路上了。

"能。"龚三瞎子看了王炎一眼，说道，"山上人打猎常去，我也走过。南柏林南边能下河面上。不过那太陡了，想从那里运动上山太难了！""我们不一定上山。"王炎拨弄着火，放了火筷子笑道，"我们从南路压下山，占领平邑，打垮这个阿葛哈，福康安从界牌镇赶来增援至少要三天。县城一下全省震动，我们能壮声威，鼓士气，如果凉风顶和圣水峪的弟兄能来合兵，兖州府也不是不能打。如果不能合兵，就从祊河河道东进，抄界牌镇的后路打他个出其不意，然后上孟良崮，跳出福康安的圈子就好机动作战。如果界牌镇官军从祊河上游夹击我们，就抄小道上山，打北麓官军，把他的炮夺过来，整个鲁南绿林兄弟见我们打出这一仗，你不叫他们也会粘着跟你！"龚三瞎子没有听完已经咧着嘴笑了，高兴得一捶大腿说道："成！这法子还成！他奶奶的——逼我到枣庄微山湖，那不是虎落平阳龙游浅滩了？老子偏不上你的当，掉头杀个回马枪，让这些好汉们也开开眼！"他站起身来，一挥手道，"明日半夜下山，官兵不惯夜战，先把阿葛哈的大营给他端了，一把火烧成白地，再进城去养养精神，吃饱了睡足了上界牌镇！"又笑道，"就是你平日说的，咱们不是土匪，起事是为百姓能过好光景，是为光复大明驱逐鞑虏，迎接在爪哇国的崇祯皇太孙回国复辟！要预备一个安民告示，进城就满墙贴起来！坐着死站起来死，穷死饿死造反死，左右都是死，干起来也许就是他死我不死！"

王炎却是几次造反的"过来人"了，一阵短暂的兴奋过后，取来地图反复审视研究，又和龚义天一道商量怎样攻营、占城、征集粮秣，连事情不顺利，万不得已带人上凉风顶抢山夺寨都一一周密计划了，直到四更才入睡不提。

……第二日午夜，也就是福康安下令北麓佯攻龟蒙顶攻击令的前三个半时辰，一千五百多名起事义军集了天王庙前树旗杆的空场上。一色都用白布裹头白布缠腰。这一来是义军帜号为明挂丧出征，二来下山的道路陡滑，前后好辨认，夜里遭遇官军、也好识辨敌我。庙门口燃着四堆松柴火，泼了猪油，烧得格外明亮，一千多农家出身的兵士，有的背土铳，有的佩大刀，更多的是打猎护场用的铁矛，甚或斧头铡刀之类……都静静站着，品类不同的兵器在火光映照下闪着寒森森的微芒。空场上显得肃穆冷旷，透着杀气又略带几分神秘恐怖。龚三瞎子一身短打扮，对襟纽子褂子黑扎腿裤，中间腰里一条白布勒得绷紧，紫糖脸在火光中一明一暗，一手拄刀，一脚蹬在庙门柱础上，眼中精光闪烁凝视着众人。看着人到齐，站直了身子，突然大声问道：

"兄弟们！咱们为啥要造反？"

在一片寂静中，他自己回答道："遍天下都是贪官污吏，遍天下都是苛捐杂税！一文钱能买一个窝头，我们一文钱也没有！养活不了老婆儿，也养不活老子娘！张献忠的檄文说的好——官逼民反、民虽欲不反，其可得乎？——他们祖籍是长白山，占了我们中原，说是为明复仇，夺了江山又不还给朱家，说是'以宽为政'，其实连他妈一条线的活路也不留给我们。有人怕'造反'两个字，招来大军擒杀我们，我老龚不怕！杀尽不平方太平，为了这一条，为了我们汉人祠堂祖宗，我要——"他咬牙切齿怒喝道，"杀尽这些没天理的贪官！就是败了，也得个青史留名不愧子孙。"

"清家气数已经尽了，皇明复辟势在必然！"王炎不像龚义天那样剑拔弩张，说话有张有弛抑扬顿挫，"正月十五，北京、南京、开封、太原、保定的红阳信民要同时起事，顺劫应天！我们不过是早干了几天。几股子义军汇合起来，立马就有百万大军，不但可以横扫山东，夺天下，坐龙廷也是指日可待！兄弟们，我们都是一劫一会之人，天庭龙虎榜有我们的名字，将来光复汉室，富贵荣华，也是天榜上注定了的。眼下，我们要下山攻占平邑，活捉福康安这条清朝妖狗。大家不要怕他人多，我们是神兵，一行一动都有红阳老祖、无生老母，还有无数神灵佑护着。方才我已经运过元神，和无生老母通会，她说要降坛，施我们护法神水，神水护身，刀枪不入！"

下头义军们互相交换目光，一阵窃窃私语，都疑惑地看着这位年轻的"圣使"，觑着眼看他如何动作。火光里，只见王炎徐徐脱掉了外头灰暗臃肿的大棉袍，里边露出一袭石榴红的长袍，腰中束着绿丝绦，悬着一柄七星宝剑——这身装束有点像民间跑马卖解的女子，看着既飘逸利落，又透着一点诡异。袍上绣着的太极图、莲花宝络一闪一动变幻不定，前心后心上还绣着两只冲腾燃烧的火把。肃穆中王炎开始仗剑在火堆前步罡踏斗，口中念念有词："……传流在世不计载，度尽王位众国臣，相伴无生永在世，一点明月透昆仑。若得师徒重相见，灵山会上去找寻……"

念诵声中，那火堆便有些作怪。本来已经燃得挂了一层霜灰样的火堆，像是又被厚厚地加了松柴，注进了油。却也不是轰然激燃，袅袅地，缓缓地漫起了青烟，烟雾愈来愈重，渐渐将庙门都弥漫得一片模糊，便有无数火舌在轻微的爆响中开始蹿动，如电光，如流火隐在霾雾中不停地跳跃，把王炎、龚三瞎子，几个如痴如呆的兵丁都湮没在烟和火之中，只见那把七星剑在烟火中划动。突然爆响一声，一团火球腾空而起，王炎在烟雾中大喝一声："谢红阳老祖玉趾临凡，诸弟子跪接圣符！"

兵士们不知是谁带头跪下，接着所有的人也都跪了下去——却不是我们寻常见到那般合十祷祝，都是左手箕张作火焰升腾状，右手掐诀仰天祈告："南无红阳老祖！南无无生老母！"……人们恍惚迷离，随着王炎的宝剑舞动，虔诚得如醉如痴摇漾着身子，也都跟着念念有词："无缝门，展开放，光明发现。回头看，百样景，尽在人身……"迷蒙之中，仿佛可见几个黄巾力士搬着硕大无朋的坛子在烟雾中随节拍晃动舞蹈，王炎则不停念咒指挥着："开心宝卷才展开，普请诸佛入会来。天龙八部齐拥护，保佑弟子永无灾……安坛，布符，谢酒……"须臾间宝剑划空一挥，一切又成原来的模样：龚三瞎子一脸迷惘，几个亲兵如梦初醒呆呆站在庙门口，四堆松柴火已经燃尽，余烬静静地堆在地下，像是什么也没有发生过，又恢复了平静，只是每个火堆旁多了一口盛酒的巨坛。

"这就是烧过圣符的酒，"王炎指着坛子道，"服饮了这酒水火不侵刀枪不入——危急时分生死交关，念圣母圣号，还能土遁火遁脱身！——哪个兄弟愿意上来试试？"

人们你看看我，我看看你，没有人上来。王炎一笑，走至一个坛子旁边，里边已有现成的瓢——舀出一点，略沾唇喝了一点，向前走了几步大声说道："哪个弟兄上来？无论刀枪弓箭土铳，只管朝我身上照家伙！"

见没人出来试验法术，王炎又叫了两遍，后头挤上来一个毛头小伙子。嘿嘿不好意思地一笑，说道："俺来试，俺喝这酒，俺信得过你！"

"好样的！"王炎拍了拍他肩头，舀了酒过来。那小伙子却不含糊，咕咚咕咚就喝了半瓢，已是红了脸，一拍胸脯道："来吧！"王炎也不言声，就手中提着的七星剑劈胸一剑刺了过去——人们惊呼声中，那剑已经斜刺入心窝，从后肩胁下透背而出！

但小伙子却没有倒下去，他似乎只是吃了一惊，低下头看自己前胸插着的那柄宝剑，又用手掏摸着襟下试着是真还是假。他脸上先是惊异，一副糊涂相，试着走了两步，忽然狂喜地双脚一跳，大叫一声："真灵！这宝剑都伤不了我！"王炎一把抽出剑来"当"地摞在地下，又从亲兵手中取过一枝火枪，端平了，对那小伙子道："有胆量，是汉子！再吃一枪！"也不知是什么手法，说着话已点燃了药捻儿，只听"哧——嘣"一声巨响，连火带烟从铳管里扑面喷出去，把个小伙子面目熏得鰲黑，陈年灶王爷似的，却是不疼不痒，没伤。见他犹自在阶石前发愣，下头有人高声问道："狗剩子！咋样？"

"没事！"小伙子一抡胳膊哈哈大笑，跺脚踢腿兴奋地嚷嚷道，"红阳老祖保佑，无生老母保佑！刀枪不入，刀枪不入！"一片声鼓噪欢呼中，龚三瞎子也喝了符酒。所有山寨义军在四个大坛子边排队依次饮酒了，王炎笑谓龚义天："我们下山，杀他个措手不及！"

龚义天被朱砂符酒烧得眼睛通红，紧了紧腰带，提起大刀，对众人喝道："跟我来！"

第四回　福公爵血战观星台
　　　　起义军全军殉义节

　　这一夜福康安没有合眼，几乎整夜都在思索卯时总攻后的军事措置。玉皇殿中给他临时摆放了沙盘地图，熟悉得一闭目就全图闪在心里，还是不时起来，自己秉了蜡烛照着看了又看，累乏了就在临时搭起来的铺上略躺一躺，想起什么事就腾身起来再看地图。愈是临近卯时，他的心便愈是烦躁。兴奋里又夹着紧张，期待着又有一丝不安——毕竟三路大军包抄的不是个小山头，而是二百里方圆的龟蒙顶。互相联络都用起火信号，快固然是快了，也有一宗不好，若有意外变故无法详细报知，而且起火信号白天不易看得清楚。因此，从下午开始，他便派出几队本地兵士出去"探哨"，每隔一刻向他报一次军情，不但要刘墉和葛孝化的信号，龟蒙顶、凉风口、恶虎村、圣水峪诸路也都有侦探随时联络报告。王吉保见他累得连连打呵欠，也觉心疼不过意的，一边端茶拧毛巾不住侍候，劝道："离卯时还有一个时辰呢！爷您只管打个盹儿，小事就算了，有要紧事我喊醒您。"

　　"你能处置军务？什么是大事？什么又是小事？"福康安没好气地说道。自己也知是累得光火，故缓了口气，叹道："阿玛在金川是用信鸽传递军情，还是他老人家有办法啊！我这里忙个不了，横不楞子还又来了个十五爷——你想想，这里打乱了，十五爷出个一针半线的差错，谁当得起这个责任？"王吉保道："也是的，十五爷来凑个什么热闹？请他到营里来，又不来，问他在哪里住，又不说，这爷真难侍候。"福康安却不愿在奴才跟前发颙琰的私意儿，好气又好笑地双手捂着口呵欠着，嘟哝不清地说道："他也是好意，怕到军里来掣肘营务，怕我为保护他分兵。唉……"颙琰这层"好意"之外，明摆着还有要在剿匪功劳里分一杯羹的"歹意"，说着就碍难启齿了，他富察氏家和魏佳氏、颙琰的家世渊源，原本并不在乎他来分点功劳，但这一来，军务上头又加这一重责任，反倒使福康安更是不堪重负。思量着，又加了一声叹息："这又何必如此张致呢？"

正说着话，听见外边石甬道上一阵急促的脚步声，"噔噔"的撼得地皮直颤渐渐近来。王吉保正要问话，一个兵莽莽撞撞冲门而入，身上带的风忽地将一片蜡烛吹得一暗。那兵似乎有点迷惘，看一眼福康安，手指着外头道："下来了！——他们都穿白的，下来了！"福康安一愣，情知军情有变，"啪"地一拍神案喝道："你慌什么？慢慢说！"

"是！是——龚三瞎子的人下山了！"

"有多少人？从哪条路来，往哪里去？"

"都下来了！山道上挤的都是！像白蚂蚁下树似的……天太黑，看不清楚……前头的已经到了山脚，后头的还在路上……"

王炎居然提前弃寨，主动前来攻击！福康安千思万虑挖空心思，也没想到他有这个胆略！这下子变起仓猝：本来是三面夹击包抄合围的大局，一下子变成了自己一方独自和逆军对垒！……他们正在集结，后边的队伍在山道上，只要突然迎头痛击，立刻就会乱了阵脚！……这个念头一闪，福康安立刻自己就否定了它。那样一来，王炎立刻就会缩回龟蒙顶，在山寨死守，变成旷日持久的攻坚战。但若静静看着他们整队，又不知他们运动攻击方向。倘若王炎部不强攻硬打，趁黎明向合水方向挺进，那就变成追击战——在山道上比脚力，官军无论如何不是这些山寨逆民的对手……一霎时，福康安动了无数念头，终于决意"不鼓不成列"，重新布置作战方案。他镇静地扫视一眼院外，算计一下兵力，说道："现在传令赖奉安，派五百名军士向城东运动，堵塞祊河河道。王炎如果攻城，虚应一阵向城南退，只许败不许胜——他能挡住东南两路敌人逃路就是大功一件——敌人如果抢攻夺路，可以后退，不许让路，把王炎粘在河道上就成！"

传令兵答应了往外跑，贺老六已经进来，他已知道有敌情，目中灼灼生光，大声请示道："龟儿子们正在集结，这时候好打，一打就乱了！"福康安道："一枪也不许打！弟兄们都起来了没有？"

"起来了，听大帅的令！"

"你带一千五百人，"福康安咬着牙，一脸狞笑说道，"运动到赖奉安大营以西。敌人下来有三处攻击方向，一是原来阿葛哈大营，一是平邑城，一是我这里玉皇庙。无论攻哪个方向，你暂时不要行动，只是切断敌人归山道路和向合水的驿道——打烂了不要紧，肉烂在锅里！"

"是，标下遵命！"

"葛逢阳！"福康安又叫道。

"奴才在！"

葛逢阳就守在门口，向前挺了一步，听福康安下令。福康安没有马上说话，审视他良久，轻轻叹息一声，说道："你带三百人到城西北角，看着逆匪动静，他要攻城，或者来打玉皇庙，你都不管，等我的号令。如果去打原来阿葛哈大营，你要开枪诱敌。最好诱在西门外合围歼灭。你要明白一个道理，这个平邑城地势低，是个易攻难守的地方儿，他不到两千人，只要进城，或者没有营盘据守在野外，好打。明白么？"

"奴才明白！"葛逢阳大声应道，他又犹豫了一下，说道，"那……爷这里就剩不足二百兵了……他们要是攻玉皇庙，那可……那可……"福康安点头一笑，见那些道士和向导都过来了，站在殿门口惶惑地看自己，因道："不要惊慌，你们随这位管带出庙，有火枪队护着，决计无碍的。若因军事损毁庙产，损失多少赔偿多少！"葛逢阳道："我是诱敌，带那么多火铳做什么？我带两支枪，其余火枪队跟爷！"

福康安凝视着葛逢阳，说道："你是诱敌的诱饵，鱼是要吃饵的。我要叫他舍不得，吞不下。你可明白？这样，我留下十支火铳，有吉保和我们的家丁，还有贺老六的一百多亲兵护卫我，足够了。他要全伙来攻玉皇庙，你就传令各路人马到外边夹击。我强敌弱，又是白天作战。刘墉攻山，如果见是空寨，也会来增援的！"

一阵阵轻微的骚动之后，大庙里寂落冷静下来。偌大的院落里黪黑不闻人声，幽深得像没有底的古洞，只受了惊扰的树鸟偶尔一声怪叫，刹那间又陷入更阴森恐怖的岑寂黑暗之中。玉皇庙地势偏高，北面倚着龟蒙顶山根，向东下去是祊河，西边有一道被山洪冲刷下来的干河沟，站在庙山门口就能鸟瞰平邑半个城，但此时外边双方军队都在运动，无论如何不能暴露指挥位置，只可派零星探哨出去侦探。事急关心，又不能亲自出去观望，饶是福康安镇定，大冷天儿，脑门子上竟渗出一层细汗来。王吉保守在殿门口，一般也是心提得老高，庙里只剩下不足二百人，万一敌人觉察，一窝蜂围攻上来，官兵虽多，远水不解近渴，五步之内血溅当场，别说有三长两短，就是伤了福康安一根汗毛，自己这个"功奴"怎么向太夫人交代？他转着眼珠子不停打着主意，趁福康安要水喝，赔笑道："四爷，白天我仔细看过，这起子贼既然从西边下山，想攻玉皇庙只有从正门进来……"

"唔，唔？"福康安一门心思都在外边，听他说话，半晌才回过神来，一偏脸盯着他问道，"你是什么想头？"王吉保道："奴才想，姓龚的姓王的要是先打县城，必定要占这座玉皇庙。他们两千人，又都是中了邪的，我们只有不到二百人，打起来要吃眼前亏。"他用手指着庙后，说道，"神库后头有个观星台，是道士们守庚申坐着用功的地方，地势最高，庙里的树都比它低。依着奴才见识，爷带五十名亲兵到神库，随上火枪，敌人不来，那里能用千里眼观阵，指挥也便利；他们攻庙，我在前头带人挡一阵，爷从东边顺河就到了城北，调兵从后头夹击。他就是土行孙投生的也跑不了。爷说呢？"他知福康安性气极高，不说"逃"，只说"顺河下去"，犹恐福康安不肯俯就，盯着福康安看他颜色。不料福康安连想都没想就说："好小子，会用心思！这种仗就是比谁聪明的事儿。他们提前下山，没有照我原来的设计行事，但我毕竟比他们更提前到了平邑。现在倒是他在明处我在暗处，就是要用点心眼，打他个晕头转向！"说罢拔脚便走，命道，"你来调拨人，我上观星台——把灯熄掉！"

观星台就在神库北边，也是依着山势垒起的石基土台，共分三层。福康安没有登到台顶便知王吉保的建议极好。此刻薄曦微霭映照，周围虽然仍旧苍暗，山川景物已绰约可见。土台上下长满了蒿草榛棘，又能隐蔽向外瞭望，居高临下，不但便于发令指挥，且是事有仓猝，也能临时抵挡一阵。福康安疾步上了台顶，见居然还有几个供打坐的石磴，不禁高兴地一笑，也不就坐，举起了望远镜急不可待地向西探望。

但天色还是太暗，无论福康安怎样旋动焦距，一切景物仍旧模糊不清，山根背阴处的残雪和条纹状的山壑石沟，构成黑白相间的一幅奇怪的画图在镜中延伸，时而变幻跳跃着，根本分不清道路房舍。福康安正在向西努力瞪眼看着，忽然从西南方向"嗵"地响了一枪，急调转望远镜看时，仍旧一团糊涂，侧耳听时，连枪声也不再响了。正没做理会处，王吉保带着一个传令兵连蹿带跃气喘吁吁上了观星台，张嘴喘白气禀道："帅爷……接上火了……接上火了……"

"你们别急，喘口气再说。"福康安放下胸前的望远镜，待他们稍定，不紧不慢问道，"是葛逢阳还是赖奉安在西门？方才听到一声枪响，是谁放的？"那传令兵犹自微喘，说道："是葛逢阳……他派人来禀，匪徒们共有人数不足两千，背着锅灶，还有驴驮的粮食，在山坳里整了队，趁黑去摸阿葛哈那座空营。还说他要放一枪，装作向营里报信。敌人攻城他就屁股后绕着打。叫四爷放心，有信儿就又报过来了！……他还说，这些人也都是白衣白包头。和我们的人差不多，黑地里打分辨不清，叫四爷留意……"福康安没想到葛逢阳办事这么细，连敌人人数装备也摸清了，不禁大喜，举拳一捶腿道："小葛子好样的！你派人传令给他，粘牢了反贼，拖到天亮就是成功！"说话间，王吉保用手指着龟蒙顶东南山腰上叫道："四爷，您瞧！刘大人他们打响了！"

福康安回头看，果见南柏村一带山腰间起了一丛焰花，约有十几枚的模样，都是玫瑰紫色，已经在冉冉下落，未及暗灭，又一丛升起来慢慢腾空，是一色殷红，纷纷散落着，又起一层菊黄烟花，却是异样明亮，天女散花般纷纷坠地……福康安已是隐隐听得闷炮之声遥遥传来，兴奋得眼中放光，说道："快派人，到平邑北门烧三堆大火，烧起来后，把所有烟花起火都点燃了，火越旺声势越大越好！——刘墉进了山寨，见这里异常，一定要布置增援的！"他一脚踏了石磴看着天空，伸手道，"吉保，太冷了，弄口酒我喝！"

龟蒙顶寨后响炮，寨东南起烟花，立时惊动了王炎、龚义天一干义军。他们在山下集结了近半个时辰，大队人马收拢来，原打算一鼓作气直扑阿葛哈老营，把这一营弱兵打散，烧它个火焰烛天，然后从容进城安民。但前哨摸到大营半里远近，莫名其妙从城西树林里传来一声火铳枪响，惊得野鹳老鸹绕林子乱飞乱叫，兔惊狐走树摇草动的。大营里就都是死人也惊醒了，派人去查看，偏那葛逢阳隐藏得极好，连个鬼影子也不见。再看大营，本应是提铃喝子派人出来侦探的，怪煞也是一点动静全无。黑魃魃阴森森的帐篷营房寨门横卧着，像一尊暗地里磨牙吮血的怪兽随时都要暴起伤人的模样——已经觉得不吉祥，山上又是这般动静，到处都透着凶险莫测。本来一脑门心思要端营的，二人都有点狐疑不定了。

"是福康安在北边动手了。我们先走一步，好险！"龚义天抹着满把的汗庆幸地说道，"王圣使，有你的！他占了我们空营，一路追下来，我们就从祊河再杀回寨子，管教小崽子人仰马翻！"王炎却一直审量周围形势，盯牢了不住看那片营房，一盏灯也没有，一点人声也听不见，这太蹊跷了——莫非是座空营？但若这样晾在城外，天一亮就全军暴露，不能立刻端掉阿葛哈老营，只消一个时辰山上的援兵就到，那后果真是难以设想！想了想，说道："我们不能在郊外野地久留，先派一小股人冲营再作计较！"龚义天便发令："西寨的弟兄们，冲！"

三百多名兵士听令，发一声喊便向兵营东门冲去。其余的一千多人随着王炎呐喊助威，叫得一片喧嚣："踏平山东省，杀尽贪官污吏……""驱逐鞑虏，光复汉家衣裳""均贫富杀劣绅"……地动山摇的呼喊声在黎明前的旷野中回荡着时起时落，显得格外响亮声势浩大。但三百人没有冲到大营门口便听一阵枪响，"砰砰砰砰……"一般儿又脆又响在夜空中回荡……

进攻的人停住了脚步——枪声仍旧是南边树林里响起的，近在咫尺的大营依旧毫无动静，阴沉黑暗得鬼影幢幢。但大队人马已受到惊扰，毫无野战经验的义军战士们一片慌乱，有人就大叫："龚大哥，王圣使！官军从南边压过来了！"攻营的兵士站在寨门口向东南看，果然见树林子南边一队队人，像毛毛虫一样向大队蠕动逼近，不时地放冷枪，"砰"的一声，"訇"的又是一声，不知要什么把戏。有几个胆大的兵士冲到寨门口，不管三七二十一——一顿乱脚猛踹。偌大寨门颤抖着呻吟着支撑了一会儿，一声轰响拉杂倒了下去，黑雾一样的灰尘扑面扬起老高，先闯进去的兵咳嗽着跳脚大叫："龚大哥，是他娘的空营！一个鬼影儿不见！"

"空营！"尽管王龚二人都已有了预感，还是同时吃了一惊——就算全营撤出，营房看护仓库留守伙夫马夫病号更夫甚或猫狗之属都扫地出门？但无论如何，这里总算是个落脚地，听着南边零星爆竹似的鸟铳声，东一枪西一枪不紧不慢黏糊着打过来，两个人越发觉得原地站着不是事，龚义天说声"走"，大队人马便随着一拥入寨。就在阿葛哈空落的议事厅里紧急磋商。

龚三瞎子道："阿葛哈这人我知道，花花公子草包一个，没有心计也没胆量——全营进城定是福康安下的令，他不能不遵。我看我们就守这寨子，派一半人就打下了县城，成个犄角之势，然后看情形再办！""那方才是谁打枪？"王炎反问一句，又叹道，"我们仓猝聚义，到底是建制不全啊！消息探马反倒没有官军灵动……现在敌情不明，但有一条似乎清楚，福康安是要逼我们向西向南，然后在大川平原合围我们……"

二人商议来商议去，什么都想到了，就是没想到福康安本人带了两千精兵，已经在平邑周围布下了铜网铁阵。二人仅仅是针对阿葛哈那一股不堪一击的弱兵懦将部署行动；要想向东挺进，无论如何要吃掉阿葛哈的驻军，占领平邑溯祊河相机行动。城外有小股官军骚扰，也许是福康安的疑兵之计，不能胶着纠缠。到天放亮时，二人想到龟蒙顶已经失守，官军随时可能铺天盖地压下来，更觉只能当机立断马上攻城，消灭了"阿葛哈"才谈得上狙击龟蒙顶的援兵，也才能再想由祊河向界牌突围……因此，几乎没有争执，两个人一拍即合：弃寨，打县城！

二人计议罢，在营中整队出来。此时天色已经大亮，但太阳还没有出山，一片清光之中看得明白，平邑县城北高南低横亘在东边，环城自西逶迤向南，半道护城河和南边的祊河相通连，冰冻得像半条围腰的玉带。愈是向北，城墙也愈低，向南都是两三丈高的砖城，城门锁钥封锢，没有炸药和云梯根本攻不进去。龚义天站在寨门口扬刀指向玉皇庙，说道："占这座庙作我们中军指挥，从此门打进去！"王炎道："放火，烧掉他这大营！"

在熊熊烈焰中，一千六百多名义军向玉皇庙行进，先头三百多名前锋待转过城西北角，突然发了狂似的齐声呼啸，挥刀直攻玉皇庙，关得紧紧的山门禁不住石砸脚踹，三下五去二已变得稀碎。义军已一窝蜂拥了进去。龚义天正要挥军进庙，突然庙中响起了枪声，"砰，砰"的一枪接一枪，却不甚稠密，仿佛还不够热闹，南边树林子一带也响起了枪声，比庙里声势大得多，似乎是排枪，边放边走越响越近逼过来。几乎同时，攻进庙里的兵士们有十几个跑出来，大呼小叫喊道："庙里有官军！庙里有官军！"王炎怔了一下，平明人静，他已隐隐听得军营西边也有呐喊声传来，诸多异样不利凑到一处，情知事有大变，急问道："有多少人？"

"看不清，都躲在庙楼上大殿里射箭打火铳，进去的弟兄们压得抬不起头……"

"打！再进去五百人！"龚义天大喝一声。

五百壮士从庙门中一拥而入，福康安的卫队立刻险象环生，王吉保见义军举着火把要放火烧庙，急令守在大殿里廊房的兵士退守庙北后门，望着潮水般漫庙涌进的人流只情放箭，鸟铳手分成五人一排，一排开火拒敌一排装填火药，满庙里打得箭如雨蝗硝烟弥漫。但义军似乎也觉察到庙中驻军不多，后续的兵丁进来在山门内整队，先头进来的上房压顶，用火箭逼射过来，庙中大殿已经着火腾烟。王吉保见形势凶险万分，一头命令："都退神库去护四爷！"一头撒腿直奔观星台，见福康安站在石磴上犹自用望远镜瞭望，也顾不得行礼打千儿，急急说道："四爷，咱们走！"

"怎么？攻进来了么？"福康安放下望远镜问道，脸上平静如水，指着平邑道："这个赖奉安还成，知道机变应付，已经有大队人马从东门出去了！""我的爷，土匪也在包抄东边的路，堵我们下祊河的道儿呢！"王吉保满头大汗脸色煞白，"再迟，就包围了我们啦！"福康安道："是我们包围了他们！葛逢阳像一帖臭膏药粘在他们屁股上，贺老六的大合围也过来了，这仗好打！"他指指北庙门："这里还能守一下，要把他全军引进庙来我再退！"

话未说完，北庙门里边极近之处又响了几枪，便听刀枪相拼撞击的响声噼里啪啦急速乱响，先是十个火枪手夺门退了出来向福康安靠拢，已几乎人人带伤，到观星台下都拔出刀来，便忙着装药——原来在前面敌我混杂，已经是白刃格斗，既不能开火，连装填火药也来不及了。福康安"刷"地拔剑在手，扯足了嗓门喝令："我的卫队全部撤到庙后！"便听一阵兵刃响动更加急促，百余名亲兵浑身是血从庙门中退出来，在神库旁边列队。福康安见还拖着十几具尸体，站着的人也有不少伤了胳膊腿的，喝令："兄弟们退过来，火枪手对准门口，进来一个打死一个！"

这里亲兵卫队刚退至土台下面，庙门口一窝蜂拥出十五六个敌军兵士，因门口狭小，个个挤得踉踉跄跄，尚自立足未稳，五柄火铳一齐发射，当时便打倒了五六个，剩下的人见势不妙，有的抢路往回逃，有的往土坎里趴，有的大喊："火枪厉害！王圣使的法术不灵！"里头有人呼应助威喊着道："不是法术不灵，是他们昨晚想女人了！兄弟们，推倒这堵墙，敞开了打！"听得"一——二！"一声吆喝，庙北墙已是轰然坍塌，只见如蜂如蚁的好汉们齐排成队，挺着长矛大刀，红着眼呐喊：

"刀枪不入！刀，枪，不入！"

……一头喊一头白汪汪大队压上来。义军寨里也有五六支土铳，渐次出来站在玉皇殿后成一排瞄着土台子没头没脑只管开火。霎时间，观星台周围一片浓烟滚滚，硝雾里铁砂打得蒿草石基铮铮作响。枪声中官军义军都有人不时倒下。但山寨的人似乎都已不介意是否真的能"刀枪不入"，前头的倒下，后头的又照旧喊着拥上来，刚刚歇息了片刻的官军卫队见情势凶险万端，横中又杀了上去。两下里都是最精锐的兵力，在这方寸之地短兵相接，土台前后、神庙左右数百人连呼喊带杀，搅成了堆、滚成了团……

这真是空前惨烈的白刃激斗，此刻，福康安即使要从神库东撤出庙外也要经过这片厮杀地了。初升起来的太阳惨淡的光芒刚好斜照在这山坡上，王吉保带着两个火枪手，十几名卫兵拱护着福康安绕台躲藏抵抗，走一处一处刀丛剑林，冲到跟前的就拼死用刀劈矛扎，福康安自己也有一柄短柄马铳，看准了就打一枪，见来势凶猛就绕台再避，时而一两声短促的枪响淹在杀声之中，台前活着的三十多个亲兵也真个凶悍，自身人人都杀得血流被面，见福康安处危急还要冒死去救，抵死不肯后退半步，台周围的官军和义军已完全混成一团，刀枪迸击火花四溅不时有人惨呼着倒下。王吉保眼见自己人越战越少，真的急了，大喝一声：

"架起四爷！从西沟跳下去——日你妈的们，这会子听我王吉保的！"福康安还在迟疑，三四个亲兵拥起他就向西走。正是万分危急之时，忽然庙东北角"呜嘟嘟"一声号角，王吉保抹开糊在眼上的血一看，立刻高兴得跳脚大叫："四爷四爷！我们的人上来了！——葛逢阳！少主子在西边，你他妈的呆怔什么？"他站在观星台基上，看着从东北角黄蜂一样拥上来的官兵生力军，双腿微屈双拳举在肩上，激动得浑身颤抖，只情扬着双拳歇斯底里大叫："好，好！打得好，好哇！开火，开火，开火！打——啊打！"

"砰"！"砰"!!"砰"!!!

这是一支三百多人的清兵队伍，葛逢阳带着从庙东绕过来的，四十枝火枪轮排发火，打向密集的人群，一响就倒下一片，割麦子般打得神库前尸积如山。本来已经打得性起的人们被这突然袭来的恐怖一下子惊醒了，吓呆了，要夺路回庙，也被火枪封了门，眼见官兵越上越多，在神库东边整队。不知是谁喊了一声"快逃"，众人忽地向西拥去，接着又一排枪声，一大堆人连挤带压滚进两丈多深的洪水沟壑之中。葛逢阳一眼看见福康安提着马铳站在跳跃呼叫的王吉保身前发愣，几个跟踉上去，一个千儿打下去，话也不说，吭哧吭哧直哭。王吉保神志已经兴奋得失常，他一只脚赤着跳下石基，疯子似的指着山洪沟，嘶哑得破了嗓子直叫："打——啊打！给我装足药，填满子儿——打呀！"那四十名火枪手站在沟沿上听他号令，火枪放得像燃起了爆竹，只情向下有人的地方开火。可怜挤下了沟的这些人毫无招架之力，欲攀无路欲降不能，除了几个心思灵动的顺沟南遁，余下的一百多人挨了不计其数枪击，被打得尸无完体血流殷沟。王吉保扎煞着双手仰天哈哈大笑，"咕咚"一声晕栽地上。

"扶起吉保，打扫战场救治伤号！"福康安说道。他仿佛此时才从噩梦中惊醒过来，看着战场上的硝烟渐渐稀薄，打麦场似的东一堆西一堆的尸体，颤悸了一下，迅即收摄心神，又对垂泪不已的葛逢阳道："你别难过，我是要把龚义天全伙诱进庙里，打起来就省事了。惹火烧身是我虑事不密，没有你和吉保的责任……"葛逢阳也不答应也不谦辞，只是泪眼汪汪发呆。福康安知他怪自己事前不听劝谏，又不能失礼责备自己，心里一阵滚烫，感动得叹息一声，却笑道："别抹眼泪了，往后再有这事，多听你的建议就是了——写信给你爹，就说我说的，你很给我露脸……"见担架抬过了王吉保，几步上前替他掩了掩被角，看他昏迷不醒，对抬担架的兵士又道，"下令给赖奉安，我要征用平邑所有的郎中，购买所有的红白伤药。现在活着的军士，要全部救治平安！"说着大踏步从庙角下路，边走边大声下令，"所有我军向这里靠拢，围攻这座庙！刘大人下山，请他到平邑城北门相见！"

福康安从庙东绕到庙南，直到平邑城北门外才松了一口气。掏出怀表要看时辰，却又吃一惊，原来不知什么时候，左肋下被人扎了一刀，正扎在怀表上。表蒙子玻璃走字针儿都没有了，装簧机械和玻璃碴儿碎得混到了一处，表壳边沿蜷起扭曲得不成样子，亮晃晃的像只金蜗牛。怔了一下才觉得左肋间隐隐发痛，伸手摸摸却没有异样，情知是这块表救了自己一命，不禁暗道：惭愧！皇上洪福齐天，福康安命不该绝……想扔掉那表，又止住了，用白帕子小心包起又揣了怀里。收了怯色看那庙时，贺老六的兵在西，葛逢阳在东北已经守定，赖奉安守在城中的兵也都威风凛凛，蚂蚁出洞似的从北门开出来，蔓延向东布阵。被打得一片瓦砾的山门前也有几十具尸体，兵士们也在像蚂蚁拖苍蝇一般向后搬运尸体。西边布置好没有派上用场的官军也都由城北官道运动过来，一队队涌过来。整个玉皇庙几乎已是淹在白漫漫的"兵海"之中。庙门洞开着，用望远镜能看到铁鼎跟前有人走动，却是阒无人声。一片死寂恐怖。他想叫王吉保，忽然想起他在疗伤，心里一阵又悲又恨，牙咬得格格作响，回身命传令兵道："去，传令给他们，敌军伤号一概不救，就地斩首！叫城里所有的厨子，有什么好吃的，只管做给我的伤兵吃！"说话间城里已有人飞报出来："刘大人从西关过来，请见福大人！"

"好，请他城楼上见！"福康安咬着牙笑道，"今日一同观战，幸何如之！"说罢径自进城登楼。少顷便听城下一片马刺佩剑碰撞响声，刘墉几乎一溜小跑着上来。一眼看见福康安站在楼门口偏眼觑天色，刘墉腿一软，几乎坐倒在地，一手扶着雉堞垛口站稳了，说道："福四爷，你几乎唬走了我的真魂！"福康安见他黑脸透着焦黄，喘吁吁站着盯自己，满眼关切忧郁，也觉感动。想说什么，却冒出一句："妈的！表打坏了，现在什么时辰？"

这一文一武是一对老搭档了，自乾隆第一次南巡，二人一同奉旨观风，在枣庄偷袭一枝花余党蔡七就结下了不解之缘。现在一个是公爵，一个是军机大臣，同操军国中枢虎符，都自历练出一份将相城府，喜怒亲疏不形于色的，此时此情之下不禁见了真情。刘墉愣了一下，也看天色，太阳却被薄云遮着，也是一笑，忙掏出自己的表看，说道："现在是辰末不到午初。"

福康安略为惊讶地又看看天，没有立刻说话，他没有想到方才那一场恶战总共不到一个时辰，这么短一会儿自己已经在生死关里走了一遭。他转过脸面向刘墉，说道："石庵兄不要这样看着我，我一根汗毛也没伤。打仗的事刀头上过活，连点风险都没有，那连投机做生意的都不如了。这一战虽险，敌人全都被我诱进了这瓮里，省了多少事！要少死多少人？——今天白天，一定全歼这股子悍匪！"说着，吩咐人，"弄张桌子，摆点茶食，这里生一堆火，我和刘大人就在这里观阵！"

一时摆布停当，刘墉福康安入座，便见贺老六赖奉安和葛逢阳三人上城禀见。福康安笑道："赖奉安差使办得不错，你的兵要不向东运动，他们当时也许就会突围。这顿板子没有白开导你。老六别那么沮丧，觉得没有派上你的用场，有备无患嘛！敌人如果据守大营向西南走，那边空着就麻烦大了！"他看一眼葛逢阳，但葛逢阳是他的奴才，无须这样表彰安抚，因用手指点着桌子，问道，"这会子没有动静，你们琢磨着龚义天在做什么？"

贺老六满面羞惭，红着脸尚未说话，赖奉安道："方才大帅亲自率中军和逆匪白刃格斗，杀了三百多匪徒，这是龟蒙顶山寨的老本。打得凶险胜得漂亮，我猜龚三瞎子已经闻风丧胆，正在和王炎商量着投诚——这围得水泄不通，又没有援兵，远处还有葛臬台在界牌把守，兖州的兵还不住往这里开，他们插上翅膀也下不来！标下也是老行伍了，没有打过大仗，擒过几个小贼，自以为也满得意的，这么亲自瞧见了才知道什么叫真章儿。四爷在观星台左冲右杀，我亲眼见砍翻了十好几个贼，威风得跟关公一样！"福康安听得肚里不住暗笑，这人猜着敌人要"投诚"未必妥当，但高帽子手里现成戴得自然。贺老六见福康安沉吟，说道:"这不是一般打家劫舍的土匪,是一群有心胸有智算的反贼。离开平邑时他们下过告示,不伤平民不害商贾,是要'应天顺劫'大干一场的家伙们!不能指望他们投诚。我看他们在等天黑,我们的兵不能夜战,天黑了突围打出去,钻进乱山中,不拘哪条小路就逃了!"

"钻乱山,走小路……"福康安点了点头。眯起眼向南看,但见冻河纵横间万山峙立。半掩在袅袅回流的云海之中,一直绵延到极目不尽。看着群山,倏地想起一件事,问刘墉道:"你在龟蒙顶山寨上留守了多少人?"刘墉道:"我只带了不到一千人连夜下山,山上一千,剩余的还在原处看守大炮。"福康安道:"火药运走,大炮就是一堆铁,不用看守。请你即刻派人回龟蒙顶传令,龟蒙顶到南柏林一带要严加巡逻,防着逆匪抄小路返回山寨偷袭——这一带山川道路简直就是迷魂阵,官军在地形上头无论如何没他们熟。"他站起身,又用望远镜看了看庙宇,一手指定了说道:"我看他们也是在等天黑!贺老六!"

"标下听令!"

"现在就集合人冲锋,每次五百人轮番打,四个轮番后,两千人全部攻进去,给我拿掉它!"

"喳!"

"听着,"福康安一脸狠毒的笑容,"给你两个时辰,你端不了这窝子就自杀吧!"

"回大帅,我只要一个时辰!"

"我给你两个时辰,你用得越少越好。我和刘大人笑看你施为!"

贺老六虎吼一声答应着,噔噔噔下了城楼,福康安命葛逢阳"就在这里侍候",命赖奉安"派人把所有大小路口堵起来,敌人如果散逃出来,要全部擒拿"。他适意地坐回椅子,隔桌送了一个铜手炉子,自己也提了一个在怀里,一挥手命赖奉安退下,笑着向刘墉点了点头,不再说话。

听着城下集结队伍单调急促的脚步声,枯燥的口令声,刘墉心里突然袭上一阵恐怖,脸色变得有点苍白,见贺老六一手拄腰一手举着令旗站在山门前指挥部队,用手指了指问道:"他是不是叫贺老六,济南城门领?"

"现在是我的参将。"福康安细白的手指抚摸着光滑的手炉子，点头说道，"跟过我阿玛，是员好将。川汉，粗点。"见福康安看自己，刘墉笑道："哦，没什么。我听和珅说，于易简有笔银子是姓贺的过手，姓贺的是有罪之身，四爷要调用这人，该和和珅打个招呼才好。"福康安眼中瞳孔亮了一下，鼻孔里哼了一声，说道："这是跟我摆军机架子了！我有皇上提兵调将的敕命，连你也调来使用了，他怎么样？我叫他准备三十万两银子劳军，他办了没有？"

刘墉说几句话，心思已经安定下来，脸色也不那么难看，这么撩拨得福康安动了意气，他已经心满意足，因一笑，说道："他倒没说什么，只是瞧着不欢喜。问我银子从哪出，我说就从国泰的家产里出，他说福康安回来要写个具文，才好向户部报账。"

"我偏不给他写具文，这么说，收条我也不给他，直接给户部。呸！他咬了我的——"福康安越发不豫，想骂粗话，又见是面对刘墉，嘿地一笑道："咬了我的小人去！石庵，这人我原看他还好，越看越不地道，是他妈的那个御虮！"还要说时，城下环庙四处响起了号角，便停了口，见下头三驾大车驮着大鼓出来，笑道："这贺老六，还要擂鼓进军！看戏本儿看得长进了！"

阴森凄凉的画角声中，鼓声细碎得如万马踏蹄般响起。似乎撼得城上地皮都在簌簌抖动。正当午时，薄云覆盖的天穹苍茫晃亮，看得清爽，城下刀枪剑戟森树排列，已变得杀气腾腾。贺老六"哧溜"一声撕开自己裹着白布的袍子，赤膊嘶声大叫："弟兄们，给我杀！"五百名军校跟着大喊"杀——"！便正面冲了上去。一直空寂无声的庙宇里突然也是一声齐喊"杀——"！几乎同时，庙前沿墙墙头上密密麻麻站起了人墙，也有三四百人，还树起了十二面素色三角旗，有的绘着火焰，有的画着赤乌朱雀，在风地里猎猎招展，接着墙上义军军士的箭雨已经射落下来。葛逢阳犹恐箭射到城楼上伤了福刘二人，慌忙叫人"取盾来"，后来看了看没有一支箭能射到城根，才放下心来。

贺老六站在石阶前提刀指挥冲锋，一手舞着袍子挡箭，因冲在前头的兵士已被射倒了四五个，有的扑地气绝，有的打着滚退下来，不禁勃然大怒，喝令："鸟铳手，开火给老子打！打先人板板的乌龟不出头！"

福康安带来的五十支鸟铳，一字排开站在城下，这是训练有素的火枪手，装药极快，准头也极好，一排打，一排装药轮换开火，听贺老六号令齐发一枪，正面庙门墙上敌军已倒下一排，几排枪打过，墙头上已经不见人影。五百名官军嗷嗷大叫连蹿带蹦冲了上去，墙头上虽然仍有人射箭，已经无力遏制官军这股攻势，十几个官军已经夺门而入，接着又拥进去四五十个，贺老六一把甩掉手中袍子，带着余下的兵蜂拥而入。里边顿时杀声震天，兵器碰撞声响成一片……

刘墉已看得目瞪神迷，两只手紧紧捏着椅把手，一颗心提得老高放不下来，听见庙里"轰"的一声，像是什么东西倒了，杂着杀声喊声叫骂声，却不知情形到底怎样。福康安叹道："我听是贺老六得手了。这是拆掉了龚义天上墙射箭的木头架子。有人说我爱用大炮，像这样的庙墙，一炮就轰坍了。野战还是要炮！"说着话，贺老六已经带人退了出来，一头一脸都是灰，指挥着又抬出十几具尸体，自站在城门洞前大声禀道："他们已经退到玉皇殿，喊话要派人说投诚的事！"

"投诚？"福康安冷笑一声，"我到济南他们就该办这件事了。"他顿了一顿，毫不犹豫地迸出一个字："打！"

第二队五百人冲进庙去。似乎没有遇到抵挡就到了玉皇殿一带，仍旧是一片杀声不见人影。贺老六不再请令，呼吤吆喝着命令第三拨人："从庙东绕过去，从北门杀进去，逢人只管当饺子馅儿给我剁！"又喝命第四梯队，"在庙门口摆开，听我的令往里头杀！"

看着一队队官军士兵呼啸跳踉如黄蜂入巢般涌进大庙，刘墉情知大事已定，刚刚松了一口气，前庙留守的一群官军一阵乱喊狂叫，夹着乒乒乓乓的刀枪并击声且战且退出了庙。福康安以为里边战事有变，"嗯"地站起身来，朝城下喊道："贼人从前门出来，预备着厮杀！"喊声甫落，他自己也愣住了：原来龚义天一行人只剩下二十几个人，从庙后被压退到了庙前。

一刹那间阵地岑寂下来，连擂鼓助威的军士也呆着住了手。这二十多个人像是经了"血雨"，衣袍头脸都染成了殷红色，袍摆上的血黏糊糊的已渐凝结，臂上脸上血色鲜亮，淋淋漓漓还在往下淌，有几个前胸小腹受了重伤，还有的拖着一条断腿，大家挽着手相扶将，艰难地挪动着身躯向城边走来，在城门口站定了。看着这样的场景，站着的福康安、坐着的刘墉、环立护卫的葛逢阳一时都僵住了，满城上下军士将佐都如庙中木雕泥塑般愕然瞠目不语。福康安身子前倾，一手扶着城垛口，一手背在身后，大睁着眼看着这群人走近，直到他们站定，身上一个悸颤才回过神来，面白气弱地问道："你们……你们要怎样？"

"我要见福大将军。"居中而立的龚义天抹了一把脸，平静地说道，"我就是龚义天，有话要说！"

福康安悄悄深吸一口气，稳住了心神，说道："我就是福康安——还有一个叫王炎的呢？都站出来说话！"

龚义天木着脸向前跨了一步。他身边一个身形弱小的人也跟上来，说道："我是王炎。"福康安："时至今日，有什么话说？"龚义天冷冷笑了一声，说道："自古成则王侯败则贼，可以由你说嘴。如果势均力敌，你不是我的对手。"

"这也由你说嘴，"福康安咧嘴一笑，"得道多助失道寡助，自然不能势均力敌。"

"三秋蚱蜢叶上走，到底蹦跶能几时？大清君昏臣庸，贪官污吏遍天下，苛捐杂税敲剥穷民，怨气直冲九天，大乱就在眼前。我虽败了，红阳教、天理教没败，二十年看天翻地覆！"

"你来见我就为说这些？——恐怕我太忙，没工夫听你的三字经！"

"我的兄弟有被俘的，有受伤的，他们降你，盼你不要杀降。自古杀降将军不祥，这是第一。"

福康安想了想，说道："还有第二？说！"

"家属早已被你们捕拿了，一人做事一人当，不要难为他们。"龚义天直盯盯看着福康安说道，"我也久闻你的大名，是说话算话的汉子，我要你给我一句话！"

福康安看了看从庙中拥出来围了里三层外三层的军士，说道："你也是条汉子，只是错了念头错了路头，深可令人惋惜。国法俱在，我也不得自专，家属我可以不杀，但依律要流配为奴，跟着你的人是'从逆'，法无免死之说。"

龚义天听了，平静地一笑，说道："你说的也是实话。既然不能许诺，我也不给你全功！"他"噌"地拔出刀来，空中弧光如电闪一耀，已将身边王炎砍翻在地，人犹未及惊呼一声，已经横刀在项，猛地一拉，项中顿时血流如注……拄刀在地，身子犹在晃荡，二十几个人一齐拔刀在手，有的互刺，有的自刎，像被一阵风突然吹折了的一片小树林，人们纷纷倒在冰冷的石板地下……

"好汉子！"福康安惊呼一声。他突然觉得有点眩晕，盯视着那些还在颤抖蠕动的尸体，良久才移开了目光。他自己也像中了一刀似的踉跄了一步，脸色像死人一样惨白，心中迷惘得一片空白，忧郁地对周围军士们说道："你们不要学其心行，但要学其志勇……就这样吧，打扫战场，清点敌我人数，验明龚义天和王炎的正身……"

第五回　趁火打劫和珅擅权
　　　　乘乱取利杀人灭口

　　龚义天王炎造反，救了和珅一命。刘墉奉了圣旨又奉颙琰王命"协助福康安"剿灭"逆贼"，一离济南，和珅立刻掂量出这是杀人灭口的千载良机。若平邑不出这样的大事，刘墉是正钦差，下头还有钱沣辅助，像审国泰这样人物，颙琰也要坐堂观察。果真朝廷能原宥国泰于易简，一床锦被遮盖，好歹他也进了军机大臣，国泰也许就真的不攀咬他了。但明摆的事，国泰贪贿婪索天怒人怨，比起王亶望一案情罪重得多，贪污的银子数目也大得多，朝廷部议沸腾龙心震怒，断无不杀之理。别说是国泰当堂叫出来"你收我七十万"，就是押赴刑场，道上一嗓子喊出来，顷刻之间就会送了他进养蜂夹道吃冷饭睡死人床等死！因此他尽自明面上竭力镇定，每天夜里都是一梦三惊，听见门动床响都会吓得一弹而起心跳如兔子撞头，惊怔不已。饶是他机警伶俐顽皮无赖，后来乾隆屡屡下旨，查办孙士毅，从轻发落东省属官，一道圣旨如一记重锤砸在他已变得脆弱的心上，他已经觉得自己撑不住了，要崩溃了。

　　所以圣旨一下"着刘墉前往福康安行在"，他一颗绷得太紧的心一下子松下来，几乎软在椅子里。和珅按捺着一腔狂喜，一头忙着帮福康安调拨军需，张致着劳军送行，又急急发文各府"军事为最要之务，一切供需如奉钧旨，先行遵办再补禀帖，贻误军机，本大臣依军法正律"；……一头还要因自己"不能随军杀敌立功"苦恼得蹙额皱眉。因此，刘墉在平邑城楼上的私话，什么贺老六，以及"三十万"，尽管是实话，却不是实情。和珅做作出来是题中应有之义，口头上有所推诿，心头其实正在心花怒放。刘墉钱沣都是君子心性，哪里知道他这些把戏？

　　但若不请旨，刘墉不在位，擅杀国泰，也是件了不得的事，国泰"自杀"要费很大周张，钱沣日日在眼前碍手碍脚，也未必就能下手成功。没有奉旨，就公堂审断也不能用刑，派刘全下手，自己也难脱干系……和珅一夜没有合眼，总算想定了主意，天不明就翻身起来掌灯。刘全在外间听见动静，三下五去二蹬裤子披衣过来，揉着惺忪的眼睛道："中堂爷前半夜没睡好，回笼觉再眯一会子吧，天还早呢……"

"后半夜也没睡好，已经错了困头。"和珅站在床边一边撒尿，一边说道，"弄毛巾擦把脸，磨好墨，我要写奏折。"刘全答应着，叫人把尿罐子提出去，冲了热水涮毛巾拧干了递上来，笑道："爷的心思奴才有什么不明白的？刘大人这一走，您就是济南王，叫谁死谁能活？您这是要请旨，万岁爷不叫杀，反而麻缠！"

和珅不动声色擦干了脸，这个刘全说话直隆通儿，还和过去贫贱时那样，怎么成？他皱了皱眉头，看着刘全囊囊磨墨，缓缓说道："刘全，我已经几次跟你说了，你现在是朝廷官员，有功名有身份的人，没有读过书也没有见过事吗？怎么说出话来仍旧放肆，一副流氓相，一口痞子腔？做事若不能光明正大，我有法子开销了你，实心实意为朝廷打算，我就能升你的官！"

"啊——是！"刘全怔了一下，立刻收敛了一脸精明相，变得温驯腼腆了。为他这张嘴脸，和珅明斥暗劝，已经说过多少次，已经老实了许多，今儿也是高兴得一不防头露出了本相。他跟和珅多年，官场大小人物见得多了，已经摸透这些人秉性：再龌龊的事，只能心里想，脸上不但要庄重肃穆，所谓"胸中正，眸子瞭"；说出话来更得要"光明正大"，天理人情上头站得住脚，拿得到桌面上——官大过知府一级，就是背后私地说话，也得留心带上子曰孟云圣恩如天这类话头……他咽了一口唾液，涮了笔铺纸，讷讷说道："国泰断然难逃王法。我是有个混账想头：您一刀剁了他辕门外，百姓夸您是青天，皇上也要赞您有风骨有气力。这大好事，刘大人回了济南就轮不到您了……我想错了，中堂爷只管训斥责罚……"——话这般说出来就差强人意了。和珅听他改错纠谬还算迅速，满意地点点头，说道："盼我在皇上百姓面前露脸，这个想头不算混账。但这么大事得请旨，懂么？我不能趁刘石庵不在自己专擅，沽名钓誉的，叫人看着恶心。"说着提起笔来。

这个腹稿打了半夜，和珅写起来几乎文不加点，请了圣安，又说明刘墉已经离济，"龚三瞎子王炎逆贼之乱可望数日之内救平"，接着便胪列国泰罪状，却是另出蹊径，除了"欺君""害民"两大罪不消说得，第三"大罪"是"养痈"，精心结撰煞费苦思：

> 山东，明衡王封藩地也，且居圣府渊薮，盗跖潜于绿林，遗民伏于山野，亡明遗根犹在，胜国孑遗不死，此巨奸猾寇临海而居，何事不可为？远者溯及圣祖世宗庙，有于七、齐二寡妇、刘黑七之变，近者王伦、龚三瞎子已非"罔顾国法"之一词可置，乃教匪盘结，公然树旗倡导复明灭清。刁悍民风复以谬解圣人经义，视君父若仇寇，谓治化曰粉饰，亦非"治安不绥"一词可言。实我朝廷心腹之痛、社稷肘腋之患也。而国泰于易简养之、呵护之，遂成愈变而愈烈，愈演而愈难善后。奴才目视福康安调兵度支，轴轳供亿，心窃畏之、叹之，转而切齿痛恨国泰之误国也。今大军初动，民间惊惧，谓有"官军所过寸草不留"之谣言，且谓朝廷"护短，不治贪官，单剿难民"之语，国泰于易简养痈遗祸之害更见昭彰。且案情已明，主犯久羁不加处置，愈启民间之疑，恐有伤我皇上以宽为政、仁泽爱民之心。是国泰罪大恶极，圣聪圣明觉之察之，愚民无知，乃以于易简国泰身为重臣，反累我皇上仁名。用是请旨，即作雷霆之怒，遍需甘霖之雨，消弭反侧以安民望而息谣诼。

写完，又看一遍，小心锁进密折奏事匣子里，对刘全道："这个立刻用六百里加紧递出去。看钱大人这会子起来没有，请他过来一道吃早饭。"刘全笑道："钱大人是从来都早睡早起的，每日到公廨后头那片竹林子边上练一趟太极剑才到前头办事，这会子怕就要下来了。"和珅却是个起居无节的，有时起得极早，有时一觉睡到中午，吃喝玩乐办差使都没有一定的时辰规矩，听了这话倒怔了一下，说道："从明天起，不管夜里如何，早晨寅末时候一定叫起我来。"说罢命人端上早点，几个油角子菜合一杯豆浆胡乱填塞肚子，觑着钱沣从月洞门口过，忙忙地漱口揩手出了卧房，笑道："南园①先生早安，是东注②先生去了西院练剑了？"

"哦，和大人！"钱沣一手握着剑鞘正走着，听见说话才看见和珅，忙转过身一揖，微笑道，"致斋大人风趣！用过早点了么？怎么瞧着眼圈发暗，没有睡好？"和珅一笑，弹弹袖子过来，一边和钱沣并肩漫步，叹道："还不是为和琳！你怎么照应他仍旧不足意！笔帖式当得不适意，给他升了郎中，又进侍卫。昨儿来信，又想外放湖广布政使，说叫我和勒敏说说保荐他！也不想想，你一个京官，叫人家外任总督怎么下笔保你！"

"这就是大官的难处了。"钱沣微笑着，仿佛不经意地看一眼和珅，揣猜着他的心思，说道，"好大一棵树，当然招来乘凉人。令弟我瞧着也不是庸常之人，就放外任历练一下也是好事。"和珅呵呵一笑，说道："我们兄弟捆一处学问不及你东注先生一个小指头。我自己心里明白，是沾了旗人的光，又有阿桂、傅中堂援手提拔，这才上了高枝儿。其实万岁爷心里真正器重的是先生你啊！"他慢慢踱着步子，皱眉沉思着，问道，"依你之见，国泰案子怎么料理好？"

钱沣随意散步，眼望着前面的卵石甬道说道："我看皇上的意思，允许山东各官改过自新，实在也因为如今贪官诛而不胜诛。一个'明刑'，一个'弼教'，不能明刑，单是劝化，冥顽不灵之徒就不知畏惧。所以，国泰于易简断无宽赦的事。不过，这事情要等刘大人回来才能合奏请旨的。"和珅一笑一叹，说道："道理还是你想得透，我就想破了脑袋瓜子也不能这么明白。不过呢你想，东省龚三瞎子横里一炮这么一折腾，福四爷的犒赏银子就是三十万，打下来，慰劳从征家属，赔补民间战争损失，重新组建平邑政府，遣送流配逆匪家属，加上原来赈灾银子，还有十五爷要的鲁西治理盐碱地的银子……共是若干？"他舔了舔嘴唇，夯着眼皮咽唾沫，连剩下的话也咽了。钱沣听了疑窦立生，问道："那——依和中堂之见呢？"

---

① 南园是钱沣的号。
② 东注是钱沣的字。

"我想的是议罪银子一层。"和珅正容说道，"朝廷用钱的地方太多了，一是兆惠、海兰察，是个花钱的主，再一个就是我和珅，管着修圆明园——那园子得用金子铺出来。实话跟你东注先生说，圣祖爷定的永不加赋，皇上又年年蠲免钱粮，要不是关税和议罪银子，户部的库底子早就扫他娘的精光了！"

他的话意已经明白，钱沣放慢了步子，两手在背后摆弄剑柄，一副专注神情听和珅讲话。

"我知道你在想什么，"和珅也不看钱沣，说道，"我知道。"

"没有，我在听致斋大人说话。"钱沣说道。

"你在想：和珅这个官场痞子打的什么主意？想开脱国泰？"

"没有。"钱沣见他凑近自己，仿佛不经意地向旁边趔了半步，口气仍是那样平静从容，说道，"朝廷有难处，其实连纳银捐贡也不是经济正道，没办法立时革除——我在听您说话。"

和珅笑起来，手帕子捂口咳嗽几声，说道："我见过的人论千论万，有品行有才能的尽有，窦光鼐、史贻直我都见过，也都是名臣风范，却都有点恃才傲物锋芒太露的样儿，你是与众不同。你补进都御史是个台阶。我看圣意，接着放你云贵总督，仍旧是个台阶。拜大学士进军机处——皇上给你虚位以待呐……"钱沣道："皇上愈是器重，我越要慎独，不敢妄思更不敢妄为。大人这话我也不敢妄议。《洪范》八政，食货居二，《周礼》一夫之士，十亩之宅，三日之徭，九均之赋……天下所贵者人也，盐铁之论不轻于治安之策。我也不能附议清谈，一头文章做得花团锦簇，叫百姓们啼饥号寒。但我不是经济臣子，许多事情不懂，所以您说这些，我真的是在敬听领教。"和珅笑道："你引说的那些个我大半听不懂，总之是朝廷人民不能喝西北风儿过活是吧？"他敛了笑容，沉吟着说道，"国泰只抄出百十万银子，库里亏空是三百多万。我想，除了各府县也有分润，国泰一定还隐匿有财产。这里人头落地，痛快固然痛快了，银子呢？银子也就没了——没听百姓有谚语，'贪官杀不怕，就为得利大，就算死了爷，儿孙有钱花'。所以和你聊聊，国泰的案子暂时压压，能着力挤着再追回些赃款，然后再作计较。"

赶着出来和自己一同散步，原来是这般计较！钱沣不禁一笑。说道："议罪银制度是大人的条陈，虽说已经试行，一直没有明诏。您是想借这件事请皇上颁发圣谕吧？我不在其位难谋其政，是不是等刘大人回济南再商议？"和珅诚挚地一点头，说道："我不看你是下司，是看你个朋友。这是朋友和朋友谈心嘛，说不到在位谋政上头去。国泰荒淫无耻，和于易简一狼一狈，不是他们敲剥得人过不得，哪来王伦和龚三瞎子这样的巨寇糜烂半省局面？想到这一层我就牙痒痒，恨不得一刀剁了他们，可又想多追一点银子……唉……你看我难不难？"

他这么欲擒故纵，娓娓絮絮说得恳切，饶是钱沣机警聪察天分过人，也着了他的道儿。这一道与和珅来鲁办差，和珅一路说起国泰都语言含糊，查库也是潦草从事，要不是钱沣请示刘墉杀回马枪突然再查，顶多是"事出有因查无实据"，小小处分给国泰了事，现在又要"压压"，谁知道这个满肚子机械的人打的什么主意？思量着，钱沣淡淡一笑，说道："钱沣不敢苟同大人意见。既然是朋友交心，我也以诚相告，国泰于易简都不是易与之辈。两个人虽说过去有些过节，我原指望他们大难来时各自飞，能互相检举，结果呢？一个字也没有，一句话也不说！有的款项下落不明，藏匿自然是有的，但也不敢说没有用来贿赂朝廷大员的，但至今没有朝廷大员出来保他们，也不见他们举发纳贿的人事，这就可疑得很了。这里边有许多蹊跷，我们奉旨查办山东案子，是奉的密谕，国泰怎么知道的消息？他又似乎有恃无恐，把库银那么一遮掩，碎银子用桑皮纸包包就想瞒天过海，居然有心情下海唱大戏！他们也太猖狂了！"说完，便不吱声，和珅给他说得脊梁骨一阵阵发凉，心里恨得直想夺过那柄宝剑透心穿了钱沣。低着头不住地"唔"着，见钱沣不咸不淡住了口，越发觉得此人心思深不可测，许久才问道："东注，依你之见呢？"

"要等刘石庵公回来。刘公说过要显戮。"

"显戮？"

"对，显戮。刘公办了一辈子案，犯人嘴硬，一旦到了西市，就是亲爹也能攀咬出来。"

"这个……"和珅已经被他说得心乱如麻，他已经无心和这个钱沣散步谈心了，想不到刘墉不哼不哈，心里想着如此狠招。他站住了脚，目光在眼睑后幽幽闪烁，如果真的显戮，国泰于易简在刑场上什么话喊不出来？但乾隆朝以来，诛杀朝廷重臣督抚方面大员，除了卢焯之外，都是赐自尽，并没有"斩立决"的例，卢焯那件事也只是做做戏，屋里撒土迷迷外人眼，为的让皇帝孝心昭彰天下，所以太后皇后一出面，倒是"刀下留人"了。想到这里，和珅安心了一点，更加庆幸自己先走了一步棋。他嚅动了一下嘴唇，想说"显戮太伤朝廷体面，也没有先例"又无声吞了回去，他怕提醒了这位城府深沉的蛮书生，只道："兹事体大，我们商议好再奏，看圣意决断吧……"

看着钱沣去远，和珅立刻赶回签押房。就着方才的残墨给阿桂写信。这封信却写得十分费神，谦词卑恭，先说自己德才资望均不服众心，皇上错爱简任不次，"自问惟一良师永是阿桂公，永当以桂公为楷模量己身之是非"，接着便罗列国泰罪状，除了"三大罪状"，又讲平日结交阉寺，通连大臣，蝇营狗苟种种卑鄙龌龊情状，送某王爷男宠若干，赠某贝勒小妾几人，给某大臣戏子一班，末了却说"卑污淫贱，中闱丑闻，见之闻之令人掩鼻作呕，乃以此獠尸居大臣之列，实中朝之羞，遗皇上于不明之地。素与刘墉钱沣公议及，惟切齿痛恨而已。惟以显戮方能消人神之愤"，撕了几张纸，才写得满意了。嘴角吊起一丝微笑：我说什么，你们一定反过来，那就试试看！心里得意着，见刘全进来，说道："把这封信也发走，你再去看看国泰。"

"是，爷！"刘全答应着，走了几步又折回来问道，"爷有话要对国泰讲？"和珅摆着手道："先把信和奏折发走，你再来。"便坐了整理案上摞得老高的文牍。一时刘全回来，和珅才慢条斯理说道："你带两个书办和国泰于易简分别都谈谈。一条是财产去向，抄出来的数目和亏空数目悬殊太大了。少了那么多银子朝廷不能不问，也没法替他回护；第二条告他，这次福大人刘大人征龟蒙顶，已经从他家产里动用了三十万两银子，叫他心里有数；三是朝廷议罪银制度没有明旨，已经代他恳请，允他不允他'议罪'还要看皇上旨意。就这么三条跟他们说，嗯……他们要有辩折，有举发，赶紧写，我可以代为转呈御览。或三五天，或五七天，我或者召见他们一次……就这样，你说去。"刘全听一条答应一声，赔笑道："上次见于易简，他想请旨解押北京审理，还想给于敏中大人写信，这次再说起来，我该怎么回话？"

和珅用手抓摸着光溜溜的下巴，晃了晃身子说道："于中堂是有旨与本案回避隔断的。你告诉于易简，除非于中堂本人与案件有涉，可以写出来呈我们斟酌。私地的话留着以后再说，这时候不要给于中堂添乱。该替他说话处，于中堂比我们要经心得多。可以明白说话，无益的事不用想也不要作，该帮他忙的人不用说也帮忙的。嗯？"

"是……"

刘全去了。和珅蓦地想起于敏中，心中不安地动了一下：于易简出了这么大事，他居然能稳坐军机安之若素，照样办事照样见人照样受宠信，这份涵养功夫真让人佩服——但就眼前纠察于易简的案情，除了一些家信里有教训于易简"精纯办差勿致家忧，修性养德远离流俗"的话头，"光明正大"得可以刊刻行世，确实也没有什么银钱上的瓜葛。他提起笔，还想给纪昀写信，转思纪昀太过敏捷，说不定正恼着寻由头整自己，撩拨得和于敏中合力了反而砸锅，便又慢慢放下了笔。他知道自己，虽说这几年看书作文章颇有长进，比起这些人来，还是藏拙为好，自失地一个苦笑，摇了摇头，从架上抽一本《资治通鉴》来细细披阅起来……

自从刘全"谈话"过后，国泰和于易简二人天天盼和珅的"召见"命令。两个人都住在巡抚衙门软禁着，国泰住的赏菊亭，于易简住的梅花书屋，都在西花厅后头。吃喝拉撒睡都可自便，只是行动起坐都有人随身"照料"，一句闲话也不能交谈。但守护的人里头有钦差行辕的人，也有巡抚衙门原来的护卫。老长官旧情面，国泰的消息灵动得多，"十五爷去兖州""福四爷来济南"甚至福康安"蒙阴阅兵"他都知道。境内出了造反大案，两个人一则以惧一则以喜，惧的是责任，不说自己本身案由，单是龚三瞎子在自己任内扯旗放炮，至少也要"摘去顶戴，留任立功以观后效"，何况本身罪在不测，不啻雪上加霜。喜的是又出了比自己更大的案子，前任历任今任责任不明，审谳断刑迁延时日，瓜葛牵连纷繁勾扯，说不定大案掩了小案，成个浑水摸鱼的局面，三年五载拖过去，后头的事谁说得定呢？……这么一忧一喜时惊时乍，夜夜日日袭扰二人，弄得他们坐卧不宁，很想散步见面痛快交谈几句，偏偏又是刘墉派来刑部的邢建业统管警卫，一见他们想往一处凑，立刻便有几个人先搭讪着凑上来，只得罢了，心里这份急，和拉屎寻不到东厕也不差什么。

焦急中三天过去，五天也过去了，宁耐着硬头皮，堪堪的第九天，吃过午饭还没动静，二人隔着花园一带女墙散步，统着手在阳地里一步一踱，正寻思怎么相互搭问一句，邢建业带两个戈什哈进来，就天井里向二人虚作一揖，笑道："二位大人的心思卑职知道，是等和大人来的吧？现在和大人已经来了，在西花厅专候呢！"两个人听了顿时都精神一振，对视一眼便跟着邢建业匆匆赶过来。果见和珅笑嘻嘻站在花厅门口已经等着。刘全双手垂膝站在阶下，向前跨一步打了个千儿，赔笑道："二位大人，我们中堂爷今儿备了酒，请二位小酌说话呢！"

"备酒？"两个人同时一愣，迟疑地看了看和珅——这中午刚用过饭，吃的什么酒？和珅见二人犹豫，笑吟吟将手一让，说道："啊——是这样的，你们犯案，我们办案，连年也没有过。今儿正月十八，元宵也就过去了，赶刘中堂打平邑回来，就又忙起来了——这阵子省城各司道衙门忙得乌龟翻潭，都在支应福四爷军务，我是一点空也挤不出来，今日我放半天假，特意来看看你们。大丈夫拿得起放得下，别这么着死了老子娘似的——老国、老于，来来，入座！济南这地方说是泉城，我看酿的酒也稀松，我们聊聊，聊聊……"

二人满腹狐疑跟着进来，见是一桌八宝席面，四荤四素，也不见怎样丰盛，摆在桌上犹自白气蒸腾，和珅情意殷殷，又拉座儿又亲自斟茶，请二人坐，"坐了说话，不必和我闹客气。"国泰紧盯着和珅的脸斜签着屁股坐了，小心翼翼问道："东注大人呢？他不过来坐坐么？"

"钱沣啊？他去了济阳，明日才得回来呢！"和珅用筷子给二人各夹了一个大虾团子，笑着自己也坐了，说道，"是为卢见曾的事，他在那儿有庄园，查问出来，又说是葛孝祖的产业，阿桂来信叫查一查。"他皱起了眉头，叹息一声道："这事情抖落大了，纪晓岚怕也要沾包呢！"

国泰二人怀着鬼胎，满腹关心的是自己的案子，听和珅说了纪昀又讲李侍尧广东任上的事，心里都急得焦灼，但旗人养成脾性，天塌下来只讲究个"从容"，万事都不能带出猴急相，耐着性子听和珅东拉西扯，还要故作关心搭讪话头，听和珅说起正阳门观灯的事，国泰一拍大腿叹道："这起子反贼胆大，居然闹到京师！可见小人之心险不可测……嗯……李皋陶布置得当，阿桂又回了北京，一下子就破案了，一下子就破案了……唉唉……非我类族其心必异，这个……这个……"说的这件事，心里想的另一件，到后来语无伦次，连他自己也不知道说的都是什么了。于易简皱眉说道："自从三藩之乱，北京没出过这种事，真是江河日下了——惊了圣驾了么？还有老佛爷……她老人家最是慈悲悯人的……"他也有点不知所云了。

"皇上太后都没有受惊。"和珅用箸点着菜请二人夹，笑道，"但只拿到几个小小蟊贼，大盗渠魁一个也没捉到。皇上震怒，阿桂纪昀和李侍尧每人记大过一次呢！不但北京，南京灯会上也出了事，有人在夫子庙埋地雷，还搜出了几支土铳，抄了玄武湖边一座什么庙，里头有印的传单，写的什么'八月十五杀鞑子，杀尽鞑子庆升平'大逆不道言语，我也不能尽都记得……"见于易简看自己，和珅又道，"令兄没事。他进军机不久，不负这个责任。其实呢，就是受点小小处分也没大不了的。我统算了一下，大臣连卿贰、外省督抚，没有一个没受过处分。老刘统勋恩礼隆眷的，晚年受皇上敬重，早年他何尝没有撤过差挨过训？皇上嘛，天生下来就是处分人的……"一头说一头劝酒，"来来来，满上……"

二人听他闲话不到头，又扭头说起平邑军事，讲及兆惠、海兰察军中没有菜吃，竟是没完没了，好容易抓到话头，于易简忙插进来道："朝廷正用钱，我还可以报效些，上次内弟来看我，他那里还欠我一万多银子，就烦和大人代我操办。"国泰故作豪爽，一口呷干了杯中酒，也道："我的家产抄了，还没有奉旨没收。老实话说里头有外官送的。亏空我有责任，但那是历任积下来的，各省也都有亏空。我那点银子尽着报效，只求皇上知道我的心！求和大人奏明这个心思，见皇上一面当面请罪，死了也是心甘！"

"什么报效了，请旨求见了，这些都用不着了。"和珅举酒笑着说话，说着说着脸上已经没了笑容，"王亶望案子出来，下了几次诏书？那时候你们做什么去了？现在下头污吏横行贪官肆虐，弄得民不聊生民怨沸腾，江南一个制钱能买三个窝头，山东能买一个，穷人就是买不起！"他板起了脸训斥，语气变得冷若冰霜，连刘全在旁也心里格登一下：这主的脸真是帘子做的，说卷卷起，说放放下！——国泰于易简愕然之间已坐直了身子，手里举着箸不知拿起放下，直着眼听和珅一句重似一句说话："朝廷整顿吏治，已在刻不容缓，不但你们，盛京将军索诺木策零、孙士毅也已经有旨拿问，卢见曾也有旨锁拿进京，不瞒你们说，像纪晓岚、李侍尧这样红极大员都怕难脱干系！你们这时候还心存侥幸，希图皇上赦罪免死？"

国泰和于易简都是头"嗡"地一响涨起老大，脸色变得雪白，眼睛看东西也模糊不清，听到后来，只看见和珅太监似的光下巴一翕一动，已浑不知他都说些什么。半晌，国泰才喃喃咕哝了一句什么。

"什么筵无好筵？兄弟有奉旨的事。请二位离席跪听。"和珅一手按着椅背站起身来，喝命："刘全——给二位大人摆香案，听我宣旨！"

国泰和于易简浑身已经木了，五官都恐怖得扭曲变了形，麻木不知痛痒间由人撮弄着在香案南跪了，听着和珅窸窸窣窣正冠弹衣，口宣乾隆诏谕："前据钱沣劾奏，国泰、于易简卑污勾结婪索属员等情事，朕以为仅官箴不饬淫纵辜恩而已。乃经刘墉、和珅清理抄查，该二员交通内阉、攀附权贵，种种丑态使人掩鼻作呕，且境内连出王伦、龚三瞎子巨寇逆匪，穷蹙百姓悍然景从，致使山东半省糜坏，良善百姓或转沟渠或堕不测。朕深为矜悯之余转思二人之恶乃至切齿痛恨，尔二人之罪非惟欺君矣！欺君辜恩尚自可恕，荼毒生民之罪乃获之天，获罪于天岂可祷之，宁可宥乎？用是特旨赐国泰、于易简自尽以谢境内之民，非汝二人之罪不及昭彰天下明正典刑，恐宣布之下百姓将食尔之肉寝尔之皮，复贻朝廷之羞再致君父之忧。以是用宽，汝二人自尽稍存怨恚，则天所不覆地所不载，所谓地狱何容尔二人之幽魂耶？"和珅平心静气，读得琅琅有声。国泰二人听得眼前一阵阵发黑，待到"自尽"二字出口，已是半昏半迷，两手一软瘫在了地下。

"怎么，国泰、于易简不谢恩？"和珅问道。

"谢……谢恩……"

"来人，扶起二位大人！"

和珅叹息一声，语气已变得柔和，像清晨刚刚睡醒时说话，清晰里带着朦胧，说道："皇上的话都说尽了，办这样的差使我真不得已。酒席已经撤了。你们把侍候二位大人升天的东西呈上来，由他们选用！"

"东西"呈上来了，是端菜用的黑木漆条盘，放着两壶酒、两只高脚杯，还有两根白丝绦带子。此时屋里屋外二十余人，个个吓得面无人色，连刘全都两腿颤得发软，退到墙根靠墙借劲站着。端"东西"的戈什哈颤步小心过来，他的脸白得一丝血色也没，连杯子带壶抖得格格有声，嘤咛低语："小的侍候大人升天……"垂头逼手而退。国泰二人目光向那条盘一触，像是被针刺了一下，身上惊悸一颤，又仿佛钻透了一片浑浊之极的浓雾，一下子清亮惊醒过来，两个人都向后退了一步，把目光盯向和珅。

"你们不肯奉诏？"和珅看二人一眼，目光又回避开来，看向了盘中酒器，口气变得阴冷狠毒，哼了一声说道，"做到这么大官，不晓得雷霆雨露皆是君恩，君叫臣死臣不死为不忠？"

国泰二人横下了心，也就变得胆大气粗，国泰狰狞地冷笑一声，说道："我要复奏皇上，情愿凌迟处死，这死得不明不白！"于易简也道："我要见刘大人！死则死耳，又加了许多莫须有罪名！"

"莫须有？"和珅冷笑道，"那是说岳武穆的话，你配？皇上盛怒，谁敢给你们代奏？刘墉不在济南！"

"见钱沣，他在济阳！快马两个时辰就能回来！"于易简喊道。

"他有要务在身！他回来又怎样？这是圣旨，刘墉也得遵办！"

"我有要紧匪情奏皇上！"国泰叫道，"有人欺君矫诏杀人灭口！"

"谁？"

"你，和珅！"

国泰攘臂大吼："天不覆地不载的是你！你收受山东库银贿赂七十万两，又来杀人灭口！对了，连经手贿赂的人你也杀了！"

"放屁！你简直是疯狗！"和珅陡地横眉立目，"啪"地一拍桌子，"和珅是顶天立地的男子，廉洁奉公的好官！你们既不肯自尽，我只好帮你们'自尽'——来！"众戈什哈书办衙役经他们一番吵闹，栗栗恐惧之心不觉之间已去了大半，听见主官招呼，齐应一声："卑职在！"和珅指定二人大喝道：“把酒给他们灌下！”

五六个衙役立刻恶狠狠扑了上来，这都是和珅物色的被国泰黜逐出去的人，个个心狠手黑，不消三下两下，已将二人拧了个寒鸭凫水，两个人抿嘴扭项的还不肯就范，无奈身体动不得，鼻子又被捏闭了气，张嘴换气儿就是一口毒酒，襟袍底袖上淋得尽是酒汁，眼见得到了只有挣命的分上才松开了手。

“每人加赏二十两银子。”和珅见他二人举手伸腿的，渐渐没了动静，验尸的上去翻了眼看瞳仁，说“完事”，一口气松下来才勉强一笑说道。他也觉得头有点晕眩，身上发软，却也另觉得一分从未有过的轻松，看了一下两个冤家尸体，搓手和顺着血脉缓缓吩咐：“赐自尽最怕的是他不肯自尽，圣祖爷时有‘自尽’两年没死的，监刑行刑的都受处分。我们帮他们快点了当也是功德……我再出五十两赏银，弄点好席面，你们解解秽气。明儿刘全到他两家知会了，叫收尸，再各人送二百四十两赙仪……唉！兔死狐悲物伤其类，我们毕竟是一殿之臣呐……”

他不胜伤感地摇摇头，背着手，嗟呀叹息着出了花厅。刘全一路跟出来，冷汗落了才觉得中衣又湿又凉，前心后背粘贴得难受，几次偷看和珅脸色，都是毫无表情，想着和珅如此阴险狠毒，顾念自己，不禁又是一个寒噤。和珅便有些觉察，喟然说道：“他们罪太大了，我没法回护……其实我又何尝愿意如此？”

一桩天大心事放下落地，和珅回下处犹不敢自信，觉得定不下神来，躺在床上目光炯炯想心事，直到掌灯才懒懒起身，想叫过刘全说话，又觉得无话可说，便叫人弄了几碟子小菜，烫了一壶酒自酌自饮，消解心中那余悸。他酒量极窄，饮食上头也不甚挑剔，几杯下肚，灯下看着那些小菜，一个鸡丁拌茄子，一个摊蛋黄，凉拌青芹，还有一盘椒盐水煮花生米，像着了什么魔法来回旋转。惊定思惊，不禁点头苦笑：我这是何苦呢？酒不能多喝，饭量不大也不馋，犯得着为弄钱吓得自己终日提心吊胆？就是俸禄，让家人锦衣华屋吃这样的饭菜，也是受用不尽的……想着，叹道：“钱，真好啊……”

“钱有什么好的？”恍惚之中，听背后有人说话，和珅醉眼迷蒙偏转身看，却是钱沣进来了。因一笑指着对面的座儿道：“坐，坐么！也来一杯搪搪寒……我是说钱这物件怪，不能吃不能穿，生不带来死也带不走，偏偏就人人爱它！果真能用来享受，也还是一说，有的人苦巴巴的，明知用不了多少，还是想它越多越好。明明钱在油锅里，性命不顾也要去捞！捞了还想捞，多了还想多，扑灯蛾儿似的不死不休。东注先生，你说这是咋的回事？元好问'问世间情为何物'？我看该问：'钱是何物？直教人生死相许！'"

钱沣端起杯子，只放在鼻边嗅了嗅，笑道："这也算千古一问。不过你该去问问国泰，还有于易简。照我的想头，一旦钱到了够用，多出几百几千万和多出一文乾隆制钱，那结果是一样的！""就是！"和珅道，"就是挥霍，睡黄金床只能七尺，吃人参喝琼浆，就他妈那么大肚子，吃的多了要命拉稀。可人仍旧前赴后继爱它！我就是这层儿想不明白。"钱沣问道："不知道你读过《钱神论》没有？"和珅摇头道，"听刘墉说过，没有读过。"钱沣笑道："没读过就没法说了。前年皇上在养心殿召见，我在奏对里和皇上议论过这个话题，咱们去见皇上听听圣训。"

迷离朦胧中，和珅和钱沣联袂进了西华门。乾隆却在乾清门召见二人，听了和珅说话迷惑，乾隆笑道："君子爱财，爱之有道罢了。钱的用处不单是能解饥寒之苦；那还是身份、名阀、办事才干，入地狱可使鬼推磨，上天堂也要用门包，用处大了，自然人爱——这上头的事该问王亶望勒尔谨，还有国泰于易简。"他用手向外一指，说道，"那不是他们来了！"和珅一回头间，宫阙殿宇已经不见，自己立在荒郊野外。王亶望和于易简站在冻河旁小树林子旁边闲话，一眼看见和珅，戟手指定了大喊："国泰快来！那不是和珅？他不是欠你七十万？快呀！他来了……"

话音刚落，树林里一片嗷嗷大叫，窜出一群厉鬼来，国泰于易简领头跑在前头，指着和珅喊："捉住他！捉住他！刘墉在哪里？拿了他下大狱点天灯……"和珅惊得要跑，脚下像被胶粘定了般一步动不得，眼看着那群鬼魅或青面獠牙，或披发流血一拥而过，成堆儿压在自己身上，魇得气也透不出一口，挣扎着嘶声叫道："别……别……听我说……听我说……"

"大人要说什么？您魇着了……"惊急间和珅觉得身子猛地仄晃一

下，耳边有人问话。呻吟着睁开眼，但见华堂幔帷窗明几净，日影初上满室光华，刘全正站在床边扶自己——原来竟是一夜妖梦入怀……晃晃脑袋，犹觉宿醒未尽，心头兀自卜卜乱跳，收摄着心神说道："我昨日说泉城无好酒，这是罚我。连几时上床都记不得了……有什么事儿？"

　　"兖州府有封文书急递过来。方才钱大人来过，他半夜赶回来的。"刘全说道，"爷甭急，我问了，是好消息，您定定神再起来。"

和珅一骨碌翻身起来，也不及洗漱便抢步出了签押房外间，果见案头上摆着一份通封书简，火漆密缄压线，端正写着"和大人讳珅亲启"，信角旁注"柯安顿首"。他这才知道不是兖州府，乃是新任兖州提镇衙门管带写来的，柯安是他亲自选出来指派升迁出去的，人极漂亮会干事，倒没想到字也写得这么好。剪开封口抖开信看，这才知道福康安平邑会战大捷，"歼敌两千余，城北玉皇庙一带积尸如山，硝烟焦土尽黑，沟渠凝血盈尺皆成碧色，匪首龚三瞎子王炎皆不屈战死……"再往下看，柯安本人并没有亲身前敌，"奉命进军策应，至恶虎村已闻胜报，只身飞骑赶往平邑，已无参战机缘，不能报国立功为中堂争脸，憾甚！"

这就是说，"大捷"的消息不是听闻，而是的的真真的实情！和珅脸上掠过一丝失落：他们毕竟是瞧不起我和珅哪！我就在济南策应军务，前头打胜了，报信儿的却是私人私函！一头又庆幸杀国泰的圣谕来得及时，同时隐隐带着一丝妒忌——他倒不盼官军失利，打得成胶着样儿自己也去参战，岂不更好？福康安这一胜，眼角更要朝天不看凡人了。他捧着信发了一会子呆，接着看，却是颙琰进城劳军，目睹战场惨烈，黯然下泪。还有，附近各山寨匪徒弃寨投诚，"王命黄天霸分别斟情，量才录用。今福四爷等即将转蒙阴回济南，班师奏凯还朝。我公坐镇省垣调度军资，与功膺奖辉煌列班可期而待，标下门生思及亦不胜欢忭"的话头，和珅已没精神细看了。他放下信，心里思量下一步打算，漫不经心地洗漱梳理了，又胡乱吃两块点心，迎门便见刘全带着钱沣进来，笑道："你来得正好，正要请你呢——兖州府有人来信，我军大获全胜，斩首两千余！我们得赶紧预备迎接福四爷，还有犒劳军饷，善后事宜也得快办！"笑说着，指了指柯安的信，"你也看看欢喜！"

　　"怎么，是私函？"钱沣说着拿起了信。他的脸色很不好看，光景也是一夜没有睡好，眼睑下有些泛青，看着信渐渐眉头舒展开来，嘴角也挂起笑意，一手抚着案角，不胜欣慰地说道："福四爷不愧名将之号，打得干净利落，傅恒公在天之灵看他这么为家国争气，也要笑的！我昨晚一直在想，就怕打成不胜不败之局，旷日持久又生枝节，那不知又要虚耗多少钱粮！内地胶着不下，就要调动兆惠，大局就令人堪忧呢！""是啊，我何尝不是这样想？"和珅面无惭色沉吟叹道，"就不能全歼，逆贼浮海逃去，也是了不得的！皇上圣虑高远，及时诛杀国泰，我看也有安抚反侧慰藉民心的意思……"钱沣放下了信，盯视着和珅，仿佛在揣测他说话的真意。和珅泰然自若，预备着他来质问，却听钱沣道："没有想到旨意来得这样快。我夜来也想这件事，和公处置并不错。似乎等刘公回来，合章复奏一下更好。若论显戮，不但震动朝野，百姓目睹他们置于法，岂非更能慰藉民心？"

　　和珅呆笑着没有立刻答话，绵里藏针的人他见得多了，这个钱沣与众不同，扎进肉里带着倒钩刺儿，把人挤对到没有退路，还说你"并不错"！想了半晌才道："皇上想的大约也有个'朝廷体面'四个字。你说的也不错，押赴刑场斩了他们，确实更能慰藉人心。"他忽然灵机一动，又道，"皇上也不能预卜福四爷战事这么顺利，杀国泰可以昭示'天下至公'嘛！"

　　"人既已死了，就不必再想这件事了。"钱沣转了话题，笑道，"福四爷回来，要花一大笔银子呢！我看十五爷的意思，盗匪家属不再发遣，就地按'盗户'发落，一来是稳定人心，二来也有'省钱'这个想头。赖奉安绿营改为游击统辖，扩了编制，就图的既省钱，也能保平邑劫后治安平和，十五爷虑事周详啊！"这些话和珅听着统是不懂，愣着呆了半晌才想到是自己看信不细心，他却不肯露这个底儿，笑道："库银我看不必启封，国泰于易简的家底子足够的了。刘全听着，我们来算算这笔账——你用笔记，我说个思路，请钱大人参酌……"

　　和珅目中闪闪生光，掰着指头算计，共是分了八项，庆功、劳军、善后、赈灾、恤荒、黄运漕运、沟塘河渠兴修、备春耕，某处需银若干，某处派工几何折银多少，荒地某处可以植桑，某处可以造田……计筹划算如数家珍巨细靡遗。钱沣听着这里头经济之道，有些和自己想的合若符契，有些想的比自己还要周到，有些是自己压根没想到的，也都头头是道，不禁暗想：此人精于理财，确有过人之处，不单是工巧善言取媚而已，这份精明也难怪皇上器重……正胡思乱想，和珅笑道："这不过是举其大要，比如涸田、治碱，是十五爷特意关心的，指望山东一省之力，只能小治，还有剩下的十七万，先用到这上头。国泰无能无耻，山东这样的膏腴之地弄得这般精穷！他们坏了事，新任巡抚又没有来，少不得我们多操点心，所以军务政务财务要合着打算，量体裁衣，有多大头做多大帽子。别让日后出了纰漏，皇上问，你们在山东做什么吃的？我就这些，我说这些统统是个'心里想'，一切要听刘崇如大人安排……"钱沣听了叹道："得益不浅，我真的莫名佩服！我方才听着就在想，若真放了我云南或广东巡抚，许多政务可以参酌办理呢！我没有什么添减的，我想刘大人也不会有什么异议。"

说着议论着，邢建业捧着一封火漆压印文书进来。二人便知是福康安正式的报捷文书到了，一齐站起身来。和珅拆封看信，笑着环顾屋里众人，说道："刘大人后天就回来，福四爷七天之后带中军到济南，停留三天返回北京。我们预备吧！"钱沣问道："十五爷呢？"

"十五爷直接回北京，大约春闱前启程罢。"和珅似笑不笑地说道，"十五爷已经请旨，葛孝化补布政使实缺，暂署巡抚衙门。该办的事让我们参酌办理。"

…………

一场轰轰烈烈的要案夹着一场石破天惊的平息叛逆征剿，就这样同时结束了。和珅最后一个离开济南，除了那八项政务，按着德州办法，他在趵突泉、黑虎泉一带、小青河夹岸辟出地方，按官价八折出售给枣庄一带煤矿窑主，江南富商也是来者不拒，仿着南京秦淮河规模式样大兴土木。他自己说话叫"戴花引蜂收蜜"——秦楼楚馆戏园子不拘什么五行八作，一股脑建起。此刻他是"济南王"，没人掣肘，新任藩台葛孝化惟命是从，要怎样便怎样，有人说他"见家具就买，是个暴发户心思"，还有人说他"煞尽风景俗不可耐"，他都不在乎，一味行去，待到省下赈工银子，罚了俸的官员们"养廉"银上得了实惠，这些个闲话便营息屏声，渐渐有人说起他的好处来。和珅这才请旨销差回京。

其时正值三月孟春，鸭凫碧水桃红柳绿季节，和珅途中接到弟弟和琳来信，说"风言朝廷人事有所更张，详情不知"，又说"嫂嫂福体欠安，恍惚如见鬼神"。一派观景回京春风送我的心思打消干净——于公于私两头说都没了情致，一路上杏花如雨缤纷流水，桃红似云把火烧天，运河堤上新柳如丝抚风摇曳，驿道旁红女绿男踏春行香……种种物景人俗也都在马上轿中匆匆过眼而已。堪堪到了潞河驿，正是三月十三，已有礼部司官奉旨照例迎候，和琳带一干家政也来接风。这是历来钦差回京常例礼数，他不能先回家，杯酒尽意便请礼部的人回去"请代奏请见圣驾"，端茶一揖送客，便请和琳进来见面。此时才刚刚过了申正时牌，融融斜阳西照下来，斑驳树影从门洞里直映到东厢门帘上，满屋洋洋暖气，十分宜人。和珅见和琳穿着孔雀褂子，一身官服翎顶辉煌，行了家礼还要行庭参礼，不禁一笑，说道："算了吧，你看我还揉搓得不够？还和从前一样，除了公廨，别弄这虚套套儿。把你那身狗皮剥了，我们坐着说话。"一边也脱自家袍子，笑道，"我也剥了狗皮，松泛松泛——左右明日见过驾我就回去的，你还带翠屏儿她们丫头来，人瞧着这是做什么嘛！——哥儿呢？哥儿怎么样？"

"哥儿好！能吃肉末儿粥了，见人就是个笑，弹蹬着腿直想自己站起来。我还和嫂子说这小子不愿爬，直接就要走路了！"和琳笑道，"是嫂子指派翠屏儿来的。你在外头身边只有个刘全，粗手大脚的会侍候人？衣裳也未必洗得干净！她们带的新被卧，还有换洗衣裳。你今晚换洗换洗，明儿见驾也精神些……"

和珅半躺在安乐椅里，一边微笑着听，一边打量弟弟。这兄弟二人个头、身材都差不多，脸庞眉眼也相似，只是和琳留了胡须，看去比和珅还长了点年纪，说话间目光流移很见神采。隔的时间不长，他觉得弟弟比从前又干练了许多。听和琳说了半顿饭时辰，和珅才笑道："听你说这样，你嫂子一时是不相干的，海宁给我写信，说弄了两服熊胆，治无名热最好的——这几天也就送来了，吃吃再看吧……你急着我回来，恐怕不单为这些吧？"

"朝廷人事要有变更。"和琳敛了笑容说道，"这是内廷老赵说的，广东那头告李侍尧的密折三五天就是一匣子，他的九门提督怕保不住要掉。还有，《四库全书》又委了王尔烈当副总裁，昨天的信儿，卢见曾卢从周兄弟锁拿进京问罪。军机处章京房老王说，怕是纪大人也要出事。长二姐去二十四王爷府，听那里人说，有人走漏了卢见曾抄家信息，金银财宝都藏起来了，还说查报信的人比查本案还要用力，一里紧似一里的，弄得傅恒家也不安宁。吴姐过去请安，公爷夫人才从慈宁宫回来，脸上也带着不欢喜。有人告说福四爷在平邑杀降，还说王炎没死，逃了台湾去了，说纪昀先头小妻是傅恒府里的什么人，大臣交通，也没有禀奏朝廷……总之是面上风平，水底流急。"

"面上风平，水底流急……"和珅咀嚼着这句话，"这就是说六部里还算平静？"

"是。六部里我常串，司堂官们什么也不知道，侍郎们说话也没有带出'意思'来。尚书们什么想头，我就不清楚了。"

和珅坐直了身子。纪昀要出事，他心里有数，李侍尧那里他也下过烂药。但这二人不比别人，实在是乾隆知之甚深，恩眷优渥年深月久，又连带着傅恒一层旧缘，到底出多大的事，全要看乾隆的心思……无论如何，这潭子水是太浑，水底也太深了，他一时还想不明白。想着，说道："你听着，宦海沉浮最是难定的，三个不，不传谣，不落井下石，不幸灾乐祸。沉着气往下看。嗯……于敏中呢？"和琳道："这人谁也和他搭不上话，他也没有亲近朋友。阿桂在军机处说起于易简，他只说了句'和珅办得是，他自作自受'就不再说话。他这人太深沉了。你不用思量，他心里恨你是拿得准的事！"和珅却不接这个茬儿，沉默一会儿，说道："你先回去吧。告诉你嫂子，还有吴姨姨，别鸥张着为我接风。自己一家子小宴，一个外人不叫，有人来凑热闹，一律推到后天。"

"不少人已经来家几次了，明日肯定还要来的。"和琳站起身说道。

"就说我身体有病。"

"那更不得了，他们带医生，你见不见？"

"就说公务太忙，日后再说。"

"有些人都是极好的朋友，不好意思的……"

"好意思！就这样说！"

　　和琳带着家人去了。和珅听里间卧室有撩水声，信步踱进去。翠屏正在靠窗处用手在热水里掰捏搅和皂角，见他进来，忙扎煞着手站起身来，说道："老爷说完事了？那些衣裳我都翻出来了，也不知爷怎么穿，他们又怎么洗的，洗过了翻着还一股子汗味儿！"和珅一笑坐了炕沿上，说道："你想想看吧！刘全会洗衣裳？"一边说，一边打量翠屏儿。

　　翠屏是夫人冯氏房里的针线丫头。和珅骤升暴进，"相府"规矩还没有立起来，他是个佻脱散漫人，进了家里无论上下都极随和自喜的，一向也没有在她身上留心。此刻见她穿着赭色撒花夹裤，大约怕水撩湿了裤脚，挽起来直到膝盖下，白生生的腿和一双半大不大的脚都裸着，娇小玲珑十分入眼，上身是墨绿比甲套着葱黄夹衫，胸前鸡头小乳微微耸起，一头乌油油的青丝总成一条辫子斜搭胸前，白生生的脸上眉黛如柳眼含秋水，微笑着，颊上两个酒涡若隐若现。和珅久旷在外，行动左右十目所视，身边全都是男人，于公于私焦灼如煎数月，乍见这丫头亭亭玉立，水葱儿般站在自己面前，心目都为之一开，胸中一拱一热。又是一动，睐着眼看了她脸庞又看腿又看胸脯忙个不了，呼吸已变得有点急促。翠屏却不知他已经想到了邪路上，见他眼神儿，忙瞧自己身上，又看着和珅道："老爷，您一个劲瞧什么？"

　　"啊——噢……没什么。"和珅心思不定地看一眼窗外，日头已经到了房下，天井院里除了廊下几个亲兵呆站着，并没有闲人，微微一笑说道，"你侍候我换换衣服，小包在炕里头，还有两件中衣是在德州浆洗房里洗的——把亮窗合下来，进来的风都还凉的……"翠屏笑道："这也值当的这么瞧人，像是我身上有贼赃似的！"关了亮窗旋了窗钮子，几步上炕跪了，抖落开靠墙放着的小包袱。和珅近在咫尺，看着她忙乎，一阵处女幽香隐隐弥散过来，越发不能自持，待她递来中衣，却不去接，一把攥住了她的手，笑着小声道："翠屏儿……你不是问瞧什么？瞧这里——"他捏捏翠屏脸蛋儿又捏捏她脚，"还有这里，这胸上头里边鼓囊囊什么物事？"他的手又伸向翠屏胸前……

　　翠屏腾地飞红了脸，扭着身子跪在炕上偏着脸，挣身夺手时哪里能够？不能退不能进不能啐不能喊，半晌才道："老爷……这怎么说？这不正经……看外头人，日头还没落呢……"和珅见她半偎在自己身边，越发情急不耐，紧一紧手更把她揽近了，笑着耳语道："怕什么？他们谁不是我管着？升官发财我一句话，还管这样闲事？太太屋里我原瞧着彩屏儿好，今儿瞧着翠屏儿好出十倍去！来……你也摸摸个新鲜儿……"说着一只手从她小衣下头伸了进去，只在她温软滑腻的两乳间来回抚弄，口中道："从了我吧……开了脸就是姨太太，东直门外那三进院子给你……见过二十四福晋吧？我要把你打扮得比她还要标致……"又用手扳她手向自己裆下……

和珅原本生得俊秀挺拔风流自喜，平素在府里也极少摆老爷架子，见人蔼然可亲，手头又大方，且是英年得志飞黄腾达，府中丫头们暗地原也不少艳羡倾慕这位少年才良。闺房女儿燕比鹦妒也就有个"争宠"的意思在里头。今日乍然间遇了他这般样儿，翠屏儿先是一惊，心头一片模糊，待回过神又羞涩得无以自适，又怕人来瞧见，少女情怀忸怩不克自胜，嗔着和珅鲁莽又夹着一丝窃喜，听他在耳边吹风，娓娓细语着连奉迎带许愿，不觉已是芳心萌动渐生情欲，一臂弯着掩面遮羞，一手被他拉着，却不知他什么时候已经褪了裤子，光溜溜的腿间毛茸茸的蠢着那活儿又直又硬又热……只一触间惊得急忙缩手，失声惊叫："老天爷，蛇！"和珅也愣了一下，随即失声笑起来，说道："你再摸摸看，是蛇还是肉棒槌——"猛地将她小衣一掀，一头拱进去嗜咂她双乳，手里按摩着滑不溜手温润柔软的小腹往下伸去……尚未入港，正情浓如饴间突听外间脚步声响，听刘全在外头说道："老爷，纪大人来拜！"

这一声惊得二人同时僵怔在炕上，和珅一手提裤子翻身起来，忙高声道："我正更衣呢！请纪中堂稍待！"——见翠屏儿一身白肉仰在炕上，两臂屈着不动，脸上惊得没点血色，系着裤子上去又在她颊上轻吻一下，悄语道："乖乖别怕，没事。起来洗衣裳……晚上再……"翠屏儿这才真魂归窍，看自己这般模样，急忙掩怀系裤掠鬓理钗打理装束。和珅轻咳一声出了外间，已见纪昀跨进门槛进屋，忙抢前一步，一揖到地笑道："晓岚公久违了！我就说明儿见了驾，头一个到府上拜见的。方才眼皮子跳，心想莫不成是纪老先生要来，果不其然竟料定了！"说着让手请进，又道，"泡茶！"

"不必了，"纪昀摇手笑道，"我刚才见过皇上下来。皇上说：'和珅回来了，你去看他，要是他身子支撑得来，你们一道去四夷馆走一遭。他刚回京，要是着实劳乏，就罢了。'"和珅忙正容垂手听了，说道："一路骑马坐轿的，有什么劳乏处？四夷馆就在西直门内，我这就同您打马同去！"说着便喊，"备马！"这才与纪昀寒暄，"晓岚公，我去山东时日不长，怎么看着您倒像年轻了两岁半似的，您好精神！""两岁而且还'半'——有整还有零儿！"纪昀声音洪亮，哈哈大笑，手指点着和珅道，"千穿万穿马屁不穿……你这人哪……"又道，"我倒看你气色极好，春风满面的，喝了酒似的满脸泛红！"

和珅见纪昀用眼瞥内房门帘，知道他是精灵透了底的人，只怕瞧科，慌忙将手向外让着，一头跟着出来，笑道："倒真是有瓶儿好酒呢！刚沾了个边儿您就来了。想吃酒，回头我府里管醉，我给你另备一瓶儿。不过你也不是大酒量人……"翠屏儿躲在门后炕边，心头乱跳脸红耳热，思量着，竟羞得掩起面来，兀自听和珅在天井里说话："在外头滴酒不饮，回来自然犯馋——纪公，到四夷馆有什么差使？"

"哦，是这样。"纪昀和和珅同步徐行，说道，"是英咭唎国来了个特使，叫玛格尔尼，带了一船贡品，有不少稀世珍宝，要求见皇上。皇上已经让阿桂和福康安设宴款待，万岁其实是极看重这件事的，让我们也去见见谈谈。"

和珅知道这人，也知道这件事，心知其难，便没有言声，只点了点头。纪昀见他凝重深沉，心里不禁叹服：几个月不见，又更历练老成，这人智量真不是常人能及，口中却道："一个是仪仗礼节，他不肯跪拜，这就难办得很。但英咭唎离这里万里海途，要能如仪觐见，朝廷脸面也好看得多……这不同于日本琉球暹罗不丹朝鲜这些外藩，他们来一次极不容易的。他们送的礼重，要的东西也多，要传天主教，要到内地做生意，还想在北京设使节公馆！这没有先例，祖宗家法里也没有，孔孟四书里也没写，怎么弄？我读书多了，也算见过大世面，从来还没遇到过这样的事！见了皇上不跪拜，只行单膝礼，哪本书上有过？那要'礼'做什么？那一只膝盖怎么啦，就不能跪？这真奇了！"和珅嘘了一口气，问道："英咭唎……离我们有多远？"

"不知道，只听说我们的大舰要走几年……"

"那是在海外天边了。他们多少人，多大的版图？"

"……"

纪昀仍是摇头，说道："我只听说他们不拜佛不知道孔孟，一国都会做生意，都是商人。"和珅一听便笑了，说道："无奸不商，无商不奸，士农工商商居其末。没什么大不了的，还不是为了钱？"纪昀眼睛望着苍暗了的暝色，说道："初进军机处时我也这么想过，现在不这样看……真的是知之不多。我觉得和我们处处不一样，像另一个世界一样……"

……二人打马疾驰，赶到西直门内四夷馆时，天已完全黑定。正厅里筵席已散，七八支龙凤烛燃着，照得通屋明亮。阿桂坐在正中，福康安站在东壁，背手仰头看墙上字画，正在听玛格尔尼说话，见他二人联袂而入，福康安转面点头致意，阿桂和玛格尔尼也都站起身来，阿桂介绍道："玛格尔尼先生，这位是纪昀，这位叫和珅，也都是军机大臣。"

"玛格尔尼，"玛格尔尼腕上挎着一把黑伞，向二人微微一躬，说道，"很荣幸见到两位尊贵的首相，刚才福康安公爵曾说到过你们。纪大人是大清帝国最有才华的学者，而和珅大人精明能干，也是杰出人才，您这样年轻英俊，也很使我感到意外……"

和纪二人同时怔了一下，他们都没有想到玛格尔尼的汉语说得这般纯熟。纪昀用新奇的目光审视这人，只见伶仃细瘦的长裤紧紧裹着玛格尔尼的长腿，燕尾服前开后岔，里头的白衬衣也是绷得紧紧的，个子比寻常人高出足足一头，头上扣着长筒带边圆帽，黑帽带在长脸上勒了半圈，蓝眼珠子陷在眼窝里幽幽闪烁着微芒，唇上黄黄的胡须精心捏成两个卷儿向上翘起，显得很神气——长脸长身子长腿，总之是"瘦高白"三字可以把这人形容无遗。纪昀不禁暗想，他要这会子进戏园子，准能把看戏的吓得哄散了——谁见过这种鬼呢？和珅听见说福康安在背后介绍自己，心里却颇高兴，一摆手笑道："扰了你的谈兴，请坐，接着说话吧。"说着众人都坐下了，只有福康安不肯坐，似乎满墙外夷送来的字画有无穷的妙趣，看得十分专注。

"支那的风情令我陶醉。"玛格尔尼不在意地看一眼福康安，眼角含着微笑继续说道，"我是为了文明和友谊到这里来的。我沿途到北京，各省的总督和行政长官对我的照顾都是无微不至的，住最好的房子，用最无与伦比的饮食，带我观看那些最美丽迷人的庙宇和风景。这些我都由衷地感激。但是，各位尊贵的主人，我不能明白，为什么在小小的觐见仪节问题上会遇到这样大的麻烦。我在英国觐见我们伟大的女王，我们英属殖民地的统治者也是一样——也都是单膝下跪，吻女王的手，而她给我们的是恩宠和关怀——这并没有什么不好呀！"

阿桂微笑着倾听完他的话，慢慢说道："我们这里你都看过了，你跑遍四海，是个老江湖了。据你看来，我们还缺少什么不缺？"

"啊，你们是富有的，富有得令整个欧洲都妒忌！我看不出你们还缺少什么。"

"所以，我们不希图和你们生意往来。"阿桂笑道，"所有天下四方土地上的生灵，都覆盖在这高天之下，你凭什么不肯在他面前弯下膝盖呢？"

玛格尔尼怔了一下，在椅上微微屈身，说道："这是另一回事。用一句你们的话，风……风这个牛不相及的。我尊重乾隆大皇帝是这样的，你们如果觐见我的女王，当然也是行单膝礼节。这就是来而往，唉，非礼也！"他通常用语极流畅，但碰到成语就有点乱来，几个人听着都笑了。福康安却冷冷地偏转脸，像把玛格尔尼斜倒转看似的，又傲慢地仰起了头，说道："你一直都在胡说八道，现在总算说到了题上，在'礼'字上头像个无知小儿！我见你们女王连单膝也是不能跪的，你们的女王见我们乾隆皇帝也是要双膝跪下的——八月十三是皇上万岁圣诞，你有幸观礼，可以看看，有哪一国的国王和使臣不在他面前下跪的？你凭什么例外？"玛格尔尼早已看出这位"公爷"对自己极度的轻蔑贱视，但他是资深外交家，涵养功夫炉火纯青，格格一笑说道："假如你们也有像我那样的铁甲火轮船，就能冲破万里狂涛，击溃海盗的袭击到敝国去。那也会让阁下开一开，啊，闭一闭眼的。我们有我们的骄傲，阁下应该学会平等地和我们打交道。虚伪的傲慢、无知和偏见会一叶障目，令人看不到更为广大的世界，福康安阁下，我已经注意到你刚才在看表，那是贵国制造的吗？"

福康安愤怒地看了玛格尔尼一眼，照他的脾气，很想立刻掏出那块表当面摔碎了它！但他不敢，因为这表是乾隆赐给他的。他也不敢把谈判给搅黄了，因冷笑道："铁甲船又怎么样？说不许进珠江，你就只能泊在海上。怀表又怎么样？没有它太阳照样出来！"他的牛皮靴子踩得吱吱作响，走近了玛格尔尼，盯住了他。众人见他们离得只有一尺多远，四目对视火花闪烁，很怕福康安一拳打得这个瘦高个子外国人仰面朝天，玛格尔尼在他的逼视下也躲闪了目光，求救地向阿桂耸耸肩，说道："您知道，我是友好使节。我很遗憾福康安阁下剑拔弩张……"

"别怕，我压根不想揍你。"福康安一笑即敛，说道，"好鞋不踩臭狗屎呢！我只想说，你们英国那些把戏瞒不了人！你们派人到西藏，对班禅活佛说了些什么？东印度公司在广东又做了些什么好事？你们占领不丹国，不丹国是我们的属国知道不？我们不要你们的鸦片——让你的人退出不丹国！明白？"玛格尔尼直到他站直了身子才松了一口气，摇头苦笑道："这样的误会出乎我的想象。这是吕洞宾咬狗——不识好歹……狗了？"他突然觉得不对，睁大了眼呆住了，嘴里叽里咕噜不知说些什么，似乎是在解释。但众人早已哄堂大笑，阿桂一口茶从鼻子里呛出来，纪昀在椅中躬背捶胸，旁边的护卫驿丁一个个东倒西歪，福康安原是脸板得铁青，一个忍俊不禁也弯倒了腰，和珅脚步打跌，笑得面红耳赤，口中断续说道："福四爷这吕洞宾当得有趣……吕洞宾咬狗……哈哈哈……"玛格尔尼还是糊里糊涂，只陪着干笑。

这一来气氛却缓和了许多，阿桂换过来气揩了脸，说道："今天先谈到这里吧，玛格尔尼先生先回房歇歇。你说的传教呀，到内地行商呀，现在都说不到，我们也不能替你代奏。天朝制度一切由皇上做主，你这样连觐见都见不上，别的都是空谈。请吧——你们听着，玛格尔尼是远道客人，要小心侍候着，别委屈了！"

"喳——"下头人们一齐答应着。

四个人站着目送玛格尔尼出去，相视又是一笑。屋里没了外人，显得随便了一点，纪昀因见西壁下长条卷案上齐排放着几座自鸣钟，还有一堆怀表，一些不知名的珠子和金项链都在灯下熠熠闪光，口中说道："福四爷这黑脸唱得好，我看他很怕你呢！"便凑过去看，惊讶地叹道，"做工精良，我们的匠人真的望尘莫及呢！"阿桂和珅也都来看，福康安仰躺在安乐椅中看天棚，哂笑道："都是镀金！以为他那么大方的？"和珅笑道："方才那一出，我真担心福四爷一拳打得他满脸开花呢！"福康安却不搭他的话，接着自己的话说道："当心吃了他的东西肚子疼！他们在西藏勾结藏奸想反，不是达赖和班禅镇着，麻烦大了！皇上跟我说这事，我说先派三千骑兵到打箭炉，请班禅给东印度公司写信叫不丹的英国人滚出去！我们给他们绸缎瓷器大黄香料，他们给我们鸦片，这是做生意？坏蛋！"他用手重重捶了一下椅把手。

"不能硬来，给他点颜色瞧瞧就罢了。"阿桂用手指摆弄着金自鸣钟厢门，说道，"这玩意儿摆设起来确是富丽堂皇，连于敏中的一份都有呢！——皇上很在意这位特使。几次和英国人打交道，我觉得比罗刹国难对付，能把手伸到天竺，还敢占领不丹，这就和别的属国不一样。若能公庭纳贡拜表称臣，这个体面就大了……"

和珅自度身份资望，又有福康安莫名其妙给自己硬头钉子吃，这种场合无论如何少说为佳，只笑嘻嘻地在旁敲边鼓说话："不必忙，水磨功夫慢慢来。他离国万里，只身在我们这里嘛！他总也有个'将在外，君命有所不受'的吧……"他伸手触了一下钟下的摆锤，不知是碰了机簧还是时辰已到，一阵悦耳的音乐突然响起，似鸟啭似莺鸣，似筝又似钟声激响，脆声盈室，两个小铜人一左一右沿槽道滑出，提线木偶似的向众人打一揖，又滑向座钟厢门，手里小铜锤一下又一下敲一面特设的小铜鼓，沙沙沙的响动中，一卷粉金小轮转动，一个一个的"寿"字不断头从玻璃镜面前滑动着滚卷出来。仿佛受了什么感染，几个座钟同时都响动起来，各钟都是一般模样出来铜人，照样如法演示。顿时满屋叮咚之声不绝，鸟语之音盈耳……几个军机大臣还是头一次见这样的钟表，都是又惊又喜，凝视这些宝物。福康安也听得入神，但他很快就"出神"了，哼之一声，说道："奇技淫巧！他们女王我看也是个亡国之君！"纪昀指着"寿"字道："要是用万寿无疆，贡上去岂不更合体例？"阿桂道："这个我听侍尧说过，元宵节放烟花，已经制出来'万寿无疆'花样，侍尧说：'要是放出个"万寿无"，"疆"字放散了，我们的吃饭家伙还要不要？'——这也是一样的道理。"和珅道："这话听着长学问。我们做到这大的官，小事不慎也会出大事的……"他说着，只有纪昀敷衍着点头称是，见阿桂和福康安摆弄那堆珠子，压根就不理会自己，一时也摸不着头脑，便识相地住了口，跟着看这瞧那，笑眯眯的，却不再说话。

"这些物件按清单奏缴了吧。"阿桂见时辰已指亥正，舒展了一下身子笑道，"我今晚还要回军机处当值，致斋旅途劳顿，也该回驿站了。"纪昀道："文华殿有本书看了一半，我要去取，和佳木同轿去吧，我的轿杠子开了缝儿，明儿得去修修呢！"和珅看着福康安笑道："我也要回去了，四爷回去代禀太夫人，等忙过了我去请安，我也该到老公爷灵前拜祭拜祭的……"福康安坐着不动，说道："佳木晓岚二公先去，我和致斋还有话说。"纪昀和阿桂便一揖而去。

"瑶林，你有事要说？"和珅目送二人出了四夷馆天井，转回身来，见福康安木着脸仍旧兀坐不动，一笑说道，"您立了大功，傅老公爷九泉之下也是笑的，怎么我看您像是不欢喜？"

"你们出去！"福康安动也不动，吩咐旁边站班的亲兵道。待众人退出，他才站起身来走近了和珅。和珅心里志忑脸上挂笑，说道："我又不是玛格尔尼，四爷怎么这么个眼神儿？做错了什么事只管说就是，你可别动武。我可是鸡肋不足以安尊拳哟！"

福康安不理会他的调侃，铁青着脸盯牢了和珅，许久才道："你别跟我嬉皮笑脸！你花花肠子弯弯绕儿多，挡得住我用竹竿捅你？"

"四爷！"和珅惊讶地后退一步，恐慌地问道，"您这是闹的哪一出？我怎么不明白呀？"

"不明白？我问你，李侍尧的事是怎么回事？谁在后头撂他的黑砖？还有纪昀！"福康安恶狠狠问着，"你长了几根毛，就在军机处弄鬼？"

原来为这个！和珅舒了一口气，说道："李侍尧的事我不知道。纪昀我没有诬陷他，我对天发誓！——您一定听了小人撩拨，我和珅是个敢作敢当的男子汉！"他已是满脸庄重的神色，把目光转向门口，不理会福康安了。

"大清有几个纪昀？你要整他！"

"四爷，不是我。是您，是您要整他！"

"我?！"福康安用手指着自己鼻子，"你是说我？"

"对，是四爷您。"

和珅平静地转过身来，对怒容满面的福康安道："离京临别前，说起国泰一案，又说到纪昀，四爷您当面说'狠狠地整'——有没有这话？"

……福康安一下子怔住了。他记性极好，和珅一提，立时就想起，确有这个话头。

"您在济南预备征剿，我们天天见面，您也没有改口呀！"

…………

见福康安怒容渐消沉吟不语，和珅叹息一声说道："我确实让人查过纪昀和卢见曾的事，也查过纪昀购置家产。还有，也查过他家和李家的人命官司。但我于公义于私谊都于心无愧。公义上说，纪昀他是多年的中枢辅臣，纵容家人冤死无辜，他本人也写过信给河间县嘱托关照，是铁证如山！卢见曾实实是个盐蠹，一头闹亏空，一头广置家产。纪昀回护他亲家，我没有实据，但朝廷查抄旨意没下，卢家已经知觉，转移转卖家产——这事总要水落石出，姓纪的要是清白，您抉了我和珅眸子去！"

"您当时说要整他，我其实很佩服您。因为我知道纪昀和傅家几十年的交情！"和珅说着，不知哪里触了自己情肠，眼中已是噙了泪花，"我自问……虽然我不是老公爷一手超拔，但我对他老人家，对您一家公忠体国鞠躬尽瘁，是一腔的敬意……那一层公义是明摆着的，这一层私意也对天可表！四爷您也可扪心自问：和珅这人与纪昀与李侍尧无怨无仇，他们并没有挡我的道，我凭什么要与他们放对？他们资望位分都比我高，我就是攀龙附凤，又何苦拆掉梯子？就算纯粹为私，我也不值这么做呀……看看今晚诸位对我，好令我灰心——想想也是的，我升官太快了，像个暴发户，人瞧不起我也是该当……四爷，您说这为人难不难？"说完，便拭泪。

福康安怀里就揣着参劾和珅的奏折，凭他现在的声名位望，在乾隆心中的圣眷，这份折子递上去，十个和珅也参倒了。但和珅鼓动如簧之舌深深打动了他。他的目光变得柔和了，但秉性自有的骄傲阻住了他公然认错，凝视着和珅突然一笑，说道："为这件事你怎么跟女人样儿的就哭？你这熊样子去我军中，板子有你吃的！你不要疑心军机处有人上你的烂药。没有——谁也没说过你什么。他们老军机大臣也不值跟你闹。说开了也就完事了，你不要再往心里去。"

"他到底是个相府公子哥儿心性。"和珅心里想着，诚挚地一笑，说道："我一心一意诚敬待人，是个心里不存事儿的。四爷您能知道我的心，我就知足了。"福康安道："不要瞎疑心，阿桂纪昀是为你在济南弄了一群婊子进城装点繁华，觉得你有点胡折腾，别的没什么。我还说这不稀奇，先头李卫在南京，官员的亏空都想办法从秦淮河上打主意呢！纪昀是孔孟门生，阿桂算半个门生，有些个道学念头不足为怪，是吧？"

这是在替阿桂纪昀冷落自己开脱说项了，和珅大度地点头一笑，说道："白猫黑猫，能捉耗子就是好猫，福将英将，能打胜仗就是好将——鸨儿出钱，能养活工匠，嫖客掏腰包也能赈济灾民，大人们怎么想，我就顾不及了，见了皇上我也这么说，和珅肚里本来墨水就不多嘛！"福康安听得哈哈大笑，听和珅诧异自语："是谁在整治李侍尧呢？还有纪昀，皇上怎么看他们呢？"便说道："——大约另有其人吧！要做事，岂有不开罪人的？比如你杀了国泰于易简，就不见得人人都拍手称快。纪昀和侍尧在位日久，受一点挫磨也未始不是好事。"

和珅脸含笑容默谋福康安话中余意，前头说的是于敏中了，后边的话也不是福康安的口气。自己杀了于易简，于敏中今生今世不能指望和衷共事，既然要"挫磨"李纪二人，那就是很有余地的事……这都是极要紧的话，他吃在心里慢慢牛反刍般地解消融会，口中说道："傅老公爷这一去，军机处人事丝蔓藤缠纷繁变幻，更难处了。唉，有一分心尽一分力罢了……四爷，您要进军机处该多好！"

"我不能进去。承袭宰辅之位，于国于家于我都没好处。"福康安重复着乾隆的告诫，"大清哪里有事，我就到哪里去，我是大侍卫，大扑火队！"

第七回　　拒外扰福帅赴藏边
　　　　　临大祸学士急测字

　　第二日一大早，乾隆便在养心殿召见了和珅。国泰于易简伏法朝野震撼，福康安平邑大捷，六部大臣弹冠相庆，皇十五子颙琰在山东政声鹊起，平邑的善后事宜也料理得当，各地天理白莲红阳教徒正月十五小打小闹略有折腾，也都平息得无影无踪。照和珅的想头，乾隆没有什么大的心事，该是一副精神焕发的模样。但乾隆看去却有些憔悴，脸上的肌肉也有点松弛，眼圈也有点青黯，已经三月中旬时分，外边艳阳和风，很暖的天气了，还穿着青缎面银鼠皮褂，套着小毛羊皮袍，盘膝坐在炕上听和珅奏报。和珅坐在暖阁隔栅子前的小杌子上，看着自己的奏事本子款款而言，有想引起皇帝留意的事加重语气再停顿一下，不时偷觑一下乾隆脸色，接着再说，足足多半个时辰才奏毕。暗嘘了一口气，恭恭敬敬的，像个童蒙小学生向老师交窗课本子似的，双手把奏事本子捧递给王廉，说道："这是奴才在济南作的札记，在外头事忙得乱蜂蜇头，皇上布置的书也没有读完，就这个敷衍皇上，奴才很不安的，请皇上御览。"

　　"你很有心嘛！字也有长进了。"乾隆接过随便翻了翻就放下了，"我们满洲人就这一宗儿令人头疼，吃祖宗饭自己不争气，想起来又恨又没法子。吟风弄月寻花问柳都是好样的，说到经济、生民度支他就一窍不通！"和珅接着这个话茬赔笑道："皇上说的是！和琳原来想谋山东布政使的差，奴才就没好话给他，布政使是什么官？上马管军下马管民，还管提调官员，你懂？你能么？——皇上既说到这里，也触了奴才心思，在德州府奴才兴了土木，在济南又照样办理，有人说奴才是个言利之臣，也引了四书的话说'古之所谓民贼，今之所谓和珅也①！'"乾隆听着已经莞尔，说道："不要理会他们！再有人说，你就说'今之所谓和珅，即今之所谓"良臣"也'！"

这只是顺口而出的借语调侃，不是乾隆的真正考语。但有这句话，和珅一颗心已经平落下来。他原最担心刘墉福康安在这里说了什么，恐惧钱沣在他杀国泰于易简的事上做文章，现在看来，这些人似乎不屑于背地里下蛆，至少乾隆恩宠自己的心没有减退，而且这话传出去就是"美誉"，能遮挡多少是非……循这样的思路，那么要"固宠"就只能更加小心走棋步儿，因沉吟着说道："'良臣'二字奴才不敢当，但跟着主子这样英绝千古的帝王，熏陶之下或可略有造就。奴才粗算一下，仅济南德州两地建市敛银，加上工银补赈，可以省下国库七十万两银子，于一省而言也是一笔可观数目。奴才的小见识，'重农抑商'是礼之经，但山东天灾人祸百姓嗷嗷待哺，不宜抱着'经'胶柱鼓瑟的，所以有这样的权宜之计。细想想，有些大臣不以奴才为然，立意还是正的，奴才忧谗畏讥，也还是立德立品不能自信的缘故。又怕各省有所效仿，所以求皇上下旨，明白奴才苦心，说明山东政务不足为训。这样，奴才就安心了。"

"你算得上心细如发。"乾隆笑道，"话说明白了也就结了，特意下旨反而要招物议。也有人说修圆明园劳民伤财嘛！你不必在心。"和珅躬身道："'劳民伤财'四字是糊涂话，且不论国家兴作的本意是彰明治化，就实情说，有些赤贫农人工匠手无分文，只有'劳民'才能挣钱糊口，国库充盈，串制钱的绳子都烂掉了，借修园工程散财于民，那是天大的仁政，'伤财'伤的其实是库中无余银。这一条，衮衮诸公没有想得清楚。"

乾隆原本想召见一下和珅，旋召旋退再议别的政务的。前听和珅奏陈已经神注，后边"劳民伤财"印证发挥，更将朝廷财政说得鞭辟入里，都合契进入以仁治国的孔孟之道，这就不是"精明练达"四个字能够局限的了。他用赏识的目光看着和珅，只觉得越看越面善面熟，心里

---

① 原语引用应为"古之所谓民贼，今之所谓良臣"。

暗思，男子女相卿相之貌，天授的宰相材料来辅理朝务的。因见他项间隐隐有一条肉色红线，便问："你耳下那条红痕，是冠带勒的么？"

"这个？"和珅冷不防被他问出这个，不禁一怔，下意识地摸摸颏下，笑道，"这是胎记。他们都以为奴才帽带子勒得紧。曾和纪昀说笑，他说奴才前世准定是个悬梁上吊的女人，奴才说是个老农，戴着雨笠死在地头托生出来的……"乾隆笑道："将军戴盔，也有这个印痕的……"他目光游移，仿佛在记忆中搜寻什么，终于没能想起什么，又把话题拉到朝务上，说道："傅恒英年早逝，像他那样的文武全才，熙朝雍朝能比得及的不多。你和钱沣现在跟上来了，一是要努力，二是留心自己身体，要预备着给朕的下一代出力。钱沣不能在京官任上久留，已经有旨让他去云南当总督，两年之后再调回军机处，一则他能历练，二则循级晋升少些口舌。"和珅道："奴才也想过，从崇文门关税上头调军机章京，又进军机大臣，升得太快了，不拘哪一省去做巡抚，有了政绩再上来，似乎更好。"想了想，又道，"军机处有阿桂、纪昀、于敏中、刘墉，还有李侍尧也是顶尖人才，人手尽够用的。奴才少不经事，还该再考察历练一下才是。"

乾隆因坐得太久，挪身下炕来，端着茶杯在地下踱步疏散筋骨。王廉提着银瓶进暖阁来要给他换茶，乾隆道："好好的乌龙茶，你就是沏不出味道来。王八耻虽然不成器，侍候差使比你巴结用心得多！跟着街上的茶博士王八头们学沏茶，能学出来？你去问问汪氏陈氏，得便儿到傅府向公爷夫人领教一下茶是怎么沏的！纯热水翻滚着沏出来只是个扑鼻浓香，它不收敛！没有内蕴，没有余香！"口虽这样说，还是递过杯来，王廉一边倒茶，红着脸道："奴才这就学去，下次再制不出好茶水，万岁爷抽奴才耳巴子——这是上回听主子说容主儿的茶好，奴才照法子办的……""和卓氏朕是当客人敬在宫里头的，她就倒出白开水朕也会说好！你白长了颗人头，不会想事儿——去吧！"乾隆数落他几句，啜茶一饮，笑着对和珅道，"人才岂可一概而论？桓公如无管仲不能安其邦，如无梁丘据何以乐其身？无易牙不得快其口，无竖刁开方不得娱其心。无鲍叔牙呢？又不能去其佞！比如说王八耻去了，朕就吃不上好茶，这点子口福也就没了。朕原是想你留在山东兼这个巡抚或设个总督衙门安你这尊神，但军机处没有精于理财的。国库虽然充盈，内廷支用却还是捉襟见肘。议罪银子这一项，要没有清廉务实善理财务的来管，那要出大事情。放纵了不得了；收紧了，这么大宫掖，这么多的贵人，连老佛爷都受了委屈，也不成个体统。你来管着户部、工部、内务府，可以几头照应，于敏中是吏部，刘墉是刑部，有阿桂掌总儿，诸事就妥帖了。"说着，见王廉进来禀道："阿桂纪昀和于敏中递牌子，在垂花门外请见。"

"和珅跪安吧，你刚回京，歇息几日再上值。"乾隆似乎犹豫了一下，看着和珅躬身却步退出去，问道，"纪昀也进来了？"

"是。"

乾隆哼了一声，说道："叫进吧。"说罢返身上炕坐了。隔玻璃窗见和珅与三人在琉璃照壁前觌面相逢，和珅笑着说了句什么侧身让三人先行，乾隆默然不语端起杯啜了，嚼着一片茶叶等他们进来。一时外殿帘栊响动脚步杂沓，阿桂在前，于敏中紧随，纪昀走在最后鱼贯而入，行跪见礼。看着纪昀容色黯淡，行步迟缓，腰背似乎也有点伛偻，乾隆蓦地泛上一阵凄楚悲凉之感，脸上却淡淡的，说道："坐吧！"

三位大臣是来回奏接见玛格尔尼的事的，阿桂主奏，纪昀时而插话，于敏中没有参与，在一旁正襟危坐静听。乾隆也一动不动，直到奏完，阿桂的奏缴礼单送上来，才轻咳一声说道："这么听来，玛格尔尼只是辞气恭谨，仍旧不肯按例行礼的了？"

"回皇上，"阿桂已看出乾隆颜色沉郁，加了小心说道，"他是化外海域之人，不习我中华礼仪。来北京谒见皇上，是求恩恩准英人进内地来商贸行贾。席间谈话也还是有通融余地的。奴才在一旁思量，这些人唯利是图，晓之以利害，不难就我范围。"又将福康安和玛格尔尼斗口的事说了，"他还是怕福康安的。"

乾隆听了，问于敏中道："你怎么看？"

"英国人是得陇望蜀之辈，其奸诈比之罗刹国有过之而无不及。"于敏中正容说道，"觐见皇上，这是多大的荣耀，他心里想的是'做生意''传教'——他们和西藏也想做生意，达赖和班禅拒绝了，就派兵打不丹来威胁！这是阴微小人，断不能让他上头上脸。他不行跪拜大礼，就请他离境！"纪昀说道："于敏中说的是，臣近日恭读《圣祖实录》，康熙二十四年开海禁设海关，待到五十六年又下禁海旨意。其实就贸易而言还是盈利不少的，为什么又禁止了？这里头最要紧的是华夷之防。英咭唎国看来不是易与之辈，看他的东印度公司售卖鸦片，看他觊觎西藏，看他这个玛格尔尼一头谦辞卑躬，一头又不肯如仪行礼，在在处处都透着叵测奸诈，我们自有三教，种种邪教禁还禁不及，他们还想弄些洋和尚来传天主、耶稣！皇上，银钱是小事，我们中华博物，除了些富户购置洋货装幌子，买不了他们什么物件。这传教一事可非同小可，熙朝上书房大臣索额图就信天主，非圣无法，闹出多大的事，这很可虑的！他若不行三跪九叩礼，有了这个先例，天下臣民百姓就会以为礼防也有例外，领属藩国效仿起来，朝廷又如何置辞呢？"

这些议论，我们今日之人听来当然可笑，但当时的人说起来恳切认真，听的人也都觉得是忠忧虑国之言。"礼防"是三纲五常之本，乾隆愈听愈觉精辟，但他思虑多日，决意今日下旨逐黜纪昀，不能假以辞色，就他心底里还是热望玛格尔尼能向化从礼，因呆着脸道："这都是老生常谈，不疼不痒的有什么实用？你纪昀一口一个'礼'字，其实礼之大要在于精白纯粹事国事君。你纪昀自问够得上么？"这一下突然发作，正在议政间毫无征兆说出来，虽然不是声色俱厉，但罪名却是不能精白纯粹事国事君，这就犹如泰山之重直压下来！几个大臣立时惊呆了，殿里殿外的太监侍卫也都唬得身子一矮！

"臣焉敢不忠于事国事君？！"纪昀尽管早有预感，乍闻之下还是大惊失色，心里一个惊悸浑身寒颤一下，就机子前屈身跪下连连叩头，脸色青黯苍白得令人不忍逼视，颤声说道，"一定有宵小之辈从中拨弄是非惑动天听天视……臣愚鲁粗质一介书生，跟从皇上数十年，从不敢有这样大不敬心思的……求皇上圣聪明察……"他的声气已变得惊惧颤栗，众人听得心里一阵阵发瘆……

乾隆沉默着，手里把捏着汉玉扇坠儿，看也不看众人一眼，说道："朕已经容忍你多时了！升官，你是极品大员；赏赉，从来你都是头一份，你身为文臣，还能和侍卫一例用胙肉，国是大政顾问垂询，问天良是把你当股肱心膂无双国士用的。受恩如此，你怎么报的？私纵家人通连官府，为芥豆小事伤害人命，成话么？给河间知府写过信没有？——你不要忙着辩，还有，朕赏过你三处庄园四处住宅，为什么还要在外地购置住宅田产？卢见曾的案子里有没有你的份？和户部吏部有没有关照？"他说得动了真气，手指连连拍案又问，"卢见曾隐匿家产，是谁把抄家消息透给他的？还有更甚的，傅恒病重病故，这期间你说没说过'傅六爷一去，大清成多事之秋'？说没有说过'军机处群龙无首'？！宫掖家务你也有高论！'容妃宠信过于杨贵妃'，是不是你的话？你置朕于何地，又视朕为何如人主？"

纪昀万没有想到，自己与家人门生子弟平日筵嬉酒热私语的话都一一传入乾隆耳中，心知早已陷入不测之地，听着乾隆排炮似的连连质问，头一阵阵发蒙，已是浑身冷汗湿透重衣。但他毕竟是久历仕宦饱经沧桑的人，一阵混沌之后心思清明，如果真是"大不敬"的罪名，想再见乾隆一面比登天还难，因叩头道："纪昀有通天之罪，皇上诛之弃于豺虎不足以蔽辜……但求皇上默察臣心，原是放浪不羁之人，公论私情，臣视皇上如化日皎月，千古不遇之英纵圣主，昀固不肖，从未敢稍存慢渎之心的……"他说得触了自己情肠，惊悲哀恸还夹着委屈无以自白的心情一齐涌上胸臆，泪水已经夺眶而出，伏地颤栗难以自胜。

"本来要刘墉去传旨给你的，要查看你的家产。你既然来了，当面说开也好。"乾隆说道，"且回去闭门思过，回头还有旨意给你。从现在起不要到军机处和四库上当值了，但你的职衔还未免去，有事可由刘墉代奏。朕知道你们素来交好，对他的为人你应该放心的。"他顿了少顷，又道，"你退下吧！"

"罪臣纪昀谢恩……"

纪昀深深伏下身去，叩了头艰难地站起来，泪眼模糊地又看乾隆一眼，低下了头，蹒跚着脚步退了下去。

"还有李侍尧，今天也由刘墉传旨。"乾隆端起杯啜一口茶，皱了皱眉头愠怒地说道，"这是什么茶！"——顺手连杯子从暖阁隔门扔了出去。"啪"地摔碎成几片，三四个太监吓得浑身哆嗦，跪着膝行上去收拾瓷片茶叶用小墩布蘸揩着金砖地面。乾隆接着说道："他的事与纪昀不同，倒与国泰仿佛！广州十三商行是他奏准封锢销号的，但李侍尧从来就没有真正管好洋务，十三行只是明里转了暗里！朕拿他当先朝的李卫信任使用，可他一直在欺瞒朕！奉调北京，他又怕新任广督查知他的隐情，又先走一步代十三行陈情，还受了人家十万银子，他单作一次生日就收了三百两黄金——这样的人，再有才也不能留！——要交部议处，人发狱神庙羁押，部议之后，该用典刑，朕也救不了他！"他转脸看定了阿桂："你怎么看？"

终于来了！阿桂被他问得身上一颤。从他回京，已经隐隐地感到军机处要出大事。像是天上层楼狰狞的乌云在逼近，电闪雷鸣都隐在云后，种种小路信息都是冲着李侍尧和纪昀来的，又有什么"傅恒病倒重起炉灶"的传言像水底暗流般时时袭来。福康安带丧请缨获允他已经暗地松了一口气，待得胜还朝，恩隆礼遇宠眷优渥觉得比傅恒还加了几分，他已是放下了心，觉得稳下来了。不料这乌云中的闪电还是击了下来，一点也没有犹豫，一点事先哪怕是暗示也没有，一下子就击倒了两个红极万方的中枢大臣！方才乾隆一番厉色陈述中他才从懵懂中惊醒过来，已觉得自己这么端坐着不合时宜，见问自己，忙长跪了下去，叩头回道："皇上雷霆之怒，奴才还在惊慌不安，一时还不能从容思量。他二人的事以前只是稍有风闻，奴才也有点出乎意料，想不到竟如此重大。"

"纪昀就是军机大臣。李侍尧是你举荐的人，军机处理应回避。"乾隆冷冷说道，"乾纲自在朕心掌握，未必一定先给你们招呼。于敏中也是一无所知嘛！当时调任李侍尧来京，于敏中也建议过的，恐怕也要给你们一点处分。"

于敏中也早就坐得背若芒刺，忙就身前一步跪下，和阿桂一同谢罪："求皇上重重惩处……"

"功是功过是过，浊者自浊清者自清。这个以后再说。"乾隆说道，"你们还要办差，不要心里总想着自家处分。莎罗奔的儿子侄子们现在金川又闹起事来。这和西藏局势牵连有关，藏中黄教和藏王内起纠纷，还夹着东印度公司在里头闹鬼，与西域准噶尔部蒙古也勾扯在一起，这都是军机处的'军机'正务。调理不得当，或者西边闹出大乱子，朕已经六十五岁的人了，还要被迫御驾亲征！那你们军机处该当何罪？朕想见一见玛格尔尼，也有这个羁縻的意思在里头。你们与和珅刘墉还可以再想一些法子，福康安又要带兵到金川，他已经派了三千骑兵到打箭炉驻扎，一为防着小莎罗奔和藏中反叛联络，二来造成形势逼英国人印度人从不丹撤兵。你们和福康安约见几次，他有什么需办事务，不可有丝毫怠忽！明白么？"

"明白……奴才、臣等遵旨！"

二人叩恩起身，正要辞出殿去，乾隆摆手示意暂留，又道："纪昀前日从顺天府试上下来，奏说今科取中的贡生，里头有个叫皇甫琰的，取在第十二名，籍贯履历在礼部存根上查不到，他现在正待罪，你们向礼部关照一下，不要再查了。那是十五阿哥颙琰，朕暗地送进贡院参试春闱的。"

"有这样的事？"阿桂脱口而出说道。于敏中也一怔，惊讶地望着乾隆道："十五爷在山东，没有回京交卸差使呀！"

乾隆原本板着脸，见二人目瞪口呆，不禁泛上一丝得意的笑容，说道："要让你们知道就麻烦了，又不敢去关说，又担心他考不取面上无光，所以只能密地办理。他自己——"他右手伸出两指晃了晃，"他自己提考篮进场，密封阅卷，自己挣得的第十名，全部誊送进来，朕把第十名向后压了两个名次，谁知恰恰就是朕的儿子！"他微笑着，不知是赞是叹，又道，"还算孺子可教吧……世无英雄，遂使竖子成名……"见乾隆转怒为喜，二人心头也都一宽，想想也为乾隆欣慰，这是件怪事又是喜事，少不得承颜色笑，阿桂笑道："万岁爷真能出人意表！这是放在您，要在下边缙绅人家，老太爷高兴得那还了得？七大姑八大姨远亲近邻花红礼酒，放炮树旗杆唱大戏，要很热闹几天呢！"于敏中也笑："王尔烈这首席也坐得了……这……这有点匪夷所思，臣还有点信不及呢！"

"你去问问纪——问问他的房师就知道了。"乾隆笑道，"前几天老佛爷才知道他入场，还担心怕名落孙山了不好看。朕没有什么不可思议的念头，十五阿哥资质在阿哥里头只是中平，想看看儿子们和举子们文章上下如何，他进进场，也知道读书人场屋滋味如何，这没什么坏处……"他这才想到本来要说的话，收了笑容说道，"毕竟这事耸动物议，张扬出去没什么好处，只你两个知道也就是了。告诉他们不要查了。"

两个人也都明白过来，忙答应称"是"，于敏中道："既然如此，不用再知会礼部，十五爷殿试可去可不去，他们历来规矩，会试之后存档，外人一些儿也不知道的。特意去说，反而使人疑心：这人怎么了，军机处来人说话？"阿桂道："十五爷已是贝子王爷，这功名只是试他才学。他不宜再去殿试，一来太较真儿，二来往哪里安排名次呢？"说罢，见乾隆无话，二人才辞出来，回想今日见驾，犹自一惊一乍忧惧带喜，乱七八糟地品不出滋味来。

……纪昀头晕目眩，软着两条腿出了养心殿大院，兀自心里空落落茫茫然。他像吃得酩酊大醉的单身汉，跟跄得走不稳步子，一步下去犹如踩在松软的棉花包上，慢慢挨出永巷口，一阵熏暖的东南风从天街漫地扑面入怀，才知道此身已在军机房不远处。他手哆嗦着，似乎要掏怀表看时辰，半途里又无力地放下臂来。刺目的艳阳照得三大殿和左边的乾清门一片辉煌灿烂，融融的阳光洒落在广袤的天街上，一片金色耀目刺心。因身上冷汗未退，一阵风又吹过来，他觉得前胸后背倏地一凉，一头强自收摄心神，一头思量着该怎么办。若在以往，他连想都不用想就去求见傅恒，但现在……等着阿桂、于敏中？于敏中为人落寞难以托靠，阿桂是举荐李侍尧的人，说不定也要吃挂落，自身难保的人，何必去见？尹继善死了，"五爷"弘昼也死了，和珅是对头，刘墉是奉旨抄家的主官——指头屈尽，原来自己无人可见，也无情可说！回家去，说不定刘墉已在府中等着，进门银铛一锁就得进养蜂夹道——算来自己的自由也只是顷刻须臾弹指即逝的事了，何必急着到军机处，眼下自然还有人挑帘子，但进去一群章京请示公务，怎么料理！——告别？圣旨还没有下，还会惹出是非……望着蓝莹莹的天空，金碧辉煌的宫阙，他突然领悟了什么叫"天罗地网"，什么叫"人生三尺世界难藏"！

"那就听其自然吧……"

纪昀心里一阵凄楚，转身向景运门走去，既然没有什么门路可以投奔，那就赶快回家，"阅微草堂"里还有不少书稿，要赶紧整理，从

《四库全书》房借来的书有些还是禁书，还有平时与亲朋好友往来的书信，虽说都是平常言语，这个时候极有可能被抄进磨勘御史手里，天知道这些"魔王"们鸡蛋里挑出什么骨头来——蓦然间，又想起夫人马氏的堂弟这科春闱中了贡生，约好了午间到府拜谒，府里少不了一干房师门生酬酢热闹。他心里猛地一紧：这还真的得赶紧回去料理！想着，脚下已加快了步子，一路多少官员纷纷给他鞠躬让路，竟都视而不见。

纪昀的新府邸在紫禁城正南偏西的樱桃斜街，离着西华门不足三里之遥。落轿下来看，天色刚刚过午，阳春暖月时分北京人极少昼寝午睡的。这是背街小巷，稀稀落落的茶馆里有人说书、有人算命、有人讲买卖讨价还价，卖油炸果子的还有背糖葫芦串子的懒洋洋沿街叫卖，小孩子们成群结伙扯着风筝线满街乱跑，你绞了我的线我碰了他的风筝大喘气儿争吵叫闹，夹着叽叽咯咯的推打说笑，南边就是八大胡同，熙攘和煦的街衢里隐隐还听得调筝弄弦鼓笙吹竽的声音。待离府还有一箭之遥时，纪昀在轿窗中一闪眼看见一间拆字摊儿，心里一动，又待走了几步，用脚蹬蹬轿底，大轿一滑一顿便停下来。他摸了摸头，那只珊瑚顶子在养心殿仓皇退出时根本就没戴出来，这才明白自己出西华门时太监们何以那样诧异，不由暗自苦笑了一下：看来我竟不如个不更事少年，昏了头乱了方寸了……就轿中脱下袍褂，只穿一身酱色湖绸袍子哈腰出轿，吩咐道："你们就这里等着，不要报家里知道。"趿身回了拆字摊上。

这是个只有一间门面的小拆字店，纪昀来来回回轿子从这里过了无数次，竟从来没有留意过它的存在。此时看得真切，迎门是一张小桌，靛青台布上笔墨纸砚香炉签筒书帖纸卷一应俱全，满屋淡青壁纸裱糊得平平展展，正中悬着一幅《孔子问礼》图，下面常例是太极八卦，旁边一幅竖条，上写：

亮工绪余道立文心

八个茶碗大的字端楷正书清雅绝俗，此外了无长物。一位四十岁上下的中年人半躺在藤椅上，一手把着扇子一手捏着念珠闭目养神，听见脚步声才睁开眼来，一边打量纪昀一边长揖，伸手让坐说道："尊驾容色惨怛，忧急煎虑见于眉宇，要解心中九转回肠，当求圣贤触字之妙！承看顾，请坐！"

"先生清范，令人一见忘俗。"纪昀不知怎的，听这几句掉书袋子酸文，极寻常的几句话，心里竟一下子安定了许多。一撩袍摆坐了桌子侧畔，嘘了一口浊气，已是清明在躬，含笑说道："入门休问荣枯事，但见容颜便得知。学生却有难解之忧，近危远愁望门投止，愿先生有以教我。事急，不容细推，即请用周亮工字触之学为我一断休咎——这是卦金，敬请哂纳。"他从袖中摸出约一两重一只小银锞子轻轻放在案上，又道，"实不相瞒，我就是这巷中住的纪学士，如今罹罪在身。此时无暇与先生坐而论道，就请先生指点迷津。"

那先生却不甚惊讶，点了点头说道："大人还穿着朝靴，又刚从大轿上下来，学生已经知道了您的身份。既然事急，就请赐下字来，不用六爻仔细推算了。"纪昀问道："拆字可是应响灵验的么？"先生熟视纪昀良久，笑道："相公识穷天下，不知六书之学？六书之学妙于会意，哪个字没有'数'？秉心诚意，合三体、合六体其应如响！小篆变于李斯，说文昉于许慎，开后人离合相字之学，难道只是用来玩味取乐的？如相信不及，只好请大人另觅高明了。"纪昀忙道："不不，岂敢呢！我与先生近在弥密，一向疏于照应，听先生方才清教，原是位饱学之士，临时来抱佛脚，心里很惭愧的——请教先生尊姓大名？"

"不敢，姓董，名超。"

"学生孟浪，就请用尊姓尊讳卜学生吉凶。"说罢提笔在纸上端楷写出来。只心中余惊未息，手发抖，笔画有点不稳。

董超取过那张纸仔细审量，许久，一笑说道："纪大人放心，于您性命决无妨碍。这个'超'字，是'召走'合体，'董'字是'千里草'，您要远成了——'召字'无言字旁，必是口传诏谕，现在正'走'，还没有传到府上。谪戍应在千里之外，草茂之地无疑。"

千里之外草茂之地，可说黑龙江，可说温都尔汗草原，也可说云贵烟瘴之地。纪昀呆了一呆，又提笔写了一个字递上去，说道："还请再加详断。"

"嗯，'名'字，"董超看着沉吟良久，说道，"此字下为一'口'，上为'外'字偏旁，大人远戍戍所，当是口外，曰夕为西，必是西域。"

"是见高明——还要问，我能不能再回来？"

董超又看那字，说道："以'名'字形状，与'君'字仿佛，和'召'字也形类，将来一定要赐还的。"

"能测测是哪年回来么？"

"'口'字是'四'字缺笔。详这字寓意，大约不足四年您就能蒙恩归来。"董超皱眉说道。

纪昀默然点头致谢出店……四年，这是个不短的时日，而且远在西域万里迢迢之外……但纪昀此刻却巴望着这是真的——此刻，他觉得自己是撩高站在广袤无垠的旷野上，漫天的乌云笼罩穹庐，令人心胆俱碎的雷霆震耳欲聋，火鸟金蛇和珊瑚枝一样的闪电就在自己头顶追逐着跃动奋击。这闪电已经击毙了国泰于易简，现在轮到了李侍尧和自己！想想看吧，雪上加霜！他轻咳一声，便听门洞里有人说道："老爷回来了。"接着一条小白狗"嗖"地蹿出来，低声呜呜着摇尾巴过来撒欢儿，蹭着他脚边儿又擦前蹄子又拽衣角，忽地掉转头汪声儿叫跳着又蹿回去报信儿，半道里却又飞跑着趸转身来绕膝转旋儿……老仆施祥、魏哲、刘琪已带着十几个长随迎了出来。

有的时候，人的脸就是一部书，一台戏，千言万语无限心思情愫都一目了然。纪昀一进门便知家人已经得知了凶耗，他瞥了一眼天井院中左右厢房下站着的家人，又看正间堂房。外面太亮，房中黑暗得物什人物都不甚清晰，只见迎门的几张桌子上摆着的菜肴酒具齐齐整整，都还没有动过，便知筵席还没开人就散了。因见刘保琪葛华章，还有三四个新中的贡士从屋里迎到滴水檐下，纪昀感激地向他们点头笑笑，却蹲下身去抚摸那条狗，问道："喂过它了没有？——四儿，别咬我的手！"那条叫四儿的狗"汪"地叫了一声，跑进屋里立蹄子攀那桌腿子。

"今儿累你们空走一趟。"纪昀这才和客人攀话，他的神色语气都已完全镇定下来。从容得像刚刚睡了午觉起来，下午要去赶赴一个约会："原打算今日叫上保琪，文华殿那里有几篇已经写好的评传、考校注解草稿，要你再校勘一下送呈御览的，还有借来参阅的旧旨稿也要缴还皇史寀。你来了正好，省了再派人去交代了。我这里书房里还有几本书，给总校编纂房打过借条的，你现在不便带走，且留片刻吧。我估着刘崇如也就要到了，传过旨意经他准允，你才能带东西出去。"又吩咐，"老施叫你家里的进去禀夫人知道我回来了。还有沈氏、郭氏、卉倩、蔼云、明轩她们几个，把后头太太念经的佛堂腾出来，让夫人搬进去，她们就在佛堂侍候，刘大人来传旨必定有照应的。还有账房上的人不要在这院里，回去盘账，把现银都预备好，等着钦差清查发落。"

家人们起初见他没事人般逗狗玩，以为事情不大，听到后来都又紧张起来。见账房的人回去，满院的人慌乱着各自回房拾掇东西，乱得一群没头苍蝇似的，好一阵走得精光。几个新晋考中的贡生也都面面相觑，不知如何和这位太老师搭话。纪昀见他们尴尬，一笑说道："你们是刚进龙门又入虎穴哟！见见这个世面也好。这就要殿试了，本领大小是一回事，还要看各自的际遇造化。我如今这样子是不能给你们什么'教诲'的了。雷霆雨露皆是君恩，要牢记这一条，不管选出来做什么官，好生本分做事，沉浮荣辱不要太认真计较。"又拉着手一个个问名字，葛华章僵着舌头一个个介绍："他叫马祥祖，他叫曹锡宝，他叫方令诚……"纪昀一一点头拍肩勉励，笑着问葛华章："你说的还有个叫惠同济，叫吴省钦的，他们没来？"

"来了的，这两个都中的副榜。"葛华章麻子脸上毫无表情，"方才说家里有事，先回去了。陈半江、陈学文兄弟，葛承先、陈献忠怕部里会议，辞了出去，说明儿再过来请安道乏。"刘保琪道："陈献忠这人我说他故作豪爽大诈似直，您还不信！看看这群人，狼没来，兔子般先吓散了窝儿……"

纪昀不言声听了，一笑说道："你这人这样说话！不对嘛！本来的是非之地，也不好看相，何必强人所难？"又转脸笑谓曹锡宝，"你文章写得好，连皇上都知道你呢！你们花团锦簇前程，都是好的！祥祖制艺极好，但八股这东西，是入门功夫，现在已经进了龙门，要读点史书，别奏对时闹出笑话来。皇上才高八斗学富五车，好生学习才能略略跟上踪儿。"又笑着谆谆嘱咐几句，道，"保琪暂留一下，大家回去吧……有什么消息不用我说你们也都会晓得的。我的案子自己心里明白，圣上也知道我的，定谳之前就不要来看我了。"

几个人呆呆站着听他娓娓絮絮说话，虽说微笑着却神色黯淡，虽说请"大家回去"，眼中却带着依恋不舍。红极几十年的人，学究天人笔参造化，纪昀文章道德为天下多少读书人瞩目，又是多少莘莘学子心仪向往的楷模啊！看他此刻风范，想到他顷刻之间就要雷霆击顶祸患临头，还在处处为别人着想……刘保琪头一个撑不住泪流满面，曹锡宝几个贡生也都默然神伤，葛华章却愤愤说道："如今好人做不得！谁让老师文章那么好，栽培那么多人才，又编那个什么黄子全书呢？您终日去围着皇上打磨旋儿，准没人敢暗算您！"

"你们去吧——别说这话，这话不对。"纪昀止住了他，向众人往门口揽手一让说道，"就这样别过了吧。"说罢扯了刘保琪道，"到我书房去，我给你交代事情。"刘保琪边走边道："石庵公这时分不来，也许圣命有变天心有回呢！"纪昀一哂说道："哪有那样的事！这是崇如给我留点时辰……"说着穿了二门往西，一个窄门过去便是书房，这里向北几步之遥进小花园便是"阅微草堂"，东北一墙之隔就是内院。听见内院几个女人声气嘤嘤哭泣，纪昀见小奚奴玉保跟着，板起脸道："你进去告诉她们，有眼泪等我死了再哭！这会子圣命还没下，嚎的什么丧？"

书房的事几句话就交代完了。但钦使不在，刘保琪断不能携带东西出去，想劝纪昀进内院安慰家属，设身处地思量他进去徒增悲伤，此刻实无话安慰，自己想劝纪昀宽怀，也觉能说的话极少。二人觌面枯坐良久，刘保琪只一声接一声叹息，干巴巴解劝着："老师跟从皇上有年，官场蹉跌也是寻常事，心胸放宽些，皇上恩宠不替，心里爱重您断无疑义……这也是一劫，过去了就好了……"纪昀只是闷头，一锅烟接一锅烟，吞吐得满屋云腾雾漫。此刻他才腾出心思想乾隆那些问话，一件件理着思路准备应答刘墉问话，又转念想是谁在乾隆跟前发难，要置自己于死地，是和珅，是于敏中？……终究都无实在的凭据，想到乾隆虽说待自己不薄，但于想定了的大事，诛戮杀伐从不犹豫。像讷亲那样的"第一宣力大臣"，像张广泗那样功勋卓著的上将，杀起来都毫不含糊，自己一个汉员，蕞尔书生一介微命又何足道？……纪昀胡思乱想着仍旧七上八下没有着落。听得外头街上隐隐传来筛锣声"××××，××××××

×!"是十一声，谓之"文武百官，军民人等齐回避!"便知刘墉到了，艰难地站起身来，见刘保琪满脸惊慌，书房内外十几个家人个个吓得脸色煞白形同木偶，因道："在正堂设香案。保琪就留这里，家人们都回避，我去接旨……"说罢径自去了。

刘墉已经等在打扫干净了的前厅门口，见纪昀微驼着背迈着呆滞的步子从西山墙根出来，突然心中一阵难过，几步迎下阶来，见纪昀弯倒身子要拜，忙抢上一步双手挽住，勉强笑着道："晓岚公何必如此? 认真论起来我还是您的学生! 若问我的本心，宁可挨打也不愿奉这样的差使……方才佳木公派人跟我说了你们见驾的情形，我都知道了，千万要宽心……"

"我明白，我清楚。"纪昀说道，"就请大人宣旨。方才我和刘保琪在后书房交代一些零星差使。"把情由说了，又道，"他理应回避，带的文卷书籍都是我在差使上借阅的，请大人验过放行。"说罢看了看满院鹄立的刑部司官番役并大门里外密密麻麻前来戒严的善扑营军校。

刘墉点头道："这是理之当然——邢无为!"一个三十岁上下的衙役头儿应声答应着出来叉手而立，听刘墉吩咐道："你带两个人送刘大人出去。这府里若是还有来访眷亲友，都由你送出去，不许留难!"他叹息一声升阶入室，在香案后南面站定，却没有诏书，口传谕旨道："有传旨问纪昀话，纪昀跪听!"

第八回　孽缘牵连纪府抄没
　　　　　宫变藤缠乾隆禁心

　　满院钦差扈从和家人足有二百余人，听一声"传谕"，立时岑寂下来，静得令人心里发瘆，纪昀衣裳寒窣窣略一整顿，撩袍伏地叩头，微微带着颤音说道："罪臣纪昀恭聆圣谕……"

　　"有旨问你，"刘墉的声音淡得像放凉了的白开水，一点滋味也没有，"献县侯陵屯村李戴因骡驹误入你家庄田，吃坏数株禾苗，致使两家纷争官司，李戴由此冤死狱中。这个案子你事先知情不知情？"

　　"回皇上话，"纪昀说道，"罪臣事先并不知情。家人宋遇从献县归来，说李家骡驹到我家田中啃青，被家人扣留。因纪家本庄近宗亲戚以为，李某把持词讼鱼肉乡里，趁其理亏要'好好教训'，要李家鼓乐吹打花红彩礼来家谢罪。罪臣当时即惊得心寒胆战，飞骑驰书命家人送归幼骡，好言息事。书信未到，案子已经发了。平素教训家人无方，致使家人在乡非礼横行欺压良善，这就是臣的罪。皇上问我，并没有辩处，我理屈词穷。"

　　刘墉听了略一顿，"非礼无法欺压乡民，问你知罪不知"本是谕旨里的问话，纪昀已经答了，便隔了过去，又问道："李戴为此兴讼，历经省道府县，均以'微末勃谿不足立案'，发还县审。李戴咆哮公堂辱骂县令，皆因纪家仗势欺人在前，官府承颜不公在后，以此罪入狱，含恨自戕，固然有李某心地狭窄的缘故。追本溯源，直隶省府县各员亦有应当之罪，问纪昀有无从中嘱托情事？"说罢目视纪昀。

　　"有的……"纪昀浑身冷汗，伏下了身子，"罪臣几次写信，命家人依礼赔罪私下了结以免事情闹大，李家又要求花红彩礼鼓乐吹打送还骡驹……罪臣自以为初衷不欲为已甚，且罪臣身在天子近侧，如屈就非礼之欲使李某嚣张跋扈更成一乡之患，于理于法亦有不合，曾写信给河间知府汪某，请彼居间两为调停，公义私案无所害礼。这情事是有的，李某为此自裁。虽不是罪臣初意，但此信一出，府县断案已无公道可言，是李某之死虽非罪臣加刃，而犹是罪臣致死。人命至重，纪昀非礼于前不仁于后，有伤我皇上仁怀治国之至意，此罪尚有何说？惟求皇上重重惩处，以戒人臣效尤！”

刘墉怔了一下，又是该他问的话，纪昀已经答了，因道："皇上为此案事关朝廷颜面，异常震怒。民间致有戏本《李戴活捉纪晓岚》。败坏风纪忝辱朝廷，纪昀太不识起倒！"纪昀忙连连叩头，道："皇上训责纪昀心服口服，请皇上将纪昀押赴刑场立正典刑，以塞民怨而维朝纲，请刘大人代为恳奏。"刘墉道："你认罪就是了，其余的话不须代奏。"

"是——这是刘大人成全。"纪昀低声说道。

刘墉清了清嗓子，又问道："卢见曾是不是你的亲戚？"

"是。他是罪臣妾侍郭氏所出二女儿的翁舅。"

"卢见曾亏空公帑，在两淮、芜湖、德州、盐运使任上渔侵库银，你知情不知？有否染指？"

"回圣上话，两淮盐运向由高恒把持，历任运使朱续章、舒隆安、郭一裕、吴嗣爵皆有亏空，卢某到任不思填补，罪臣私地多有规箴，是公帑亏空罪臣知情。即此已觉愧负圣恩惭羞无地，赧颜对君，焉敢坏法贪墨与污吏分惠公款？卢某渔侵公帑情事，罪臣实实不知，求皇上洞鉴！"

"卢见曾得罪，有没有关托六部人情的事？"

"没有此情。但六部官员知道昀与卢某是亲家，凡事有所瞻徇，罪臣不能秉公明察，依律执法，罪臣近在天子弥密，亦未向皇上申奏请罪循义灭亲，怀有私意乌屋之情，致干罪戾。皇上问及，罪臣更有何辩？"

纪昀说着又连连叩头。这些话题都不难应对，李戴的案子已经过去几年，且李戴的儿子"不孝"，早已听王八耻说过乾隆不把这案子当一回事儿，卢见曾是自己亲家，纪昀自问没沾他一文钱便宜，即使毫不相干的同僚，官场风气衾缘关照，也是极寻常的事——他真正担心的是乾隆问及傅恒和军机处人事关情的事，一个"谤君"罪名下来就完了。心里忐忑打鼓，硬着头皮等刘墉发问，但刘墉好一阵都没说话，只好伏着不动。刘墉似乎也在尽量平息自己的不安，许久才开口说话，却不再问什么，仍旧是不咸不淡的语气说道："奉皇上谕，纪昀忝居朝廷大员，不知诚忠乃心清白事君，乃放纵家人恣横乡里，夤缘营私包揽词讼致死人命，且伊亲家卢见曾贪横不法，故有瞻徇回护之行，深负朕恩而悖国律，朕以天下为公，岂肯因该员著有微劳罔置宽纵？着即革去纪昀军机大臣及所兼一切差使，待勘后定罪，着刘墉即行至彼家查看家产，回复听命。钦此！"

"罪臣纪昀遵旨……"纪昀叩下头去，"谢恩！"他的双臂似乎软了一下，倒也不为革职抄家的处分，反是觉得诏谕词气平和得出乎意料——和养心殿那番严词斥责相差太远了，许多要命的话头没有提及，也没有"锁拿收监交部议罪"的话，甚或稍带还说自己"著有微劳"！他心中忽地一阵轻松，但又想到乾隆秉性，有时骂人骂得狗血淋头处分却"高高举起轻轻放下"，有时风生谈笑提笔杀人绝无迟疑，所谓"天威不测圣心难度"，谁知道他心里想的什么？想着又道："请大人回奏纪昀栗栗畏罪之意，纪昀行止不检沽恩非礼处也所在常有，今日知罪知悔已迟，求皇上即将纪昀置之以法严惩不贷，为群臣之戒，昀在九泉之下也仰戴追怀圣恩……"说着泪水潸然而下，伏着身子颤栗不能自胜。

刘墉宣过旨意，立刻变得随和起来，双手挽着纪昀又叹又笑，说道："纪公何至于此？回头皇上必定还有恩旨的，请起，请起，我们厅里闲坐说话，叫下头人办差就是。"又问，"纪公在京有几处宅院？有没有亲戚住着？"纪昀拭了泪，脸色仍旧苍白，心里已空明松快了不少，听问忙道："皇上赐我四处宅子，自然都要缴还的。家里务农亲友也不在京师居住；只有几个老家人看管空房。顺带禀告大人，除了献县祖茔有些田产，皇上赐我三处庄园，纪昀没有另置田产，刘公你只管查，查出来办我欺君罪！"刘墉问道："这处阅微草堂呢？"纪昀道："这一处是我买的。其余房舍离紫禁城太远，军机处值庐不便。这地方皇上来过，他也知道的。"刘墉便吩咐："小邢，你带人查点账房房舍。所有御赐物件用明黄封条封起来。没有籍没归公的旨意，其余物件登记造册递上来。不许恫吓镇唬纪家眷属，不许私地裏携财物。文字字画不许翻乱了——这里许多文卷字画皇上要亲自看过的！"

"喳!" 邢无为忙答应一声，回身问道，"你们可都听着了?"

"明白!"

邢无为将手一摆，兵丁们立刻四散开来布岗，番役仵作们分群分伙脚步匆匆各自施为，账房书房库房各个厢房都传来稀里哗啦翻腾东西的声音。

刘墉和纪昀对坐在正房大厅里，见纪昀一言不发斜倚椅中只是抽烟，心知和他说别的闲话无聊，沉默了移时，直截了当说道："圣上震怒，还不止我奉旨问的这些。宫闱里的事帷灯匣剑诡奇莫测，您平时不留心在亲近人跟前说出来，墙倒众人推时就都抖落出来了——听说您今儿见着皇上，已经有所知了吧?"

纪昀沉重地点点头。

"如今您有什么打算?"

"没什么打算。" 纪昀松松项间钮扣，叹道，"事情既然出来，只合听天由命。我自从中科甲入仕，一直都是春风得意——" 他自嘲地一笑，"自负太甚了，还起了个号叫'春帆'! ——一帆风顺不晓得收敛，忘了日月盈亏这个大道理，在皇上跟前卖弄学问，睥视同僚目无下尘，垮台只是早晚的事。所以，我不怨恨有人弹劾我，只恨自己不知几。"

"你这些话我可以代奏，这只能叫'磋跌'，能自认过失，亡羊补牢犹未为迟。" 刘墉恳切地说道。又问，"这科考题是您拟的了? 有人说'恭则不侮'是说皇上喜好媚臣，'年已七十矣'暗含讥刺，'天子一位'出得莫名其妙——皇上为这题目气得连笔都摔了，连带着弹劾别的事，也就发作了。"

为了这个! 纪昀一听就明白，这才是出事的根子，想想能在乾隆面前说这话的，除了于敏中没有第二人——和珅有这个心，没有这份"才学"——他想发作胸中陡然郁起的愤怒，却记起刚刚承认过的"不知收敛"，便不言声站起身来提笔濡墨。刘墉近视，也起身凑过来看，只见纪昀写的是四书句子：

王何必曰利　二吾犹不足

麻缕丝絮　子男同一位

写完说道:"崇如你来看,这是乾隆三十六年于中堂出的题。"

刘墉审视一下题目,莫名所以地又看纪昀一眼,没有言声。纪昀也不说话,又写:

> 恭则不侮
> 祝鮀治宗庙
> 天子一位
> 子服尧之服
> 万乘之国
> 年已七十矣

写完用手指着各题首字对刘墉道:"你看,'恭祝天子万年'——去年出题时圣寿六十五岁,不大不小是个整年,我出这题目有何不妥?这是于中堂的,他是道学宗师,三纲五常人天之理头头是道——头一字连起来是'王二麻子'!"他放缓了口气,说道,"我这样比较原本不对,我也不想挑剔于公的不是。我只是说,《四书》出考题几百年都出滥了,只是颠倒簸弄文字而已,这个题目无论如何也略比'王二麻子'好些吧?"刘墉看着已经呆了。纪昀"讥刺"乾隆,因题目中有"万乘之国",取《孟子》"好名之人能让千乘之国"句子磨勘,那乾隆就是"好名"——现在纪昀说出壶中三昧,还有什么可说的?怔了半日,刘墉说道:"现在我不宜出奏于敏中什么话,只奏您的考题,由皇上自己裁定。听我一句话,现在不要出去乱找人乱说话,防着节外生枝。"当下二人又说了许多差使上的事,日下西房时分,前院后院已经清查封锢停当,邢无为抱着一堆明细账目进来禀道:"纪大人家中财账很明白,外头庄子上的账也都在。请示这些账目是带走,还是留下?"

"不用带走,和账上存银放在一处备查。"刘墉说道。见邢建业从大门里进来,又道:"其余几处宅子,纪家看守人都回来,换上刑部的人暂时看管,樱桃斜街阅微草堂这处财物不要动,现在封了,纪公一家怎么过?邢老爷子,咱们带人回刑部。你有岁数的人了,叫你儿子留下招呼。公份银子饮食夜宵都有份例的,纪公自然也要赏饭的。"纪昀这才知道这小邢是那老邢的儿子，和蔼地点头称是，见刘墉起身要辞，却不免心中又一阵空落，说道："借一步说话。"

刘墉站住了。

"李皋陶现在如何？"

"他是贪贿罪，已经定了。和你不同。拘在养蜂夹道狱神庙，我也有关照的。"

纪昀扬着的手垂了下来，讷讷的，像自语又像对刘墉说道："我知道了……该怎样就怎样……你去吧……"他转过脸去，踽踽向内院走去……夫人马氏还在病中，一群侍妾家人都还在内院等着他的消息……

刘墉当夜没有回家，就住了刑部签押房，一个下午他连办两件大事，锁拿了李侍尧，封门抄家又"查看"了纪昀家产，情知明日就要轰动京城震撼廷掖六部。自己是军机大臣，不同于一般部院臣子办事缴旨完事，得把二人案由理顺，乾隆垂询问话得拿出自己的主张，自己应对舛错，也许整个军机处都要遭到乾隆严斥处分，朝局也会动荡不安的。想清了案子，又挨着想事件背景，想阿桂、想于敏中、想和珅各人会是什么想法说法，觉得心里乱成一团糟，又循着傅恒尹继善这条线想，联想到阿桂也受处分，觉得隐隐约约揣摩到了乾隆的思路：傅恒一去，宫中多事军机处多事，乾隆是琴瑟不调，要清算傅恒人事了？但国泰于易简并不是傅恒亲近的人。傅恒一辈子忧谗畏讥谨慎公正，儿子们一个个还在重用升奖——乾隆若按"结党"的心思调理人事，决不会不治党魁只惩党羽……但若不是这思路，眼见的纪昀李侍尧都是难得的人才，功大于过，这一手又是为什么？这些事想不清楚，给纪李二人定罪连个尺子都没有！……灯花"噗"地跳了一下，刘墉瞳仁中的余光也是火花一跳，一刹那间，他已大体清明：傅恒的恩荣宠眷是没有疑问的，但二十余年指挥军机处，周转六部向皇帝负责的惟他一人而已，乾隆要起用新人，新人不能缩手缩脚，旧人有辜无辜，不能摆着碍事。更不能让六部九卿军机左右动辄就想：这件事傅恒在世会怎样料理？傅恒若在该是这样办，或该那样办——从这个意思上想：傅家照样贵盛。福康安不进军机、纪昀得罪、拿问李侍尧，薄惩原来的傅恒旧人，都是要给于敏中和珅这些新人办事立朝开顺道路！至此，他才觉得稍稍窥到了乾隆万丈深邃的帝王心术边缘。这心术是永不能开诚布公告之臣子的，只要人去猜，猜到了也只能讳莫如深，说出去就奇祸立至！

他一杯接一杯喝着又苦又酽的普洱茶，一袋又一袋抽着纪昀送他的"关东红"烟叶。想明白了心思也就平和了。他伏在案上蒙眬一觉到天色平明，口中兀自又苦又涩，嗓子干得像贴着一片冲刷不下去的干树叶子那般难受，略一洗漱，伛偻着背抚了抚发热的脑门子吩咐道："上朝去……"

果然不出刘墉所料，一进隆宗门他便觉得周围气氛与平日大不相同。军机处各房章京还照过去规矩早早来了，没人闲坐说话吃茶，也没人穷极无聊坐在值日房里翻书浏览邸报之类的公文，一个个都是匆匆忙忙的样子，有点像受了惊的兔子，磨墨的、裁纸的、提茶倒水的、抱着案卷搬来搬去的，都脚步又快又小，目光惶惑脸色苍白，御制铁牌外站着二十几个奉召进来回事的官员都满面严肃、交头接耳说着什么，没人喧哗更没人说笑，连看守御牌守护军机处的侍卫太监都是脸色铁青目光不定……看见刘墉进来，所有这些人像被谁触了一下的含羞草，倏地低下了头微屈了身子。

刹那间，刘墉心头涌上一阵自豪。这次赴山东之前，人们见了他也尊敬肃穆。但他一直觉得是沾着父亲老刘统勋"余威"的光，名分之上又是军机大臣——敬的是他身后别的荣耀和威权。而下山东救灾抚伤诛贪除恶，迭次剿匪平叛福康安居首功，他居间调停协办军务也都声震遐迩……人们现在已实实在在是在敬自己这个"刘罗锅"了。他没有理会众人目中投射过来的各色目光，向军机处走了两步，立刻迎上来一个太监哈腰向他禀道："于中堂去了礼部，和大人在户部。万岁爷方才有旨，您来了就到奉先殿报名叫进。"

"奉先殿？"

刘墉不禁一愣：乾隆从来不在这里召见臣子的，而且"报名"加在旨意里也令人诧异，想了想又问道："阿桂呢？他们几位见过皇上了没有？"

"桂中堂去了保和殿，布置会试的事儿。这都是昨儿桂中堂安排的，大人们都没见驾呢！"

刘墉一听便知是阿桂有意安排自己单独先见乾隆，却不知何以要在奉先殿接见。他不再说话，径从乾清门趋过，东出景运门，过毓庆宫，至御茶房北，汉玉石阶托起一带平如镜面的月台，宫阙巍峨殿宇深闳，太阳将金瓦照得亮灿灿的炫目刺眼——这就是供奉清室列祖列宗神位的奉先殿了。因见王廉站在宫门侍卫身边招手，刘墉急趋几步升阶上月台，跟着王廉鹤行鹭步至大殿门口，在静得一根针落地都听得见的朱红门口徐徐报名："军机大臣，领侍卫内大臣，太子太保、文渊阁大学士兼刑部尚书臣刘墉恭叩圣驾！"

"进来吧。"殿中传来乾隆的声音。

"是！"

刘墉一手提着袍摆轻步进殿，立刻便觉得殿里殿外迥然不同，外面艳春丽日光明世界，里头都是又暗又凉，冰凉的金砖地光可鉴人，南边一排殿窗在外边看着灿烂夺目，里头看却甚是黯淡，偌大的殿宇空旷幽暗，连殿中摆的祭祀器物都不甚清晰，一股说霉不霉，说香不香，说油漆不似油漆的气味弥漫在盘龙大柱旁，扑在热身子上，立刻使人觉得一阵森凉。好一阵子刘墉的眼睛才适应过来，见乾隆站在殿心大神案前青铜司母鼎旁背对着自己，珍珠缎台冠，青缎凉里皂靴，瑞罩披肩一身朝见盛装，忙伏地叩头道："臣墉眼神不济，这会子才看清皇上，求皇上恕过。"

"起来吧！"乾隆的声音在大殿中有点瓮声瓮气，"随朕瞻仰列祖列宗圣容。"

"谢恩！"

刘墉起身小心趋至乾隆身边，用目光睨着乾隆，一边恭敬瞻仰殿正中列排的历代大清皇帝丹青遗容，识认着神龛前的牌位字号。头一位自然是太祖努尔哈赤的，接着又看太宗皇太极的像，在第四幅像前，乾隆站定了，向着像默默三鞠躬，刘墉便忙叩头，待乾隆拈过香才又起来陪随，觑着眼极力看那牌位上的字，却是：

圣祖合天弘运文武睿哲恭俭宽裕
孝敬诚信功德大成仁皇帝

乾隆待他看完一躬后退方才移步，刘墉料他还要给雍正上香的，但乾隆只默默凝注片刻便离开了，在殿西壁专设的小须弥座上坐了。刘墉也随他过来。不知怎的，离开那些宝相庄严的列祖列宗圣像，他像胸口搬开一块石头似的一阵松快，无声透了一口大气，鹄立在侧听训。

"不容易啊！"乾隆似乎自言自语喟然浩叹说道，"弹指晰眼朕已经六十六岁，幼时跟着圣祖读书，把手练字的情形儿像是昨天的事。圣像的纸都黄了，真个是忧愁风雨树犹如此！"刘墉一躬身朗声说道："皇上追怀先帝先圣主谟烈懋功，自然是情发于心感慨系之。皇上现今春秋鼎盛，文武功业天下治化承先垂后灿然不朽，列祖列宗风范发扬光大，是先圣有灵亦欣慰于地下，似乎不宜有年命之叹。"乾隆一笑，说道："你说的是。朕是近日心绪不宁，太后也稍有欠安，见了先祖先帝，自然有些感慨。"他换了正容，又道，"圣祖当日说过，他即位时只望能垂治三十年天下，上天眷顾，居然再逢甲子，是为厚德之主天假于年。朕初即位就在这里设誓，不越圣祖雷池，倘若天赐朕以年，必以精勤诚敬治事，至六十年一定逊位养老。现在虽然还早，但觉精神体力已经大不如前。"他自嘲地一笑，"六十年也谈何容易！"

刘墉舐舐嘴唇，揣摩着乾隆的话意，加了小心回道："皇上身体康泰精神健旺，不让中年盛壮，圣寿绵长百龄可期。善自调护养荣，是天下臣民之望。"

"还是随便些，不要用奏对格局。乾隆拈须微笑，说道："元首明股肱良天下昌明承平兆绪，老百姓也有好处，这不是套头空话，朕信得你是实话。你要'万寿无疆'地闹起，就是虚应故事了。"他放缓了口气，"……傅恒尹继善都是良实能臣，比朕还年轻，遽尔就去了。你五爷弘昼瞧着放荡不羁，皮里春秋的人，其实是朕的好帮手，也去了。还有你父亲老刘统勋，说是'老'，其实也是英年早逝——你别磕头了，我们说话，一味闹起礼来不得了——他原本身体极好，朕说过要留给儿子使用的，谁知也早早去了。军机大臣没有世袭的道理，但好的贤良的自然子承父业。一个你，一个福康安，朕寄有厚望——带你来见见列祖列宗，也就是这个意思。"

乾隆说及刘统勋，刘墉已经跪下。此刻离乾隆极近，见皇帝满面郁沉带着倦意娓娓如对家人说话，刘墉心里一酸一热，泪水已在眼眶中打转儿，叩头说话已带了哽咽："臣仰邀皇上知遇之恩，敢不糜骨粉身图报，继之以死……"乾隆抬手命刘墉起身，说道："朕信得过你，你是忠臣子弟，不要自疑。朕也不是猜忌之主，有功赏功有过罚过，你得明白这一条。纪昀李侍尧的事，朕看你有点兔死狐悲，外间也有些议论，说什么与傅恒有干碍的话，你也不要信它。傅恒本人办差失误，照样要处分，纪李二人纯是他们自作孽，与傅恒何干？"

"臣不敢，也没有这样想。"刘墉满怀忐忑，也就不能全然坦诚，肃然说道，"先在山东，回京又接办纪昀李侍尧案子，朝野震惊之下臣也不能不震惊。国泰于易简曾多次蒙恩嘉奖。一旦败露，种种恶行触目惊心，纪昀李侍尧简在帝侧身居中枢，不知尽忠竭心报效，以致身罹不测——臣经手这些事，披阅案牍，推索格致思量自己，有时毛发森竖，有时痛心疾首，觉得做臣子难，做英明君主之臣尤难，其实难不过作一个平平常常的正派人！"他舒了一口气。

乾隆在御座中抬了抬身子，似乎要站起来，又坐了回去，若有所思地望着殿门沉默片刻，说道："这话近于哲人之言。许多大臣一到高位就看得自己不平常，孔子也忘了，孟子也忘了，朱子也不是好人了，于是就变得毫无规矩章法，去为非作歹，去作乱臣贼子！"

说"朱子不是好人"特特指的就是纪昀，乾隆儒雅倜傥，素性风流自喜，不耐俗礼拘泥，原本讨厌宋儒以来程朱理学参讲性理的学风，理学一味高谈性命义理，一头标榜门户排除异己，于治国经济实学一无所知，蝇营狗苟聚党谋私，康熙雍正两朝朋党，都是这样满口仁义道德满腹机械倾轧，父子相疑、兄弟相忌、臣子相讦，闹得几十年紫禁城内外鸡犬不宁，他以为从根子上说都是因为学了宋明理学逐臭附恶，远离孔孟忠恕之道的缘故。乾隆本人起居宴熙之间随口而出，不知说过朱熹多少坏话，连刘墉都多次听过。朝臣中"程朱之德满山遍野"，提起乾隆这一条，无不摇头蹙额尴尬无奈。但乾隆既要整纪昀，"朱子不好"却又成了纪昀的罪名！刘墉心中突然泛上一股凄凉之感，却不敢逆批龙鳞指斥其非，只叹息一声，顺着乾隆的话意说了查抄李侍尧和纪昀家的情形。

乾隆听得很认真，听到刘墉和纪昀交谈"恭祝天子万年"的话，也只点头淡淡一笑，待刘墉说完，起身游走几步，指着殿北正壁西边一带空壁说道："这个位置是朕的。朕万年之后，还盼你年年来看看朕。朕在贤良祠也给你留着位置，忠忱不二廉勤王事，朕的子孙也不会亏负了你。圣祖爷在世时常说，有些事就是天子也不能如意自专。朕当时不能领会，现在回头看，雍正爷何尝想杀年羹尧？还有隆科多，原都预备着他们附太庙，进紫光阁的！朕诛杀讷亲张广泗也是不得已。陆陇其圣祖极赏识的，终老在知县任上。刘墨林雍正爷也要大用，杨名时受朕知遇，到底也没能进军机拜大学士。市井俚语说'剃头担子一头热'——单是皇帝想如何怎样不行，还要他自己努力争气——两头热了，还要缘分，身子骨儿不结实，七病八灾年命不永，丁忧出缺任上罣误……哪一处不合缘也就不成，这就非人力能勉强的了。"

刘墉听着这些话，又是感动又有点不安，许诺进贤良祠是极大的荣耀，要他"年年来看"自己遗像又是极深的情，还透着"托孤"的余意，后头的话许之以义，期之以功，合之以情，顺之以理，是告诫似勉励，像专对刘墉，又似泛指身边重臣，纲缊温馨绵密混沌深沉思索中还带着人生无常的浩叹，一时间已经难以全然品出滋味，斤量沉重得令人承荷不胜。转思乾隆此刻心境，刘墉觉得竟有悲凉之感……想着，刘墉已鼻酸心热，欠身说道："皇上今日教诲，刘墉永铭在心……不敢存功利念头，只努力报效继之以死罢了。"他顿了一下，问道，"孙士毅已经摘印，广东布政使票拟暂署巡抚衙门，布政使的缺谁来补？伏请圣裁。李侍尧和纪昀的案子出来，也不宜久拖不决，以免朝野震动。"

"广东藩司不同别的省，太冲要了。要懂财政通洋务的人才办得来。"乾隆沉吟道，"先空缺一段，遴选个好的去补如何？"

刘墉见乾隆摆手示意出殿，站起身来随后趋步，赔笑道："皇上圣虑极是。但据臣愚昧之见，这个缺太肥了，现在的江南布政使也比不上。现在空着，不知多少官员红着眼盯着这位子，下头钻刺营运贿赂当道的自然少不了，空的时日愈久，愈容易另生弊端再发枝节。指定了，也就塞住了竞奔之门。"

"你有没有要荐的人？"乾隆跨着门槛问道。

"没有。臣管着刑部，皇上要用臬司，或治安人才，臣夹袋里还有几个。"

乾隆踏着缓重的步履出殿，在月台上踱着，看了看半掩在浑浊不清的霭云中的太阳，死样活气的阳光无力地洒落下来，连自己的影子都漫漶没有边缘，他无奈地吞咽一口什么，说道："如今到了这地步了么？"沉吟着又道，"你说的是……那就叫和琳去吧……军机处给他传旨，明日由阿桂带进来引见。"正说着，见芍药花儿从九龙壁那边过来，便问道："和卓氏身上热退了没有？用的谁的药？"芍药花儿赔笑道："容主儿身子已经大安，用的小贺郎中的药。万岁爷昨个说宝月楼，容主儿想得一夜没好生睡。贺太医说要用冰片兑丹参配茶给主子用，奴才刚从茶库那边过来。"乾隆道："冰片兑丹参再加茶叶那是什么味道？别怕费事，捣碎了研末，用炼蜜制成药丸随时服用，也方便。告诉你容主儿，宝月楼就是给她造的，往后日子长着呢！这几天忙过去，太后皇后和几个主儿都到园子那边，不必着急的。"转眼见秦媚媚也过来，便道，"你去吧——"又问秦媚媚，"什么事？老佛爷要东西么？"

"老佛爷今儿精神好，想一口桐柏山太白顶白衣庵的茶吃，奴才领了两斤，都是隔年的陈茶。老佛爷说看万岁爷这有没有新碧螺春，也使得的。"秦媚媚低着头禀着，瞭了一眼刘墉又道，"主子娘娘那边传过来懿旨，说孟宪河的药不好，用过了头更晕，不许孟宪河进来看脉，老佛爷说这姓孟的向来侍候着使还算小心，罚一个月的月例也就罢了，也叫奴才去传懿旨……"他似乎有什么顾忌，半吞半吐说着，又看一眼刘墉，把剩下的话咽了回肚里。

刘墉一门心思还想着如何再请旨询问李侍尧纪昀处置办法，根本没留意这些话里头的微妙瓜葛。只知道太后皇后和容贵妃都有些欠安，乾隆国事家务都不称心，自然心境不快……听乾隆说道："既然老佛爷想用太白顶的茶，你传旨内务府——不，你传旨和珅叫他立刻办。回去禀老佛爷，就说我这就过去请安。皇后那边太医不如意，传旨叫医正进去看脉！"说着，话语里已经带着生气，仿佛缓和自己心情似的又停片刻，这才对刘墉说道，"这就要过春荒了，青黄不接时分政务上三件大事，赈灾防疫治安。里头有你一件，千万要小心从事。银子不敢在这上头俭省，缺了你找和珅要，数目大了奏朕。处分纪昀李侍尧孙士毅这些大员，就是一刀一个都杀了，也只会官场里鱼鳖惊慌，老百姓才不在乎他们呢！教匪根子没有除掉，治安再不好，星星之火加干柴遍地，那个麻烦就大了。所以你当大臣，眼里盯的心里想的，不能只是几个人事案子。明白？"

"臣明白，遵旨！臣这就布置。有些冥顽不灵聚众传教的，臣以为也不必拘于定例，该杀该流的不能手软，有些灾荒重区，有囤积居奇见死不救的富户，也要拿问枷号安慰百姓！"

"很好！"乾隆赏识地看着刘墉，"你有工夫见见王尔烈，也可去见见颙琰，他们从下头刚回来，看有什么好法子，斟酌办去——你去吧！"看着刘墉远远去了。乾隆似乎有点留恋地又望了一下奉先殿，叹了一口气移步下阶，见王廉和高云从指挥乘舆过来侍候，板着脸摆手道："不用了，朕走几步疏散疏散，叫他们到慈宁宫门口候着就是。"说着，径自向景运门走去。

景运门是天街东大门，自雍正年间在天街西侧设军机处，小朝会议都在养心殿，也在紫禁城西侧，朝臣觐见因此都从西华门递牌子。除了皇阿哥近支宗室每日凌晨进毓庆宫读书、太后斋戒、皇帝祭祖，景运门那头永是门可罗雀的冷清寂静。因此乾隆一出门便十分扎眼，乾清门边守值大太监王仁十分眼尖，惊慌地轻呼一声："皇上过来了！"便领头跪下，和珅于敏中二人在西永巷道口也看见了，忙也跪下迎驾，军机处门前铁牌子外站着几十个官员正说闲话，都没有留心他过来，觉得周围气氛不对，张皇顾盼间才看见了，一个个也瘟头瘟脑跪下。

乾隆散步走着，也许这里地面开阔的缘故，郁重的心思放开了些，脸上已带了微笑，见头号侍卫巴特尔赳赳站在乾清门前给自己行注目礼，走近了，拍拍他肩头笑道："就要去盛京当将军了，还来这里站岗？十五固山公主随你到任的吧，缺什么，奏朕知道。"巴特尔是乾隆用十颗东珠一架望远镜从科尔沁王爷手里换来的有罪奴隶，自幼就跟乾隆当了侍卫的，刚刚的五十出头，黑红雄壮的一个蒙古汉子，一身精悍之气，见乾隆和自己说话，越发站得像个石头桩子，粗声说道："俄罗斯不老实，我打俄罗斯，这条野狗不能进东北！我给大汗当将军，还是大汗的大侍卫的。现在要走，想多见大汗几面，多多站岗就能多多见您！公主舍不得太后，她夏天再去奉天的！"侍卫太监里头，他是惟一不自称"奴才"的，直声爽气和乾隆说话，乾隆却从不以为相忤，乾隆听着连连点头，笑道："自然是这样。奉天热河朕几乎年年都去，见面也很容易。你绕道巡视喀喇沁旗，科尔沁草原你也久违了，给你巡阅使名义，科尔沁王爷见了你也得跪接跪送！"他已说得喜笑颜开，"你是蒙古第一英雄，富贵锦绣不还乡，好比穿着好衣服夜里走路，明白么？"

……说笑几句，乾隆离开巴特尔，见和珅和于敏中长跪在永巷口叩头，稍稍加快了步子到跟前，也不叫起，问道："有什么要紧事么？"于敏中叩头道："方才接到六百里加紧军报，海兰察已经打下昌吉，和天山将军隋赫德会师，驻扎在迪化城北二十里。"和珅跟着说道："奴才和玛格尔尼再三交涉，他已经同意随班朝见，依例行外臣觐见礼。这也是不小一件事，所以赶紧来奏主子知道。"

"嗯嗯！好好！"乾隆立时高兴得眼中放出光来，他心中有一种清凉的快感泛上来，觉得浑身都一下子轻松了许多，眼前的景物都跟着爽明清亮起来，伸手叫起点头笑着，说道："朕要过去给老佛爷请安，一会儿到养心殿详奏军务！和珅你熟悉太医院，叫贺孟𫖯的儿子带两个最好的太医进去给皇后和容贵妃看脉——"他忽然觉得自己高兴得有点失态，敛了笑容，看着那一片跪着的官员又问道，"那些人都是做什么的？好像都是低品官员？"于敏中飞快看一眼和珅，笑道："那是外地优选上来的纳捐贡生佐杂。阿桂在里头分拨儿接见他们，引见下来票拟补缺——要不要叫阿桂出来？"乾隆一时回味不过来，沉吟道："哦，述职引见的……都补州县令，怕没有那么多缺吧……"

"诸侯朝于天子曰'述职'，述职者述所职也，无非事者……"于敏中引了一句《孟子》笑道，"他们不是述职，是引见补缺。"和珅也知乾隆近日案头书是《孟子》，惟恐落后，忙也笑道："这是钱买来的官，但既历练得好，也用得的——'如使予富辞十万而受万，是为欲富乎'？"

"你是乱用圣人啊！"乾隆听着对和珅莞尔一笑，却不再说什么，一摆手便去了，一大群官员在后头叩头也没有理会，快步走进了慈宁宫，秦媚媚王廉王信王智等人已在门口迎着了。

太后已经不在院里，她刚刚在阳地里散了步回来，坐在安乐椅里一手还扶着拐杖，像是刚吃过药，一手端着杯子漱口，两个宫女一个端漱盂一个捧巾帻跪在一旁,见乾隆进来,忙小声道:"皇上来了。"乾隆便忙抢上两步,亲手把拧干了的毛巾捧给母亲,赔笑道:"昨儿奉母亲的命没过来,这几日也实在忙得发昏。方才儿子带刘墉去拜了奉先殿,这会子阿桂他们几个还等着接见呢!"太后揩了口脸,勉强笑道:"知道你忙,况且这几日我总瞧你有点心神不宁,有些个犯怔忡的模样——皇帝就挨我身边这椅上坐了——你们出去,我们娘俩说说话。"宫人们便答应着退了出去。

偌大的慈宁宫正殿只留下乾隆母子二人,见母亲眼神中带着疲倦望着自己,满头华发如雪丝丝颤抖,乾隆无意识地看看自己身上,赔笑道:"额娘眼力不差,儿子原以为也因为上了年纪,精神体力不济,这才知道不是的,是这一冬天闹教匪,闹赈灾又引出案子,连带着纪昀李侍尧孙士毅,几乎是五个极品大员犯事!教匪闹到北京城,元宵节捣乱,也是开国没见过的,英国人在藏边捣乱,金川莎罗奔死了,小莎罗奔部里又起纠纷,玛格尔尼来北京朝贡,又倔得像头生驴,不肯跪拜,俄罗斯——就是罗刹国来了几百哥萨克,又在木城一带杀人放火,已经派巴特尔去了……"他说着,想起这些烦心事,又皱起眉头,款款叙说,"如今天下虽富,贫富不均土地兼并太厉害了,富的太富穷的太穷最容易出事。加上教匪煽动造反,出事就不是小事。所以库里有钱粮也不敢浪费,打仗要用,兆惠、海兰察和福康安都是甩手掌柜,花大钱的主儿,前阵子西边军务僵着,只见要饷要粮要菜不见功劳,赈灾上头也不敢大放手脚,倒不为怕穷人肚子大,我更怕的是官儿们手长,他们捞起官银发黑心财,真是心狠手辣!所以盛世是盛世,隐忧也不得了!母亲看戏知道唐明皇,他的庙号叫'玄宗',什么叫'玄'?就是启明星儿叫玄星,先明后暗,开元之治天下也是轰轰烈烈繁华富贵,一到天宝之乱出来个安禄山,光景也就不成光景了!刚才和刘墉说话,这时候就是要咬牙谨慎挺过,他说春天也要杀人,儿子也许可了他。"他透舒一口气,笑道,"我过来请安,于敏中送来捷报,海兰察在西边立功,打下了昌吉。这么着兆惠就没了后顾之忧,粮饷补给也好办了。心里一高兴我才明白,这些天气性不好,一直强按着,是因为一件快心事也没有!"

"着实难为你了,"太后听着乾隆长篇大论述说政务上种种棘手为难，也陪着心里一阵发紧，已是枯起了眉头，听到好消息，又松一口气，笑着叹道，"我哪里知道你这些事！我老天拔地的也操不了这心了。你五婶昨儿个进来请安，说他孙子怎么如何出息，意思想放个缺——是广里那块少了个藩台？我跟她说，皇帝也难，我们做长辈的不能给他加忙，要少了什么东西用只管找我，公务上头别去搅和，没看有些得了肥缺的，不安分仍是没好落脚？她尴尬得满脸通红去了。"乾隆一听，正和刘墉的话印证对应，心里不禁一动，赔笑道："这就是额娘体恤儿子了！真有本事也用不到跟您说，咱们自己近支子侄，自然优缺优补肥水不流外人田，不中用，说煞了儿子也不敢给差使，那是害他！"太后点头，又问："你方才说谁立功的来着？"

乾隆一笑，大声说道："是海兰察！丁娥儿常进来给您请安的，就是她男人！"太后笑道："我记得，就是在德州杀人的那将军！敢情是好！可怜见的那孩子不错……"乾隆也笑，说道："他们也四十多望五十的人了，您还说他们是'孩子'！"

"要赏！"太后道，"我卧房那座珍珠琉璃屏叫人送娥儿府里赏她！"她仰脸寻思着，良久又道，"我的儿，你跟刘墉说，事多事繁别轻易杀人。这不是我管闲事，就好比一家子过日子，有时候事事如意，有时候就那样儿，你三叔站房檐底下看鸟吃食，无缘无故的还崴了脚，肿得走不得道儿呢！不顺心时候要有些个静气，不能发躁，先帝爷在时他那个脾气，就吃了这个亏。这阵子打的打、罚的罚、杀的杀……下头再杀，不祥和。你杀一个人，他有爹妈儿女，有亲戚朋友左邻右舍，惊到了还罢了，惹恼了一大片，胡躁上火就出事。这不为我吃斋念佛不杀生当烂好人。我说的话也不作数，你自思量是不是这个理儿呢？"

乾隆起初笑着听，到后来愈听愈觉有理，已是换了庄容，起身一躬说道："母亲教训的是，儿子听着了，回头就交代给刘墉，只能'惊到'不可'惹恼'，镇静处事不妄动作，请娘放心。"

"我是有点不放心。"太后笑道，"我八十岁的人了，来你们爱新觉罗家六十多年，什么事没经见过？军机处的人有死的有罚的，政务上头又糟心，都攒到一处了，还有后宫呢？你怎么不进皇后房呢？"

乾隆本来要走，又坐了回去。皇后的事不但连带着王八耻一干太监秽乱后宫，说出来狗屎一般臭不可嗅，更追究出去，早年太子和皇阿哥染痘早夭，追究起来这绝嗣灭伦之罪，想掩外人耳目比登天还难，一旦折腾发作，想罢手也万万不能——即使没有这些事，哄传出去人言铄金口碑似铁，从此宫掖里别想安宁。这是比黜落几个大员更了不得的事，他早已想定了"一床锦被遮盖"的宗旨，稀里糊涂过去算了，不料母亲还是问了出来。想想必是那拉氏钮祜禄氏她们背后怨望，不由一阵光火，笑着问道："是有人在您这说什么了么？"

"没有，是我看出来的。"太后看也不看乾隆，说道，"你别看我老，记性不好，心里并不糊涂，我装迷糊儿呢！"听是这个话，乾隆心里火气消了点，给母亲换了杯热茶，静静心笑说道："谁敢说额娘糊涂！只是额娘想，我今年也六十六岁花甲过的人了，外头的事一天忙下来，累得只要倒下来，又怕懒乏了招病，能勉强挣扎着活动一下才好些儿。还想叫我像壮年时候人人处处照料停当，身体精神都济不上来。富察皇后在时，也有几个月不进钟粹宫的，只见她去照料我，送汤送药的体贴我……如今可好，倒过来说三道四的！大约是去容妃那里多的缘故？我也并没在那里过夜！额娘你知道，和卓氏的哥子图尔都、五叔额色尹还有堂兄玛木特都跟在兆惠、海兰察军里出兵放马，将来平定了霍集占，还要指望人家娘家替朝廷管辖那块地方儿，这是慢待不得的人呐！她娘家那块离京九千多里，她六叔护着她杀着乱兵一道里送进宫来，这容易么？给她盖宝月楼大约也招忌，娘想，一座宝月楼换来几千里方圆地儿平安，免去几十万生灵涂炭，哪个不值呢？"太后没有听完已是颜展眉舒，说道："和卓这孩子讨人喜欢，我很待见她，瞧着稳重大方，比汉人那些狐媚子顺眼，原想着都不过是些小意儿，原来里头这么大的学问道理的？她可不是叶尔羌那块和卓家的王昭君嫁到咱们家了！那是得跟别人多恩存些个！并没有人说什么，你别疑心。我是一辈子在宫里头的人，这里有天没日头的日子比你懂些。就是皇后，那心里的苦也是说不清道不白的。多少个小事抖落出来都成了不得的大事，多少大事外头想不到的掩起来也都没事，这地方才真是屈死不告状的呢！你就再忙，里头也要打个胡哨儿，大家安心我放心。你跟前几个后妃也都老了，她们还有个什么指望的？一个笑脸，一句话的事就打发她们欢喜不尽了。"

第九回　大波迭起云涌风疾
　　　　　内帷不宁家奴扰攘

　　乾隆本来忙，想着进来见见母亲请安，"打个胡哨"就回养心殿的，不料扯出话头来，母子丢絮扯绵喁喁谈心说了这么长时辰，倒是和外人难以如此剖心置腹的，进来时还是满腹心事，此刻觉得一腔郁气消融化解了大半，反而畅快松泛了。因还要回去议事，微笑着听完母亲絮叨。起身赔笑道："儿子都知道了，再过几日，咱们到圆明园去，我给您寻一处景致最好的地方，一家子陪您游玩，我料理完这些事松和了，也多陪陪您，还有皇后她们。您选定了住地儿，叫他们盖个大戏楼子，瞧着外头哪个班子好，叫进来给您唱。"太后笑道："唱戏是小事，要紧给我个僻静的诵经佛堂。那边离庙远……""有，有！"乾隆笑道，"儿子也是有名的'长春居士'呢！园子近邻的清梵寺都还在，母亲先去礼佛，瞧着哪里该修缮，儿子告诉和珅一声，立马就办了！"说罢笑着辞出来，不再步行，坐了十六人抬的明黄亮轿径回养心殿。

　　阿桂和于敏中二人已在养心殿外间正殿中跪着等候，听见乾隆脚步进了殿，忙都又将头伏了伏叩地请安。乾隆说声"进暖阁来奏事"便进了东暖阁，盘膝坐定了，端茶啜一口，一手翻检着案上的奏章，一手摆让着，口里说道："就那边杌子上坐。赏茶！"又看阿桂一眼道，"瞧你气色似乎不好，身子不爽么？"阿桂就杌子里躬身回道："承主子关心，奴才身子尚健……这三天里头见了一百多外官，有的是引见补缺，要和吏部商议，有的地方闹粮荒，也有瘟疫，安徽有几个县老少都拥到江南趁食，留下的人都是走不动的，能吃的树皮已经剥光，已经在吃观音土，奴才召了几个司官会议紧急料理。昨晚十五爷又带奴才去工部，会议修治漕运的事一直到半夜，没回家就接着八爷王命和礼部几个司官商议殿试仪注，回军机处又是见人……两夜没睡就眼也黑了脸也青了……

嗐，奴才是越来越不中用了！"

"把朕的参汤赐阿桂。"乾隆从军机处门口过时阿桂没有出来迎接，原本心里还有点不快，听他忙得这样，不禁动容，盯着阿桂憔悴不堪的脸说道，"州县官知府不必一个一个接见，叫章京们分类，补缺的、引见的、赈灾的、治安的预先分好，这么着就省些气力，有些人见不及，往后放放也使得。从容做去，要这么着连轴转，你浑身是铁能打多少钉子？昨天接到钱沣的奏折，说到赋税平均，写了五千多言，没有一字不中肯的。他是贵州巡抚，却替江南百姓呼吁，确有大臣之风啊！他说'苏、松、太'现今浮赋，比元代多三倍，比宋代多七倍。横着比，比常州多三倍，比镇江多五倍，比他省多一二十倍。江苏一熟不如湖广江西两熟，而地亩宽窄不同，江苏一亩不足二百四十步，外省都是三百六十步、五百四十步一亩。这样实在比较，江南已经真的不堪重负了。据你方才讲安徽流民又进江南趁食，岂不是雪上加霜？能不能把漕运粮食减成，留给江南一点？"阿桂还在沉吟，于敏中轻咳一声说道："皇上这真是仁者之言！历来先代起科，官田每亩五升三合五勺，民田每亩三升三合五勺，重租田每亩八升五合五勺，没官田每亩一斗二升，自元以来四百年不变。康熙年三藩乱起，兴军备粮破了这个规矩，长洲每亩科米三斗七升，折实粳米就是二斗，少的也到一斗五六升。这看来是和先例不合了，但臣查看皇史宬，有慕天颜的奏折，说'无一官曾经征足，无一县可以全完，无一岁偶能及类'。国家承平百余年，江苏东南大都会，万商百货骈阗充溢甲于天下，就是担负渔樵、蔬果园佣，许多其实已经不种田了，无论自种佃种余力业田，没有缴不起税的，为什么呢？那里商贾机房工坊的收项早就比种田收项高得多了，房前屋后种点瓜果，水里捉点鱼虾卖到市上就是钱，尽也可以纳赋的。这就与别的省有所区别。请皇上留意。"说完，又坐直了身子。

他虽说得委婉，但意思已经明白，不同意钱沣的奏议。乾隆便看阿桂。阿桂却问道："奴才还没有拜读钱沣奏章，不知他有什么建议？"乾隆笑道："不愧相臣城府啊！问问清楚再说嘛……钱沣大小道理都讲到了，《大学》理财之道：于天下必曰'平'。《周官》土均：掌土地之征，必曰'均'。吴中赋额之重为天下之最，这是圣祖说过的话，世宗爷也说过吴中受困数百年的话。但已经成了定例，康熙爷制诰'永不加赋'，单这一省减赋，库银重新协调，他这里减，别处就要加，反而与祖制不合。因此钱沣建议江南可以减成纳赋，十足大熟就缴满，一般年成交七八九成不等，既不坏了规矩，江南人也能稍稍息肩，德惠两全的事，所以朕已下旨，江南省今年只缴七成。"于敏中是知道钱沣的这份折子的，高云从曾私下透过，说"主子看钱大人折子瞧着有点不欢喜，御批上头有'不称德惠两全'的话"。因此今天他才这样奏对，却不料碰了软钉子，想想原由，必是高云从偷看奏折匆匆忙慌乱，将"不惟"看成了"不称"反而闹了个满拧，听乾隆对钱沣一片赞词不绝于口，心中不禁懊丧，低头吃茶不言语。阿桂却甚是高兴，说道："钱沣建议很得中庸之体，这是学问作根底，务实勘察审量全局然后发言，格物体天下合民情，奴才不胜佩服！"正说着，和珅在殿外报名，乾隆笑着叫进，示意免礼赐座，接着说道："老佛爷方才说，和居家过日子一样，有时家境顺，有时事不打一处来。前阵子不顺，搅得朕心里不宁，看来那关节就过去了。湖广两季大熟，安徽闹点小灾不妨事的，可以向安徽多调点粮食。江南减成纳赋，又来不少流民，其实又折平了，就像《杜陵叟》里说的'虚受吾君蠲免恩'，反而不得。也可由湖广调粮，这才真的是给江南人减赋了。"

于敏中沉默了一会儿，听乾隆侃侃而言，倏地惊觉到自己"一直发愣"其实是"一直错误"，见是话缝儿，忙插了上去，却不肯跟在阿桂后头溜顺，笑道："臣是想，我朝深仁厚泽，江南已经轮番多次免征赋粮了，那又是个富庶地方儿，多出一点怕怎的？现在看是想左了。既从湖广调粮，断没有给湖广加赋的理，这要动用库银，买粮，折平了粮价，也不得谷贱伤农。只这笔银子从哪一项里出，还要谨慎斟酌。"

"江南库银不宜再动，那要用在河工和疏浚长江入海口上头，漕运也要用。"和珅是极灵动极有心思的人。转着眼珠听这么几句，已经知道议论题目大概风向，见乾隆颜色霁和，笑嘻嘻说道："关税上头还有几百万。别听他们叫穷，我心里有数——可以拿三十万出来，我手上掌握的议罪赎银也有几十万，都在户部账上挂着，这更可以随时调用。我看安徽那点子饥荒不难打平的。"于敏中问道："几个账目混到一处，不怕乱了的?"和珅笑道:"一分一厘也乱不了,户部那些账花子们才精明呢!改日老于去问问郭志强,户部的事他最通!"

乾隆笑着听他们议论,心境更加高兴,说道:"有钱有粮心中不忙,多财善贾长袖善舞此之谓也。海兰察打下了昌吉,兆惠可以长驱直入和卓部腹地作战了。海兰察是好样的,朕也长长地透了一口气,军机处要催兆惠放心进兵,人家那边打下来了,他还左顾右盼什么?朕也要下旨申饬督促他!既然打了胜仗,海兰察就得膺赏。老佛爷已经赏了他家属,朕也要赏,传旨给海兰察夫人,赏她两颗东珠,他儿子晋位一等车骑校尉。由兵部提三十万银子赏给跟从海兰察出征战士家属。都由阿桂办理,还有劳军用品。阿桂和和珅商议办理,不用详细奏明。海兰察晋位晋爵的事,等战事完毕后再议。"说完,吃一口茶又问和珅,"那玛格尔尼你是怎么和他说的,他就从了?"

"啊!回主子!"和珅不防忽然问到自己,怔了一下忙答道,"他是个化外顽徒。奴才想,和这种人说孔说孟讲三纲论五常,永远是个不懂。所以一头玉帛子女将息着他,一头暗地打听他们风俗——原来这国人都爱打赌的,我就说我都带你瞧瞧,我们的宫殿城池、帝阙文物、仪仗威仪比你英国强不强。不如你,你就别磕头;比你强,就是值得你顶礼膜拜,你就得磕头。这么着带他绕紫禁城看,又看了圆明园,又亲眼见蒙古王爷在午门外望阙叩头,我说这都是成吉思汗的子孙,血统身份比你怎么样?两天转下来,他软了,说愿意双膝下跪,只是他有腰病,小时得过什么病,脖子弯不下来,磕头就连身子屁股都翻倒了。我说这一条我们主子将就得你,我们军机处刘墉是个罗锅子,皇上也没因为站得不直黜罚他!"

众人起初还怔怔地听,待到比出刘墉,想着他"站直"的模样,不由都笑了。乾隆笑道:"难为你用心劝导,他是直脖子硬腰的病儿,谁还勉强他不成?"阿桂在旁听却觉得和珅的话有真有假,这人日鬼弄棒槌的邪门歪道层出不穷,纪昀若在,必定能揭开他的王八盖儿看下水,但纪昀……想着,心里又是一沉。趁着乾隆高兴,心里转着念头说道:"李侍尧和纪昀革职待勘,外头震动极大。这不同杀讷亲,讷亲是失误军机,罪名昭彰人人皆知。纪昀海内颇有文名,李侍尧也是红极一时的大员，前面国泰一波未平，这一波涌起更加令人触目惊心。李侍尧的部下僚属都惶恐不安，纪昀的门生中外为官的高位的也很多，久羁待审，不利于安定人心。"

"你们怎么看？这两人该定什么罪？"乾隆问道。他脸上已没有了笑容。说罢，目光视向于敏中。

"据现在查，纪昀没有贪贿的罪。"于敏中脱口道，"他的几处房产都是御赐的，书藏比别人多些，外边也有几处庄园，以他的身份地位俸禄，享用不算奢靡。他的主罪还是李戴一案，已经过去多年。臣以为可以从轻定为绞监候。公道说话，纪昀是海内学者典型，从侍主子多年佐政文事不无微劳，留他一命可以安文人之心。"

这似乎是于敏中思量透了的事，说起来流畅爽利毫无塞滞，阿桂听着，起初一皱眉头，旋即已心中雪亮，看了一眼和珅，和珅也正把目光扫过来，只一闪，二人都避了开去，却听乾隆干巴巴问道："李侍尧呢？"

"李侍尧也应从轻发落。"于敏中笃定地说道，"他收十三行十万银子，不缴公也不入私，有观望风色伺机贪图的心，但终于入了广东藩库。畏法知耻也是有的。李侍尧多年带兵，又历任封疆大吏，私财仅有十几万两，比起别的将军提督，还算稍有操守。治盗、带兵、民政这些差使上李某有功，准功折罪，可以激励前方用命将士。因此，臣以为宜定斩监候。既与纪昀有所区别，留下命来，将来视吏情政情再作斟酌。"说完，安心地稳稳身子，坐直了。

和珅眼皮翻着看一眼乾隆，又垂了下来，这一霎时间，他心中已动了无数念头，定住了心说道："奴才以为二人都应置之重典，为天下后世人臣辜恩非礼无法者戒。纪昀的主罪不是李戴一案。他在皇上面前亵慢无礼，以东方曼倩自居已经不是一日两日一次两次，自恃才高，以为可以玩弄君父于股掌之上，这个罪不能恕！他议论宫闱里的事，肆口讥讽，卖弄学识，妄比先朝亡国故事，甚或出试题也暗含讥讽，谤君自标，奴才也以为不能恕。李侍尧豺声狼顾，是一副跋扈相，事下擅作威福，滥作刑赏，事上伪作直悫掩饰其诈。他只是生不逢时遇上了英明天断之主，换在乱世，奴才敢保他是个曹操！皇上从宽为政，已经包容了他们多年，前杀王亶望折尔肯，后杀国泰于易简，这是多大的警戒？两个人仍旧置若罔闻！这样的人不杀，那么从前世宗爷杀陆生楠，皇上杀尹嘉铨又如何解释？不办李侍尧，又何必杀国泰？"他顿了一下坐稳了，也是一脸安详。

乾隆皱起眉头，一手把抚着青玉镇纸，沉思着，又看阿桂。

"奴才赞同和珅意见。"阿桂这也是早就打定的主意，因此说得又稳沉又持重。于敏中和珅都是目光一跳，听阿桂语气又转沉痛，道："这二人和奴才都私交不浅。按奴才的本心，不但不愿他们这样结局，实在说话，真的想和他们搭班子伙计，给主子办一辈子差。但他们触了刑律，坏了礼法纲常，又有什么法子？军机处如果不能持衡怎么能辅佐皇上平治天下！李侍尧是有功劳的，奴才看他其实只是凭了聪明才智办事，根子上不修身不养性，大利当前就忘了大义。纪昀是有学问讲究治学的，奴才看他骨子里是傲睨天下，连主子也不放眼里。论起来都是其情可恕，其心可诛！实言相告，他们的事出来，奴才起初是想在主子跟前代他们乞恩的，这里头有私交，也想着毕竟主子信任多年，恐怕叨登得满城风雨，于大局不利，也于朝廷颜面无光。后来仔细定心思量，纪昀勤劳王事不比讷亲，李侍尧功勋远不及张广泗，纪昀敢于侮慢主上，罪比讷亲大，李侍尧暗地纳贿，行为卑污，又过于张广泗。不杀他们，何以示朝廷至公无私之意？和珅……说的是……"他哽咽了嗓子，用手帕拭泪道，"主子不必迟疑……"

三个人都说完了，暖阁里大殿中一片沉默，乾隆面无表情端坐着一口一口吃茶，心里却一声接一声叹息。他不像康熙，康熙为慰寂寞，结交有布衣师傅伍次友，雍正有方苞，还有个无话不说的"十三爷"，他是真正的孤家寡人，寂寞来时自家解，心事繁绪不告人。他从六岁就跟康熙读书，一直在这华衮庙堂务政，身边都是天下顶尖的人中之龙，臣子的心思摸得熟透了。听他们奏事全都是循礼不悖，大局小局笼统一揽，一套一套或慷慨陈词，或激切诚挚，或诚敬肃容，或痛心疾首——一样的孔孟大道理，万花筒般能翻新出不尽无数的小道理，都是头头是道，其实真正想的什么，还要靠他这皇帝默会一通慎独致知。有些事明知是假却永不能捅破，只可以假应之……不知多长时间，他轻轻清了清

嗓子，见三个人都竖起耳朵要听裁决，心里又不禁暗笑，说道："还要
听听刘墉意见。这二人不同别的封疆大吏，无论杀或者原宥都要面对天
下后世。"也不管三人面面相觑，一摆手道，"传旨刘墉来见——你们跪
安吧！"

"是……"

三个人忙都离座伏地叩头，一脑门子莫测高深心思瘟头瘟脑退了出
去。乾隆这才取过海兰察的奏折，看时，足比平日臣子奏事用的通封书
简大四倍，细看竟是羊皮制成，蜡制封口用朱砂画着一面小红旗，粘着
三根鸡毛，制工十分精湛。抽出又厚又重的折子，里头的"纸"也是与
众不同，米黄面儿四边嵌金，纸面上似乎刨子刨过平展挺括，触手间微
微凸凹不平——原来也是羊皮片出来的极薄的纸，却一点羊膻味也无，
显见是香熏过的。微微一股麝香气息沁人心脑。看了看，里边还附一张
夹片，上头是海兰察歪歪斜斜的字迹，写着："主子，这纸是昌吉大清
真寺抄古兰经用的。写起字来怪带劲的，特用来报捷。奴才打这寺，寺
里的阿烘（訇）不肯香（降），一把鸟火烧了，这经还有纸竟都没有烧
了，信是好物件。主子看好，这里还有一千多斤，都给主子送去，海兰
察又及。"乾隆一笑，提笔把两个别字改了才看正文。前头是师爷写的，
说海兰察如何与兆惠商计，兆惠牵掣金鸡堡和卓木援兵，海兰察统三万
人马，从东南西三面合围昌吉，城中一万和卓回民如何据城坚守。几次
出城突围，赖官军全力周旋又被堵截回城，怎样箭书传递晓谕利害，城
中阿尔木敦坚不肯降，又从三百里外兆惠营中拖来十门红衣大炮轰击，
"火光冲天，烟瘴弥漫，与漠上沙尘相激，霾雾直接天际，十步之外昏
眊不能见人。待硝烟稍散，乃见南城坍塌十丈有余，左翼军毛大发率三
千军士突袭登城，是时枪炮轰鸣羽箭如蝗，大风鼓旗吹人欲倒，敌军集
如蚁蜂，与我登城将士负死顽抗，满城上下矢石相交不辨敌我，奴才海
兰察见毛势将不支，遂率中军全力突击，令右翼葛任丘登云梯强攻南
门，敌人不能首尾两顾，惊心已无战志，始溃而北逃。乃城中居民一万
余人，皆从贼悍守巷战，我军处不利之地，无奈下令举火焚城，三日三
夜烈火烛天，断垣残屋俱为之焦，至十七日晨丑末，敌部仅余三十余人
皆引刀自尽，昌吉始告全胜。计斩敌七千，虏俘一千五百余，尚有三千

余人悉城中平民，刀伤火疮惨不忍睹，呻吟呼号如临鬼域。而我军阵亡亦逾三千，轻重伤号八千四百余。自奴才从军三十余载，大小战七十余阵，未尝遇此不畏死之悍敌，亦未尝经此惨剧恶战也！"乾隆正看得心旌摇动目眩神移时，那奏折上的字体突然变了，又成了海兰察的手笔：

> 主子，上头那些都是师爷写的，有些个吹牛，这仗打得狠的狠也是真的，也是赢了，算起兵力损号（耗），只赢了不多些儿。现在，一是求主子赶紧调点疮棒要（药）还有烧伤要也要。伤号多，拉他们西宁的车也要。兆惠这就要打金鸡堡和胡杨屯，这些敌人了得，也得要（药）预备着，城里这些回民虽说打了败仗，奴才满丕（佩）服他们都是汉子的，也己（给）他们吃喝治伤。主子临行告姐（戒）奴才要抚。这里阿烘（訇）要求修复清真寺，奴才和大阿烘下一盘棋，输给了他，答应从军飞（费）里支三万银子修寺。奴才不请旨赌输了，请主子重重治罪。主子赏奴才的月饼，奴才和牙将们分着吃了。吃着月饼想主子，这么远的，不知啥时候才能见着您，一边嚼吃一边流泪，跟女人似的，不好意思的……

看到这里，乾隆想这位刚刚血战过的将军如此恋主思恩，不禁也眼眶湿热。王廉递来毛巾揩着看，却又忍俊不禁一笑，原来海兰察写：

> 小霍集占的几十个女人在城里，打下城都捉却了，样范儿都标致。葛任丘要用她们犒劳功臣，奴才说你敢，你割人屎（葛任丘）敢放坏我割你头。这是从贼战俘，不是平民。奴才叫人压（押）送北京，主子要赏人也好。葛任丘笑说送主子受用去。奴才呵斥他胡说八道。那叫备充后宫御用禁脔你懂么？奴才海兰察谨奏以闻，万里塞外临表涕零不知所云。

一大堆白话土得掉渣儿，结末却套着武侯《出师表》来一句"曲终奏雅"，乾隆不禁喷地一笑，扯过一张明黄笺，略一属思，用墨笔写道：

览奏心极嘉悦，所需办诸事即付有司从速办理矣。卿浴血奋战甘冒矢石为国家又建殊功，忠君爱国之情皎然于域中化外，朕岂惜紫光阁一席之位慰尔忠忱！用是赐诗一首，尔其勉之！

　　上将建牙越昆仑　　虎贲猛士扫烟尘
　　灭虏原为全金瓯　　征战成就拯生民
　　旌羽一挥凯歌起　　残虏败破销狼氛
　　九重早盼烽火息　　金爵美酒犒三军

住笔想了想，又写道：

此旨亦发兆惠，尔与海兰察同号"双枪将"，情同手足而义属同僚，海兰察已下昌吉矣，尔尚有何瞻顾？今将赐海兰察之诗着尔看，朕于宵旰勤作政务丛繁中倚阙西望，冀将军直捣黄龙早定新疆，是为至嘱如面，勉之勉之！

他微笑着放下笔，搓着手还想着再嘱咐几句什么，见刘墉进来，往杌子上指指，说道："你来了？坐，坐嘛！"

"皇上看上去很高兴。"刘墉行了礼坐下，笑道，"臣去户部见着了十五爷，他还惦记着黄花镇那块碱地，沧州府短着十万银子，但户部没有单拨这项银子的出项。方才在军机处门口遇了和珅，和珅说这是利国利民的仁政善举，他原有八万银子准备购一处庄子的，不买了，先挪出去给十五爷用。这么着差不多也就够用的了。"乾隆笑着点头，说道："朕看阿桂于敏中——连你在内，都有点瞧不起和珅的样子。怎么样？这人还是轻财好义的吧？"刘墉道："其实也没什么瞧不起，若论聪明，和珅是第一。只是说不上来，有点像个精干女人似的，不大合着脾性。"

乾隆大笑："精干女人——不错，有点像。子路威猛颜渊文静，张良貌如美妇，同一仁也，何必曰同。都像窦光鼐干巴巴的才好？"刘墉也笑起来，却见乾隆已经肃容，忙欠欠身子坐正，听乾隆问道："叫你来是要问一问，纪昀和李侍尧的事你有什么章程？"

"纪昀不是贪婪受贿的人。"刘墉正容说道,"官做得大了,在位日久,又深蒙圣上爱重,偶有失检之处,家族生齿日繁,门阀贵盛良莠不齐,所以有李戴的事搅出来。他是为名所累,与李侍尧确是不同。"

"李侍尧呢?"

"臣思量这人,是一辈子吃素,持斋不坚吃了一顿狗肉。"刘墉沉思着道,"吃了狗肉又懊悔,想暗地改过,在这时候菩萨觉察了,是个倒霉人。"

乾隆听得不禁一笑,说道:"他自要吃狗肉,也须怪不得菩萨。"

"是。"刘墉说道,"其实天下如今情势皇上心中也有数,大官贪大小官贪小,只有贪多贪少之别。还有一种分别:有些官也做事,也办差,顺手牵羊捞点钱,有些官不做事,甚或专做坏事,无钱不办事专门贪婪。京官不能直接贪,就从外任贪官手里分润,或调拨钱粮或调任补缺从中敲诈,仍旧是个贪!为官不贪原是份所应当,并不是功劳,臣为着如今这样的人少,反而成了稀世珍宝。说某某人廉洁自好,别的不问,那就是顶尖的好官了!"他向怀中掏摸了两下,又止住手,乾隆道:"你要吃烟?也随你吧!朕已经看惯——"想想正议纪昀的罪忙止住了,"除了大朝会,你不用请旨可以吃烟。"刘墉忙赔笑称谢,取出短烟杆打火点烟,猛抽一口,十足过瘾地喷着烟又道:"这都是臣剖心置腹的话。臣敢说,做官做到纪昀这位置,门生故吏遍天下,想发财可以富能敌国,他没有。学问好,肯做事,这就可取之处很多,小不检点的事加以惩戒还是好的,不宜置重刑。臣到军机处后,调阅官员文卷看,常常叹息,十足坏人从头到尾从早到晚都坏的没有,十足好人足赤完人更没有。就是臣,把臣前后过错累叠成文案,也难逃辜恩溺职之罪。讷亲贪功误国恩将仇报,把他的功劳好处一摆,也少有人及呢!至于李侍尧,臣更多的是惋惜,他的罪臣没法替他辩,但他确是有才气能干事的人,单是元宵节擒贼就看得出来,然而他实贪三万有余。论国法断难免他一死,臣十分痛惜的……"他低下头,噗噗地连抽闷烟,掩饰着心中的闷躁不安,没有再说下去。

乾隆也一时没有说话,只凝视着缩项躬背的刘墉,似乎感慨良多又似乎在自想心事。移时,趿着鞋下炕来悠然踱步。刘墉坐得直了点,垂着三角眼睑用目光追视着这位人主，不知过了多久，乾隆叹息一声，一边走一边用手指点着刘墉道："你是说了实话……军机处……只有你一人说实话啊……"

刘墉不解地睁大了眼。

"想重重处分他们的是于敏中，偏说要从轻发落。"乾隆似笑不笑，徐徐说道，"阿桂和珅有心庇护，口里却声声叫说要置之重典！"

刘墉却发惊异，不安地蠕动了一下身子。乾隆这个说法他不奇怪，他是奇怪和珅何以会和阿桂意见相同。

"这件事意见不同不足见罪。论起来各自主张都有道理。"乾隆以为刘墉不解，略带苦笑说道，"本来的死罪，说得轻描淡写，激动了朕反而要重重加罪，拼着自己挨一声'昏聩'斥责，也要将纪李二人和孙士毅齐根扳倒，这是于敏中的想法。本来的活罪，偏要说得迹同反叛，由朕来'拨乱反正'，加恩饶恕了纪昀，也要拼着朕训斥他们'残刻'，还要落一个情愿'仁归于上'的名声，你看看他们各自的算盘打得精不精？只有你刘墉是直述胸臆啊！"

刘墉抽着烟出神，心里却一阵惭愧。他几次听乾隆说过纪昀欠历练，也几次细阅过李侍尧过去的奏牍朱批文件，今日这个奏陈几分出于公心，几分私谊，又有几分是揣摩，凑在一处实话为好，所以出此，倒得了"光明正大"的嘉谕。但这实话也是不能说的，只索性硬着头皮认承："皇上待臣推诚置腹，臣岂敢欺饰回报！"

"纪昀的罪，在于与朕不能同心。"乾隆说道，"他学术好，文笔你们谁也难比。但他自恃才高，弄小权谋玩小心眼，不是纯臣！卢见曾见罪转移财产，朕断定是他泄露的消息。河间纪家子弟，今年全都入员，没有查出他请托的证据，朕也敢断定他做了手脚！有一点小聪明朕并不厌他，如果把朕当无知小儿，朕岂能容他！曹操杀杨修，朕幼时读及这段史实，常常为二人扼腕痛惜。历练阅世之后才明白，自也有不得不杀的隐情，像曹操那样文武全材的雄豪之主，岂是杨修玩弄得的？聪明过头反被聪明误，要严加惩戒！"

还是要"教训"的意思，虽然没说如何"惩戒"，但纪昀性命是无碍的了。刘墉不禁暗舒一口气。

"李侍尧的案子不要交部议处。"乾隆心境似乎有些烦乱,"把案由发往各省,由督抚、将军提督公议处置办法。这件事你下去立刻就办!"

刘墉心里一动,忙离座跪下答应"是",但官员犯罪征询各省意见还是头一遭,他一时揣不透乾隆用意,一边思量着,问道:"既然不交部议,自然是军机处汇集。请旨,是用廷寄还是用六百里加紧?"乾隆道:"用廷寄。他是督抚,也是朕素来常表彰的,案由发下去要给这些封疆大吏留下思量余地。匆忙送上来个处分条陈,他们还以为朕仅是为了垂询他们。"听了这话,刘墉心里也若明若暗看到了乾隆心底深处:交部议处,议的结果决然只有一个"杀"字。他是既舍不得杀,又不想太便宜了李侍尧,发下去案由让众人议,既能堵住部院大臣的口,也是教训各省这些诸侯。这些无法无天的一方神圣上议罪折子,等于给乾隆立一个字据"不学李侍尧"——这么精明绝伦的主意,出得堂堂正正,亏他怎样想来!心里不胜嗟讶赞叹着,刘墉却不敢自作聪明多说一个字:"臣这就布置。两广福建云贵这些省道路遥远,臣以为不妨用六百里加紧递送,廷寄书信再说明一下就好,这样,回奏的折子日期不至于相差太长。"

"这样甚好。"乾隆无所谓地说道,"孙士毅和他同案,也一并办理——你去吧!"

…………

刘墉退回军机处,阿桂和珅于敏中都还没走,见他挑帘子进来,都用目光注视着他不言语。刘墉情知他们想问什么,一边吩咐人"叫上书房誊本处的人来",一边整理自己案上折片文书,一笑说道:"纪晓岚的处分还没下来。李侍尧不交部议,由天下督抚公议他的罪,这已经有旨意了。我看圣意尚不可测——别这么瞧着我,我又不是猴子卖戏法儿的!"几句话说得众人也笑了。于敏中道:"你忙。刑部那边我给他们交代了,你要的秋决死囚案卷都调齐了,是送你府上还是送这里?"刘墉道:"真得谢你细心!我自己给他们安排,刑事民事案卷不忙着备,只看关乎教匪传教的和灾区闹事的案子。"和珅笑道:"你大约还得给各省那些土地爷写信?好歹自己也留心身子。你的背再弯下去,方才桂中堂说,我们要预备钓虾竿子了!"一句话说得众人又都笑了。刘墉说道:

"这里你和桂公都是虾（侍卫），敏中是鱼（于），鱼鳖虾将是你们，我是罗锅子老钓翁！"说笑着，见誊本处的人来了，便住了口。

安排完誊抄案由分发各省的事，刘墉不再滞留，当下出西直门打轿回府，胡乱吃了几口饭，便一封一封给各省总督巡抚写信，各自都有"详见案由誊本"的话，只有西线兆惠、隋赫德、海兰察正在带兵打仗，不便用这案子烦扰他们，反倒加了些抚慰言语，什么"天恩浩荡恤珍功臣"之类的话说得委婉。想了想，毕竟还得请旨，便压在一边。待写完时，天已经黑定了。揉捏着酸困的手腕，大声吩咐道："给我弄点吃的，晚饭后到纪老爷府上！"

……因纪家出事，顺天府的人封了半条街。这里靠大栅栏不远，平时极热闹的，此刻却成了冷清清黑洞洞的巷子，街上纪家邻居也都凭顺天府发的牌子引子出入。街口十几个校尉都是九门提督衙门的，门神似的兀立不动，招得街口处闲人远远瞧着窃窃私议。刘墉也不打轿进街，就在巷口落轿下来，便见邢无为迎上来，因问道："有什么事么？""回中堂话，"邢无为极干练地打个千儿，抬脸瞅着刘墉道，"没什么大事。职下方才进府看了看，似乎里头家人们拌嘴。后来又没了声息，夜里职下也不便进去，不知道为什么事。""拌嘴？"刘墉怔了一下，向纪家门口觑了一下，整个一条樱桃斜街黑得像口古井，只两盏米黄西瓜灯孤零零悬在远处，无依地晃荡着。他不再说话，脚下加快了步子，到门首下边，果然听见里院人声嘈杂隐隐传来，似乎还夹着哭叫声。守门的是几个顺天府的老吏，见刘墉发愣，打头的笑着禀道："是几个家人和账房上头算输赢账，恼了。这时候儿家无主屋倒竖，纪大人也管不住他们……嘻嘻……咱们办差办老了的，这事常有！"

刘墉没听完心里已轰的一声上了火：纪昀的处分还没下来，内院自己已经闹起来。家奴欺主这还了得？他冷笑一声，抬脚便进了纪府，在黑乎乎的二门口站着听了片刻，径自背抄着手站在天井老槐树下静观。

账房门口十几个男女却谁也没留意到他，此刻他们正吵得热闹高兴，有哭的，有叫的，有喊的，有口吐白沫说得唾液四溅的，有站在一边黑地里助打太平拳说风凉话的，因账房里灯暗，隔门照院里，人物面目都模糊不清，绰绰约约的人影参差，那当门立着的是账房先生卢泰，背灯影儿也看不清脸色，双手抱拱，大约是满脸赔笑给众人作揖赔情："各位上下们，好歹给我们留点体面……老爷说诸位存的银子一个不短立刻下发，那是老爷从来不管账，他不知道底细，真的只能先还诸位六成……"

"我们的银子哪去了？"当门一个家丁扬着胳膊吼道，"我们辛辛苦苦上上下下里里外外侍候差使，你们可倒好，拿着我们的血汗钱放债，你想干没了我们四成，我揍你狗日的老卢泰！"话音刚落，屋里头蹿出个毛头小子，指着那汉子道："宋纪成，真看不出来你这么没良心！你婆娘不是太太赏的？还有东下洼子那处宅子！你狗日的还是个家生子儿奴才，撒野撒得没边儿了，老爷这时分落难，踏头揪辫子作践主子，主子儿时放债了？放你娘的狗臭大驴屁！"

"玉保，少要你的二主子脾气！没放债，银子哪去了？"

"喂狗了！喂狼了！买成宅子赏人了！"

宋纪成吃这一抢白，大约闹了个倒噎气，梗着脖子乌眼鸡似的盯着账房，一时竟僵住。旁边一个小伙子一搡膀子冲屋里吼道："樊玉保你个狗杂种，缩头乌龟躲屋里挡横儿么？老卢泰你闪开些——我拖出他来算账！"卢泰气得腿颤手摇，说道："这就没王法了，这就反了么？也不看看老爷太太作多大的难！你们谁敢进账房，先要了我的老命去！"他嘶声叫着，已有五六个人冲上去围住了，有的喊："老爷都答应了，这老狗挡道儿，进去呀！里头有的是银子！"有的叫："今天晌里盘账我还见了，白花花的堆了一桌子！"有的吼："我不是他纪家的家生子奴才！账上短我的钱，说到天边也得还！"有的隔着人群大声嘟哝："放到这，刘罗锅子一古脑都抄了去，谁也落不着……"那个叫樊玉保的毛头小子大约听得憋气，几步冲出来，辫子向脖子上一旋盘，说道："老爷的案子还没定！妈的个尻里的你们就想砸账房？我去禀刘罗锅老爷子，看有这个理没有！"

刘墉这才知道纪府的下人并不知道自己的官讳姓名，平日自己来府纪昀劈头总叫诨号，现在下人一口一个"刘罗锅子"叫起，不禁又好气又好笑，正思量如何处置，卢泰按捺着声气赔笑道："列位，天地良心，老爷平日待我们不薄啊！如今才遭这一难，还没有见个分晓，连明彻夜这么闹，心里也好意思的？银子，原先也就紧打紧的，没有什么富余。卢亲家老爷的事出来，送过去三百两打点盘缠饥荒，怕还要进刑部，吃狱神庙饭，这两下用过，又是一千多两。老爷的案子定下来，无论什么罪名儿，不打点银子现成亏吃定了的。就忍心一点也不给老爷留？"

"给他留，我们喝西北风？"接口就有人攘臂大喊。接着一个女人放声号啕大哭，夹七夹八骂自己男人："一百八十多两银子啊……就丢水里还听个响儿呢！……宋纪成你个天杀的，死没尸首的糠攘的猪啊……我说银子放出去，就是一分利溜薄儿的，一年也收回五十两……你个杀千刀的还说'名声不好'，怕老爷知道了吃不了兜着走……这可倒好……你的'好名声'在哪呢给我瞧瞧……"她一屁股坐了地下呼天抢地拍膝打掌，"我的皇天菩萨天公祖奶奶……怎么跟了这么个窝囊废男人，一天福也没享，抠吃抠喝攒点银子还打了水漂儿哟……"她的话立刻引起一片共鸣声：

"就是这话，日娘鸟戳的我们倒了血霉！清官清官，说起来我们是'相府'，我外甥在汉阳府，门包银子一年也两三千两！还得憋住，不能说，一比就辱没煞人！"

"老爷进门是小伙房，进朝能吃胙肉，问过我们吃的什么？"

"天天讲《三字经》说忠孝节义！那书上写的我们念不懂，眼见的是实，别说宰相府，就是县太爷知府的家人，也比我们阔多了！"

"跟别的相爷，还能保出去作个官儿，我们苦巴巴的落着个什么？"

"他根本不会做官！人家财也发了桃花运也走了，也没见谁说个不是！我们可倒好，只会铺宣纸、磨墨，辛辛苦苦干，落个王八蛋！"

"这他娘的叫什么事呢！连乾隆爷也犯糊涂了！"

"你才犯糊涂呢！这话也说得的？"

"嗤！你忠心报国，别来要银子啊？"

"嗐！爹死娘嫁人，各人顾各人吧……"

……七嘴八舌议论夹着诅咒恶骂毁谤，什么样儿的都有，正说得热闹，一个白胡子老仆提着灯颤巍巍过来，旁边还跟着个中年仆人手里提着个食盒子。刘墉却极熟悉他们，一个是纪昀的贴身老家人施祥，一个是厨子杨义，见他们来，众人便都住了口。那杨义一脸颜色不善，将袖叉腰几步上前开口就骂:"是哪只畜牲糟蹋老爷?是刘四你么?老子一火棍子捅了你!魏家的,你也来搅?不是我跟太太说,你这会子哪个庙里饿死鬼当差呢?你来时裤子烂得露着蛋,躲到我灶房里窝头吃了十三个!这会子穿布裹绸的,有宅院有老婆有使唤丫头,会跟老爷算账了!——你,赵平,你也敢来?躲你妈的什么?你不就是河间县太平镇那个讨饭的!——我日你妈的们,老爷就是十恶不赦,也轮不到你们这么作践——你们谁苦,谁冤?站出来冲杨义来,老子摆平了你,屠了你下酒!"

这厨子大约平日横气霸道,立眉竖眼这么一顿训斥,居然一时没人敢应声。众人大眼瞪小眼僵了多时,内中有个人阴阳怪气说道:"杨义谁怕你?你除了会在老爷跟前溜沟子拍马,在下人跟前使霸道,还会什么?老爷答应赏还银子,账房克扣,我们要账,与你屌的相干!你……"他话没说完,杨义一扬手,手里食盒子沉甸甸地已经砸了过去,里头残盘剩碗菜汁子稀里哗啦都翻出来,砸得那人满头满脸都是,杨义怒喝一声:"我日你姥姥的董柱,我还没说到,最没良心的就是你!我揍死你——"说着便要扑上去,却被施祥一把拉住了。

"老杨别放粗。"施祥紧紧拉住了杨义,由着杨义就地拧着拽了几圈才站住了,喘吁吁对众人道,"大家听我说……我望七十的人了,经的见到底多些儿。说句难听话,'脸面性命'四个字脸面还在前头。这灾这难不过是老爷贵人一劫,这么着不要脸不留余地,日后一日怎么再见老爷?你们这头吵闹,老爷在书房里都听见了。老爷说大家跟他一场,误了大家发财,心里倒过意不去的。他不要留钱,给太太留点治病度穷的银子,余下的都分了。卢泰,你就照老爷的话办。留下六百两银子,能分多少分多少,实在支不出来,给他们打欠条就是。"

一番话说得凄楚苍凉,众人都咽下了声气,但纪昀祸在不测情势凶险是明摆着的,账房里这点银子是惟一能指望的余财,又是他们寄存进来的私财,如何肯轻易罢手?憋了半日,还是那个叫宋纪成的开口说道:"上复你老人家话,我们并不敢胡闹,打欠条谁是债主?还不上来怎么办?太太治病也未必使着我们奴才的银子,那头面银子也比我们家当多!再说,太太娘家是挂千顷牌的大财主,稀罕我们这点子孝敬么?"

刘墉一直站在黑地里听，早已气得满腹怒火。但他在理上一直抓不到这群人把柄，捺着性子心里挑剔着，听见宋纪成这话，便踱了过来。施祥面对这群铁头狮狮满脸苦笑，正寻不着话驳斥，一转脸见刘墉站在身边，唬得浑身激灵一个哆嗦，忙欠身打千儿，说道："刘大人来了！有……有旨意么？"

"我来看刁奴欺主。"刘墉冷笑一声说道，"我来了多时了。"

他声音不高，众人惊怔一静之间听来，不啻天外钧雷撼地而来，所有的人都惊呆了，吓傻了，男的女的立的坐的一齐僵住，如同古庙中木雕泥塑的小鬼判官般兀立不动。

"杀人偿命欠债还钱原是古今通理。纪公答应偿还你们存银，你们来取，这没有什么不是处。"刘墉在静夜中款款言道，他先抑了一下，一顿，又扬声说道，"但你们不顾主父罹罪在身，主母患病卧床，图财忘义大闹纪府，非礼欺主却是国法难容！嗯?!——不但言语不敬主人，还冒犯皇上，这是什么罪？就是讨债，也分时辰场合，也分主奴远近，你们的钱原本就是纪公赏的，连你们自己身子也是纪公主人一家的，纪公有罪，连带你们一同是戴罪之身，昔日同荣，今日自然同罪，纪公一力保全你们，你们反过来作践主人，凶悍刁顽令人发指！——还攀扯到马夫人娘家，她娘家再富，与你们何干？"他口气一转，变得又辣又狠，格格笑着道，"我抄了人一辈子家，有歹人也有好人。只见过合家主仆一心一德同渡难关的，只见过奴仆舍生忘死代主偿罪的，只见过悲凄哀恸生离死别恋恩难分的，几曾见过你们这样无法无天，萧墙里头同室干戈撒野欺主的？你们素知我和你家主人交情，纪公现今心绪烦乱，少不得朋友帮着料理——不是叫我'刘罗锅子'么？罗锅子现就给你们点颜色——来！"邢无为早已带了一群戈什哈守在二门外，听招呼一闪身出来答道：

"在！"

"女的枷起来，男的捆起！"

"是！"

"给我狠狠收绳子，都捆成'罗锅子'花样！"

"喳！"

邢无为一手举灯笼，一手向外一挥，二十多个衙役蜂拥而入，提绳的贯锁的持枷的恶狠狠扑上去就要拿人，灯影淆乱中只见这群家人个个形同鬼魅，唬得爬倒了一地，不计其数价磕头赔罪乞命告饶。刘墉毫不为之所动，佯笑着，看着纪昀书房那盏孤灯，说道："既知还有法理，何必当初呢？捆结实了，我去见纪公，由纪公发落！"说着，一抬腿去了。

纪昀的书房外墙就临天井，院里发生的事他听得清清楚楚。刘墉绕西花厅院进来，一脚进门便又缩了出去，他还不知道马氏夫人已搬到这里，荧荧如豆的一盏孤灯下马氏半斜在木榻上，纪昀危坐在旁正在给她切脉，几个侍妾明轩、卉倩、蔼云并三四个丫头都挤在屋里，见他进来，慌得站不能站躲没个躲处。纪昀叹道："是崇如吗……进来吧。这个时分还讲平日规矩？"他放开手，把椅子放得离床略远些，请刘墉坐了，自坐了榻沿上，平静地望着灯苗儿，说道，"这些子人就这副德性，崇如兄何必和他们搁气？没的降了你的身份……"

"嫂夫人还好？你在病中受这一惊，刘墉心里很不安的。"刘墉望一眼周匝众人，俱都是满目凄惶，叹一口气道，"要用什么药，告诉他们一声，我就给你办——你府里这起子纲纪真混账透了！抄讷亲家，家父去的，抄张廷玉我去的，哪见过这样的牛鬼蛇神？少不得替你料理了，天明送顺天府枷号示众！"马夫人半仰在被子垫起的枕头上，眼泡儿淤得发亮，听着只是流泪，无力地摇着头，哽咽着道："刘大人……你的心我们全家领受了……使不得的……捆一夜还是放了他们……没听人说君子可欺小人不可欺……我老爷的罪没定，还不定怎么折腾，不能得罪他们苦了……"

"我不能和张廷玉比，更不能比讷亲。"纪昀面目呆滞，若悲若喜说道："张廷玉是抬了旗籍的，讷亲就是旗主。张廷玉掌握机枢，有用人权柄，他们府里奴才许多都受了诰封，一个票拟出去就是官，他们经营几十年，家人们确实是受恩深重，沾了大便宜。我们纪家从河间来侍候的老人也没有闹事的，这些人都是别人举荐或外家钻营进来，人家本来就是要做官发财，指望着我这身份捞一把的。如今出了这样的事怎么不失望？他们进府有的就化不少钱，老本都搭进去了怎么叫人不恼？他们哪里想到我只是个皇家大书办，军机处的秀才，压根就没有权没有

钱！你不要惩处他们了，你一枷号，张扬出去我又多一条罪，或说我
'平日刻薄'或说我假道学'治家无方'，能堵住谁的口？还有点钱散给
他们算了……"

他深长叹息一声，不胜苦涩地摇摇头，满屋女人不知是谁抽抽搭搭
啜泣，这一开头便引得一片唏嘘哽咽，只当着刘墉把持着没人敢放声
儿。刘墉想想，也觉无可安慰，笑道："我原气得魂不归窍，这么又是
一说，我就遵命撂开手了。世态炎凉也是寻常人情世故……唉！"顿了
一下又道，"纪公安心静绪，夫人更不要无益焦躁，该吃吃该睡睡。能
说话时我自然要在皇上跟前说话的。皇上是个性情中人，很恋旧也素来
器重纪公的，我料这几日就会有恩旨的。我这就道乏了。"说着站起身
来。纪昀随送出来，到二门内，果见宋纪成一干奴仆都已捆得结结实实
窝蹲在老槐树下，几盏灯亮晃晃照着，三个女人蓬头垢面戴着枷，鞋也
掉了，衣襟撕得露肉，显见衙役们捆绑她们时手脚未见老成，八九个男
人被绳子勒得脸脖子通红，顺天府衙役们就有这手段。要什么花样就能
做什么伙计，果真都捆得耸肩驼背的，和刘墉的"罗锅"样子大致仿
佛。见他二人出来，一个个目光灼灼哀恳地看向纪昀。饶是纪昀满腹愁
绪，看这一群"罗锅子"再看刘墉，不禁喷地一笑，说道："他们犯的
是家法，已经和刘大人说了，放开他们吧！"

"放开他们！"刘墉见衙役们站着不动，断喝一声命道。又用手指着
众人："我的人就在这里，再敢放肆，小邢子给我照死里打！"

"喳！"

……送刘墉回来，纪昀屋里几个女人还在哭，见纪昀满脸愠色，都
又吓得噤住。马氏目不转睛地看着丈夫，问道："刘大人没说皇上什么
旨意？"纪昀摇头，说道："别的没什么。李皋陶的案子已经发各省议处
了。""那您呢？"最小的姨娘卉倩说道："刘大人方才说，皇上恋旧，就
有恩旨的！"纪昀沉默着：恋旧，讷亲比他还"旧"，还是处死了，至于
"恩"旨，就是宣旨立赴西市，也还是"恩旨"——女人们不会想事情
啊……许久，他才说道："先顾眼前，按我开的方子先吃一剂看看，急
也没用的。"

众人怔了半日，才省悟过来他是说马夫人的病。

第十回　十五王慰抚去国臣
错会意和珅讨无趣

　　刘墉说"就有恩旨"，但"恩旨"却迟迟不发，纪家的人这段时间真是度日如年，蒸笼里一样黑暗，焦灼令人难耐，盼着有旨意，指着乾隆"恋旧"恩施雨露，但又怕这道诏书。因为罪名始终没定，那些数落出来的话有些轻飘飘，有些帽子扣下来就吓死人，是个可轻可重活得死得的局面。诏书一旦要他的命，连转圜的余地、乞命的指望也断了。惟是如此七上八下不落局，格外地折磨人，阖府外遭凶险，内忧人口不宁，人人竟如热锅蚂蚁一般。纪昀是一家之主，外面儿上要撑得定，戴东原、刘师退、王文治、王文韶一干名流宿儒朋友来探，还要一副"处变不惊"稳沉豁达气度，尽自心中油煎火烧也似，也只好硬着心挺将去。

　　堪堪七日过去，纪昀前夜伏侍马氏一夜没有合眼，刚坐在椅上支颐假寐片刻，樱桃斜街南边陕西巷不知哪个戏子吊嗓子"噭——噢——"一个亮腔透墙穿院而入，纪昀惊颤一下醒了过来，见马氏已醒得双眸炯炯，一条瘦得芦柴棒似的胳臂搭在被外，听外间沈氏几个女人犹自梦呓，便踱过来替她掩上被角，轻声道："三天水米不沾了，这么着好人也挺不下去。现成的姜醋，下碗挂面给你，也许克化得动。"

　　"我不中用了。佛祖要召我到西边去了。"马氏摇头，一眼不眨望着丈夫，伸出枯瘦的手扶丈夫坐在床沿，声微气弱地说道："……真的……方才见了接引童子，就要带我走……我说放不下你，他说你家居士命中有这一劫……还说是你造孽太多的过……先老安人也来了……说纪家祖上积的德，你不碍的……还说圣旨就要来了……接引童子直笑，说晚间再来，我就醒了……"

　　纪昀听着半信半疑，只是苦笑。他自己著的《阅微草堂笔记》里头就没少记载这类事。李戴的事、卢见曾的事都可算作造孽，平日游戏笔墨信手涂画，同年同僚被他戏耍捉弄的更记不起有多少，心孽手孽口孽俱全，马氏平日就不知规谏过多少次，现在说来竟似长别话嘱，真是听来字字酸心语语悲切，泪水在眼眶中打了个转儿还是淌了出来。小声对马氏抚慰道："这是你体气弱了见神见怪的，也为读我的书走火入魔的了。好好静心调养，这病无碍的……"马氏静静一笑，说道："没嫁到你家我就吃斋念佛的了……我这形容儿自己还有什么怕的？是替你吊着心……这梦做出来我就知道是佛是祖点化我迷津……你不碍的……我心里格外清明，万岁爷都看得见呢！你性命无碍，我走了也安心……"马氏看着大亮了的窗户，微喘一会儿平静了，说道，"你歇歇儿，就是你说的，姜醋面给我下一口吃，不要一点荤腥儿，也许克化得……"纪昀笑道："她们也一夜没睡，都挤这一处难得都睡好了，我来吧，你吃一口我再歇着。"说着起身到书房外间，见窗帘子蒙着，彩符、蔼云、卉倩、明轩还有三个丫头有的挤在床上，有的歪在春凳上沉沉睡着，便不言声到廊下捅炉子坐锅。

这一来书房正屋里人都惊醒了，郭彩符出来赶着纪昀回房。几个人忙着整理床铺，倒换药罐儿扫地洗漱，待煤火起焰儿水开，给马氏做好饭，又熬药，到伙房里给纪昀打饭，足半个时辰才算停当。纪昀在外间转一遭，回房刚刚端碗吃饭，隐隐听得街上筛锣，还有细碎的马蹄声传来，不禁一怔，马氏在床上道："老爷，圣旨来了，快……"大约太激动心情，一下子竟背过气去。众人正张忙慌乱不知所措，外头一阵急促的脚步声传来，便见邢无为匆匆进来说道："纪老爷，内府王公公来传旨！"

"我这就来。"纪昀忙答一声，回头吩咐道，"招呼好太太，给她翻翻身子——"说着便大步出来。已见王廉在正院立等着了。

"纪昀听旨！"王廉也不进屋，就正厅滴水檐下南面立定，待纪昀伏跪叩头了，口宣谕旨道，"尔纪昀以一介微命书生，受朕不次之恩累加超迁拔擢，居于鼎铉弥密位至人臣之极。乃不思精纯报国忠忱事主，放纵家奴庇佑亲属肆行无法！朕思待尔之恩观尔之行，不胜寒心愤懑，本拟严惩置之典刑以肃朝纲，念尔事朕有年文事更张不无微劳，且于疗治先皇后之疾有功在案，故免一死，着发往迪化军前效力，续功赎罪。钦此！"

"臣罪当诛、皇恩浩荡！"纪昀深深叩下头去，"罪臣纪昀颤栗谢恩！"

这是"军流"惩处，比着发往黑龙江与披甲人为奴，或打牲乌拉、乌里雅苏台军前效力还要轻些。既不交部，纪昀最担心的是于敏中和珅辈在乾隆膝下搬弄挑拨，弄恼了乾隆，"赐自尽"是随口一句话的事，聆听这旨意不由得暗地里松下一口气，果然是"于性命无碍"的了，想起董先生拆字说的和马夫人的梦兆，又觉敬畏诧异。转思新疆离此遥途万里，中间道路万千崎岖艰险，且和卓木未平军事方兴未艾，展念云山关河，回思返程无期，又难抑悲从中来……想到这里，他的脸色已变得苍白，挣了一下，竟没能挣得起身。

"纪老爷请起。"王廉宣完旨，已是换了满脸的笑，忙上前双手搀起他来，说道，"咱给老爷道喜了！您这么着就算灾星退了一半。虽说道儿远些，那也还是给朝廷办差出力，三年两载的奉旨回京，还是咱们的纪相爷呐！"口中不住唠叨着，"才出事那阵子他们都吓得不得了，我这眼里头还是有水儿，我说怎么了？纪中堂是大清第一才子宰相，皇上爱他老人家的才没说的，这会子遭难，往后还是红日当头！看看，看看，这不是恩旨已经来了？这就时来运转了……"施祥、杨义一干家人原都捏一把汗，躲围在二门里头听消息，听这诏书俱都放下心来，有的人便飞跑进去报平安，听纪昀叫"拿五十两银子给王公公吃茶"，乱哄哄又去账房取银子给了王廉。王廉说着"不好意思的"也就笑纳了，又说了一车宽慰吉利话方离府乘骑而去。

纪昀送走他们，站在空落落的院里，看着半阴半晴的天，忽然有一种恍若隔世的况味涌上心间，仿佛一切都依稀熟悉，又都变得陌生冷淡，见家人满院还在乱着奔走相告，忽地想起马夫人的病，悄恍着步子进了西院书房。彩符几个人已在轩下候着，见他进来一齐打千儿请安贺喜。纪昀此刻才觉神魂稍定，皱着眉道："这不过是捡了一条活命，有何喜可贺？你们打点一下我的书和行李，和外头老施祥商量一下挑几个人跟我，这些事太太照料不来，蔼云、卉倩还小，你多偏劳些。我料着刘石庵还有安排，这事是他做主，太太这么病，我求他几日宽限大约不会驳了面子的……"郭彩符脸色黄黄的挂着泪痕，连日焦劳也是疲累不堪，但她的女儿就是卢见曾的儿媳，事由此起，但得纪昀平安累死也是甘愿，忙敛衽连连答应着，又道："太太已经醒了，我们几个商议，头面首饰上头还能变点银子。外头那姓邢的已经叫刑部的人撤出，想来家产也能保住，盘缠备足了，我跟着老爷西边去侍候，再挑几个妥当小厮跟着。再难，我们也熬得过去。"纪昀略觉放心，在轩下蹲身用扇子扇火煎药，口中道："这么远的道儿，又不知什么时候回来，奴才们就跟，也要讲个情愿。你们谁也不要跟我，军前效力跟着个婆娘，算怎么回事？"正说着，见邢无为带着刘墉进来，丢了扇子起身道："刘公来了？请里头坐。"刘墉却只略一点头，在天井院站定了，说道：

"有旨意，纪昀听宣！"

这句话又啻一声晴天霹雳，惊得院里廊上庑下人人目瞪口呆：刚刚接过旨意，前后脚不错又是一道旨！纪昀料是事有大变，浑身一震，面色苍白如纸，甩袖拂衣颤颤跪下叩头："罪臣纪昀恭聆上谕……"

"奉皇上口谕，"刘墉看一眼惊悸不安的纪昀，微笑道，"着纪昀即刻入养心殿见朕。钦此！"

纪昀一下子瞪大了眼睛。他刚刚醒过来，又堕入五里雾中，召见罪臣不希奇，但召见已经定罪发落过的罪臣却是闻所未闻，饶是他腹笥盈车阅世沧桑，只觉得越来越猜不透这位主子的葫芦药了。怔了半晌才觉得失礼，忙叩头答道："罪臣……遵旨……"

"纪公别狐疑，我陪你进大内。"刘墉笑吟吟扶起纪昀，"我一大早就进去了。皇上说你的处分旨意已经发出来了，临走前再见你一面。没有别的意思——家里人可以安心，刑部顺天府和步军统领衙门的人这就退回去，家产已经有旨发还……"他说着，纪昀心里朦朦胧胧，一片空白，模糊得泼了一盆浆糊似的，已听不清他都说了些什么。

……坐了刘墉的大轿到紫禁城进西华门，入隆宗门，直到军机处，纪昀都呆呆的，如同傻子进城，又像夜梦游人。刘墉跟人说话便在一旁傻听，有人行礼，跟着点头搭讪呆笑，乾清门前广场上一阵清风吹过来，才悟到此身已在龙楼凤阙丛中朱衣紫青队里。一眼瞧见八阿哥颙璇十五阿哥颙琰细语交谈着什么从永巷出来，于敏中和阿桂和珅也都从军机房里出来寒暄，纪昀忙向颙璇兄弟叩头请安，刚说了句"罪臣——"，颙琰笑着一摆手道："这话留着跟万岁爷说。你走远道儿，回头叫人我府里去，有头好走骒送给你。"颙璇和纪昀顽笑惯了的，笑道："怎么瞧着呆头呆脑的？别这副丧门样儿，记着你还欠我一幅字儿，赶紧趁没走写好给我！"

"苏东坡有诗'者回断送老头皮'。"纪昀情知事态好转，全然放了心，因也笑道，"怕侍候不了爷们了，焉得不惊，没变成呆鸟就不错了。"因见卜礼从永巷口出来，才止了说笑，不紧不慢，心里打着奏话腹稿跟进养心殿。

乾隆刚从先农坛回来。祭先农坛籍田是春郊大礼，"扶犁"也是做做样子，都是必有的功课。金龙袍褂天鹅绒冠糊得里三层外三层，"样子"也要像模像样，全挂子卤簿执事呼拥来去，三月季春暖阳地一番折腾，已弄得汗湿重衣。方洗浴了更衣，散跶了软鞋在院中散步，见纪昀一身灰巾布袍褂，跟着卜礼趋进垂花门，便站住了脚，微笑说道："是纪昀啊，久违了。"

"皇上……"纪昀一下子俯伏在地，不知怎的，心里一阵悲酸，倒了五味瓶价百品不出滋味，"罪臣该死，辜负了皇上的恩……没有想到罪余之身，还能见龙颜一面！就死在西疆塞外，也心无遗憾的了……"

乾隆眼见一个诙谐多智才情超拔的股肱信臣，不到半月间憔悴潦倒至此，仿佛走了十年似的，灰白蓬乱的发辫丝丝颤抖，声气哀恸哽咽着言语不能连缀，不禁也恻然动容，注目凝视移时，松弛地舒一口气，说道："进暖阁说话吧……"纪昀叩头称是，起身随乾隆进来。乾隆一如既往升炕坐了，见纪昀长跪在隔栅前，一脸惶惑不安犹带泪痕，便吩咐："还那边坐了。朕有些话要问，有些话要吩咐。"

"是，"纪昀颤着身子坐下，接过太监递来的毛巾小心地揩揩眼角，低头说道，"罪臣恭聆皇上训诲。"

"打起点精神来。"乾隆一笑，说道，"看你平日学问智量，读你的书，仿佛很有阅历很沉实厚劲的，怎么这么不禁折腾？听说家下奴才也很不安分，外头同僚怕也有炎凉世情的——原来你是个银样镴枪头！"

纪昀原本硬着头皮，准备挨他一顿霹雳闪电兜头训斥的，绝然没有想到会是这样待遇，心中一喜一悲一惊一颤的，脸上也就似笑似哭，说道："罪臣虽言行不谨，怎么敢不敬畏天命？雷霆怒下不知惧戒，那是枭獍之臣……命下之日，臣闭门思过，追随主上数十年，没有寸功微劳，反而行止败德为皇上增忧。为人臣者到这一步，真是一死不足蔽辜！至于世态炎凉，这里的况味局内人自己知道。昔日高士奇获罪，门上春联写'勘破世情惊破胆，实是世事寒透心'今日亲历亲见……但臣获罪于天，不敢以'炎凉'二字辨人是非，是天假于人使臣受愆赎过，不能以炎凉罪人的。"乾隆默默点头，一手捧着桌上碗盖出神，却问道："你今年多少岁数？朕记得是五十一岁？"

"回皇上，臣生于雍正二年，今年犬马齿五十二岁。"

"身子骨可还支撑得？"

纪昀迅速瞟了乾隆一眼，忙又低头答道："臣素来体气强健，文字之外不务劳心，不善酒惟有嗜烟而已，身子还算好。"

"这就好。"乾隆淡淡说道，"一来你自翰林入帷幄军机，没有做过地方官，军务政务都打奏折文牍上知见，所以值四库书房、管礼部，终究一个秀才而已。二来你有罪，朝廷有制度，朕也不得以私回庇隐祖。朕征询几位大臣，大臣意见你有欺君之罪，照这罪名发到部议，一百个纪昀也只是个死。但你随朕几十年了，朝夕相处，朕深知你的，一是不擅权，没有倚宠威福的事，也不植党、狼一群狗一伙的营造势力。仗着朕器重厚爱，轻狂环跳言语噱笑偶有失检故放肆处是有的，欺君的心你不敢，也没有，这就有可恕可悯的情。原本福康安要你，但他去打金川，又要进发打箭炉，那是烟瘴之地，敌情极为错综繁复，怕有什么磋跌。所以又发旨问兆惠、海兰察，他们回奏昨天晚上才到，都说要好生安置你。因此今天凌晨就发了旨意给你。那里虽远，人情却好，兆惠他们断不至作践难为你的。发到别的州府，下头那起子龌龊官儿不明底细错会了意，希图承旨，什么罪名给你捏不出来？那才真是让你百口莫辩万劫难复呢！去吧……离着中原远远的。有些地方看好，隐着祸患之忧，这里看着凶险，借句《三国》的话说'虽在虎口，安如泰山'呢！"说完一笑。

乾隆娓娓言来，有理有致有情絮絮恳恳如对家人子弟剖说衷肠，纪昀进宫时一腔惶恐抑郁离愁忧绪都化作乌有散去。听到乾隆殷殷为自己出路细作推敲打算，感念之情油然而生，双手掩面低伏了身子，竟恸切难以自抑，任泪水横溢而出。哽咽着道："皇上……矜全爱护之情，纪昀敢有一日忘怀，即猪狗不食之败类！皇上……"

"好了，明白就好。"乾隆也为自己的话感动，黯然拭泪，良久回神笑道，"海兰察回奏得有趣，'纪昀是个吃肉肚子，我听师爷说过"肉食者鄙"这回也要"鄙"一回了，我支起羊肉锅等他，准保攮揉他个狗！'——他不写'够'字，写成了狗马的'狗'！"又道，"朕还要见人，你这就回去预备上路。家里有你许多朋友，也不至于匮乏的。"

纪昀听得破涕一笑，便起身叩辞，刚站起身，乾隆叫住了问道："还有件事想问你。你给你亲家卢见曾通连报信，朕断定你是有的。但查抄卢府，一点证据也没有。你是怎样给他报信的？"

"这……"纪昀一愣，忙回道，"臣确实没有给他报过一个字的书信，当时诏书切责情势紧急，臣用空信封包了一点茶叶和一撮盐，他一看就知道，皇上要查他的'盐茶亏空'了……"

话未说完，乾隆已经哈哈大笑，摆手道："去吧去吧……你这个人呐，尽小聪明……你天天都能见朕，如实回奏代为请罪，哪来这么大的事？写信给卢见曾，好好伏罪退银子，朕也要加恩的……去吧。"因见王仁抱着老高一摞子奏折进来，问道，"那是什么？军机处送来的么？"

"回主子话。"王仁把奏折小心安放在窗前卷案上，打千儿回道，"是各省递来的折子，都没有写节略。奴才方才过去给老佛爷送《阿弥陀经》，返回来打军机处门口过，高云从在那儿取密折奏事匣子，这些奏章太多，一次搬不完，和珅大人就让奴才带过来了。他说他人立刻也就进来的。"乾隆一边听，口里"嗯"着，在案上翻出福康安和四川巡抚格罗的奏章，信口问道："这会子谁在老佛爷那里？"王仁见乾隆有兴致问自己话，高兴得脸上放光，五官都堆下笑来，说道："有定安老太妃、淳主儿、十七老福晋陪老佛爷玩叶子牌，容主儿去送《古兰经》，帮着老佛爷看牌。奴才去时候二十四福晋刚刚出来，她是给十二格格请寄名符儿的，孝服没退，请了安就出来了。还有海兰察夫人、兆惠夫人，一大群人陪老佛爷说因缘，讲《太上感应》，热闹欢喜得不得了。后来和珅夫人也进去了，大家又凑趣儿说笑话儿，太后赏了和珅家一柄如意，别的人有的赏香炉，有的赏牙签，扇子……老佛爷开心着呢！"

乾隆看着奏章，见福康安已在成都，和格罗会商，点出五千精兵，拟三天之后突袭大金川，心里格登一声，援笔濡了朱砂要写什么，又放下了笔：这个福康安是要速战速决，而且是先斩后奏，心思十分明白——小莎罗奔是个淫昏之徒，部落内又有老莎罗奔策应，乘其不备突然掩袭，可以一鼓定局。但老莎罗奔与清兵抗拒，盘结纠缠二十余年，以傅恒之能尚且险些丧生草地，金川地险人悍，这么冒险成么？反又思之，如果不早定金川，直接进兵打箭炉，西藏有变，退路被截，那又成了糜烂之局……他觉得福康安冒失，但又冒失得有道理，拿不定主意该怎样下这朱批，索性也就不再想它，皱眉看着福康安的奏折，又扯过格罗的折子一并参酌，问道："还赏了和珅家？平白无故的，为什么？"

"啊，是这个……"王仁见乾隆不言声，已准备退下的，忙又赔笑道，"是定安老太妃说轮回转世，说起和珅大人长相，像是前辈子是个女人，办事儿也像个满洲姑奶奶，瞧着面熟似的。秦媚媚说就是前头死了的锦霞托生的，太后老佛爷一下子想起来，说：'可怜见的果然不错，你们越说我越想着是！她竟这么痴的？转轮儿变成和珅又来侍候皇帝了！怪道的他主子那么疼他重用他！'忙着叫秦媚媚去钟粹宫佛堂上香，又要《梁皇忏》本子来要抄，可可儿的和珅夫人也进去了，大家说了一阵子笑话儿，就赏了这些东西。后来她来，转轮托生的话都没再说，老佛爷是为这点子念心不是，奴才是猜的……"

他一提到和珅是锦霞转世投胎，乾隆心里轰然一声，顿时痴了、怔了！……其实也许潜意识里他早就这样想过，只是事情太涉幽明俗理，皇家仁施政化曰孔曰孟独尊儒术，从没认真往这上头想。经这一语道破，乾隆真如醍醐灌顶般豁然憬悟，不必深思再思，已经坚信不疑！只这一刹那间，锦霞和和珅的相貌一下子印证相叠在一起，和珅项间那道勒痕一样的殷红胎记，他女人一般的言语姿态，太后对他的不屑和自己那种一见如故的亲近……一切都没有原因，没有原因凑起来的一切亲疏远近那就叫"缘"……承乾宫那个细雨凄迷的黄昏，偏殿中那张断了弦的焦桐瑶琴，那间悬着白绫挽套的幽暗宫室，还有锦霞那缕青丝剪发，她梨花带雨的泪容和她婉转的唱词儿歌喉……已经过去四十五年了，变得青烟一般飘渺无迹的往事——他像一个正在行道的人被过客唤住，回头详视追忆，一下子认了出来："是你，果然是你，你毕竟又回来侍候朕……"——乾隆茫茫渺渺地注视着隔栅上的横栏脱口而出。王仁从没见过他这样儿的，像是走神儿又像梦呓，吓了一跳，一边试着给他换茶，问道："皇上，您说什么？"

"哦！……没什么。"

乾隆一下子从遥远不着边际的幽情思绪渺冥奈何中唤返转来，方知此身犹在万几宸函政务丛中。他自失地一笑，竭力排遣开这些荒诞不经的念头，拧着眉头把心思集中到金川军务上，沉吟有顷，在福康安的请安折上批道：

> 前奏及本折俱已览阅一过，参酌格罗奏议，卿之"即刻进军直驱而入"似属可行。且卿三日进军，朕虽欲阻之亦不及矣。朕甚嘉尔果断敢勇而亦于军事利钝不无遗虑。卿奏中所云"所谓成事在天谋事在人，决事不迟，疑事不为，时至不疑"足见少壮大将军溃敌气概。然兵凶战危，朕甚忧尔无万全必胜之道也。此以石击卵之役，即侥幸于万一之心亦不当存之，慎之戒之勉之。既已行之，朕切望早有回音，全胜即全胜，全败即全败，不胜不败即不胜不败，不可有丝毫瞒饰。讷亲张广泗之殷鉴不远，宁不惧哉！

觉得还有话吩咐，即使战事不利，可以老实奏报，增兵再战，想想不甚吉利——一味说"败了怎么办"算怎么回事？转念此刻福康安在前线吉凶难卜。乾隆反而心中慌乱不安起来，他又扯过格罗的折子，提起笔想批几句什么，想想说什么都迟了，那笔在空中悬得太久，一滴大大的朱砂汁儿落在折本上。血红血红的甚是刺目，乾隆顿时觉得不吉利，烦躁地放下笔跶鞋下炕来，把两份奏折都拢起来揉成一团，指着对王仁道："烧掉它！"王仁忙不迭答应着，还没到炕沿，和珅一脸春风，笑吟吟快步进殿，打袖甩手叩头说道："主子，海兰察送的人到了！奴才刚才去午门看过，有已婚的，也有黄花儿闺女，都是顶顶儿标致的……"他呼吸有点急促，兴奋得眼中放光，右手指着南边兴高采烈地说着，忽然想到这是在乾隆面前奏事，脸颊一抖已变成了微笑，语气登时也就庄重起来："西域女子美貌，里头不少是贵族，很是娴淑端庄的。礼部的人说这不同战俘，该怎么发落前头没有先例。得请旨施行，奴才就进来了……"

乾隆却没留意他前后神态不一样，端杯笑着听。南窗光影斜落照进来，映着和珅亭秀的身材，粉莹莹一张瓜子脸，眉宇间宛然便是锦霞那副若笑若哂的"含睇宜笑"形容儿，项间那道"勒痕"俯仰之间也看得格外分明。直到和珅说完，乾隆才憬悟回过神来。他微微倾了一下身子，沉吟问道："既然没有先例，你看该如何料理？今年的秀女已经选过了，召进宫来要招外头议论的，再者，她们是倡乱家属，本应为奴的，也不能抬举，发往辛者库去作宫中杂役如何？"

"这样的女子作杂役太可惜了。纳充后宫也不合适。"和珅微笑道，"照仿有罪官眷的例，发各官员家中为奴，奴才以为都是人间尤物，怕官员们消受不起。既然太后老佛爷和各位主子娘娘要移圆明园居住，不如由主子遴选一下，按秀女的例进去侍候。原来预备明年放出去的宫女提前放出去，两下里施恩两下里都是德政。容主儿宫里的女子都是旗人扮了回人侍候，老佛爷跟前有几个西域女孩子服侍，别开生面的老人家也欢喜。这是孝道，又有个怀柔的意思在里头，谁敢胡说八道？皇上从不在女色上头留意，这是天下皆知的！"

乾隆不好色，而且"天下皆知"，和珅说得正言庄肃如对大宾，旁边的太监宫娥们个个肚里暗笑。乾隆也是一个莞尔，却领受得面无惭色，只点头赞道："你说得很是。这事和她们姿色两不相干。恩宽处置，可以羁縻和卓部台吉贵族，不至于铁心造反，动摇其反志也是好的。善待这些人，将来霍集占平定后也易于安定。王廉，你去传旨，所有回妇暂行在西六所安置，等候老佛爷挑选。让内务府核查一下，明年后年应放归宫女，每人除定例再赏三十两银子，明天就出宫回家！"和珅笑道："主子，奴才以为这事该请皇后娘娘用懿旨颁发施行好些。"一语提醒了乾隆，才觉得自己猴急了，一摆手笑道："你去坤宁宫传朕旨意，用懿旨发出去。"

"是！"

王廉忙应一声，哈腰却步退了出去。乾隆看一眼案上的奏牍，说道："福康安的折子发给军机处看。他已经带五千人进了金川。四川绿营如何策应，辎重粮饷怎样保障，都没有详奏，你们要随时明了前线情形，他的折子不要再写节略，直接递上来。他不请旨就进兵，责任太大了，这件事不许外传。"说着，把福康安和格罗的奏折向外推了推："你先看看吧！"和珅急速瞟了一眼乾隆，双手小心捧过来，就躬身趁着窗下阳光用心看了——那是极短的两份折子，一目了然的事——低头略一沉思，说道："皇上不必担心，福康安这一战必胜无疑！"乾隆莞尔一笑，问道："你有什么见识？"

"小莎罗奔比他父亲老莎罗奔，如同鸡和凤凰相比。"和珅正容说道，"福康安比傅恒军务上要强。这么一衡量，小莎罗奔根本不是福康安的对手。"

"嗯，似乎有理。"

"讷亲张广泗在金川打来打去，始终没有进入腹地，傅恒占领全部金川，又攻刮耳崖，地理形势已经熟悉，金川已经是敌我共险。"

乾隆不禁看和珅一眼，他没想到和珅在军事上也有这份能耐。却没有说什么，听他继续说道："老莎罗奔杀兄夺嫂，金川人原本就不是铁板一块。莎罗奔的侄女色勒奔·卓玛一向等着机会报仇。现在小莎罗奔反叛，族里自然窝里炮闹起来。当日傅恒捉到卓玛，又当场放了，这就是傅恒有先见之明。天时地利人和莎罗奔一条也不占，所以败定了，福康安这是谋定而后动，将勇兵强又有一千条火铳。敢这样干，是怕金川人有所预备，重兵集结环卫，反而把他们压迫得抱成一团和朝廷作对——并不为急于带兵到打箭炉屯扎的。"说完舐了发干的嘴唇。乾隆不禁拊掌而叹，笑道："好一个和珅，又长进了！既为军机大臣，肯在军务上头留心，这就是好的——"他说着，又取过一份奏折道，"这是窦光鼐的折子，浙江仙居等七个县又出了新亏空。两江总督富勒浑也卷在里头，还有藩司、织造司贪污败检，这又是一个国泰出来了！户部尚书曹文植就在江南出差，朕已经着他加钦差大臣名义到浙江彻底盘查，刑部左侍郎姜晟，工部右侍郎伊龄阿也去，这件事已经和阿桂讲过，你和于敏中也看看，有什么意见条陈奏上来。如果你和富勒浑有交往，就这里说明白了，也好回避案子。"

"奴才和富勒浑只是点头交情。"和珅接过那份沉甸甸的奏折，心里也不禁一沉：刚刚料理完国泰，这又出来个富勒浑，他倒真的与这位总督无甚瓜葛，但富勒浑在古北口、张家口就和阿桂是搭档，几次见到他都在阿桂府里，是几十年的交情了，一个不慎搅进去，刚刚与阿桂稍有好转的交道就会泡汤儿。这还只是一层，更要命的是富勒浑本人是十五阿哥颙琰的旗下都统，情分弥密如同胶漆，抖落开来别的不说，就这个人便得罪到底了……心里紧张思索着，说道："但据奴才所知，富勒浑只是好胜护短，操守还算廉洁的。虽然窦光鼐弹劾，心里有些不以为然呢！"乾隆哪里知道一霎儿工夫和珅动了许多心思？沉吟着道："这折子里提到的盛住，是杭州织造，就是十五阿哥的荐选出去的，窦光鼐说有向颙琰送私财的事，大臣昏夜交通阿哥还了得？要查清白！"乾隆说着，脸色已经阴沉下来，略带苍色的眉宇紧拧着，深邃的眼睑中波光幽幽闪动时隐时现，盯着外殿沉默不语。和珅此时心情却另是一变。他在山东在北京和颙琰见面都不多，颙琰也没有说过他什么，但不知怎的，一直觉得这位王爷对自己有芥蒂，防贼似的戒备自己，而且他很疑心钱沣的靠山就是他，所以敢处处难为自己！"要是十五爷搅进去就好了"——这个念头一划而过，他小心地看了一眼威严冷峻的乾隆，心里颤了一下，斟酌着词句说道："阿哥都是好阿哥，十五爷一身正气，断然不会收受奴才的贿赂。但小人之所以为小人，是耻于独为小人。夤缘攀附也就难免。外间人传言说十五爷在山东还买了个女孩子在身边侍候，还不是王尔烈和身边那些下人撺弄出来的事？话又说回来，窦光鼐这人皇上也知道，骨头缝儿里挑剔，没事也会寻出事来，沽名钓誉之言也不可深信。"

"窦光鼐朕深知的，是个直臣，沽名钓誉容或有之，所以没有选进台阁大臣。但他不是说假话的人，你这样说不对。"乾隆说道，"鲁惠儿的事颙琰一回京就奏了朕，那是落难公子风尘相救一段佳话，朕查问了也没什么苟且之事，所以已经给她抬籍立为侧福晋。道学什么都好，惟独苛察人情谬诠天理，责备人没完没了这一宗可厌。和珅你现在品级虽然不高，便已位在中枢，不要人云亦云。"

"是！奴才谨记住了，决不道学！"

"不是不要道学，是不要假道学！"

"是！不要假……反正是要讲究忠恕之道不砢磣人！"

乾隆一下子笑了，和珅没有学术，这份精明里透着天真他却喜爱。还要往下说派钦差勘察的事，王仁从殿门口进来，笑得嘻着嘴说道："主子，福康安的捷报到了！阿桂于敏中刘墉进来给您报喜呢！""好，好！"乾隆顿时高兴得脸上放光，一迭连声叫，"进来，都进来吧！"又笑谓和珅，"你有先见之明啊！"

和珅心中却有点慌乱，方才那些军事上的"卓识"其实都是阿桂在军机处剖析详明，偷听得来现发现卖，沿着这个话题，阿桂等人进来立时就网包露蹄儿。虽不至于怎么样，"掠人之美拾人牙慧"这个考语也就难当，思量着，和珅已有了主意，忙伏地叩谢，说道："这是主上洪福！臣子奴才岂敢贪天之功呢？当日小莎倡作叛乱，糜烂川西半省，皇上运筹九重之上，即密调湖南绿营与川中大营进驻川西，云贵两省军务调度堵截西逃之路，金川未战，丑类已成瓮中之鳖！军机处阿桂秉承主子意旨调度有方，福康安智勇双全忠忱用命，残丑之虏不堪王师一击。君臣相济戮力灭敌，所以能速战速捷。金川之乱初起，皇上就说过'金川此役非前役之可比，可望一鼓全胜'，皇上这才真是高瞻远瞩万里指挥若定，不卜而知的先见之明……"

他说得又快又响又利落，平平常常的话偏说得声情并茂引人入胜，一头说，晃着身子用手指划，煞是热情洋溢。阿桂人已经进来，听他口溅唾液长篇累牍说得兴头，乾隆听得脸上容光焕发，却是心里暗自掂掇：此人文才平庸，却不能不服他心智口才。好容易听到他换气，阿桂刚要插话，和珅却又接上了气，说道："金川既平，现在善后就是第一要务。奴才以为，金川屡叛屡平，平而又叛，就因为莎氏部落以土司统率，政务不归政府节制的过，不如改土归流，设一个金川府或州，加一营绿营兵常驻防守随时羁縻。皇上曾说过要一劳永逸，这才是处常之

法。不然，今日敉平，难保日后年深月久不再生事端。若从讷亲张广泗
出征算起，奴才查过，粗算每月军费一百万，用去的银子累计七千万
两。有这笔银子，多少金川也养活了它！而且这是通往西藏要道，反复
折腾用兵，无论如何划算不上的。"说完叩一个头仰视乾隆。

"连善后也都想了？"乾隆满面笑容，注目阿桂三人，说道，"究竟
福康安战况如何，捷报文本还没有看到呢！"和珅心里舒了一口气，无
论怎样说，这番话足可把"先见之明"的话题隔过去了，见乾隆高兴，
嘻笑说道："奴才心里欢喜，说的多了。阿桂于敏中刘墉军务政治是长
项，还该多听听他们奏陈意见的。"说得三人一笑。阿桂便将福康安的
报捷折子双手呈了上去。乾隆看时，是"八百里加紧"文书字样，旁边
端楷批着"报捷"两个字，下注"奴才福康安恭谨叩喜沐浴天恩"一行
小字，也都写得端秀从容。他端详着那份平日用来缮写请安折子的黄绢
表纸，良久，一笑说道："看金川的报捷折子至今心有余悸啊！单为金
川这块宝地，杀了两个大学士宰相，黜落一个大学士，还杀了一个大将
军。他们也都'报捷'来着，战败了还要讳过饰功，用账簿子纸，一股
马粪味儿都带着来欺瞒朝廷！福康安真是我大清一宝，不愧傅恒之后！
想不到短短数日之内乃能立此奇勋！"说着便展读，却是颇为简明的一
篇短文：

……奴才甫至成都，即召总督、巡抚及成都将军各军门副将以
上官员会商进剿。咸曰金川小莎罗奔虽昏庸无能，其将索诺木
悍勇善战，且彼地形势险峻道路泥泞崎岖盘折，未易轻下。奴
才窃思我军火炮军械强盛远过于敌，先父自金川撤还，遗有金
川详明地图，大小金川间之喇嘛庙名曰"诺美"，因色勒奔之
女卓玛与索诺木不和，此来彼去攻争不已，并未驻有常驻重
兵。此敌军内虚不和，形势共险之情，惟有一军速攻溃之。彼
之气既夺，内扰必剧而更烈矣，一旦延迁时日，或有枭杰从中
而起号召而齐心，同仇敌忾共御官军，又不知多费几多周张
矣！用是奴才率一军五千精壮，仍由清水塘突袭，格罗及预先
调集之七万五千绿营军待命即发。赖我皇上如天洪福，五日之

内索诺木已进我掌握，且隔断其逃亡刮耳崖归路。腹心被我占领，金川之敌群鸦无首，大军继而开进，大小金川三日之内溃城而散，南起烂水，北至小黄河乃至寒水峪一带，大军营陌连接施麾相应，登高一望，浅树丛草间旗甲鲜明，皆我煌煌天兵，而敌人已窜伏草地芦苇之中。又经两日大索，俘敌两万，尚有四万余金川平民，共推桑植活佛至大营贡献投诚，经彼与刮耳崖呼唤联络，原刮耳崖据守之一千余歼敌及四千老弱妇女子息内哄，官军乘机登崖掩袭。至此，金川全境人民土地皆俯顺朝廷焉！八日险恶混战，计俘索诺木以下敌酋官员七千二百二十三名，小莎罗奔穷极自尽，已传首三军示众，色勒奔卓玛一部投诚，首领亦羁押待命。计夺敌军火器、大炮三千斤者二十门，小炮两千斤者二十一门，药库三座，藏火药四万余包，鸟铳火枪……

下面弓马刀矛枪剌利剑之属胪陈详细，密密麻麻都用蝇头小楷写成一片，乾隆都一览而过，末了写道：

……战况前后进序甚为繁复，其间惨烈白刃格斗状况惊心骇目，我军阵亡亦有四千人之多。奴才惊定还喜，转思此役系不经请旨擅自主张，乍为朝廷加额欣慰之余，又生惧罪之心：虽将在专阃有机断之权，终有亏于人臣礼尊之义，绕室彷徨中心不安。用是从速报捷，以慰我皇上倚阙盼音之忧，且治奴才擅自进兵之罪以为后戒。福康安不胜屏营战栗静待恩诏，云山万里之外恋主思恩不能自已，临颖命笔之际心增凄切。……

乾隆看着，不自禁眉宇口角都带了笑意，后边"请罪"几句话，说得简捷，他也觉得字字出于至诚，用目光睨了一下四个军机大臣，且不说话，提笔在折边敬空上批道：

报捷奏悉，朕心之嘉悦欣喜非言语所能形容！自庆复而讷亲张

广泗败绩辱命，尔父首定金川，尔今日再定，金川自此无干戈
矣！金川人民安享盛世之福，藏边道路得以畅通无滞，皆天授
尔父子为朝廷解肘襟之忧也。非惟四川一地得安，亦非惟西藏
受益也，此功厥伟，乃天下亿兆人民共庆同欢者也，尔钦奉君
命，奉诏讨敌，进兵之迟速乃将帅之权杖所及，朕但赏尔皎然
忠诚戮力军国，庆尔化开夷狄纷解朝廷之忧，何及尔之不待旨
而动，尔何至因此不安欤？即着将首酋索诺木槛车押赴京师献
俘待处。安抚金川人民，慰恤伤亡将士，叙保有功良实军将，
朕即有后命安置金川。待朕之命，即着一将领率军至打箭炉驻
扎候旨，钦此！

他满意地放下笔，笑着对四位大臣道："颂圣的话都被和珅抢先说了。
福康安的功劳怎么说？金川善后怎么办？说说看！"

四个大臣相顾而笑，于敏中笑道："方才在军机处阿桂朗读了福康
安的折子。他没写打仗细节，但听起来这一战真是非同小可！金川的战
事不单是一地之役，传到西藏，有些心怀异志的藏府首脑也不能没有顾
忌。是福康安在四川宰鸡，要惊煞一群猴子，连英咭唎国恐怕也要收一
些非分之心！所以这个功劳要比傅恒定金川征缅甸还要大！"他稍顿了
一下，含笑说道，"但福康安已经封了公爵，无可再封，只可赏赐庄园
物品以示皇恩荣宠。"

"这是雍正三年以来朝廷野战征讨最大的胜仗，一役定西南乾坤。"
阿桂回避了年羹尧的名字，高兴地说道，"确实是朝廷天下一大喜事，
我看不妨多拿出点银子铺张一下。皇上南巡，有个藻饰天下的作用，宣
扬文治与张扬武威可以并行，一样是教化天下垂范后世。催促格罗将战
俘迅速平安押解北京，在午门献俘，当场诛戮昭示天下，由礼部制定仪
节告祭太庙、天坛。福康安的爵位不能再晋，但职务可以提升，奴才看
大将军、领侍卫内大臣、太子太保这些职衔可由皇上酌定。这不但关乎
福康安一己功劳名分，朝廷赏赉制度，更要紧的是借这事宣化武功振作
官风民气，立一个榜样给八旗子弟效仿，给天下人看！"

众人听着，起初觉得阿桂有点故作姿态，摸不清他的心思。福康安

还在青年，已经贵盛到了极处，这么着没头没脑加封职衔，再立功了怎么办？或者下次军事挫折，又怎么转圜？别人立了更大功劳又该怎样封赏？这对福康安本人也未必是福。听到后来品出了味道：现在官场拆烂污，民气也不振，朝廷威信日渐陵替，表彰这么个威武大将军确有振聋发聩改换耳目的效用……思索未了，乾隆已经满面欢容，右手轻拍着炕桌说道："实在这是老成谋国之见！职务上头可以留点余地，再给他加成一等公，领武威大将军衔——午门阅兵献俘，告祭太庙天坛都使得的，就由礼部去办。"他说着，猛地想起纪昀，有他在，能好生漂亮写一篇告祭文章的……思量着又道："传旨给翰林院，要写一篇好文章出来，还要写一首庆祝金川平定的歌词，给畅音阁配曲，郊礼时好用。纪——朕看那个叫曹锡宝的就好，写进来御览。"他看看刘墉，问道，"你怎么不说话？"

"臣是在想金川设置流官的事。"刘墉沉思着，见问，忙躬身答道，"金川这地方藏苗瑶僮各族都有，历来杂居习养成俗。满汉流官去统辖……那是个产金子的地方，是非多民俗又不通，激出事端来殊难料理。以臣愚见，不如在大金川常驻一队绿营，不要征赋不要供应，也不能干预金川政治，等于是一座行营驿站。莎罗奔部落下原有十三个小土司，上边不再设大土司，小土司各划地盘各自为政，本来苗瑶等族也都分而治之。没有了统一的大头脑，这些小土司顶多打打冤家，能成什么气候？这里行营的兵驻扎着，大事出来能随时弹压，哪个猴子不老实顺手就一棍子，也就不至于再有莎罗奔聚集抗命大事变乱的事了。"他话音刚落，和珅立即附和，笑道："刘墉的建议省钱省力省事，比我想得周全！"于敏中也说："好！"乾隆便看阿桂。

阿桂一双苍劲的眉压得低低的。他似乎思虑得很深，瞳仁里幽暗的光闪烁不定，听完刘墉的话，一抬头见乾隆望着自己，忙含笑一躬身，说道："刘墉可谓算无遗策。分而治之画地为牢，各自地盘利益不一，从此不至于再起大的争端。但金川其实是军事要冲，能派更大的用场。奴才以为不设政府，要设镇派驻重兵，大金川驻兵三千，小金川两千，勒乌围设总兵一员，游击、都司、守备各两员，噶拉依设副将统一指挥，茹寨下寨设参将、美诺设总兵，底木达、僧格宗等处设参将。川西绿营可向刷经寺清水塘一带移防。"他掰着手指一一划算，仰脸看着静听的乾隆说道，"这样，常驻兵力就有五万。作用已经不再是金川本地绥靖安定的事了，北边它可以控制青海南路，南边云贵有事召之即来，西藏的通道比川东川南也近得多，一道诏命，两万人马朝夕可以策应三方事变！奴才的意思是要用好金川这块军事重镇，把它变成我大清的一座大兵营，就叫'金川大营'也没有什么不好！皇上您想，当日青海罗布藏丹增造反，要是金川有兵策应，何需从西安关内大举调兵？派一员上将带金川将士由阿坝突袭行军，两天就进去了！"

乾隆攒眉凝神静听。他心里也有一张地图，随着阿桂指划，金川在军事上的作用愈来愈明晰清楚，由一个金川坐控青藏两省，又可随时策应云贵广西，这个账算得太精明了！众人都浸沉在福康安大胜的喜悦里，只为安定金川一地打算，阿桂能破除这个局限，由一地而思及天下全局，真不愧宰相胸怀！他沿这思路，想得有点激动，不言声起身下炕，背着手踱步筹思默划。他极少这样的，从来听政议政都如老僧枯禅一坐到底，一两个时辰不动身子的，几个大臣见他突然神情有变，都挺直了身子，一眼不眨地盯视乾隆。

"这是五万五千人一支常驻大军。"乾隆终于开口了，"道路气候不好……大军营房建筑，冬日取暖，粮饷供应……日常要用多少银子？"他忽然看向了和珅。

和珅心里一阵乱，用阿桂的说法，他在军务上头是个"瞎包儿"，阿桂的话听着有理，乾隆的顾忌也有理，只能顺着乾隆的心思想，因干笑一声说道："单是军饷，每月正项支出也要八万银子，因为道路不好，从成都运粮上去，还有菜蔬肉食，运上去一斤要用三斤粮钱，豆腐也盘成肉价钱了。盖营房用的砖瓦灰料都要人工搬运，这个消耗真不得了。如今圆明园工程用银正紧，福康安的大军犒赏银子也要一百万吧，还有阵亡家属抚恤银子……"

"再难也要办！没有银子办正事，要你和珅何用？"乾隆不等他说完便一口截断了他，"你要照阿桂的条陈仔细筹划腾挪！"

一句话顶得和珅睁大了眼，众人才悟出和珅这次兜底儿错会了"圣意"，他还从来没有失过蹄子，阿桂刘墉和于敏中都暗暗觉得惬意解气。

和珅一愣之下也顿时明白，他却偏是最能顶缸受气，泥人儿似的绝没脾气，只怔了一下，已神色如常，心不跳脸不红眨眼儿一笑，说道："奴才愚昧了，只想了钱上头度支使用，能俭省着腾挪得各处宽裕些子，遇上大事不至于囊中羞涩。还是主子说的，这是天大的'正事'，再紧也不能紧这项银子！既在那里驻大军，奴才建议另修一条驿道上去，从刷经寺到大金川小金川再向南，和古驿道连通了，成个网格子样儿，军队移防调动，粮饷菜蔬运输就方便省钱了。这也是一劳永逸的事，请主子圣裁！"

他头上风标项间承轴，转篷又快又自然，连认错带建议又一番生花妙语，那点子尴尬顿时没了，乾隆笑道："你管着钱，能想着俭省就不为大错。修驿道这个想头好，着工部去人勘察一下，拨正项官银从速办理。现在驻军移防建营，你也要和兵部的司官合计，用多少银子从户部正项里增拨。"刘墉当下又说押解人犯一路关防，金川甫经战乱，如何安置难民，生业繁息，成都怎样养护伤兵，大军回营一路供应的事备细说了。阿桂由他的话又想及，说道："金川可耕的地很多，只是那里狩猎放牧代代相传，不惯种植。奴才在古北口张家口都屯过田，金川的地肥得冒油，水也方便，有什么不成的？三个兵开一亩地，两人当差一人耕种，轮番耕作，种粮种菜都使得。当地百姓见官军做得好，自然跟着学。待到金川农事兴旺起来，即使不征赋，驻军就地筹粮，自给自足也是指望得的。"

"好！这样集思广益就周全了。"乾隆返身坐了炕沿上，笑道，"于敏中下去写信给格罗，把今天会议情形给他透透风，一条一条再拟旨朕看过发出去。刘墉催着快把索诺木押来京师，道儿上留心，饿死病死自尽逃逸或被劫持了，就是扫朕的脸，地方官难逃死罪！"他略一顿，又道，"宝月楼落成，明天朕要去看。和珅于敏中随驾，早一点递牌子进来。"二人忙离座答应，于敏中问道："是用车驾还是法驾？臣好知会礼部备办。"

"都不用，那么一折腾又是半城人都惊动了。"乾隆说道，"就用八人抬暖轿过去，你们骑马相随。随便些就好……和珅留一下，你们跪安吧……"

待于敏中三人退辞出去，乾隆又摆手命太监们退出暖阁。和珅见他突然变得有点鬼祟，似笑不笑看自己，倒不知出了什么事，眨巴着眼小心问道："皇上……您有吩咐奴才的话？"

"没什么要紧的。"乾隆瞥一眼外殿，张了张口，又沉默一会儿才道，"你说的霍集占那头回妇，现在还在午门外头？"

"是！没有奉着明旨，她们当然得候着！"和珅应口回答一句，灵机一转间已经明白乾隆意图，咧嘴一笑忙收住了，正容说道，"皇上政务太忙，这事交给奴才。奴才这会子就去，命她们全部拘押进咸安宫，挑几个头脸出色点的到大六所安置。奴才看芍药花儿就是个晓事的，和他交代一下叫过去侍候就是了。"他抿着嘴又想想，说道，"这是光明正大的事儿。容主儿想用本地人制膳，咱们中原的人做不出那个风味儿，皇上先挑几个使唤人，谁敢嚼舌头根子？"

"好，你就安排。"乾隆一笑，手指指西边和北边，"别叫她们挑出不是就好……去吧！"

第十一回　贪和珅精算内外账　刚师傅宗学罚皇子

　　和珅领了这道"密旨"退出来，看时辰已经到了午末，家里人送进军机处的饭都坐在茶炉的温水罐上，也顾不得再热热，口里胡乱扒两口，便说"饱了"。叫过送饭的家人吩咐："去人叫刘全到午门外'文官下轿武官下马'石牌前等我——回去禀太太叫账房预备二百四十两银子送纪大人府上盘缠路费——告诉礼部在家等我的人，还有户部川陕司的人都到户部。下午忙过，我去户部会议勘修金川驿道——家里等着的各位大人那边，代我谢过，今天明天两天太忙，未必有空儿见面，且请散了。若有急事，明天下午在军机处说话就是了。"东一榔头西一棒槌说着，家里人垂手一一应着，几个来提水的笔帖式都在旁边赔笑，和珅这才看出是自己吃饭，他们不便过来打开水，和蔼向众人一笑点头致意道："客气了。"便出了茶房，刚要走，见颙璇颙琰从军机房里出来，忙又站住了，满面赔笑道："八爷、十五爷吉祥！去见皇上么？"颙琰兄弟二人也站住了，颙琰只是一个微笑，颙璇笑嘻嘻的，手指点着和珅道："钻天猢狲钻灶屋里了？没当军机大臣天天能见你，当了军机大臣到处找你——方才我们见王尔烈师傅，有几个不入八分公远支宗室子弟说，一个月十二两月例读书银子，怎么没有发放？这都是有成例规矩的事儿，还要我们来寻你？你这军机大臣怕也管得太细了吧！"

　　"回爷的话。"和珅看一眼颙琰，笑道，"哥儿爷们的读书银子奴才怎么敢克扣！银子是年初一打总儿就拨到内务府的，一文钱也不敢少了的，毓庆宫后书房上头流云托儿他们说朽了，要修我还没顾着跟户部说，账上头先挪过来用了也是有的。爷放心，奴才就是忙死，至迟明日下午银子就划过去！"他拍拍胸口，"——缺钱只管找和珅！"

　　颙琰听了失口一哂，说道："我们会缺钱？缺钱也不找你！和珅你要当心呢！有人跟我说，圆明园工地上匠人的工银，从这个月降到二分五——从来都是三分嘛！上个月还是四分，年头年尾还六分呢——怎么减下去了？"和珅听了一怔，旋即笑道："修园子是正项支用，谁敢动这银子？冬季和夏季都是四分，春秋两季三分。这个月短了下个月必定补出来的——爷明鉴，从云南老树林子、长白山里运来木料，一根梁柱材料上万银子，近日说又采到一株白檀香木，比雍和宫里的还大一倍不止。钱沣要一百万银子运来北京！他那里狮子大张口，福四爷劳军要用拨一百万，一时筹措不及就得寅吃卯粮。我过问一下是怎么回事，都是屁水汗流下苦力的人，不能短了人家的！"颙琰笑道："我们管不到你，不过听了闲话白说说。当家人泔水缸，我们省得！"颙璇又道："福四爷的一百万是官样文章。他写信给刘崇如，另要五万银子，这事你知道不？"

"八爷，这五万是什么用场？"

"攻打诺美喇嘛庙，选了五百精壮兵士，悬赏打下来每人一百两。"颙璇说道，"一百万是三军普赏，这五万不在其内。"颙琰见和珅发愣，说道："八爷只是说说，再添加是要请旨的。福康安太阔绰了，这么着不心疼库银，敢情不花他公爷府的！"

"奴才尽量腾挪就是了。"和珅装出一副无奈样儿苦笑道。五万银子在他身上简直不算一回事，议罪银、关税、圆明园工银上一笔就划过去了。根本不用惊动户部，但他深知这位"十五爷"，母亲魏佳氏出身寒微，小户人家"把家子"悭吝的主儿，让太监买个金镯子还要亲自戥一戥分量，他新纳的山东侧福晋更是穷人出身，衣服穿洗得麻花了，细心对上布丝儿补上织上还要穿。① 十五阿哥俭朴也真有家教内阃在里头，说这样话一点也不奇怪。在这样人跟前越是像个"老账房"越好——却也不能传出去寒了福康安的心，因噏着嘴唇，吃了苦药似的说道："朝廷进项多出项也多，这就是个难！不过人家出兵放马斩头洒血的勾当，又着实打了胜仗，流出的血咬牙忍痛也得割放出来不是？"两个阿哥见他这般苦相，一笑联袂而去。

①　此家风至道光到极致而成"朝风"，满朝褴褛君臣如同乞丐聚议国政。

和珅这才出午门左掖门忙"正事"。刘全已经等在外头，两个人将六七十名回族妇人筛了粗罗过细罗，拨拉来去精心挑选，又叫了王廉和芍药花儿出来帮着"斟酌"，看了相貌端详腰身，摸脚捏手的也自占了点空便宜。只可叹这些女子，在西域和卓部也都是金尊玉贵的大家闺秀，一旦沦落万里艰辛押解到此，由着虎狼士兵呵斥拨弄，满腹悲凄听小人作践践蹦……足用半个时辰这才停当，和珅又密密细细和两个太监叽哝一阵子，看着押进右掖门这才离去。

办完这件事，和珅又赶到户部会议，听银钱出入账，安排派人和工部联络，踏勘金川筑路的事，说了漕运议河防工银，连听回事儿带指示，天已经黑了。因刘全管着圆明园园工，他不在，许多事议不上手，只问："是谁把工银减了五厘？"他本来和颜悦色的，已经有人背后说他"一团和气"，突然变了脸。众人都是一凛，许久才有人笑道："是刘总管……"

"刘全？为什么？"

"承德外八庙几个喇嘛寺佛上贴金，户部现银短着，户部和工部几个司商量了一下，现在天气暖和，园工柴炭上银子要减下来。请示刘总管，他点头了的。"

"你们日日见我，这么大的事为什么不说？"

"……"

和珅的脸在灯下显得又青又黯，啜着又苦又涩的酽茶扫视众人，说道："不行，短了的五厘下个月补上！我听说园工饭食上头也减下来了，五天一肉——不行，还是原来尤明堂手里规矩，三天一肉，咸菜稀饭馒头管够！这是什么工程？不怕工人使坏么？他们花样门道多着呢！大梁头儿上给你弄个风口儿，外头大风一刮，风哨儿响起，殿里头听着一片鬼哭狼嚎；墙里头魇镇你，塞些乱七八糟的五鬼纸马什么的，或者空洞砌进一盏灯去，住进去的人合眼做噩梦睁眼睡不着……发作出来你到哪查案子？你们忒贪心的了，这点银子也要刮，要出大事儿的！"

众人已是听得目瞪口呆，内中有个尖精人惊讶地叫道："和爷真不含糊！连这些您都懂……我说我那新宅子住进去，每天半夜里跟有人下楼梯似的，东响一下西响一声，吓得人睡不宁！这么说没准就是匠人们做的手脚！"

"那你一定亏待了匠人。"和珅冷冷说着立起身来，"上梁时候玩儿手，要屋子里闹鬼响动易如反掌！回去请工匠吃一席，请他们拾掇一下吧。"说着离座出门升轿回府。

…………

大轿一落，和珅哈腰出来，便见刘全带几个家人迎上来。和珅一脸不快，见门首廊下堂房天井到处烛火煌煌，扬扬下颏问道："不年不节的，这是闹哪一出？显摆我们有钱么？"

"哪的话呢我的爷！"刘全笑道，"今儿什么日子爷都忙忘了——是十公主的生日！大太太进去贺了，娘娘又派嬷嬷赏了许多头面首饰玩意儿。海宁大人打奉天也送的有礼。还有内务府的苏凌阿、吴省三、李潢、李光云几个，这会子还在议事厅里等您下朝呢？"和珅怔了一下，才想起冯氏说的金佳氏贵妃有意将十公主许给丰绅殷德的事，原想女人们闲话兜搭，差不多都忘了。谁知竟认了真——这么说至少是太后皇后也点头了的，苏凌阿他们赶着趁热灶窝儿也是常理，他咧嘴一笑，脚步轻快了许多，瞥一眼议事厅檐下琳琅满目的礼品几步跨进厅中，苏凌阿几个人早已起身，齐都打千儿迎接，一个个笑逐颜开"和爷吉祥""中堂大喜""乘龙攀天"一片声嘈嘈。

"这是皇家雨露，和珅蒙恩沐浴而已。"和珅大大方方坐了中间，看看几个人，原都是内务府雀牌桌子跟前好友，如今一个个奴颜婢膝在自己跟前打磨旋儿，不觉有几分得意，却不肯落了寒伧相，手摆着，一副雍睦贵重气度笑道："诸位请坐，你们来得正好。方才在户部会议修园子的事。你们都在园子里管工监督，正有些事要安顿给你们。"他指了指门外，"那些东西都是你们送的？"

四个人都笑呵呵坐着，听他问，末座的李光云半欠起身子，双腿直要站起来似的双手摇着，说道："我们四个谁也没送礼！卑职们都是懂规矩的，和相上回训斥了，还敢再犯？那都是部里几个司曹官儿带来的，刘全不肯收，暂时放着听您处置的。苏凌阿吴省三和李潢也都笑着说："不敢。"

"这就对了。"和珅说道。看看这四个人，李光云干净伶仃尖嘴凹颧像只猴子，吴省三苏凌阿肥得像肉团堆在椅上，只有李潢形体端正些，却又是双斜眼，不禁失笑，忙又换了正容说道："园工是肥得放屁冒油的差使，多少人红着眼盯着，大小事情不留心叫人揪住了，我也护不了诸位。单是你们四位管的工，每年要过手两千万银子的吧？工程上头用多少、采办上头支用、人情上头的是多少，你们有数，我大概也不是瞎子——刘全你也进来听我说！"他招了一下手，"工银三分降到二分五，可以算一笔账，三十万工匠，是能省一千五百两银子，一年下来也就五十万。这点银子账上哪里动一笔腾不出来？非要从工匠民伕牙缝里挤？——这都是背井离乡穷得掉渣的灾民饥民，也好意思狠心榨他们的？要知道这里不是外省，也不是京师杂居市民，他们就在禁苑里做活计。明日皇上就要进园子，比如说有那么几个不怕死的，拦舆告我们一状，输赢不去说他，是个什么声名脸面？兄弟们啊……不能见小忘大啊！"

这话说得有理有据有情也有义，几个人都吃茶宾服。苏凌阿道："和大爷训示的真是至理名言，我们是忒见小了，钱沣说是清官，一株树卖给我们就一百万！他不黑心么？大家气不愤，就生出了这办法。好在只想试试，没敢把话说绝，明日一早进去，召集各总工头说话，银子已经到了，还照数儿发！"刘全道："放个风出去就是了，这边刚有点风声，那头立马就改正，倒像我们真想黑吞银子似的！"

"一棵树一百万，要看什么树，长在哪里道路多远。"和珅情知钱沣高价卖树是筹银子疏浚洱海兴修水利，却不肯向众人解释，只道，"此人自爱得很，我估算过，真的比雍和宫释尊像还要高大，从横断山里运过来，一百万紧打紧的。可以再给他加十万工匠补贴，我在信里说明，不要往户部挂账了。"

这里的人都是他的贴己钱树子，谁都知道钱沣和珅不是一路人，听他这般关照，不禁都发愣。只有刘全算得和珅真正知己，立时知道他是用倒钩刺儿钩鱼。看着他笑眯眯的，心里暗惊："笑里藏刀，这把刀可藏得真深！"

送走客人，和珅才觉得肚饿，见长二姑带丫头出来，笑着道："请弄点吃的来，午饭也没好生吃呢！"正说着，吴氏提着个食盒子来，碟子碗一一布着，对和珅笑道："都是你爱吃的几样小菜，也不知道你什么时辰回来，放熏笼子上头温着，你嫌凉，就再给你回火温温。"和珅取过馒头大口价便是一啃，又送一片牛肉鼓着腮帮子嚼着，呜噜不清笑着道："不凉……这些活计叫翠屏她们做就是了。"长二姑道："翠屏她们收拾了一天房子，李家大姐母女要搬过西院住，久不住人的地方了，要打打醋炭祛邪，弄得洁净些才使得。"

"李家大姐"就是李侍尧收留的孤寡母女，在扬州她原是知府靳文魁的如夫人，落难受过和珅周济，又流落京师被李侍尧养护，有这些渊源，官场上头聪明些的都有"留一手"的作用，所以和珅又接了她来，也有个"救人救活"的意思在里头，一边扒饭一边说道："那是宦家落难之人，两个人能吃我们多少？千万不要委屈了人家……上回去见她，她想出家，我说但有修行心，未必一定进庵子。给她设个小佛堂烧香念经就是了。月例银子……就比着翠屏儿吧！"又问，"太太睡下了没有？"

"这会子才想起太太！你和他们说话，太太就吃药睡下了，这位小贺先儿的药看是来得慢，其实管治病，一里一里好起来，太太白天还出来料理家务了呢！"长二姑笑着，又道，"那边园子东那块地听说有二顷，盖起宅子来比王府王宫还大呢，我们和家可不也有个大观园？里头修座家庙，李家姐姐进去，又多了个妙玉。你这人福气可真不小！"

她虽笑着说，和珅听来已带了醋味，放下筷子用毛巾揩着手脸说道："康熙爷手里有个中堂叫索额图，能耐功劳都比我大。他自己信天主、太太信佛、儿子信道士，一家子自己就团弄不到一处，太太又是有名的醋坛子，索额图稍和哪个丫头沾沾手，府里就如翻了天似的，外头闹得满世界，让皇上也瞧不起。赶到抄家她才知道她平日不对，是砍这个家的树根子，苦恼得在圈禁院里整日疯疯癫癫，口里只是说'老爷你爱谁就是谁……我不管……你信天主我也信，打我左脸给右脸……'你们道那是好滋味？"众人从未听过这段故事，静静品嚼其中意味时和珅却又一笑抹开了，"家事和外事兴，我能在外头安心办差，全仗你们这些当家人里头维持得好。我在外头风光，你们越发安福尊贵。这是里外相辅相成的事儿，许多人他就不懂。像纪晓岚，谁有他才学好？外头出了事，家人们也起了反，看要命不要命！你们向来明白，我这不过是嘱咐着警惕些儿，那边新宅子画出式样来给我看，要请藏密喇嘛也要请高手阴阳先儿看。如今有十公主这事，地方大些阔绰些也无妨的。我一直不让北地脚垒墙，就为那里紧邻着圆明园，太扎眼了要招是非，你们明白么？"说着一笑起身，道，"明儿还要陪皇上去圆明园，今晚早些歇了罢……长二姐你回去，今晚把庄头们送的礼单理理，明晚回来合计一下，用你的名字写信出去，我有话要交代的。"说罢，意味深长地看长二姑一眼。

长二姑脸便觉一红，和吴氏等几个女人带着一群丫头仆妇退了出去。和珅留下了刘全，问道："外头廊下那些礼都是谁送来的？"刘全笑道："我也记不得，总有二十几个人吧……都是部里的闲曹京官，大约想放外任的意思。""除了外官的冰炭敬，京官的礼一概不收。把名单给我，该给人办的事，退了礼也要办。"和珅觉得困上来，打着呵欠道："走路撒土，好歹得迷迷旁人眼睛，我方才跟他们说了工钱还要涨回三分去。要知道，多少眼盯着我这位子呢！钱粮的事原来是于中堂管，从他手里过我手，他就未必如意——就这个人就够你防的！"刘全道："是，我都记下了！是得提防着这老爷，总看不对劲似的。昨个儿他还去了园子，在双闸口那转悠一阵，问工人这料多少钱，那砖瓦石灰石料从哪运来，可不是'关心'着咱爷们的么？我听贡院丁秀奇说，于中堂问过他，和中堂来贡院勤不勤，又打听着明伦楼修葺动用的哪笔银子，说：'银子还是应该都拢到户部统一调拨，几块里各有各的账，乱摆弄，容易出娄子。'撂一句没头没脑的话走了……"见和珅听得直了眼，仍旧习惯地盯着灯，像是发现了灯台上爬了什么虫子似的，刘全一笑："爷没别的事了吧？"

"啊？唔……"连问两遍，和珅才醒悟过来，一笑说道，"我又走神儿了。这个于敏中不哼不哈，要寻我的不是了。你说他像钱沣，其实他们根本不是一路。钱沣有心计，是个正人；于敏中是要把别人都踏下去，独领朝纲！主子英明，他装张居正，主子软些儿你瞧吧，准是个曹操！"刘全道："爷小心着他就是了。我听乾清门小苏拉太监王保胜说，于中堂赏太监银子大方得很，皇上一举一动他坐府里就都知道了。每次去都问皇上进膳进的什么膳，哪个太监侍候，谁当值记起居档，谁侍候衣帽，谁管给皇上送书——吃喝拉撒的事他都打听！他敢情想着等皇上身子不爽，来一手逼宫戏么？"

和珅听着喷地一笑，说道："你头里不是脑汁子，是尿！说曹操是指他没忠心，称兵逼宫的人大清还没生出来呢！这人和阿桂两张皮儿，刘墉也不附和他，福康安也和他满拧，他能做什么大事？他扳李侍尧纪昀利用我，现在又向我下手了——别心疼银子，他结交太监的事给我查清楚再说！"他轻松地舒一口气，说道，"你也歇着去吧，叫吴姐儿把送礼的名单儿送来，明天一定退回人家。亏你还是老江湖，兔子不吃窝边草都不懂？"

刘全退出去了，一阵阵带着花香的夜风不凉不热扑帘而入，摇得烛台上灯苗儿不住跳跃生姿，和珅一身松散，趿着鞋踱着步，心里不住揣摩于敏中这个人，他亲眼见过纪昀和于敏中对对联儿，他出的联子再刁钻，纪昀都能应口对出来。纪昀出的，每一次都叫他张口结舌，可皇帝亲口告诉他，于敏中是个述而不作的，埋没了的大才子，才华敏捷又是什么腹笥甚广的，不亚于纪昀——原来竟时时刻刻探听着皇上动静，皇帝读什么书临时用的功！……抚着微微发烫的脑门子，和珅不禁一个微笑，讷讷自语道："做得过分了，我不能学他……"

"什么做得过分了，又是你不学他？"忽然门外有人笑道，接着吴氏一手拿着礼单子，一手挑帘进来，把单子放桌上，笑道，"一大早天不明出去忙了一天，耗心费神的还不够？一个人着了魔似的在屋里念念叨叨……"

和珅手托下巴取过礼单，漫不经心地浏览着，说道："没听相书里说的'自语者富'？自言自语的人总是有余钱儿……这个单子上的人名儿太多，我也记不全。明儿抄一份子，礼退还给人家，他们无非想放外任，回头我关照吏部一声就是了。"说着不住打量吴氏。

吴氏刚洗过澡，换了一身枣花蜜合色褂子，套着石青裙，一绺乌云般密密的发髻松松垂在肩后，配着白生生的脖项，雪白的褂子里儿翻着，一手擎着剔灯棒儿挑那蜡烛，口中说道："他们哪府不收礼，也忒小心过逾的了。不收礼还给人办事儿，你可真是孔圣人托生——你怎么这么瞧人？"她掠了一下鬓，自己上下看看，脸一红道，"你这人，贼似的!"见和珅上来，动手动脚摸乳探胯的，一啐笑道："开着门，也不怕人瞧见——翠屏儿就在西院，你还找她去吧!"说着一啐身子一扭。和珅忙回身关了门，嬉着脸回来搂着吴氏就做了个嘴儿，张忙着解了裙带又解裤带，自坐了椅上，抱吴氏骑在身上，口里亲妈亲姐姐叫着亲着呜呜不清，吴氏已被他揉搓得满脸娇红钗横鬓乱，见和珅敞了怀，又撕自己纽子，贴胸相对紧抱成一团，那活儿热炭硬硬地顶着下身，由不得也是欲焰如炽，一手伸下去把捏着，头垂在和珅肩边用手捶了一下他的背，小声吃吃笑道："你这人真啰唆，这么多花样儿的……哪里像个宰相，倒似个行院里的大茶壶王八头儿，偷女人的积年……"

"不错，是个王八头儿……你捏着的就是……"和珅在吴氏呀呀气喘中淫笑，"如今天下官儿都是王八，我自然是王八头儿……你猜猜万岁爷这会子做么子?"

"……我不知道……"

"也在做这事儿呢……海兰察这日鬼灵精儿弄了几十个女人贡上来，我给皇上选了几个……唉呀呀，你不知道有多标致! 我选她们隔衣裳摸摸大腿，手里到现在还滑腻腻的呢……"

和珅说着便咽口水，使劲在椅上蹭蹬纵送，吴氏被他侍候得情热之极，口里说道："你不是好人……调唆着主子也……你防着点子，他六十多岁的人了，夹色伤寒了，娘娘剥你的皮……"和珅扳着她雪白的肩膊鸡啄米似的狂吻，含糊不清地说道："你把心放得稳稳的，皇上壮实着呢……我看现今宫里那些老嫔妃，没一个中皇上意的，外头也没有能说知己话的，走动几步都一大群跟着。没有女人，男人办正事也是没精神呢……"

吴氏不再说话，软得一堆肉似的半昏半醒贴在和珅光滑坚实的身上。一时元阳泄尽情致阑珊，又勉强温存一番才各自起身，吴氏掩襟系裤，羞得背着脸小声道："当着灯光菩萨，这算怎么回事儿……声音也忒大的，外头人也听得见的。"和珅笑着整顿装束，说道："这府里我就是皇上，顺我者昌逆我者亡，谁他妈敢放个屁，我叫他上天无路入地无门! 听见了——听见了有什么，那叫云雨之声，雅着哩!""嘴脸，还'云雨之声'呢!"吴氏已是容光焕发，坐了小心扣着项间纽子，扑哧一笑说道："那声音难听死了，直就是狗恬油铛！"她像想起了什么事，瞅着地面沉默下去，许久，叹息一声道，"我觉得我变了，这么着下去，会变成啥样儿，连我自己也说不清。反正……反正越发不像个人了……"说着低垂了头。

"天下大家子都这样儿，你别这么想。"和珅刚要笑，又止住了，上来搂着她肩头道，"到哪山唱哪山歌嘛……你吃斋念佛恤老怜贫的，谁敢说你坏？就跟我好，那也是前世缘分，你又没偷别人汉子……"说着用手指给她抹泪儿。吴氏一挣身子啐道："你是我汉子么？"和珅也是一叹，说道："不跟你来往，你寂寞我也寂寞，纳进房里公明正道的，我也想过。可咱们原来就是恩亲，反倒不如这么着体面——倒像你当初救我，是贪图什么似的……我如今位置，在外头时时要防着人暗算，也要整得别人不敢打我的主意，皇上的差使不能办砸，得处处揣度着圣心行事，还不能叭儿狗似的一味摇尾巴，也要顾及自己尊荣台型儿……吴姐，你想想这难不难？再说……"他翕动了一下嘴唇，觉得碍难启齿，便住口吃茶，注目看灯。

吴氏听得入神点头，见他忽然打住，转脸儿一笑，说道："说得好好的，怎么忽拉巴儿就哑巴了？我听着呢！怎么又发呆了？"

"是这样，"和珅回过神来，爱抚地伸手抚摸着吴氏脸颊，轻轻揉捏着，柔声说道，"官场宦海风波不定，谁也难保一筋斗一个倒栽葱……你在外头可以替我保管一点家底子……你看纪晓岚，还有国泰，连同前头张相国都抄过家，都没有诛连到亲戚，你这样的更安全，也给我留了后路……"他虽微笑着，声音像柔丝从远处轻轻飘来一样，眼中忽悠闪着碧绿的光，吴氏听得身上打了一个寒颤，听他说"万一我也有——"忙伸手捂住了他口，在他颊上印了一吻嗔道："没那日子不许胡说——有那一日我就黑吞了你的钱！"和珅一笑，说道："那也比查抄出来办罪强，也没便宜了外人！你也不敢那么做，负了我的恩，自然有人治你，还得防天阴打雷龙抓了你……"他指指搭在桌角的袍子，又压低了声音，"那里头有几张银票，一百多万吧……先在你那里放一放，别入账……等我说话悄悄换成细软藏起来……"

吴氏看了看袍子，忽然觉得有点恐怖：这主儿也太能搂钱，太胆大了的……她胆怯地摸摸袍子，只一触就缩回了手，小声道："爷……钱多少是够使的？得住且住见好就收吧……没看他们一个一个都栽倒了？"

"这个你就不懂了，"和珅笑着凑过来揽她在怀里，手伸衣襟下一遍又一遍在她双乳间温软的腹皮上滑动着抚摸，"皇上老了精神不济，满朝都是贪官小人。就不是小人，想整治我的也就不少。那些整我的拳头没到身上就软了，你知道为什么？——我朋友多，耳目灵，手脚比他们快！没有钱喂着，成么？钱越多，差使越多权越大，我就越安全！这都是下头有罪官员缴了赎罪银，又塞我起复调缺的，我不收不但白便宜了别人，还落个刻薄笨蛋名声儿。我从不索贿，不能办的事办了留尾巴的事都不办，只栽花儿不种刺儿。钱沣在山东就查过我的事，又查到我顺义的庄子，都察院朋友知道了，写信快传过去，我当着刘墉说闲话，说皇上赏的庄子也点了这一处，他也就偃旗息鼓不言声了。有些人到处伸手，什么钱都敢要，为钱不怕得罪人，一对景儿他就翻身落马，一败就四面楚歌，这都是自不量力，不量力而行——比不上我这跑江湖的会想事，怎么会不垮台？一个我离皇上近，灯下黑，一个我不吝啬，轻财好朋友，谁疯了犯痰气，摔鸡蛋砸石头！"他的手忽然移到吴氏小腹下腿间捻了一把："——就像这块儿，篱笆扎得紧，野狗钻不进！"

……吴氏被他温存得浑身舒坦，痒痒得格地一笑返身搂紧了和珅。和珅抱起她向里屋走，兀自听她吃吃笑个不住……

和珅前半夜折腾人道，又和吴氏喁喁商量立业家道，因惦着陪驾去圆明园的事，朦胧胡乱一鼾就醒过来，听外间议事厅自鸣钟四响，见吴氏睡得孩胎，不言声便起身披衣。他一动，吴氏便惊醒了，也忙穿衣，口里自责道："说睡个蒙星儿就起来的，还是睡过头了……"和珅见她手忙脚乱，笑道："别怕，这会子没人来。有人来就说我刚叫你过来的。"吴氏道："不为这个，我和妮子睡里间外间，怕她知道，她也大了——"说着便向外走。和珅只是笑，也不再留她，看着门外影子去远，咳嗽一声正要叫人，见长二姑提着盏灯进来，一笑说道："好么，管家娘子来了，这么早的！"

"是想起件事来。"长二姑放下灯笼，大约外间凌晨天冷，搓着手笑道，"福长安家太太昨日过来看太太，总觉有什么事忘了似的——今儿可不是傅公爷夫人的生日？只是她丧服不满，不知道这礼儿该怎么递？还有二十四福晋的妹子——就是上回你见了流涎水的那位——孩子过百日，老佛爷身边彩卉云香几个大女官，月敬银子你说要加，加多少？秦媚媚上回笑着说太监不如宫女，这不是计较上来了么？要不要也打发一下？"……她又说了十几个人，和珅都没见过，都是近支王府里的体面得用人物。

和珅扣着巴图鲁背心上的纽子，微笑思索着听她讲，要了水漱口，又吃几块点心，这才说道："太监一律不送礼，这要定成规矩，明白告诉他们。宫女月例敬银也要说明是太太孝敬，叫她们密着点。有些大太监来府传旨传懿旨，多给茶钱就是，宫女月例加……三成就好。棠儿太太这礼万不能薄了——这没什么居丧忌讳，她只有欢喜的，送她一万银子的礼，外加黑龙江将军送我的那副盔甲。别的人你裁度着办就是了。难道我还查你的账？"

"公爷太太生日，送盔甲做什么？"长二姑不解地道，"你这人越来越玄乎了。"和珅一笑说道："你忘了福四爷在前头打仗，那是她的心尖子！"见长二姑发愣，上去在她凉凉的脸颊上亲一口，小声道，"我去了，心肝儿……该怎么办你就做主办去……今晚去你那儿……"

长二姑飞眼看着院外，脸一红啐道："没良心的，一股女人味儿，还不知昨晚和谁……"她顺手从和珅肩头拈起一根头发，撇嘴儿笑道："我看像吴姐儿的呢……"和珅扳过她脸又亲一口，也不答话，笑着去了。

和珅赶到西华门，天色尚未亮透，看表时还不到卯初。这里地面开阔，下来大轿，北面海子漾过来的风浸凉寒湿的，激得身上打了个颤儿，原来昏昏晕晕的脑子顿时清醒得眼亮心明。其时宫门已经启钥，但上早朝的还只和珅一个，孤零零站在石狮子旁，向东看，宫门里边灯廊纵横交织，宫阙楼亭侧影像窗上剪纸般贴在泛了鱼肚白的天空上，沿宫墙南北壁前也都悬着灯，下头钉子般侍立着善扑营的军校，一动不动的，颇似陵阙墓道上的石头翁仲。西边木石料场已经腾成一片广场，坦坦荡荡的空地上似乎有薄雾，远处的居民房舍看不清楚，倒是西北方向海子一带水色清亮，摇曳不定的波光里透着垂杨柳婀娜摆动的枝条，姿态风情绰约万端撩人游思……再向北是一片桃林，那是看不见的了，但正是桃花盛开怒放时候，浓郁的花香随着风一阵阵卷漫过来，清凉甜香十分宜人。和珅想着乾隆说他"不雅"，此刻景物心情要放纪昀身上十首诗也作出来了，偏自己就不能！他揉颊捏眉地搜索枯肠，发狠要作首诗，无奈这种事再勉强也不成，越想有越没有，憋了半日，终于失望地咽一口气，不再作此妄想，踱回轿前，对府里跟来的家人道："你们回去提醒着我，找一部曹寅编的《全唐诗》、李白的《蜀道难》、宋玉的《离骚》，还有诗韵的书我都要。"

家下人答应着，身后却传来一个人的笑声，和珅看时，却是刘墉下轿过来了。和珅看着他一笑，说道："今儿是你当值军机么？你笑我什么？我这几年只顾了读书，忘了学诗。想当个雅人，要从此做起来呢！"

"从此做个雅人！"刘墉越发笑不可遏，"不迟不迟！"刚要解说《全唐诗》里就有《蜀道难》，《离骚》是屈原创著，宫里一群人簇拥着透迤出来，总有三十多个，大的年可弱冠，小的只有七八岁，都是皇室近室宗亲黄带子阿哥，由毓庆宫师傅王尔烈带着送出来。宫里规矩不许喧哗，一个个小大人似的踢踏踢踏迈方步儿，一出西华门，这群阿哥炸了窝儿似的一阵轻声欢呼，喊哥哥叫弟弟，"二叔""三侄"浑招呼一气，约钓鱼的，请看戏的叫成一团，石狮子南边等着的老仆长随奶妈子丫头也都像地里冒出来似的拥过来，各寻各的主子，拉的扯的抱的亲的，哄着吃点心喝奶子的……什么顽皮样儿都有，西华门外顿时热闹得牛马市一般。和珅刘墉逼手侧身笑着，看这群开锁猴儿如鸟兽散，一齐向王尔烈拱手道："王师傅辛苦，这群爷真够难为你了！"

"二位大人来得早——其实爷们在里头蛮守规矩，不劳费心的。"王尔烈微笑道，"我在辽阳当过三家村先生，东家的萝卜白米吃过三年，那才叫头疼呢！学生顽皮，你打他两下，东家脸上就带出个'不然'来……"他看样子十分舒心顺意，一边说着，脸上都是开朗的笑容。和珅笑道："我没进过毓庆宫，这些爷犯过，王师傅也敢罚？""打我也敢，昨儿庄亲王的孙子就挨了我三戒尺，他和和亲王的孙子绵伦背不上书来，还争蝈蝈葫芦，绵伦才六岁，我这板子就下不去，罚他跪在宫外太阳地里背一个时辰的书。"刘墉听了只是笑，和珅却暗自咋舌：庄亲王还罢了，绵伦是乾隆嫡亲侄孙，每次见着，乾隆都要抱起来温存嬉逗的，他竟敢罚他的跪！王尔烈却全然不以为意，对和珅说道："毓庆宫工字殿东边洗墨池子冬天冻得崩裂了，孩子们把睡莲池子洗得满池子黑水。我去问内务府，说这月银子还没拨过来，再要钱要找你，这里刚好遇见——宫里书房能不能拨点常例，一个月三十两就够用了，给伴读太监掌握，有些零碎使用就不必那么麻烦了。""银子一到内务府，他就是个刁难，那个脸色，要点钱就似掘他祖坟似的！"刘墉笑道，"上回我见王孝去给宗学要钱，真似孙子见了爷似的，说声'忙'，半截话听不完抬脚就走。王孝气得脸上没有人颜色，搧掇着二十四爷世子过去，一耳光捆将去，'爷'就变了孙子，'忙'也不忙了，钱也有了。"

"宗学府那边有口号，'缺学钱，不困难，寻个阿哥打太监。一巴掌二百两，两巴掌四百钱。若想八百三巴掌，一掌一掌都翻番！'"王尔烈笑道："这里毓庆宫不同，都是皇阿哥黄带子阿哥，清华郁懋的身份，老师不能支使学生作养这种风气。"和珅道："王师傅，这事我今天就给你办下来。我准不让你为这些小事再来找我和珅。三十两太少了，还不够那起子黑心太监跑腿钱呢！我按月给你拨二百，你派太监去领，若不够，就时儿传话给他们说，就说我说的如数给，可好？内府谁敢在你跟前无礼，告诉我，我往死里揍他！"

他说得爽快干脆，温馨体贴里透着矜持自重，毫无卖弄做作模样，只如良友乍会执手言欢那份真挚热情，王尔烈只是颔首微笑。刘墉智珠在握的人，也不禁疑惑：总看他油滑取巧，其实怕未必尽然的呢！此时晨光彻透已经明亮，宫里小太监抬着马架子梯子挨个摘灯熄烛，王尔烈侧身站在石阶上，一眼看见王廉耸肩鹭步从里头出来，便笑道："二位是大忙人，皇上要叫进了。十五爷今儿在户部会议，昨晚让我查了几部书的节录，我也得赶紧去了。"和珅道："十五爷和八爷上回说到张照和高士奇的字。我得了张照手书的《岳阳楼记》，还有高士奇抄的《七发》，纪老夫子鉴定都是真品！我们不便呈送，回头送到府上，由王师傅代转如何？"王尔烈一笑，说道："你不便我就更不便了。这个他要照价付钱的，我可以代为转告。想买，他自然就派太监寻你了。"说罢一揖而去。刘墉见和珅咕哝了一句什么,问道:"你说什么?"

"这是正人君子……"和珅略带怅惘说道,"没什么……咱们进去吧。"二人遂跟着王廉直入隆宗门,见只有阿桂在军机处门口和几个章京说话,刘墉是进来当值的,便径进军机处。和珅便知于敏中还没到,见阿桂熬得眼圈黯青,寒暄几句,知道他也要去户部,也不再等于敏中,略说几句"留神身子骨"的套话,便进来见乾隆。

第十二回　　佞幸臣导游圆明园
　　　　　　聪察主防微紫禁城

　　乾隆刚从御花园回来，练一趟布库，射了箭垛子又打一套太极拳，显得很精神，喝一碗老山参汤又要来长白山葡萄酒吃了，由王仁侍候着更衣，换一身海蓝江绸棉袍，套着石青棉纱褂，也没有戴缎台冠，王仁仔细给他结了发辫，跪在地下灵巧地为他束着金镶松石线纽带。殿中一片静谧，听见和珅脚步声，报名请安声，乾隆才回过头，笑道："你先进来了？于敏中昨晚在军机处和阿桂忙了一夜，朕传旨让他睡一会儿，刚赏了两碗热奶子过去。就这里等他，一会儿他就进来的。"和珅心里微微泛了一股醋味，面无惭色嘻笑道："主上体恤臣下真是无微不至。其实一夜不睡，像敏中和奴才这年纪，不打紧的。奴才昨晚给盐道运使海关总督河督衙门写了十几封信，走了困头，又想着文采上头太差，又看诗韵，手忙脚乱的想俗务又想雅务，又想园子里多少事，乱麻纷纷的也没睡呢！"

　　乾隆笑着听了，便叫："赏和珅一碗奶子，以示公允！"这里太监笑嘻嘻答应着忙去张罗，见外头慈宁宫太监总管秦媚媚蹑着步儿进来，乾隆问道："老佛爷起来了么？你来得正好，我今儿要到圆明园，带他们几个办事大臣去。要迟一点给她老人家请安。老佛爷有什么吩咐？"

　　"没——没有。"秦媚媚一哈腰，干笑着抬头禀道，"万岁爷昨晚儿没过去，老佛爷惦记着，让奴才过来瞧瞧主子——主子气色好，老佛爷也就放心了……"和珅接奶子小口吃着，他看秦媚媚目光惶惑游移，有点像只受了惊的兔子似的，怔愣着脸强笑一说话一眨巴眼，觉得有点好笑。乾隆却不留心，一摆手道："你去吧！"秦媚媚怔怔了一下，想说什么又咽了回去，打了千儿又磕了头退了出去。

　　和珅端着半碗奶子，奇怪地看着秦媚媚退出去，回身一笑正要说话，乾隆却问道："各省督抚复奏李侍尧案子的奏议你看了没有？"和珅忙敛了笑容，放下碗正容回道："奴才只看了节略，正文还没来得及拜读。据臣所知，只有安徽巡抚闵鹗元主张宽免待死不予立决。他也是循依八议之例，但奴才没有看见原文。"

"朕已经看过他的奏牍。"乾隆道，"听你以前的意思，似乎也是主张从宽的？"

"是。"和珅跪直了身子，迎着乾隆的目光，"李侍尧不是惯犯，是偶然失足。八议也是祖宗家法里的成例。这都不紧要，紧要的是李侍尧确是能员干吏，绥靖治安缉拿盗贼没人比得上。留下来于朝廷有益，朝廷现在也正缺这样人才。"

乾隆不言声看了和珅一眼，沉默片刻说道："十万两贪污未遂，他有可诛之心，一次生日收三百两黄金，这也是可诛之行！"

"是，皇上说的是！"和珅低眉说道，"正为如此，改为斩监候，这才足以昭我皇上以宽为政的宗旨。刚刚杀了国泰、又黜落了纪昀，官场已有震慑，可以借此稍加安抚。李侍尧稍具人心，必定洗心革面努力巴结差使，前朝有郭琇榜样，本朝有卢焯榜样，也足见皇上以圣祖之法为法，圣祖之心为心。"

这真是透彻十分的见地，本就是和珅竭尽才智想仔细的话，可谓箭无虚发，处处都中了乾隆心意，又是一片公明正道。乾隆素知和珅于敏中与李侍尧有隙，见他发自至诚救李侍尧脱离死地，不禁感慨，熟视良久，叹道："你说的是真话。阿桂是有点避傅恒瓜田李下，刘墉是本无瓜葛。于敏中本就主张严惩，也说的是真话。你们肯这样事君，朕就高兴。"因见于敏中进来，"——你来了？和和珅且坐，正说李侍尧的事呢！"

"臣已经听见和珅的奏对。"于敏中和和珅并肩坐了杌子上，也不看和珅，只向乾隆一拱说道，"刑部如今断狱，有'救生不救死'这话，李侍尧不单贪婪，他在云南铜政司，擅杀铜矿工人，不申不报，三人举发一审定案，拖到衙门外就割头。跋扈凶残令人发指——是又一个钱度。闵鹗元不知是犯糊涂还是受了什么人调唆，巧言惑主自收仁慈之名，开脱李侍尧。究其心，与刑部冥顽颟顸老吏并无二致。"

　　他说"受人调唆"的话时睨了和珅一眼，和珅已经觉得，一直只是听，满脸挂着笑容呆望前方。乾隆主意已定，却也不想再驳于敏中的奏议，笑道："李侍尧有可杀的罪可恕的理，所以你和和珅都对。可杀可不杀的人，朕以宽为政，所以朕也没有错。我们要到园子里，还有一程子道儿要走呢，敏中有话，回来再奏如何？"话说到这分上，于敏中情知已给自己留足了体面，不宜再饶舌讨嫌的，忙俯首称是，说道："臣与李侍尧并没有过节，也不以杀他为快。'以宽为政'是皇上大政宗旨，宽免可以稳定官场浮动人心，这一层臣没有虑及。"乾隆笑着点点头没再说话。王廉几个太监便忙先退出去预备车驾。因乾隆不欲张扬，一行人径从神武门出去，逶迤向西赶来。

　　许久不出紫禁城了，一个冬天都团缩在宫禁里的乾隆来到城外，微带清凉的和风扑着轿帘卷进来，立时觉得浑身爽快精神一振。王廉见他偏着脸看外边，又见他摸杯子，知他口渴，忙取过银瓶倾水，把两边窗帘都挽了起来，笑道："紫禁城里头好，是好光景，这外头是好风景！主子您瞧，那桃花，多好，那杨柳，多好！那水，多好啊！真是太好了……"

　　乾隆微微摆手，止住了他再说"多好"。从轿帘子里向外看，右边是景山，犹如翠屏叠嶂，满眼新绿间繁花点缀艳色杂陈，左边是外城御河，岸边杨柳千丝万缕抚风摇曳，水中鹅鸭掌分碧波巡逡游弋，把对岸的宫阙楼亭红墙黄瓦划得一片淆乱不定。景山西北是一片开阔，在微微上下波动的轿中遥遥眺望，阳光映得一片片海子水色清亮，梨花已残桃红正炽、粉白黛绿娇艳不可方物，花香时淡时浓随风潜来，沁脾入腑般宜人。因见和珅于敏中骑着马并辔行在轿边，也都显得精神奕奕，心往神注地看周围景致，乾隆一笑，问道："和珅不是说过要'雅起来'么？眼前景致是什么形容儿？"

　　"啊，主子……"和珅不防乾隆隔轿窗和自己说话，怔了怔忙赔笑道，"一时哪里就雅了呢？奴才正在努力呢！嗯……山色与湖光共映，鸟语并花香同馨——皇上看成不？"乾隆笑道："这是套了《滕王阁序》的句子演出来的。"于敏中笑道："这也就难为和珅了。其实古今文章一大抄，看是抄得妙不妙。庾信'落花与翠盖齐飞，杨柳共青旗一色'也是说的春日景致，王勃'落霞秋水'也是从这里翻出来的。今日又有和珅，可算前后辉映了。"和珅笑道："敏公可真是无书不读！我哪里知道这许多？现成的鸟语花香湖光山色把过来应考而已。"乾隆道："诗词联语对景儿就好，庾信的诗清新，'落花翠盖'两句正是他的格调。"于敏中笑道："老杜《春日忆李白》诗中，有'白也诗无敌，飘然思不群。清新庾开府，俊逸鲍参军。'《容斋随笔》中记，有老兵听了议论说：'既是"无敌"，怎么比出庾鲍来？'又有人说'一个"清新"而不能"俊逸"，一个"俊逸"而不能"清新"。李白是又"清新"又"俊逸"，所以比出"无敌"来了'。和珅这句子，既不是阳春白雪，也不是下里巴人，亦俗亦雅不雅不俗，竟算得个'雅俗共赏'呢！"他说这些譬喻掌故和珅不能全懂，却也听出有揶揄的意思，他却绝不在这上头计较，笑着说道："纪昀有一回说王八耻，'亦男亦女不男不女'。这倒对上了，是太监调子。"乾隆听他二人斗口，只是微笑吃茶不语。

说笑间君臣一行已到西郊郊外。禁城西北这一带因修圆明园，都划进了禁苑之中，一路上并无平民杂居房舍，原来堆的一垛垛小山似的砖瓦木石料都已腾进园子西南新料场，拆得坦荡荡一片广袤平地，北望野天寥廓湖田相接，春风拂荡间麦田一碧无垠绿浪摇漾，极目处似乎有踏青游春的闲人，小孩子扯着风筝线撩脚儿奔跑，是一派田园牧歌景象，西边石壁依渠兀立，连绵向南绵延，竟是极目不能穷视。石壁每隔半里都有敞口，有的兵禁森严，有的来来往往人出人进，壁外开的新渠尚未竣工，渠底民工如蚁，打着赤膊翻运土石，渠顶每隔不远站着都有人来回巡弋，看样子是监工的了。石壁里侧早已植了竹树，茂密葱茏的树影间红楼白塔高阁长亭掩映隐现。远远望去峥嵘绲缊紫翠交辉，在阳光下蒸霞披霭壮观炫目——这就是万国之园，千古垂名的圆明园了。和珅除了军机事务，头份差使就是总督修建园子，这里的一切都了如指掌，见皇帝和于敏中都看得神注，在马上一手提鞭，一手遥遥指点："这边都是便门，现在运石运料方便，将来每座门驻一营兵关防园子——前头那双闸，将来要起一座九楹倒厦，全用长青藤编起'万寿无疆'长屏。这一带石壁上渠下沟，都要清水环流，石壁既是宫墙，也是渠基，壁上壁下栽种奇花异草灌溉也方便，这个便门出来，向东半里就是清梵寺，将来住进去，老佛爷、娘娘各位贵主儿主儿进香礼佛什么的，也就十分方便了。园子向西纵深三十里，那边已开的大门正对驿道，秋日去看西山红叶，到玉泉山也是驾轻就熟……"他口似悬河，一边随轿而行，口说手比，那里是万国驿馆，何处是九州清宴，那边是正大光明殿，这边是勤政亲贤殿，什么碧桐书院、慈云普护、杏花春馆、山高水长楼、天地一家春、四宜书屋、方壶胜境、澹宁居、道宁斋、素尚斋、韵琴斋、揖山亭、延赏亭、书峰室、爱翠楼、古韵轩、绿意廊、焙茶坞，此是白金汉宫，彼是克里姆林宫，那是罗马式，这是爱利舍……滔滔不绝指点道路。乾隆于敏中并数十名随扈太监宫女谙达嬷嬷随他颐指手划，看得目不暇接，听得五神迷乱，道路既已记得混茫不知纵横，名称也搅得懵懂难辨彼此……听和珅指说："……这座门进去就是沁香亭，亭南过香远室就是宝月楼，宝月楼西是清真寺，东边挨着杏花春馆，再向西过一道花坞叫'武陵春色'就到观云榭……"乾隆笑道："看样子再有一个时辰你也说不完了。既然这里离宝月楼近，何必一定走双闸正门？今日就看宝月楼就是了，这园子一天看不完的。"

"别说一天，一个月走马观花也看不完，细看细玩没有两年那也别指望。"和珅笑嘻嘻的，一回头，远远见像是秦媚媚从南迟疑着过来，愣了一下，秦媚媚已经走下了渠底看不见了，心下陡起狐疑，却又忙回头接着说道："……北面海子连海子，园子套着园子和圆明园浑成一体，方圆四百里！纪昀跟我说过，这是开天辟地古今中外第一园！"说着下马，于敏中也忙下来，命正在挑土施工的民工停下手中活计，太监们摆队打道，抬轿的太监单手举着轿杠穿越正在翻土的御沟，就近从便门进了园子。

园子里头正在施工，以入门甬道为界，南边竹树茂密楼亭相映，道路蜿蜒曲径通幽，北边却到处都是料堆灰坑，有的地方正刨地基，有的地方搭着脚手架在砌墙，灰浆泥水满地都是，几处民工住宿的芦棚，破烂溜丢地横摊在石灰池旁，远近施工的民工早已回避，都就地爬伏在脚手架下叩头，几乎看不见人影儿，看去甚是淆杂无章……因此，园子里头向北看去，远不及外头隔墙观赏的好。和珅见乾隆不住用眼看民工芦棚，他却不愿皇帝这时候"亲民"，笑道："这地方不能待，那边熬胶的锅支着，加上石灰、油漆气味，走近了熏得真难受——打这边，这边走……前头那就是沁香亭了……"他此刻又当向导又护持大轿，活似闹元宵走旱船的艄公佬儿前后左右忙个不了，伶俐脚步加着伶俐口齿在窗前指点介绍："那边就是道宁斋，一溜儿斋宫，过去是乐性斋、镜烟斋、书舫斋、素尚斋，斋东边就是香远室，南边老桧树遮的那个白圆顶房就是宝月楼了。"

他说得兴头，但乾隆已经顾不到顺他指划看景致了，但见到处浓绿油碧，或夹道蔽天，或花篱夹道，或虬枝古藤盘结，或红枫白杨漫路，间有小桥流水，一时又见疏朗，此坊过了彼榭来，眼神儿哪里看得及？听和珅说"这就是宝月楼了"这才回过神来，大轿已是稳稳落下。

宝月楼其实是一处离宫，占地也不甚大，约可四亩左右。乾隆下轿，由和珅于敏中前导绕宫观览，是个上亭下殿的规制，殿中分寝宫筵宫两大部，周匝配着膳房、茶房、药房、斋房、沐浴房依殿筑成浑然一体，上边亭顶却是个圆葫芦形儿，尖顶朝上，有点像北海白塔的样子，连亭柱、亭外楼轩栏杆，并地下墁地铺设的，俱都是汉白玉，冰雕雪砌般晶莹洁白。三个人从内旋梯拾级上楼，和珅轻轻跺跺楼面，说道："容主儿最爱洁净，所以这么设计。这下头施工时刨出了一处温泉，殿里地龙冬天不用柴炭，打开机簧闸门，热水从地龙里流过，满宫里暖得不用穿棉衣，沐浴室里的水也是温泉——可可地修这处宫，可可地就有这个泉，这可不是天意？是皇上和容贵主儿的福德！"这一带有温泉的，于敏中多次来看过，有的地方泉水能煮熟鸡蛋，听和珅如是说，他也只合跟着附和："圣天子福德通天百灵相助。"乾隆只微笑不语，在汉白玉栏前徘徊踱步凭栏眺望。

这是多么广袤壮丽的一个园子啊！北边还在修建，向南向西一望无际是树海花海，无数亭阁楼榭桥坊廊轩错落有致向前延伸，淹在"海"中。或峥嵘、或亭秀、或小巧、或巍峨，矗立在绿波中若隐若显，绰约婀娜各展姿色。罗马式的、凡尔赛式的、印度式的、土耳其式的各类建筑争奇斗巧，式样新奇得让人目幻心迷……乾隆尽自几次细看过图样儿，身临其境才晓得那种美奂美轮藻华清郁，如入具茨之山七圣皆迷的感觉什么丹青妙手也难以形容！他指着楼西问和珅："这就是清真寺么？"

"是！"和珅忙道，"是仿牛街清真寺建起来的。不过有老佛爷的佛堂比着，不能建得太大，只能容两百多人礼拜。里头用波斯文刻《古兰经》，正在贴金。"乾隆笑道："很好，想得周到。平日只有容贵妃宫里礼拜使用，有回教使者来朝，能容两百人也尽宽敞了。"

乾隆背着手在平台上绕亭蹀了两周，见于敏中和珅亦步亦趋跟着，转身环指四方，说道："当日这里原就是前明皇苑。他筑这园林为的放鹰狩猎斗鸡走狗玩乐儿。康熙爷建畅春园、圆明园为的抚夷柔远，朕是承康熙爷先帝爷遗愿，把各园合并重建，昭中华文明藻天下太平，足称万国冕旒朝圣仪方，且为母后晚年颐养胜地，这个宗旨里头是仁与孝，以道化夷抚民斯莫大焉，与圣祖世宗的本心一脉相承，并不为了享乐。你们要领会朕这般苦心。"

一阵春风拂荡而来，满园竹树花海摇漾生姿，乾隆的袍摆辫梢也轻轻撩起，临风倚楼而立，看去异常精神潇洒，真有点春风得意的意兴，用手漫指着，说道："国家熏灼鼎盛，库里钱积如山，朕若不办这些事，后世子孙想办，恐怕到时候力有不足。无用余财散到民间，也会聊补民用不足，成了生业滋养的本钱。近虑远谋相得益彰。这样的好事要办下去，子孙如果手里宽裕，也还该接着办下去……"他满面笑容说着缓缓移步下楼，于敏中和珅唯唯称是，也不及就腿捻绳儿奉迎，笑吟吟提着袍角紧随下来。王廉等太监一直在下头鹄立待命，忙着上来揽了乾隆上轿迤逦向南，过杏花春馆向西再南——打算从圆明园双闸正门出去回城了。

大约已经先期知道乾隆来巡视的缘故，一路行来根本见不到一个闲杂人，各个道路口都有善扑营和圆明园侍卫并守园太监三位一体立岗迎送，满园中鸟啭莺鸣树深苔凉甚是幽静，待过"武陵春坊"，不知怎的，前面瞧着人影幢幢熙攘言语的竟热闹起来。于敏中已走得脚腿酸软，听见前边有人声，手搭凉棚看了看，竟是一带青堂瓦舍，路也变了土道儿，房子也有几十上百间，两行夹街，居然是个乡村集镇模样，里头连茶肆饭店堂铺也都有，隐隐地还能听见"糖葫芦咧""油炸果子""热的馄饨"诸般叫卖声！和珅见于敏中一脸诧异用目光询问，笑着指点道："大观园里头有个稻香村。我们这大皇家苑子，不能没有风土民俗点缀——这里房子低，楼上看不见，这其实是仿了个农家小集，五行八作三十六坊，太监当垆宫女卖酒，皇上政务疲累了来这里走一遭，可以散心，也权当'亲民'了。就好比大鱼大肉惯了，换一盘山野小菜也蛮新鲜的。"

他们说话，乾隆在轿中已经听见，挑起窗帘向前看，果然已到了一带乡里小市集面上，街口牛马驴骡柴炭粮米小车都有，里边街上土路洒扫得洁净，打扮成村姑的宫女、担夫、贩夫跑堂的、账房先生各色人一概都有。老远听得叽叽咯咯的笑声传近了，觑着眼看，是宗室近支儿的皇孙、阿哥、公主格格都有。乾隆这才知道：毓庆宫的学生们下课还有这么一个去处。看见皇帝的八人明黄大轿抬来，这里的人也不跪拜行礼，照旧吃喝叫卖，乾隆不禁一个莞尔，却觉得内逼上来，要小解的意思，眼见女儿十公主带一群丫头看着店铺过来，忙放下窗帘，用脚顿了顿，抬轿的太监们"噢"地长声吆呼一声落了下来。这一来"街"上的太监宫女阿哥格格们都愣了——原说皇帝在此不逗留的，现在下轿，行礼不行礼？"戏"还演不演了？都扎煞着手看和珅于敏中。这二大臣也愣住了。

但乾隆却不下轿。屎尿这种事，不想也还好，愈是想急愈来得快憋得紧，他早晨喝参汤喝奶子喝葡萄酒，上轿又不住喝茶，在宝月楼已经"有了"，人多碍眼不便，想到双闸处侍卫用的东厕里放水，此刻却觉得忍不下了。但这里是"街上"，看不见哪里有东厕，就算有，下头男女儿孙太监宫女满街都是，下轿匆忙一件事——张皇寻茅房，这"九五"之尊也太"那个"了，王廉侍立在旁，见他脸色已知八九，却哪里敢多话？

眼见人渐渐越围越多，大轿"蹲"在当街不动，于敏中问了几声，乾隆不吭声，王廉如何敢言语？和珅起初也发愣：这种地方不明不白地停轿不下轿，问话不答话是什么缘故？他枯起眉头看看放下的轿窗帘，舌头顶着腮帮子寻思前后，心里一闪已经明白——左右看看，不吱声到临街一家杂货铺，目光巡逡着朝货架上一指，对"老板"说道："把那个雕花坛子给我，记账！"

　　"老板"也是太监，正傻着眼隔门面看乾隆大轿，见和珅说话忙回身小心搬下来，赔笑道："这是高丽国腌菜用的玩意儿，爷您竟相中了？——记什么账呢，算小人巴结了！"还要用鸡毛掸了掸那坛子，口里啰里啰嗦"我用纸包裹扎好，回头送到府上——"他话没说完，和珅已急得隔柜夹手抱过坛子，又丢了句："记账！"不紧不慢踅回轿前，一手挑帘一手托着坛子送进去，小声道："主子方便……"笑嘻嘻退出身子来……

　　乾隆已是憋得脸色铁青，小心翼翼放了水才浑身通泰回过颜色，一笑对王廉说道："人言水火无情真真不假，好生学着点侍候差使！——这个和珅是朕肚里的虫！"他轻咳一声，众目睽睽中微笑着下了轿。

　　一群人巴巴地看轿，心里都是一片狐疑，怎么送进去个坛子人就出来了？但此时不及细想，见于敏中和珅跪，也就一片乱哄哄下跪。乾隆见满街店肆都掩在浓绿的青纱帐中，酷肖江北偏僻乡间小镇，轿中晃得昏头涨脑的，踏在潮润的泥土地上另有一分舒心快意，两臂张开拢着，对一群皇子皇孙笑道："世法平等么！和珅安排这么个地方儿，就是让人暂忘礼法拘束的。这么一闹就无趣了——起来，都起来！大家随意逛街！"

　　于是众人纷纷说笑起身。这里头十公主是颙字一代最小的。只可在七八岁年纪，活泼天真秀朗可爱，小手拍打了膝上泥土，脆声笑道："阿玛，这村子原来是和珅建的？真好玩儿！我来了几回了呢！——您方才在轿里做么呀？我还以为您不下轿了呢！"说着，一头拱进乾隆怀里撒娇儿，指着街西说道，"那边有卖蝈蝈葫芦儿的，指甲红的！里头有过冬蝈蝈，只要一两半银子……我的嬷嬷们都没带钱……您给我买一个，还有孙悟空斗铁扇公主泥人儿，也便宜的……"

　　"一个蝈蝈葫芦一两半，还说便宜？"乾隆被她牵着手走，笑道，"那是五斗白米，一个穷人三个月的口粮！——以后不许'和珅和珅'的混叫，忘了太后跟你说的话啦？你不带钱，难道我是带钱的人？"十公主晃着乾隆手不放："阿玛阿玛，不么不么……您给我买，您给我买么……"于敏中和珅在旁看十格格揉搓乾隆，一老一小斗趣儿，都笑。于敏中笑道："皇上还要回大内，我跟他们说，先欠着他们的，这叫赊账……"乾隆指着和珅道:"他日后是你阿公。要钱要东西,找他……"和珅忙道:"奴才当得巴结……上回格格说要个九梁十八栋七十二条脊的鹦鹉笼子,奴才用金丝编了一个,也用竹丝儿编了一个,都好着呢!您要什么,奴才给您买什么……"

乾隆因见武陵村东一带双闸堤石色旧暗,上头苔藓满布老葛缠藤,知道是原来的旧制,因指着问道:"这水是流进昆明湖的么?"和珅哄住了十格格不再闹,忙笑着应道:"是!原来湖里有趵突泉,这十几年淤塞了,引了上头海子的泉水注进去,可这泉又喷水。为防漫了堤,湖下游又疏通了金水河,也加修了闸。双闸向南有一百多顷稻田,这么一整治,灌溉也就不愁了。"乾隆还要问,一瞥眼见秦媚媚在街东头,点着名儿招手叫过来,问道:"你也来了?有什么事?好像在宝月楼那边也见你来着!"

"啊,皇上……是……这个那个……"秦媚媚似乎有点狼狈,舌头也打结儿,磕了几个头才灵性过来,说道:"是老佛爷打发奴才过来的,说跟着主子转转园子,有——嗯,这个——有新鲜玩意回去跟她老人家学说学说,嗯呐!"

乾隆原本不在意的,听了这话倒觉得不对,哂笑一下说道:"你这话蹊跷了。你什么时候不能转园子?偏要跟着朕,似个没主幽魂似的!你说实话,只怕好些!"

"奴才几个脑袋瓜子敢欺主!"秦媚媚已吓得通身冒汗,捣蒜价磕头道,"上头有老佛爷娘娘在……主子一问就知道了,真的就是这些话儿……"

平白的冒出这档子事儿,那群顽童阿哥们倒觉稀罕的,都又围了过来,有的呆着眼傻看,有的猴着虾倒腰看他脸色,叫着:"皇上,他心里有鬼,脸都是灰的!"有的指着外头堤上:"他是个奸细——方才在堤上贼眉鼠眼溜溜地瞧,盯皇上的梢儿……""我早瞧他不是个好东西,敢情的,真的是个贼……"……一片声嘈嘈扰嚷不休。和珅早已想定他是盯梢,却一时想不透其中原由,也不敢乱说话,只道:"爷们,没你们的事儿——还玩儿去,啊?我请客,绵清哥儿带爷们那边馆子里,回头找刘全凭条子给钱!唉,好,好……去吧,去吧……"满脸堆笑送走这群爷，瞟一眼于敏中，于敏中却在看乾隆的轿，满面的坦然之容。

"你是越说越走了黄腔儿。"乾隆冷笑一声道，"朕问你，你倒要朕去问老佛爷！一向看你本分，有功没功赏赍都是头一分子，你却和朕掉花枪！"

"不敢不敢……是真的……啊——不是——是——嘻……"他"啪"地扇自己一个耳光，左颊上立时涨出五个指印来，"……我娘做我没点灯，真是笨死了，这点子事儿说不清楚！"

跟着御轿的太监嬷嬷宫女也有几十号人，见这位平日颐指气使的大总管这般狼狈，都不禁抿口儿笑。那秦媚媚却口齿伶俐起来，躬着头道："是夜来的事，老佛爷和娘娘说起来。不知谁传的话，说什么糟蹋回福什么的，说主子身子骨儿要紧，怕这园子里也有回福，叫奴才来瞧着。回主子，究竟啥子叫个'回福'，奴才也不知道，也不敢问——您素来也知道奴才，一步道儿不敢多走，一句多话也不敢问的……"

乾隆听到一半已经呆了，又羞又恼又奇怪：昨天晚上的事今天早晨太后就知道了，而且派人盯着自己别"糟蹋身子"！当着这许多人，这个糊涂太监一口一个"糟蹋回福"，再厚的脸皮也有些挂不住——是哪个贱人在背后嚼舌头的？他看看和珅，是一脸呆笑，于敏中也木然不语，周围太监一个个觳觫屏营噤若寒蝉，似乎也不像太后"耳报神"的模样。再看四周景致，远处花里胡哨，近处俗不可耐，已是索然无味。他茫无目的地踱了两步，朝秦媚媚兜屁股踢了一脚骂道："混账行子！起来带朕去慈宁宫！"

来时兴致勃勃，归去满腹鬼胎，乾隆一路轿窗帘子遮得严严的，再也没掀动一下。抬轿的太监知道他心烦，谁敢怠慢？走得一溜风似的。从来的人有的骑马有的坐骡车驮轿，只苦了秦媚媚，步行还得前头"带着"，他也是养尊处优惯了的，待到慈宁宫外，已经汗湿重衣，两条腿都木了，筋斗流水跑进去禀报去了。乾隆阴沉着脸下来，对于敏中和珅道："你们也乏了，明日递牌子再进来——你们，谁要活够了，今日的事就往外说！"他横着眼扫视众人一眼，众人顿时都被他扫矮了半截——乾隆已经去了。

慈宁宫里不像乾隆想的气氛那么滞重尴尬，秦媚媚似乎还没来得及向太后回园子里的事，干笑着哈腰站在大炕前，正给太后拧热毛巾。皇后偏身坐在炕沿，用小匙调弄着奶子碗里的糖。钮祜禄氏、陈佳氏、汪氏、魏佳氏也都在，含笑提着手帕子侍立在侧，和卓氏则怀中抱着一只波斯猫坐在杌子上，把一顶极小的绣花掐金线小帽儿丝绦向猫项上缚，定安太妃坐在太后对面，正长篇大论说古记儿："……这猎户带了母雁回去，就要宰杀。她娘在炕上，说：'儿呀，你听听外头，是那只公雁，叫得人心里凄惶！昨夜儿梦见观世音娘娘来说，你这眼瞎，是你儿杀业的报。要他还再杀生，来世连他也是瞎子！可怜见的它虽是扁毛畜牲，到底也有灵有性儿的，放它一条生路吧……'这猎户生性虽说狠，却是个孝子，就地放了屠刀，饶了那母雁去了。谁知第二日，这一公一母雁又飞回来，还有几只小雁，绕屋旋着叫。猎户开门出来，那公雁落地儿，曲着脖儿吐出二两重一块金子在地下，招呼着小雁飞走了……"

她正说着，一眼见乾隆进来，便住了口。众人原都听她说话，一怔间忙都跪了下去，只有那拉皇后款款起身相迎。容妃离座跪下，那只波斯猫"妙呜"一叫跳出去，戴着那顶小帽地下炕上乱窜，太后一笑，众人也都跟着笑了。太后这才道："皇帝来了？这边桌子边儿坐了说话。"乾隆心知这群人都是来宽慰太后的，不自然地一笑坐了，说道："母亲好！儿子今儿去了园子里，看宝月楼——"见太后伸手要那只猫，就近儿一把捉了捧过去，笑着把园子里景致大略形容一遍，又道，"和珅还是能会干事，儿子原先只看图样儿，这回进去，连道儿都分不出来了。"

"我知道和珅能干，得你的意儿。"太后用手抚着猫身上光滑的皮毛，那把戏被她抚得受用，呼噜噜念经儿，一边抚一边说，"把十公主指给丰绅殷德，一是慰他的忠心，二是成了亲家，更一势的了——你别忙，听我说完——他就再伶俐，到底是个女人转世过来。我愈看他愈像的了！治国如同治家，大事还要托靠男人，转世也是一个理儿，只顾讨你的好儿要你欢喜，我就怕出些子歪道儿，你一世英明，外头好名声，自家身子比什么都当紧的。"

和珅是锦霞转世，在乾隆本是一种心意念头，如此存案而已，太后却认真得煞有介事，当成正经军国大务叮嘱起来！这么着一联想，昨天挑选女人的事自然更让太后警惕。加上有人从中撺掇邪火，就有了派人盯梢的事。乾隆又是好笑又觉好气，忙赔笑道："老佛爷虑得太深了。转世轮回的事虚妄飘渺，哪能作得准的？就算他真是女人转世，这辈子现已经是男人，难道还把上辈子的事挂到这辈子上计较？"

"作得准！"见乾隆不以为然，太后更加庄重认真，竟轻轻拍了一下那猫，皱眉对众人道，"我说皇帝未必信这个，你们还说他是居士！我的儿，告诉你一句话，女人做事待人比男人认真得多！几辈子也不会撒开手的！我拢着他也防着他，并不为是我杀了锦霞，我还有几天阳寿的？你的大事我从来不管，冷眼瞧着傅恒尹继善纪昀李侍尧都是正经人，死的死黜的黜，虽说未必是有人作祟，作养几十年的人才说声完，就不中用了，不该提个醒儿？就是你每常说的防——防什么来着？"她用眼看定安太妃，太妃却不敢接这个茬，又看皇后，那拉氏低声道："防微杜渐……"乾隆便认定是皇后在背后掇弄，心里的火一烘一蹿的，低头忍着，笑道："母亲教训的是，儿子都记住了。现在军机处阿桂为首，刘墉于敏中也是正人，和珅佻脱自喜，大事不糊涂，理财是把好手。纪昀李侍尧有过惩罚，也是按祖宗家法办的，将来还要用。儿子有一条，誓不当唐玄宗，时时警惕，断不敢伤圣母的心的……"

太后听了含笑点头。她眼神已经不济事，乾隆又是低头说话，假如她能看到乾隆愠怒的神色和漾射的怒火，她也会打个寒颤的，当下说道："圣祖爷在时就说过你比他福大，还特意到雍和宫看我的相，生你的时候满宫都是异香红光，几个老丫头现在进来磕头还说这些事。我老了，眼瞧着你功名事业治理天下比圣祖世宗都好，我欢喜着呢！就是和珅我也不厌弃，太平日久了小心些儿，所以白嘱咐几句。这和人家过日子一样，一个身子结实，一个平安无事，比什么宝贝都贵重呢——我已经盼咐了这宫里，还有六宫都太监，从今个起，你住乾清宫也好，养心殿也罢，翻谁的牌子谁去。早晨到起来时，我派人去唤你。你如今这位分名声儿，给后世子孙立个榜样。你立起来，后世就成了祖宗家法，你说是不是呢？"

乾隆情知母亲还是不肯放过，不知是谁变出这法子拘囿自己，翻谁牌子招谁，额外偷情那就休想，偶尔早晨睡个回笼觉，窗外就有人代太后叫起——这要多烦人有多烦人！但清室家法，皇帝不怕后妃怕母后，祖传养成习惯从不敢违拗的。想想自己立个"家法"给儿孙，也是一分子光鲜体面，尽自心里别扭，顺从慈孝惯了的，如何说得出"不"字？因咽了一口唾液，说道："母亲这是疼儿子，儿子敢不从命么！儿子当得立这个'榜样'儿。况且儿子自幼早起惯了的，这个不难。您只管放心。"他顿了顿，又道，"儿子这就招大太监们，一来传母亲懿旨，二来宫禁门户也要严谨严谨。前一程子只顾了外头大事，内苑宫务都松弛了。"

"你到底是个明白人。"太后一点也没留心乾隆眼中阴寒的波光，笑道，"齐家才能治国平天下嘛！你招他们，这宫里就是秦媚媚去，也传我的懿旨，也听你的训。"跟着进来的王廉见乾隆看自己，忙一溜烟跑出去传旨了。

⋯⋯⋯⋯⋯⋯

乾隆自从即位，专门召集太监训旨，还是头一回。不但他，就是康熙雍正下来百年有余，也没听说过这种事。王廉传旨，原说去养心殿，待人到齐，又说去乾清宫，接着又改了主意，移到坤宁宫，如此郑重其事，弄得一干老公儿们心中都揣了兔子，惶惶的不知出了什么大事。只有秦媚媚王廉心里有数，知道这主儿心中五味不和恼着，奋着头绷着脸，像个罪人似的带看一干太监——都是有六品职衔的蓝翎子——鱼贯进了坤宁宫。又过了少半顿时辰，才听跟驾的高云从喊道："皇上驾到！"

"皇上吉祥，奴才们给皇上叩安！"

殿中几十个总管太监一齐请安打千儿下去。这都是磕头请安行礼的积年老手，动作固是齐整划一，嗓门儿也差不离儿，都是一色的公鸭嗓子。乾隆还从来没听过这大一群"公鸭"齐声都叫，怪里怪气的，差点要笑出来，轻咳一声又板起了面孔，步履从容，直登殿中须弥座，却不就坐，命秦媚媚："宣老佛爷懿旨！"

"奉圣母太后老佛爷懿旨。"秦媚媚怯生生侧身站在须弥座台下，看着太监觑着乾隆说道，"如今圆明园已经成了模样，往后春夏秋三季儿皇帝都要过去理政。紫禁城、园子两头宫禁关防都要整肃些子才好。太监都是阴微卑贱小人，局面既然大了，侍候差使的人多了，难保没有防护不周的事。事关国典家法天家尊严体面的事，不能不防微杜渐些个。皇帝起居一举一动事关国体，更要本规矩侍奉差使。自今而始，皇帝寝居移住乾清宫养心殿，除皇后外，所有妃嫔媵御召幸，一律进皇帝行在侍候。太监是皇宫家奴，一不许导引阿哥荒疏学业，二不许交通外间王公大臣，三不许议论传言皇室内闱的事，也为谨防前头明朝刘瑾魏忠贤干预朝政祸乱天下，祖宗家法上头写的明白。圣祖仁皇帝、世宗宪皇帝铁牌子竖着呢！谁敢犯这律条，佛门虽然慈悲，不度无缘之人，我也说不得一个'饶'字儿。你们听好了，皇帝自然恩赏。不的，杀你时甭后悔！"

第十三回　　理宫务皇帝振乾纲
　　　　　　　清君侧敏中遭黜贬

　　这都是太后方才叮嘱秦媚媚的话，其中偶有文言，也都是载在圣祖宫训里的言语，外人听着有点别扭，但太监们却都觉得满顺溜。待秦媚媚说完，众人一齐叩头道："奴才们遵懿旨！"秦媚媚自己也就跪了。

　　乾隆站着"恭聆慈训"了，径自就座，大殿中顿时一片寂静，微闻他衣裳窸窣端杯啜茶的声息。许久，乾隆才放下杯，也不叫起，说道："昨日，福彭郡王进来述职，说是不见了王耻。王耻去哪里呢？在黑龙江给披甲人为奴。他已经疯了，疯得认不出人了。还有王义、王信、王廉、王礼他们，是在长白山老林子里头监管炮制人参，见了内务府的人，苦苦哀求'赏件老棉袄搪寒'。冰天雪地里头侍候差使，前头毕竟跟过朕的人，因此有旨，每人赏一件老羊皮袍，伙食上头高粱米饭管饱。"

　　仿佛一阵冷彻骨髓的风突然袭来，所有的太监都打心底里一阵颤栗。他点的这五个人，都是红透紫禁城的近身内侍，太监们欣羡媚迎的位分，一夜之间消失得无影无踪。传言说"出差"去了。原来是这么一份差使！

　　"他们现在依旧是奴才，当初也是奴才。奴才和奴才里头也是三六九等！"乾隆的话轻松得像茶馆里头和茶房说话，"为甚的这边锦衣玉食，沦落到那般地步？不为丢杯打盏，不小心失落了靴拔子。朕以仁治天下，从不为小事轻忽人命——他们犯了祖宗家法，导引主子为非，传谣造谣给主子脸上抹黑！"他一手据案，一手扶着椅把手，凶狠的目光扫视着殿宇，"现在有没有这样的人呢？"

　　他顿住了。在可怕的死寂中，人们都觉得头皮一乍一乍，伏在地下平滑的金砖上竖着耳朵，瞪着惊恐的眼睛听乾隆"训诲"。

"太后的懿旨里说得明白——难保没有！"乾隆言词倏地变得异常犀利，"什么叫国家？朕即是国家！什么叫社稷？朕即是社稷！朕代天承命抚有九州万方，亿兆生灵养息人民安居涂炭，皆系于朕之一念。因此，与朕过不去，就是与国家社稷过不去，与天下生民过不去！谁敢在宫中作祟，那就是离间我骨肉，拆散我亲情，破坏我孝道——我就剥你的皮！"他咬着牙，目视殿顶藻井格格一笑，"剥生人之皮，是明朝太监作俑发明，朕这是以其人之道还治其人之身。太监祸国史鉴斑斑可考，朕岂敢不畏先贤之言？"

他随意拍了一下桌子，所有的人头都又低伏了一下。

"不要学赵高王振刘瑾魏忠贤这些东西。太监里头也有好东西，替主受罪的，代主从死的，忠诚办事的都有，明永乐三宝太监郑和那样的也算好东西——回头让内务府的人请王尔烈师傅给你们讲讲掌故。"他涨红着脸，却放缓了口气，"不是朕心狠。朕蚂蚁都不肯轻易踩死，却不肯轻纵太监，就为你们就在天下机枢密弥核心当差，又是残陋微贱之人，'防微杜渐'四字时时不能忘怀。"他一脸阴笑站起身来，说道，"朕就是这些话。秦媚媚王廉王仁留下——其余的都滚回去听候整顿！"

这些"东西"们一个个魂不附体，战战兢兢退出去了。留下的秦媚媚等三人，有点像刚刚捉进笼子里的鸟儿，在地下跪着，惶恐不安地蠕动着，规避着那御座，像是那威灵赫赫的宝座里安着什么可怕的机关，随时都会喷出什么火焰把人灼成焦炭。在难耐的恐怖岑寂中，乾隆说话了，却不是他们想象的雷霆之怒，语气已经温和得像待外臣一样。

"六宫都太监副都太监都老了，精神身子都济不来了。"乾隆说道，"免了他们呢？他们是侍候过先帝的人，也还有些威望。所以，朕想，你们三人都晋位副都太监。"

三个人谁也没想到头一道纶旨是升位。哆嗦了一下，惊诧地抬头看了一眼，忙又俯身谢恩。乾隆不易觉察地一笑，又道："你们有难处，朕知道——这宫里大小人物，别说答应、常在这些低等妃嫔，就是体面些的嬷嬷丫头什么女官之类，抬起脚来也比你们头高些——但事情有规矩分寸，有个根本之理，就是要忠君。一代一代主子你们都要忠。有了忠才有敬有诚，这就是'礼'，'克己复礼为仁'……"他突然觉得不必跟"东西"们说这么些大道理，口锋一转，"总而言之，心中惟知有君，朕就事事容得，有小过错也忍得了。你们明白？"

"奴才明白！"

"谁把昨天的事捅给老佛爷的？"

"……"

"嗯？"

……一阵死寂。

在无比强大的威压下，三个人迫得连气也透不出来，只是浑身簌簌发抖。

"秦媚媚先说。"乾隆冷冷说道。用手蘸着凉茶在桌上随手划着等他回话。

"奴才……奴才……"

"你这么怕的？"乾隆冷笑道，"你不说也罢，你去吧。不要你说了——自然有人说的。"

秦媚媚磕了一个头，撑了撑臂，似乎想起来，又觉得不对，忙又磕头，嗫嚅着道："方才主子训诲以'忠君'为本，主子恩重如山的，奴才怎么敢欺瞒？实在的这里头弯弯绕绕的，奴才也瞧不明白。昨个后晌太后还好好的，说今个儿是斋戒日，要召二十四福晋、五福晋进来静修。昨晚召她们进来，说着话，皇后娘娘也来了，太后赶了奴才们出去，她们里头说的什么奴才不敢偷听。只中间进去沏茶，听二十四福晋说：'老佛爷别为这事着急，有些事我们里头人再弄不明白的，消消停停地趁空儿和万岁爷说。这不是了不得的大事。'奴才沏完茶就退出来了……"

"是乌雅氏？"乾隆怔了一下，诧异道，"她在家守丧，怎么会知道和珅'选人'的事？"心里思量着觉得不对，乌雅氏本人就和自己有一脚，她怎么敢吃这份干醋？想着便目视王廉，王廉却是十分干脆，磕了个头坦然说道："奴才原来也是懵懂。秦媚媚这一说，也就醒了。昨儿万岁爷赏东西，二十四爷府、五爷府都是高云从去的，当时和大人正在午门外头。我还问高云从，怎么不走东华门，倒要出太和门？高云从笑笑，不言声去了。"这一说，秦媚媚又想起来，在旁说道："奴才也知道的，奴才去斋戒宫那边传懿旨，送老佛爷的《金刚经》。撞上高云从打永巷子里头出来，他说刚刚见过主子娘娘。皇上赏两个寡妇福晋每人五十两金子，娘娘赏的是大哆啰呢绒尺头。东西重，要奴才叫两个人帮他搬，奴才那阵子也忙，让他自己叫，就去了。"王仁也道："准定是姓高的，他嫂子是五爷府的奶妈子，他妹子喇叭花儿侍候娘娘更衣上的得意丫头，他妈他姐原都是十六王府针线上人，他舅先就是跟二十四爷的管家头儿！这人不哼不哈的，其实脑袋瓜子又灵又尖，我们背后都叫他'金刚钻儿'！"

三人异口同声指定了高云从，乾隆倒起了疑心，高云从在养心殿原是个二等太监，闷葫芦儿似的只是勤快办差，莫不成看着他要上台面儿，招了他们的妒？想着，笑道："你们说的只是猜测，不叫证据。高云从只是个打杂的太监，他未必那么大胆子。"

"皇上，"王廉苦着脸道，"这种事奴才们不敢胡说的，高云从不是个胆小人，他偷看您的书，还到四库书房问过万岁爷借的书单子，他一个太监问这个干么事儿呢？"王仁道："不但看书，还看折子呢！有回我进暖阁子里，他正用湿布抹炕席，一手抹着，一手指头挑着看您刚批过的折子，见我进来忙丢开手。后来说闲话，他还问，是不是刘大人从山东寄来的，怎门厚的？我说寄来的又怎样，山东来的无非是国泰于易简的，于大人才结记呢！与你鸡——鸡巴的相干。万岁爷最忌讳太监偷看折子！再说你，弄污了折子，算你的算我的？他笑着说，都是没鸡——那个玩意的人，谁操这份淡（蛋）心？请局子搓雀儿牌的把事儿混过去了——"他看着乾隆发怔，磕头住了口。

居然事涉于敏中！再没有这样让乾隆震惊的了。于太监而言，他岂止忌讳他们"嚼老婆舌头"搬弄是非传言宫闱秘闻，结帮儿弄伙依附后妃挑三窝四起哄闹家务，离间天家骨肉亲情而已？交通王公、勾结大臣、窥探军国要务……这些事更是犯了顺康雍三代令主的铁牌禁令！是他们结伙陷害和珅？还是与和珅通连设局坑陷于敏中？抑或于敏中果真外头道貌岸然，有这样鼠窃狗盗之行？……一霎时乾隆心中动了无数念头，他的脸色已变得又青又黯，鬼火一样的光波隐在眼睑后粼粼闪烁，绷着嘴阴沉地笑着，从齿缝里挤出几个字："传高云从进来！"

……高云从是满脸庄肃趋进来的，但他心中却满都是欢喜：大约"整肃"宫禁三个人不够用，又招了自己来的？待到叩头请安了，听不到一点回声，他陡地觉得一阵寒意袭来，心里一紧提起了警觉，一头打着主意猜测，一头等问话。

"高云从，"许久，乾隆才问话，他的声音有点闷，因为殿宇空阔，略为带着空洞里的回音，"你一个月是多少银子的月例？"

大家都不防乾隆张口问这个，都一下子抬起头来，高云从怔怔回道："回主子，十二两。"

"吃喝穿戴另是宫中的吧？"

"是。"

"每次出去传旨，大约接旨大臣另有赏赐？"

"回主子，这事不一等的。喜事丧事赏赉都有赏银，大喜事赏的就多，大官有差使的黄带子宗亲赏得多。寻常传见派差的旨意，也就赏个茶钱。赏不赏赏多赏少，全凭接旨人心意。奴才不敢不识抬举，也不敢伸手计较的。"

乾隆"唔"了一声，问道："于敏中是不是赏你的多些？不然，你为什么替他钻刺打探、窥视密折、索看书目、传造谣言、离间朕母子亲情？嗯?!"

仿佛一个晴空霹雷裂石穿云劈空直下，接着一个接一个的闪电轰鸣毫不含糊一下又一下地击落下来，高云从猝不及防间哪里受得？起先还身上颤震抽搐了一下，接着眼一黑，又趴伏下去，心中已是混茫一片纷纷乱麻一般，半昏半醒间连他自己也不知回了句什么话。

"没有？"乾隆轻轻冷笑一声，站起身来，脚步橐橐踱了半圈，轻蔑地看了看四个惊得面如土色的太监，他的声音变得暗哑，淡淡无味的透着一份彻骨的绝情无义："你讲实话，朕可以给你开一线生路。你在朕眼里算什么？爬到御案上的蚂蚁，随手一捻你就变成——齑粉！王仁，王仁！"

"啊？啊！主子！奴才唬得走了真魂……"

"你把魂给我招回来，去叫刘墉进来，就说告知慎行司，会同刑部问大逆案子——"他又对高云从道，"你现在说还来得及。"

高云从已经浑身木得不知痛痒，幸而神志尚不全然昏瞀，浑身抖得一团磕着头，结结巴巴语不成声说道："别介……求主子别……奴才说……只是事情太大，怕主子不信……再说……再说……"一边说，一边瘟头瘟脑苦着脸看王廉王仁。

"你们出去，到照壁那边看着人！"乾隆叼声恶气喝命。待王廉二人跌跌撞撞出去，才道："你说！"

"主子超生……"高云从仍旧惊惶得像只看见狼的兔子，呼哧呼哧喘息着道，"于敏中大人原在光禄寺时，管着给各王爷远近宗室勋戚大臣分发年俸，奴才的娘、姐、妹子、兄弟舅舅姑奶奶、姨家表妹如今在宫里宫外王爷家当差，都是他荐出去的，原也是看奴才家里穷，常到他那里传旨，打秋风周济赏赐得厚些，奴才心里真的是感激。那时候儿没忌讳，就认了于太太干妈，有时也叫声干爹，他也葫芦应了。""干爹？"乾隆一哂，说道，"你接着说。"高云从镇定了些："于大人是善人，照应的不单是我，也不单是太监，遇着有难处的不但怜恤周济，也往别的大臣身边荐用差使，他自己家人倒一个也不往外推荐。其实我就不看折子，不看主子的书目，也会有别人帮他的……"

乾隆听着心中暗惊，这位"道学"军机处世之险、谋事之深、虑事周详真是前所未有，不动声色有意无意栽培，竟是党羽布满各家勋贵之中！想到他扳倒纪昀李侍尧，手段隐秘得自己毫无知觉，又思及他眼看着于易简遭难袖手不理，其心之忍亦是罕见，若是他操纵人左右太后掣肘钳制自己，真的是"其来也渐其入也深"……他竟不自禁打了个寒颤，忙收神道："他怎么跟你交代，让你偷看折子，又让你报说朕看的书目？说说看！照你这么说，有人到太后那里告说回妇的事，也是他的主意了？是不是借这件事要整海兰察，再扳倒阿桂和珅？"

"主子主子！"高云从膝行两步，伸着手像要哀求什么，又垂了下来，无可奈何地说道："于大人心里怎么想，奴才不知道，也不敢问——五爷活着时跟皇后说过'这人不能大用，出去当个巡抚是好的'，皇后还抢白五爷，说'你能大用最好，只是身子骨儿也要强壮些儿才好'，叔嫂两个还闹了个满拧。昨儿的事是皇后不知听谁说的，叫我跟太后回。我说我不是慈宁宫的人，太后皇上亲母子俩，这事决计办不得。出来遇上于大人，于大人也说回不得，叫我去午门外头看看是真是假再说。于易简的案子出来，于敏中心里很不踏实，他没说让奴才偷看，只说做人真不容易，有时候钻了人圈套还蒙在鼓里，叫我留心皇上怎么说于易简，牵连他的话更要留神。可皇上一直没说什么，奴才觉得没法见于大人，所以才偷看了朱批……"他说着，不知触了什么伤情事，已是两泡儿眼泪，举掌左右开弓，"啪，啪"连着两记耳光，叩头道，"奴才受皇上的恩，犯了皇上的法度，受了人家的惠，一门老小都捏在人手里。奴才自己是不说了，上头老娘七十多岁了，守寡守了三十多年，灯油似的都熬干了……就是皇上方才说的，不论谁来捻，奴才一家子没声息都得成了'齑粉'，只求皇上念在奴才不算坏透了良心有意做坏事，不得已……上的心，只杀奴才一个，别……别……"说罢稽颡叩头，缩在地下哭得泪湿地面。

乾隆听着怒火一阵阵从丹田里往外拱：他一向自以为圣威赫奕光被万物，能洞悉万里明察秋毫，谁知眼皮子底下就是灯下黑，黑地里鬼影幢幢，缠绕着竟直逼御座而来！这个于敏中真是阴险得闻所未闻见所未见，大诈似直的一个奸雄！这些话汇总儿起来，他的心术就一目了然，自己行将古稀，太后更是风中烛瓦上霜，搬出这"没意思"事，明摆着是又要弄海兰察，栽一个"逢君之恶"的罪名放着，连带着阿桂也难逃株连，兆惠自然也是一党……"他是盼着朕死啊！或者一旦有个中风不语什么的，和珅刘墉怎么能是他对手?"——这个念头在心中一划，乾隆立时浑身的血都沸了："就是八叔，心有山川之险，胸有城府之严，有这么毒辣么?!"他冷笑着，心里打着主意，看一眼哭得泪人儿似的高云从，良久，一声叹息说道："朕以孝治天下，体念你不得已之情，何况方才朕有言在先，所以宽免你一死，更不说株连了。"

"皇上……"高云从一下子软倒在地下，泣不成声说道，"奴才来世做牛做马——"

"但你不宜在北京当差了。"乾隆打断了他话说道，"按你的罪，十个高云从也是死。朕恕了你，只怕别的人未必恕你。国家连兴大狱不是吉祥之兆，你那些话有许多根本无法查实，查实了是要血染紫禁城的。真奇怪——人说宰鸡给猴看，如今宰猴子给鸡看鸡都不怕！哪只好看哪个冒出来就一刀割了他！你去吧，带上你的老母亲到隆化白衣庵去，那是圣祖钦封禁地，轻易没人敢去滋扰的。今天你就去，让内务府和兵部给你勘合。到奉天先见巴特尔将军，传旨叫他进京，接任九门提督。"

"是是是！谢主子恩典……"

高云从千恩万谢退了出去。在空旷的大殿里只留了乾隆一人，他目光幽幽地踱了几步，回到须弥座上静坐，大殿里只能听见镶着照身大镜的自鸣钟"咔咔"走字儿的声音，听见外头一声春雷的轰鸣，他才回过神来，发觉不知什么时候已经阴了天，外边的光色黯淡得一片凄迷晦暗，已隐隐听得沙沙的雨声传来。他沉吟着，外边的风撩帘透入，袅袅地袭来，身上一凉，蓦地觉得异样寂寞恐怖，竟起了一层鸡皮疙瘩。想想这件事吧：皇后插进来了，太后也跟着帮腔，还有不知几个王爷福晋无意间都卷了进去，而且自己"糟蹋回妇"也搅在里头不能张扬。若退回十年去，他无论如何也要大张挞伐，杀得这些人魂飞胆丧的，但现在……他觉得自己已经手软了，心也软了……杀过了人的血色太刺眼也太刺心，也于自己英明隆世以宽为政的声名有碍。冷静下来再想，刚刚大肆杀黜过，再杀于敏中，自己原来的"英明"又何所据？算来，于敏中竟是有可杀之心无可杀罪名！他真正见识了这人心术本领！又一阵雷声传来，声音不甚响，却离得很近，像独轮车在石桥上碾过那样的声音从殿顶隆隆而过，听见远处隐隐传来太监吆呼："雨下大了，关窗户……"他无声透了一口气，朝外喊道："王廉王仁进来！"

照壁前无避雨处，王廉王仁小跑进来，已淋得水鸡儿价，嘴唇冻得乌青，见乾隆正提笔写字，不言声跪了下去。乾隆只看了他们一眼便又接续，他写得十分慢，几乎每写一个字都要住笔想一想，许久才放下了笔，说道："王仁去，照赏五福晋二十四福晋的例，海兰察和兆惠家中各是一份，不必禀太后，也不必进来谢恩。到四值库去，选两副盔甲，一副赏阿桂，一副赏巴特尔——就用传驿送到奉天。哦，阿桂夫人按海兰察夫人的比着，再加雨过天青宁绸十四。传旨给他们，各家选一个子弟晋乾清门侍卫。傅恒府里也要赏，赏银子五千两，倭刀十把，火枪十枝，家奴有功的，着福康安据实保举选官。"

平白无故的对这四家臣子又封又赏，泽及子侄家奴，这在乾隆朝已很罕见，其中三家还都是直接传旨夫人，更是绝无仅有。太监哪里理会得他的心思？王仁答应着，乾隆拈起案上那张纸递给王廉，又道："你去军机处，把方才旨意传给军机大臣。这纸上的字，是朕读古书捡看出来的，朕既读不出来，也不知道意思。于敏中是饱学宿儒，纪昀既不在，就请他注音，标出字意，朕就在这里立等！"说罢，取书来看不再说话。

和珅阿桂于敏中三人都在军机处，听王仁传了旨，心下也不免诧异。阿桂忙跪叩谢恩，说了"容奴才具折恭谢"，起身与和珅凑到于敏中跟前看那张字：

燮嬰夶亝柪妣劒㔾屉畾

就这么十个字，写得又大又端正，有点像他平日赐给阿哥的格子字仿帖子。和珅心中念头一动：别人封赏加恩，却给于敏中出这么个难题是什么意思？阿桂却不留心到这里，只是转念寻思：这份无妄之福凭空地来，该怎样措词谢恩，乾隆又有什么别的深意呢？二人各想自己心事，盯着看纸，却一个个都陌生得很，只有一个"劒"字相熟，却因为太熟，看来看去愈看愈疑，连这个字也不敢断定了——这么容易的字，皇上为什么当难字写出来了？想着，心思都坠入五里雾中了……于敏中却在认真识别。他的手已经捏出汗，毛湿了纸边，除了在"亝"字旁注了个"天"，"劒"字旁注"剑本字""嬰"字旁点戳了半日，犹豫着注了个"亏音"，其余已经茫然地如对他乡客了。踌躇半晌，毕竟没有这份才学，放下笔笑道："请回复圣上，圣学渊深尚且不能认识，何况于敏中？我这就去查对，之后递牌子进去。"此刻连阿桂也觉得了不对，心里品着"纪昀不在"，总觉得弦外有音，这题目并连自己恩赏，一起来得古怪。想说什么却又无从说起，只合与和珅在一旁讪笑着沉思。王廉取过注过音的字返身正要走，王忠又带着一张字纸过来，问道："于大人注完了没有？皇上这里又一张，请于大人这就注出来。"说着，一脸佯笑站在炕边立等。又叫住了王廉，道："主子叫我们一同回旨。"

于敏中此刻情知事有大变，本来白皙的面孔更苍白得一毫血色也没。他谢恩领旨了，嚅动着嘴唇似乎想问什么，但大臣的体面尊严止住了他，木呆着脸，提线木偶般上了炕，捉笔对纸，心里一片空白，哪里还能识文断字？和珅便"小肠火犯了，去药房讨点药吃"拔脚便走了。阿桂眼见这张字有四十多个，比方才那张更其冷僻，竟似一概都未曾谋面的样子，顿时心中雪亮，乾隆果真要整治于敏中了！觉得这法子无论如何不正道，却又无从置喙，眼见于敏中满脸尴尬羞惧不安，已全然没了平日那副刚愎傲岸面目，思量不是了局，便轻声问道："能识得几个字？"

"三五个吧……"于敏中的声音弱细而且发颤，显见心中极度惊惶，讷讷地，"……要有部《字汇》就好了……"阿桂便问王廉："养心殿有没有《字汇》？借一部于大人看。"王廉犹未及答，王忠笑道："养心殿有《字汇》这个本儿，不过向来都是高云从保管，高云从不在，我们取不出来。"于敏中听了，身上倏的一个颤栗，本已乱成一团糟的心里又像塞进一把茅草燃着了，已经苍白得令人不忍逼视的面孔又泛上了涨红，却是分布甚不均匀，红白青色相间，甚是难看。这把火在心中灼得五脏六腑浑没有是处，耳朵里嗡嗡响震，只勉强把持着双手扶案兀坐，脑门上豆大的汗珠已沁了出来。下意识地喃喃问道："皇上，皇上……还有什么吩咐？"

"皇上说，字不认得不要紧，不难为你。"王忠面无表情，不紧不慢说道，"说请于中堂回府去查《字汇》书，明儿也不必递牌子进来，就在家等着，皇上今晚看的书是《熙朝新语》，不劳于中堂再打听。"

……于敏中面部急速抽搐了几下，兀坐如同僵偶。

"皇上说今晚还要批复福建几个道府的缺。高云从已经有罪发落了，请于中堂另寻门路钻刺打探。"王忠复述着乾隆的话，想着乾隆那副满是讥讽挖苦的脸色，自己先打了个寒颤，接着说道："皇上还说，于敏中是个书生，事无巨细都来管，就有点像诸葛武侯了，鞠躬尽瘁累死了，大清也未必能有个阿斗请他来保。请于先生先歇着，读几本养性的书，等着瞧机会再说，不必忙在一时……"

于敏中此刻已经形同白痴，扬脸坐着目光呆滞地看着远方。他已听记不清"皇上有什么吩咐"，即便听见，心思已经僵了，浑身木得不知疼痒。阿桂在旁愈听愈惊，睁大眼睛看着王忠那张可怕的嘴，不知"皇上还说"些什么。里头说到的虽然没有大罪，只是句句都事关于敏中的人格品位，交通太监、关说差事、窥探宫闱，连同"家属在六宫里纵横捭阖"都"皇上说"了出来，这是那个"方正楷悌持正不阿刚直坚志"的道学大军机？他想责怪太监无礼，但王忠是转述乾隆的话，又是于敏中问出来的——焉知这些话不是说给所有军机大臣听的？然而这样传旨不像传旨，申斥不像申斥，训戒也不像个训戒的模样，于敏中已经昏眊得半个死人样，又该如何了局？饶是阿桂老成持国宰相涵养风范，也不知如何是好了……正没做奈何处，忽然背后听见刘墉叹息一声，张皇转脸看时，不知他什么时候已经进来。

"我听了多时了。"刘墉脸上似悲似喜，喟然说道，"既是复述皇上旨意，于公该当跪叩谢罪的……"

于敏中像被针刺了一下，一个激灵震颤惊醒过来。他似乎浑身都在发抖，哆嗦着手，腿脚极不灵便地挪身下炕，带动炕桌儿翻了墨池子，污得袍角老大一片黑，案上的奏折也污了好几份，回身忙拾掇时，两手也满都是墨汁子。下炕来，偏又坐久了下身麻木，只一软就地瘫跪了下去。伏在地下定了半日神，方小声答道："臣有罪……请皇上重重处置。"王廉和王忠对视一眼，会意一点头转身便走。

"慢着。"

刘墉忽然伸臂一拦。他的声音不大，却极清晰，连跪在地下的于敏中都身上一震。刘墉上炕取过乾隆写的那两张纸，问道："这是皇上写的？"

"是！"两个太监一同躬身答道。

"皇上让你们传旨，还是你们自己传的？"

"没，没有……"王廉有点慌神，"我……我也没说什么……"

刘墉把目光转向王忠。王忠忙道："皇上说于敏中不问，就不用说。要问皇上有什么话，就照直说。所以是传旨。"

"传旨有传旨的规矩。"刘墉刻板的脸上毫无表情，"你不宣'有旨'，叫人怎么行礼？你不南面而立，算是你听，还是代天子听回奏？你好撒野，要入人以罪，欺藐军机大臣！"

"刘……刘大人……哪的话呢？我十个头……"

"王廉回去复奏缴旨。"刘墉冷笑道，"就说刘墉罚王忠在铁牌子跟前跪了背圣祖世宗圣训！"他指定王忠道，"你去不去？不然叫人扠出你去！"王廉看看没有办法，只好独个回去了。王忠本来体体面面的，至此一肚皮窝囊，但太监怕刘家爷们已经积养成习，见刘墉脸上毫无假借，只好忍着委屈，苦脸儿道："是小人办砸了差使，刘大人……我认罚……"蹭步儿出去了。这时军机处里出事已经惊动了外头候见官员，眼见里头于敏中伏跪软瘫如泥，王忠垂头丧气来"内廷宫嫔太监妄干国政者杀无赦"的圣祖御赐铁牌前行礼叩头，有几个官员探头探脑的伸脖子看，阿桂当门迎上去问："看什么？"唬得众人一伸舌头如鸟兽散。

刘墉这才过来安慰于敏中。但此时其实也真是无可安慰，竟是与阿桂捏造着词儿虚说，什么"天恩浩荡泽被无遗""圣德仁厚不为已甚""闭门思过静候纶旨"……犹如隔靴搔痒，又像煞了于敏中平日教训别人那些陈词滥调，到后来二人也觉乏味。见他仍旧黑丧着脸不肯离去，晓得是恋栈，希冀着恩旨后命，反觉面目可憎。一时王廉又来，阿桂便知是叫进，上前拍了拍于敏中肩头，叹道："请先回去吧……有什么话，可以写折子呈皇上看。这里人多，下头人看着不像。我们也摸不到头脑，见了皇上再说吧！"于敏中这才起身踽踽而去。阿桂刘墉相与叹息而入。

刘墉在军机处罚王忠跪铁牌子，虽知乾隆不在意惩戒太监，但乾隆正在盛怒，也有着几分担心。待见了面，却见乾隆不甚发怒的样子，仍坐在炕上运笔写字。二人行着礼，见乾隆遥遥用手虚按示意坐下，方斜签在杌子上静待。一时，和珅也进来，乾隆才放下了笔，刘墉便说王忠的事。

"罚就罚他了，别说他有错，就是无过，就跪折狗腿了么？你是领侍卫内大臣，有这权。"乾隆无所谓地说道，又问，"你们都知道了？于敏中如何？"

阿桂在杌子上一欠身说道："皇上为于敏中突然发怒，奴才很感意外。他是个刚愎人，向来廉隅自重的，说他得罪太监，奴才还信得及，说他拉拢太监，奴才也很意外。他自己似乎毫无预备，也意外。奴才在军机为皇上料理军务，也间或管一点政务繁琐屑细事务，并没有尺寸之功，不该与兆惠、海兰察、福康安同膺赏赐，更是意外。求皇上收回成命，留着赏赐，待奴才异日立功再赏，奴才才能稍稍安心。"他一连串都是"意外"，一是留着说话余地，二是把"圣聪英明人莫能测"的高帽子不言声奉送了乾隆。刘墉和珅心下都不禁佩服。和珅说道："说起来这人，奴才心里是很佩服他的。我朝少有的状元宰相，文华殿大学士，当过四库全书馆的正总裁、上书房总师傅、翰林院掌院学士、国史馆三通馆正总裁——这么大的光耀，谁给的？这么大的学问，怎么会当听壁脚贼？无论上书房军机处，天天都见皇上，用得到结交太监？阿桂满都是意外，奴才一肚皮都是疑问：如今这世道真越来越瞧不透了。再说，他一直是京官，又哪来那么多的钱笼络人呢？"刘墉道："臣过去和他交往不多，他为人深沉不苟言语，臣以为这是大臣的长处。他在户部当过侍郎，管钱法堂的事，过手银子很多，但没听有手长的话。听王忠数落他，臣在一旁又是吃惊又诧异，皇上读书书目，臣下关心，原也无可厚非，但刻意地暗自打探，留心密折朱批，前者可以说是为了迎合，这就卑琐猥亵不堪了，后者纯是鬼魅行径。臣处罚王忠，是为他亵慢圣旨。惟其从前佩服他，心里格外瞧不起他！"

"他岂止是朕数落他的那些罪——直是一心想当曹操，预备着篡政！"乾隆冷笑一声又是一哂，"朕原是也看好这位状元，因为他字好、人深沉机敏，还让他给老佛爷抄过两部佛经，哪里想到他会借此与内宫联络上，诪张为幻①营私揽权！于易简案子自查核到赐死，他一言不发，已经足见其忍，朕还以为他为国义能灭亲；他又下手整纪昀、李侍尧，本来他们有过错，朕也有意锤炼，又遂了他的心，现在他又整和珅，还想整阿桂、兆惠、海兰察。以他的阴险奸诈，明珠、索额图也难企及，刘墉忠忱无欺，岂是他的对手？嘻……朕早该仔细审量，看清这个人的，乾隆二十三年，他父亲于枋病故，回乡治丧。后来他本生母亲去世，就瞒着一言不发。当时御史朱嵇奏他'两次亲丧蒙混为一，恝然赴官'，朕还说朱嵇吹毛求疵小题大作！心里想热衷宦途也是人之常

---

① 诪（zhōu）张为幻——欺诈蒙混。

情——看来只重了他有才，谁料得他不单会写文章会写字，也会这许多的阴谋诡计，还会交通内外揽权不法！"他重重捶了一下自己的腿，"独揽朝纲，这就是于敏中！母亲也不要，弟弟也不要，亲戚朋友都不要，六亲不靠六亲不认，这就是于敏中！曹操！"

他长篇大论连着自责带指斥于敏中，不忠不孝不仁不义五毒俱全，和珅刘墉愈听愈惊，暗自摇头心里想"此人休矣"。阿桂听说于敏中要整自己，也是一惊，乾隆虽没有说实据，却说到了于敏中与内宫有所干连。他自己早已隐约觉得于敏中在整纪昀，也是一点证据也没有，现在乾隆自己说出来，可见此人心地丘壑凶险，做这么多事都不显山不露水，对手一个个都"自行"倒下！但他不能认可乾隆说的"曹操"考语。于敏中是曹操，那么乾隆是谁？满朝文武居于何地？当今又是何许世道？想着，从容说道："皇上深思，奴才以为于敏中就是于敏中。说曹操说王莽，我们大清不产那一号人物。君臣晤对金殿议论是一回事，昭告天下我朝出了曹操，十分惊骇视听。他虽有阴谋鸱张的事，但劣迹不彰，更遑论反迹，若以曹莽之罪论处，那是多大的罪案？目下文治武事诸多待人料理，一波未平大波再起，百事以祥和安谧为要。奴才以为不必求之过深，'结交阉寺通连外官'八字之罪他承受了，即永无出头之日，也断不能指挥如意左右朝纲。况且于敏中久居中枢，荣宠恩义诰封备极，是他平日于办差上头尚有功劳，并非全然蒙蔽圣聪巧取豪夺。昔日重用他不为无因，今日之果不为此因，乃是他今日之缘。这么着似乎更加顺理成章。"他抿抿嘴，住口了。

这是很透彻的话了：乱世昏君出奸臣，于敏中手无缚鸡之力当了曹操，那乾隆自己连汉献帝也不如了。他说了一半，乾隆已经心里嘉许，听到"因果""因缘"不禁破颜一笑，说道："阿桂姜桂之性老而弥辣，有几分进了炉火纯青了。说他是曹操，只是诛心不论，文才武略上头他去给曹氏提鞋也不配。他不是个奸雄。也许是的，至少只是露头端倪而已。朕也不愿再兴大狱，好好的局面搅得人人自危。朕所恨的朕正嘉许他持正，偏他心里是个狎邪小人，正倚重他做事，他却在背地里行这些鼠窃狗盗勾当！阿桂，只有你说得这些话，你也当得说这话。你当初在金川带兵，三千孤军被困在敌后，于敏中亲自到四川调兵策应突围，于你不为无恩,现在他整海兰察,又妒你功高,位在他上边,你出来为他说几句公道话,该是恰如其分。大家说他廉刚,朕也没有证据他贪墨,但他实在行为是严嵩心性。这次福康安平定金川,朝野大喜的日子,原是要从他曾经援助阿桂述论军功,给他个世职的。现在这事出来,治罪论功两免了吧。但他这样的心性,居然廉洁?就是和珅讲的,他的钱哪里来的?朕还信不及。交部严加议处,由刘墉传旨出去,凡于敏中取任的官员要举发他的不法情事,撤除他的军机大臣及所兼各差使,留一个文华殿大学士衔,在家闭门思过!"他沉思着,毕竟觉得太便宜了于敏中,又道:"他的儿子、从侄都做官的吧?好像在哪个部?"和珅笑道:"他儿子于齐贤去年病故了,是他孙子于德裕,在工部当主事,他的从侄于时和,在内务府是笔帖式房总管。"这么一提醒,乾隆立刻想起来,哼了一声说道:"于时和是王亶望举荐的优叙上来补缺。当初王亶望调浙江是于敏中保奏,这么个贪官,为什么保奏到自己家乡做官?刘墉,你给朕着实查!"

"是!"

刘墉在杌子上躬身回道,乾隆这才命他们退出去。大约心气不顺,他觉得心口有点堵,听见自鸣钟两响,才想到早点过后,连早膳也没用,现在未正时牌,也是饿过头了。见王忠灰头土脸一副倒霉相进来,倒觉好笑的,便命:"原说过到淳妃那里进早膳的,你去一趟,弄点清素的过来,朕略进一口,少歇一时还要办事。"王忠原觉得没脸,硬着头皮回见乾隆的,见乾隆肯吩咐差使,顿时浑身骨头一轻,答应着便向外走,却见三四个宫女提着食盒子过来,一问,正是汪氏送过来的早膳,搭几句话抢先回养心殿笑着禀说:"汪主儿把膳送过来了。青豆小米粥儿、椒糖芥菜丝儿、糟鹅掌、小葱豆腐丁儿,还有一碟子宫爆三鲜豆儿,清素着呐!"他说着宫女们已经提着食盒子进来蹲福儿布菜。乾隆看时果然鲜香好看,因见煎得黄亮的小贴饼子,拈起咬了一口道:"好!——什么馅儿的?"几个宫女都是常侍候他的,打头的跪在旁抿口儿笑道:"这是汪主儿夜来想出来的,青芹菜儿剁成细末儿用高汤浸一夜,拌嫩笋瓜丝儿,蛋清粉芡勾了蘸花椒水细盐文火慢煎就成。"

"造这么块饼子你们主子操心一夜。有忠心!"乾隆吃得高兴,见青豆白果小米粥好看，喝了一口道："朕就喝这个。这饼子用碟子码起来放案上，当点心用。"那丫头便笑，说道，"汪主儿说了，主子只管用，随时传随时有。这饼子放温了不好用的……"

正吃饭闲话间，王廉匆匆进来禀道：

"娘娘来了！"

第十四回　宫闱不修帝后反目
学士遭遣谪戍西域

乾隆一怔，问道："哪个娘娘？"

"皇后娘娘！"

"这是接见外臣的地方，到这里做什么？"

"回……回皇上，奴才不敢问。"

"你跟她说，朕正在用早膳，膳罢还要见人办事。"乾隆说道，脸上已没了笑容，"有什么事，晚间朕到坤宁宫说话。"

王廉哭丧着脸瘪着嘴，哈腰用手指窗外道："迟了……那不是娘娘已经进来了！"乾隆转脸看看，窗玻璃外头果见那拉氏带着七八名女官进来，已经绕过琉璃照壁，似乎吩咐了句什么，女官们便垂手站定，满院宫女太监几十名，连守护石殿门口的几个三等侍卫都齐齐跪了相迎。他无奈地放下箸，要了毛巾揩着手脸，见皇后已经进内殿，便坐直了身子，勉强笑道："你用膳了么？想是刚从老佛爷处下来，汪氏的好粥，随便用一点吧？"又觑了觑，"怎么气色不好？"

皇后果然是气色不好，苍白的面孔上挂着泪痕，显然是正在盛怒之时，极端正的五官都有点狞歪，半苍的鬓边还垂着一丝乱发。她也不看乾隆脸色，悻悻地就坐了炕边椅上，说道："有人欺负我，皇上你得给我做主！"

"谁？哪个？"

"刘墉——刘罗锅子！"

"刘墉？"

"他带刑部的人到内务府，点名拿我身边的人，说要问话，把章氏奶妈子传去了。我叫人去问他，他说是关乎于敏中的案子，查明了再给我回话！章氏跟了我几十年，我还不知道是好人歹人？有什么话不能我来问？于敏中犯什么王法我不管，内务府就是我管着，也没个圣旨，大天白日的就拿我的人，这不是欺侮人么？"

乾隆也似乎意外，一时想不明白，皱眉问道："章氏是于敏中的什么人？""看看，你也不知道不是？"那拉氏泪眼模糊，拍膝打掌说道，"查案子有查案子的规矩，宫里拿问人是多大的事，就是个拴驴橛子还要钉根桩呢！他这么着，别说我这皇后，祖宗家法也绕不过去。这撒野的刘罗锅子，我怎样待他来着？直就是个曹操，白脸儿奸臣！"乾隆刚还说于敏中是曹操，不料转眼间皇后便原封奉还了刘墉，又好气又好笑，说道："这么着不好，殿里殿外多少人瞧着的不像，体面尊荣要紧。刘墉确实是我让他查问于敏中的事，你不高兴只合和我说。刘墉是忠臣，他爷们跟我也几十年了，你别犯浑。"

"我犯浑！"那拉氏见乾隆也不肯给自己做主，气得浑身发抖，口角也有点歪扭，大声道，"我忍了多少日子了！你口口声声说我是六宫之主，其实我这皇后连前头皇后一根汗毛也不值！南巡时候你要杀王义，又饶王义，后来又拿王八耻、王信、王礼，也不说个原由，也不知会我！这不知哪个叭儿狗溜沟子舔屁股的角儿撺一把野火，索性叫外官进来拿人——章氏碍了谁什么好事了？就于敏中我看也不是坏人！"

她这一番发作，早已激得乾隆怒火万丈，"哐"地一捶饭桌，霍然站起，残盘剩菜，碟儿碗儿饭箸都跳起老高。暖阁外殿侍候的太监宫女也有几十个，早已被突然变得泼妇似的皇后闹得目瞪口呆，见乾隆暴怒突然发作，像骤然被雷电吓傻了的孩子，瘫在地下浑身瑟缩颤抖，不知哪个太监有心疾，眼一黑"扑通"一声栽倒在地昏晕过去。

"你懂规矩？你懂祖宗家法？"乾隆眼中闪着可怕的光，"打太祖皇帝算起五代，后妃一百余人，有你这样的？这就是你的母仪天下风范？"他恶狠狠地说着，"市井跳脚骂街泼妇"就要脱口，乾隆毕竟不是马上皇帝，尊贵的血统身份优良的宫廷家教，已经融进他的肌肤血肉心智神魂之中，尽自暴怒，心神中自有的这点灵光仍旧不泯，只是口气变得刁狠犀利，句句出口如刀似剑："宫里规矩乱得一塌糊涂，太监宫女奸宿秽乱，有些宫嫔也不干净，先皇后富察氏就为这个惊吓致死，连叶天士这样的神医都束手无策。你都放任了！我把顶尖儿的都处置出去，不事张扬，是瞧着老佛爷的脸，成全一些人的体面。我倒想知道，这么做碍了什么人的好事！于敏中是好人，你在深宫怎么知道的？可见刘墉这么办，触了你什么疼处？前头处分纪昀李侍尧，你怎么不说话？"

他连连质问，逼视着那拉氏。不料那拉氏却毫不惊惶，偏脸儿一晒说道："我懒得说！他们与我不相干，我心里没病，也不晓得给你贡献几个烂女人玩儿。不得你的意儿，我知道，有什么罪我都领着，这里空房子冷宫多着呢！"

"你妒忌！"

"我不妒忌！我是堂堂正正明媒正娶册封的，不是偷汉子老婆，也不是别人献的战俘！"

"你干政！"

"我不干政！是刘墉拿我的人，我才来问你的。"

"刘墉没有进大内，他是内大臣，到内务府按名查人，奉的我的旨意。"

"就为你宠纵，他才敢这么大胆！"

她一递一句与乾隆斗口，"偷汉子"指了棠儿，"战俘"又直斥了和珅刘墉，这是几十年的陈年老账，老醋新醋坛子齐翻，句句都像刀子直扎乾隆心窝儿。乾隆浑身乱颤，看着不依不饶的那拉氏，向前抢了一步，却被饭桌挡了一下，顺势一脚踢翻了桌子，好好一个养心殿暖阁里顿时狼藉不堪，盘碗杯匙菜饼馒头满地都是，几个食盒子也都碰翻了打滚儿，稀粥黏糊糊溅得四处不能插脚……指定了那拉氏道："好……你顶得好……你还记得你是'册封'的……我既然能册封你，大约撤掉这册封也不难！"那拉氏立即反唇相讥道："那是，你本来金口玉言，我本来就是一棵草罢了。"

"叫刘墉进来，叫阿桂和珅进来，叫礼部的人进来！"乾隆怒吼着，嘶哑的声音震动殿宇，"叫大理寺的人来……撞景阳钟召集百官到太和殿候命！"他已气得神志有些昏乱，立在当地攘臂咆哮。脸色涨得绯红，项间青筋绷得老高，瞪目一道一道下着旨意，王廉几个太监吓得魂不附体，不敢接旨又不敢不应，面面相觑着唯唯答应。王廉是这里为首的，早已着人飞报太后知道，只好磨蹭着嗫嚅道："刘墉来了一会子了，就在院里跪着……"说着，便见刘墉俯伏爬跪而入，也顾不得满地肮脏，至乾隆面前，双手抱定他的双膝，啜泣哀恳道："皇上……皇上暂息雷霆之怒，听臣一言……父母不和子侄难过。皇上是天娘娘是地……天地不和天下不乐。事由臣起臣当其罪，千罪万罪罪臣一人。是臣不懂规矩，是臣有罪当杀，臣万死不能塞责……愿皇上娘娘敦睦和好如初，是天下人之大福……"说到后来已全然难抑激越心情，号啕大哭着泥首叩头，又向那拉氏叩头，颤栗哭泣道："万岁已经年逾耳顺，娘娘也望五十的人了……臣不过芥微书生一个，何必为臣生分，只管处分罪臣就是了……"

那拉氏起身拧项扭身的仰脸不睬，倒被刘墉一哭哭醒了，眼见养心殿中沸反盈天人人慌张，乾隆怒不可遏一手扶着窗台喘息不定，此刻才意识到闯了大祸，委屈愤懑恐惧慌乱一齐袭上心头，一溜身软坐了地下放声大哭："老佛爷菩萨……我这是造了什么孽这般命苦的……两胎儿子都养不住……到了这个身份还要受小人的气……我那早走的皇姐姐呀！你在天有灵，知道我的心，只有吃斋念佛小心敬上的分儿，几曾敢越法非礼来着？如今混到了这分儿上，说起来是皇后，没人理没人疼，三天两头还给我脸色瞧……姐姐呀……有多少苦水我向谁去诉？啊……"

她哭得幽咽惨恸悲悽哀绝，呐喃陈诉，多少难言之隐却在痛啼中挥泄，已没了愤怒，只是哀怨不止。乾隆也从极度的亢奋激怒中渐渐醒过来，想想这个人十三岁就跟了自己，弘时三哥千里追杀自己，逾月不通音信，她竟许了"禁口斋"绝食祈福。年轻美貌时自己也并不嫌她拈酸吃醋，原觉她另有一份妩媚可爱的。再看现在这光景，貌老色衰之后压根没有房中之幸，三胎儿子死了两个，只有一个颙琰也是病秧儿，眼见骨肉支离命如悬丝。她本来就是暴性子，宠惯了的掌上珠忘忧草，立她当皇后，其实是失宠之后乾隆自己心里不安，给她的安慰"名号"……此时反躬自省，乾隆也良知愧恶，追思富察氏在时夫妇敦睦，慈俭恭和六宫熙然，她若尚在人间，哪用自己为后宫的事这般烦恼？思及富察皇后种种好处，又想到那拉氏受自己冷落且是孤立无援膝下荒凉，哪禁得那拉氏一口一声"皇姐姐"哀哀恸哭？转念自己古稀不远，国事家事日见不宁，一阵悲酸涌上心头，乾隆闷声深长叹息，已是热泪双流……一腔拉杂邪火都被这泪浇熄。这里头只难为了刘墉——知道皇后来见皇帝已知撞了霉头，赶来解说，又正遇夫妇大动肝火，不能像太监那样缄默，又无法据理深劝解释，见他们二人火气消了，心下这才放宽，想及皇后方才盛气、皇帝盛怒皆由自己而起，痛定思惊反觉恐惧，抚一抚碰得青紫的额头，正要再加慰劝，听外头秦媚媚高喊一声："太后老佛爷驾到！"心头又是一悸。便见两个太监夹扶着太后颤巍巍进来。乾隆忙拭泪赔笑，叫了声"母亲"便双膝跪下。那拉氏也就跪了，手帕子捂着脸只是啜泣。

"都起来吧！"太后看了看乱七八糟的暖阁，无声叹一口气，没有进来，王廉忙搬了椅子放在正殿御座旁边请她坐了，见乾隆那拉氏皱眉出来，刘墉跪在一边尴尬，太后又道："给皇帝皇后设个座儿。刘墉爷们跟老了我们的，跟自己家人一样的，就坐那边杌子上。"此时刘墉已知自己陷进了皇帝家务之中，硬要辞出反而更见形迹，忍着疼痛又磕头道："太后老佛爷，今个的祸是臣惹起来的。方才在暖阁里臣就想，毕竟外臣不宜插手宫务太深。若是事前请旨，由皇上交皇后娘娘拘核章氏盘问案由，哪来这场风波？若是不动声色，直接着刑部户部核查苏淞粮道，待案子有了眉目，牵连有据时再奏皇上，也不至有这场事。左思右想这是好大的误会，就从宫中提人到内务府问，臣虽然没有越权，但章月娥如果硬着不肯认承，既不能用刑，又不好羁押逼问，皇后疑臣擅权也不是事出无因。事情是从臣那里起，还该从臣这里息。皇上英明娘娘贤德淑懋，只求查臣之心，不求谅臣之过，臣就万死而无憾的了。"乾隆却道："老刘统勋是累死在轿里的，刘墉原也是体貌周正，办差熬夜几十年累成了驼背。他一门良实朝野都知道，奸臣太监最怕的就是他，你怎么好一口一个'刘罗锅子'，又说是'白脸奸臣'？"刘墉一个劲地谢罪，说道："刘罗锅子是实话，茶馆里说书的也都这么叫，娘娘叫得不差。不过臣是个黑麻子脸，因为脸黑，麻子都看不清了，哪来的'白脸'呢？"这么一个解颐调侃，太后乾隆便都笑了，正在垂泣的那拉氏也是一个破涕。

这一来把话题从宫掖家务上拉到了案子上。乾隆便问："事情牵到了章攀桂，他在苏淞粮道上，和于敏中什么干连？"刘墉这才定住了惊魂，说道："是高云从送来了当日建造于府山子野①监工名单，里头花园一节注有'章攀桂营造'几个字。章攀桂是章月娥的弟弟，章月娥曾是已故阿哥颙琪的奶妈子，已经退休了。臣也不知道她尚在娘娘宫里当差。于敏中在宫中和外府宗室里耳目极广，恐有串供通消息的事，所以匆匆忙忙就传来问话了。"太后问道："于敏中是状元啊！你总说他学问好，在上书房有些政务他也管的，后来进军机，也说他能干，怎么一下子就拿了？"

"于敏中没有拿，是待罪勘察。"乾隆看那拉氏哭得形容憔悴，可怜楚楚望着自己，也觉灰心的，不该发那么大火，赔笑对母亲道，"他买了太监偷听儿子的壁脚，钻刺打探儿子读什么书，外头臣子和他私相交通避开军机处的也不少。并没有人告讦他，是儿子每读一本书，说话说出来他就能对上来，引了儿子疑心：他的学问比纪昀还大？今儿临时送他两张字，难倒了他，也就露了马脚。"太后点头叹道："君子少小人多，先帝爷在世也常叹息的。究竟他信任的田文镜我也看不过眼，后来查出来也说假话糊弄。皇后这些日子身上有病、性子躁，打当丫头算起，是从小跟着你的，你还不知道她？人急了说话没遮拦，她是个女人，你不能认真计较。你若计较，连你也就见小了不是？今儿这事我说话抹回牌儿了。天也就向晚，刘墉该办办你的事去。我拿你当自己人，你断不至出去张扬的。晚膳到慈宁宫我那儿用去，我给你们好生和息解释。"

刘墉听了松一口气，心里已是宽亮，行了礼长跪道："这就好比父母小有不合，子侄辈岂有张扬的理？不但臣自己，臣还要召集太监，谁敢借端妄传谣言，立刻大棍打死勿论！"

"刘墉这比方有意思，这么处置也是。"太后笑着起身来，乾隆和皇后忙过来一边一个搀了去了。刘墉目送他们出了养心殿天井才站起身，一口气松下来，身上腿膝一软，几乎瘫倒下去，忙挣扎着提劲迈着方步出了养心殿……

———————

① 山子野，擅长建筑园亭的大工匠，有类于今日所云"工程师"。

紫禁城里勾心斗角，人们还在议论纪昀，纪昀对这些事却一毫也不知道。他是谪戍到新疆的，虽然也带着兵部勘合，上头却写的是"奉旨遣流犯官纪昀一名，允带四名家人至迪化大营效力，沿途各守官卡哨不得留难，等因奉此"这样的话头。这样的身份，沿途驿站是例不接待的。途经直隶、河南、陕西还好，中原他的门生故吏多，这些官员们信息儿也灵通，知道内情的，料想他还有起复的日子，那份热情直比他在任监视还要来得，有的不明内幕不晓事理的，看他年过半百远戍万里，看准了"壮士一去不复还"，谁肯顾念昔日师生恩谊僚属情分蹭霉气沾黑包？称病不见的，打发二两银子"送瘟神"的，装两口子生气杜门拒客的，当着家人面发作"恨棒打人"的……种种世情百态丑样翻新。纪昀是读饱书的人，也见过些世态炎凉，但实地阅历却是头一遭。有时强颜欢笑，有时知趣规避，逢场作戏逐一应付，心中那份叹息却感受异样真切，就这样，忽然遇"热浪"相迎，倏尔遭"冷风"突袭，百味不一间主仆带着那条叫"四儿"的狗逶迤西行，时而住华堂官廨，时而又趁鸡毛小店打尖。跟来的四个家人为首的叫玉保，是他外书房侍候的小厮，其余云安、马四、宋保柱都是家生奴才秧子，原都是分户另居在外生意的，因年轻力壮挑选了跟他远行的。既没经过事，也没有吃过苦。此时纪昀失势，既不能狐假虎威，也没了外快可捞，都是满心的不情愿，好时节还有一副笑脸，待遇见凄凉难堪，住村店宿破庙，自己摊草造铺，捡柴打火，汲井作炊种种行路琐碎烦难，先就不情愿，叽叽咴咴嘟嘟囔囔怨天恨地，怪脸拧劲的百不顺当。纪昀素来不理家，在朝也没有管领统辖过人，也不会威吓呵斥下人，只是一味容让求安，心里想的同舟共济渡越时艰，但各人一把铁算盘忍苦勉从，谁肯与他"共济"？他心里不畅时抚狗读书，月夜晓风吟诗自慰而已，四人看破他"不过如此而已"越发放肆，装聋作哑的更不成体统。纪昀心中只索自认晦气，能不使唤他们就不张口，一路走来主仆五人日渐生分，已是个同途不同心的格局。

纪昀离京时已是季春天气，关内沿途豆麦连陌绿浪摇漾，春花凋落纷坠如雪，中原风不鸣条雨不破块是一派盎然生机。待至陕北，地高气寥，便觉与平原大异其趣，广袤无垠的黄土高原上草树寂寞，反转又复荒寒，极目所尽处沟坎坡堍千丘万壑，或白杨丛林孤树峭拔而立，或荆棘荒草连岗起伏，绵绵无际遥接地平处都极少见村落房舍，只一片片的草滩、春小麦等，燕麦新绿带黄，瘌痢头似的横亘在原野上。罡风掠原而过，卷起干燥的沙土，去年的枯草败叶打起旋儿溜地盘旋追逐嬉戏，扑在身上仍旧带着早春寒意，放牛放羊的老汉村童打着赤膊，却披着老羊皮袄子，吆天呼地地唱着信天游，更显着野旷辽阔天廓气清。沿河西走廊再行，过甘肃入青海，愈走愈是荒凉。

　　沿祁连山北麓越蒙古大漠，在苍苍之天茫茫之野中过疏勒河，入哈密、进吐鲁番再向西北五百里便至乌鲁木齐。看尽了穹宇高远雁阵北飞白云碧草，时而羌笛胡笳苍山连亘，转又风沙漫野石走沙飞，灼热时焦闷欲死，寒冷时又彻心透髓。此种西域风情的体味中原绝无，倘不西出阳关，就读一万首"春风不度玉门关"也领略不得。在中原时，因纪昀久在相位，尽自有炎凉之态，官员们和尚不亲帽儿亲，多少还有几分人间烟火气。待由延安再过榆林，宁夏一带剿过回民起事，官兵不分良莠大刀阔斧平排砍去，杀得路断人稀，百姓生业凋敝不堪，西路此刻正在用兵，所过城池满都是运粮运饷的丘八爷。这些"爷"们谁知道他"纪某人"？都不把他放在眼里，住店争柴争灶争水争锅，一说话就想翻脸，动不动就红着眼要"揍狗日的贪官"，有时睡到半夜敲门打户的冲进来叫"你他妈的当官的也有今个？给爷腾腾地方——马圈里睡去！"纪昀戴罪的人，又秀才遇兵，哪里还能为仆人做主分争，人在矮檐下只索忍了任人敲诈。待到乌鲁木齐，那匹"日走六百"的健骡送了大爷"军事征用"，四头毛驴也只留了一头又瘦又小的给他驮行李，纪昀黑大个子也瘦了一圈儿，好歹总算平安抵达。

　　"乌鲁木齐"按维吾尔语原是"美好的草场"的意思，只有一处清真寺，几间破房子，集镇贸易时也倒好生热闹的，平时与寻常草原甸子并无二致。自康熙年间用兵准噶尔，这里又是运兵运粮草集转地，渐渐建起石屋砖房，其实住的都是兵，算是一座城，却名不符实的只能算个"兵城"，隋赫德的"天山大营"行辕就设在此地，纪昀就近在行辕衙门寻了一家小店住下，便命玉保到行辕呈献文凭勘合，他自己胡乱喝一碗奶酪，萝卜干熟羊肉菜，又吃一块馍也就饱了，便踱出店散步遣怀。

　　城里没有什么看头，一色都是营房库房，都用石砌基础干打垒墙，也有用草节和泥糊起来的，都是三合土封的平顶儿，近看粗陋不堪，远观去像列队兵士齐整站立，也还不算难看。沿着土巷往西约有两箭之地就是城墙，也是土筑，城墙城垛上都用草皮贴护，满墙都是青草萋萋，像一条绿龙蜿蜒曲屈蠫在草甸子上，有点"城春草木深"的味道。其时刚过午牌，城里的兵在换班吃饭，守城的兵也有点懒散，说了几句好话也就许他登城眺望。

　　城外景致果然是大有异趣，站在草城环顾，天色湛青一碧纤埃绝尘，一丝云也没有的穹窿上斜阳炎炎洒落下来，东边一望，平展草地如毡接着巍巍的博格达山，云横山峦岚气接峰，千年雪峰直插青天，南边乌肯山、西南额哈布特山和西边的婆罗可奴山也都是千年白头，像三个骄傲的苍首老人倨坐，在争执一个永恒的神秘话题，高高在上睥视着脚下的乌鲁木齐。斜落的阳光从他们头顶肩膊间透下来，笼着一团团一圈明艳瑰奇的圣光彩晕。冰雪、青松、草树、绵绵而下直接大草地，淌下的雪水汇成无数条小河纵横屈画，平摊在城北无垠的大草原上，或成渠或聚塘或连缀成片、成沼泽，蓝莹莹光闪闪镶嵌在毡绒样的草原上。大约受这雪山水源的滋润，这一带草原也格外丰盈旺盛，高的可掩马腰，低的也有尺多高，春风漫漫一荡，绿浪摇曳中，黄的花红的花紫的花……还有许多看不清颜色的花若隐若现绽露芳姿，青草气息里透着这般许多郁馥幽淡的花香，舒臂一为呼吸，清沁入腹，但觉神归魂与心倾色授，人间许多俗务烦恼，世情沉浮荣辱宠侮都可一风吹至乌何有乡。一路上艰难跋涉扰攘烦恶心绪，都在一声深长叹息中消弭无形。此刻转思京师得罪一日三惊，冠盖炎凉如影随形，念及潞河长亭一别，刘保琪曹锡宝等寥寥十数门生洒泪郊送，都恍在昨日，而已暌隔关河千重，云山万里，不觉情因中发感怀难已，曼口吟道：

> 迢递隔山川，音书盼时眷。
> 感此金石心，不逐升沉变。
> 深情何所酬？赠以勤无倦。
> 鼎彝登庙廊，追溯工师炼。

他年因子传，已荷荣施万。

努力副所期，何必时相见。

还欲再寻章觅句，听见身后城下有人喊："纪老爷……老爷！"转身一看却是玉保从街上小跑着过来，想来是已经从将军行辕回来，便沿城内土梯阶款步下来，问道："见着随军门了么？"

"随军门奉旨调了奉天提督，新来的将军叫济度，海兰察军门咨文请他去了昌吉。"玉保一脸苦笑，显得有些沮丧，两手一摊说道，"军流处的人说，昌吉城墙炸坍了，所有军流过来效力的人都要过去修城墙。说这是兆惠军门的令，迪化原驻防人马都开过去了。咱爷们咋的就这么晦气！"又道，"他们来了个书办，正在店里头等您呢。"说着前走，带纪昀回店。

纪昀蓦地觉得心里一阵空落。隋赫德他认识，而且带着一封阿桂写给他的信，此人威武有力，是个粗豪人，往昔相处也还融洽，但济度却是陌生人，听说是个"儒将"。自己是个"儒"，——与人打一辈子交往，最怕的就是文官心机——和这个高高在上的儒将怎么打交道？兆惠在黑水河、海兰察在金鸡堡——这样落魄，还逢上了"投亲不着"！想到又要遣送昌吉去修城，抬土扛包当苦力，这把子年纪由人呵斥形同奴隶，心里又一阵悲苦，但看玉保阴沉个脸，梗脖子拧筋的冲冲而行，仿佛一张口就想拌嘴吵架的那副横劲，他无声抽动一下鼻息，什么也没说。

将军行辕的军流处书办等在店里。这是个三十多岁的精干汉子，拐孤脸又白又净，留着两绺修饰得蝌蚪样的八字髭须，奓着单泡眼跷足坐石桌旁嗑瓜子儿，盘子里放的灵宝红枣，碗里泡的是龙井茶——一路没舍得用的物件，都被奴才们拿出来孝敬了这位管事爷——见纪昀步履蹇迟进来，这书办只抬眼看了看，屁股也没动，便问："你是纪昀？"

"是，"纪昀微一哈腰，说道，"犯官纪昀。"那书办麻利地左右腿交换了，仍旧是二郎腿，吐着瓜子皮一笑道："有缘分呐！我十二岁进学，也吃过几回冷猪头肉的。不合和人争风水地儿出人命，配到这儿个远恶军州。你呢？人家也说，是十二岁进学，连登黄甲官运腾达占尽桂枝风流，不合一个蹭蹬，也流到这块从军效力。这可真是天上地下都来迪化①——这可不是缘分么？"纪昀这才知道他也是犯罪发落过来的囚徒，大约识几个字，就在军中调剂出来个未入流。听着语带讥讽满口得志小人腔，心里上火，却知管大于官命悬此人之手，只好忍气笑道："天上地下都来迪化不差，我流你配缘分爽昧有罪——承先生赐教。敢问贵姓台甫，也好上下称呼。"

那书办"嗬"的一声，一拍大腿手指纪昀笑道："真还有你的！说话都是对子，满合辙押韵的——喂，你天天跟皇上，也就这么着？怪不得的，巴结得不错嘛！我姓罗，行二的，你就叫我罗二爷得屎了吧！"这家伙中午喝了酒，也是乘兴出来寻开心，因离得近，满口酒屁臭味，死葱烂蒜夹着羊肉骚膻直冲入鼻，纪昀见他拍胸搭肩上头上脸地往上凑，心里厌恶，也耐不得那股味儿，闪着身子往后退了退，双手扶膝端坐了凳子上，啜了口茶，问道："罗二爷，我已经投谳报到，就请军流处长官禀知济度军门，我还想请见一下兆军门海军门，这都是我的朋友，京里还有书信带给他们。"

所有无赖小人无不厌弃端庄，纪昀一旦肃然正容，罗二爷便觉无趣，却觉得纪昀还端着官架子跟自己充大头，因板了脸，茶碗蹾放了桌上，说道："济度大军门去了昌吉，本城要运过去十万石粮食支应兆军门军用。纪大人，你既犯罪到了这一亩三分地上，少不得把你的官气收敛收敛。什么兆军门海军门？来的犯官多了，都是拿这一套吓唬人，罗二爷不认这壶酒钱——连关内各地戍来的囚犯，单是迪化就有六千，粮食要运，城要修，都和济军门海军门这些人是亲戚，我们的差使怎么办？"他站起身向北指指，"——城北清真寺西是关帝庙，庙北是新修的城隍庙。你们立地准备，挪进城隍庙去住，那里编的二百人一队，明天天不亮就背粮食到昌吉，每人五十斤军粮，许带十斤干粮，运到昌吉领条子回来再运。就这么个差使，收拾行李去吧，我在城隍庙等你！"说罢哼了一声抬脚便走了。

他意带不善悻悻而去，四个长随不禁面面相觑：刚踏进"一亩三分

---

① 乌鲁木齐清代地方官称"迪化府"。

地”就把地头蛇得罪了。云安就抱怨：“老爷也真是的！他上头上脸的，是在这里管犯人多了，都是求他的，没有他求人的。咱爷们落到这地步，还和这种人充的哪门子大蜡呢？”宋保柱说道：“眼见是来要钱的，我们就是抱着葫芦不开瓢！这可倒好，四百里路到昌吉，五十斤粮扛上还要自带干粮。”马四道：“这都怪玉保，报到的时候孝敬银子一递，又方便又好看。看这闹的什么事儿呢？”玉保一腔的没好气，冷笑道：“就你能！敢情的不当家不知柴米贵！过了西安，哪一路山神土地跟前不烧香？只剩了二百多两，都送出去，我们喝西北风儿？我给他封了五两的包儿，他打量我们老爷是做大官的，嫌少，是勒脖子讹我们来了！”

“我早说在西安把银子兑成银票的，”马四说道，“咣里咣啷的两千多，跟抬着个钱庄子走道儿似的，谁见了不剥克我们？”

“兑成银票？这里没有钱庄，一堆废纸好揩屁股么？”玉保瞪着眼道。

“嘻！真他娘的命里八字不照……还不知哪一天才能回去。”马四嘻声叹气说道。

“回去？放到这儿的十个有八个回不去。”宋保柱咧着嘴像笑又像哭，“别瞧那些老爷们送行说得天花乱坠石头转，逢场作戏卖人缘儿。老爷给他们腾出了个军机大臣位儿，巴不得咱们这把骨头撂到沙漠瀚海里头呢！”

“也许皇上有一天想着我们老爷好处呢……”

“皇上？皇上要真心疼老爷，怎么发到这鬼不生蛋的地方儿？”

“这话是！还不是小人撺弄得皇上不待见了？有那个日鬼精和珅在皇上跟前没个好儿。”

“还有臭鱼（于敏中）烂虾。”

…………

七嘴八舌连议论带争执夹着怨天恨地说个不了。纪昀被他们闹得心烦意乱，有些话也觉不无道理，发遣出去的官员皇帝“忘了”的也有的是，蒙赦放归的除非他亲自想起来或有人举荐“提醒”。他自己的情势自己有数，恩赦回京是十有八九的事，但也实在担心和珅弄鬼，对于敏中更是有几分恐惧——趁着这时机再查出几件自己的“事”，磨道里找驴蹄印儿再容易不过了。以曾子之贤、母子相知之深，三言"杀人"，其母逾墙而逃，自己比得曾子？乾隆爱重比得曾母？而且更深一层的隐忧他不敢想，乾隆已是六十六岁的耳顺老人，曾祖顺治二十四岁晏驾，祖父康熙六十九岁宾天，父亲雍正五十八岁大行……一时有个失闪两短三长出来，一朝天子一朝臣，万一出了那种事，也许真就把自己断送这里了。几个奴才不愿侍候自己陪殉，也自有他们的苦衷。他不善理俗事家务，也不会训斥人，虽然听出怨尤自己，反倒替下人着想，思量着皱眉说道："说这些有什么用处？我是奉旨谪遣到这里的，他敢怎样我？我哪里也不去，就在这等着济度回来，看他是如何发落？"

"爷犯书呆子脾气了不是？"玉保笑道，"得想办法——一是再赶着去送点银子，二是我看这里马多，五五二百五十斤，一匹马就驮了，再买头小毛驴儿您骑，我们四个空手跟您走，到了昌吉无论见着哪位军门，好歹一个炉里烧过香的，总会有点照应的……"纪昀心中气苦，愤声说道："买马！我发遣到这儿也是给皇上效力，没钱送这无赖！"

玉保和保柱买马去了，纪昀讨水洗了洗脚，和衣倒在毡铺上，一手曲肱枕着，一手把一本《楚辞》默读。他原本是豪爽书生，能吃能睡能熬打的，自经丧乱少睡眠，已有了失眠症候，眼皮困得滞涩，却只蒙蒙眬眬睡不着，一时在养心殿和乾隆说诗词，一时又和刘墉一同去禄庆堂看戏，一时又见于敏中带着文卷不言声从自己面前过去，一转脸却是和珅那副永远笑眯眯的神情在看自己，恍恍惚惚胡梦颠倒间又见那个"罗二爷"提着马鞭子气势汹汹走来，一脸凶相，马鞭子杆"砰砰"挝得桌面山响，拧歪着脸喝叫：

"起来起来！什么老爷？到这里都是罪囚！"

纪昀浑身一个惊乍醒过来，居然真的是罗二爷来了，还带了十几个囚徒，都是满脸污垢衣裳褴褛站在门外，罗二爷手里倒没有拿马鞭子，是两枚乌黑发亮的铁胆，敲砸在门框上，还在喊："叫他起来！"他见纪昀揉着惺忪的眼起来，一叉腰仰脸道："纪昀，谁让你睡觉的？"纪昀一怔，说道："我出过房钱。"

"我让你到城隍庙，你没听见？"

"我没留神。"

"你聋啦？"

纪昀身上的血一下子涌上来，一旦凤凰落架，真的连鸡不如！这个"什么也不是"的刀笔小吏，一辈子下场不得第的坐红板凳扔货，囚笼里巴结出来的末等无赖，要尝尝"奴役军机大臣"的滋味了！他的脸涨得通红，眼中幽幽闪射着怒火，一眼看见玉保牵着马进了天井，手一摆，愤怒地喝道："把马牵到厩里。我是奉旨要见兆惠海兰察的，不见着他们，我哪里也不去！"他这一发怒，玉保几个人也顿时硬气起来，马四便道："姓罗的，你鸥张什么？别说你，就是天山将军见我们老爷，他也不敢挺腰子！"保柱接口便道："两个山字叠起，你给我出去！"云安也道："和他说什么？见他们管带去——见他们管带去！"四儿卧着，也猛地一声龇牙咧嘴站起身来。

"哟嗬？"罗二爷起初被众人突然发作惊了一跳，倒退一步，警觉地看看主仆五个，移时，咧嘴一笑，流里流气说道，"我还以为来了什么硬撑腰子的呢！原来充大人吃瓜，跟我闹虚头！你说你奉旨的要见兆军门，好哇，旨意拿出来给爷们瞧瞧。"纪昀硬硬地顶了一句，说道："那是面谕，有旨意也轮不到你来接。""这里只有羊骨头牛肉干糠萝卜糙米，没有麵（面）没有鱼（谕）。"罗二爷嘿嘿嬉笑，一摆下颌命那十几个囚徒："绑起来押送城隍庙——马牵上，驴牵上，书箱里头有银子，小心侍候着了！"

一众囚犯听见"有银子"，兴奋得嗷嗷大叫，一窝蜂排门而入，却顾不得捆人，先奔炕上去，有的拽行李被褥，有的就砸锁开箱子，"咣啷"一声连底儿翻转过来，二十几锭大银，几十两小银角子小银锞子，笔墨纸砚连同书籍顿时散落得满炕都是。众人高兴得欢呼大叫，揣着银子，拣着能吃的就往嘴里塞，呜噜不清喊："这他娘的很够爷们打牙祭的了！"有的叫："大银子给二爷，大银子给二爷！"还有的嚷嚷："老子要那方砚，那是端砚！"玉保四个人也都扑上去撕扯着保那银子，也趁机往自己腰里塞。小小的炕上十七八个人来回挤压厮打，有的几个人同时滚成一团摔在地下。纪昀气得浑身发抖站在一旁，咬着牙不言声，罗二爷手托下巴只是阴笑。四儿是只哈巴儿，见主人受欺，只呜呜哀伤着吠叫，无助地满地打转儿焦急，却不会咬人，不防被人踩了一脚，又胆怯地伏到纪昀脚下缩头猊叫。屋里一时乱哄哄乌烟瘴气呼喝喊骂搅成一团，早惊动了店中人，那住客都是外地出差来的军官，站在天井剔牙说闲话看热闹。店主是本地人，满面赔笑拉着罗二爷，呜里哇啦不知是蒙古语还是回族语，劝说的什么也不知道。纪昀已气怔了。

正乱着，店门外有人老声老气说道："这店里起反了么？怎么这么搅闹？"接着一个老者脚步橐橐有声进来。众人看时，是个七十岁上下的胖老头，四开气灰府绸夹袍上套团万字黑绸褂子，脚下蹬着起明裥千层底鞋，一头雪白的皓发压着六合一统瓜皮帽，浓重的扫帚眉也已全白，却是红光满面精神矍铄，说话声音洪钟也似，问道："这里谁是店主？嗯？"他这身行头打扮，怎么看都像个贩茶老掌柜的。又一身风尘灰土，都料他是赶宿头的。店老板要出来应候，又担心这群人偷店里东西。罗二爷见众人发愣，喝道："卖什么呆？别理这老货——赶紧带上人走！"外头看热闹的军官似乎有人认出这老人，嘀咕着窃窃私语几步便退到了远处瞧热闹。

"我说，怎么没人答话？"老人见没人理自己，有些发怒，一手指定了罗二爷，"你——我说你呢，你看什么？是你带囚犯来抢这店的？这迪化是个没王法地儿么？"

罗二爷相了相他，终于出来了，他却担心是哪个大营里的文案师爷，赔着小心问道："老人家，迪化就这么大块地方儿，眼生得很。您是哪个营的，还是内地来做茶马生意？"老人道："我是卖茶砖来的。你们这是干什么？半条街都轰动了，又是抢又是夺的，是土匪还是兵？"听是茶商，罗二爷又抖起了精神，回身说道："别理他，捆人！是个卖茶砖的糟老头子。"

"你说什么？"老人有点重听的样子，偏手捂着耳朵问道，"你叫什么名字？是营里的？"罗二爷道："我就是天山大营军流处的罗二爷，我这是办差，叫你别管闲事。"老人也就不重听了，放下手笑道："我也是给天山大营办差的，这闹成一路人了。你叫罗二爷，一生下来就叫这名儿？你爹，你爷爷也都喊你'二爷'？"

罗二爷怪怪地看着老人，一笑骂道："这老不死的敢情装耳朵背！敢寒碜我！"老人道："子曰老而不死乃为贼——少陵有语'虐人害物即豺狼，何必钩爪锯牙食人肉'——军流处的堂官怎么收留你这王八羔子，这城里就敢横行霸道！"罗二爷咬牙笑听他"子曰诗云"，冷不防一个扑身上前就来一手黑虎掏心，口里叫着："揍你个老秀才爬灯台——来这里卖文！"

"妈拉个巴子的！你敢动手打我老人家？"老人突然放了粗，眼盯着他到身前，不等拳头挨身，只一掌劈搂过去，身子一闪顺手一带，兜屁股又是一脚，打得极是麻利。罗二爷压根收不住脚，一个马趴摔出去六七尺远，头撞在店门口门枢石头上，碰了个发昏。他揉着鼓起的大包发愣，老人犹自在说："君子可欺以方，唯女子与小人为难养也……"他一时粗鲁得像个杀猪的，一时文绉绉像个教书的，逗得远处一群军校都笑。纪昀从没见过这色人物，老而劲健又文又浑，说滑稽又一本正经，要笑又觉他可爱，又担心他吃亏，枯着眉头出来正要说话，罗二爷一跳老高指着老人道："这老家伙是白莲教，会邪术，给我拿了请赏啊！"

屋里一群犯人原见罗二爷吃亏，老人似乎不费吹灰之力就打塌了他，正愣着看，听他下令，将胳膊挽袖子便都踊了出去。那老人见他们围上来，双脚跨出丁字步盯着他走近。未及动手，外头一个青年军官气喘吁吁跑进来，双手一拦喝道："这是天山将军济大军门，你们谁敢！济军门，您瞧您，各军管带都在辕门外头等着您呢！我问跟您的人，说您撒尿去了，怎么跑这儿来了？"

这就是天山将军济度。满院囚徒，连罗二爷都吓傻了，木雕泥塑般站着发呆。

"妈拉个巴子，扫老子的兴！"济度拍拍手，又弹弹袍子角上的灰土，板起脸来训斥那青年军官，意兴阑珊地回身，指着众人道："孺子不可教也——统统给我拿下，他娘的——投畀豺虎！"

"喳！"

那青年一个叩千答应，起身一个手势，店门外三十多个戈什哈夺门而入，马刺佩剑碰得叮当山响。济度既说"统统拿下"，这群人也就不分好歹见人就捉，纪昀眼见两个校尉扑向自己也要动手，真的急了，大叫一声："济度，我是纪昀！"

"纪——昀？"济度一脚前一脚后站住了。

"纪晓岚——你没有让勒三爷要过我的字？"

"噢——噢噢！"济度恍然间醒悟过来，一个转身挥退戈什哈，已堆得满脸是笑，快步过来，一头走一头笑道："我说今早'柴门鸟雀噪'呢！原来纪师傅千里昭昭（迢迢）来了……三天头海大坏还说，你估约就到了，隋赫德交印时候也说过，你怎么就不告诉中军一声呢？"

纪昀倒不料他这般热情礼遇的，悬着一颗心登时放下，见他还要深揖行礼，忙一把扶住了，笑道："论年纪你也是老前辈，这断断使不得！大约他们只记得我的字叫晓岚，本名儿没人知道，就闹了误会——这正在寻我的事呢！"罗二爷一群人见这阵仗，早已唬得面无人色，爬在地下觳觫颤栗，见纪昀说到自己，忙磕头道："纪大人、纪老爷超生……小人们在这过得苦寒，穷极无聊穷昏了头，涮着爷们玩儿讹几个酒钱……"

"娘的个屄的，穷极无聊就敢涮纪老爷？穷昏了头就敢抢劫？"济度瞪着眼道，"你这会子不过是小人畏刑，后悔也迟了——把他们拖到辕门外头正法！"眼见戈什哈们上去拖人，一众人捣蒜价磕头乞命，纪昀是君子不近庖厨畏闻牛羊哀鸣的人，不禁软了心，倒为他们乞情道："纪昀刚到，也是有罪之身，是我命中该有此劫，天假小人之手，所以祸君子而福君子。不然，我也不得与军门这里邂逅相逢。前方战事方弥，多少大事需将军料理，军门不必过分计较他们吧。叫他们把我的书籍盘缠还出来就是了。"济度笑道："唯上智与下愚不移，与中人可以语上，老兄太仁慈了。既这么说，死罪饶了，每人四十军棍，在辕门外枷号三日，罚到昌吉修城拉尿倒吧！"说着将手一让，"到我中军去，兆惠海大坏今晚都来会议，你也凑上一份，有新鲜蔬菜呢！——把我的马牵来给晓岚公坐！"

第十五回　　天真武夫饮茶吹牛
　　　　　　边将驱驰道析敌情

　　纪昀和济度策马并辔而行，言来语去竟十分投机，这才知道兆惠是从南疆兼程赶来，滚单报说已在乌鲁木齐南二十里接官厅，接见了运粮官就赶过来会议，海兰察是在昌吉也正赶来，也有报马半个时辰到天山大营，因有乾隆的圣旨，计划下一步军务，三位大将要聚头会议，济度是东道地主，自然先行一步，就巧遇了纪昀。言谈之中纪昀也摸清了济度底细，所谓"儒将"云云，其实识字极少，连兆惠海兰察这等"二把犼"也是远有不逮，原是个粗莽武夫赳赳厮杀汉，偏是喜欢转文儿，"妈拉巴子"加"子曰诗云"乱来一气，如此大半生，也就攀出个"儒将"名号。想想自己把别人谈资耳误当真郑重其事起来，在马上不住暗笑。那济度半点不藏奸，见他不时掩口葫芦儿，便问："是笑我不学无术吧？"

　　"是，我听人说你是儒将。"纪昀老老实实说道，"果然言必称孔孟语录，不愧'儒'字，统领雄兵十万于大漠立功，不愧'将'字。这不能叫不学无术，孔孟是学问根本，将军是术业表相，是真正的学术。"

　　济度大喜，说道："先生这话最对我的脾胃！孔孟是学问根本，将军是术业表相——嗯，就这两句明儿请先生给我写出来，派人到西安裱起挂到我的军帐上。"又问，"你愿意干什么差使？就留在我的签押房，看看折子写个条陈什么的，闲时候给下头军将们讲讲圣贤之道，游历一下各军，兆惠他们那里也都能去转悠着散心，岂不甚好？"纪昀笑道："好敢情好，可皇上是叫我来吃苦头的，我在这游悠，怕有人说闲话，反而牵累了你。"济度扬鞭大笑，说道："哪个狗娘养的敢？你还道这里是北京？这里天高皇帝远，杀人如草不闻声——你这样的人能在这呆着就是吃了苦头，还要你怎样？"纪昀笑道："既如此，我听大军门将令行事就是了。"

二人在马上说说笑笑，已到天山大营辕门外头，大大小小的游击、参将、营前校尉、各营管带副将以下军佐密密麻麻也有一百多人早已在门外挺立相迎，见济度过来，一齐打千儿行下礼去，堂呼："济大军门安好！"纪昀是流配犯官，自然惶惧不安，忙着就要下马，却被济度一把扯住了，用鞭子指着众人道："这是我的纪老师，咱们大清的哈——第一才子。皇上送他到这疙瘩来，嗯，吃点苦头立点功，还去当大宰相来管辖我们……"纪昀听他胡传圣谕，唬得两手摆着道："啊……不不不，不敢……"济度一口截断了他笑道："算尿了吧，我跟了皇上也几十年啦！我还不知道吗——就这么回事儿，来了就是第一功，你们，唵——要像敬老子哥一样敬他！听见了？"

"喳！"

"笃！"

济度一催坐骑，一行人怒马如龙拥进辕门，直在议事厅门口下了马，济度吩咐道："西边那处小院子拨给纪先生住，给他布置个书房加个客厅，要个伙夫过来做饭，按参议的月俸供应。"又道，"老兆老海他们就要过来了，我得去迎一迎，你就在这安置，自己立火，我伙房里有好吃的，只管找他们要。先烧点热水洗浴洗浴，我们碰个头再来叫你……"又唠唠叨叨叮嘱了许多话才去了。

这时天已向晚，纪昀痛痛快快洗了个热水澡，跋了鞋，帽子也没戴，宽松着袍子出来散步。衙门里三位大将军议事会议，已经戒严，一个闲人也没有走动的，满院新栽杨柳都只有胳膊来粗细，在黄昏的风中婆婆舞动，甚是雅静悠闲，西边雪山白头顶峰被玫瑰紫色的晚霞映得通红，白玉般晶莹玲珑矗在蔚蓝色的天空下，显得灿烂瑰奇变幻莫测，院外不远就是他午间登临过的草土城垣，也沐浴在奇丽的彩霞之中，无数鸦雀在城头觅食，上上下下翻起翻落，有点像西安鼓楼的黄昏神鸦，景致苍茫隽远，令人心驰神往。纪昀不禁暗想圣祖世宗和乾隆皇上三代努力，锲而不舍地经营这里，原来是如此大好河山！喟叹间一回头，见玉保云安马四宋保柱四个奴才在土顶房窗前垂手而立，一副毕恭毕敬的模样和自己不曾失势时一模一样，不禁无声叹息一下，问道："四儿喂了没有？"保柱忙赔笑道："方才我到大伙房要了一架羊排骨，喂过了哩！"
四儿已经听见，"汪"地叫了一声从屋里冲出来，绕着纪昀膝头撒欢儿，
又爬在腿上伸舌头舔纪昀的手。纪昀蹲下身去用手轻轻抚着它，笑叹
道："咱爷们总算有了块安身立命之地了。"说罢起身进书房，盘膝坐在
炕上写日记，这是积习所使也不在话下。

　　待到天色黑定，听见东边正院议事厅里一声"喳——"的吼声，仿
佛许多人同时答应似的，接着满院脚步杂沓，间或也有人边走边说笑，
纪昀便知是散会了。铜笔帽儿统了毛笔，又命保柱洗砚、收拾纸墨，便
听几个人说笑着走近来，里头有济度瓮声瓮气的说话声，兆惠只冷丁插
一两句，海兰察仍是嘻嘻哈哈连说带笑踢脚拧腿的不安生，一进院就
喊："纪老师，你终于功成名就身退，来跟丘八们为伍了。"纪昀慌忙笑
着迎出去，与三人执手寒暄，见兆惠海兰察都披着绛红大氅，笑道：
"红袍双枪将，威风不减当年。兆惠瞧着躯干更伟大了，海兰察仍旧风
趣。我犯了罪，发落到三位手下，还请以故人情分略加眷顾。我是有罪
之人，你们要多照应。"

　　这三位品秩一样，都是将军，济度是本地建牙驻节，海兰察是西征
副将辅佐兆惠主力的，兆惠是正钦差，自然以他为主，满是老茧的大手
铁钳子似的握着纪昀的手，微笑道："到这里就是到家了，我们一向敬
你是老师，现在你还是老师，你是奸臣陷害流落来的，我们心里有数，
先在济老军门这盘桓一阵，闷了，到我军里或去海兰察那里都随便——
济老军门，纪师傅是要吃猪肉的，叫他们从内地弄些腊肉来，还有菜
蔬。这里饭菜一下子吃不惯的。"

　　纪昀的心被这几句话熨得滚烫，眼泪几乎要夺眶而出，双手摇着他
的手道："不消多事，不消的……我牛羊肉也吃得。兆军门，奸臣陷害
的话万不可再说，我是有罪之人，万岁爷罚当其罪……这些话传出去对
你不好。"

　　"于敏中已经退出军机处了。"兆惠一笑说道，"刘崇如中堂发来廷
谕，询问行伍管带军官里头有没有和他私相往来的。万岁爷还赏了我们
不少物件。"因将赏赐情形说了，又道："他整你，我们都晓得，济度那
时候在湖广，于敏中曾问过他，军机大臣有没有在汉阳府购置家产地土

的……"纪昀一边随着走，仔细听他说话，听于敏中出了事，倒觉得意外的，思量着里头纷乱繁复的人事，一时也理不出他"出事"的头绪。随后又说到和珅，他笑道："这都没有想到，我闭门思过，只想自己的错处，确有辜负圣恩的罪。和大人也是行伍出身，亢爽自喜聪明得自天赋，处处与人为善，且和我无冤无仇，不至于坑陷我。就是于敏中，我心里眼里看他是个书生，有些个道学气，和我学术不同而已，一向廉隅自重，学问也不坏，怎么会背后给我过不去呢？"走在旁边的海兰察嬉笑道："纪老师也真是的，这地方儿说话有尿的个忌讳？还说和珅是行伍，他跟阿桂当跟班我就见过——"他绷紧了嘴唇，像煞了阿桂平时吩咐下人形容儿口吻儿："——小和子，这几位都是我的老兄弟，金川过来的。天好早晚的了，能定来一桌席面么？"转又嘻起嘴皮，一脸春风媚笑，又是纪昀常见和珅那副干净麻利讨人欢喜形容儿，干脆里头略带嗲声嗲气道："看桂军门说的，昨个他们说来，小的就到铺子里预定下来了。这点子事儿办不下来，桂军门要小的这些人做什么用呢！"学了二人形象，海兰察才又变回自己本身，笑道，"他穿过号褂子算个'行伍'吧！给阿桂提茶倒夜壶，溜沟子舔屁股是个好角色。不过，如今舔上了皇上，我看阿桂的屁股就不香了。"济度不熟悉和珅，听他学说得有趣，双手捧着将军肚笑得白胡子乱颤："我每次见你，都要说和珅。我到北京也见过他两面的，一团和气是真的，到你口里就成了个下三滥。"兆惠笑道："海兰察学得不差，他就那副鸟样子。傅大爷活着说过，古人真有舔屁股的。和珅还不到那个地步，得学习学习。"海兰察道："这不过比出他的人品，哪里真有那事呢？"

"不但有舔屁股的，而且有吃屎的。"纪昀笑道，"'舔屁股'的典出自《庄子》，楚国的兵到北方打仗，手都冻裂了，有人制出防冻药，打了胜仗，楚王赏这医生五辆车。楚王得了痔疮，又一个人给他舔痔，舔得大王受用，赏车一百辆！吃屎的典出在《吴越春秋》，越王勾践打了败仗囚禁在吴国，急于回国，吴王夫差得了痢疾，他就去装孝子，拉下的屎就手指头挑着送口里品呷，说：'粪有谷气，大王的病就要痊愈了！'明朝有个官想升迁，宰相下头那个玩意儿阳痿不举，他弄些药汤亲自去洗，结果升了御史，所以明朝有个'洗鸟御史'。名利场上头，什么事出来你们也不要觉得稀奇。"舔痔、尝粪、洗鸟三节故事都有典有据，几个将军无不酱着鼻子瘪口儿摇头皱眉蹙额而笑，兆惠道："不说这些，不说这些，我们就要入席，小心想起呕吐出来。"一边说笑着，四人拾级登堂，已见摆好的八仙桌安在大沙盘旁边，中间一个二号瓦盆，垛得满满高高的是手抓羊肉，旁边也没有盘子，都是海碗，俱盛的青菜，青芹、菠菜、莴苣、黄瓜都是凉拌，还有青椒爆肉丝、宫爆玉兰片、韭菜炒鸡子儿、姜蒜烧茄子——时正五荒六月，别说万里寒疆之外的大草甸子，就是中原，上这么一桌菜也是极难得的了。海兰察双掌一合先就说了声："妙！"济度是东道主，笑道："听说老年糕（年羹尧）在青海，天天就是这新鲜菜。我是听说你们来，从成都快马传来的，芹菜菠菜叶子烂掉一半……唵唵，这个嗯！有朋自远方来，不亦乐乎。呃，孔子食不厌这个精，脍不厌细！"便请兆惠上座，"你是正钦差嘛，上去！我和海大坏横着陪，纪老师是客，和你对面。"

于是四人依言安座，兵士们便搬大酒坛子来，兆惠笑道："纪先生可以用酒，刚刚在会议上下过令的，我们三个以茶代酒陪着。这不是矫情，自己定的规矩不照着来，下头知道不好。"纪昀忙道："我不善酒，你们都晓得的，大家一样，大家一样才好！"又问海兰察，"他怎么总叫你'大坏'？"济度笑道："你没瞧他那样子，说坏话、办坏事、笑起来也是一脸坏笑！"海兰察笑道："——下头你该说'子曰'必也乎正名了。大约纪先生还不熟悉我们济老军门，无论会议说话办事议论，先说某事某人如何怎样，必定'娘的屄'后头跟着来一段语录。我是个附庸市侩，他是附庸风雅，我不坏，就比不出他的好儿来。日娘鸟戳的弟兄俩比鸡巴——一尿样儿。"说得大家都笑，举起水碗一碰，各人喝一口茶开筵。兆惠笑道："天下将军如林，真正好学敏达至老不衰的，还是济老军门。虽说识字不多，天天都要听师爷念书，自己听着背诵，《红楼》呀《西厢》呀，都听。上回海兰察听他讲《楚辞》，说屈原一辈子都喜爱男宠，我说：'哪有这样的事？'海兰察说：'你没听济老军门念"余幼好此尿兮，年纪老而不衰"？'想了想果然是的，一问，济老军门说：'你们真敢糟蹋圣贤，屈子这儿说的是"裘"，他喜欢这件披风大氅儿，一辈子都喜欢。'我不大理会这些事，海兰察毕竟糊涂，查了查书，原来是'好此奇服，年既老而不衰'。'奇服'师爷读连了，就成了'屙'字，老军门夫子自道，又解成了'裘'字——当众说出来譬讲一番，也不肯私了，所以他就总叫他'大坏'。"纪昀道："一字之师原也是风雅事，只有点恶作剧了，有个为亲者讳为尊者讳的事儿。"

　　说笑着又复碰碗。海兰察道："这么着拿腔作势喝水充酒，口里淡出鸟来。不如说笑话儿佐酒。我先来一个。有一个——穷秀才，夏天正午头回家，走到家门口过道里，他姐姐坐着做针线，穷家子穿的衣服都烂着，裤裆里那玩意儿都露着，这秀才掩了脸说诗'一蓬莲花铺地开，羞得小弟难进来'，他姐会意儿，脸一红腿一夹，秀才进了院里。这姐姐心里暗地欢喜。嗯——我兄弟会作诗了！就悄悄告诉邻家一个富户小姐如此这般，'我兄弟中状元是必定的'，这富家小姐也有个弟弟在学堂读书，听了这话不忿儿，第二日中午也坐到门楼里头绣花儿，把裤裆剪了个洞岔腿儿露着。吃饭时她弟弟也回来了，谁知只看了她一眼就直进门去。她急了，就问：'瞧见了么？'

　　'瞧见了。'她兄弟闷头扒饭说。

　　'那……是什么？'

　　'屙嘿！'

　　'哎呀，真俗！那是莲花。'

　　'镰把？'他兄弟头一别，说：'锹把也能戳进去！'"

　　海兰察连说带手比划，满庭侍立着当兵的都绷着嘴笑，济度听到说"真俗"已经捧腹大笑，纪昀场面生，听他笑话下道，红着脸讪笑，兆惠却是个严肃人，嗔道："你也是个有名上将，直是个痞子流氓！"海兰察和他是生死之交，骂皮了的，只鼓唇咋舌扮个鬼脸儿，搔着头笑道："这是磨道里头的笑话儿，太不入大雅之堂了。我再说个真的吧！——我们外婆村里有个寡妇，家门口儿有片空场，我们小时候常去玩儿，打毛蛋儿打立柱（倒立），绷琉璃蛋儿，看不住时偷个枣摘个梨什么的事儿也少不了。那年夏天我去，又在那玩儿，不防一脚把她的水桶踹散了。小伙伴们一哄而散逃了，我也想走叫她一把拉住说：'你谁家野娃子？赔我的桶！'正着急，村南来了个箍桶的，我指着说：'那不是我舅来了，我去叫他给你箍！'我跑过去，指着寡妇家说：'那是我舅妈，桶散板儿了，你去给箍箍。'说了就溜了。"说罢，端起碗喝一口茶夹菜不言语。纪昀问道："难道没有下文？"

"我不在跟前。"海兰察鼓着腮使劲嚼鸡筋，若无其事说道，"听说桶修好了，那箍匠伸手要钱。寡妇问：'怎么，你不是他舅？'那箍桶匠也一愣，问：'怎么，你不是他舅妈？'"

众人不禁哈哈大笑，兆惠也笑，说道："这个故事我信得实是你。"又对纪昀道："先生必有更好的，也说一个大家佐水。"纪昀笑道："'佐水'这词儿用得风趣。看见这桌席面，我想起于敏中请客，我和阿桂两人去的，还有马二傻子也凑了热闹。他叫厨子弄菜，临时厨房里并没有什么菜蔬，红萝卜丝儿、盐水煮黄豆，还有一只鳖，也不新鲜了，这才三个菜，家里有梨，也是捂蔫了的，切了一盘端来下酒，酒也是酸的。"三个将军听着已是笑了，纪昀道，"大家都吃不进去，他还用箸敲着盘子说：'来呀，请请，请用！这萝卜是我后院里自己种的，现刨现吃，多脆、多新鲜呐！'马二傻子你们知道，哪里吃过这种菜席？他又指着那盘子鳖：'这是荤的，请用，怎么老马愁眉苦脸的？'我用筷子点点菜说：'没听人说，世间万般愁苦事，无非生梨（离）与死鳖（别）？'"大家听了都一个破颜，纪昀猛地想起今日此身万里边塞，未知生离死别，笑着笑着已变成了苦笑。海兰察是顶精灵的人，已窥破他几分心境，笑道："出兵放马在外，说个笑话儿开怀解闷子，偏老兆就有许多规矩，荤的素的我看都比'生梨死鳖'强些儿——咱们吹牛吧！看谁牛皮吹得大又不破，大家奉陪他多喝水！"指着兆惠道，"你先吹！"济度也提足了精神，揎臂扬眉道："这最合我的脾性，请，请！"

"好，我来一个！"兆惠起了兴头，笑着说道，"我的枪，你们见过，那个锋利！有时候儿我就用来当梭镖使。刚进天山那时候出去打猎，瞧见一头鹿，我'日'的一声把枪掷出去。准头不好，掷到天上去了，把天戳了个洞，天河水漏下来就成了天池！"

"你那不算什么。"济度摇头道，"老天爷后来把天补了又不漏了。我那刀，有一回不小心劈到月亮上，那物件谁知跟石头似的硬，溅出火来就在天上成了星星。纪晓岚要抽烟，寻打火石，我说不用，我再砍月亮一刀就有了。"纪昀觉得挺有趣，笑道："不劳费神，刀砍缺了没法杀敌，我向来对火抽烟都是把日头摘下来按在烟上跟火丸子似的，抽着了再把日头扔回去就是了。"

海兰察一边笑，说道："打昌吉，头一阵出去我就叫几万兵给围了，那真是走一处敌兵如海刀枪如林，我横冲直闯杀了一天一夜，冲出来一看，黑马怎么变成白马了？想想才知道那日凶险，是它吓的了。伍子胥过昭关，还不是一夜白了头？"大家听了，看着济度满头白发直笑。海兰察又道："真是人困马乏呀！我叫厨子赶紧上饭，他说现蒸好的包子，士兵们一人一个。我的那个大，和我那匹白马就边儿上吃着进包子里头，一百多里还不见馅儿，又吃二十里，吃出一块石碑，上写'此处离馅八十里'。"兆惠道："那也不算什么。我到南疆驻扎，顺手把马鞭子插到中军门口，谁知这竹子就发芽了。长得高，顶到天上又挡回来，只好盘着天山横着长，盘了天山三千圈儿，还一个劲长呢！"纪昀问道："那我们该能瞧见的，在哪里呢？"兆惠指着海兰察道："他厨子蒸包子，笼屉儿散了，砍了我的竹子去修笼屉儿了。"大家听了鼓掌称妙。

"你们说的都不算稀奇。"济度连连摇头，说道，"我跟老阿桂打苏四十三，也有一个使刀的，那刀法真绝！我那时候正壮年，也不让他，从早晨打到后半夜才一刀劈了他，不防把石门山也劈开了。纪师傅来时必定经过的，得走三天三夜才能从刀缝里头出来。当晚回来一看，我的马只留下了两条前腿，我就这么骑着回来了。原来这小子也劈我一刀，把马拦腰斩成了两截！可怜我的马啊……跟了我多少年……"说着，眼泪汪汪的。

几个人一怔才悟过来，不禁轰然喝彩，"这牛皮吹得好！"海兰察笑道："好是好，只是马没了下半身，我们就想拍你，到哪里寻马屁股呢？"兆惠道："到你倒运时候，给你马屁股也拍不成。就像于敏中，万岁爷写字儿难他，连宝剑的剑字也不敢认了。"海兰察一摸头道："我说呢，有件事心里系着，只顾吹牛了。万岁爷写给于敏中的字儿阿桂不是抄来了？我们不识的，现放着纪大学士，何不问问。"说着起身，至大沙盘角拈过一张纸——正是乾隆写给于敏中的那一张了——递给纪昀。纪昀接过看着，字都认得，却不忙说，只详推其中意思。见他只管沉吟，兆惠道："这也不忙在一时，回头找一本《康熙字典》查查就是了。"

"这其实是一封斥责诏书。"纪昀审量着字纸说道，"文不连贯可以意会。十个字连起来读，就是：昏、柔、亦、昊、天、夷、剑、纠、庶、钥。有先秦古简文文风。"他用手指蘸水在桌上写了个"嫛"字，说道："这个字的意思是古时山中一种母猴，是贪兽。昏瞀而且贪婪的禽兽——这个'妖'字意味更恶，是古时'女官'称呼。通译出来，就是'阴柔贪恶揽权乱政之辈，难逃昊天明鉴刑典纠劾黜罚'的意思。幸亏他不认识，真的识别出来，会吓酥了他的骨头的！"又思索着道，"按这个罪名，十个于敏中也难逃一死，怎么又会留下他的大学士？这就猜不出来了。"

大家看着饭桌上那张纸不言语，原来不过是好奇，觉得神秘。解破之后，反而瞧去更其神秘，而且有一种莫名的恐怖袭得人心里发寒。怔了一会儿。纪昀因问起李侍尧消息，兆惠说道："他没事了。定的斩监候。要是于敏中在，来年不定就勾决了他。于敏中坏事儿，是他的吉祥，也是您的好音。"他的心绪竟一时走不出于敏中的阴影，又道："别看和珅风毛乍翅的，武将们没人怕他。我奉旨在文华殿听过于敏中讲学，话不多，很阴沉，吐字清楚不迟疑，有些个绵里藏针。我们几个丘八下来议论，都说这人厉害，有点像傅六爷，拿得住势掌得住权的，有些叫人心怵。"

"他妈的给六爷提鞋吧！我看他有点像讷亲，冷冰冰的阴得森人！"海兰察笑道，"讷亲才到金川，大家都怕他，后来怎么样？他识字比不上我们纪师傅，又没带过兵，支架子吓唬人吃饭。像庙里头的瘟神爷，吓人不吓？我他娘的夹脸给他一枪，金装泥皮一脱，狗屁不是！"兆惠道："你是个见石头不言语踢三脚，佛座底下拉屎撒尿的赖子，泼皮大胆没人收束的家伙，谁和你比？"海兰察道："我就怕皇上，恩情太重了，得小心图报，我也怕阿桂，板起脸来这个样！"他学着阿桂，吊着眉斜视人，咬着牙龈一副沉思模样，"金川突围时，思量过刮耳崖，他就是这副模样儿，杀开血路就冲出去了，见真章儿的事，岂敢轻慢呢？——老兆，这是什么玩意儿啊？我还想着你一门心思军国大事呢，怎么怀里揣这玩意？"原来他一头说话，一头拧腿动身的不安生，冷不防从兆惠怀里竟掏出一只绣花鞋来，举在手里嬉笑道："怪不得你怕道学先儿呢！"

本来已经变得有点沉闷的气氛一下子又活泛起来。济度大笑道："我是附庸风雅，我们兆大钦差是附庸风流。军中不可养妓，你也要小心云儿弟妹吃你的醋。"

"没来由她吃哪门子干醋？"兆惠笑道，"我是个将军，一行一动身边跟几十上百号人，别说风流，就是道边上遇见多看一眼，军校们都知觉了。这是胡富贵到昌吉带回来的，昌吉筑城，城壕刨到五尺余深，刨出这么一只鞋来，和我们中原女人的一样儿，你们说诧异不诧异？"海兰察笑着在手中把玩，见纪昀伸手讨看，忙递过来。纪昀细看那鞋，只可三寸把握的一只"金莲"，黑市布面儿青布里儿，红绒丝掐线滚边绣成牵牛龙云图样，玫瑰彩线扎的月季花儿颜色鲜艳，连滚边的线也都没有褪色，且是针工细密线脚扎实，有点像内地针线作坊里的活计。他一边看，一边喃喃自语："……此理不可解。入土五尺余，至近也有几十年，何以不坏？额鲁特女子不缠足，何以又像弯弓新月？这里头必定有缘有故事，可惜不能考定了。"说罢稍停又信口曼吟道："筑城掘土土深深，邪许相呼万杵音。怪事一声齐注目，半钩新月藓花侵……"

"好，好！笑话，吹牛，考据，还有诗。今晚高兴！"兆惠笑着起身，高兴地说道，"今日以水代酒，委屈了诸位。待我打下金鸡堡犒赏三军，我们以酒代水尽兴一夜。"海兰察也起身看表，笑骂道："这表也会日鬼弄棒槌，妈妈的，已经快子时了。"又对纪昀道，"明天一早就起身赶往昌吉，这就别过了吧！你就在这里安置下来，教教我们济老军门诗词什么的，好教他再去吹牛。他有委屈你处，一个邮传出去，我们就都晓得了，儒将也就不'儒'了。只要你在这里，凭谁不能伤你害你，功劳保举折子上顺笔一带，皇上也常见你名字，这就得！"济度笑道："快滚蛋办你的差使去吧，老子省得。"兆惠也和纪昀握手言别，一揖辞去，消失在暗夜之中。

海兰察兆惠出营上骑，并辔返回驿站，凉风一扑，方才屋里身上微汗全无。海兰察道："北京早市西瓜卖出来了吧？还有甜瓜。我真做梦都犯馋……"听他吸溜涎水，兆惠笑道："不但你馋，下头兵们也一样。

我营里粮材官已经去哈密，采购点葡萄干哈密瓜。叫你的人也去办些。没有怨言兵就好带些。"海兰察暗地里点点头，说道："我们不比福四爷，他拉屎忘带手纸，兵部也得赶紧进茅房送去。兵部见我们头戴三尺帽、拦腰砍一刀，就那副德性！别看现在大将军八面威风，我还是念记跟傅六爷那年月。"

"那是。"兆惠在马上一纵一送，沉思着微笑道，"情吃情喝情厮杀，没心思。现在什么事都得自己操心。你打下昌吉，能缓一口气儿了。我呢？还在阿妈河边等军饷！霍集占全都是骑兵，现在草肥水多马壮，一天能运动四百里，我的兵顶多一百里，金鸡堡黑水河这边不是沙漠就是草甸子，行动暴露，敌人集中又快。所以看似人多，我占的是劣势，一个不当心切割包围，让人吃了饺子的分都有呢！皇上赏了我那么多物件，也附有密旨，那话就不客气了：尔与海兰察非红袍双枪将耶？今海兰察已取昌吉，尔尚观望至何时？还以为我在'观望'。"

海兰察勒住了马，黑暗中看不清他的脸色，语气却十分浊重，和他平日言谈大异其趣："你是主攻大军，万万不能让人切割了。要动就大军齐动。沿阿妈河溯流向西，在黑水河南北住大营。南路大军稳住，我就能从容策应。你打烂了，连迪化也保不住，昌吉也就完了。"他定了定神又道，"皇上急，你急我也急。事儿还是要办稳当，胜仗不是急出来的。"兆惠听了默然，良久说道："福四爷已经到了打箭炉。阿桂信里说英国人已经退出不丹。福四爷还是能干，打仗我看比老公爷还似乎强些儿。且是待我们厚道，你说话留点分寸，别叫少公子没面子。他和我们出身不同，自然恃强高傲些儿。兵部的人一头支应和珅、争军饷，又几头用兵，有他们的难处。"海兰察仿佛在咀嚼着什么，良久笑道："不过在你跟前口不遮拦罢了，我和福四爷没半点过节儿，傅家是我们的大伞，我撅伞把儿么？那个玛格尔尼，我看分明是英国一个坐探，这里去打金川，那里他就退兵，还不是姓玛的通风报信儿？偏是和珅和他搅不清，套近乎闹礼仪，皇上也信他那一套乱七八糟的花哨。"

"军务上的事还不够你操心？"兆惠听着海兰察有点到处寻人出气的意味，指着又想说和珅里通外国，不禁失笑，劝慰着道，"今儿这几个都和和珅不对，闲说几句罢了，不能认真。也许皇上有意让英国人自动退兵，特特地透露给玛格尔尼呢！你想想，从打箭炉到西藏走多少路，是什么道儿？再从须弥山北路攻不丹，要耗多少时辰，多少人力军饷？他自行退兵那是最好。真动手，你我都得预备着带兵穿唐古拉山进西藏。"

他详缕剖析，虽然只是猜测，海兰察已觉大是有理，见他还要譬讲，笑道："好了好了！我说我是萝卜，你就一个劲浇屎——省得了，不乱说还不成么？——还是以前规矩，每天用快马通一次信儿。你那宝贝师爷，我竟不知是什么托生的，信写得鬼画符儿似的，我得三个师爷辨认，才勉强认得出来。"兆惠笑道："我带五个师爷，给济度一个你一个，行军时候跟不上队，胡富贵胡乱识几个字，军报就着他写了，写折子就得我自己来，虽说有错别字，皇上也原谅了。这次我原想带纪师傅去。可他是大秀才，皇上将来必定起复重用的，万一有个闪失，担不起责任。"说着，海兰察见一溜灯笼从驿站里迎出来，打头的正是胡富贵，笑道："那不是你那门神来了！该说的军务会议上都说了。今晚就说到天明，还是有话可说。我们也别过吧！"在马上转脸招呼胡富贵道，"喂，老胡子！皇上有旨意，左路军管带封给你了。参将实缺副将衔，回京路上就他娘的八抬轿坐上！兆惠的保举折子我联的衔儿，你怎么谢我？"兆惠问："明早天不明就走路，马喂了没有？"

"回大军门，我亲自到马厩里督着饲料的。鸡蛋不多，加了些黄豆。马掌子都重新安了。带着又出城遛了遛，每匹马又配了一副软毡，垫在鞍子里头，都试了，请军门放心！"胡富贵一脸庄重回了兆惠的话，这才笑回海兰察。"怎么谢海军门呢？到年下——我那半旧没补丁夏布裤子，借给您穿半天！"

海兰察哈哈大笑，手中鞭子一挥，驿站门口黑地里一群军官"嗯"地迎了出来。牵马的、扶掖的撮弄着他下来，簇拥着说笑而去——这就是与兆惠不同之处，他的部将打仗时是他的玩命爪牙，平日却有点狐朋狗友味儿，不似兆惠那般肃威庄严不苟言笑。

第二天寅正时牌，兆惠一行百余人就起身了。一切有条不紊，洗漱了吃了早饭，看表才到卯初，西域天亮得迟，孟夏季节，中原此时天色早已大放光明，这里还只是微曦而已。他上了自己的菊花骢，侧耳听听，驿站西门也微闻马蹄铜铃之声，便知海兰察也动身了，口中嘟哝一声"这鬼东西"，双腿一夹放缰说道："开拔！今晚到愁水峪宿。明日午时赶回阿妈河大营。打前站的几时走的？"胡富贵的马就紧跟他侧后，听问忙大声答道："回军门，子时走的。"

"走！"

兆惠鞭子轻轻向后一扫，那马一纵便跃出去。一众军将戈什哈忙都紧随上来，整队人马像一团黑云，又像一股急速涌动的暗流，在昏溟苍茫的大草甸上绝尘而去……当晚在愁水峪驿站吃饭歇马，只假寐了一个半时辰便又复起身，接着向南驰骋，天明已到阿妈河流域，计程已是六百里有余，渐次已见运粮的牦牛骆驼队铎铃丁冬逶迤向西，每隔十里都有毡包帐篷兵站，也是他下令设的，专供运粮队伍军士歇脚打尖——愈离大营近，兵营愈多——俱都是蒙古牛皮帐房式样，蒸笼里的馒头似的齐整排列，营与营之间，都成"品"字型布列，一方受攻，立刻便能有两方相援。有的营房在操练行伍，也有的兵士在河边洗涮衣物。见兆惠的令旗在前，随从怒马卷地而过，都遥遥立正了行注目礼。行至辰末午初时分，胡富贵在马上扬鞭遥向西指，说道："军门，咱们到家了！"兆惠手搭凉棚眺看，果然前边一带高埠上大帐密布，四周中军拱卫六个营盘，众星捧月般将中营簇攒着。大约营中已知兆惠返回，各营列队戒严关防，已听得凯歌之声传来，有唱"睿谟独运武功成，天柱西头奏永清，候月占风传自昔，试听今日凯歌声"的，有唱"恢恢天网本来宽，稔恶诛锄务欲殚。宵旰从容宏庙略，偏师重进取凶残"的，都是朝廷颁赐凯歌，暗呜含糊咬口拗牙的不甚清晰，听左营里自编的军歌，唱的倒是格外起劲：

> 爹妈生我命不济，八字不齐运数奇！这年头，本来就他妈的不容易，闯一闯总比在家便宜。跟着咱将军沾福气，好比是苍蝇附了骐骥！甘罗早发子牙迟，大丈夫洒血行万里。指望得皇恩比天齐，小子卖命去杀敌，挣他个荫子又封妻……

兆惠脸上掠过一丝微笑，缓缓按辔徐行，对胡富贵道："这歌子编得有意思。"胡富贵笑道："上次跟您去看海军门营，他的兵都唱这种歌。他能编，咱们也能编。上头颁下来的歌不家常，你跟他说一万遍'沐皇恩为社稷'，不如说一遍封妻荫子。"见营中留守大小将弁雁行序列出来迎迓，便住了口，将军们叩千行礼举臂平胸，已拜倒下去，齐叫："给大军门请安！"

"大家起来！"兆惠稳稳重重下了乘骑，对众军将一摆手，难得地一笑，说道，"出去将近十天，这边大营仰仗维持，回来一路看，蛮好的。我走前递到北京的保奏折子，万岁爷全部照准。老胡升任左路军统领，仍兼管中军事务。海兰察现在昌吉正加紧修城，他的大营半个月后就移到昌吉。"他挺了挺身子，宽阔的眉宇显得更加开朗，脸上泛出容光，看了一眼管带军官，目光一滑而过，接着说道："这是顶好的消息呀弟兄们！有海兰察守昌吉，霍集占退往天山北的路就堵死了，罗刹国送他一千五百枝火枪，还有火药、被服、粮食就接济不上。反过来，济度在迪化控住了博格达山，哈密一条路过来，我军粮道畅通无阻，万一我军遇到困阻，海兰察的兵从莎尔里山口出来增援三五天就能到达。这次会议就是议这些，海兰察济度军门都给我画押立了军令状。皇上赏了我许多东西，现在都封在迪化。打下金鸡堡，霍集占全线溃烂，大局一定，功劳大家共享！我要请旨，各营管带都弄件黄马褂穿穿，都弄根孔雀翎子戴戴，高头大马衣锦还乡抖抖威风精神。比我独个儿受封受赏要有意思，要得意！"

他虽庄重严肃，心思口角伶俐并不让海兰察。跟他出征这些人，有的是金川之役就从了他的，有的是新补进来的亲贵子弟，打苏四十三平定宁夏漠南蒙古，横扫千里祁连山，他和海兰察直是部下"战神"一般，听见名字就直腿伸脖子直要行军礼的模样。听他这般鼓动，勾勒那般一幅荣宗耀祖的图画，心里痒痒，脸放红光，目流神移地憧憬，跃跃欲试的躁动不安，却是怯他威严无人放肆。兆惠满意地舐舐嘴唇，点手叫道："章群出列！"

"到！"一个年轻千总答应一声虎步跨了出来。

"大约你们没人知道，这是我的儿子。"兆惠突兀说道。人群中立刻投来一片惊讶的目光，看看兆惠，再比比儿子，审量他们父子，果真没人知道他们竟是父子。面面相觑间兆惠又道："打苍耳口夺大寨门，你斩首十七级，其中有霍集占的骁将乌尔滋。打阿沙木，是你带七十勇士冲的血路。你有功，我不赏，因为我是你爹，你应该给我孝敬一点功劳。其实你的功劳都在中军账簿子上记着，我想昧也昧不掉你。皇上有旨叫晋你游击，我暂且还不能奉诏。儿子，你要记得你是我的儿，待你厚了没法给我的老弟兄交代。你要心里委屈，可以回北京你妈那里！"他说着，眼圈已有点发红。

众人听他这话，心里都是滚烫，章群却不似父亲那般老成，显得有点皮头皮脑的，大声说道："儿子不委屈！力气是奴才，使了再回来，我有的是力气，使劲儿再卖命，叫皇上知道老爹有种，亲自封我！"

"这才是好样的！"兆惠摆手道，"归队！从今往后你和诸将待遇一样，有功赏功。有过我就辕门斩子！"

"喳！"

兆章群一路后退，规规矩矩退回队里。兆惠便命："各管带回去收紧队伍，随时待命出发。明日上午卯正时牌，游击以上管带到中军听我将令。"又命，"马军门廖军门请到我帐中去，老胡到书办房，把这几天发过来的邸报、军机处信函、廷谕都送过去。"说罢，大踏步向自己中军大帐走去。左营都统马光祖和右营都统廖化清紧随着也跟上来。

他的中军帐和济度的规模格调差不多，也有一架大沙盘，壁上贴着牛皮纸绘的地图。只他是个精细人，卷案上的军报文书都叠得整整齐齐，插着木签分类摆放在卷案上，像四库书房里的一架书，连沙盘旁没有用完的绿色白色小旗子摞齐，都码在盒子里，不似济度军帐那样零乱。兆惠进来，信手拭了一把木图边上的框子，满意地回到中间椅子上，见廖化清马光祖都还站着，一笑说道："老马、老廖，坐，坐嘛！刚回自己窝，马上颠得发晕，像是地还在动。"又吩咐，"把万岁爷赐的大红袍给二位军门沏上。"待兵士献了茶，这才将皇上赏赐情形和乌鲁木齐会议说了，中间胡富贵进来，也没有坐，用小刀子一封一封拆阅信函，比较着看，分门别类按发函时间顺序整理好，默默送到兆惠面前，兆惠也不说话，一手端杯啜茶，眼里浏览邸报，一手虚按命胡富贵也坐。他寡言罕语，马光祖和廖化清还在想会议攻打金鸡堡的布置，胡富贵也不是多嘴多舌的人，一时间大帐里竟阒无人声。

　　"皇上龙威一振，去掉我们一块心病。"不知过了多久，廖化清见兆惠放下廷寄文书，开口说道，"于中堂我见过两回，怎么瞧都像讷亲那个熊样儿，阴沉得很。我们在前头打仗，最怕的就是后头有个张士贵①。这一来就没有后顾之忧了。"他在金川之役中受过重伤，半边脸被鸟铳铁砂打得麻子一般，唇也打裂了，说话有点口不关风，却甚是清晰，他努力说着，一张黧黑的面孔上一大一小两只眼不住眨巴，略略让人看去有点可笑。"大军门，这个仗不好打的，海军门、济军门和我们合军，总兵力只是霍集占的三倍多一点。他动我静，我们还要留守天山大营，机动兵力只是他二倍。我们主攻正营其实人数上略占上风。照稳妥的打法儿，确实只能步步为营。但南疆一块地域太大了，而且敌人有退路，可以从伊犁西逃，在克什米尔西屯扎游牧，打得慢了他能逃。打得快了，我们队伍一扯上千里，龟儿子拦腰切断各个击破。我们几个老家伙就算逃了命，皇上饶我们不饶？"他舐舐嘴唇，"能不能再从西安调三万人，给我们守老营，前头就能放手了。"

　　兆惠一动不动听着。但廖化清也就这么几句。马光祖的资格还在兆惠之上，也是老军务，盯着沙盘沉吟道："福四爷带着三千鸟铳队，打箭炉也有几万人马。比起这主儿，他更是个化钱的手。我们再伸手，要了人接着又得加军费，马伕、辎重、粮车是多少若干？仗还没打又是这一套，别自讨没趣。依着我说，派一支千把人的队伍，一色都是骑兵。我们一边行军向前推进，一边每天派他们出去寻找战机，离大军最远二百里。如果接上火，能粘上打最好，粘不上就退回来。不受敌诱专门疑敌诱敌。中军大营护卫不少于三万人，前锋后卫最远不过五十里。一旦遭遇战机，就地就能铺开阵打，也不至被分割了。如果平安到达黑水河，就在河南把大营结起来，一头令海兰察包抄伊犁以西和碎叶这些地方，济度从迪化向南运动策应。我们人力、火器、粮秣是强，敌人运动得快地形熟悉人自为战格斗是他们的强。我们的短处是行动慢、身上包袱重、兵士单打独斗力弱，敌人的弱处是供应不能如常保障，总的实力

----

　　①　张士贵，稗官小说《薛仁贵征西》中的人物，以嫉贤妒能著称。

也弱。避我之弱乘彼之弱，护好粮道稳扎稳打。打下金鸡堡他成了流寇，惊弓之鸟，游魂似的绕草原沙漠亡命，一年之内这仗就没打头了。"

　　他到底是老中军出身，打仗多吃亏过来的，且是能通览全局，一字一板说来都扎实落地，兆惠不禁点头："老马识途，果然说的有理。你说的一千骑兵巡弋，明天会议就往下布置。我最担心的是黑水河南岸地势低，不利于扎营，也要准备着这一条，如果不利，就在北岸扎营。但那样其实是背水扎营，防护上头就要增加兵力了。这一层没和海兰察商量，老马写封信今夜就送出去。"胡富贵在旁插口道："我们的哨探过不去鬼门峪，那边有三十多里沙漠路，几拨人马出去都让霍集占的骑兵赶回来了。我在迪化遇见个回族里头弹弦儿卖唱的，他说黑水河一带缺水，金鸡堡城里也都是沙土，井上一夜不上盖儿第二天就沙土塞满了。所以还得带打井家伙。瓦套子什么的也要拉几套，扎下营来没水吃，那就麻烦大了。"

　　"我担心背水一战，你倒担心没有水吃！"兆惠笑道。起身用长杆指着木图道："这里是金鸡堡，这条沟是黑水河，下游和娃娃河并流，有时分有时合，这水都是从额哈布特山和婆罗可奴山上下来的雪山之水，只要不是冰冻天气，河里就不会没水。有水有草马就好办，粮道护好就成，切记粮道要紧，这是我军命脉，傅老公爷带兵，还有前头的老十四王、年羹尧，能打胜仗，头一条就是护自己粮道，专门断敌人粮道。护粮的鸟铳不够，要再加一百支！"胡富贵喃喃说道："我也是奇怪，名儿叫'河'还会缺水？可惜那老汉是个瞎子，他说城里有井，河里缺水，这真日怪的了……"

　　当下四位将军又议论了许久，从粮秣保障到营房灶具安排，每人每日粮多少水若干，沙漠里行军的水囊，携带行装轻重限制，还有病号伤号医生用药——这是要紧的，兆惠当场写信给湖广总督勒敏要他从速预备，又请军机处派人采购云南白药、三七、马勃、毛茛等药材火速运到大营行地。足足议了一个半时辰，因明日军务会议不宜安排这许多细务，只好这里详明安排，待留廖马二人吃过晚饭，才令他们回营。胡富贵直送他们出去，才返回来见兆惠。问道："军门没什么事，我到各营去转一匝吧？"

第十六回　兆将军进兵黑水河　尊帝令马踏端回营

"你留一下，我们聊聊。"兆惠摆摆手，笑道，"我们是打出来的朋友，算来也几十年了，不要在我面前装神弄鬼立规矩。怎么瞧着你像有心事，有点忡怔的模样？还是担心河里没水么？""也担心这个，这里和我们中原不一样儿，你看这阿妈河，这里水汪汪，流下去七十里沙滩就洇干了。说没水就没水了。"胡富贵也一笑，"军门是个冷人儿，从来不闲聊的，我也有点奇怪。"说着便坐下了。

兆惠说"打出来的交情"是二十年前的事了。当时兆惠已经是副将，胡富贵只是个看狱的牢头，阴差阳错一场官司兆惠遭难，分拨在顺天府看押，曾被胡富贵打得昏迷几天几夜。兆惠起复后专门把他调进营里，预备杀了出气，听人一句劝，饶恕了他。从那过来几十年，胡富贵就成了兆惠的影子，东征西战打打杀杀，兆惠办什么差都调他去，从不离鞍前马后。名分上是上下司，情分上早谊同兄弟了。此刻对面兀坐，提起前情，心中各自都有一份温馨慰藉。

"这个仗恐怕是我一生最凶险的。"兆惠默谋了一会儿，嘘着气道，"厄鲁特回部北有罗刹支持，西有波斯接应。从大格局上，我们三路大军围霍集占，外头又受两国挟制。我打得谨慎，也为这个。而且只能赢不能输。"他说着，双手对捏得格崩作响。胡富贵不安地动了一下，笑道："那是。朝廷已经是吃奶劲都使出来了。如今财政明面上好，但开销也比先朝多出十倍，打仗的事不敢按兵部计算的军费去思量，单一个金川，兵部户部各一个说法，各省督抚又一个说法，这个三千万，那个两千万，现在军机统算下来，总共七千万！老天爷，金川才七万人啊！我们化多少？恐怕更多！这里打坏了，想再重新来，比登天还难呢！"他顿了一下，又道，"不过，像方才那种打法，至不济我们也能击溃姓霍的，他败逃外国，还有什么能力？"兆惠没言声，轻轻沿桌面推过一个卷宗。胡富贵迅速看一眼兆惠，抽出来看时，是军机处阿桂转来乾隆在兆惠请安折子上的密谕：

> 着阿桂阅后速转兆惠行营：似此虚词渎案请安折子，朕本安，而愈读愈觉不安矣！尔欲朕安，而不知朕之不安正在尔乎？原离京时，朕且望尔春季奏功，今夏季已将逝矣，乃尔尚在阿妈河巡逡不进！纛旗一升耗半天下之力，且湖广之天理会、川湘之哥老会、闽浙之无极白莲诸邪教日思蠢动，尔非惟不能解君父之忧，劳师糜饷反于内事多有牵掣，是尚增朕之虑。午夜扪心，能自安否？以秋七月为限界，不能下金鸡之堡，朕即不罪，汝能觍颜不自罪否？此等虚应故事请安之举，是礼而非礼，不知礼之大要惟朝廷纲纪所瞻，民生之所望，何用日日以片纸渎案耶！

下头"钦此"二字写得潦草遒劲，一色血红的朱砂看去鲜亮刺目。下头附着阿桂的信，洋洋洒洒，有两千多言，胡富贵看时，却没有指摘的话头，只是解释皇帝急于进军的原故，譬说详明，和将军们猜度的也不大离儿，末了写道：

> 君父之忧，即我辈之辱。然吾兄前函所虑亦自深有道理，不疾不徐从容曲划方是胜算。希功而贪进亦非忠君之道，稍有蹉跌反致君之辱，宁不惧哉！用兵之艰危弟甚知之，谅兄忧虑粮道遥远输运为难，弟已令西安将军再增一万人马维持。兄放心西指，勿复东顾可尔。此朱批系皇上发仆阅看，此函亦经御览，使兄知朝廷切盼之心耳。

他边看边想，反复品味，说道："照桂中堂这信，和皇上并不是一个意思啊！"

"是一个意思，一个红脸一个白脸同唱一台戏就是了。"兆惠说道。

阿桂在古北口发迹之前就是他的上司，懂军务通行伍畅晓战事，乾隆和圣祖处处比拟，但却没有实地带兵打过仗，位居九重之尊又要发号施令，也真多亏阿桂在其中两头周旋。这种事，如果放在和珅于敏中肩上，只有逢迎着严词督战的，下头胜败死活就撒手不管了。这些层想头，只是背地能和海兰察谈谈，胡富贵还不到这个分上，因转了口气，说道："我们带兵打仗的天不怕地不怕，打不怕死也不怕，就怕文官面上打哈哈，心里来糟蹋。我想和你说的不是这些个。要是黑水河一战失利，战死了最好，战不死我也是要自尽殉国的。"

一阵寒意蓦地袭上胡富贵心头，外头荒滩草树斜阳低挂，吹进的风暖暖的，胡富贵竟浑身一个激灵起栗，他的脸色也有点苍白了，怔怔地张大了口望着兆惠。

"丧师辱国，逃回去也是死。"兆惠自失地一笑，"像张广泗，打一辈子胜仗，也还是杀了。这种事只能怪我自己无能，不能指望朝廷原有恩典……你要活着，把我尸骨拖回去埋掉拉倒。这就是要拜托你的事。至于儿子，战死是他的命，要活着，你保全他一下。"说罢起身一揖。

他说得十分镇静，胡富贵却被他的镇静吓呆了。连礼也忘了回，慌张地摆着手道："大军门，怎么说起这话？怎么会呢？"

"方才马光祖廖化清我们一处议论，其实是个'缓进'的方略。"兆惠说道，"确实没什么凶险。但皇上要的是'急进'，七月打下金鸡堡，压根是办不到的事。"他站起身来，长大的身躯在残阳影里游晃着踱步，像对自己，也像对胡富贵说话，"缓进也有一宗大不好，敌人一看势头不好，逃了。就皇上这旨意，再想想我耗尽半天下财力，那么一个结局，下半生活着也是自己内愧羞辱。留着敌人在境外，这里还要几十万大军年年布防，其实是仗打输了，人也输了。所以——"他停住了脚步，加重语气说道，"过了黑石沟，进黑水河流域，就不能再缓进。你从军中给我精选五千强壮士兵，我带着突袭金鸡堡，把霍集占粘上，他攻我退，他走我追，我们左右两翼夹攻，海兰察从西路增援。合成围剿之势。我这五千人打完，四面二十万军队压过来，霍集占他插翅难逃！这个计划在迪化就想过，还和海兰察商议过。他觉得太险，方才看了圣谕，我决意这样打了！"

"兆军门!"胡富贵叫道,"这样不成,一定这么打法,我来奔袭!"

"只能这样打。"兆惠道,"这五千亡命之师你带不了。我自信在军中威望,能安定军心。这里果决信心是头等要紧。七月之前,一定和霍集占会战金鸡堡。你照我将令行事,打赢了什么都好说,出了失闪,也就是五千人搭我一条命。你别忘了我的托付就好。"

胡富贵早已立起身来,他惊怔地站在案前,扑上一步,似乎想说什么,看了看兆惠平静果毅的神气,喑哑着嗓子道:"打仗的事谁说得准头?十成胜算才打,抱孩子女人也敢,军门爷豁出去了,我也豁出去了!"

就这样,一个大胆庞大的军事计划铺张开来。五天后的早晨,阿妈河大营五万大军拔寨出动。涌动的行伍集结行军,在这辽阔的草原沙漠上倒也方便,二十路纵队齐头并进,前头是马光祖带一万人开道,后边廖化清断后收容。所有运粮的骆驼马匹都和本部供应营队并行。说声就地休息,三块石架起锅就能烧水造饭,满地遍野都是兵,说声"走",画角一鸣万众蚁聚,白底黑边写着"兵"的号褂子贴着号褂子,骑在马上无论向前向后,都是涌动前进的号褂子,密得树林子似的刀枪,连同运送辎重的车辆马伕,实际行军的人已逾十万,队伍拉出二十余里,像一股黑潮向西挺进,所过之处,人踩马踏尘土如霾似雾,马刺佩刀碰撞响成一片混淆。草地上因连年征战,早已没了人烟,一座座的村墟都荒落了,无数的野驴野马黄羊羚羊草鹿竟然巢居在里头,一惊之间,惊慌结队逃逸,引得队伍中军士们兴奋地大呼小叫,夹着时断时续的军歌还有"操他娘,老子就战死在这啦"的自编俚歌彼伏此起,一片的喧嚣热闹,声势极是浩荡壮观……兆惠已是建牙开府上将,却也是头一次这般集团野战行军。虽然已经托付了后事,不能心无惴惴挂碍。此刻稳稳骑在坐骑上,环顾前后左右俱是虎贲猛士,喧歌笑语鼓噪而进,人人都是一副吃饱不想家的无所谓神态——所谓"群胆"就是了——原有的一点警惕胆怯竟化作乌有,油然升起"大杀一场"的豪气。

这个行军办法虽然慢了点,但确实平安稳妥,兆章群带一千骑兵,其实是又侦探又扫路又打前站,几次与霍集占的骑兵遭遇都是一触即退,双方遥遥用鸟铳开火打几枪就退回来。霍集占对兆惠这一手似乎颇为忌惮,有时上万的骑兵抄过来,似乎要切断章群后路,牛角号一吹立时撤兵，呼哨着驰骋而去。接连二十天都是如此，只打了几次小交火，伤了一个士兵的鼻子，一条马腿挂花而已，已经进入娃娃河流域。向前再走一站，黑水河已横亘在前，离金鸡堡也就三百里地路程了。

到了此地亲眼目睹，兆惠才知道"黑水河缺水"并非无稽之谈。这里地势十分怪，黑水河自西向东流北折进一片沙漠，娃娃河从西过来，几乎与黑水河只隔一带沙丘沙滩，却向南流去，两河并行都从雪山流下，数百里间却没有合流，南边是一带高埠，全是沙丘，鬼斧神工奇形怪状，有像怪兽的，一群"狮虎"踞蹲不动，有像房舍的，"寺塔"、"坟墓"林林总总，不一而足，中间沟渠纵横相连，过街天桥土洞相通，又酷肖城堡街衢，"城"外却又是一座又一座皇陵样的沙丘连绵不断。娃娃河只是一股涓涓细流，清浅迂回从"城"下淌过，有的地方断流，有的地方有点浅水只漫脚踝罢了。黑水河倒是宽阔，漫漫荡荡向西北淌，但河里流的却不是水，是又黑又粘的石油，别说喝，嗅一嗅也颇不受用的。又走一日，娃娃河已经完全断流，连河道也全被沙湮没，黑水河也变得断断续续，成了大滩小滩的油泊，汪在沙滩里死样活气的动也不动，天上飞禽也愈来愈少，地下景物更趋荒凉。驻马"黑水河"岸，北望苍苍溟溟一带沙漠瀚海直接天际尽头，南眺高丘低岗狰狞起伏，红柳胡杨刺梨仙人掌丛莽横生，间有白草黄茅杂生其间，风飘一起沙飞石走百兽争蹿，霭霭迷蒙天色黯晦如在鬼域。情景甚是可怖——没有草，没有水，只有一座"魔城"和茫茫戈壁，而这里正是计划驻扎的大营。

部队驻扎下来，天也已经黄昏，所幸最后这一程只走了五十里，也没有刮起大风，还遇到一片低洼绿地，中间还有二十亩大小一个池塘，兵士们一歇下脚便嘈杂不堪，争着往池塘边跑，马嘶人叫十分热闹。兆惠下马第一件事就是下令"爱护水源，人马饮用要用皮囊打回营房，有下水洗澡者立斩，在池塘旁拉屎撒尿者罚打八十军棍"。中军带着兆惠的将令旗和卫队直接传令弹压，好容易才平静下来。他自己骑马，带了两个亲兵出去巡视，一来镇定军心，二来观察地貌地形，回到中营时天已经黑了。刚刚坐下身子，胡富贵已和马光祖廖化清一同进来，见兵士们要点蜡烛，胡富贵便吆喝："真他娘的笨！河边上结成的油插一把干草就是灯，下头营房做饭都烧油，你们还要点鸡巴的灯？"说着三人已经进了大帐。兆惠不待他们坐稳便问："下头怎么样？"

"都累得一到地儿就趴下了。"廖化清呸地唾一口，说道，"这鬼地方我见了也怵，别说当兵的了。"马光祖道："不是累，是吓的了。他妈的也难怪，谁见过这个？满河没有水都是臭油！过来那一带听是叫魔鬼城，白天瞧着也跟进了阴曹地府似的，粗看跟县城的街相似，细看没有人造的，老天爷造这玩意摆在荒沙里做什么？有个兵对我说，他看那些东西心里起瘆，腿肚子发软……"

"我也出去看了，士气不行啊！"兆惠说道，"等等看，兆章群回来，前头要有好地方，就再走一站。如果没有水草，大营就扎在这里了。还是品字营盘犄角呼应。我们靠这池子过日子，不能把池子弄脏了。告诉当兵的，有水有粮有刀有枪，怕的个屌毛灰？我说头等要紧的就是士气。怎么弄呢？"他似笑不笑看着三个人，"一是一切操练巡逻站哨要——照常；各营可以派人——不许擅自单独行动——去打猎，给当兵的弄新鲜肉吃，令行禁止，执法要比老营还严。二是活络活络心绪，把会唱戏的兵以营为组，排练唱戏，除了苦戏①，什么都成，不许聚赌，可以把些贫嘴的兵邀集起来，讲笑话儿说故事，打过仗的老兵说说从前战事经历、摔跤打莽式打沙仗都使得，不误警戒不伤人就好。还要比赛唱军歌，告诉当兵的，凯歌是御制的，唱起来百灵相助，我们自编的军歌唱起来也是百邪不侵——唱歌能辟邪，人人都知道。不然为什么夜里走坟地的人都哼曲儿呢？"

他这么一说，连守在帐门内外的戈什哈们都笑了。兆惠却仍一本正经，摆动着手道："总言之，吃饱睡好玩起兴头来还要加强警戒，海兰察说的好，不能让当兵的闲着，不停地找事干，不停地取乐子——可以拨出几万经费，唱歌说笑话儿按军功受奖。你们还可想些办法，我们处在危境艰难中，要舍得化钱让人家卖命。"胡富贵三人跟他多年，还是头一遭听他这一套命令，想想又无一处不是带兵要诀。马光祖不禁笑叹道："我还以为您只会板着脸下令，带人冲阵，真得刮目相看，真的佩服了。"廖化清也笑，说道："这法子成！兵气鼓动起来，什么也不怕

---

① 苦戏，即悲剧。

了，今晚就让各营军佐传令照办。我看也不用多说，就把兆军门原话说给下头就成。"

"此地不是久战之地，粮道太远了，也难以为继。"兆惠说着，一抬头见兆章群拖着步子进来，本来微笑着，又板起面孔，厉声道，"看你那副熊样！打了败仗了么？老子没死，你哭丧个脸作么？给我打起精神来！——前头没有水草么？"兆惠训人从不许人插话，但这是他儿子，又刚刚下了"鼓兴头"的令，眼见兆章群脸色憔悴热汗淋漓，累得有点站不住的模样，都觉得兆惠有点过分，马光祖便道："你下过的令有功赏功有过罚过的嘛！他前后又跑又打，比我们累十倍，怎么这么待他？来来，少将军，擦把汗喝口水再说。"说着一手递碗一手递毛巾。

兆章群胆怯地看父亲一眼，没敢接毛巾，只接过碗喝了一口，用袖子拭汗说道："今儿回营打了一仗，儿子吃了亏，马太渴跑不动，打倒了十七匹。可是路探明了，这里北边三十里就出沙漠，偶尔有小水塘子，没有泉，根本不禁用。黑水河这块高地再往西都是沙漠，没有水也没有草，不能屯兵的。"说着，双手呈上地图指着道，"这图根本不能用。上头标的这座城就没有。这条路，还有画的娃娃河上流的河道……都找不到。"

兆惠听着只是拧眉沉思，道路为风沙掩埋荒掉了犹有可说，河流还有标着"客城"的城也杳无踪迹，这就令人不可思议。大军沿河道走上来，莫非河床滚动改道了？再不然就是从开始就走错了？想想一时不能明白，只是反复展看那张地图，问道："你说北边三十里外有水草，去看了没有？"

"去了。"兆章群吁一口气，说道，"水也不多草也不旺，可是比起这边要好得出去了。那边驻的有霍集占的兵，看着人不多，我们一露头，四面八方就围上来了。我这一千匹马已经在沙漠里跑了四百多里，人困马乏的不敢恋战赶紧就退回来了。""好，你歇着去吧。"兆惠不无温情地看儿子一眼，"中军伙房给我们做的有饭，好歹吃饱再说。"又转脸笑道，"方才说打猎，看来要禁猎了，只能在娃娃河一带逮住什么吃什么了。我寻思来去，我们行进没有走错道儿，只能说地图不准。看来——霍集占对我们是了如指掌啊，由着我们进黑水河，把我们挤在沙漠里不能动，大雪封路时断我们粮道，然后他吃饱喝足提着刀来杀。连这个水塘子也是诱我们驻扎的——你们看看他这算盘精不精，太厉害了！"

这就是说，七万大军，三万辎重军士已经陷于绝地，困在沙滩上饿瘦，冬天轻轻巧巧来杀。三个人听了都是心头猛地一沉。马光祖道："我们不能在这沙窝子里，打出去，在草地上结寨，军中运上来一个月的粮，就可以动手打金鸡堡。兆军门，你带五千人扫荡的方略不成，我们这里接应太难，也没法策应。"廖化清道："我看我军利于速战。他想让我们在沙窝子里蹲牢坑。我们准备十天的粮，先装孬孙缩着，粮食一齐就全军打出去！"胡富贵笑道："霍集占胆小，吓跑了。胆大，一头周旋一头向东打，海军门增援不上，咱爷们可要叫人一锅烩了。"

"老胡说的是，不能蛮干。"兆惠沉思着，已下定了决心，一手扣着茶碗，不容置疑地说道，"但也确实不能在这里消耗猫冬。原来的打法要稍作变更。兆章群的一千骑兵明天出发，不再探路了，直进西北逼近金鸡堡。我带五千骑兵离他十里随后行进。马光祖带一万人在我身后十里，然后是廖化清一万五千人马，再就是胡富贵，依次都是十里。这里没有险关隘口，十里地半个时辰就打上去了，好策应得很。老营里剩下的人只管戒备，防护粮道，一千支火铳足足够用。俄罗斯送霍集占的火枪一千支全都被济度扣了。他骑兵虽多，火器只有二百多条——打出去，即使不能攻占金鸡堡，能在草原上占一块有水的地方站稳脚跟，海兰察压过来他就完了！"胡富贵担心地说道："这是连打带走路了，海军门济度他们不知道计划有变，难以传递军报呀！"

兆惠站起身来，一手紧紧攥着拳顶在桌面上，说道："海兰察用兵在我之上，灵机应变更强我十倍，金鸡堡他天天都在盯着，我们这么大动作他不会不知道。我们是主攻，又隔断在南疆，不能事事都商计停当才去办，不要指望别人，心里想着，就我一军之力也要荡平它，这才是汉子！"说着，大声喊道，"吃饭——兆章群呢？过来见我！"

…………

差不多半刻到丑时，兆章群的一千骑兵像一条黑蛇出洞，穿越三十里戈壁进了草原，马是新换的，全部都摘了马铃，无声无息钻出沙漠，天还黑得像扣了个瓦盆。紧接着少半个时辰，兆惠的五千人饱餐战饭呼拥而出……这么一级层一个梯队相距十里，前边像尖刀，后边行伍像出巢的黄蜂群，涌进大草甸子上，声势看去十分浩大，像一股滚滚铁流直指北方。

前四天平静得出奇，大军几乎没有遇到什么实际上的抵抗。霍集占似乎也有些出乎意料，被兆惠大胆的突然行动弄蒙了，派出来的都是一二百人的小股骑兵队，若即若离袭扰前队后卫，都是打几枪，射一阵箭一沾即走。一天多时接火二十多次，少时只有七八次。对这样一支大军，不啻挠痒痒一般。敌人这般行事，兆惠自然百倍警惕，一边走一边命后续粮食向上传送，章群每人每骑三十斤粮，兆惠的五千人每人备足二十斤，前锋部队能打猎，只要有肉吃，不许动一粒粮食。待第六日，已深入敌后二百余里。中午时分大军进发到勒勒河畔，但见长草翳遮短树蓬生，河流宽可十丈，清浅幽碧的草原逶迤东去，草深水旺迥异一路景致，正是安营扎寨的好地方。兆惠不禁大喜，立刻传令在河南岸埋锅造饭，吃饱喝足就地扎营——这里稳住，就可以徐徐把黑水营老营盘移过来，从容进击金鸡堡了。不料水还没有烧开，岸堤上遥遥十几骑狂奔而来，旋风一样直至兆惠面前勒缰下马，却是章群赶到了。人马都是浑身大汗，章群不及见礼就变貌失色，用马鞭子遥指西边喘着气道："爹，爹！打上来了，敌人上来了！"

"慌什么？"兆惠呵斥他一声，也是为自己壮胆，早就知必有此事的，事到临头，他心里还是不能踏实，因问道，"有多少人，从哪个方向来？"

"人多极了，都是骑兵，西边一股有一万，北边一股有一万五，墙一样压过来了！"

"都是骑兵？"

"都是。离这里大约只有五里远了！"

"你的兵呢！"

"还没有接火。我有五百支鸟铳火枪，一边打一边退！"

此刻中军的牙将偏将都已知敌人大至，都丢了手中水碗，结束着盔甲腰带鞋袜绑腿预备厮杀，气氛顷刻间变得异常紧张。听得远处隐隐传来炮仗一样的枪声，几个没经过战阵的新兵竟吓怔了，呆呆地端着碗不动。兆惠强自镇定着怦怦跳动的心，从容上马，用望远镜向西看，耀眼的日影里，只见黑沉沉一片的人马压地漫来，西北也是一样，全都是刀影剑树摇舞闪动而来，羊皮鼓声号角声马蹄踏地的撼动声吆喝喊杀声也缔约可闻。

"不能损耗实力。"兆惠脸色铁青，语气变得异常冷峻凝重，没有丝毫惊怕犹豫，"把你的一千兵全部撤下来，和我合为一股，所有火枪手、弓箭手在外护军。敌人冲阵，只管打枪射箭挡住！你去调你的人回来，烧水、吃牛肉干，再听我的将令。"

"喳！"章群一声答应飞骑去了。

"传令胡富贵，他的差使是护老营粮食，无论这边打成什么样子，没有将令不许增援！"兆惠石头人般一动不动接着下令："传令廖化清和马光祖立即合兵，在离我二十里处扎寨。我这里火枪多，敌人啃不动我，要防着回头攻他们。要严防夜里被人偷袭！告诉廖马二位军门，敌人是没有粮饷来源的，顶过两天不退也得退。他们每一刻派人和我联络一次，有急情随时禀报。稍有失闪，我就不能顾多年交情了！明白？"

"喳！明白。"

"复述一遍！"

那中军一字不漏又重说一遍。

"去吧。"

"喳！"

中军答应着飞骑而去，西边清军大营盘边沿火枪已爆豆般海响成一片，马夫们赶着一驮一驮的箭穿营而过向前方运去，兆惠一头命令："接着做饭，烧绿豆汤供应章群他们。"又命"扎地角钉子搭帐篷。吃完饭照常唱军歌"。他也不下马，说道："跟五个亲兵，我去巡营！"

他的这一招十分灵验，骑带亲兵，寻常无事一样绕营房蹓跶一匝，有时下来训斥"锅支得不稳，盛饭时翻了烫着人"，有时拍拍年轻兵士肩头问问家常，时或碰到老部下，捅一拳笑骂几句……说也奇怪，就这么转悠一圈，营外尽自枪声密集杀声动地，人心却不慌乱了——自古就这样儿，当兵的没有怕死的，当官的陪着在死地里，一点儿恐怖也是没有的。晚炊灶烟火起时，霍集占的兵也收回营去了。

此后接连两天都是一个情形，白天双方列阵鼓噪，千人马队统营袭扰，晚间戒备偷袭，两军营中都是烛油膏火通明彻亮，提铃喝号不绝于耳，却是彻夜平安。待第三日，兆惠已经猜测里头大有蹊跷，因下令廖化清火速至马光祖大营会议，安排兆章群仍旧虚与委蛇，自带了一百余骑飞驰至马光祖营盘——相距也不过二十里远近——须臾也就到了。此时军情急如星火，三人见面不及款叙，立刻商讨形势。

"标下已经派人看过了。"马光祖道，"他正面的兵不足两万。我们到这里他理应急战，只是玩老鼠戏猫，是等金鸡堡送粮食来。他没有粮，我军火器又强，一战败了，立时就垮得溃不成军。"廖化清笑道："我觉得有点像两个瞎子打三岔口，黑地里摸，又要防又要打。他的粮道只有一百多里，我们是一千五百里。对峙下去久了，只有我们吃亏的。我看，干脆把胡富贵和老营统都带出来，先吃掉正面这一股再说。"马光祖摇头，说道："他有五万多骑兵的呀……守城又用不着骑兵。其余的兵到哪里去了？会不会……会不会向阿妈河上游运动，在娃娃河切断我们粮道，再和我们正面作战……"

兆惠一声不吭听他们议论，霍集占向阿妈河运动，这一层他早就想到了。不过，那是七百多里的路，还有沙漠，没有足备粮草水囊，赶到娃娃河已是人困马乏弹尽粮绝，怎么作战？但若敌人从东北方向南运动，从中路切断三路大军和黑水河老营联络，狙击自己回援呢？这里袭扰，已经试探出官军火器强盛，会不会回头避实就虚攻老营呢？……一霎时兆惠心里动了无数念头，却笑道："真有点《三岔口》的味道，摸黑打架。这个霍集占算得个角色，老谋深算！"他一笑即敛，又道，"现在最要紧的是要和昌吉海兰察联络，通报军情，让他从勒勒河口出兵逼近金鸡堡。那边道路难走，只用一路招摇造出声势，霍集占两头受敌，就不能放肆来攻我们。"说罢目视马光祖，马光祖道："这件事标下来办，精中选精分出三拨人。每拨一百人，都要能踢能咬能打熬的，打扮成厄鲁特兵士模样，趁夜向西北运动。这是让人玩命的事，没有重赏不行。"兆惠道："每人照两千两赏。说明信送到就发银子，不再参战，领银子回乡享福去。想当官的再晋三级。"廖化清笑道："送封军报六十万，这差使我也跃跃欲试！"马光祖冷冷道："有十个人能活着到海兰察那里就不错了。"

说到战事险恶，三个将军都一时沉默了。相对无语时，兆惠道："敌人正面军队不足两万，其余的人干什么去了，现在不能从容侦察。北路东路，草原上没有路，也可说到处都是路。要谨防他们从东边抄过来阻断我们，然后去攻老营。所以老胡不宜再跟我们，带一百支火铳今天就回黑水营。老胡的兵也归拢过来由光祖统一指挥。今晚——"他压低了嗓音，阴沉沉的声气让人听得心里发森，"今晚我军提前半个时辰吃饭。黄昏时候我带六千骑兵突袭，把他的大营踹烂。他隐藏的兵不出来也得出来。"

这突兀又一个大胆计划，两个人听了都吓了一跳，怔了片刻，马光祖道："突袭踹营，都是后半夜黎明时分。黄昏时候满营的人都醒着，怎么打？再说，你是主将，要打，也是老马来。"廖化清道："这种砍头买卖，还是我来！"

"我已经看了两夜，防得严得很。"兆惠说道，"你们突袭，要奔袭四十里，这头一动那头就知道了。所以得我来。黄昏时候人醒，却恰是戒备松弛时候，他们吃饭我猛地就打进去了。好比马蜂窝，猛捅它一棍子，躲在窝里的蜂就全都出来了。"马光祖目光幽幽地望着帐外，沉思良久，说道："我想，我们从黑水河迅速出兵，霍集占也没有料到。这么出其不意再打一下，至少能摸清他主力在哪里。大军门，这法子好是好，实在是太凶险了——你捅马蜂窝，所有的马蜂都会涌出来死追猛叮你。我们离黑水营二百余里，又是孤军，是前锋也是主力，万一你被围被追，怎么营救？你向哪个方向突围？这场混战只有一半把握啊！"兆惠道："我到你营来当面商议就为这个。现在我们退兵，一动就露了破绽摆在人家面前，退一路一路挨打。打过去，局面搅乱了，这是个实力不相上下的阵仗，看准了敌人实力，他在这里围，你们就调老营全军来会战。我要是退不回来，就向南突围，向老营靠拢。他们追击，你们拦腰截杀。狭路相逢勇者胜，这里战机不能错过。"

话说至此，马光祖想想也别无良策。廖化清是阵前悍将，论心眼子比不过马光祖也比不过兆惠，捶着大腿恶狠狠说道："干！兆军门先杀一阵，马蜂们出来就向咱们后队靠拢，我接着去杀第二阵。"

"现在宣布军令。"兆惠目光炯然一亮，站起身双手据案，冷冷说道，"下午西正时牌我带六千骑兵冲阵踏寨。自即时起，马光祖接替大营指挥。要千方百计和我随时联络。老马如果战死，指挥权交廖化清，然后是胡富贵。无论我情势如何危急，黑水河老营不许动。如果必须动，你们三人要都一致。有一人不同意就不许动。海兰察的援兵至多十天能到。十五天不到，你们听我将令行事！你们明白？"

"喳！明白！"

傍晚西正时牌，血红的太阳依依沿着雪山沉沦下去，半掩在极目无尽的地平线下，整个大草原罩在一片金红的晚霞之中，漫漫荡流的勒勒河畔，草树丛莽都像浸在殷红的霭雾中，连河水都像濡染了血色，无声地淌流着，霍集占营中的炊烟一股一股接踵燃起，袅袅然融融然弥漫飘散在渐渐变暗的大草甸子上，看去有点神秘不可捉摸。正当此时，兆惠大营突然响起三声号炮，似乎点燃了炸药包似的撼得大地簌簌抖动，石破天惊的巨响惊得倦归的鸟雀"唿"地翔起一片，在天空中惊惶摇舞。霍集占军营兵士一天巡弋滋扰，回营造饭刚刚吃了几口，便听东边地动山摇的喊杀声漫卷而来。还没有弄清怎么回事，六千铁骑已潮水般涌了过来。

霍集占大营立时乱成一团。猝不及防间，人们有的寻弓觅矢，有的抱头鼠窜，有的哭天叫地喊"真主"叫"胡大"，有的茫无头绪提着刀拉马乱钻，人声嚷嚷中杂着军官的喝骂声，搅成一片的马蹄声，号角也吹不出调调，乱得兵寻不到官，官找不到兵，顿时闹了个人仰马翻开锅稀粥一般……兆章群手提长枪一马当先直冲而入，他的一千名部卒使用刀枪剑戟不一，紧紧贴身簇拥围随，人人都像疯了似的，赤膊大叫着冲进去，只情往人多地方赶上去劈刺剁砍杀得浑身是血。兆惠带的五千人两千在左两千在右，五百弓箭手五百火枪手夹持着从北杀进去，直奔中军大营。眼见敌人乱作一团，兆惠在马上攘臂大吼："孩子们干得好，杀进中营每人军功再加三级！"

这场大踹营又是一次行险之着，可怜这些和卓木回兵毫无防备，建制一时又被打乱，号令不能相通，被这一彪凶悍无比的铁骑杀进来，一时连坐骑都被惊得四散逃开。整个军营被兆惠肆意狂踏乱踹，割麦子一般一倒就是一片，刀丛剑树中人自为战，惨叫呼号中有的被砍掉了胳膊扎伤了腿，劈断了脖子削飞了天灵盖的，"血雨"从天上倾洒，人头在草地被马踢得滚来滚去，人斩马踏死的不计其数。但厄鲁特兵不同中原的兵，人人都是孤胆强悍，虽打乱了部署，兀自单个拼死相斗，有的临死还用刀枪投刺清兵，有的人死了还抱着马腿不放，有的清兵落马，立时被他们拥上来砍剁成肉泥，有时竟团结成队，以血肉之躯拦挡马队。兆惠不得已时，也下令火枪队开火，杀出血胡同再向前冲。

此刻，天色已经完全昏暗下来。马光祖自兆惠出击，便下令全军严阵以待，熄掉了营中灯火，自己登上一带小丘，用望远镜观察动静。一派火光冲天人影幢幢中看去纷纷乱麻一般，只见厄鲁特大营南部马队渐渐集中起来，黑鸦般的一大片马嘶人叫。料知是霍集占的兵已经清醒，退出大营集结待战。正思量趁机向西猛击策应兆惠。忽然东边营后一阵枪声，一阵急如风雨疾似闪电的喊杀声骤然爆发，起火信号火箭如同流星雨般射向大营，大营里顿时也变得异常恐怖慌乱。马光祖急忙下了小丘，命兵士点起火把，拔剑仁立喝命："这是敌人踹营，各棚各营照我布置，把绊马索拉起来！不许慌乱，结队厮杀——哪个将官敢弃兵——"话没说完探哨的兵已飞骑至前，下马立报：

"马军门，敌人已经冲进东营门！"

"有多少人？骑兵步兵？"

"前围冲进来有两千，后边还有大队，看不清有多少，隐约看都是骑兵。"

"后卫——后卫有什么动静？"

"回军门，后营不是标下的差使。"那探兵喘息着，没有说完，抬手一指说道，"那不是后营的魏清臣魏管带，他来了！"

马光祖急转脸看时，果然是魏清臣来了，却甚是狼狈，肩头还插着一支箭，带着三四百人跟跄着奔过来，一头跑一头嘶声大叫："马军门！我们后营冲进来两千多，还有火枪！廖化清的大营没事。赶紧调他们增援……"

此时东南两面杀声震天，一闪一暗的火光映在马光祖铁铸般的脸上，也是一明一暗，看去异样狰狞。他一动不动兀立着，许久才问："你的人呢？"

"回军门——我们只有十支火枪，挡不住……"

"所以你就逃，把南路放给敌人！"

"马军门！"

魏清臣已看出不对，向前趋跄两步，还要解说什么，马光祖反手一挺，冰冷的长剑已经透胸而入，拔出来，魏清臣已经血流如注。马光祖道："哪个将官敢弃兵逃阵，这就是榜样！"魏清臣一翻身"扑通"一声便倒在地下。吓得跟着逃来的官兵惊怔地连连后退。马光祖转脸问那哨探："你叫什么名字？""回军门，高耀祖！"那军士垂手回道。马光祖笑道："好名字！现在就擢升你后营游击管带。这些兵——"他指着那群溃兵，"我再给你拨二十支火枪，把后营敌人打出去，和廖军门联络上就是头功。"说着把佩剑递过去："这个你带着！"

"标下遵令！"高耀祖双手接过那柄带血的剑后退一步，"嗤"的一声撕脱了上衣，打起赤膊，大喝一声道："胆小不得将军座，升官发财不怕死的跟我来！"那些溃兵见杀了魏清臣，方自股栗心惊，高耀祖这么振臂一呼领头斯杀，又有二十支火枪壮胆，愣了片刻，齐发一声呐喊向南杀去。马光祖外面上镇静，其实心里紧得揪成一团，两拳紧握满把俱是冷汗，死盯着南方一眼不眨。清军因为步兵骑兵都有，营盘防范最严，在西安兆惠就下令购置大批牛皮绳绊马索，紧急情势随时施用，布得蛛网也似，敌军骑兵冲进来，别说夜间，白日也是举步维艰——东边敌军听声息已经退出，他担心魏清臣的后营被打乱了，被敌军占据推进，或放火焚营，整个阵势就溃烂不好收拾——约莫半顿饭辰光，南边杀声骤炽，马嘶人叫兵刃相迸喧嚣腾闹，几处失火都是旋燃即灭，不时响起一排一排的枪声，一听便知是高耀祖在反攻，短兵相接性命相扑的白刃格斗激得他身上一阵又一阵出冷汗，又待移时，遥遥听得南方远处号炮之声，一片杀声隐隐传来，听见是汉话，马光祖才略觉放心，抹一把汗喃喃道："是老廖来增援我了……"一时间便听和卓回兵号角四面齐起，攻营的敌人没有得手，退了出去。马光祖双眉紧蹙咬着牙算计霍集占兵力和运兵意图，一时也想不清爽，见廖化清一手提鞭一手提刀浑身是血过来，不及慰恤，开口便问："老廖，你营外头有没有动静？"

"我营东边有两千。"廖化清口中大概溅进了沙子或者是人血，"呸呸"地唾着，骂道，"——溜边儿鱼，他娘的只是放箭不进我的营！我看着你南头不对，就带了两千人过来了！你新提拔那个姓高的有种，叫人卸掉一只胳膊还在打。嘿，这小子！"

"老廖，你赶快回营。"马光祖道，"你那里出事，我们的归路就断了。我这里不要紧，敌人是佯攻，牵制我不能去增援兆军门。"廖化清道："我那里也是佯攻。他不敢来真个的，他怕胡富贵的人上来。"

他人虽粗，毕竟也是久经战场的人，粗人粗见识，却说得一矢中的。马光祖心里一动，说道："佯攻也能变实攻，我们两处营盘万万不能出差错。你赶紧带你的人回去。"廖化清扬鞭一指西方，问道："老兆惠那边怎么办？"

马光祖此时才得专注留意，侧身西望，厄鲁特的兵似乎已经全部退出大营，集结在营南边，黑乎乎的一大片，却是阒无声息。营北半边忽悠忽悠燃起一丛丛火苗，显见兆惠的兵已在放火烧营，零零星星能听见一两声枪响，像火中烧爆了竹节儿那样的声音，单调枯燥地传过来，让人觉得更加岑寂恐怖。

"那边已经成了相持局面，他也没有摸清兆军门实力。他在等天明啊！"马光祖舒了一口气，"大营踹成那样，霍集占的伏兵始终没露头，只派了几千人来滋扰我们，这真是个厉害角色！"他一边思索一边说，灵机一动双掌一击说道："他能佯攻，我为什么不能？老廖，你带你的人就从营南向西打一阵，出手要快要猛，打他个措手不及，然后立即收兵回营，万万不可恋战，你退出去我立刻派五千人过去，营里打枪呐喊擂鼓助威造成声势。看他的伏兵出来不出来？"廖化清兴奋地说道："好，我一打就退，接着你上——他吃不住劲，埋伏的兵就得出头救援。"马光祖道："他出头救援，我就和兆军门合兵回营。他仍不出头，我的佯攻就变成实攻，吃掉他！你给我打策应防护就成。"

廖化清一脸孩子气地笑了，回头一路走扬着鞭子道："好好，头功给你！"他却行动极是迅速，回到营南，命令点起火把，火光影中升骑挥剑，大喝道："孩子们，跟着爷上！现在齐声喊——杀！"

"杀！"

他自带的两千人，还有马光祖南营里也有两三千人可嗓子一声大吼，平地响起一声炸雷般响亮，火把队像一条火蚰蜒般直拥向西杀去。

第十七回　　围沙城掘地获粮泉
　　　　　　困黑水清军求援兵

　　马光祖这一举措兆惠全然不知，也没有料到。他踹营得手，霍集占大营全部瘫痪失去指挥建制。只好退出营盘重新整理队伍。借此机会兆惠一边命人烧营，一边命人收集吃食，喂马饮水稍作休息。好在踹营是晚饭时候，煮熟了的羊腿、馕饼自然不少，人吃饱马也带足了，剩余的全部扔进火里烧掉，一身大汗未落，听见东南鼓噪之声大起，正诧异间，兆章群飞跑过来报道："爹，马军门的人杀过来了！"

　　"有这样的事？"兆惠一愣，"过来多少人？"

　　"天太黑了，看不清楚。满营都在擂鼓助威！"

　　兆惠不再问话，左右看看没有高地，便骑上马，举着望远镜向南窥探，又向东方、北方瞭望，放下镜筒说道："是佯攻。我们攻了这座寨子，霍集占的主力居然不出动，这个人真沉得住气，老马是再来捅一下这个马蜂窝看风色的……"说话间，南边已经交上了火。霍集占的兵晚饭没吃就被偷袭，打乱了阵，伤亡惨重仓皇退出，惊魂不定间又遭廖化清冲阵，又累又饿的兵士们立时又是一阵骚动。未及反击，廖化清已经率队退走南去。兵马慌乱喘息不定间，马光祖营里又是天崩地裂般三声炮响，黑地里不知多少清兵，有步兵有骑兵，鸟铳火箭齐发直攻上来。清兵这般三番五次横冲直杀连连得手，似乎终于激怒了霍集占，兆惠眼见官军卷地而来，算计霍集占南边的兵力能战的也不过万余人，牙一咬，正要下令全队统营出击与马光祖会合，忽然见南方三枚红色焰花冉冉升起，在夜空中迸放了散落开来，接着又是三枚黄色的、三枚白色的起落有致徐徐开放……正疑思不定，东北方向闪亮一明，接着传来沉闷的爆炸声，接连三响过后，在死一般的寂静中听得东北方向若有若无的喊杀声，像远处的骤雨被疾风卷着渐渐近来，又像涨潮的海啸激浪拍岸泅涌而至，无数的马蹄声踏得密不分个，夹着"砰""砰"的火铳鸣放，声势浩大直压过来……

"全体上马！"兆惠一摆手喝令，"章群派人传令马光祖，迅速退兵回营。"

"喳！——我们怎么办？"

"他们全军都过来了，我们回营固守！除了吃的什么都不要，我们的伤号随马光祖退。"

"喳！"

兆惠再不说话，带着五千余骑至敌营东侧草甸子上结成方队，沉默观察四周情势。只见南边溃出营的敌军火把如龙蜿蜒逼来，东边自己的大营里黑沉沉一片横亘数里，马光祖的兵也正在向营中收束。隔着大营约五六里之遥，光亮一明一灭，杀声忽高忽低毫不犹豫地越来越近。

"怎么办？"兆惠刹那间闪过无数念头：如果回攻收回老营，当然是眼前最安全的，可是这里离老营十里之遥，敌军在老营背后离得近，就算勉强打回去，数万生力军加上背后一万余追兵夹击，胡富贵处虽有兵，远水不解近渴。万一敌人抢先占了老营，迎头强敌，腹背夹击后果更不堪设想。几乎只是一闪他便打消了这念头。退进马光祖营也是一法，但南侧的敌人先就不肯轻易放过，必定死死纠缠，士气一衰百哀齐至，胡富贵照旧不能呼应援手——思量定了心一横，他勒转了马头，大声对左边将士们说道："有句古语说'风萧萧兮易水寒，壮士一去兮不复还'！我们诱敌成功，踹营已经将这股子回人踹得破了胆，'易水寒'！"马鞭指定南方道："我们不回大营，向南打，打到黑水河，和老营会师。谁怕死？就出来说话，我放他到马军门营里，决不加罪！"

这群将士们都只晓得放火厮杀，听他讲"一水寒"不明其意，后头这话却人人懂的，人马躁动着有人攘臂大吼："咱们跟军门一水寒不复还！怎么打，大军门只管下令！""哪个尿攘的孬种，老子屠了他！"

"听着，这是一群被我们赶出营的惊弓之鸟！"兆惠轻轻一笑指着南方道，"我们向东趋，他们必定以为胆怯要缩回马光祖营，必定要拦截。我们中途突然向西，把它拦腰斩断，撕开一个血口子，再向南突围……现在是——"他掏出怀表看看，"现在是丑时，下午未时，我们就能到黑水河大营。兆章群——给我领头，杀！各营管带士兵，不管打得再凶，要尽力保持建制不乱。跟我的人，豁出命在皇上跟前挣功名啊！"说着，一纵骑冲了出去……

起初打得很顺利，一切都在预想中，霍集占的兵见他们向东南行进，以为要逃向马光祖大营，立即加速当头拦截，不料阵势刚刚布开，兆惠一彪兵马蓦头一转直击西南，霎时间便把霍集占的万余兵马两头打断。敌人看清了兆惠意图，齐发一声喊，即速向中间夹攻过去。兆惠是六千兵，霍集占大约九千余骑拼死拦截。兆惠带的已是疲兵，霍集占的是怯军，昏夜无月旷野混战，最怕的是建制打乱敌我不分，此刻，双方都心存忌惮。听着东北方向杀声铺天盖地越来越近，回兵精神大振，点的火把成千上万势如火龙游走，兆惠打退一阵，立刻又一股人冲上来死死粘住不放，心中不禁着想：揭不掉这帖膏药，天明在此会兵，马光祖廖化清都会出营相救，顷刻之间营盘也没了，人也要打光！急切中见兆章群跃马挺枪从东路冲突而来，喘息道："爹！这起子回兵难缠，一打就走，一停就追——怎么办？"

"你累了吧？"

"还能顶一阵……"

火把影里，兆惠指着南边一条小河，说道："中军调五百支火枪归你指挥，再加一千弓手，凭着岸边涮出的坎儿，你给我挡住，火力要猛要狠！"

"是！"章群回马便走。

"慢着，"兆惠叫住了他道，"……看这情势，他们要截断我们去胡富贵大营归路。你挡半个时辰就撤往东南，如果大兵拦截，就往西找我，合起来再作计较。"

……兆章群纵马去了，眼见两侧敌人不顾一切又合拢过来，清兵纷纷回马撤退，兆惠大喝一声："火枪手，左队跟我，右队跟兆章群——朝他们人多处，开火！"

"砰！"

一排火枪打出去，枪手们退回装药，另一排枪手举枪齐射，又是"砰"的一声巨响。自从夜战以来，一千名枪手还是头一次密集发射，

声威固是慑人心胆，敌人火把明亮人马密集，枪声响着，箭如骤雨飞蝗
齐射过去，不知多少人中弹中箭，悲马长嘶战士倒卧，硝烟弥漫中，敌
人惊慌稍稍后退。兆惠鞭子轻轻向后一扫，双腿一夹喊道："走！"不无
哀伤地看了儿子一眼，带着两千余人冲向南方暗中。身后远远已听得兆
章群的排枪轰鸣响起……

天渐渐亮了。冲出廖化清大营西南之后，他这一彪人马便没有再遇
到迎头拦挡的回兵。现在已入黑水河流域，早已不见了草原，仍旧一派
茫茫无际的沙丘戈壁，东一丛西一簇生着茂密的胡杨红柳骆驼刺酸刺棘
之类的灌木，黑水河依然故我是条"油河"，在沙丘间静静横流……鏖
战拼杀一夜乍入此境，人人都有点恍若隔世的感觉。兆惠见河滩沙丘间
有一小潭一小潭的渍水，便命歇马吃饭，自己下得马来，试着走了几
步，已经僵了的双腿才活泛了一点，取一块冷羊腿肉嚼着，便派出哨
队，一路向东踏看路径，一路回北打探兆章群消息。

半个时辰后东路的人回来了，那探哨的疲惫不堪，似乎累得连恐惧
都麻木了，晃荡着身子漫指东方说道："大军门……和卓的兵已经堵住
了娃娃河路口。多得很……我们去了也不打不追，就在那里扎营盘立帐
篷。慢悠悠的，像是要安家长住的模样。"兆惠咬牙听着，问道："他们
那里有水？"探兵回道："有！就在娃娃河和黑水河中间的沙滩上，已经
烧起锅灶了呢！他是要截住我们回家的路……"兆惠点点头，又问：
"看见有骆驼队没有？"

"没有。"那军士答道。

这就是说，敌人的运粮队还没有上来。此时手中若有一万，不，哪
怕只有五千生力军，横里杀过去，霍集占根本就挡不住。可惜没有，只
有两千人，而且累得人人骨酥筋软，即使兆章群带的三千余人能全军而
归，无奈打不动了。兆惠思量着，心中竟涌上一阵莫名的凄楚悲酸，忙
咳嗽一声止住了心绪伤情，起身拖着步子，尽量抖擞精神巡视一遭，笑
着下令："都向我靠拢。这时候儿没有什么大将军，只有大兵兆惠！"

两千军士人人脚下像灌了铅，缓缓聚拢了来，他们惊异地发现，这
位平日永远板着面孔的大将军，此刻像个玩家家的小孩子坐在沙堆旁，
一脸孩子气的笑容。招呼左右兵丁："都受累了，随便坐！这地方敌人

来，十里外就能看见。"他指着一个脸颊带伤的兵笑道："你是怎的了，哭丧个脸？你叫常大发，是赌钱输了，还是梦见你老婆抓了你一爪子？"

人们都听得一笑。

"兆章群是我的儿子，你们都知道了。"兆惠向北望了一眼，笑道，"海兰察也有个儿子跟在昌吉。他那儿子有趣，是他爹和他妈的媒人……"

人们先一怔，接着哄声大笑：他从不说笑的，更不说家常，这么一开口就让人忍俊不禁。便有人喊："大军门，给弟兄们讲讲！"

"那是二十多年前的事儿了。我和老海在金川跟先头讷相和张大军门出兵放马……"兆惠微笑着坐地望天，回忆起往事。讷亲张广泗怎样指挥失误兵败下寨，廖化清中了鸟铳浑身受伤，自己怎样救讷亲。讷亲张广泗如何畏罪谎报军情，恩将仇报要杀自己和海兰察。二人又如何商议分头逃回北京禀报实情，海兰察在黄河船上巧遇丁娥儿，二人生分好合同舟共济到德州，又在德州码头白昼连杀六命，几乎死在赃官之手，种种情事一一述说，众人听得时而怒目贲张，转又眉开眼笑，已浑然忘却身在险境。有人就问："兆军门，听说你关在顺天府，在狱中杀人，救了我们军门夫人，连万岁爷都惊动了，天子亲自问狱，赐我们夫人凤冠霞帔，可是有的？"

"有是有的，不似你们传说的那么玄乎。她的凤冠是后来我起复了才赏的。"兆惠笑道，"我的故事儿平心而论没有海军门的妙。跟大家穷聊这些往事，一是无聊解闷儿，二是说人的命，天注定，该死的不打仗，下雨天栽到马蹄窝里淹死的都有，不该死，凭着千军万马刀山火海，想死也死不了。再就是跟弟兄们患难与共，我绝不当讷亲张广泗那样的混账东西……"正说着，沙坡上一个军士站起来指着远处叫道："大军门！少公子——少公子爷他们回来啦！"兆惠翻身一骨碌站起来，所有的军士也都站了起身，果见一彪军马，约有两千余人，踏着沙滩步履塞涩迤逦近来，走在当头的头上裹着生布绷带，一手提枪挽辔，一手不胜其力地撑着腰间，正是兆章群了。沙滩上众人立刻一片欢呼，行伍中军士也欢呼着走近来。兆章群脸色苍白勉强笑着下马，身子一仄，几乎摔倒在地，几个兵忽地扑过来搀架住了。兆惠向前一步俯身看他，问道："怎么样？"

"没什么，不要紧的……"兆章群推开军士，站定了说道，"有个使链子锤的，砸死了我的马，我左肋也让人扫了一下……"他撇着嘴像哭又像笑，"这回子是好汉，儿子没他有本事……这些人真有种啊！身上箭扎得刺猬样，我透胸一枪，倒地都不松手——几乎把我拖下马去！我们死了八百多，伤的人也都没回来，枪总算都带回来了……"说着，要倒的样子。众人忙扶他坐下，给他喝水揉背。

兆惠听见火枪都带回来了，心里一阵宽慰，却道："人活着回来就好。人活着就好……难为你们打得好……这几千人都是好样的，死的活的我都要记着他们，都要给他们一份富贵……"

"回来我一路看，东边的路已经断了。"兆章群喝了点水，精神好了些，说道，"马光祖大营已经和廖化清合起来。联络几次也没有成功，我看他们是要把我们这一股压到没有水的地方，和大营隔断了吃我们饺子……这地方无险可守，我们不到五千人，站不住脚的。听我说，爹，我们有水有粮有肉有火枪，吃饱喝足再打一仗，向东突围回老营，这里不是死守地儿……"

兆惠近前拍拍他肩头，低声道："不妨事的，你爹没有那么好欺负。你胡伯伯马伯伯廖叔叔都会和我们联络的，不联络好，不能再出去了……"他站直了身子又观察地势，此地虽有些微小沙丘，既无营具又无壕沟，南边又临油河地形也偏低，的确不是安营的地方。东边一路全是敌人重兵把守，就为了"隔断"自己归路，怎么会轻易放自己杀过去！原想端了营能拖住敌人主力到这里决战，看来除了踹营砸了些家伙杀了些人，马光祖出动引得伏兵出头，捅了马蜂窝，马蜂没有追叮捅窝人，单是这霍集占就不能小看，倒是自己粗疏，没能料准了这一手！他托着下巴咬着下唇望着对岸的矮丘出了一阵子神，又看看河中的油，心中念头忽地一动，指着斜东南道："中军去二百弟兄，到那两个沙丘中间，找找看有水没有。"坐在旁边的兆章群道："我早就探过那一边，没有水。南边有一片仙人掌林子，长得有一丈多高，我尝过，味道不正，可是没有毒，有一片酸溜溜刺儿棵子，也能解渴。我们四五千人，靠这些个不成的……"

"什么叫不成？"兆惠见他好些便又端起了老子身份，喝止了他道，

"我估量中午敌人就要压过来。老胡他们现在一定正千方百计和我联络，没有盘盘怎么成？那里草树茂密，下头一定有水，去人，给我找一处低洼的地方往下挖。"一个中军偏将带着二百多人蹚过油河过去了。兆惠握着望远镜站在高处只是观察审量，又看河道又看地势，指着对岸喊道："下头一定有水。这是娃娃河上游，沙掩住了，下游的水都是从沙底下渗出去的！这条油河过去也是水，上边是油，下边是水——不然，为什么河边沙窝子里有水？"他似乎是在绝望地祈祷，又好像是在喃喃自语析解物理，听得众人一愣一愣的。忽然河对岸那群军士轰然叫道："大军门，他娘的这是个城！叫沙埋了，下头有房子。"兆惠大为兴奋，大喊道："这就是了！再过去三千人——除了伤号，都去！给我刨，肯定有水。"

兵士们听见沙下刨露出房子，又好奇又兴奋，巴不得这一声，欢呼雀跃着蹚过河去。三五十个人一伙，各自寻着低凹处便下手，没有工具，在沙中下挖其实很难，刨开一个坑，四周的沙都向中间流。这些兵士们没有办法，排成队屁股朝上，闷着头依次向上扑拢，水车似的向上递送沙子，已是露出几十处被掩埋了的房舍。突然有一群人发一声喊，像半夜里突然捡到个金元宝那样，惊喜地怪叫"这里有座粮库！"又有人扯嗓门儿吼："水！大军门，有水！"顿时满沙丘的官军欢腾起来，一大片沙丘上尘雾飞扬，干得欢实起劲。

这一来，河北岸休息的伤号也坐不住了，相将扶掖着纷纷过河。兆惠听见有水还在意中，"粮库"这一说却笑而不信，刚对兆章群笑道："有水我就心满意足，还有粮！这么大福气，咱爷们能有么？"说着一个兵士双手捧着粮又跳又跃过河来，一边跑一边叫："大军门……你瞧……粮！"捧着给兆惠看。自己伸舌头舔了一口嚼着，鼻子眼都笑挤在一处说道："谷子！他娘的味道还不错呢！"

兆惠已经看清了，是谷子，因不见天日不知多少年头，颜色已经发白，可它毕竟是谷子，而且居然是个谷库！兆惠的头有点发昏，目光也变得游移不定，没有吃酒他已微有醺意，竟也傻乎乎拈了一小撮在口中嚼尝。他和所有军士一样，带的有粮没有吃，已经差近半月都是羊肉羊肉干牛肉牛肉干。谷子在口中的粮食香直弥漫到心脾里，竟是要多香有多香！他突然一挥手喊道："这是老天爷照应，皇上洪福齐天，咱们命不该绝！走哇，统统都过去……"喊着一把扶起了儿子……

对面沙丘下果真埋着一座城，几千军士竭尽全力用手刨挖，已在中间刨露出半条街，有十余丈处，店铺的门面台级都出来了，成了一条丈余深的沙沟，军士们几乎人人都只穿一条裤衩子，浑身油汗沙子，兀自干得热火朝天。兆惠见一些兵还在向南开掘，笑着命道："就把这一带清理出来就成，想找金子银子打完仗再说。"又问，"有死尸没有？"

"有呢！十几个——都是老头老太婆的干尸。"一个兵士指着沙丘道，"都扔出去了！"兆惠吩咐："去几个人，埋掉。他们看守粮库有功！"说着便去看水。

水果真是有，是在一间房子的侧后，被兵士们刨出一片湿沙，又深掘了四尺有余，下头汪出锅口大一片泥汤儿正在澄清，沙沿四周似乎有细微的水流正在向中间渗漏——这点水当然不能支应全军需用，但既然有泉就不愁水潭再大一点，兆惠满意地一笑，指着水潭道："这里加意保护，要再大一点，至少一丈方圆三尺深——在这条街上，肯定还能再找出水！弟兄们，再加把劲，这是咱们的命根子！"说着过来看粮。粮库还没有完全暴露，十几间平房顶已经见天，兵士们把房顶都揭开一个窟窿，有满屋都是粮袋的，也有半房的。纵横错落神秘地横亘在沙滩上。兆惠推想了半日才明白，这其实是一家粮栈或骆驼队转运粮食的暂存库房，和这整座城池都被埋了。他来新疆，听当地人说过沙暴，一夜狂飙突起，整个沙山沙丘都会被移走，河流山川城市人民都被活埋进沙中。莫非几十年前一个夜晚，此劫从天而降此城，使这里变成一片荒丘沙漠？而恰恰被逃奔至此的官军发掘出来，就只能说冥冥之中天意昭然了……正思绪感慨祈祝庆幸间，远处北边黄尘四起，一个军士遥指着："军门——和卓木回兵杀过来了！"

"知道了。"兆惠冷静地站起身来，用望远镜眺望。大约有一万余骑正在向这边逼近，不知是累还是沙地难行，走得多少有点拖沓，后边还有零星马匹艰难地追赶大队。前头导旗有十几面，上头曲里拐弯写的字，不是汉文，兆惠也不认得，但看这阵势仪仗，像是霍集占的中军大营亲自来了！……他放下镜筒，下令道："所有马匹拉到沙丘南边饮水喂料，留五百人接着挖水池，其余的人整装隐蔽，偷空吃点干粮，等我号令，我的中军弁佐呢？"

"标下们在！"

"带上甲，还有挡箭牌，二十枝火枪——收拾干净利落点。"兆惠沿坡下沙丘，说道，"我要和这个姓霍的隔河说话！"

霍集占的兵马到了，望远镜里看着慢，马头到时才见甚是威势凛凛：十几面绣金白旗猎猎招展，上千匹战马狂嘶着在黑水河北岸一齐勒缰，沙尘直卷半空中弥漫散落——见南岸清军埋伏得一个不见，只有四五十个军将戈什哈拱卫簇拥着红袍银甲一位大个子将军，稳沉地站着静候，回军似乎也甚惊疑，略一整顿队伍，一个戴着狐尾饰身着开领长袍的将军出来问道："兆惠的将军？哪一位的？"

"我是。"兆惠挺了挺身子，庄重地说道，又问，"你是谁？"

"我是和卓木大台吉的家臣那乌茹孜。"那将军迎阳站着，骄傲地翘着小胡子，伸出拇指向后扬扬，"我们霍大台吉汗爷要和你说话。"兆惠不言声看着，见敌阵前马匹纷纷让路，一匹金鞍白马纵辔出来。缀满了宝石的雕鞍上骑着一位中年汉子，绣金小帽也饰的宝石，鬓边插着一根天鹅羽翎，也是开领白袍，却是闪缎精制，浑身珠光宝气。团圆脸是西域人特有的那种白皙、直鼻深目，眉毛和胡子黑浓得像用毛笔画出来那么重——这就是受困于准噶尔、流亡逃归、归而又离降而复叛的和卓木回部大酋霍集占了。兆惠把气向下沉了沉，静等他说话。

霍集占也在看兆惠，这位早已是乾隆朝的"红袍名将"，围歼阿尔睦撒纳后，在哈密以西连攻三城，又追至阿妈河，兆惠像影子一样一直追逐着自己，昨夜蹿营已见他英雄神武。此刻白昼天光之下隔河觌面，看得更为真切，是凛凛长大一条汉子，眉宇间带着凛不可犯的煞冷之气，披甲裹袍站在沙丘下的河畔一动不动，后头荒丘上是死一般寂静。他不能猜透这人的心，明明路过马光祖和廖化清大营时，只要稍加冲击就能安全归营，却偏偏逃到这个死地里来？他的兵都藏到哪里了？想着，霍集占在马上摊手一礼，说道："大将军阁下，一夜劳顿辛苦了！"

兆惠不易觉察地动了动鼻翼，他没有想到霍集占能说汉语。

"我大和卓木部国世居叶尔羌，与博格达汗从无冤仇，相安无事。

而且我与兄长为准部蒙古所欺，蒙大汗派兵解救，一直心存感激。"霍集占道，"不知大汗听了哪个小人挑拨离间，派将军无故兴兵问罪。伤我感激之情，反化为敌国冰炭？"说罢盯牢了兆惠。

兆惠早听隋赫德说过霍集占口舌伶俐能说会道，听这几句话已见其端，心想与其绕着纠缠不清的往事苦苦析辩，不如直述其罪来得便捷，因冷冷说道："你也是汗，乾隆大皇帝也是汗，我想知道什么时候平起平坐的？以准噶尔雄兵百万尚且称臣纳贡，你不过是策凌准噶尔部的一个小小奴隶部落，因在准噶尔多年的阶下囚，既蒙朝廷解救，为什么不知恩图报饮水思源，反而以你一部人民性命土地牛羊赌你一人一姓富贵，裂土分疆自外天朝，招来这杀身之祸？我劝你，早早迷途知返，亡羊补牢犹未为晚，我三路大军都是征服准噶尔部的铁骑英豪，你就好比三块石头中间夹的鸡蛋，敢妄动，就叫你粉身碎骨！"

"鸡蛋！"霍集占双手按着马鞍，突然仰天大笑，"我敬重你是条好汉，你就敢这样自大！这里不是准噶尔，更不是中原。我这个——回到家乡，也就是回到了真主的怀抱。龙——俺，龙归大海，你懂吗？昨天晚上你冲我的军营，你知道为什么能活着出去？我的孩子们都知道，是我下令不许杀死你。你是长坂坡，我是曹操的！"

兆惠一愣，才听出他是夹生说三国，想起阿桂说有个举子一心学习曹操榜样，不禁一个莞尔，因大声道："你是曹操，那我们自然汉贼不两立——你奸诈负义，忘恩背主，心性行为也和曹操一般无二。似你这样逆天造恶，不但误你自身，连累你的兄弟，这千里回疆人民，从逆数万将士，哪个不受你拖累祸在不测之中？我劝你趁着巢穴未覆身家尚在早作归计，一面缚降顺恳乞天恩，不但可九族免诛戮之祸，三军不遭刀兵屠杀，人民土地也无涂炭之忧。执迷不悟，恐怕你霍集占香烟难继！"

"死到临头还在说大话！"霍集占扬鞭指着兆惠身后沙丘说道，"那是什么？那就是你们的坟墓！你的粮道已经被我截断，马光祖和廖化清带着残兵败将，现在正在向黑水河逃亡。那个胡——胡富贵缩在营里一步也不敢出来……兆惠大将军，你看这条河，流的不是水。你的东边是魔鬼城，西边是沙漠，最勇敢的叶尔羌人也不敢在这里过夜的。你向我投降，留下你的火枪和弹药，我送你骆驼、粮食和水……"

兆惠一直焦虑马光祖廖化清兵力不能收拢，又无法探到胡富贵消息，听他说到三处无恙，不禁大为欣慰，笑着说道："我不要你的粮和水，我要的是你的命——火枪队全部起立！"他突然下令道。沙丘顶上埋伏着的火枪手大喝一声"喳"，一千余人全部站了起来，一个个都赤条条只穿一件短裤，杀气腾腾一字长蛇平端着枪，对着霍集占回军虎视眈眈。看着手握利器居高临下的火枪手，霍集占前部军马不安地骚动了一阵子，整个大队都变得不安起来。霍集占也脸上变色，他没有想到沙丘上是这种情势，也没想到兆惠突然翻脸，坐骑稍稍后退，他的护卫马队立刻上来掩护，几十支火枪一齐对准了兆惠。

"现在阵前以礼相见。"兆惠笑道，"何必惊慌呢？胡富贵大营我还有五千支火枪，只怕你没有本事拿去。"手一挥道，"回营！"霍集占看着兆惠退下，也扬起手摆摆，大队人马徐徐后退，约在黑水河一里之遥开始扎寨——这里有沙滩，渍水，前文已述，这里也不必赘说。兆惠一回营，章群便抱怨道："离得太近了，他要开火怎么办？"兆惠笑道："这是身份气度较量，不是兵刃对垒。谁肯在万千将士面前当下流坯？他开火我开火你们也开火，那成街上打群架的无赖了。今天都累了，不攻只防，这里夜里冷，到河里搬些油块儿照亮取暖，现在头等大事是把营扎稳，再想法子和大营联络……"

两军又呈隔河对峙局面。兆惠的官军固是马乏人疲，霍集占六万余人马其中有四万余原都埋伏在勒勒河以北的沙丘里，一路走一路布防，战线拉了三百余里，赶到这里的一万先头部队也是个强弩之末的模样，而且粮食要从金鸡堡一点一点运，也不敢轻举妄动——算来这一夜恶战，双方都有算计不周之处，兆惠实战得了便宜，诱敌不成形势落了下风，霍集占伏兵早早暴露，马光祖廖化清得以从容撤回，主力阵容已经无密可保，是个旗鼓相当局面，但霍集占全部是骑兵，主力控制了全局，又将清军主帅压在沙丘中与大营隔断。若不是在沙中寻到粮食和水，兆惠其实已经到了绝地。

就在兆惠与霍集占隔河对话之时，马光祖和廖化清已经率部回到黑水河大营。他们三人连饭都没吃，立即商议救援兆惠的事。胡富贵黑沉着脸听完他二人述说踹营夜战的事。眼中闪着不知是泪光还是火光，双手捏得格巴作响，起身在帐中转了两匝，又无声坐了回去，见廖化清还在抱怨："他就从我营西六里过去，当时我打出去，半个时辰就接应回来了，你就是咬着牙不下令！这——"胡富贵一口截断了他的话，阴沉沉说道："这时候说这些有屁用！老马你说怎么打？一刻也不能停，我要上去，那里没有水。"

"老胡，不要焦躁。我看霍集占用兵，是个很有主见的人。端了他的营，他退出来。兆军门往我营边略微一靠，立刻就四面围上来，引他走，又不慌不忙慢慢追赶。"马光祖道："现在我们不顾一切强攻出去，他北边的后备军压过来，大营动摇了不是小事。兆军门不会把军队带到绝地上去，他肯定要向娃娃河靠拢。我们不妨派两支千人队伍向西接应，和兆军门联络上再作定局。"

他现是掌符主将，说的这些话也有理。但廖胡二人一比较就觉出来了，优柔多虑，能谋而不能断，做中军参佐是好的，当主帅不成——两千人向西打出去，等于试着用羊肉喂狼。廖化清道："至少要用八千人，老胡的兵可以用，回来的人换防。还是我带着打出去。三天不能联络上，老马你割我的头！"马光祖笑道："我只要霍集占的，要你的头做么？我是担心敌人兵势正盛，一击不成挫了锐气。"胡富贵道："他的兵转了几百里，我的兵吃得饱喝得足，凭什么不能打？不行，我要亲自去！"

"那好吧。"马光祖无奈地一笑说道，"你的八千人今天下午睡一觉，带足二十天干粮，五百条火枪，不遇大股敌人轻易不用火器。我带六千人向北再打一阵，袭扰他的后方。要遇到强敌，那就是主力了，你报信回来，或者决战或者围敌打援再作商量。"一旦回到参谋僚属事务上，马光祖立刻又变得精明起来。胡富贵一跃而起，说道："我传令布置去！"

马光祖待他二人出去，立刻坐下来打奏折底稿，眼下这种情势如不奏明，将来万一有丁点错失，三个人都将祸不旋踵……

第十八回　十五王"学习"入军机
乾隆帝政暇戏寒温

沙漠瀚海道路难行，饶是用的"八百里加紧"，马廖胡三人的联名奏章也用了二十五天才递到北京。当日军机处是刘墉当值，一看火漆印封，立命"备轿，去圆明园"，恰新票拟的贵州学政刘保琪进来陛辞，二人便同乘一轿赶往双闸口递牌子。一头说闲话等候，便见太监王仁迤逦赶出来，刘墉便问："皇上现在正见人呢么？"

王仁多少有点近视，已走得很近才看清是他们二人，忙打叠起笑容，说道："皇上方才和和大人下棋，后来十五爷进来说事儿，双闸上头太监禀说您递牌子，叫小的出来接着您呐！"刘墉点头一笑，跟着往里走，问道："和珅会下棋？倒没听说过。"王仁赔笑道："和大人会下大棋，围棋刚刚儿上手。下大棋能赢皇上，下围棋就不成，叫皇上吃得黑子儿那怎么说？——是尸积如山罢？"

从来臣下与皇帝对弈，即便是国手，也只有输的，顶多是战平求和。和珅却是有输有赢，刘墉也觉新奇的，笑道："我只记得人说当年世宗爷和刘墨林先贤下棋输过一盘，和珅够胆。"王仁道："和大人说'能赢故意儿输也是欺君'。主子高兴得笑呢！"说着已到殿门口，二人趋步上了丹墀报名，便听殿中乾隆笑道："都进来吧。"刘保琪跟着进来，却见这里和养心殿规制不同，方圆长宽都要大一倍出去，东暖阁珠帘吊垂，大炕几案隔帘隐约可见，西边一个大厅临水接榭阔大轩敞，外头碧水幽幽绿树郁郁，窗子一色都是淡黄蝉翼纱幕起，显得又幽僻又宽敞，乾隆也没有戴台冠，只散穿一件雨过天青纱袍，摇着一把素纸折扇坐在西窗下茶几旁，颙琰设了个偏座面北正座，和珅却是面南站着，正笑着说话："……北边唱莲花落子的和南方花鼓戏、中原的高台曲儿、晋陕的二人台都是一类。不同的是莲花落子都是女的唱，妙龄丫头登场度曲,也实是妓女别树一帜。像晋北的二人台,又都是男女合台出场,乡里无论男女老幼都来看,没有一点忌讳的。唱到半夜,押台的掌班站台口上喊:'婆姨妮子带娃娃们回去睡觉了!下头要上荤的了!'女人们一走,台上男女戏子们就放开手段戏嘬,也唱也说,浪声喋语加上猥亵狎邪,脱得半裸了搂抱亲嘴儿,什么礼法大防风化敷教,都一些儿也说不上的。说莲花落子的天津卫最多,看去衣帽周正,那些女孩子一个个就似偷汉子的积年、风月调情的都头,淫言亵语说着和茶客逗情卖俏,正为不见直露粗俗,比高台曲二人台之类的更不成话。奴才几次传谕地方上厉禁。有时好几天,过去一阵风还是老样儿。想想这些人,这就是人家的饭碗,真的砸了明的变成暗的,摊头儿捐也收不上来了。这么着只好划个圈儿,像北京的八大胡同,天津就划在北门外侯家后庵一带。本分人家子弟去逛,父兄们自然要约束的。浮浪哥儿街头游棍混混儿,就管不了了。只合睁一只眼闭一只眼罢了。"颙琰不言声听着,待他说完才道:"这是弛禁,总归还要想法子严厉些子,上回一个黄带子宗室,论起来还是我的叔辈,生白布捂着鼻子嘴,说是'受了风',后来才知道是杨梅大疮,京官去嫖八大胡同的也是狼一群狗一伙,得了病不敢寻正经大夫,找个江湖郎中轻粉截药几天光鲜应付衙门点卯。长此下去怎么得了?"

刘墉二人原以为乾隆他们闲谈民间风俗,至此才明白是在说正经事。为京官不守官箴,刘墉早恨得牙痒痒的,单是刑部衙门就处分了二十几个,无奈已经"约定俗成",不但京师、天津、各省城都会大小衙门上下官员都一个样儿。说声"厉禁",抓几个倒霉蛋,罚一笔议罪银子,待"弛禁"了依然故我。想想除了"划圈儿"竟是别无良策,不由叹了一口气,想起自己正经差使,双手将折子递上去,说道:"兆惠大营递来的军报,事体急,请皇上裁度处置。"

"哦,兆惠的?"乾隆一听"急"字,脸上已没了笑容,接过折子便展看。殿中顿时雅静下来,和珅等三人都不知出了什么大事,或坐或站心里打鼓,不停地觑乾隆和刘墉神色。

奏报只有两千多字,乾隆枯着眉头接连看了两遍,递给颙琰说道:"你和和珅都看看。兆惠,朕看他是贪功冒进急于求成,孤军深入给人家困住了!"说着站起身来,踱至窗口,隔窗望着外边出神。屋子里的气氛顿时变得僵凝了。一时和珅也看完了,和颙琰几人都没吱声,忽悠着眼看乾隆。不知沉默了多久,颙琰说道:"阿桂在浙江,正奉旨赶回,可否发文叫他快些回来?眼下军机处几位都是文臣,不熟悉军务。"和珅却道:"我看刘保琪的差使可以变一变,快马赶到洛阳,咨问一下福康安,看有什么措置,他可以在洛阳直接给兆惠下令调度,一头赶回北京请旨,似乎妥当。阿桂刚刚受过申斥处分,为这事情急召他……"下头的话似乎碍难启齿,便停住了。又嗫嚅道:"奴才总觉得窦光鼐有些言过其实。诏书还在军机处没有发,收回成命再斟酌一下也是一法。"

阿桂受处分,刘保琪还是头遭听说。刘墉等人却知道,是窦光鼐参奏浙江亏空,派阿桂为钦差大臣查实,查来查去没有亏空,乾隆申斥了窦光鼐,听说窦光鼐又亲函密折申辩,辞气很不和平,有"不要作官不要性命"的话头,刘墉没有看过原折,内情不详,但乾隆转头又训斥阿桂,撤差夺俸的旨意他却是知道的,见和珅来回反复说话,不禁都又盯住乾隆。

"海兰察打下昌吉,朕以为兆惠必能下金鸡堡,朕之期望何其厚也!"憋了半日的乾隆终于说话了,语调又缓又重,冷淡得令人心里一阵阵发凉,"五万人马屯在阿妈河,攻到勒勒河又退到黑水河……"他头也不回,突然对着窗外恶声吼道,"这是败退!败得连奏章都递不回来,还要手下的将军来搪塞朝廷!……朕又何其失望也!"

这突然的发作,似乎蕴着多少愤懑、期待的失落,还夹着无奈与沮丧,四个人惊悸得身上一颤,颙琰带头跪了下去。他背着手转过身来,几个人见他眼风扫来,都忙低垂了头。看不见乾隆脸色,只听他一句接一句数落:"除了福康安,相臣无能,将臣无能,朝臣庸碌,外臣也庸碌!不然,何以一个林爽文,作乱江南作乱山东,纵横捭阖,就拿他不住?孝感一个走江湖的,传几句邪教,带几千人就占山为王!大闹元宵节天下串通,北京的匪首拿不住,南京的、福州的……说出来就出来,官府制约不了,说躲藏官府就搜捕不到!看来……朕真的是老了……"他的语调儿变得有点柔和伤感,又像在祈祷诉说,"圣祖手创,世宗艰难维持,朕也自信励精求治夙夜不倦……还是想做个完人,做个十全老

人……看来竟是水月镜花虚妄之想？"他用手指定颙琰，"你自今儿起，
进军机处学习行走。现在拟旨，兆惠怠慢玩敌轻狂自大，致中敌奸计败
退黑水河，辜恩溺职情殊可恨，着剥去他的黄马褂，收回双眼花翎，着
马光祖等全力接应回营，革职留任，待福康安到营接任掌事！刘墉和珅
辅政无方，致使政务多有荒疏，各罚俸半年以示惩戒。湖广孝感暴民滋
事，皆因该总督勒敏平素政教荒芜刑罚失当，着勒敏降三级处分，戴罪
留任，相机征剿刘相五立功赎罪。"一连串的处分都是迅雷不及掩耳，
刘墉原想劝说，听着他"横扫"过来，提名道姓连自己处分在内，虽知
是迁怒，气不打一处来，却也能谅他的苦心，和珅嗫唇伏头一声不语，
刘保琪本来只是引见陛辞到贵阳，顺便给福康安传旨的，不成想遭遇这
个场合，从没有经过的，已是吓得面如土色噤若寒蝉。乾隆却不管不
顾，指定刘墉说道："刘墉给阿桂拟旨。保举兆惠为主帅的是他，兆惠
失利他也罪责难逃。前者斥责窦光鼐，阿桂和珅力保浙江无亏空，指摘
窦某好名沽恩诬人清白，今窦光鼐已将该省府库擅自挪借民间银两充实
库存的借据封寄朕处，和珅仍替浙省说话，你们已经陷朕于不明，扫
了朕的体面，还敢虚词哓哓置辩！"和珅慌得头碰地砰砰有声，说道：
"奴才见借据只有一张，孤证不立，所以恐有言过其实处……"

"一张？你放屁！"乾隆近前，很像要踢和珅一脚的样子，又止住
了，"他寄来的是一张，手里握着三百张！下头拆烂污，你也拆烂污，
哄着朕高兴天下太平！"和珅再不敢搭一句话，只鸡啄米般连连叩头。
乾隆却仍没完，接着道："发旨给福康安，暂时不必来北京，即着从洛
阳启程，星夜赶赴兆惠黑水营接掌抚远招讨将军印信，一路滚单报朕知
道！"说着，一拔脚穿殿，独自去了东暖阁。

三个大臣一个皇子被他撇在了西厅里。起初众人都被唬蒙了，怔怔
的不知所措，大眼瞪小眼愣了一会子，刘墉撑了一下臂道："十五爷，
这么着不成，我过去恳请皇上再思再虑。"颙琰的脸色也异常苍白，看
一眼不言不动的和珅，说道："你们去只有火上浇油的。还是我过去
吧。"刘墉感激地看了看这位阿哥，说道："先劝皇上息怒，不要急着请
旨说事……"颙琰点点头，见和珅仍伏着不动，厌恶地转过脸，径自
去了。

　　乾隆的脸色已不像在西厅里那样凶狠，几个太监颤颤地蹑着脚步小心侍候他，冷毛巾揩了脸又送上来凉茶，王仁跪在椅后轻轻给他捶着。颙琰见他闭着眼，不敢惊动，只做了个手势令王仁退下，自己亲自过来替他捶背，又用手在他脑后风池穴、颈间肩上轻轻按摩，约半顿饭辰光，乾隆长长舒了一口气，摆手示意他歇手，喟然说道："老十五啊……阿玛是不是越老火性越大了？方才的话，想了想，有些竟语无伦次……"又叹，"唉……风雨流年、树犹如此……"

　　"皇阿玛……"颙琰见他这样，本来满心惊慌不安的，转而又觉伤心悲凉，心里一酸，眼泪几乎淌出来，已经带了哽声儿："您别这么想……听着叫儿子难过……前儿您练布库时候，三十斤的石锁还玩得转，气色身子骨儿不亚寻常四十岁壮年人。儿子和和珅在一边私议，儿子说您能活一百岁，和珅说还不止，至少一百二十岁……咱们大清有您在，万年天下太平是稳稳当当的，您就是儿子们的靠山。有您，再难的事儿总都能化解开的……"

　　乾隆由他轻揉细按，又透了一口长气，伸臂在肩胛颙琰的手上轻轻拍了拍，又垂下来，叹道："痴儿，你也读过二十四史的，活过七十岁的皇帝自祖龙以来只有三个。你说一百岁是孝心，他说一百二是奉迎……"颙琰道："不是奉迎，儿子听是真心话。""奉迎也好巴望也好，是真心就是忠孝。"乾隆知道这个儿子，有时是很执拗的，一笑说道，"你是为他们求情来的吧？可以轻一点发落，但不能免。一来他们确实有过，照规矩要整治，二来阿桂和珅都还盛壮，要时不时敲打提醒儿，别叫他们忘了自己的身份。你明白？"

　　颙琰的手停了一下，忙又接着轻按，他这才明白，乾隆今日七分火气，还有三分是借机"敲打"。他过来，原是要辞"军机处"阿哥当差的旨，为旨意拾遗补阙给众人说情是顺水人情的事，听乾隆这些话，心中不禁一震，卜卜急跳几下忙稳住了神，话语却变得更加轻柔："儿子这才明白了……不过，刘墉没有过失的呀！您瞧他的罗锅子，蜷得更像个虾了，人也消瘦得那样。纪昀去了，他一个人干两个人的差使，听说每日只能睡两个时辰……"

　　"像虾有什么不好？侍卫不都是虾么？龙王也要鱼兵虾将么！"乾隆

已经完全平和下来，娓娓说道，"……再说，他是个汉臣，别人都受了处分，单留他一个，不成了众矢之的？——你大约也为一人独自进军机，怕皇兄皇弟们生出议论？"颙琰一肚皮的忐忑狐疑过来，还没有"劝"什么，自己反倒被劝醒了不少。听乾隆这么问，心想在这样人面前与其闪烁其词，不如爽直坦诚些的好，因喃喃说道："儿子的心思难逃阿玛圣鉴，还是和兄弟们一样的好……"乾隆道："既已宣布，没有收回的道理。你是'学习'嘛……"他终觉不能圆融，又补了一句，"颙璇也来学习。"

颙琰听了一怔：无端又加了个八阿哥，别的人都不进来，这是什么意思？见乾隆舒展身子示意不再按摩，忙要过凉毛巾请他揩面，又兑一杯凉茶递给他，退到一边垂手侍立，说道："这么着最好，有事两兄弟能商量着办……阿玛，儿子方才一直有个蠢想头，兆惠贪功冒进固然有罪，但细看奏折，不像是溃败，只是敌人奸狡，没有中了兆惠的计，小有挫折而已。现在情势不明，稍待还会有军报递来的。他被敌围困，企盼着解救，就有处置，似乎等解困之后再说不迟。福康安也不必急着去，道路太遥远了，他赶到了，战事也完了……还是宁耐一下好。"

"嗯。"乾隆点了点头。他其实何尝不知道正是他连表彰带催促连连下旨，兆惠不得已才"冒进"的，但这一层失误连他自己心里也不肯认承的，何况对儿子臣下？沉吟片刻，手指点着西边道："叫他们过来吧！——那个跟刘墉进来的叫什么名字来着？"

"刘保琪。"颙琰说道，"是纪昀的门生，翰林出身。"见乾隆无话，颙琰方摆手命太监传旨。

一时三人依次鱼贯入来，瞧着乾隆果然已经消了气，才都偷偷放了心。和珅已换了笑脸，说道："方才军机处从城里报说，兆惠营里又有军报，已经到了潞河驿。奴才已经着他们直接呈过来。我们又详看了奏折，敌军大营被毁，死伤惨重，兆惠的兵力没有损，看样子是报平安来了。"乾隆没有理会他的话，对刘保琪道："你叫刘保琪，先头跟的纪昀，在李侍尧步军统领衙门里当过差，又到四库书房的，是不是？"

"是。"刘保琪不料乾隆知道自己这么多的履历，高兴得眼一放光，忙叩下头说道，"臣刘保琪。"

"不要小看了学政，那是一省教化文明之首。"乾隆此时想起纪昀李侍尧都说起过他，王尔烈也说他有纪昀门风，想着他进殿探头探脑的样子，不禁一笑，又正容说道，"贵州人无三分银，天不晴地不平，是个穷地方，苗徭杂居，风俗不一，历来教化难施。你去要用心办差，实在缺银子，和珅可以给你拨些。乡试名额嘛……世宗爷在世时订的数额，已经过去五十多年，比着川陕的例，还可再加增一些。学政使，是一方生员座师，并不归督抚节制奖罚，你有什么条陈，可以随时据实奏陈。"

"是，臣刘保琪恭遵圣谕，一定尽心竭力巴结差使。地方教化维持好，多出节妇节女，少出流氓地棍，和大人多给点钱，我把学堂修起来，多给国家造就几个好人才。"

几个人听他说得风趣，都不禁一笑。和珅笑道："这说的多出好女人，少出坏男人了。既然有旨，我自然遵旨多拨点银子。只你要吹牛，我就少不得要弹你。"刘保琪道："人才事关国家气运，这是皇上去四库书房多次训诲过的。只要用心作养，不愁不出人才。总督臣钱沣就是贵阳人。"颙琰刘墉都听纪昀说起过他，果然应对便捷，都暗自点头，只和珅听他提到钱沣，木了木脸，旋又带了笑容。

"你这就去吧。回头见见和珅。"乾隆微笑着道，"但愿你能多作养几个钱沣出来。钱沣在云南不加火耗，率领军民疏浚洱海修造塘坝灌渠，开地两百万亩种植水稻，桑蚕麻丝，田土增了三成，他自己还亲自种了二亩稻，夫人家人纺织自养，大理人要给他修生祠呢！"

他大夸钱沣，说得容光焕发，和珅却愈听愈不自在。半个月前钱沣有密折，内容半点也打听不出来，又有旨令钱沣进京述职，他总觉得有不利自己的事，却又无从置喙，颙琰却不知他心思，乘机笑道："军机处人手不够，钱沣既学问才干优长，何不补进来使用？"

"云南百务初兴，贵州他也要整顿政务。朕要他立起榜样来，没有三五年工夫不成。"乾隆笑道，"他年轻，已经升得太快了，众人不免不服气。刘保琪或在贵阳或在途中，一定要见钱沣的，传旨叫他不要忙，慢慢走，秋凉到京不迟。带二斤人参赏给他。还有福康安，在洛阳城里，你也要代朕宣慰，告诉他西安的军报过来要拆看，密封条陈再奏方略。洛阳城里要是热，可以移到邙山或者是龙门香山，避过热天再听朕旨行事。"

这就是说福康安"去黑水河"的旨意已经撤消,刘墉颙琰顿时略觉放心。他如此关心臣下,巨细不遗体贴入微,也使众人感慨激动不已。只刘保琪头一遭见乾隆治事,一时是倾盆大雨,雷击电闪,一个处分接一个处分毫不留情,一时又如沐春风和煦宜人,一热一凉间有点接应不暇,见乾隆摆手命退,这才跪安下来。

"和珅留一留,你们也下去吧!"乾隆说道,"潞河驿的军报无论消息如何,都要即时报朕知道,刘墉晌饭就陪你十五爷一起用。御制的丹陛大乐歌词要送进来,也要推敲一下。"他顿了一下,缓缓道,"就这样罢。"

殿中留下了和珅。今儿,他摸不清乾隆的意思,也有点摸不到乾隆的脾气,早晨传膳时分进来,乾隆就板着个脸,太监们唬得个个悚息屏声,几乎都是跪着侍候,小心着套问,才晓得是为孝感教匪啸聚造反的事。又数落几个皇阿哥"习染名士风气,吟风弄月标榜清高,不晓得做父亲的治政艰难",又抱怨"一丝风也不透,园子里也这么气闷……"总之横不是鼻子竖不是眼,处处都不顺。好容易下了几盘棋,渐渐缓过精神来,又来了颙琰,闲谈中叙聊些轻松政务,已经好了,又逢上刘墉来说军务,又复大为扫兴,光火起来无论贤不肖,人人一个处分!……这会子单留下自己,又为的什么呢?和珅打定主意,摸不清乾隆意图绝不掺和政事,只微笑着侧立在旁,不时用眼角余光睨着乾隆。直待内侍们又为乾隆更衣,端来冰湃西瓜吃了一小块,凉毛巾揩脸,漱口,乾隆轻咳一声,和珅知道他要说话了,立刻竖直了耳朵。

"和珅,"乾隆的口气不咸不淡,像说闲话又像认真问话道,"双闸北便门出去,和圆明园对门的那片宅子是你的吧?"

和珅显然没想到乾隆会问这个,抬脸看乾隆一眼说道:"是奴才的蜗居……"他是个心思极灵动的,立即想到是有人说了闲话,咽一口唾液接着说道,"凭着奴才家产,全仗着皇上赏的密云两处庄子,还有顺义和遵化赏的地里头出息,盖这处宅子那是今生休想。还是沾了修圆明园的光儿,也是主子的雨露之恩,才造起来了。"

"园工,是国家捐赋上头正项开支,"乾隆也没想到和珅会直认沾光，皱了皱眉头问道，"你就是管园工的，又总揽天下财务，怎么可以在这里头'沾光'？"和珅听着却不害怕，见乾隆摸杯子，笑着上前一步，麻利干练地为他倒上茶，又从容退后，说道："皇上误会了，和珅有几个脑袋敢贪污工银？这块地划出来是请过旨的，有档案可查。为十格格下嫁奴才儿子，造这个额驸府定制是三十顷，这里只用了二十多顷，拆迁的民居也不多，因为园子地角边线划出来，加上这块三角地那就不齐整了，所以调拨出来当了存料场子。说沾光，那里原来是个低洼塘子，废料砖瓦堆垛弃掉的把塘也就填平了，奴才就省下三五万银子，岂敢侵占库银呢！还有，造房地基填的碎砖也没有花钱，这园子里石料灰渣、半截砖之类的，原都统一推到北海子边去，奴才宅地地平也用这些物件填充的。门口那座石坊，还有那对石狮子，是内务府按额驸府定制请旨赏给。其余造房正用砖瓦木石，匠人工银，万岁爷赏了五千两，太后娘娘三千两，其余的都是奴才自己账房开支……"他记性极好，账头细务又十分熟悉，掰着手指一一奏说，砖灰沙料几何，工银饭费若干，各色木材漆料、木匠细工价银分别……都详明无遗，有几个管过工的太监在旁听得都暗自吃惊，乾隆却早已堕入十八里雾中，连前头的话没听完已经懵懂了。末了，和珅又道："这只是个大体。万岁爷若信不过，那是放不烂的账，派工部的人一查，就晓得奴才清白了。"

乾隆笑道："好嘛，朕随便一问，你就这么一大套！朕也没说你贪污嘛……还是公私分明的是。你自己的账，官家的账都要放好，你说的这些朕也不得明白，只防着有人疑惑，你两手空空说不明白，就不好办了。"和珅道："这是一点也不得失误的。户部支出、工部收纳、内务府使用报账，比奴才这个小宅子繁复一千倍，他们上次账簿子对账，毛数儿错出十六万两，三家对着吵，都红了脸，我坐在上头听，说'勒制台的八万石糯米是贡米，不是采办米，三八二十四万，景德镇烧的铺水池子的瓷砖，烧炸了一窑，价钱涨出去三万五，西山石料厂炸药损耗冒支一万，途运石料损毁又是个三万五。你们给我折算，是不是顶冒了十六万出来？'我一说他们都笑了。奴才做这么大官，又没有在外任也没有出兵放马，不在差使上仔细留神，主子要我做什么用呢？我贪污工料叫人查出来，不用主子说，自己也羞死了，那边水榭子水深两丈四，自己跳进去当了屈原！"乾隆已听得哈哈大笑，说道："畏罪自杀，还说是当了屈原！"

"说笑归说笑，钱字旁边两杆枪（戈），利字旁边一把刀，不能不警惕。"和珅正容说道，"皇上叫奴才管藩库，是叫奴才利天下，不是利自己的。这不单是忠不忠的事，还是天理良心。这么大个天下，这么大个园子，银子整兆整亿的打奴才手里过，这是多大的信任！说手指缝儿不严撒漏一点，那是奴才无能；说奴才中饱私囊，奴才永不敢有这个心胆！"

他前头细算账，后头摆天理人情，鼓唇摇舌说得万分恳切实在，倒比赌咒发誓指天矢口更其诚恳可信。本来这是钱沣密折里点到的一句话，被和珅一抹平展如纸。听和珅无辜，乾隆倒觉一阵宽慰，笑道："外头走走吧，不要再和朕说钱了。"

和珅心头却仍不宽松，他自谓朝野内外上下相处，只有灌水浇花的，没有栽刺的，已是"一团和气"得圆融周到，不料还是有人盯着自己，而且连点风声也没有就直达天听！除了钱沣谁敢？谁能？陪乾隆走着，心里犯嘀咕，脸上却仍是春风满面，指点着西边一带笑道："那边就是寒温泉，夏天是凉水，冬天是热水。主子说过几次，七事八事的总忙得顾不上去。今儿趁巧儿，奴才陪您瞧瞧如何？"

乾隆无声点点头，漫步随和珅西行，他的心思似乎还在兆惠的军务上牵念。踱着步子沉思道："不要怪你主子光火。你就管着钱，算算兆惠海兰察用了多少库银？加上天山驻军，兵力比霍集占多出两倍不止，封了夫人封儿子，进膳时候都想着有没有呵护他们家人不到的地方。官，到了大将军，无可再升，爵，到了公爵，也无可再晋。有人参奏弹劾，不用他们说话，朕都护在前头，怎么一味在前头玩老鼠捉迷藏？朕还能怎样才能叫他们满意？咳……为臣难，他就不知道为君更难啊……"

"依着奴才见识，"和珅也叹息一声，"打完这一仗，其实天下太平，再也没有大仗可打。这不指着兆惠和海兰察，下头的兵将谁不指着打仗升官发财？闲在一边看文官发财，那又是什么滋味？再说，轻而易举就打胜了，也不见功劳嘛！好比秦越人见蔡桓公里头说的'医生好以不治以为功'，这也是人之常情。您这头急惊风，他那头慢郎中，还是因为他晓得这病没有大干碍。军事上头奴才只当过几天兵，阿桂才是真行家。他这就回京，您瞧着吧，他准说这仗难打。也难怪，带兵的打仗都是越打越小心。"他不动声色，娓娓谈心间两个大将一个军机各人都栽了一个"私意"根子，乾隆却毫无觉察，想想又一阵恼恨，却不是发作的地方，咽了一口唾液说道："用这样的心思事君，那就等着瞧！"和珅睨了他一眼，口中又变了调儿："说这些将军有二心，那也不公道，没有使尽十分气力罢了。比起文官，武将们好了不知哪里去。有文官比着，主子也似乎不必对他们求全责备，毕竟那是凶险地儿让人卖命的差使。这会子主子不欢喜，是因为差使不顺心，一个红旗大报捷奏进来，他们一床锦被遮盖了，主子怒气也烟消云散了。一个官，一个禄，一个钱，天下英雄谁能出这罗网？奴才下去，看着户部再拨些银子调过去，鼓励鼓励士气再说。"

二人说着，已到一带稠密林子旁边，老树翳天竹木婆娑比着别处更加茂盛葱茏，一带女墙上头葛藤纠缠虬枝蟠结，中间就树势结成的藻须花门拱着一块石匾，是纪昀的字端楷写着：

宜人潭波

和珅笑指道："这就是寒温泉了。"又对跟着的太监嬷嬷侍儿女官们道："里头有侍候的人，你们就在这候着，皇上叫进再进去。"说笑着带乾隆进来。乾隆因见一带歇山式殿宇坐南向北，外边没有设丹墀，一色大理石铺地，规制有点奇特，张着眼看殿中时，和珅笑道："里头是仿西安华清池造的，不过大些，冬天温泉也不能露天沐浴游泳，所以有这座殿。"乾隆这才明白，这处殿是专门冬浴冬泳用的。从殿东绕出去，眼前忽然一亮——殿北院中没有空场，一大片空阔地全是水，围在碧树绿丛之中，约可二亩方圆，四周全都是青石阶级梯形入水，东边是泉，水涌如溢，成潭形涡旋之后向西穿树越墙而去——此种结构中华绝无。乾隆只在西洋图样册上见过，正要问和珅，听池心小岛旁一阵水响，转脸看时，是几个妙龄女子游泳累了在岛上晒太阳，见两个男人进来，惊得下水躲藏，乾隆眼中光波惊喜地一闪，看住了。

下水的共是四个女孩子，光景都只在十七八岁之间，浑身上下都脱剥得只有一件短裤，所有衣物都堆放在乾隆脚下岸边，此时被人掩袭藏在水里，缩着身子不敢站直，想过来取衣又不敢，清亮得纤尘不染的水中又毫无遮掩，白玉般的肩膀、腿脚都漾在水中摇荡不定。见乾隆下死眼盯着，四个女子都臊得羞晕满颊。有的用手掩乳有的掊脐，背对着岸低头吃吃地笑，只中间一个胆大的冲岸上轻声喊："和大人……兴这么看女人的么？好歹叫我们穿上衣裳么！"

"是恩春嘛！"和珅早已笑着背转了脸，说道，"我不敢看……说过叫你们来侍候皇上的。这就是当今万岁爷。主子别说看，就要怎么样，你们也不能违旨……"四个女子这才知道是皇帝，扭腰摆身的羞涩之外又加几分不安，不知是谁偷看乾隆一眼，小声说了句什么，几个人忽然爆发一阵叽叽咯咯清脆的笑声。见那个叫恩春的一手护乳，试着过来伸手要扯岸上衣服，乾隆一伸手便拉了她上了台级，笑道："好一幅美浴泉图！既已撞见了就是有缘。你叫恩春，她们三个呢？既然游泳累了，这边岸上不好歇么？为什么到池心子上头呢？"

那恩春被他赤条条拉上岸来，躲无处躲退无处退，嗔不是恼不得，见皇帝随和温存又有几分荣耀自喜，一手被他扯着，一手将湿漉漉的头发揽在胸前，已是娇羞满面微微气吁，偏脸低头回道："羞人搭搭的……主子这么着看叫人瞧见……"乾隆呵呵笑道："和珅就这么脸背着，朕不让他转脸他敢转？好，好！这么不好意思的，你们就穿衣裳！"四个女子如蒙大赦，红着脸，水淋淋地上岸急急穿衣。一个个松挽垂发宽结丝绦慵妆陪侍，和珅这才介绍，一个叫怀春，一个叫思春，一个叫逢春，一个叫恩春，"都是江南新买来的孩子，在畅音阁让太监嬷嬷教习过，送过来侍候的。原想等主子西边怀柔书房落成再当差，不防今儿就邂逅相逢了。"

"好好！"乾隆高兴得浑身都舒展了，不错眼看了这个看那个，"四春，名字也好！刚好儿的笔墨纸砚，一人管一样儿。这泉水好，池子好，四周环树隔成世外桃花源……看你们洗澡，有点像这个……嗯，这个……"他突地想到《西游记》里猪八戒盘丝洞偷窥濯垢泉，想想不雅,却又一时寻不出雅的来,和珅却有备而发,脱口道:"是牛郎看织女洗浴……""好,好!"乾隆高兴得鼓掌大笑:"这个譬喻好!牛郎看织女……好!"他没有喝酒,言语神态已带了醉意,几个女子起先好奇羞缩,也有点畏惧"天威",见他这样,已是什么都"好",忍不住葫芦儿偷笑。听乾隆问:"会不会琴棋书画这些差使?"和珅忙又道:"江南家女儿这上头原都有点家教,奴才听过,逢春的曲儿唱得好呢!"乾隆但觉此时身在花丛,陶醉迷离不知所以,拍手笑道:"你是方才背脸儿捂嘴偷笑的那个罢?逢春——这个名儿有意思,原来会唱曲儿?取家什来,就这殿前水亭子旁唱,又凉快又清爽,多少是好!"

这"四春"是和珅在崇文门关税上就留心物色了的,家里都是戏子出身,随父兄小世上混出来,到京走戏串堂会,什么王府贝勒府里都走动,龙子凤孙达官贵人场里练出来的,经和珅千挑万选的顶尖伶俐人。原是预备送给乾隆的弟弟弘昼承欢破闷使用。弘昼薨了,他又升进军机处,变了主意,又送进畅音阁,请来京名角着意调培教习出来。虽都是花信处子,自来的天生丽质,才色艺俱全了,又都见过大世面的,今日见了乾隆,哪个肯放过富贵缘分?若不是和珅事前再三谆谆教诲要"体态尊重,举止有度",早就要"体态风骚,举止娇痴"起来。此时见乾隆高兴,又随和如同票友①,早放了胆,逢春便过来立在乾隆背后替他揉肩捏腰,思春跪在乾隆膝侧捶腿捏脚,一双小手灵灵巧巧若有似无周到按摩,怀春和恩春取家什调筝弄弦,侍候乾隆茶水巾栉,说笑着逗乐子,把个乾隆喜得合不拢口。和珅原怕她们轻佻惹厌了乾隆,见乾隆高兴得无可无不可的,也就一颗心放下,在旁赔笑道:"主子万几宸函,稍有整暇,音乐调娱,能得半日开怀欢笑,这也难得的。就只她们小门小户出身,不晓得天家规矩,看她们还是天真小女孩,多原谅了吧……"

"什么规矩?这里朕就是'天家',朕高兴就是规矩。整日澹宁居里养心殿乾清门和你们一处,那些闷人规矩还不够?"乾隆笑着看四春忙

---

① 票友:指非正式的演员,爱好戏剧参与演出不取薪水。当时王公贵族中间的时尚。

乎，轻轻拉过思春一只小手握着揉摸，随随便便说道："孔夫子的规矩在庙堂，在稠人广众里头使得，进了闺房又是一回事——论衣裳还是汉装的好。你看这四个，水曳裙浅比甲、合欢鞋子、散发乌云青丝垂髻，一换上满装，把把头勒得头皮紧绷绷的，脚底下花盆底蹬上，走道儿挺胸凸肚的，西施也变成无盐了。"逢春在他耳边说道："您是龙主爷，您下一道旨，都换上汉装，谁敢不遵？"和珅在旁道："这是国政，你不要在主子跟前议论！"乾隆却笑着一摆手："好哇，梓童把'龙主爷'都搬出来了——我们这是唱戏么，何必那么较真？她不懂，回头慢慢说就明白了。"逢春一伸舌头笑道："奴婢再不敢了，这才堪堪地明白了。"乾隆又伸一手捉了逢春的腕子，摩挲着，嗅着，说道："朕原也打算下旨天下易服汉装。太后、八旗王公都反对，这个祖宗家法变了容易忘本，只好撂开手了。皇帝也有礼管着，也不能想怎样就怎样……"

　　说笑着箫管琴案已经摆布停当，四春蹲了万福，怀春抚筝、思春抱月琴、恩春按箫，略一试音，清乐顿起，逢春亭亭玉立如临风琼树，纤指合掌轻舒皓腕曼声唱道：

> 千里莺啼绿映红，水村山廓酒旗风。
> 南朝四百八十寺，多少楼台烟雨中。

曲声甫落，和珅便鼓掌喝彩："好！"乾隆道："好自然是好了，只是太熟套。有艳情绮丽的再来一阕。"四春一会意点头，乐曲一转，逢春又唱：

> 苦忆搜诗灯下吟，不眠长夜怕寒衾。
> 满庭木叶愁风起，透幌纱窗惜月沉。
> 疏散未闲终遂愿，盛衰空见本来心。
> 幽栖莫定梧桐处，暮雀啾啾空绕林……

曲调婉转低回，如清越流泉徘徊，曲成歌歇尚自余音袅袅……乾隆已不知身在何处，闭着眼双手按拍和节，一边聆听，细细寻思其中意味，脸上似喜似悲，已是有些心驰神醉。许久才道："这是鱼玄机给温飞卿的诗了，'盛衰空见''暮雀啾啾'两句幽咽凄清，悲凉之气何其深也！加上这么柔肠凄恋的调子，更令人悲秋凄凉……"

"还是换个俗点的，热闹红火逗人欢喜的好。"和珅在词曲上头，虽说常听堂会附庸风雅，其实只能算个文场白丁，什么鱼玄机、温飞卿听来统都不懂。见乾隆神色凝重愀然凄恻，忙笑道："上回隔院子听你们唱的什么'枇杷黄'，词儿新鲜，调子也活泼，我觉着就好。"思春笑道："那是唱端阳节的，时令不对，怕难入皇上的法耳。"

"法耳！"乾隆一怔，旋即大笑道："只听见说'法眼''法身'的，还竟有这一说？厨子这一会儿进上菜来，那一定还要用'法鼻'嗅一嗅，'法舌'尝一尝了！既是好，不论端阳重阳都使得的，你们何妨顿开'法喉'唱一唱呢？"话音甫落，思春怀中月琴铮然切嘈响起，逢春怀春含睇巧笑留盼顾盼对唱，逢春臂曲指画唱道：

> 枇杷黄，大爷慌，小姐急，娘姨忙。

思春便问："怎的就大家这般张忙？"怀春唱道：

> 有客虽速亦不至，榴花红照双眼盲！

乾隆方鼓掌叫了声"好！"怀春接口又唱：

> 屈原此日汨罗死，伍员此日胥江亡。
> 诸君此日忽不见，岂与二子同徜徉？

逢春便接：

> 申江之水深百尺，容君百辈竟难测。
> 一声低唱等郎来，泪珠点点衣裳湿！
> 衣裳湿，帐中化作望夫石，

君不见，多少恩情话不休，大言挥霍买风流……

乾隆便回顾和珅，叹道："关雎之情入于俗语，正是大雅之音，谁说这曲子俗呢？"和珅正低着头想心事，听见说话猛地一个憬悟，赔笑道："主子说的是！奴才哪懂这些个呢？"舐舐嘴唇又道，"大约潞河驿的军报又递进大内了。奴才惦记着这件大事呢！这么着，主子难得宽怀一日，且让这几个孩子陪着乐子，奴才出去瞧瞧，若是不相干就罢了，要紧的事报进来主子裁夺。这么着可成？"乾隆跷足瞑目，偏着头双手按节和拍，已是听得心往神驰，只摆了摆手。和珅最知趣的，无声打了个千儿恭肃却步退出，犹听怀春婉转歌咏：

昔日桃源许问津，此时咫尺天涯远。
恨何长？情何短？万千愁绪谁能遣……

想着乾隆沉迷若醉的模样，和珅抿口无声一笑，转身去了，因见刘保琪从澹宁居殿后绕过来，便知是刚刚和颙琰说话下来，便招手叫过来，笑着问道："十五爷还有话交代你么？你几时离京？"

刘保琪背手踽步正想心事，见和珅招呼，忙笑着几步赶过来，说道："上回礼部娄光杰说，贵州偏远，生员童生起讲八股，用的还是吕留良的《春秋讲义》。吕留良是先朝钦定的逆犯，万一文章考卷里露出一句半句违碍话头，磨勘出来大家都吃不了兜着。这都毁版厉禁几十年了，穷山僻壤里头仍在讲逆犯著的书！也没有为这个再发明诏的理，所以得请十五爷示下。"和珅听着觉得有点匪夷所思，问道："十五爷怎么说？"刘保琪笑道："十五爷说不但云贵，广西也有这样的事。请示万岁爷，万岁爷批了三个字：'知道了'。十五爷说可以印些明版四书讲义，颁发到各县学宫，皇上说知道，就有什么纰漏也不至怪罪臣下的。后来又说到采办圆明园木料的事，云南运大理石料贵州要修路，还有铜政上头私自运铜到广州，铜矿工人里头有邪教煽惑闹事，叫我学政上头留心，不管份内份外知道了就要报上来。十五爷是个细心人，反复叮咛了许多，说阿桂要进来，我才出来。"

颙琰细心，和珅当然知道，他自己更是个精细人，说圆明园采办木石，就有自己的事，因问道："阿桂已经到了，这么快的？——修路的事十五爷怎么说的？"

"料价太贵了，修路的工银也高了二分。"刘保琪无所谓地说道，"这不是我的正经差使，十五爷说等钱沣进京再说。我预备明日个就上路，和中堂贵州有要办的事么？"和珅一边漫步走，听他说到圆明园的木料和修路工银，心里咯噔一沉，银子是工部和刘全核定的，内务府奏进说由贵州藩库出项，等于是黔省和朝廷两头出钱报销一头，多出的差价有四十多万两，虽然没敢提出来，其实已经进了刘全的私账。本来贵州藩库存银不多，为避钱沣耳目，这多出的钱都从铜政司开销。内务府、崇文门税关、工部、户部和贵州藩司铜政司四五个衙门的扯皮烂账，料是神仙也查不清，难道钱沣居然嗅出了什么味儿？这件事抖落出来，跌落进去的京官就有上百，要杀要黜，头一个就是他和珅！……和珅想着已是乱了方寸，脸上呆笑着，耳鼓膜嘤嘤乱响，心跳也急促起来，刘保琪诉苦，什么差使难办，手里没钱不敢横行，百姓穷苦没人读书，文教之风连豫陕甘都比不了……诸如此类的话头，只恍惚听了个大概，直到刘保琪问："中堂能不能再多拨几万银子？"才猛地回过神，慌乱地问道："不是已经拨了么，这又作么？"刘保琪一笑，说道："方才回过了的嘛！印书，还有各县黉学都分一点，我新官上任，借中堂的势放一把火。"

和珅偷偷舒了一口气，这才回过神来，心不在焉地说道："这事不能靠朝廷，一开了例各省都要，没法子应付……"他沉吟着，忽然灵机一动，笑道，"不过你新官三把火能想到我，这也是缘分，我从园工余银悄悄拨给你八万。你晚间到我府去见刘全，叫他给你办，我还有两个人要到贵州出差，你们一同走，驿站里招呼他们也方便些——你造个单子，一个字也不要提什么修学宫。明版讲义是十五爷批的，就在这上头做文章，别人也就不攀咬了。"刘保琪听他打官腔，已经没了指望，见说"八万"，喜得咧嘴儿直笑，没口子答应着："晚上一定来！有八万两银子，我还可以各县再加两名廪生钱粮，中堂这功德大了……"说着，笑眯眯去了……和珅一脸笑容看着他背影转过竹林，这才转过身来，一步一踱趄向东书房,一路走着心里绞盘轱辘思量:钱沣向自己动手了!
而且一上来就是杀手铜,就像鼓儿词里说的什么"断魂棍""无形枪"
来无影去无迹!若单是这一条也还罢了,可怕的是自己事前一些儿不知
钱某葫芦里装的什么药——在贵州他几乎没什么耳目——天晓得这个白
面书生揣的什么证据亲来北京!更令人心怵的,现放着一位"十五爷"
和钱沣交好,与自己从不交心,瞧乾隆面儿脸上敷衍而已,就是乾隆,
对钱沣的信任还在自己之上,几次透出口风说钱沣是"大贤儒生"。他
心中自知乾隆亲昵爱重,这份恩情也不过像东家善待善于理财的账房先
生,闲时能陪着主人逗闷子取乐的奴才罢了,怎能和这位"辅相秉国"
之材同日而语?——本来想派两个人到贵州用银子弥缝补漏,把各处账
面走平的,和珅此刻忽然犯了狐疑:焉知钱沣没有预作绸缪,放了卧钉
子等自己的锯?——灭了他!——和珅心中电闪般划空一过,随即又变
得犹豫了:钱沣不是微末小员,是起居八座的封疆大吏,怎么动手?一
个失漏败事就是祸灭满门,就是成功,情形也与国泰大不相同,朝廷也
没有凭空死一名大员不穷治追究的理,叨登起来,刘墉阿桂各部院清流
都会一窝蜂拥上来……事到临头,和珅才发现自己只有一个不稳当的靠
山,连一个真正的朋友也没有,真正是单丝不线孤掌难鸣!正想得心乱
如麻毫无头绪,见卜仁从东书房山墙捧着奏事匣子趋着步子过来,忙收
摄心神干咳一声,站住了脚,问道:"是黑水河的折子么?这回子送到
哪里去?"

"哦,和中堂呐!"卜仁低头眯眼正走道儿,听声抬头见是和珅,忙
赔笑道:"是兆大军门写来的,十五爷看了批转过来给阿桂刘墉和您三
位军机,方才您不在,他们两位看过,着我正寻您呢!"和珅这才知道
阿桂已进了园子,就卜仁手中打开匣子,一边抖开来浏览,口中笑问:
"桂中堂几时进来的?刘墉还在书房里么?"卜仁笑道:"是。桂中堂没
有在潞河驿歇马,直接进来请安谢罪,这会子正和刘大人说话呢。"

和珅"嗯"了一声不再说话,看折子里写的马光祖和兆惠已经联络
通畅,兆惠不准备与大营会合,命马光祖将大营西移二十五里,成犄角
之势与霍部军对峙,军务粮秣诸事备细奏陈,写了足有四千多字。他也
看不出什么头绪,捧着折子道:"你先去吧,我去见见他们二位再说。"

说罢转身拾级上阶进东书房，果见刘墉和阿桂正在对坐说话。和珅双手一拱，呵呵笑道："方才和皇上还说起佳木公，我忖度着你就急着赶道儿，至少今夜才得到的，想不到这么快就见面儿了!"

刘墉和阿桂早已起身，各自拱手揖让。阿桂看和珅时，似乎比他离京时略胖了点，颧骨本来就薄晕泛红，此刻看更润泽粉潮了些，眼圈周匝仍是略见黯淡——这是夜眠不足百试不爽的证据。刘墉却知和珅极修边幅的，见他朝靴袍角都沾着草屑，领口袍纽儿也松了——他从没有这样形容儿的，刘墉不禁诧异，问道："你好像有什么心事?"

"啊!——没有。"和珅吓了一跳，见刘墉审视自己，上下看了看身上，回神笑道，"走着道儿看折子，忘神儿了。这兆惠是怎么回事，一会儿被围了，说得凶险万分；一会又说不要紧，既和大营联络上，又是我众敌寡，却又不进兵，羊抵角似的顶着对峙，这是什么把戏呢?"说着便打量阿桂，似嗟似叹说道："佳木公瘦多了……"

阿桂果真比离京时清瘦了许多，本来略带长方形的脸，因腮边稍稍下陷，颧骨突出了许多，眼圈也有些松弛黯淡，还微微有点浮肿，前额的头发是新剃的，因为歇顶，灰白的发辫根留得小，总起来也就拇指粗细，只两道苍重的浓眉仍旧是老样子，卧蚕似的压在眉棱骨上。他正在看地图，听着和珅和自己搭讪，只抬眼点头微笑了一下，目光仍不离地图，说道："你也是衣带渐宽了么! 掏钱难买老来瘦嘛——刚刚见过皇上? 我想这会子就请见，又怕皇上要进膳歇中觉。正和崇如商量呢……"

和珅料他是要进去请罪请安，从潜意识心里愿意这位首辅军机再碰个灰头土脸，乾隆正和四春游龙戏凤，这时请见没个不触霉头的……打着主意，脸上笑嘻嘻的，说道："出来和刘保琪又说了一会子话，不晓得皇上这会子在做什么。不过皇上今个儿心绪还好。您是奉旨出差远道回来的，且皇上也知道您进来，该当进去请安的。大约皇上此刻还在寒温泉那边吧。"说罢便吃茶，刘墉笑着起身道："我有案子要奏，我们二人一道进去吧。"阿桂也就起身，和珅一送出他们，便叫过小苏拉太监吩咐道："你到北园工地上叫刘全进来，告诉刘全，让丁伯熙和敬朝阁晚间我府上去，要出远差。听着了?"说着顺手递过五两银子，那太监喜得谢赏去了。

第十九回　亏空案阿桂遭斥责
　　　　　襄阳道钱沣遇暗算

　　刘墉阿桂由太监导引到"宜人潭波"偏宫外，由守阍女官入内通报。阿桂掏出怀表看时，恰正午牌二刻，摇了摇头，皱眉道："主子怕是刚进过午膳，来得有点不是时候呢！"刘墉道："你既进了园子，无论如何该见见驾，宁可碰了下午再来也好。"说着，果见那女官出来吩咐道："皇上旨意请二位大人这边凉亭子里歇着候旨。"刘墉还要问话，女官已经去了。

　　这一候旨就足候了半个时辰。这座凉亭子就坐落在寒温泉宫水榭子南边，西依流溪南傍浅池，头上老树翳日，脚下苔滑石凉，林鸟啾鸣间着老蝉长吟，四匝林木竹树碧色幽深。坐在这里诸般都好，只是不能纵谈说笑。见太监送来茶水，两个大臣只合在石凳上品茶观景，不住地觑着宫门那边动静，却不见有进呈御膳的，并也不见有撤膳的食盒子下来，只听隔着浓密的花篱，秋虫嘤嘤声气间传来里边潭中戏水的哗哗声，间或可闻几个女人叽叽咯咯的笑语，都不甚清晰。二人都觉诧异，也无处寻问。直到未初时分，才见那女官踩着"花盆底"昂胸凸肚出来，传旨道："皇上叫进，在西配殿晋见。"二人忙起身哈腰恭肃称是，跟着那女官逶迤进来，由正殿丹墀北趋过，在西配殿门口报名。听乾隆轻咳一声，吩咐："都进来吧。"阿桂高声答应一声："是！"跄趋而入伏地泥首行礼。刘墉是日日见面的，也只索随着叩头，偷窥乾隆时，只穿一件石青开气袍子，斜坐在卷案旁的椅子上，似乎刚刚吃过东西，几碟子点心都用残了。见发辫也是湿的，刘墉心中不禁一动。

　　和和珅想的大不一样的，是乾隆精神心绪十分之好。他自和皇后有了生分芥蒂，宫中除了和卓氏，个个看去都是棘皮老妇望而生厌，和卓氏又在男女事上极为凉淡，往往推病挂红谢辞侍夜。和珅弄来这四位风月场上的积年，闹得新鲜不可方物，竟是自当皇帝不曾尝过此味！这里接见大臣，倏地想起方才与四美同效鱼水之乐情景儿，忍俊不禁直想来个莞尔，倏又想起阿桂是回京领罪的，咧嘴板脸哼了一声，问道："见过你十五爷了？都起来，那边杌子上坐了罢。"刘墉便谢恩起身趋座，阿桂却跪着不动，连连叩头道："奴才先进的大内，见着了八爷才知道主子和十五爷在园子里头。十五爷在澹宁居西花厅接见了奴才，刚刚说完西线军务，奴才请十五爷代奏栗栗畏罪之情，十五爷说万岁爷还要接见……奴才自思是戴罪之身，办砸了差使，几陷主子于不明之地，仰愧天恩俯怍良知，内疚羞赧颜，没脸见主子。不敢求主子的恩赦，请主子重重处分，发落奴才到军台效命，以赎罪愆，为臣子辜负国恩者戒……"他说着，不知哪句话触了自己情肠，崩角"砰砰"叩地有声，眼中泪水已夺眶而出："奴才自幼追随主子，主子朝夕耳提面命，事涉官箴关乎民命无小案，要凛凛小心如履薄冰。奴才真是鬼迷了心窍，竟相信了曹文植福嵩欺饰谎言，误以为窦光鼐邀名欺君。若非主子洞鉴万里之外明察秋毫，险些是非颠倒，包庇墨吏坑陷忠臣！思量起来今日真是追悔莫及……"说着，已是哽咽不能成语，伏地啜泣悲不自胜。坐在旁边的刘墉想起阿桂从来谨慎忠悃，军国大政事无巨细，处置得小心翼翼，惟恐一事不周全，惟恐一人受冤抑，不想一个蹉跌，竟捅下这么大的娄子……临渊畏惧处高而寒，他也不由得惊心。

乾隆一时没有吱声，稳案端坐，只是沉吟。自傅恒病重不能视事，阿桂一向是他最为倚重的心腹股肱，从来办事公忠体国执衡秉钧公正无私，除文事上稍逊傅恒，并不孟浪的老成人，他也想不到竟一去浙江就坐歪了屁股，帮着原钦差曹文植和浙抚福嵩一道儿整治窦光鼐！听着阿桂恳切乞罪，乾隆心里也一阵难过，叹息一声说道："曹文植大约是你在古北口带过的兵？可见人情关难过啊！窦光鼐虽说书生意气，从来得理不让人，但他不得理从来不说话。仪征行宫死谏南巡，你都知道的。他虽行事激烈，不讨人喜欢，你循理按法，何至于被弄得这模样？"

"回皇上话。"阿桂收泪叩头回道，"曹文植不是奴才带过的兵，他是金川之役带兵打刮耳崖的偏将，福嵩是原军机大臣讷亲的门生，都和奴才没有渊源瓜葛。正为这一条，奴才自觉没有偏私，理查藩库后银账两符，窦光鼐见奴才时性气不好，激得奴才反感厌憎。再就是因为窦光鼐弹劾黄梅县令母丧热孝中开筵唱戏，其实是在八月十五该县令开筵唱戏娱亲行孝，筵中其母突然心疾发作去世的。奴才核实这一条，以为窦光鼐倚仗主上信任，自负有直臣之名邀宠媚俗污人名节——有了这个念头，深以为窦某心地卑污，循此私念，办事查案就有了偏袒私情……总之奴才不能理情察事，虽百词不能置喙自辩，求主子重重治罪……"

"你是怎么问窦光鼐话的？"

"奴才知道黄梅一案，已经有了先入之见，问他：'永嘉、平阳二县借谷勒派的事，是何人告知？'他答'不能记忆姓名'。奴才又问：'你说藩司、织造盛住进京携带银两，有什么证据？'他说'这也不能指实'——他这么答话，奴才就恼怒了。但当时并没有发作，曹文植、福嵩、盛住带奴才亲自查看藩库，银账符合，银色无误。被他们当场蒙蔽，就更厌窦光鼐无事生非，又急着彻查清白回京料理兆惠军务。这么一误再误一错再错陷溺愈深，以至于黑白颠倒……"

他这一说，刘墉心中已是雪亮，阿桂心绪不好，问话问得浮躁，窦光鼐答话也甚欠温存，两颗蒺藜碰到了一处，还有个不刺的？正思如何转圜，乾隆笑叹道："窦光鼐不买你的账，惹火了你，福嵩一干人又甘言媚你，哄着你，就成了这番错误缘分——刘墉看是不是这回事儿？"

"是！"刘墉忙欠身回道，"阿桂没有审过刑狱，问得也欠得体。这是何等样事？当面相问，他不知你问话用意，怎么敢直接说出证据和讦告人？——不过，我还有不明白的。他藩库里的银子既是借的，那都是杂银。雍正朝山西诺敏、我朝王亶望，还有山东国泰都是一样故伎重演，怎么会看不出来呢？"阿桂叹了一口气，说道："后来我才知道，亏欠银两没有杂银，是预先作了手脚，他们借了漕银在库中充样子，用盐商产业作的抵押，弥补得天衣无缝……"刘墉一怔，旋即明白过来，点头说道："鬼蜮魑魅伎俩，手段是愈幻愈奇了！"

乾隆原本也无意重处阿桂，见他满脸愧惶羞赧无地，想起他平日好处，早已没了愠色，一手端杯啜茶，一手虚抬了抬，说道："起来吧，你也是无心之过嘛……你自军务进的军机，没有做过地方官，也不善料理财政狱案，所以朕不深加罪。但既有错失，国家制度不能没有处分，降两级，仍在军机大臣上行走。你专一在军机处处置军务上头的事，兼管兵部。其余的政务也不要撒开手，和刘墉和珅他们商量着办。回头钱沣进京，视情形再定。曹文植福嵩他们的处分你就不要再参与，如今情势，你回避一下的好。"

这就是处分了，虽然没有明说，阿桂已不再是领班首辅军机了。刘墉想说什么，但又思及，原本也没有明旨说谁是领班，此刻说出来等于给阿桂添乱，便咽了回去。阿桂连连叩头谢恩，说道："奴才数十年深蒙主子厚恩，简在军机处赞襄政务，从来言听计从宠荣异常。功微而奖重，已经难服众心，罪重而罚轻，奴才心中更加不能自安，还求主子按纪昀之例，发落奴才军台效力，可以稍赎奴才怀德畏罪之心，待将来立有功劳，再回来重侍天颜……"

"不要辞了，你是受人蒙蔽，不是有心为恶么！"乾隆笑道，"且你也没有贪墨收受的情事，不能罚不当罪。只一条，你不能和窦光鼐记仇，差使该怎么办还怎么办。你若有报复的事，朕就不能周全你的体面了。"

"奴才不敢，也没有这样的心思……"

"他就是那样的性子，连朕也顶得毫不容让。"乾隆说道，"是性情中真男子。朕原也疑他并死沽名，有汉人这般恶习。后来看，确是个方正人，多少有点书呆子气。若不是这一条，进军机也是使得的——你起来吧，兆惠的折子看过了？有什么见识，说说看。"

至此阿桂才谢恩起身。正待说话，和珅双手捧着奏事折子进来，只向阿桂含笑一点头，将折子呈给了乾隆，说道："奴才见了十五爷，军务上的事十五爷不敢裁夺，说请旨听万岁爷处置。"乾隆接过了展开，斜倚在案边一边浏览，问道："和珅你看怎么料理？"

这一问，和珅便微微一怔。若问钱粮供应取向，他能滚瓜烂熟说出子午卯酉，彼地存银几何，可以取用买粮，此处粮库若干，能够随时起运。但这问的是军务措置，一个建议错误万千人头落地，追究责任时更难脱干系。若说全然懵懂，自己这个"军机"算怎么回事？思量着，一急之下竟脱口而出："奴才也为前方军务多少日子睡不好觉了。兆惠原就不该分营拒敌，这么着容易被人各个击破。现在既然已经和大营联络，应该下旨命他们合营拒敌；再从西宁调拨五万人火速增援。我军全军合营，攥起了拳头，兵势盛壮再进兵，似乎才能万全。"

一条是集结，一条是增兵。和珅说得郑重其事，刘墉却听得肚里暗笑，脸上口中却不肯露出轻薄，轻咳一声以目视地说道："臣不懂军事。紧缩待援这种办法再不得错误的。但西宁的五万人是用来支应兆惠粮草供应的。调了去作战，又要从别处再调生手来。不要小看了这些马帮骆驼输送粮草的兵，沙漠瀚海里办这种差使，换了新手根本不成！再说，这样也给了和卓木部叛兵喘息机会，旷日持久不知又打到哪年哪月了。"

"和珅，不懂军务大可以藏拙。"乾隆也是一哂，"说这些建议全都是隔靴搔痒——你说的其实是如何保命，根本不是拒敌之计！"和珅生就是个踹不烂砍不断的滚刀肉，挨训受斥绝无脾气，碰了乾隆硬钉子，只枯着眉头一个微笑，舐舐嘴唇欠身说道："是，奴才胡说八道！奴才是想，朝廷此战胜得败不得，赢得起输不起，所以有这个想头。"乾隆便目视阿桂。

阿桂神情似悲似喜，心绪还浸沉在仰沐皇恩里。浙江一个亏空贪贿案子，被他整个办了个是非颠倒。一世英名险些泡进这潭污水之中，怀德惧罪忧谗畏讥，他心里什么滋味全有，惟是乾隆诏谕中雷霆电闪大加申斥，原想是祸在不测，见驾交旨之后就回府待勘的，谁知一见却是"高高举起，轻轻放下"，这一份莫名的感激更使他愧惶难以自已。见乾隆看自己，他本来低垂着的头又向下俯了一下，语气缓重地说道："和珅的方略不能用，但他的初衷无可厚非。朝廷确实只能胜只能赢，不能再出错失了。"他抬了一下身子，声音也放开了一点，凝视着乾隆说道，"黑水营前线离京七千里之遥，战事形势瞬息万变，奴才以为根本不宜详细指示进退方略。现在我军既然已经站稳阵脚，可以表彰兆惠临机应变的措置，加速供应辎重菜粮确保军需。可以指示兆惠严防和卓木西逃碎叶或喀什米尔，别的似乎不必多说。有了粮草、士气又高。和卓木部其实战力远不及准噶尔蒙古部，这仗应该是打得下来的。"

他说着，慢慢从靴页子里抽出一份地图，至乾隆面前长跪在地，展开了，用手指曲划说道："主上请看，这条线是阿妈河，这条是娃娃河，这就是沙掩了的无名古城……奴才连同马光祖三人的折子合起来看，兆惠其实是故意不合兵。退向黑水河也不是'败退'。其中原由只能推断：因为兆惠如果想安全撤退，一路要途经马光祖和廖化清两座大营，稍一接应就能全军而返。向黑水河撤退看来是两个意图，一是把和卓木的军队战线拉长，供给道路也就长了，扬我军之长击敌之弱，给海兰察从迪化夹击敌军造出可乘之机。二是在黑水河扎营，可以狙击敌军西逃之路——这是一步险棋，但舍此没有万全之策。既已与胡富贵取得联络，兆惠想退兵可说是万无一失，但他不退。这就是说，兆惠此时已经占据全局形势。如果说踹营之后不归老营是险棋，此刻奴才断定，凶险之期已经过去！朝廷不宜再给兆惠指示机宜，一头嘉勉有功将士，一头日夜督促运粮运菜。当兵的吃饱了，才好卖命打仗啊！"

"既然你说我军已占主动，"乾隆沉吟着，目光不离地图，问道，"为什么不乘势进击？"

"奴才只是推详，不能备细说明。"阿桂说道，"就这个形势图，兆惠宁肯吃些苦头，不肯纵敌西逃是明摆着的。不能出战，也许是军需没有备足，也许是海兰察的大军还没有形成合围之势。奴才预料，三五天内一定会有消息的……"说罢便叩头。

"朕就怕兆惠因循守成，海兰察畏敌不进，这战事就麻烦了。"

阿桂就地连连叩头，说道："兆惠海兰察武功行伍出身，不善用文词饰功讳败是实。看他们前份奏折，实际是大胜之下，诱敌未获全功，马廖诸人因为主将一时失去联络，担心责任写来的。奴才以身家性命担保，兆海两位将军不是畏敌怯战冒功饰过的小人！"

"这样很好！"乾隆抚掌一笑，说道，"你起来，立刻写信给西宁提督，加速督运粮草。兆惠军中一日断粮，朕必取他的首级为三军谢罪，和珅写信给西安巡抚，就从西安藩库提调银两，采办牛羊肉制成干品，连同耐寒耐运菜蔬火速供应海兰察军中。天山大营和迪化驻军宁可断粮，前线供应有失，朕就不要他这'儒将'了！"

"喳！"阿桂和珅同时答道。

和珅心里一阵轻松宽慰：从地方藩库直接拨银，西安藩库、户部和兵部互相结账，中间还有运输损耗……云贵修缮道路的一笔烂账满可以一锅烩进去打了马虎眼儿——这是古今中外一切吃昧心黑账的主儿共有的一门心思：账目头绪愈多愈好，愈乱愈妙——一头答应着，又道："洛阳还有十几万斤笋，几万斤蔗糖，奴才也把它调上去给当兵的吃。"

"不错嘛，"乾隆破颜一笑，"都运上去，将来由你统一结算——刘罗锅子，你只管低头，想什么心事呀？"

刘墉听他们议论军务，一直在想自己的差使，听乾隆问话，忙回过神来，掏出烟荷包要打火，又收了回去，咳嗽一声说道："臣在想台湾的事。一条福建的铜船，今年从台湾私运到日本，查扣下来的就有四千斤，茶叶、大黄、绸缎和瓷器，福州不能禁运台湾，但台湾天高皇帝远，台湾禁海比福建要难十倍，海禁是朝廷明发了的，其实禁而不止，这是一大疏漏啊！"和珅听着，这是指自己办差不力，在旁笑道："这也是没法子。上回福建布政使高凤梧来，我同他谈了一个时辰，就说的禁海。他说近年来还算好的呢！康熙爷手里禁海，实际台湾从来也没禁止过，从高雄港把铜船、百货运出去，海上私贩子交了银子，人坐舢板回来，连船带货就卖到了吕宋、日本。马二侉子去马来西亚上回回来，说那里满街都是汉人，五行八作里头卖的都是内地货，不是走私，哪来的那些东西？所以这事，还是要严加缉察！"他轻轻一句，已把责任推给了刘墉，又一笑抹平了，"吕宋国的曹婆子，派了他儿子到扬州采办漆器，连南京织造衙门库存的贡绸贡缎都买了去三千匹，那是'走亲戚'，金子晃着眼，官员们能着别过头不看，也就稀里糊涂将就了。"

"我说的其实就是这一条。"刘墉当然一听就明白他的意思，见乾隆示意允他抽烟，一躬谢过，打了火吞云吐雾说道，"单说买卖货物，其实卖货出去进货极少，就算民间私相交易，肉烂在锅里，还是便宜了内地百姓。但方才说的曹寡妇，她本人就是高恒一案漏网逃亡出去的要犯——这些匪类与台湾那些不逞之徒勾结，加上教匪煽惑，一旦出事，台湾远在海隅，又相隔千里汪洋，征剿善后都极不容易！"

乾隆听得极专注，不时点头，良久才问道："眼下有什么征候？"

"林清爽确实在台湾，仍在传教布道。"刘墉幽幽地说道，"他本人有许多化名，瑶琴子、广成风子、黄菊英、林爽清、林清文、林文清……其实真正的名姓叫林爽文。他的原籍是福建漳州府平和县，乾隆二十八年迁居台湾彰化县大里杙。皇上，台湾这地方，汉人、高山人、土著人、内地移民居处犬牙交错，各为生计结团纠队，械斗火并抗官杀吏这些事变历年多有。侨居之民和本地土人为争山争地，打起来一聚就是几万人。所以虽然富庶，也真是第一难治之郡。林家在台湾经营几十年，结寨建营雄据彰化，其实已是尾大不掉的一方豪雄，官府也只是羁縻怀柔，只要完粮纳赋，别的事只索睁一只眼闭一只眼。林某几次潜入大陆从逆作乱，失事返逃台湾，官府明明知道就藏在诸罗山中传布邪教，就是不敢出票缉拿。为甚的呢？"他抬头看一眼乾隆，又敛了浓眉说道，"怕的就是激起事变，无论处置善后都十分棘手——高凤梧守台湾，给臣写信说台民'轻生好勇、慷慨悲歌'。"他自失地一笑，"这说的是燕赵之风，实在是溢美之辞了——大白天县里出票拿人，官员衙役出城就一去不复返了，内地有这样的郡城么？"

他说的是实情，淡水同知潘凯的死讯才报上来五六天。姓潘的在衙门签押房，忽然前堂报说有无名尸，他带四名番役去验尸，刚出城就被几十个暴民围困了，一顿刀砍斧剁，顿时尸横荒郊，官军连个贼毛也没有摸到。和珅想着那份奏章夹片，心里一阵阵泛起寒意，在旁说道："政令不出于城垣，治安败坏于闹市，想起来就令人不寒而栗……这……隔着千里汪洋……出了事用兵远水不解近渴。还是要防患于未然的好。奴才以为台湾一府可以再免征一年赋捐。一头赈济盗户，一头派得力能员去任知府，营务也要整顿一下。军政民政双管齐下，先稳住局势再说。请皇上圣裁。"

"最要紧的是整顿营务。"乾隆一哂说道，"和珅你就管着户部，不晓得台湾已经三年免赋？还要再免，还要再出钱赈济盗户！台湾地土耕一歇三，又有海上贸易，根本不是穷。已经富得流油，再加银子赈济，就能治了乱源？"他哼了一声，端茶一啜把杯子蹾在案上。阿桂见和珅吃了个硬钉子，面不改色神色自若，只低头小心称"是"，心里暗服他头脸皮硬厚，却也一阵莫名的快意，只不敢稍露轻薄，因喟然叹道："实在皇上这话洞若观火！和珅说的其实是用钱买平安，放在别的州郡都成，惟独台湾例外。不但是个无底洞，发了赈济又等于朝廷明明示弱，助长教匪逆民猖獗气焰，与资敌无异！"他先抹一把稀泥开脱和珅，后一句厉指和珅是误国之言，惊得和珅目光霍地一跳，又咬牙忍恨低头听他说道，"台湾政务有三弊，一是械斗不断，没有大乱，小乱不断，朝廷上下习以为常，闹乱子就用钱去买哄，养成刁顽习气；二是在任官三年一轮，又不带家眷，都没有久守长治之计，在肥缺上头捞一把搪塞了长官上宪完事儿；再就是营务废弛，这是最令人头疼的一件。按说，台湾设着一员总兵，一员副将，分驻台湾府和彰化，有一万二千六百七十名士兵，水师副将一名统兵两千，驻兵澎湖。武官不能在民政钱粮上头打主意发财，就用兵舰贩运私货私盐和内地贸易，留在台湾岛上的兵常驻不过四五千，也是开赌窝娼护送私货，赚来的银子按月向长官缴纳。地方官要靠营兵守衙护城绥靖治安，谁敢招惹这起子丘八爷？官匪兵又勾联，又互相防范，谁正经办事，在那里一天也待不下去，陈陈相因，竟成了痼疾！这是福建人人都知道的不宣之秘，再换别的人任知府，也都只好照台湾的老规矩办。就是好官，像雍正爷手里的蔡合清、黄朝宗时候，还算有规矩，到秦凤梧高凤梧，也是顶尖的能吏，也只是守成而已，再以下的官员就不可问了！"说完又叹一口气。

他长篇大论譬讲详明，乾隆听着起初还能持定沉着，默默沉思着点头，到后来愈听愈觉心惊，两道苍眉已经枯了起来，直到阿桂说完，却又恢复了平静，手里把玩着汉玉扇坠儿，良久说道："你说的情形上次闽浙总督常青陛辞时，他也大略说过。隔着这么宽一片水域，治理不能全然按内地章程也在情理之中。吏治内地也在败坏，台湾自然可想而知。但到你说的那个份上，朕有些信不及。外官把任上情形说得糟乱一团，一是出事能往前任身上推，二是稍加治理容易见功，三是伸手向朝廷要银子顺利便当。你办老了事的，不要上他们的当。但既有这三弊，也不可不警惕。福建省华夷洋务倭务丛繁难治，常青在杭州，有些鞭长莫及，才力似乎也稍见疲软，这不单是台湾一府知府的事。朕意设一个福建总督衙门，统辖军政要务，有事机断处置，随时镇定敉平，只怕就好些。"

阿桂和珅不禁对视一眼，他们都没想到乾隆如此措置。阿桂几乎立刻就想到了李侍尧，未及开口，和珅已经抢了先，微一屈身说道："皇上指示详明！奴才越想越觉得圣虑高远。这个总督一是要能提携福建水陆各提督衙门，二是要娴熟政务夷务。军政一把抓，还要清廉有为才成。奴才举荐两人，一个是两广的勒敏，再就是奉天府的海宁。请圣意决断。"阿桂一听就明白，勒敏在广州一头整顿洋务一头还要禁教禁烟，忙得七窍生烟的人，根本抽调不得，其实和珅真正要荐的是海宁。正要说话，乾隆沉吟道："李侍尧也使得的。海宁没带过兵，民政上头是他长处。但李侍尧还没有起复，骤膺大任，朝廷对下要有个交代。海宁可以调去任巡抚，先料理一下政事再说。台湾三天两头不断有军情，已经多少年了，似乎也不必听风就是雨。海宁——这个名字也好！"

"就是这个话！"和珅笑道，"海宁，海宁了，台湾还会有什么大不了的事？"阿桂听他二人说话已经近乎儿戏，但这是乾隆金口玉言，也不好反驳，嗫着唇沉思有顷，说道："奴才以为李侍尧的名字也好！可否由奴才写个保本，起复他暂署总督衙门，这是戴罪当差，他只有十二分经心的。待三年任满再正式起复任总督。有了政绩闲话也就少了。"

"福建的缺份太显眼了。"乾隆一笑说道，"李侍尧先到甘肃去帮办军务，踩一步台阶再去。你不要保李侍尧，由刘墉和珅两个人保本更合式些。"

这是很入情理的话，阿桂自己就是"戴罪"身份，再保别人确实不合适，和珅李侍尧不睦通天下皆知，由他来保更见公心也容易让李侍尧安心。这样一摆布真的是天衣无缝，二人不禁心中宾服，见乾隆起身，忙离座长跪，齐声道："奴才们谨遵圣谕！"

乾隆站在汉白玉石栏旁目送他们逶迤出去，摆手叫过王仁，吩咐道："传旨内务府，这池子傍北那处房子改建成书房。朕每天午觉起来就在此看折子——接见大臣还到澹宁居。这四个女孩子晋升赞善女官，就在书房侍候。"

"是！"王仁忙应着，又道，"晋升女官恐怕内务府要请皇后娘娘懿旨。这房子是夏宫，过冬防寒怕还要整修一下……"乾隆想想，那拉氏知道了必定又要禀告太后，无奈地皱皱眉，说道："不要请懿旨。这是朕的特旨，让内务府用印颁玉牒给她们就是。修房子的事还要朕操心？你是干什么吃的？"王仁听他辞气不善，吓得诺诺连声答应："奴才遵旨承办，主子尽管放心！"

"听着，"乾隆说道，"谁敢出去胡说八道，朕就剥了他的皮！"说罢转身进了偏殿。

和珅耐着满腹机械心思，仍照常日模样坐轿到园北工地巡视一匝，返回澹宁居东书房再见刘墉，商议了联折写本保举李侍尧起复的事，又去见掌事阿哥颙琰说了议罪银进项、出入大账，这才匆匆出园打轿回府。

一路坐轿他都陷进深深的思索中。钱沣进京是他一大心病——正忙着在贵州修路、造梯田、整顿铜矿矿务，有什么急事要进京述职？显见的铜政上边四十万两银子账出了毛病，但这是由兵户两部过账，还夹着云南买大理石的款，都搅在一起，贵州藩司只是中转呀！能查出什么"症候"呢？若说与和珅无关，刘保琪怎么会晓得"修路工银高出二分"？刘保琪是纪昀的人，又攀着颙琰，和王尔烈他们都是"一会之人"。说得这么扎实，绝不是捕风捉影的话。随着轿子闪动滑行，和珅眯缝着的眼中碧幽幽闪烁着微光，他又想起方才颙琰接见，仍旧是那么客气，客气里透着冷，连微笑也像凉白开水那么淡……和珅问起福康安和钱沣时，颙琰只是点头，又试探问云贵铜政使衙门调拨制钱用铜，颙琰也只说"兵部用银子可以从户部调。贵州修路钱沣还是高兴，因为贵州人能拿到工钱嘛。不过在贵州还是用制钱便当些。那是个穷省份，料价工银略高些，他们省还是便宜。"这话说得汤水不漏，根本没有嫌"太贵"的意思……他又转念想到钱沣这人。在山东查国泰的藩库，其实已经一天大事了结，刘墉拉和珅去泰安看封禅碑，钱沣不哼不哈在济南又杀了回马枪，"事出有因查无实据"的事立刻成了倾动天下的第一大案。若不是福康安出兵剿匪，牵连得刘墉离开省垣，和珅就想破脑袋也无法调虎离山杀人灭口！想起钱沣回省城，听说已奉旨处死国泰时，目光中那神气——眼睑微微一颤，端着茶碗的手轻抖一下，只惊讶地看一眼和珅——也就这么一闪而过，轻轻一句话："十五爷刘大人都在山东，似乎性急了一点。"旋即平静得一潭静水也似……纪昀去了，还和阿桂有书信来往，李侍尧是合于敏中之力扳倒的，也要起复了，阿桂自己失足跌了一跤，看来也一点事没有。和珅有时觉得，所有伸向自己的拳掌都软了下去，但现在又看到，这些"软下去"的拳头只是缩了缩，又毫不犹豫地伸了过来——这些角色远比他和珅想的厉害得多……正想得五神迷乱思绪不定，和珅觉得滑动前行的轿子微微一顿，身子前合了一下轿已落地，戈什哈在轿窗前禀道："和中堂，已经到府了！"

和珅待戈什哈挑起轿帘，哈腰出轿，已见刘全从府中小跑出来，一边弹袍角，口中问道："上午叫你把丁伯熙和敬朝阁找来，他们来了么？"

"来了。午饭后没歇晌他们就过来了。"刘全笑着，觑着和珅脸色说道，"他们问我有什么差使，没得着您的话，不好说什么，现在西下房候着呢！还有军机处外放的刘章京也来了，翰林院的马祥祖、方令诚和吴省钦，都察院的曹锡宝方才来寻刘保琪，说要给他饯行，我也都留住了，这会子在书房说话。中堂，您先见谁？"

和珅定了一下神，其实马祥祖方令诚这些人都是清流，素少来往的，但他有家规，凡翰林和法司衙门的进士，无论品秩高低要和外省来见的方面大员一例对待。但他此时心中有事，一点闲情逸致也没有，不想和这群人攀闲话，因道："你留得是。但我实在太忙，今晚还有几封要紧公事书信要写。我先进内房洗洗脸，见面敷衍一下，你在合春楼定一桌席面，叫胡师爷他们陪着，算代我为保琪送顺风儿。丁伯熙和敬朝阁就在府里吃饭，告诉他们是要到贵州，把修路和石料木料账清理一下。"说罢一径进了内院。

内院上房很静，秋树婆娑影影幢幢，微风扫地落叶的沙沙声都十分清晰，供佛的檀香和药香时浓时淡混和着随风递出来，更显得幽深僻静。和珅一看就知道夫人冯氏刚吃过药，在佛前焚香，因变了主意，改步到北下院来寻长二姑，只见内务管家娘子、账房上头管家媳妇并各房有头脸的婆子奶妈、掌钥匙的开脸丫头从北院上房纷纷下来，便知是家政议事才罢了会。众人见他进来都垂手贴膝躬身退到一边让道，和珅也不理会，径抬脚进了北房。两个丫头正支亮窗放那房中浊气，见他进来忙也行礼，年长点的叫秋云，笑说："长二奶奶在里头屋呢！吴姨姨才去了南院……请老爷示下，叫不叫吴姨过来？"和珅未及答话，长二姑已擎着长烟杆出来，说道："老爷横竖还要去南院的，怜卿这几儿发热，这会子且不叫她吧！"说着便命丫头，"还不给老爷沏茶来？"和珅浑身乏透到骨头里，一屁股坐了端茶喝了一口，移时才道："外头的事真真烦人，磨得人醋泡软了骨头似的！还是家里好，不回家我就定不住心……你怎么知道我还要去吴姨那里？"

"回到家老爷也是个忙人。"长二姑脸上带着抱怨，脚下不停取过座褥给和珅垫了背，又拧一把热毛巾递过来，似嗔似笑道："老爷不说，当我们是瞎子？告诉你一句，好歹也当心点自己身子，老阴少阳①最损人的了！"和珅一笑，顺势把手伸进她大襟下，抚那一对发面馍馍似的乳房，嬉笑道："就你眼尖！那还不是妒忌？你比她还大一岁呢！咱两个那个……就不是老阴少阳？"长二姑嬉笑着打落他手："看叫人瞧见了吧！也没见你这样的，外头周周正正的，回来不论老少亲疏贵贱……逮住谁是谁！我要是太太，早不知闹到什么分上了呢！"

和珅只一笑。他确实是这个样，在外随和戏闹无所不至，爱钱不贪色；也许正为如此，回到府里无所不至，竟是个贪色不爱钱的角儿。嬉笑着，想起外头有客有事，见长二姑红着脸掩襟扣纽子，上去做了个嘴儿，说道："当家婆娘儿，这府里除了个病恹恹太太，谁能迈过你去？我这会子忙，先出去见见人，回来再和你'老阴少阳'一番，如何？"

说罢要去，长二姑又叫住了他，说道："刘全账上又过来三十六万，是进哪项账？吴姨姨昨晚说良乡那块庄子还短着八万，我说这钱不能动，得请示老爷再说，她倒没说什么，只瞧着不欢喜……她还不足意儿么？上回——"她没说完和珅便止住了，说道："这我知道，吴姨的房地庄窝不入大账是我的话。刘全的是四十万，不是三十六万，这个钱一个子儿也不能动。回头再跟你说。"长二姑抿着嘴听，说道："老爷说的是正理，不过防着像纪师傅那样儿抄家罢了。依我看，府里银钱收项也该收敛些子了。我粗算了一下，一天均拉下来十多万——吓人！"

"有那么多？"和珅停住了步，这就是说，和府敛财现在已经有了一千多万，这么庞大的数目他听着也暗自惊心，怔了片刻才回过神笑道，"还不是这座圆明园？园子修好了再想这进项后悔也迟了。我们不收，这笔银子就都流到别人腰里，这也是骑虎难下的局面——不妨的，谨慎

---

① 男女欢合，女长男幼之意。

些，除了议罪银子里头进项不停，凡有官员干谒进贡儿的一概不收。没有缺的官儿来拜，都要有点散碎银子给他们——不能超过十两，明白？"长二姑笑道："晓得了，叮咛得耳朵长出老茧了！有些候补官儿也真下作，见有常例赏银，隔三错五就来走动，一二两三五两地接赏，也不嫌寒碜！"和珅道："越是这一色越不能得罪，化小钱图买个平安人缘儿就是了。"说罢出院。

刘保琪和几个翰林清流在和珅书房里大说大笑十分热闹，都没有留意和珅进来。马祥祖正笑说："这是相府书房，和相就是随和，大家好歹也自存些体面——瞧这屋里烟腾雾罩满地橘子核瓜子壳，和八大胡同翠袖楼刚吃过花酒似的，成什么模样——"说着一转脸，见和珅站在门口笑，便道，"和相来了！"众人便都起身道乏寒暄。吴省钦笑道："学生们放肆，弄得和相书房乌烟瘴气的……"

"没干系没干系……"和珅满脸都是笑容，摆着手随意坐下，说道："大家越是随便，就越是看我和珅自家人嘛！保琪在军机处我们就相与得好，你们是朋友，我们自然都是朋友。听家里人说你们要给保琪送行。这个东道我做得，可惜我还有公务，不能相陪。"刘保琪笑道："方才贵昆仑①已经来说过。我们几个穷措大今儿要吃大户了！既是您做东，我也不闹客气，要最好的八宝海席，十两一桌的！谁让您有钱呢？"和珅道："那自然是了，平日想请还请不到你们呢！我有几个村钱，还不是皇上赏的几个庄子？指望那点俸，早他娘饿掉大牙了。也不瞒诸位，刘全管着园工，招呼个客人什么的，钱粮上头小来小去的账目随着工单就报销了，不然我也招架不起。"说着让众人，"这枇杷是他们才送来的，难为这季节儿还有这东西，请大家尝个鲜。"

他有说有笑亲切和气如同家人，曹锡宝和方令诚还是头一次到他府来，不禁心里暗自掂掇："有名的笑和珅，果然名下无虚……"正思量着，和珅笑问："这两位都见过面，只没有说过话，是在哪个部当差的？"曹锡宝一怔，才想到是说自己和方令诚，忙躬身道："回中堂话，学生在都察院，纠劾司监察御史，曹锡宝。这位叫方令诚，和这位惠同

---

① 昆仑，指家仆。

济都在翰林院任庶吉士。"和珅偏着头想想，笑道："都是久仰的了，和曹先生是在大理寺，你和几个刑部司官等着见堂官，我们握过手，惠先生和方先生是在纪晓岚府门口，我进去你们辞出来，一同打招呼说过话，都是一面之交。不过，方先生有一段风流佳话，还掺着曹先生一番玉成美意，我可是耳熟能详了哟！曹先生好文笔、好才学！"他这样说，马祥祖吴省钦和刘保琪还不觉怎样，曹锡宝等三人都是随众邂逅，与和珅一面之缘，点头即过的事，和珅都能一一记忆时日地址情形，他如此好记性，三人心中都不禁骇然。和珅恬然自喜，随意吃着枇杷，指着壁上字画道："我是小丘八出身，肚里墨水不多，只喜爱结交清流名士，倒也不全为附庸风雅。在朝里管着钱粮，自觉在钱堆里钻着，满耳朵都是算盘珠子响，满眼都是银子戥秤，回来看看这些字画能清心寡欲，洗洗这身铜臭！"说着又笑，"诸位大方之家，看这些字画以为如何？没有假的吧？"

众人随他手指看，有董香光的画，有吴梅村、熊赐履、高士奇、张廷玉、傅恒、刘墉的……熙朝以来大名士傅青主、施愚山、方苞的也都应有尽有，最为珍贵的除了邬思道的"静气通神"还有伍次友的"野芦掩渡"——大内三希堂里也极罕见的名人之作——也悬在北壁显眼处。原来这群人初入书房时矜持，后来送上果脯点心又忙着噱笑说话，人人心想和珅是个市侩，谁也没料到满壁图书都是绝世珍品——只是名人字画太多，书房虽大，挤挤挨挨满墙都是，布置得欠雅，不像书房，倒似关帝大廊庙前摆卖的旧字画棚儿似的。但此时谁肯说破？只刘保琪笑指西壁一帧字说道："这是纪中堂的字了，原来挂在北壁的，现在到了西边。"

"是刘墉说这字写得寻常，家里人就挪了地方儿。"和珅听刘保琪话中有话，似指纪昀配去新疆，字也到了"西边"，却只皱了皱眉头，谈笑自若说道，"是你不留心，这字画隔几个月都要重新布置一下的。那一幅是刘墉的，现在也挂到了西边。"吴省钦端详着那幅字，见是斗来大两个字"竹苞"，良久一笑，问道："是丰绅殷德世兄入宗学时纪公赠写的。果然不好，不但字寻常，意思也是恶作剧，书房里不挂也使得的。"和珅不禁诧异，问道："为甚的呢？"吴省钦只笑着摇头，曹锡宝却拊掌笑道："这是骂人的话——是说中堂家'个个草包'!"

这一说破,众人都醒悟过来,不禁都莞尔发笑,和珅一时也明白了,也就讪笑,说道:"昔日高江村骂索额图、骂明珠,一路骂着升进康熙爷的南书房。纪晓岚诙谐滑稽,有高士奇遗风,我和珅又何愧于明珠呢?"这是很得体的解嘲之语了,大家笑着附和,转了别的话题。因说及上路的事,和珅叫过家人,命"带这几位大人去入席,把海宁送我的洮河老醪带两坛去。北京市面上的回煞老烧干性子太烈,保琪还要上路,不能害酒。"于是众人纷纷起身告辞。

"中堂别忘了答应我的事。"刘保琪一边打躬作辞,正容微笑道,"明儿下午我离京,走前我再见刘全一面。"和珅笑道:"我就不为相,也是胳膊上跑马拳头上立人的人。已经和刘全打过招呼,待会儿他也去给你送行——你怎么下午才走,看的吉时么?"刘保琪道:"我不相信那些个。从园里辞出来时遇见内务府老夏,他说钱沣道儿上犯了痰喘,皇上下旨叫太医院开方子赐药,说内务府要送药去,也想和我同行,也为我是学政,驿馆里吃饭供应好些……"

他没有说完,和珅已经呆了,目光幽幽闪着盯视前方不语,刘保琪从没见过他这样子。和珅笑道:"我是在想,钱大人瞧着蛮结实的,怎么说病就病了?老夏,是不是夏百春?"刘保琪笑道:"是。"和珅道:"我在山东,那里出的荆条花蜜,最能定喘养肺的了。你告诉夏百春,叫他派的人来我府一趟,给东注先生带些。你也问问太医,看用药要当心点什么,道儿上的事麻烦,谁背着房子走路呢?我在甘肃道上落个病根,至今一遇天儿冷或积了食,干脆就是束手无策!"

众人听了无话答讪,各自辞了出去。和珅看着渐渐麻黑上来的暮色,在书房独自思量片刻,踱了出来,已见刘全从下房偏门中出来,便道:"他们已经去了,你再待一会子也去,代我劝几杯酒——你和丁伯熙敬朝阁他们怎么说的?"

"我说了贵州修路款项银子的事,要他们到贵州藩司衙门去核对账目。"刘全对和珅说着,见几个丫头过来,吩咐道,"把书房打扫干净,先开窗透透风,再关窗用百合香好生熏熏。"他顿了一下才又回,"——别的话没见着您,没法子往深里说。"

　　和珅听了点头，背着手游着步子径至新辟的西花园，看着晚色中变得斑驳杂淆的园景不言声，刘全知道这主儿正挖空心思想主意，也不吭声在身后亦步亦趋。半晌，和珅问道："咱们新府邸正房起建，统算下来用了多少银子？"

　　"不到五万两吧……"刘全万不料他问出这么一句话，有些摸不到头脑，怔了一下回道，"单是房里铺地的金砖就用了一万多，起墙也用的水磨临清砖，这就费老了……"

　　"不行，一定要实惠好用，外边要看着平常。"和珅一摆手道，"金砖已经铺了，将来严严实实铺上羊毛毡毯，又好看又实用，瞧着也不奢华。临清砖金砖都是御用贡品，你摆出来给外人看？外边全用青灰浆拌糯米汁子料墁平了，用白灰勾出砖样儿来，再种上紫藤萝、金银花、爬上牵牛、爬山虎这些，密密栽种，用绿篱笆把墙护起来，细缊峥嵘的也有些个气象。没的浅薄了，叫人说出个'暴发户'来，什么意思呢？"

　　刘全没想到和珅说出这么一大套来，和自己心里想的事满拧。看看周匝都是民居，灰霭霭的西半天宛似一堆烧成余烬的炭，斑驳暗红的光也在慢慢消融。满空中各家炊烟都弥漫开来，还隐隐散逸着饭香，不时传来小孩子捉迷藏的嬉闹声和零星的犬吠。见和珅在园心花亭旁站住，刘全才明白他是怕隔墙有耳，不由的佩服和珅心细如发，便在旁垂手竖耳，听和珅又轻咳一声，知道他要说话了。

　　"钱东注在道儿上病了。"和珅不咸不淡说道，"皇上赐药，要派人送去。"

　　刘全一阵兴奋，盯着和珅看他脸色。但和珅的脸淹在苍冥的暮色中，根本看不出神气。在沉默中刘全也冷静下来，喃喃说道："既是姓钱的病了，怎么爷不晓得？——是听他们几个说的吧？"

　　"我想的也是这件事。"和珅仿佛在嘘出自己心中的郁气，徐徐说道，"有很多事一时想不明白。比如说这几个进士，方令诚和曹锡宝从不登我的门的，上次于敏中召曹锡宝说纪昀的事，听说他说私门不议公事，顶了回去。今晚，恰恰是今晚，这几个人就联袂而来？……这有没有文章呢？"刘全想着他的话，一阵惊悚，旋又自失地一笑，说道："老爷官越大权越重胆越小了。我觉得您想得太深了。做了京官想外任，点了翰林盼学差，当了小官望大官，不和您套近乎成么？钱沣我想也不是大病，若是病重军机处也就知道了，赐药也要六百里加紧的。皇上若真的不放心您，连钱沣进京也不知会，防您还不容易？"

和珅不动声色听着，良久一叹笑道："谁叫咱爷们心里有病呢？事事都像你这样想，早就出事了！皇上信任，你能保十五爷也和皇上一样？我再受信用，能和十五爷比？我很疑这几个清流是十五爷和刘墉，不定还有阿桂，他们商量了派这几个傻书生来打我的磨旋儿！"

刘全听傻了。

"原来的办法不能用了。"和珅阴郁地说道，"但钱沣得病是千载良机，不能错过。你叫几个太医，最好是给钱沣看过病的，商酌一个方子。我也要给钱东注送药！"

"爷！皇上赐药，你送药，钱沣肯吃您的药？"

和珅笑起来："这事明日我还要告诉阿桂，军机处也要送药。大家都送，钱沣肯定吃皇上的药。"

刘全看着他发愣。

"明天上午把送药的太监叫来。"和珅哼了一声，"还是要在御赐的药里做文章……明白？"

"明白！"刘全一下子灵醒过来，声音大得吓了自己一跳。

第二十回　吴省钦欺友戏姗姗
　　　　　福康安豪奢周公庙

　　吴省钦几个人当晚为刘保琪饯行吃酒，直到起更时方散。翰林院历来是个熬夜当差衙门，六部里票拟出来的文告，经军机处批转，发到翰林院，掌院学士分派翰林起草正式文书。有点类似我们今日的文办秘书，分给谁，谁就自己操心打熬写稿，衙门里积习既深，人人各自为政，几乎没有点卯到衙应差这一说。吴省钦不善饮，早上睡了个回笼觉，起来时已不知什么时辰，揉揉惺忪的眼隔窗看日影，那天却阴了，爬起身懒懒洗漱了，问家人才知道已过巳正。衙门是不宜再去了，在家又无事可做，对着镜子相了相，梳梳辫子又抹了点蛤蚧油，上下打量自己半晌，拽拽衣襟便踱出来。

　　他家住在红果园，在京师是个偏僻地儿，出门就是一大片菜园，一畦畦的萝卜蔓菁青青汪汪地接出去，直到远处一座破庙前。灰暗的天穹秋云叠磊追逐，映得景色一片黯淡，小街上连行人也极稀少。吴省钦想想没地方消遣，踅身向南，到一处新建的四合院门首——这是方令诚的宅子。方令诚一举高中，他的乃兄一高兴，从山西票号上头一票转过来三万两银子，就在这里起了府第，原在槐树斜街还有一处，家人还没有全搬过来。全翰林院都知道，方令诚是比吴省钦还要阔的财东哥儿——他在门洞里拍铺首衔环打得山响，半晌才听里边一个女孩声气问道："谁呀？"

　　"是我。"

　　"你是谁？"

　　"我是吴省钦。"

　　"吴省钦？"那女孩隔门沉吟片刻，说道，"家里没人，吴先生请先回步，后晌我们大人才得回来呢！"

　　吴省钦一笑，正要回步，忽然心一动，说道："你是芳草姑娘吧？你不是人么？我是吴大人呐，上回给你买尺头的那个，忘了？"

　　门"呀"的一声开了，一个十一二岁的小辫儿丫头站在门洞里，笑道："您就说吴大人不就结了？说什么省钦不省钦的，我们下人谁知道呢？"吴省钦见她天真可爱娇憨可掬，一头往里走一手轻拧她脸蛋一把，口中说道："我那里还有更好的留给你哩！我赢了怡王爷小世子一大把金瓜子儿，金子不稀罕，难得成色好，正阳门大廊庙银铺待诏给打了几件首饰，回头赏你。如今我们是街坊，你去我府送东西就取来了！"说着进上房，一屁股坐了椅上跷起二郎腿道："有好茶上一盅！"

　　那芳草还在孩提间，听见赏她物事，喜得眉开眼笑，脚不点地忙着服侍，拧了手巾又倒茶，用鸡毛掸子掸他脚面上的尘土。吴省钦只是笑，啜茶问道："家里都谁在这边，怎么这么冷清的？你们老爷这会子哪去了？"芳草笑道："老爷一大早就出去了，说是会了曹大人去见刘罗锅子。家里大老爷来信，说要带二老爷没过门的太太来京，这边家里人都去七步街那边拾掇房子安家具了，就留下我和姨奶奶在家……"吴省钦问道："姨奶奶呢？"

　　"在西厢房里呢！"芳草儿指指屋外窗西，抿嘴儿一哂小声说道，"告诉吴大人一句话，老爷要娶太太，二姨奶奶不喜欢呢！方才要了花样子说要描一描，这会子也不知在做什么……"

　　方令诚在老家的正配要来京，吴省钦早听说了的，倒没想到这么快的。芳草儿这一说，吴省钦便有点意马心猿收拴不住。起身在屋里兜拧了两匝，说道："上次我请姨太太给我绣的烟荷包儿，不知绣好了没有？我去瞧瞧……"说着便出来，至西厢一把推开门，笑道："嫂夫人清静，好悠闲的！"

　　"是吴家兄弟呀！"那妇人盘膝伏在炕桌上正描花样子，不防有人进来，抬头见是吴省钦，怔了一下，脸上绽出笑来，说道："他一大早就出去了，说是去见刘墉中堂。你不知道么？你们昨晚不在一处嗵的黄汤么？"

　　方家住在槐树斜街时，吴省钦就是常客，三天两头踢破门槛来搅扰。那姗姗烟花下尘出身，风月场上熬打出来的练家子，自然早瞧科了吴省钦的挨光手段①，因也喜他人才相貌倜傥风流。但她是从良了的人，自有一份体尊，因见吴省钦一双眼嬉眯着上下打量自己，才见自家赤着脚，姗姗不禁红了脸，从炕头扯过袜子，讪讪地往小脚上套时，吴省钦笑着道："原来年兄去了军机处？刘墉只晓得指挥黄天霸的徒弟们拿人，敲板子审案，叫他去做么子生呢？——呀，这袜子上绣的花儿真好！我瞧瞧这花样儿……"说着就上前扯过一只，展开来啧啧夸羡，凑到鼻子上嗅，说道，"好香……"顺手递回来，有意无意在她脚面上一捏，"嫂夫人这天足倒可人儿的，这么到街上走，一准儿瞧你是个活观音，满洲姑奶奶……"又冲姗姗点头笑着，只是惊叹嗟讶，却不肯再凑边轻薄。

"你这人呀……"姗姗被他撩戏得满面飞红，突然见收科，一本正经的模样，一闪眼才见是芳草儿提着茶壶过来，这方明白了，"嗤"地一笑，也换了正容，说道："你老成一点坐一边说话儿，如今也是做了官的人，还跟当孝廉时一个模样？——你的荷包儿还没绣呢，紫棠色的配上掐金线挖出云朵儿才好看，我们的金线都在那院里没有搬过来——芳草儿，那边是陈茶，挨着花瓶儿那一盒是家里大老爷送的新秋茶，给吴大人沏上。"

芳草儿忙答应着换茶冲沏了捧上，吴省钦一头夸奖"这丫头伶俐"，又道："芳草儿这就去，到我府里去取金线，还有告诉李贵——你认得他的——二舅奶奶昨个送来那两丈哆啰呢也取过来，赏给你做身冬装，管取又展样又大方的。"那丫头便看姗姗，姗姗笑道："你老爷和吴大人相与得兄弟一样，还不谢赏——快去快回！"芳草儿哪里懂他们心思？谢了赏欢天喜地去了。吴省钦看着她掩门出去，转脸对姗姗一笑，问道："怎么瞧着你不欢喜？是不是方家嫂子要来了，犯醋味么？"

"犯的什么醋味？"姗姗被他说中心思，冷笑一声，又叹道，"我这号牌名上的，配么？这是明媒正娶，我也不能拦着。"说着便觉眼圈儿红红的，轻轻拭着，"我也想透了，左不过这是我的命罢了……当初海誓山盟的，我的那个师姐你也认得，说她在行院二十年，什么人色都见过，世上最靠不住的就是举人秀才，宁跟光棍隔檩，不跟秀才隔院。秀

---

①　挨光：调情，勾引女人。

才举人起誓比下三堂子野鸡还不值钱……我瞧他是至诚人，想着能有三五年好光景也就知足了，谁知竟也不能……娶妻是正经事，我也没法拦着，听外头王妈妈说，他跟我好时，和郭惜惜也有一脚……"

吴省钦暗自一笑，觉得姗姗太痴了，不但方令诚，就是他在下，何尝和郭惜惜没有一脚？想自想，口中却道："嫂夫人一笔抹倒了我们了，其实我就是好人呢……"他向外边觑了一眼，凑近了姗姗，几乎是耳语说道，"我早就仰慕你，就是……不敢说，叫方兄抢了先……这个孽债没法补……"说着便取那花样儿，就便在她腕上掐一把。

"你也不是好人！"姗姗红着脸一把打开他手，啐了一口正要说话，外边一阵风飒然而过，凉雨随即洒下，沙沙声打得满院细碎声响，天低云暗更罩得西厢幽深僻静，听姗姗说："你吃花酒一夜三个女人陪着，以为我不知道？你……"

她还要说，吴省钦已经欲火炎冲按捺不得，腾身上炕紧紧搂住了，轻轻在她额头、腮边连连吻印了，见她不甚拒拦，就做了嘴儿咂唔，含糊不清说道："别听惠同济胡呲……我……睡一百个女人，心里想的只你一个……你看这天，这云，这雨……不是天作缘分撮合我们么？"又道，"令诚妻子来了更好……咱们就能长长远远了……"

那姗姗本就是堂子里出来的，嫁得了方令诚，又是望族子弟，又青年高第得意，原本一腔白头偕老心志，不料入门不久就有迎娶正妻这事出来，又疑方令诚在外拈花惹草，怨恚之心既生，妓女本性便也按捺不得。吴省钦当举子时二人就相熟，原也喜他温存嬉和，此刻外间晦色如暝、秋云漠漠下飘雨如霰，又经吴省钦再三挑逗，面情、性情、报复幽怨诸种情愫交织纷来……由着吴省钦轻薄了一阵子，也已情浓兴至。她闭眼呀呀喘息着，被揉搓得软泥一般，一手伸出摩挲吴省钦裆下，一手拽了吴省钦手腕向自己襟下让他抚摸双乳……口中道："还不就那么回事……你就……来吧……"

吴省钦淫笑一声，老鹰搏兔般全身扑了上去，自己解缚又慌乱无措地解姗姗纽子腰带小衣，两具热肉贴身更其情热欲炎，就炕上滚成一团，钗儿钏儿小衣针线笸箩……一并被散落得满炕都是……

……一时云散雨收，二人各自心满意足整衣起身。吴省钦倒一杯热水喝了，一边帮姗姗整理物什，小声笑问："娘子况味如何？"姗姗红着脸只不言语，吴省钦道："我听惠同济说，十个女的九个肯，只怕男的嘴不稳。你放心，我的嘴上自来生着封条呢！"姗姗道："惠同济瞧着那么老实，原来也这么坏……唉……总是我命苦就是了——你把棋盘摆出来，下棋装个幌子，看有人来或者芳草回来，瞧什么样儿呢？"

"是是是……还是你想得周到。"吴省钦笑嘻嘻的，当下就摆棋，二人布局对弈，吴省钦一边着子儿，问道："方年兄去见刘墉，没说什么事么？"

姗姗打火抽了几口水烟，心思才全定到棋上，一边呼噜噜吸烟，着子儿笑道："这些事他从来不说，我也不问。还是那日曹大人来，我做针线隔壁听了几句，说有个叫刘全的在园工上头贪污银子。大概刘全这人是个不好惹的角色，他们合计着要密地里查勘，要扳倒他呢！"

吴省钦拈着棋子的手颤了一下。他万万没想到曹锡宝和方令诚不哼不哈，在下头干这样大事！见姗姗诧异地看自己，忙道："这个角你要做劫，须得补一着的了……"又问："听这意思，是刘大人给他们主持了？"

"我不知道。"姗姗摇头皱眉，"我自己的事还顾不过来呢！听说的意思，是姓刘的盖房子违了制度，我不懂得这和贪银子是哪码子事，盖房子又有什么制度了？"

吴省钦偏头看着棋盘故作沉吟想招儿，其实满心已经在想这件"大事"，怪道的昨个儿刘保琪一说要到和府，方令诚和曹锡宝便异口同声："去等着，给你送行！"——原来要去和家探虚实！刘墉颙琰阿桂诸人与和珅不睦，在衙门里时有耳闻，但和珅如今炎威如日中天，于敏中纪昀阿桂李侍尧……这些炙手可热的权贵一个个都被他整得人仰马翻。刘墉虽是军机大臣，其实只管着一个刑部，在乾隆面前远没有于敏中阿桂灵光，他竟敢怂恿曹锡宝这些微末小吏告和珅的刁状？想想不可思议，却又似乎是真的。隐隐中吴省钦还有一股醋味——要真的弄倒了刘全，头一个连带的就是和珅，和珅他不是个干净人，一旦扳倒就墙倒众人推，这大功劳竟没想到他吴省钦！这人……可怎么说？……他吁了一口气，胡乱走着子儿还要再问，听见大门响，接着便是叽叽叽叽的脚步声，便见芳草儿打着雨伞，腋下夹着个油布包裹，小跑着进院直奔西厢，撒花裤脚已经淋得精湿。吴省钦笑问道："都取来了么？到底是孩子，也不晓得避一阵子，等雨小点再回来就不成么？"

"都取来了……"芳草儿冻得手脸都发红，兀自喘吁吁的，"李贵也不知道金线在哪里，和何嫂捣腾了半日才寻着了，又找油布包儿，要不然早回来了呢——大人家离这儿可真近……"说着便就炕上抖那包儿。二人会意一笑，方自暗里庆幸，冷丁的听芳草儿惊叫一声："我的娘，这是啥子东西？粘乎乎清鼻涕似的一大摊！"

二人都是一惊，盯着看时不禁愕然，原来是方才二人满炕滚时流淌出来的物事，匆忙收拾又不留心，竟在南炕沿遗下了巴掌大一片，给芳草儿一把抓个正着！芳草儿捻着手指犹自诧异说："哪来的这东西？冰凉胶粘的敢情是痰！"她忽然看见，指着吴省钦袍摆道："大人你袍子上也沾的有……你别动，我给你用布擦了……"说着便忙乎。

吴省钦姗姗对望一眼，姗姗啐一口道："怕是咱们那只老狸猫拉的吧，方才它在那卧呢！还不赶紧给吴大人拾掇……看你衣裳都污了……"吴省钦笑嘻嘻的，站着等芳草儿收拾干净了，从袖子里取出一块银子，约可二两多一点，丢给芳草儿，道："我跟前两个丫头，比她还大一点，总不及这丫头聪明懂事，这点银子赏你了。"像猛地想起什么，又道，"忘干净了——同乡会印结局今儿要来分年例，送炭敬呢！"向姗姗使个眼色，"有什么事你只管使芳草儿到我府里去说……"打起雨伞一径去了。

……这场秋雨缠缠绵绵直下了半月，只苦了刘保琪一行。当日下午自潞河驿离京，自有方令诚曹锡宝，还有在军机处、四库书房诸同事同年设酒郊送。离京走高碑店、过保定，由石家庄西入太行、经娘子关和井陉、再南行绕出孟津渡黄河，又行六十里到洛阳下站。正是深秋季节，偏逢如此天气，真个凉雨如冻膏漫撒，川涧潦水与道路伴行，连同随带的师爷、伴当、长随、清客相公、使唤丫头，还有同行的丁伯熙敬朝阁乃及内务府差去给钱沣送药的太监赵不成，八名轿伕都在内，也有三十人出头。本来这时候走道是一年中最好季节，太行道万峰壁立，老秋之色万紫千红，不冷不热的极好赶路，此刻却都淹沉在烟霾愁云、凄迷风雨之中。一行人在太行古道穿行七八日，像在幽深的隧洞中游走。直到过了黄河入邙山界，虽然也还是"山"，但险要峻拔已不能与太行同日而语，千沟万壑都隐在黄土坡下，形如龟背蜿若长蛇的土岭都不甚高大，且极少见连绵接陌的高大乔木，道路上瞭望环顾，但觉视野开阔地远天高，迥异于山西境内危崖嵯峨虎啸猿啼景致。

洛阳为中原大郡名城，九朝故都胜地，其治化沿革比省城开封还要烟霞鼎盛些，也许正为有此位分声望，加上此城水舟陆车人口辐辏且为中原向川陕湘鄂的通衢之枢，所以虽然仍是府治，却不用"洛阳府"，开府为"河南府"——一来显得体制尊大，二来也有为洛阳之尊避讳的意思——这是写书人无妄之思，也不在话下。

刘保琪是赴任过路官员，在洛阳没有熟人故交，因也就不事张扬，悄没声地从东门入城，瞻仰了"孔子问礼处"，从西城出去，在周公庙南的洛阳驿站下歇。按清时各省学政为从三品官员，虽受巡抚节制，却和藩司、臬司一样各自开衙治事，统管全省文宣教化并主持乡府试及各地书院——有这个权柄位分，其流品就与藩臬二司在轩轾之间，也算省中方面大员。其时洛阳驿中过往官员不多，古今通例所有官家馆舍一个样，谁的官大谁就住最好的房。他们一行一进驿馆，亮引子登记，驿丞典史二话不说，就将刘保琪安置在上房——一明两暗三间通厦、厢房耳房四合一的天井院应有尽有。那驿丞是个矮胖子，长着个极显眼的酒糟鼻子，披着油衣前后招呼，上下人等各按位分安置，一头吩咐升火造饭，又叫："把大锅点起火来烧水，壶里放上姜片烧茶，给刘大人祛寒！"刘保琪从京官里熬出来的，清苦惯了，见他忙着张罗，倒不过意的，看看时辰，大约刚刚午错，招手叫了驿丞进房说道："我们在白马寺撞过一顿斋，这顿饭就甭费事了。这天气出去买菜蔬也不容易——还没请教你贵姓、台甫？"

"不敢，卑职叫曹嘉禾。"那驿丞忙赔笑，打千儿，回道，"这是大人份例上的，也是卑职的差使，不敢轻慢的……福大帅就在洛阳，他老人家以军法治驿，耽误了差使可不得了……这下雨天儿，又贼冷的，大人先喝口姜汤暖和暖和身子，洗洗脚，吃过饭天阴好睡觉，解过乏来明儿好赶道儿，是呗？"

听他称福康安"老人家",刘保琪不禁一笑。说道:"我在轿里其实不冷,倒是难为了那些人。还有轿夫,得弄点结实饭,才好有气力抬轿。"曹嘉禾笑得眼鼻子挤到一处,连连哈腰称是,又道:"有,有,现成的牛肉,管饱……"刘保琪不待他说完又问:"福大帅住在城里么?"

"不——在!"曹嘉禾笑道,"他老人家住香山寺,专门在寺外造的行辕——听说这就要进京了,咱们洛阳老百姓士绅们正合计着送万民伞,攀辕留驾呢?"刘保琪笑着点头,说道:"这都是一应常例。"曹嘉禾摇头,说道:"是真的,不是虚应故事儿。福大帅住这儿真是洛阳人的福气,一宗儿,往年百姓亏欠官府的赋全免,欠赋追比吃官司的全放。监狱都几乎放空了,劫道奸杀的又全杀。有几个贪贿的官,省里还要保,福大帅在椅子上闭着眼手一摆,又是全罢……今后三年的捐又请旨全蠲——如今洛阳百姓话说是,没匪没贼没官!"

刘保琪大笑,说道:"政简讼平大同世界,这几个'全'大有意思!怪道的洛阳人爱他……这么着,恐怕官吏们未必喜欢的。"曹嘉禾笑道:"那是自然,有人欢喜就有人愁。福大帅千宗万宗儿都好,只是难侍候。官员们怕他,又不敢离他,府台、二府洛阳县令他们都搬到关林去办事,一叫就到闻风即动——平日偌大威风,如今都像——童养媳妇怕婆子似的。香山寺里福爷打个喷嚏,洛阳城里下大雨呢!"说罢又一叹,"天下州府这么多,各府里都有个福大帅,那该多好!"

这也是一番见识,刘保琪却不以为然。福康安真正令他佩服的只有两条,一是身为帝亲贵介,不肯躺在乃父傅恒的功劳簿上安逸享受,努力振作自己挣功名;再就是能带兵能打仗,机变百出又身先士卒,凡出兵征剿从没有失手的——他在洛阳这一套,其实是依仗了皇帝宠信呵护,拿着朝廷不心疼的银子往一郡百姓身上挥霍,无论怎样品咂,只是个痛快,和他带兵赏罚一个味道,"天下州县"都照此办理,几天就会把国库弄个精光……这份心思却不便对姓曹的说,因一笑说道:"你说的是,多有几个福四爷就好了。我身上带的有他的信,还要谒见一下四爷呢!——这外边是洛水吧?我要出去看看雨景儿。"说罢,也不带从人,径自出了驿站。

周公庙建在邙山的岗埠上,从驿站出来一带斜坡下临洛水,站在驿站门口就能鸟瞰洛水全景。刘保琪油衣外裹着蓑衣，脚下踩着木屐，浑身风雨不透，站着观览，只见雨地里茫苍苍碧幽幽一湾大河缓缓流淌，岸边垂杨柳在霰雾样的细雨中摇曳摆荡，河面也被霾烟似的水汽笼罩了，渡口、渔舟、航船都朦朦胧胧的不甚清晰，看去像一幅年代久远了的水墨画儿，甚是苍凉悠远，因要觅望天津桥，雨锁烟闭的，哪里能够？沉吟着，刘保琪沿坡踱下去，渡口老艄公指点，才见这座天下闻名的桥影影绰绰坐落在河南岸的浅滩上，秋汛水涨才漫到桥基下边，上有亭角飞檐翘翅，也都半隐半现在汹涌波涛中，回望周公庙和驿站，红墙碧瓦也都隐在斑斓的草树间惝恍不定。站在这样的景致里，真好像天地混茫成一片，宇宙中只留下了他独自一个畸零过客。刘保琪倏地想起了家乡，此刻老母是倚闾盼子，还是在做针线？转念又思到贵州关河遥远道途多艰，忽又忆起老师纪昀，在荒寒万里的新疆如何打发光景？他在宦途上尚算顺利，但眼看着李侍尧、于敏中和纪昀一个个逸散沉浮，转念之间去国怀乡之情又成忧谗畏讥思绪，已不觉垂下泪来，眼前一片模糊，河流波波仿佛在倒涌，堤岸在无声地向河中推进……他已经完全忘神了。不知过了多久，刘保琪自失地一笑转回身，沿着长堤踽踽留连，直到天色向昏，看各舟上袅袅升起炊烟，才踅身回驿站来，才发觉雨水已浸透重衣。因见潇潇濛濛的雨中，几十个驿丁都在内院忙碌，二门口也增添了四个戈什哈，一律都是六品武官服色。披着油衣按刀挺立，门神也似一动不动，觑着瞧内院，也不见自己的从人，人们似乎在搬运什么家什。刘保琪正自心下纳罕，见自己的跟班蔡铁栓从东院里匆匆出来，跑得脚下泥水四溅到跟前说道："学台大人……咱们搬到东院去了……福大帅今晚要歇这驿站……"

"这可真是说曹操曹操到。"刘保琪看那势派，心中已猜个八九不离十，口里漫声应着要转身，曹嘉禾已经从二门里风风火火跑出来，仍旧一脸是笑，把中间鼻子挤得像个没熟透的大草莓，吸溜着搓手连连道歉："大帅今个儿进城到慧觉寺给老太君进香还愿，天儿晚回不了香山寺了，今晚就在咱这搭儿驻扎。没法子，只好委屈学宪大人住东院了。虽说不及正院轩敞，东院里其实也洁净，挨着大伙房和茶炉，要汤要水的也方便。嘿嘿嘿嘿……您老好歹体恤我们难处，那就是卑职们的造化了……嘿嘿……"他歉意里带着无奈，谦恭夹着十二分诚挚，还要下词抚慰，刘保琪笑道："你甭多说了，我做京官出来的不知大小轻重？只是我不明白，大帅就住在香山寺，本寺不好烧香还愿么？怎么特特进城里的庙呢？"曹嘉禾笑道："这个我也不明白，是来打前站的军爷说的，说老太太做了个什么梦，特意写信来叫福四爷照办的。嘿！单是给庙里装金箔的银子就送了三千两！福四爷真是大孝子！"说完听有人传喊，忙一哈腰颠了。

刘保琪这才进院。这里其实和正院也相去不远，只是没有西厢，西边沿墙一带搭的都是芦棚，里边头号锅二号锅三号锅依次挨着，都是火光熊熊大冒狼烟，黢黑昏督的棚下灯影闪闪人影幢幢，不知忙活些什么。丁伯熙敬朝阁和太监赵不成敞着东厢门在里头说话，见刘保琪浑身湿漉漉站在院里，忙叫："梅香，学政老爷回来了，赶紧给老爷换衣裳！"便听东耳房里两个丫头齐答应一声，笑着跪进正房打整衣物，刘保琪这才进来更衣，丁敬二人一前一后进来坐地说话。他们倒比驿丞知道得还多，说是福康安的母亲棠儿梦见观音来说："我在洛阳的留云下院李自成烧掉一大半。一百多年过去，现在都要塌了，你儿子现就在那里，也不肯关照一下。"醒来就用通封书简直发福康安，要他赶紧察看是哪座寺，无论多少钱都从她的体己银子里头出……这才有了这档子事体。相对嗟讶惊叹间，天色愈加昏黑，丁伯熙却带的有表，看了笑道："这是天阴的过，刚刚西正，平日还大红日头呢！"敬朝阁道："福四爷这一来，省了刘大人再上香山寺晋谒。等会儿见了四爷递了信，无事一身轻儿，今晚咱们痛快打雀儿牌打个通宵！"

说话间一阵肉香随微风荡进房里，刘保琪这才想起没有吃午饭，勾起馋虫来觉得有点饿，敬朝阁是极有眼神的，起身回房取了一个油纸包儿来，抖开来了却是一大包五香牛肉，笑道："福四爷在这，伙房自然先尽着他供应。不知什么时辰才轮到咱们吃饭呢！这是中午我留下晚上夜宵的。来，刘学台，打量您也饿了，我们先吃！"

刘保琪笑道："你倒想得周到。"一边拈一片口里嚼着，听外头鼓角号音响起，满地脚步泥水声杂沓传来，似乎有无数人都在小跑，又道："这必是福四爷驾临了。可怜了洛阳令，雨地里跟着，不知又淋又冻的什么光景呢！"丁伯熙道："岂止是洛阳令，开封城的藩臬二司、各衙门都司道监今儿都陪着呢？方才我出去转悠，见个官儿打着个雨伞站在周公庙门口，可怜兮兮的冻得鼻涕涎水、红头萝卜似的在风地里，一问原来是我们的父母官，洛阳知府李修德！平日也是出警入跸威风八面的，这会子连个戈什哈也不如！"刘保琪口中嚼肉，品味着他的话，说道："嗅着院里煮的也是牛肉，伙房里这肉也蛮好的，是不够用么？"

"哪里！"丁伯熙笑道，"我们这吃的是洛阳牛，现在外头锅里煮的南阳牛，早就从邓县赶的黄牛，赶到南阳再赶到洛阳。今天现宰现吃，专吃牛肩胛那块筋，牛不能太老，也不能太嫩，这会子洛阳最好的厨子都在西棚底下翻腾这肉，你闻闻那味道一样么？"

众人听了不禁都暗自咋舌，用鼻子嗅时，除了肉桂茴香大料川椒这般寻常香味，还有一种似菊非菊若兰非兰的清香，就不知是下的什么作料了。久闻福康安豪奢，今日就此一件小事已见一斑，刘保琪不禁叹息，说道："我辈措大酸丁，坐十年冷板凳吃三年冷猪头肉就暗自得意。这么一比，多少英雄意气也都消于无形了。"因要小解，出来入厕回来，路过西棚，心里好奇，便悄没声站在棚角看那厨子操作，但见翻花大滚的肉锅里大包小包的作料都在"随波逐流"。三个年轻人像是徒弟，手里握着铁齿挠钩不停地翻肉，用勺子撇舀汤锅边泛起的白沫，俱都是短裤赤膊打扮。一个年长的师傅叼着烟袋立在锅台边看火候，唱歌似的指挥：

"加炭火！"

"是——退柴加炭！"守在火口的伙计忙答。

"对橘皮荔枝水！"

"是——对料水啰！"

"加羊骨髓汤！"

"是！加高汤啰！"

"焖火！"

……正折腾得热闹，曹嘉禾跑来，气喘吁吁道："快！大帅闻到香味了……要赏军爷们吃牛排牛尾巴！高师傅，快着些！"那师傅见他，换转笑脸，说道："曹爷！您老明鉴，这是要火候的……单用慢火，肉就烂糜了，要爽口还得要脆，到口里品出一百种香味，才是咱西关高家的活儿——"曹嘉禾急得就地打磨旋儿，打断了他的话道："大帅叫上肉，谁敢驳他的回？再有两袋烟肉不出锅，你自个上去说！"说罢跑了。高师傅便命："加半勺子硝！"

他吩咐了，却没人答应。半晌，一个小伙子苦着脸道："爹，硝……硝包儿道儿上雨水泡化了……我想着未必使得上，就……就扔了……"言犹未终，高师傅一个漏风巴掌掴将去，打得儿子一个趔趄，捂着半边脸站旁边不敢言声。

"我日你妈！"高师傅骂道，"这是什么活，你敢这么不经心?!"他瞥了一眼站在旁边的刘保琪，料定是来瞧热闹的住驿家丁什么的，眼一横喝令："上锅台！"刘保琪不料高家是这个家法，正想劝说，那小伙子二话不说已"噌"地跳上锅台，两腿岔开，左手抓起裤腿，右手掏出那活儿，冲着满锅沸水肉料，倾了吕梁缸似的就是撒尿！

刘保琪看得目瞪口呆，不住地愣神儿。正发呆时，外头梅香喊："老爷——驿站送来饭了！"这才醒过神，转身去了东厢。果见丁敬二人和赵不成都在饭桌旁等着了，刘保琪一头笑着坐了，口里道："今儿见了稀罕！"便把方才的事说了。丁伯熙道："这不算什么，眼不见为净就是了，尿里头原也就有硝——你没见六花春贡的点心，那是怎样好看可口？和面时都是徒弟们上去用脚踹！"几个人一边说笑一边吃饭，饭没吃完就听院里曹嘉禾又赶来催肉，听那高师傅高声答应："好了，货起锅了！娃子们备好凉开水淬肉！"一阵忙乱后，又听几个小伙子齐叫："给福公爷纳福啦！"像是几个人簇拥着出了院子。

东厢里几个人都停了箸：不知这加了尿的牛肉福康安吃得滋味如何？正自面面相觑，却见曹嘉禾带着一个千总服色的戈什哈进来，说道："福大帅叫请刘大人过去。还有这位内务府的——"他指着赵不成，"公公也过去。"

"是！"刘保琪忙起身答应，便张罗着更衣，又叫梅香"请赵老夫子把桂中堂的信取出来好呈送"。那太监也换了袍子，戴一顶镂花金顶顶子，又套了练雀补子——是一身九品官的行头，收拾停当了，打着伞随着刘保琪到正院来。刘保琪原想，福康安带的一群都是赳赳武夫，能吃能打的粗豪汉子，还不知这会子吃肉喝酒热闹得怎样，及至进院才觉得和自己想的大异其趣：上房下房东西厢房各屋都是灯火通明，门窗都敞着，里边都摆的八仙饭桌，坐着军将校尉，却都一个个坐得挺直，也没有酒味儿，只满院的肉菜热香四溢，军将们心无旁骛目不斜视只管饕餮大啖，一声说话并一声咳痰不闻。天井挺立的军士执戈按刀挺胸凸肚，淋得水鸡也似仍一动不动。上房滴水檐下一桌是河南当地官员，看服色知道大概是藩臬二司和洛阳知府同知县令这群人，倒也都肃穆庄重，只坦然进食。正室里只有一桌，似乎是本地士绅和福康安的文办师爷作陪。中间一个年约不足四十，只穿一件月白竹布夹袍，连腰带也没系，顾盼间谈笑自若英风四流——刘保琪不知见了多少次了，是福康安。因报了名，和赵不成小心翼翼进来。见福康安在问高师傅话，要递手本，没敢，笑着垂手站定。

"是刘保琪嘛！递什么手本？"福康安笑道，"你常到家父那里送文案卷宗的，吉保给看坐——你就站着吧！"他对赵不成说道，又饶有兴致问高师傅道："牛肉能煮得脆爽，你的玩意不含糊——我只想，这手艺是不传的了？能不能我派些火头军跟你学学，我的兵要都吃上这肉，那就是口福了！"

"回老大人您呐！"高师傅赔笑小心回道，"这全看的火候。寻常牛肉只是一个文火慢熬，这个肉锅要像看饺子锅，大火猛煮，牛肉筋脉都收紧了，不停用凉水凉高汤浇，才不会烂糜——那只是汤好，牛肉吃起来像劈柴丝儿，为甚的呢？都把肉味散到汤里去了——要一口下去，连筋带肉像鸡胗子似的赶紧出锅，用凉开水激淬，才得这个样儿——福爷是带兵大将军，说安锅就安锅说吃饭就吃饭，出兵放马的事儿，没得这份时辰工夫看火候……爷您明鉴，这是富贵肉——都随时做得吃得，小的的饭碗也就砸了不是？"

"福贵肉，嗯，是这个理儿。"福康安笑着点头，对几个师爷士绅说道，"看来我的兵都是穷命，吃不上了。"众人都忙赔笑说"公爷风趣"、"大帅爱兵如子""三吮其痏，则勇士战不旋踵"……一片声胡嘈奉迎。福康安只笑，品着肉味道："百花香肉，嗯！虽然我品不出一百种滋味，确实不同凡响，作料是你家祖传秘方，想来也与众不同！"说声"赏"，王吉保答应着取出一封银子递了过去。高师傅跪了双手接过，就手里掂量也有五十两，眉眼都笑舒展了，好话就说了一车。刘保琪听是"与众不同"，想起高师傅儿子撒尿光景，不禁葫芦一笑，忙咳嗽着掩饰过去，见高师傅退出去，双手将阿桂的信呈上，说道："桂中堂的信，请四爷过目。"

福康安接过信，一边展看，一边吩咐："大约你还没用饭？吉保，给刘大人上饭，上牛肉！"王吉保答应着，刘保琪哪里肯吃？双手连连阻着道："谢福大人，王大人也不必张罗，我确实吃过——不信你问赵不成！"福康安却看也不看赵不成一眼，只鼻孔里哼了一声，却不问这个，只问道："皇上赐钱大人什么药？"

"回四爷的话，"赵不成是低人一头惯了的，迷瞪着眼站一边看大人们说话，脸上毫无愧容，听见问话，忙笑着哈腰道，"皇上没说，只叫太医院斟酌药方子，在小药房里抓的药，有枸杞子、老河曲的黄芪，云南进的冰片、银耳，还有一小包是外藩贡的金鸡纳霜。另外还有和大人送的高丽参、桂中堂是一小包儿西洋参、刘中堂送的天王补心丹和定喘！丸……"福康安听了道："我也听说他病了。看这些药都是补虚的。医者说'看实不泄实，看虚不补虚'，这天时不正，早早的就秋凉跟冬天似的——我原等他一道儿进京的，看样子得先走一步儿。你告诉钱大人，只可穿换衣裳上头多留点心，没有用过的药不可轻用，到北京看过太医再说。"赵不成忙道："是！"福康安道："你去吧。吉保带他到账房领三十两盘缠。"

乾隆时宫中御使太监宫禁最严，就是傅家这样的勋戚也极少假太监辞色，赵不成原也没敢指望有这份赏赉，顿时喜笑颜开，打叠一肚皮奉迎话要说，福康安却摆手道："你去吧，少在我跟前啰嗦！"福康安又笑问刘保琪，"住在东院！我是鹊巢鸠占了吧——你带有百十个人，牛鬼蛇神的一大群，学政是个穷衙门，禁得你这么折腾？"说着一笑，"方才听是去了洛河岸？"

"是。"刘保琪欠身笑道，"幼读《洛神赋》，嗯……余从京域言归东藩、背伊阙、越轘辕、经通谷、陵景山……这份离乡忧思……越北沚，过南岗、纡素领、回清阳……恨人神之道殊分，怨盛年之莫当……

悼良会之永绝兮，哀一逝而异乡……这份惆怅哀婉，忧绪绵长，若不身历其境，或者是上下天光满河舟舸时候到这洛河岸，再也体味不到的。"他咏诵着曹植的赋，已经换了凝思之容。

"看来翰林院也不净是酒囊饭袋之徒。"福康安点头叹道："洛河秋雨如此幽远景致，一向在洛阳，倒没有领略，看来我竟是个俗人！"刘保琪便知他指的马祥祖要学曹操故事，只一笑，说道："大帅何得是俗人！只是您生来就是人上之人，不晓得酸丁寒窗滋味罢了。我们这微末京官行径，您哪里体味得到呢？那才叫俗呢！"福康安笑道："京官清贫，我是知道的，每年要到印结局领银子过冬嘛！"

刘保琪道："那有一大套口号的，岂止是印结局里领银子？"因笑着念诵："——几曾见伞扇旗锣黑红帽，叫官名，从来不坐轿。只一辆破车代腿跑，剩个跟班夹垫包。傍天明，将驴套，再休提翰苑三载清标，只落得衙门一声短道：大人的聪明洞照、相公的度量容包。小司官登签周旋敢挫挠，从今那复容高傲？少不得讲稿时点头晃脑，登堂时垂手哈腰……"

他忽然背诵这么一段词儿，和前头《洛神赋》情趣迥异，在座的几个师爷和绅士并一众武官竟谁也没听过，觉得又有趣又逼真听得顺耳，都停了酒箸侧耳细聆，傻着眼看。福康安自幼在绮罗丛中钟鸣鼎食，在京师泡大的，竟也不晓得小京官们竟编有这样自嘲小曲儿，听了半截已是大笑，轻轻一拍桌子道："这词儿有味儿，还有没有？""长着呢！"刘保琪笑道，接着念诵："……你清俸无多用度饶，衙门里租银绝早，家人的工食嫌少，这一只破锅儿待火烧，那一只破箩儿等米淘。哪管他小儿索食傍门号，怎当得哑巴牲口无草料……"福康安哈哈大笑，说道："放了外任就好了。"刘保琪道："那是——乍出京来甜似枣，这才知道，一身到此系如匏。悔当初心太高，到如今，长班留的少，公馆搬来小；盒剩新朝帽，箱留旧蟒袍。萧条，冷清清昏和晓；煎熬，眼巴巴暮又朝……"

念到此处，刘保琪自己也忍俊不禁笑了。众人已经绝倒。福康安道："你为方面大员，京官里头算熬出来了。"刘保琪道："学政是不小的官，还不是托了阿桂中堂的保举？说起来这官爷也要笑，王梦桥四爷认得的——傅老公爷在时我们常一块到府上的——放了江西学政。那衙门都荒了，蒿草长得齐房檐高，一到晚狐狸叫黄獾窜，兜物丢砖打瓦撒窗土的不安生。王梦桥闹得没法，起身提剑出来大喊：'我是王学院，奉圣旨来的，还不回避?!'——暗地里只听吃吃的笑声不停。有人和我说起，我说王学院只可吓秀才，用来吓唬鬼狐不顶事的。谁想我也变成了'刘学院'，也怕衙中有鬼，特特巴结和珅大人，给我拨了八万两银子料理事儿。福四爷说我带的人多，这里头有十六个轿伕，到贵州打发了银子就回京了。还有仪仗卤簿，真正跟我的也就二十多个。身边的衙务也得要人，本地人多了不好，您说是啵?"

福康安静听良久，说道："原来是这样。所以和珅还派人跟着，为的住驿馆方便吧? 这八万银子从哪里出项呢?"

"是从圆明园工银里划出来的。"刘保琪看着福康安脸色说道，"四爷，贵州太穷了，指望省里，一文钱怕也拨不出来。"

福康安沉吟片刻，说道："工银不归礼部管，这是和珅胡闹。你是纪昀的学生，聪明尽有的，难道不明白这个? 这银子你还退给工部，或者给工部内务府打个收条，我告诉礼部另给你拨八万银子补上。不要顾了眼前忘了秋后拉清单!"

"是!"刘保琪见福康安端茶，忙起身赔笑答道，"多谢四爷关照。请四爷奏明圣上，纪老师在新疆很苦，老师虽有小不检点处，大节还是纯的，请皇上早日开恩赐还。"

"你去吧。"福康安不置可否，说道，"刘墉是正直臣子，有老刘统勋遗风，也兼管着你们，有事多请示。也可以写信给我。不要乱投门路打错了主意——道乏吧。"

　　这一夜福康安没有好睡，一直在想阿桂的信。他虽然专权独断，但却不是粗心人。信中别的话无所谓，什么西线军事已无堪虞之忧、皇上备行木兰秋狝，山东盗户安帖、无再反之思，这些都一览而过。他留心的只有两条，一条是台湾逆民林爽文毁家赈济当地福建人，建民团阻土著人侵占地土，台湾知府与新任参将亲往收编，无果而返；再一条是信中说和珅已蒙皇上简拔为军机领班。还有一句奇怪的话说"和珅言人欺我自有天欺之，我不欺人。君子可欺以方，惟小人可畏也"。因为没有点断，不知是和珅的原话还是加了阿桂的评语——他和珅有什么资格说君子论小人呢？什么"人欺我我不欺人"又指的什么意思？外边的雨淅淅沥沥，打得北边周公庙瓦一片沙沙声响，南边的洛河也不似白天看去那样温婉，发出不间歇的似歌似哭的长啸声，和着凄风苦雨透窗而入，更增羁旅孤客凄凉之情……倏又想到刘保琪，由刘保琪思及纪昀，又转思和珅背后整治纪昀还堵自己的口，转碌轴走马灯似的往返思索，他已醒得双眸炯炯，什么《洛神赋》《京官词》儿倒撇在了脑后。听见远处一声鸡鸣，福康安知道一宿困头错过，他居家治军早起惯了的人，伸拳捶床坐起身来。王吉保还在傻睡，听见动静揉眼进来，说道："听爷没睡好，我给您捶捶捏捏，爷再睡个回笼觉。"

　　"睡什么回笼觉？"福康安没好气地说道，"回龙门香山寺，准备行李明儿个回北京！"

　　"啊是！——喳！"

　　福康安马不停蹄返回北京，路上阴阴晴晴不定，待到京师已过十月初三。京师一带仍在下雨，深秋季节显得寒烟漠漠落叶萧萧甚是凄清。

他照常规先不回家，只给母亲报了个平安信，宿了一晚，第二日在西华门递牌子进军机处。

"啊，世兄回来了！"当值的刘墉看去有些疲倦，但兴致似乎不错，见福康安挑帘子进来，摆手命几个回事的司官"且退下，明天再说"，起身相迎笑道："这是真正的定金川大将军！前后几十年，几代将相折腾这块地儿，到世兄手里算一劳永逸——在洛阳住得惯么，一路都下雨，过黄河水涨了没有？来，坐，吃烟……"

福康安含笑听他寒暄，看他抽烟，摆手示意自己不抽，说道："崇如越发历练老成了。白头发有一半了吧？只是看去你很累，不但腰背，连眼窝儿都有点伛偻了！"刘墉觑着眼也打量福康安，格格一笑说道："正要说世兄城府深沉，脱尽少年气，您倒说起我来。我和阿桂私地议论，若论文事世兄稍有不及，若论武事，世兄不但在傅公之上，就我大清开国一百余年，竟寻不出与世兄等量齐观的将军。你真正是国之柱石，我们这些人，嘻……百无一用是书生啊！"顿了顿又问，"收到阿桂的信了么？"

"收到了。"福康安向窗外看了一眼，说道，"只是有些话不十分明白。"因将自己想的说了个大概，又道："我也不明白和中堂这个人，园工银子他就敢拨出来给刘保琪！"刘墉吧嗒吧嗒只是抽烟，磕了烟灰又装烟，缓缓说道："他是要把账弄烂。他一个穷八旗哥儿，潦倒得一文不名，置庄院买卖古玩起房盖屋造行宫，还养活着几百口子家人锦衣玉食——哪来的钱，能屙金尿银？——我查遍了，确实没有索贿的事，官员送钱拒受的也有的是。这只能从园工银子上想他暴富的来由。隋赫德去奉天，向户部要银子没有，和珅一张口就给三十万，这就令人诧异：他把朝廷的金库搬家里了么？"

"李侍尧给我有信，福建水师要更换官舰。"福康安笑道，"兵部户部勒措，我就找和珅。还有一宗议罪银子，也是和珅掌握，没有入库。"他沉吟着又问，"你管刑部大理寺，有这些想头，没有造膝密陈皇上？"刘墉喷云吐雾，说道："这是十五爷八爷的意思，我请示过皇上，皇上说查一查也好。有事要追究，没事也给和珅去去疑儿。他管着钱，眼红的多，得罪的人也多，叫我不要孟浪行事。我岂敢不请旨就擅自查勘军机重臣？"福康安道："和珅还是炙手可热红得发紫么！上次提参的二十三名官员都黜下去了，他要升海宁、郭守志、冯强，也就升上去了。和珅圣眷还是好的。我看别的也稀松，头一条心思灵动，理财是把好手。岁入没有加增，圆明园成了气象规模。我从丰台过来，黑压压乌沉沉望不到头是圆明园。我倒不是对他有什么好感，他当个管家是蛮成的！"

"阿桂和我都不及先傅公啊！"刘墉叹道，"不能算驾驭全局之材。我也不是要同和珅过不去，是这人怾刻聪明太过，也富得太扎眼。十五爷您晓得，跟着魏主儿养就的节俭刻苦性儿，见不得这个样儿。"说罢又问起钱沣，说在襄阳养病，吃了皇上的赐药觉得好些，已经有谢恩折子递到热河。福康安听着只是点头，说道："你拿我当自己人，刘家和我傅家几代交情，我再没有卖友的理。等着吧，看钱沣来有什么说的。我总疑心和珅杀国泰有蹊跷，早不杀迟不杀，刘墉不在他请旨，又支开了钱沣。他园工上头的出入账恐怕和云南贵州也有干连。"说罢起身。

刘墉也站起身来，说道："傅公仙去，您就是我们半个主心骨，有什么话我也从没想到瞒着，有消息我一定先知会您了。您要去么？是在北京等圣驾回銮，还是赶到热河见驾？"

"我要到承德面君。"福康安抱拳一拱说道，"打箭炉、金川一带军务了了，有些地方应该改土归流，有些半土半流，有的还要土司来管才好，见不到皇上我们不能做主。"说罢转身出去，看天上雨仍星星散滴，也不用轿，径在西直门外怒马如龙返回傅府。此时阖府都知道少老爷回来，几百家丁齐刷刷站在三合土夯实了的府门前，远远见他近来，不知是谁指挥着忽地跪倒一片。福康安见王吉保的祖父父亲一瘸一瞎跪在前头，滚鞍下马到前双手扶起，笑道："又见你两个老货了，吉保这回可是身上没少一根汗毛跟我回来了，现在是实缺参将！你们也可放心团聚——来来，老六叔和吉保搀着你爷爷回去！"老王头小王头看着王吉保一身戎装和头上戴的二品翎子，都似喜似悲的，眼上长了钩儿般看不够，由着王吉保和贺老六搀架进去。福康安大声道："无论家生子儿还是新来的，我都照老公爷规矩一律待承。往后有的仗要打！在屋里侍奉老太太太太好的要放文官，在外头的放武官，打出傅家一斗三升芝麻官，为大清建功立业！"众人亢声答应。福康安叫起，雄赳赳气昂昂的显得十分精神旺相。福康安这才问道："老太太呢？这会子在哪里？书房还是佛堂？"

"在书房！"在旁一个中年管家大声答道，"太太也在那里陪着老太太。"

"你是谁家出来的？"福康安看了看，不认得。

"回四爷，奴才是冯兴材的小儿子叫冯京才。上月才接手管家的！"

冯京才还要说，福康安已经笑了，说道："我想起来了，菜园老冯头的小儿子嘛！我在后园子里演练大炮，你悄悄爬到船上，放炮翻船几乎淹死。不是你么？""是！"冯京才不好意思地一笑，"小时候的事爷也记得这么清爽……小的给爷带路了。"说着，赔小心走前头手让着带路。趱过西院，便见黄莺儿搀着白发苍苍的棠儿站在父亲生前书房的滴水檐下。秋雨、墨菊几个开脸大丫头也都围在左右，见他进来，只棠儿不动，黄莺儿微微屈身颔首。其余的人都蹲下福去。

"额娘！"福康安见母亲比离京前又见苍老了许多，颤巍巍由人扶着盯视自己，心里一热眼泪就要淌出，忙忍住了，打千儿了又跪了叩头，起身上前代黄莺儿扶了母亲，一头进书房见那书房还是父亲在时一般无二，说道："您老天拔地的，外头下雨，何必出来呢？这头书房虽好，儿子瞧着总不及里头小佛堂那边暖和。"又嗔着黄莺儿："额娘穿得太薄了。这衣裳是九九重阳前头穿的。"黄莺儿笑道："说换衣裳，娘只是不肯么！"

"你不要怪她。"棠儿由着福康安搀进书房坐了安乐椅上，握着福康安不肯放手，眼不错珠盯着笑道，"我不妨事的。那边又起了一道雪松林子，风不过来这边也暖和的，西花厅我叫莺儿改了佛堂，观音也请过来了。我住得安逸！莺儿几个孩子都孝顺，只管放心，婆婆妈妈的不像个大将军倒像女人？"说罢就笑，笑着眼泪已经出来，福康安忙替她拭了，说道："娘，看看，又来了！"寻着闲话岔开她的心思，因见针线笸箩里有一件小百衲衣正在缝制，便问莺儿："这是谁的活计？"棠儿笑道："她也有了——"

"这是给魏主儿的。"黄莺儿多少有点忸怩，轻轻打断了母亲的话，说道，"十五爷在山东收的那个奶奶姓鲁的，有了小阿哥。太太叫送件百衲衣去，就咱府里贫贱人家凑的。外人的布一缕也不要。"福康安不懂这些事，说道："送个金锁什么的不好？一条一块地对起来多麻烦！"棠儿道："这是两码事。我忖着你还要去承德的吧？"福康安道："是！儿子后天就走。离皇上远了，时辰也长了，一来想念，二来又加官又晋爵，我还没有当面谢恩。"

棠儿听了，沉默良久说道："你很该去。不过我有一句话，如今宫里不是你老姑奶奶掌事时候，什么都有担待。你们大臣里头我虽不闻不问，听起来似乎只剩下了和大人是个好人。我看着好的反而都得了罪名儿黜的黜走的走。上回兆惠家的我们说体己话，她说兆惠最怕阿桂也不管他的事，说她从心里怕和珅，又阴又柔的，像个穿袍子的女巫。我说外头男人的事我们不管，怕怎的？上头还有皇上呢！"福康安笑道："娘只管放心，儿子如今已经长大了。皇上虽说只教儿子管军事，政务上头咨询的事也很多。皇上信任，八爷十五爷也倚重，儿子只合努力就是。只要小心，着不了别人的道儿。"棠儿道："你阿玛在世也是这么想。恨不得掏出心窝子给皇上看，恨不得累死了给皇上看，凭的就是这份忠心。他去了，其实人们看的还是你，你争气人们就抬举我娘们。在外头出兵放马的，盼着你打败仗的也未必没有。常在河岸站，哪有不湿鞋的？想起来就怕得我睡不着，想起讷亲、张广泗又想你爹，流泪一直到天明，还得做幌子装硬朗……"说罢泪又涌出来。

福康安打叠百样好话安慰母亲，好容易才哄得棠儿平静下来，自己却不无感慨。转身去了府里正堂参谒了傅恒灵牌，又恭敬拈了一炷香，到二门吩咐："告诉贺六叔，明天上午套车，把西二库的东西带上。我们后天走路，明儿个有什么私事料理一下，会客会朋友的事等回来再说。"这才返回自己住的东书房，见莺儿脸上挂着泪痕，问道："是怎么了？太太不待见你，还是府里人给你气受？"

"没什么。"莺儿飞快看一眼镜子，回颜强笑道，"我日日跟着太太，府里人并没有作耗的。"说着伸被子摊在安乐椅上，"爷您歇歇，待会子叫上碗参汤再吃饭。"

福康安觑着她脸色坐了，说道："不是的，你必定心里有事。是你四舅又来聒噪差使吧？刘墉说已经批给吏部，分了差使再说吧！"

"不是的。"莺儿背转了脸小声道。

"那为什么?"

"……"

"嗯?"

见福康安认真起来,莺儿才道:"是宫里头有闲话,说原本是要什么公主配你。皇上和娘在这府里不知说了什么话,就指了我……还有……说我在扬州原是有人家的人,你在外头和我勾……勾搭成了……我倒没什么。就是四舅,也是见我跟了你有个赶热灶窝的心,有差使没差使小事一件——你的名声事大啊!你去打箭炉,有人就说你能化钱不能打仗,去金川,又说你败在小莎罗奔手里回不来,是什么'张广泗第二'的我也不懂……我觉得都是我拖累的你,你要娶个公主,他们敢说什么闲话?"

福康安听得极专注,他一直治军在外,这些话不但听,连想也不曾想过。莺儿的事他一直引为自豪,以为"糟糠之妻不下堂"是不忘贫贱不近女色的楷模,想不到后头也有这般议论!想想也是的,福隆安福灵安是亲兄弟都是额驸,偏自己不是,迟不娶早不娶莺儿为夫人,偏偏有天子赐婚"冲喜"这一说,也难怪小人造作谣言。但谣言从哪里来,又是谁传言的呢?从近前的人想到远处,他认定除了和珅没有第二个!但"会化钱"这样的话和珅未必能出口,因为和珅化的钱比自己多多少倍也不止,像是十五阿哥颙琰的口风。但和珅或担心自己进军机处,颙琰不会的呀!何况他也不是多嘴多舌的人……这就扑朔迷离得难以捉摸了。想着,一笑说道:"阿玛说将军打仗越打越小心,我看文官一般无二。倒让你说得我心神不定的。有人说我能打仗,一个是我记牢了阿玛'快牛破车'的话,小心得一针一线不敢疏忽,一个是士气,跟我的兵不能胀包势。你也不要胀包势,大家小家都有难处,人家长着嘴,不让说话么?我其实是皇上的救火队,哪里有事去哪里扑平了它——再出兵我带上你,你学梁红玉,给我的兵击鼓助阵!"

"那也使得的?"

"使得的!"

"就我这样子?"

"你的样子怎么啦？换上戎衣，蛮好的巾帼英雄！人的命天注定，你没看十五爷的侧福晋，山东卖饭的穷家子女儿，如今谁敢小看？"

莺儿看着福康安，良久忽然脸一红，说道："你呀……真是的……"便偎依在丈夫身边。福康安在女色上头素来不甚兜搭，但久旷在外办事见她这样也不禁有点好逑之心，久别胜新婚，也不在话下。

……第二日天刚放明，福康安一蹶而起，惊道："我没睡过头吧？"莺儿还在蒙眬中，醒目一看就笑了，说道："你道这是军伍里头要早操？早着呢！"福康安匆匆穿衣着帽，顺手在她脸上拧一把，说道："我要再见见刘墉。他肯定已经进去了——额娘还没起来，等回来我再过去请安。"莺儿也就起来，便听外头王吉保在二门问"四爷出不出去"，口里笑道："你的炮灰挡箭牌等着你了——娘也就起来进观音堂念早经，我过去招呼着了。你见刘墉，再问问四舅的事。"

福康安答应着出来，果见王吉保和贺老六已拎着马鞭子等着，因见随从家人也都集合，便道："只你两人跟着，其余的人今日放假，明天走路！"说完拔脚便向外走。

刘墉却不在军机处，福康安到西华门外问太监，才知道去了吏部，因见马祥祖站着，便问："你等刘中堂么？""是，四爷。"马祥祖没想到福康安和自己说话，忙赔笑道，"原来四爷认得我？"

"谁人不识你马祥祖？翰林院的么！"福康安犹豫着是去吏部还是在此地等待，漫口笑道："王文韶去我府，不是你陪着的么？你有一伙子朋友，方令诚吴省钦都是的吧？他们怎么不来？"马祥祖想到不能识别古代忠奸，弄得自己朝野皆知，也不禁好笑。但福康安的话难答，吴省钦和姗姗偷情，几个人都晓得了，方令诚不依不饶要到吏部礼部告状，到国子监请祭酒评理，吴省钦来个乌龟不出头，连影儿也寻不见，曹锡宝要和息事端，两造里找不到人，马祥祖和惠同济奔走斡旋也是毫无影响，姗姗在红果树哭天抹泪不认账，弄得带着新娘子来的方家大爷也哭笑不得……他嗫嚅了一下，只好含糊说道："他们都在忙着。回头我再到四爷府给您请安……"福康安只是随口一句话，根本不理会他的心思，叫王吉保"拉过马来"便去了吏部。

刘墉果然在吏部，正在考功司听司官们回事，见福康安进来，笑道："好啊！找到这里来啦！李皋陶也要来，安排台湾事务，你来的正好，我们一道商量。"司官们纷纷起身相迎，福康安也就笑着坐了，问道："台湾这个提督受不受福建巡抚节制，现在是谁？"

"陆德仁。"一个司官指着桌上台湾府的花名册道，"原来是跟济度军门的，还是国泰在时的保本去了台湾。李大人说这人不成，叫海明过去，或者是李明伦，台湾提督是参将衔，比福建水师低两级，直归兵部，不归福建管，有事咨会巡抚衙门请示行事。"这些名字福康安似知非知，听着只是点头，因见他指到柴大纪名字，后头注的"中平"考语，便点着指头说道："这个人我认识，不能重用。现在是参军？"那司官吓了一跳忙道："是个老军务，有些个傲上，带兵还算有一套，藩臬二司保举给了个参军衔，其实还是个游击实缺。"福康安道："你懂得带兵？带兵最讲究的就是纪律，遵令听命才是好将！傲上，就不是小毛病。你们要呈他晋提督，我就在圣上跟前驳回！"这才对刘墉道，"明天我就走，再来见见你。廖风奇的事我母亲说了，还是要刘公看着办。他是内舅老爷，我最怕管这些事的，又不能不问问，若能呢就胡乱给个差使敷衍一下得了。福建水师的钱和珅不管从哪一项里出，总之是要换船换炮，这是兵部的正项支出，务必要老兄帮忙。我估算着要一百万银子，和珅从园工里看能挤一点，其余的要户部出。无论谁出，我不谢私恩，要具折子奏明的。"

刘墉点头称是，说道："太太的事老太太有话，职缺官守上头没有一点富余的，他捐的又是监生，吏部委缺太难为了。和和中堂说了一下，和中堂说到园工采办上头，三年之后再保也不迟，这也是补缺官儿巴不到的好差使。"正说着见李侍尧打着伞进院，便站起身来，笑道，"皋陶来了！快进屋来，福四爷也在呢！你虽在军机处帮办军务，这些书信折子打发个书办来就是，何必亲自来呢？"福康安便笑着向李侍尧点头，道："我说见过崇如就见你的，你倒来了。要和你合计一下福建水师的官舰火炮更新的事。"

李侍尧收了雨伞，抱着冻得有点发红的手拱了拱。自经这番囹圄之灾，他也看上去深沉了许多。甩了甩辫梢上的雨水，又弹弹袍角，把一沓书信折片双手捧给刘墉，说道："兆惠和海兰察有个联名折子，上头插有红旗和鸡毛，写明直奏皇上，已经发出去给了十五爷，还有湖广总督的奏折也发出去了。明天可以到承德。我忙着西线大捷了，也没敢拆看。这里头有纪晓岚给你和阿桂的信，还有福建巡抚的信是给军机处的。还有一封夹片是襄阳知府的，也夹在湖广总督的信封里。"这才回身笑着对福康安道："西北大捷要劳军，户部至少一下子拨出二百万银子，福建水师改建的银子怕要落空呢！倒是四爷信里说的，从河南藩库里借调十万，广州解的海兰厘金里提十万，再从和相手里借他几十万，只怕还靠得住些。"福康安道："羊毛出在羊身上，养兵没有银子不成。我去承德见了和珅再说。"

他们二人说话，吏部司官们往返沏茶侍候。刘墉只一封一封拆那些信，身子俯得虾一样细看，时而微笑，又皱起眉头，合起页本，怅然说道："钱东注殁了……真是不可思议！"

众人都大吃一惊，瞪大了眼睛。李侍尧惊呼一声："我的天，真的？昨天还有请安折子送到皇上行在呢！"福康安道："别是弄错了吧？"

"这种事谁敢玩笑？"刘墉脸色发白，手也有些颤抖，又低头看了一眼信，失望地垂下了手，说道，"千真万确……吃了皇上的赐药，原本痰喘已经见好，天气不好才没有走路。谁知只好了几日，又突然下痢不止、血涌如泉，尿中也带血。郎中用三七、续断加黄连，终归无效……前天晚上殁的。现在湖广总督正赶往襄樊呢……"他的牙齿下巴有点不听使唤，说着话，像不胜其寒似的发抖，身上也不住激灵寒噤儿。

一众人等木雕泥塑般在屋里发呆了，一时谁也递不出话去。福康安皱眉凝思良久，说道："阿桂和你送的有药，钱沣用了没有？这事要不要奏明皇上？"

"皇上肯定现在已经知道了。"刘墉道，"这是信，另外还会有急牒文书。"李侍尧问道："这忒蹊跷——送药的是谁，都有谁同行？要拿问！"他说罢立即就后悔了，臣子有病乾隆赐药是常事，拿问谁？问什么？李侍尧用什么身份说这话？没有一条站得住脚！因又道："我是说要请旨，派太医去查看一下病案！"

刘墉仿佛被这意外的事端惊怔了，木呆呆沉着脸不言语，倒吸了一口凉气才说道："不久就有旨意的……"他讷讷地又道："侍尧和四爷猜度的不错，黑水河大捷，海兰察和兆惠合兵黑水河，歼敌八万余人，生擒一万。我军死伤七千多。整个西疆已经平静。济度带着纪昀去查勘前线。大霍集占自杀，小霍集占逃往巴达尔山，正在遣兵追击合围，他只剩了一千多人，已经不成气候了……"

这又是一件惊人大事，却是喜事。众人一怔，还没有人说话，刘墉摆手道："原定台湾的会暂停，吏部的人出去，我和四爷皋陶商量点事，叫你们时再进来。"于是考功司和吏部司官们纷纷退了出去。

"阿桂和珅十五爷八爷都在承德，皇上去了木兰秋狝。"刘墉燃烟重重地抽了一口，"现在最要钱的地方不是台湾福建，也不是圆明园。这一条请福四爷见驾务必说明白。"福康安也皱眉，徐徐说道："劳军要一大笔，追击军队要一笔，伤号抚恤费不能少的，还有八万回人俘虏，人吃马嚼也要钱供应着。崇如兄说的不差——没事的时候觉得朝廷的钱多得化不完，天下这么大还缺钱了？出了事竟有些捉襟见肘呢！"李侍尧道："战俘造册，遣散了能省一笔。"刘墉道："和卓木伯克现在活着的很多，怕的是叛服不常，集结起来不得了。"李侍尧道："那些回族酋长、头目，可以请旨就地处决。杀了他们！"福康安道："你要兆惠学年羹尧？你还没有杀够？"李侍尧脸一红没吱声。

福康安见他尴尬，也觉自己出语冒失，转了口气道："皋陶放福建总督先不要忙着去，听皇上有旨意再说，皋陶还是要带点银子再去。劳军我想是和大人和桂中堂去的，不过点个卯儿发银子布德就是，要紧的是善后。那地方比中原几个省都大。又素来听各自伯克宰桑的话，驻兵常守或者设流官都不是办法。"他突然眼一亮，又道，"可以乘机请旨，让纪昀就地料理善后，这也是他一次机会。"

刘墉似乎还有隐忧，只是沉吟，却摇了摇头道："别的事也没有了。拜托世兄到承德，上天言好事，下界保平安吧。"福康安道："你道我是灶君爷么？"起身笑着出来，到仪门上命："带马回府吧。"

福康安的马队行进极速，两天就赶到了承德。先晋见颙琰和颙璇，两位阿哥在山高水长楼接见了他，说乾隆去了木兰。昨晚才回来，身子疲累得很，劝福康安明日再递牌子请见。两个阿哥都十分客气，一直送福康安到二院丹墀下，颙琰执手道："昨个儿还和八哥说起你，咱们大清要再有几个福康安就好了。你实在是栋梁柱石之材，瞧着比去时瘦了一点，还该多保重。要缺什么，只管到戒得居。我们日常就在那边理事儿。"

"皇上在烟波致爽楼。"八阿哥颙璇笑吟吟的，站在一旁说道，"和珅阿桂都在那边。皇上召见你，必定问起打箭炉形势，进藏道路远近，你要有个数儿。"福康安答应着正向两个阿哥辞行，卜孝走过来传旨，说："皇上问福康安几时能到承德？叫奴才过来问问，一到就要叫进呢！可可儿的福爷就在，我怎么回旨呢？"颙琰和颙璇都笑了，颙琰道："那你就过去吧！"这里福康安才辞出，随卜孝径至烟波致爽楼。出了门，福康安才觉得，原来老阴的天已下起了细雪。

因为天冷，烟波致爽楼的地龙火墙都生着了火。炭火都从地下墙中过，楼中并不嗅见烟火气，福康安乍入殿中立时觉得浑身暖融融的如严冬乍逢暖春。见乾隆在楼下西殿喝着茶看折子，若有所待，忙趋跑几步进去，伏地叩头道："主子好！身子骨儿康泰……想死奴才了……"

"哦，是你！"乾隆坐在窗前案旁，听见请安才见是福康安，脸上立刻绽出笑容，放下折子说道："朕算着你后日才能来呢！道儿上到处都在下雨，不好走吧？"说着又命："赐茶，赐座！"一面细细打量福康安，他浓重的寿眉压得很低，眼神里像在看久别重逢了的家人子弟，却都掩在眼睑后边，只说道："你这趟差使不容易，办得好——只是看去瘦多了。"

福康安也不时打量乾隆，但觉和陛辞时相去不远，只是眉宇更加苍劲，口角旁又增加了几条细细的皱纹，穿着酱色湖绸夹袍也没有束腰带，显得有点松散随便。想起颙璇交代的话，忙将打箭炉驻军情势约略说了，又道："粮食可以从四川调，云贵也能调剂一点。常驻在打箭炉的连驿站在内是一万七千人，最要紧的是药材。止血药、跌打药和防痢防疟疾的药要备足。金川平定，打箭炉、上下瞻对这些地方没有后顾之忧。只是进藏道路难些。奴才的意思想请旨，那里再买三千头骆驼，准备着藏中有事时候用。但听说已经用了库银七千万，奴才又犯嘀咕了。"

"稳住西藏全境，化多少银子都值。"乾隆说道，"这和兆惠海兰察西北之战是一样的道理。"他手中的茶杯轻轻蹾了蹾桌面，又道，"有些人就是不懂这个道理。你一仗打下金川，英国人就从不丹撤下去，达赖也就派班禅来朝，金瓶掣签的制度就在西藏定下来。说句不中听话，把贪官污吏的库缝儿扫扫，几个金川之役也用不完！"说完又重重蹾了一下茶杯。福康安小心地看着乾隆脸色，说道："如今吏治每况愈下，皇上既知道，因何不下旨痛加整顿？奴才在洛阳闲住，试了试，还是可为的。"

乾隆一动不动看着翕动不已的窗纸，良久才叹道："有些事朕做不来了，要靠下一代……一个刘墉，一个你，还有阿桂、和珅，都要好生作养，要下一代去努力。你不要忙说话，朕说这话人都来劝，说朕春秋鼎盛来日方长，不吉利。但朕即位之初即对天立誓，若天假以年，有圣祖那么大福，朕在位六十年，决不越雷池一步！"他一笑，"做几年太上皇，游悠园林膝下弄孙，也不错嘛！"福康安随着一笑，又叹道："皇上必是晓得钱沣的事了？太可惜了，我看可以和张衡臣相比呢！""张廷玉只是忠勤，没有做过外任官。办事才力才具，钱沣还在廷玉之上！"乾隆见说钱沣，显得有点烦恼无奈："本来兆惠海兰察打了大胜仗，朝野上下欢天喜地的时候，偏有这些不顺心事。看来还是圣祖爷说的好，金无足赤，要得个完人，哪里能够？"他连着两次提起康熙，眷恋追顾之情溢于言表，且语中不胜感慨，福康安打叠百样言语正要安慰，见和珅阿桂沿着楼梯轻步下来，便住了口。乾隆却似没有觉得，只循着自己思路说道："你方才说到洛阳的政务措置。那个不足为天下准绳，是英雄造出的时势——河南的藩台、臬司衙门都搬到了洛阳，要人有人要钱有钱要办事一呼百应，合一省之力足一郡之需，不能以此为例啊！你在龙门香山寺，无论巡抚还是通省大员谁敢出差错触你的霉头？老四呀，你是身在庐山中，明眼人一看就知道的。这不是大事，也没有什么疏漏，只你确实带兵是长。政务上头还要学习的。"福康安只合红着脸低头称是。乾隆长篇大论说着，一转身见阿和二人下来，笑道："当日司马光写郭暧与昇平公主事，两口子拌嘴，都说了过头话，公主恚，奔车奏上。《资治通鉴》里记述得好，代宗说：'鄙谚有云，"不痴不聋，不作家翁"，儿女子闺房之言何足听也！'有些专门奏小事故作危言耸闻的折子。可以放到一边去。"

　　和珅阿桂不知福康安和乾隆说了些什么，冷丁地听这一句，都站住了脚，相视着讪笑。乾隆又道："朕看文字之禁，现在处置得过了一点，前日见折子，是广西奏来的，人家为父亲修墓，写了'皇考'二字，也追究成大逆罪。这么说，'朕皇考曰伯庸'连屈原也成了乱臣贼子！有一等不学无术，专门以文字陷人于狱，以残酷为聪察，以苛责为风骨的，军机处要驳下去，你们也不要劳神去看。"阿桂和珅这才"明白"过来。和珅心料是有人说福康安骄纵待下、挥金如土的事有感而发，他学术上头很有限，不肯露拙，只好老实说道："是。"阿桂却想是乾隆在文字上头杀人太多，杀得有些手软了，顺着语气说道："正要来请示皇上，前朝钱名世一案，至今钱家门上还挂'名教罪人'匾额——事情已经过去几十年，州府还是每月初一十五去查看。皇上既有这恩旨，可否一并宽免了这罪，也减些戾气。"又道，"外头下了雪，很冷的，皇上还该加添点衣服的。"

　　"下雪了么？"乾隆眼睛一亮，推开顶格窗看了看，果见碎银一样的世界渺渺漫漫，细得罗筛过似的雪粒儿犹自纷纷坠下，高兴地阖住了窗，说道："这雪现在还不好看，到下午就成鹅毛片儿了。朕陪太后看雪，你们都跟着。"回身又坐了，说道，"劳军的事，朕原想让福康安走一趟。北京城里还要预备郊迎兆惠海兰察，单是阿桂去似乎不够隆重。就是你们两个去吧！这里回銮，顾琰几个皇子都要筹备这事，银子都从户部出，由礼部操办。"

　　和珅二人就是请示这件事来的，听了都一笑，和珅道："我们合计一下，恐怕单是赏赐慰劳阵亡将士家属，这两项怕就要二百多万银子。可否从河南藩库，还有山西藩库支取一点，吃的、用的，回军一路供应，驻防新地方各方照应，合下来就不是个小数目。"福康安心里另有一把算盘，还想着给福建水师更换船炮，但此时不能凑热闹，只合打着主意站在一旁静听。

　　"钱的事由和珅去想办法。"乾隆说道，"海关陆关，议罪银子和园工银子上头可以挪借。但不要把账目弄混了，和珅你要留心，你手下那些人鱼龙混杂，要管束得严一些。"

　　和珅心中陡起警觉，从这些蛛丝马迹言语听来，后头在乾隆跟前填塞闲话的人不少，除了钱沣还有人闹鬼？但此时不能细想，只得笑道："奴才就是万岁的总账房先儿，您说章程奴才不敢走样儿。您说查账收账，账本子都理码得清清白白，这是对天可誓的，奴才并不敢混账。"乾隆笑道："这个词儿说得现成。朕也是代你担心，你是大清的财神，管的账目多，头绪也多，如今除了户部，内务府也在管钱，容易把账弄混了。长远来说，还是应该由户部统管。这才名正言顺事权一致。"和珅笑道："主子的话我都记牢了。"

"你们且跪安。"说了一会儿话，乾隆似乎轻松了些，笑道，"福康安安置一下再递牌子进来。你在金川打仗，有什么新鲜故事，民间听来的故事，预备几个说给老佛爷听，讨个喜欢吉利儿。"说罢摆了摆手。

三人这里联袂而出，阿桂说还要到戒得居去见颙琰，和二人拱手相别升轿而去。和珅福康安在仪门外雪地里看着他去了，正要升轿各自回府。福康安道："和相稍待。回头你派人到我馆里，我带有一件雪山白狐袍子给你呢！"和珅笑道："四爷还惦记着我？我可要好好谢谢。"

"该当的事，你不要谢我。"福康安道，"我还有事求你。"和珅道："四爷这样的身份，有什么事求我呢？别折杀了我的草料！"福康安因将台湾情势约略讲说了，又说福建水师的事。末了说道："我赏赐下人虽重，人家都是提着头跟我厮杀的，这上头不敢小气。你得体谅我。"和珅一听就笑了，说道："不敢，我也没听说四爷乱花钱。公事上头我也不敢马虎。不是说要八十万么？这事四爷批个条子，说给福建水师的——送到我那里，回北京就划过去。这么大个天下，别处勒掯一点，这点钱还是有的。"

福康安原想要五十万，多说一点让和珅砍削的，听是全数拨给，不由笑逐颜开，说道："那我就给侍尧写信了。"这才升骑而去，王吉保等人也都飞骑跟了上去。

和珅府和阿桂府挨着，都在仪门东街。这里不比北京，承德地面都划定了，城里头大臣建私宅要承德知府会同内务府勘察地面才能允建，也太招眼，因此就把预备朝见等候的官廨改建了一下临时使用——人们叫它"宰相房"的就是了。此刻雪下得越发大了，迷迷蒙蒙的一派雪雾，房顶都白了，只是地气尚暖，只盖了薄薄的一层。和珅隔轿窗见有人，仿佛官员的模样，独自站在门口，弯腰统手的在雪水中不住挪动脚步，便命住轿，就窗中指定了问道："那个人是谁？怎么这时候站着等我？"随轿的小厮叫刘畏君，是刘全的本家侄子，却是极有眼色，抹了一把脸上的雪水，手搭凉棚觑着眼道："这人到咱府去过一趟——送刘保琪走的那天。叫什么名字小的忘了。说是翰林院的又说要调到礼部的——啊，我想起来了！"他突然拍一把脑门子，"叫吴省钦——他们叫他吴学究的就是！"

"他来见我什么事？"和珅偏着脑袋想了想，说道，"你去，告诉他我忙，还要进去陪驾，明儿个再会！"

刘畏君答应一声抬脚便走，和珅却又变了主意，招回来道："把他领进门房向火取暖，问明白什么事再来回我。"说着便命起轿，却不走正门，由东偏门车马院里径直进了正堂，更了衣，提着手炉子掇一本书，心不在焉地浏览。

第二十二回　　琐小人奔走卖朋友
　　　　　　　寂寞后病狂剪苍发

一时便见刘畏君踩着雪水一路小跑进来，笑道："这人敢是个痴子，问话前言不搭后语的，只是发呆！上次见他满伶俐嘛——我说是不是手头紧，想拆借几个？又问是想调缺，谋外差，也都说不是。问是去奉天出差还是随驾当差，都不是的。只说有要紧事要见和中堂，当面回禀。我说中堂未必有空，我给你看看，就进来了。"

"你去，叫他进来。"和珅手捂着盖碗，让那热气融融地从碗盖中溢出，一边听一边出神，却道，"给他换一身干衣服进来。"

约莫半袋烟工夫，吴省钦进来了。有点受惊了的模样，惶惑不安地看一眼端坐在南窗前看书的和珅，不知所措地近了一步，又退回来。和珅已放下书，笑道："翰林院的小吴嘛！稀客！怎么？出差来啦？"

"卑职给中堂请安！"吴省钦这才打下千儿，和珅摆着手笑道："你还和我闹这个！"此刻他也认出了吴省钦，一手让座，身子不动倚在桌边说道，"这个天气来，一定有要紧事的啦？"

吴省钦还是头一次和军机大臣对面兀坐，不自然地笑笑，心里惴惴着接过长随递来的茶，说道："卑职是奉了掌院的命，来取承德八大山庄的万寿无疆赋稿样，就便来给中堂请安——"他犹豫着，不知说什么好，又沉默了，双手捧着那碗茶不停地搓。

和珅只道他来攀附，没往深处想，见他忸怩不安有些羞缩的模样，倒觉得好笑的，说道："我等一会子还要进去，要有事呢，就尽情说；能帮的忙自然我要尽力。不要生分客气，我当初也是从兵混子出来，一步一步挤对到这个位分上——这不，西边兆惠打了胜仗，我和阿桂要到西宁劳军。就我心里，觉得穿号褂子还舒坦些，没的整日做神弄鬼的，不自然。"

"中堂随和待下，那是有名的——"吴省钦听这几句，觉得轻松了许多，嘘了一口气，说道："若论说呢，这个天儿时分，我这个身份，不宜来打扰您的，可又想，外头都传言您要出远差，您是朝廷砥柱，我呢……"他咳了一声，终于下了决心，轻声问道，"外头有些说法，不知中堂听见没有？"

和珅听他啰唆些淡话，都是听俗了的，原有些不耐烦，听到末了一句，身上一震，旋又若无其事镇定住了自己，装作漫口问道："什么话呢？"

"中堂财务账房，可都是刘全经办？"

"是啊！"和珅惊觉得像个出窝的兔子，却绝不露出声色，说道，"他在凉州就跟了我，是我府的老人儿了。"

"刘全经手的和硕公主府，外头也叫和府，不知中堂去看过没有？"

和珅身子一倾，碗中的茶都微微溅出，又觉自己失态，仰回了身子道："我太忙，哪里顾到这些？怎么——这事有什么不妥么？"

"那里头造的有九楹大殿，纯楠木建造！"

和珅大吃一惊，楠木建造已经只能是御用，何况是九楹——这不啻是谋逆造反了！这么大的事，当初只听刘全说过一句："公主下嫁来咱府这是天大的喜讯儿，要仿着乾清宫的样儿造出正房来，才配得上公主。配得上您这位置。"当时轻轻说过没当回事，谁知他竟真的在新府里造了一座"乾清宫"！和珅的心一下子乱了，第一个念头就是深悔没有到圆明园外新府那边实地踏看，惹出这么大的祸，怎么了，谁来当？按捺着心头的惊慌，和珅极力稳住狂跳的心，问道："足下这是为我和珅好，但这事我确实不晓得。你是听谁说的？实地看过确有其事么？"

"学生没有去过。"吴省钦道，"听他们说，这是千真万确的事，他们化钱买通工人，直接进去看的……"

"他们？是谁？"

"是……嗯……这个……那个……"

"我跟前的人都是我的心腹。你不要怕。"

和珅脸上已没了懒散之容，站起身来踱了几步，转身对瑟缩不安的吴省钦道："我自问对皇上，对天日都是光明磊落。有人在后边搬弄是非，其实是想陷害我。你看我身后站的是谁？"

吴省钦一下子坐直了身子，惊讶地看和珅。和珅背后空空荡荡，没有人。

"我身后站的是当今万岁。"和珅道，"谁想搬石头砸自己脚，绝没有好下场；反之，谁想于国于社稷有益，就得和我站在一起。因为……鹤唳一声，鸣闻九天，这不是对篱笆间啄食的鸡说的话！"

吴省钦叹息一口，望一眼门外越下越大的雪，说道："卑职也是这样想……是曹锡宝，还有方令诚、马祥祖他们……要联章弹劾和相……"

"马祥祖？是那个要学曹操的？"和珅脸色又青又白，睁大了眼一闪烁，又眯缝了起来，冷笑一声，说道，"有没有大员搅在里头？比如说，什么总督巡抚，或者王公贵胄参与其事？"

吴省钦摇了摇头，说道："这卑职就不知道了。这是惠同济喝醉了酒，告诉我说'他们要做大事'。我问：'这人血染红顶子的事岂同儿戏？是刘中堂交代的事不是？'他胡天胡地说：'刘墉是什么人？不趟这汪浑水，大约只是个知情……'又说得等钱东注进京，几下里一齐举发……"

"钱沣！"和珅眼珠骨碌一转，恶狠狠冷笑道，"你晓得他在哪里？"

"他在极乐世界！"和珅轻飘飘说道，"襄阳有一条汉水，他的灵柩就安安静静停在那里，等着他的家人子弟扶着回到贵州去……"

吴省钦惊恐地望着和珅。

"你不要怕，你做了一件善事。于国家于皇上有益的事。既这样，我少不了抬举你。"和珅笑道，"这件事你也是与人为善。就我而言，从来也没有指令家里造违制房屋，就是有这房子，也是下头人不明大礼，昏头昏脑做出来的。我查明了是要处分他们的。就是曹锡宝和方令诚我也不会怎样他们，因为他们是匡正我的过失才这样做的。何必要难为人呢？只是事起仓猝，我还有些不明白，这样的事他们来见我，光明正大说了——像你一样，岂不更好？再者，我也不明白，你们是同年，为什么不背后劝说他们一下呢？"

吴省钦怔住了。告密又卖友，原本他就十分自惭自疚，是说明原由，和姗姗的事东窗发作，马祥祖和曹锡宝要在明伦堂和他理论？是惧怕扳不倒和珅，引得玉石俱焚？是想升官，投靠和珅这棵大树？还是……抑或觉得他们做事瞒着自己，心中妒火难耐……也许都有，只是他自己说不清楚，或者事件太大，他不敢说得清楚……想了半日，说道："曹锡宝几个人都是我的同年朋友，我绝没有卖友的心。只是……想提醒大人，小心着有人暗算。"

"暗算我的人还没有生出来。"和珅格格一笑。虽然还看不透眼前这个活宝，但这件事事涉钱沣大概不会错到哪里去。他和善地上前拍拍吴省钦肩头，说道："这会子我还进去见皇上，今晚你就留这里，回来我们长谈。翰林院清高但也清苦，你有什么想头，或者想什么缺，回头我再想法子。"说罢迈步出房，叫过一个长随道："叫胡师爷来陪着吴大人说话。晚上吴大人就住西厢。这雪真的下成鹅毛片儿了……我见过皇上就回来，这种天儿未必能陪着赏雪呢——叫前头刘畏君过来。"又朝吴省钦点头一笑，大踏步去了。抬头看，绛红色的冬云压得极低，那雪真的下得很大了。

和珅至二门口，一边传轿，刘畏君已经候着，身子已落了大片大片的雪。和珅一把拉他到一边，耳语了几句，说道："你今晚就回北京，见了刘全，就说什么都甭问，赶紧拆房子……"

"真的！北京这会子也下雪了呢？"

"下刀子、刮黄风飘黑雪也得办。"和珅咬着牙说道，"千万不敢心疼银子。三天之内一定办妥，而且要神不知鬼不觉！这头折子也要紧，就说雪大……北京递来的折子一律先不拆看，等我看过再送呈十五爷！"又反复叮咛嘱咐了许多，这才放心去了。

在烟波致爽楼外仪门递了牌子，却一直不见人出来回话。和珅心里一边还惦记着襄樊钱沣的事，总归没有见到太监回话，也没有听到别的消息；又想到曹锡宝这群人，不知奉谁的指示，要从刘全身上开刀整自己，回去如何和吴省钦谈话，又怎样发落这件事。说福康安整治自己，福康安在外，有的事未必能插手；疑是刘墉，吴省钦又语焉含糊……是十五阿哥做的手脚，十五阿哥心里想的是承继大位，这时候干吗要轻举妄动？晃着身子心里想得七上八落，忽然见阿桂冒雪独自出来，忙收摄心神迎了上去，说道："桂公，从戒得居那边过来么？我递了牌子，皇上原说要赏雪的——怎么不见个动静？"又道，"你脸上气色不对，出了什么大事？"

"皇上在栖凤阁。"阿桂果真是气色不好，脸色有些苍白，见善扑营的兵士站得近，神秘兮兮拉着和珅到旁边，小声说道，"方才随十五爷去见皇上，说了几件折子上的事，又说起劳军的事。皇上说，要他们奏一篇好文章，给太后上寿。纪晓岚就在军前效力，可以由他执笔，显得雍容华贵些才好。正说着，那拉娘娘就到了。气色也是不好，说和皇上有要紧事商量。我们就退出来。不但你，福康安在西仪门那边也没有叫进呢！"

和珅不安地颤了一下：他没有在宫里，但这件事的苗头他比阿桂还要"有底"。圆明园"四春"姑娘秘密带来热河，当时只有和珅知道，皇后突然闯进接见外臣殿宇，他最怕的就是这个秘密泄露了去！和珅本来就乱成一团的心又是"轰"地一响。大冷天儿又在雪地里，脑门子上竟沁出一层细汗！心中慌乱着，和珅竟脱口而出："准是哪个太监嘴贱，捅出去了！"阿桂问道："捅出了什么？"和珅才发觉自己失态，忙笑着掩饰，说道："还不是宫里那些龌龊事，乱七八糟的，咱们外臣永远也不得明白！"

…………

那拉氏果真是为四春的事到烟波致爽楼兴师问罪来的。此刻，一切外臣内侍，并所有宫监宫女都被乾隆撵得一干二净。空落落的楼下殿宇中，只有他老夫妻二人盛气对坐。

"你说我不能收留怀春她们四个，是哪一朝的祖宗定的家法？"乾隆双手紧握着椅子把手，脸色铁青，拉得老长看着皇后："我倒事事尽让着，你这样的位分，当着大臣的面上头上脸的，岂不是自轻自贱？"

这是很重的话了，皇后初进来时还面上带着怯色，此刻只有乾隆在对面，原来别着的脸转过头来，说道："你说我自轻自贱？皇上，对镜子瞧瞧，这几个狐媚子把你弄成什么样儿了？骷髅似的，很好看么？我是皇后，发懿旨撵了她们，是太祖爷手里传下来的规矩，我怎么自轻自贱了？"

"你就是自轻自贱!"乾隆道,"趁着我还不想发火,你赶紧离了这里,是正经!"

皇后"霍"地站起身来,原本涨得通红的脸突然变得一块青一块白,十分难看,眼中噙着泪水,却不肯让它们淌出来,噎着气说道:"是,是啊——你是皇上,没人驳你的回——挡得住别人的口,挡得住别人的心吗?我倒想安富尊荣,体体面面的,可我做得到么?我连——一根草也不如!"她不知被自己哪句话刺伤了自己,嗓门变得又高又尖,连珠炮似的口不停说,眼中放着又白又亮刺眼的光,"我身边的人,不论太监奶妈子,不论是你还是外头臣子,说黜就黜说拿就拿!是别人轻贱我还是我自轻自贱?你一年半载不到我宫里去,除了那个西域蛮子女人,你翻过谁的牌子?不知和珅从哪里弄来几个狐狸精,迷了你的眼,也迷了你的心!我自轻自贱?我和哪个人偷鸡摸狗,生出私生子儿。连公主也不敢配?"

这句话几乎明指了是乾隆和棠儿的私情,生出一个福康安,如快刀利刃直刺乾隆胸臆!他原本冷笑着跷足而坐,像被电击了一样腾地站起身来,已是气得须发乱颤,指定那拉氏,也提高了嗓门:"你安生给我住口,回你的宫里念佛忏悔是明智之举——我看你今儿妒忌发作,一发不可收拾!我能立你当皇后,一张纸几个字,我就能废了你!你的奶妈子交通外臣,当然能拿。你和王八耻是怎么一回事,天知地知神也知——以为我不知么?那个玉马是谁造的?要我说出来,你不死,有天理能羞死你!"

此刻殿外雪落无声,太监们都躲在廊下,听乾隆大发雷霆,都吓得面如土色面面相觑。偏是军机大臣一个不在,想报告太后,连个出头的人也没有,听见殿中"豁啷"一声,似乎乾隆摔碎了杯子,都又是一个激灵哆嗦!

"我这皇后原本不好,你要废就废嘛!"皇后也横了心,看着暴怒的乾隆说道,"我原本是为你好,叫二十四婶安生在家守灵,你又从娼窝子里掏出个四春,不回老佛爷,也不叫我知道,你们在澡堂子里头的事,也写进诏书里,那才叫真有胆,有能耐呢!如今天下四面走火八处漏烟,传教的、造反的、西边的东边的,官儿们搂银子的搂银子,玩女人的弄小妾换老婆蓄变童当兔子的……比起圣祖爷，哪一宗儿跟得上呢？"

乾隆发作一阵，原想打发她回去，不再搭理也就完了，谁知话赶话的口头不对心头，竟说出废皇后的话。那拉氏若知趣，哭天抹泪地跑了去也就罢了。但她今日心火太旺，乾隆冷淡后宫旷有时日，但毕竟已近古稀之年，她就有话也只合肚里吞去，一旦发现乾隆仍在追逐新欢而且不只一个，在土耳其澡堂里淫乐嬉闹，兴头不减当年，皇后自觉占了全理，又是堂堂正正"代表"了所有后宫嫔妃来和皇帝理论，理直气壮间言语也就多有唐突冒犯——乾隆反讥她的话简直就是直指她是个淫妇，脸上如何挂得住……此刻她已气昏了头，两手神经质地颤抖着，像捧着一团火焰在祭祀上天，又像一个发了疯的野兽张牙舞爪地要扑上来，乾隆从来没见过她这样子的，又是憎厌又有点害怕，恐惧地后退一步，说道："你是失心疯了！犯了痰气，来我这里发作么？你要怎么样？！"

"废就废！反正你从来也没有把我真当皇后！"皇后恶笑着，眼中放着刺人的光，脸色已变得雪白，"噌"地从袖子中抽出一把剪刀擎在手里。

"你疯了，你真的疯了！"乾隆浑身汗毛一下子乍起，惊恐地后退两步，扬臂用袖子遮着头道："你，你要干什么？放下——剪子放下——来人哪！"

守在外边的人，无分侍卫太监宫女一拥而入，见皇帝和皇后这般样子，顿时都吓傻了，被使了定身法似的一动不动，一个个僵立如偶！

"你放心，就要杀也只能杀我自己，"那拉氏满身满心都是躁火，像在追逐着一场噩梦，狂且已全然不能自胜，看着殿口木雕泥塑似的人群，举起剪刀，一把扯乱自己的把把头，苍暗的头发立刻散乱下来，口中说道："我不要做这皇后，我学圣祖爷跟前宝日格格的例，去掉这万根烦恼丝，做姑姑去！"说着就是一剪，又一剪，再一剪……绺绺发丝随剪而落，簌簌的，松软的，一团又一团散在地上。

乾隆已经惊怔了，看呆了。按满族风俗，女人剪发为公认之大忌，不但示意恩断义绝，而且示意从此果决相别，离异父母，抛弃丈夫子女，从此永相绝离决不苟合！眼见着那拉氏满头苍发已剪得横一道竖一道，秃尾巴鹰鹫似的，才扔掉剪子，乾隆有点不知所措，僵僵地站立良久，忽然想起这个女人，当年为棠儿的事，硬闯小佛堂，为二十四福晋进宫请安，她又挡驾，翻别人的牌子她故作大方，从来就是一肚子酸味的货！不但妒忌，和太监淫戏，还造淫具自用……甚至先皇后两胎儿子莫名出天花而殇，先皇后在扬州受惊死在德州，都隐隐约约有她的账！想到圣祖三十六子，虽有家务不和的事，毕竟还有二十四个阿哥存留，自己三十五子，活下来的只有四五个……他觉到的不但是悲苦，更多的是震怒，心中的愤火一拱一拱愈燃愈炽，脸上反而比方才平静了许多，咬牙冷笑道："这是你自绝于朕——"他顿了顿，"自绝于皇太后，自绝于六宫嫔妃，自绝于天下臣民，休怪朕无情！你回去等旨，朕成全你，这就废去你的皇后之位！"他扬了扬下颏，不容置疑地对宫女们道："搀你们主子回去，她有病，好生侍候着！"

那拉氏突然仰天狂笑起来，有些吃力地叫道："老天爷！你都看着的！佛祖！你知道我每日吃斋念佛的！我这一辈子……我下一辈子再也不要托生到这帝王人家了！——不要搀，我自己走！"她双手一划，把上来搀扶的几个宫女挥到一旁，径自大踏步出殿。慑于她平日荣宠尊贵，竟没人敢真的搀她……老远了，好一阵子，雪雾中还隐隐传来她令人凄怖的嚎声："老天爷！佛祖……"

乾隆哼了一声，阴沉着脸径自走到案边，提起朱笔毫不犹豫地写道：

> 着上书房、军机处内务府知悉：皇后那拉氏不贤无淑，有失天下母仪，着即废去其皇后之位，黜为——

写到这里他顿了一下，咬牙写道：

> 定妃

恶狠狠写了，把湿淋淋红殷殷的诏书推到一边，命道："召见和珅、阿桂，叫他们即刻进见。还有……"他想说福康安，又忽然想到十五阿哥和八阿哥，一齐都来，必定一齐谏阻。因烦躁地说道："军机处是群臣领班，有他两个就够了……怎么还不去？"说着一把将笔摔在地下。

"喳……"

这里太监屁滚尿流跑出去，不到半袋烟工夫，和珅阿桂气喘吁吁跑进来。还没有跪定身子，八阿哥颙璇、十五阿哥颙琰、毓庆宫总师傅王尔烈，还有福康安也尾随在后，雪地里趋跄而入——戒得居就在大内，山高水长、烟波致爽那些地方并不似北京紫禁城那样互相隔绝，福康安递牌子不得见，就直奔戒得居，会同了两位阿哥赶来了——就在烟波致爽楼前丹墀下的雪地里跪候，乾隆也只好一同都叫进来。

"王仁，"乾隆板着脸，背身站在御座旁，听见衣裳窸窣，知道他们已经跪好，指着案上的诏书说道，"朕已经亲自拟好诏书，拿给他们看！"

"喳……"王仁小心地捧过那张纸，向颙琰走了两步，又犹豫着递给了颙璇。

颙璇像接捧婴儿般小心地接过，飞眼一看，便即明了，又传给颙琰，以下阿桂、和珅、王尔烈，又传给福康安，都是过目即传。大殿上的气氛像被什么挤压得紧紧的，人们心里打鼓脸上惨白，一时都不知说什么好，静得外边落雪的沙沙声都依稀可闻。

"有什么要奏的没有？"

"……"

众人像被风吹得倒伏了的草，一齐又伏下身子，却没人答话。

"没有什么说的，那就用玺明颁天下！"

乾隆摆摆手，转回了身子，坐回了椅上。

"太突然了……"阿桂喃喃说道，"奴才不是没有话，这迅雷不及掩耳的，又是震动朝野、惊慌天下的事……"他说着，语言已变得流畅了许多，"奴才跟从主子数十年，从来没有听到主子娘娘有失德之处，乍然如此处置，如同晴空霹雳惊心骇目，谨望皇上慎思熟虑，收回成命，以免中外朝野惊骇莫名！"

"这是朕的家事，难道要——详明告诉你阿桂？"

跪在颙琰身边的王尔烈一耸身子向前爬跪一步，连连顿首亢声说道："皇上这旨意万万不可，臣子们期期不能奉诏！前明移宫案只为一个小小的侍选，成为轰动天下后世的大案，皇上以无妄之怒，突然发诏黜废皇后，岂不有碍于圣德高明？皇上说是家事，天子之家事就是国事！"颙琰身上颤了一下，接着叩头道："王师傅说的是，皇后母仪天下，乃是天下之母，母德不淑有何明证，不宜以雷霆之怒草率行罚黜之典型！"颙璇接口道："皇上，六宫安泰皇后不为无德，无罪而受惩，何以能服众心。求皇上慎思，收回成命……"福康安素来却对那拉氏没有什么好感，但事在其间，其情其理不能不劝，只随众人们打太平拳，说道："皇后素来恩宽待下深孚众望，求皇上明察！"

"皇上！"和珅也向前跪了一步，"您要吓死奴才们么？如今天下多事，皇上艰难竭蹶支撑局面，全仗朝廷上下一心，六宫不安，何以安天下？"他心知肚明，今天这事为四春而起，也不愿折腾得大发了，弄得自己里外不是人。而且现在身份是军机大臣，自有的身份应说的话，也就十二分恳切，话音中竟带了哽咽之声，连连碰头有声说道："俗家有语，'当面教子，背后劝妻'，皇后大节端正，即夫妻偶有不合或皇后容有失误之处，只可深宫之中天语教诲。皇上骤然大行废黜大典，是明告天下，后宫亦有不安，小人造作谣诼，什么言语不出来？伤及圣主明德，何堪以慈孝治天下？求皇上收回成命！"

众人乱糟糟一片劝说着，乾隆一眼瞥见地上散乱的头发，想起那拉氏种种劣迹，一点怜悯之情又化作乌有，指着说道："她犯的什么过，可以不在诏书中详写。这是她的头发，是她自己剪的，是永远决绝于朕，决绝于列祖列宗，这个过失朕可以到奉先殿明告祖宗、默祈天下人民谅解，但决不可恕。你们如果不奉诏，朕自然能找到奉诏的人来办！——发诏！和珅、阿桂，你们敢抗旨么？"

"……"

"嗯?！"

这一霎儿时辰，和珅又转了心思："皇后素来待我也没有什么好，他两口子闹生分，与我什么相干？"他身子动了一下，翕动了一下嘴唇，却没敢说什么。王尔烈却甚是激动，又向前跪了一步，刚开口叫了"皇上"就被乾隆打断。

"王师傅，朕敬重你的人品学问。"乾隆说道，"但朕愿你不要蹈汉人习气，为鸡毛蒜皮的事拼死进谏，遇到大事反而缄口不言。皇后大坏祖宗成法，擅自闯宫干政，当着众人的面与朕斗口顶嘴，阿桂他们都见了的！若不行天罚，是朕的纲常只能行于口头，又何以对天下人？你可以问问阿桂和珅，满洲妇人剪去头发是什么意思？朕不行诛戮之刑，已经是法外施恩，容留她仍为定妃，是极大的恩典了！"说着站起身来，吩咐道，"已经用了印玺，和珅阿桂即刻发出去，先发到北京，内务府及六部九卿知道。由礼部备存档案，再回奏朕！世宗宪皇帝也曾废过皇后，天下并没有大乱，也并没有出宫门尸谏的事，我大清不是前明！"

事已至此，乾隆圣意决绝，若再加谏阻，不定闹出多大的事，在冷森森寒气逼人的殿中，和珅为首，其余的人极勉强地低下了头。

看着众人无声叩头辞出，乾隆突然觉得殿中又空阔又寒冷，自己也有点神思不定，看着外头纷纷扬扬的雪，才意识到殿门洞开着，裹着雪片的寒风一个劲直往殿中吹，刚要叫过当值的苏拉太监申斥。门口守护的侍卫伦岱忽然指着说道："皇上，老佛爷那边的人过来了。"

过来的是秦媚媚，因为雪大，脸上嘴上沾的都是雪，像个白胡子老头。他是奉了太后懿旨来的，不便行礼，就站在乾隆下首抹了一把脸，说道："奉太后谕，请皇上过春萱堂那边一趟。"说毕，这才打千儿道，"奴婢给皇上请安！"

"老佛爷今个身子还好？听说什么消息了么？"乾隆问道。

"回皇上话，"秦媚媚叩头道，"老佛爷一大早就说身上有点发噤，不知是否犯了寒气，总归神思不定，说像要出什么事的模样，去佛前焚了香，又到青海活佛那边请喇嘛诵了几遍梵文《心经》，回来像是有点发热，这又听见了黜废娘娘的事。这会子正传了太医诊脉呢！"

乾隆不再问什么，叹了一口气，出殿坐了明黄软轿径赶往春萱堂而来。这里名曰"堂"，其实是仿了北京四合院修起的一座殿宇。殿院门口守着几十个太监并传来的太医，都在雪地里守候着，见御驾在雪中亮晃晃呼拥而来，就地跪倒了一片。乾隆也不理会，踩着太监的背下舆，径自进了大院。这里设计得比山高水长、烟波致爽那些地方还要精致，院子虽大，四周都是高房大厦，风进不来，就显得十分安详和暖，南边倒厦的上边是戏楼，无论太后在北殿楼上还是楼下，隔着纱幕卧在炕上都能看戏，此刻满院静悄悄的，雪落无声，罩得平时赏大员看戏的石头座儿都一墩一墩白生生摆着。楼廊下的人不少，有宫女，熬药的太监和太医，各自忙活着也不行礼，只看着乾隆进去。乾隆紧趋几步跨进殿，见母亲在楼下在炕上歪着，只是脸比平日红些，不像有大干碍的样子。换了笑脸迎上前去，打了个千儿道："母亲安好。今个儿好雪，原本想陪着老佛爷到狮子园那边看雪景的，他们进来议事就耽误了。昨个儿接见和珅，我吩咐他在圆明园仿着这殿再造一座您用，楼上廊房外都要镶上大玻璃，隔风而且明亮轩敞。他说这事好办，跟玛格尔尼说一声，英国船就带来了，要不了三年工夫就成，还说……"

"我等不到那好日子了……"太后静静躺着听儿子绘形绘色描述圆明园里的"大观园"，干涩的眼睛亮了一下，又黯淡下去。喘息一声喟然叹息："我老婆子这一辈子什么事都见过，什么福都享过，还有什么不足意儿的？"她声音忽然变得微弱低沉，说道，"皇后的事我已经听说了，所以叫你过来问问……"

乾隆沉默了，沉思良久，叹道："额娘你知道，皇后是天下之母，要有德有量才是，不讲究汉人说的德言容功，也得成个体统才是！那拉氏年轻时看着还好，竟是个绣花枕头！唉……哪一朝皇帝像儿子这么苦的？她还要闹！儿子废她，也是万般无奈啊……"

"已经明发了圣旨？"

乾隆沉重地点点头，说道："还给她留着定妃的名号。她太不像样子，指责我的政务，外头大臣是非也说三道四的，而且当着大臣和太监的面……"

"儿子。"

"嗯，额娘……我听着呢……"

太后轻咳了一声，慢慢说道："你知道什么叫'花痴'？"

"花痴？"

"有的男人犯了病，跟前没有女人就发疯，女人也是一样，那拉氏就有这个症候。"

"那就更不能当皇后了。"

"我瞧了她多少年，她有这个病根儿……"太后似乎对这个事早有预感，并不显得激动生气，望着殿顶的藻井说道，"旁敲侧击变着法子不知劝过多少回了，毕竟这是病，她见不得你和别的女人亲近。这次到承德，我留下和卓氏守宝月楼，心里想的也有这个……"

"母亲圣明，这事儿子一点也不懂。"

"你不懂的还多着呢!"太后脸上掠过一丝笑容，"女人在宫里怎么打发日子，太监和宫女怎么结的'菜户'，前明宫里和我们大清同与不同，你顾不到操这样的心思。既然已经发了明诏，那是你的权，当娘的早已退到了不管事位子，我也不干预。可有几宗，趁着我明白，得告诉你……"

乾隆向母亲靠近一点，俯身静听。

"叶赫那拉族是和太祖有世仇的。"太后说道，"当日灭掉叶族，叶赫族有誓，族中只要有一女子，必灭我爱新觉罗氏!为了笼络这族人心，所以历代祖宗，都有叶赫氏人在宫里为妃为嫔。所以你立她为后，我心里勉强，口里还是应允了。"

"额娘!"

"你听我说——没有想到立了皇后她仍有这毛病……"太后喘息片刻，定住了又道，"按说，她剪去了头发，你废她也是该当的，这也是规矩。可你如今是乾隆盛世，外头瞧着轰轰烈烈的，你又要当十全老人，又造十全武功，要做古今完人，有一个废皇后的名声，还算不算得完人？……如今外头的事我也略知道些，眼面光儿，琉璃噗噔儿，好看又好听，其实呢？大事没有、小事不断，几个省都有些不逞之徒紧盯着，借机煽动闹事。你这么着，外臣们都惊动了，夫妻的事又说不清道不白，里外翻腾，按了葫芦起来瓢，你也这把子年纪了，可怎么好？"

乾隆听母亲气弱声微，叮嘱的话句句打中窍要，竟比自己说出来还要恳切，还要洞悉世情。一时间，他犯了犹豫。

"她有病，就给她一片静宫养病就是。"太后道，"天子家事人们看都是国事。不要厉颜厉色的大动干戈。这么着，叶赫家也没话说，外臣的口也堵住了，家丑——也就掩了，外头也得个清净。你不见她，只管好医好药好体统管待着，不废也是废了，又何必张扬得满世界都轰动了？"太后说着，一眼不眨便盯乾隆。

乾隆站起身来，皱眉凝视殿外良久，越想母亲的话越有道理，无奈地咽了一口唾沫道："嗜！那就依着母亲的话办……"说着便要叫人。

"你别张忙，"太后一个微笑，说道，"今个我去见了活佛，心里格外清明。自打他老五叔薨了，我在旁瞧着，知心贴己能和你说得上话的人越来越少……你先头那些臣子，傅恒啦，尹继善都亡故了，连同前头得了罪的讷亲——我瞧着人才齐楚的。现在看这几个也不像不办事的，怵头怵脑或油头滑脑的。真正跟你一心的是谁？是我老眼昏花不中用了，还是原本就不如以前？"乾隆道："这也好比打围子，见哪里有兔子黄羊或什么猎物，放出福康安去。或者兆惠海兰察也成，这样的武将世宗爷手里没有。里头阿桂刘墉忠心耿耿跟着，和珅没学问，办事灵动和圣祖爷跟前的明珠也差不离儿，还想召进个钱沣，可惜他没福命，我这几日性气不好，也为这个事不顺。纪昀刘墉要留给下一代使唤，和珅闹得好也成，只是看他和老十五有些貌合神离的模样，人才的事母亲放心，儿子一直着意留心物色呢！"

太后听着点头，松弛地舒了一口气，说道："你这么想，我还担的哪门子心？按说我不该操这多的心。如今化钱太多了，国家收的也多，可化钱叫我看着惊心！放在圣祖世宗时候，想也不敢想啊……你说的这些人，只管使去。纪昀我看老了的，对你绝没有贰心，可小心在外头作践了，或者像钱沣，岂不是鸡飞蛋打一场空？召回来吧，挫磨一下也就够了。还有跟十五阿哥的那个叫王——王——"

"王尔烈。"乾隆见母亲今日如此费心，又是感动又是难过，拂着被角说道，"这是个好的，还有在仪征槐树跟前碰头的窦光鼐，要留给下一代，我提拔上来，下一代怎么加恩呢？"

太后听了半晌没言语，只用慈爱的目光盯着乾隆，像是怕一闭眼就见不到儿子似的，又像在思量什么要紧的事体，不知过了多久，又问道："听说你要用和珅当领班军机？"

"是，还要看琰儿和璇儿的意见。"乾隆诧异地看着太后，缓重地说道，"刘墉是汉臣，阿桂他们又受过处分，和珅资望不足，但年轻能干，所以提拔一点，叫他更加用心。额娘，您就别操这些心了，好好荣养。

身子骨结实就是天下人的福气。"

"他是锦霞托生的，"太后摇摇头，执拗地说道，"这事宫里流传，你听说过没有？"

"风闻了些子。"乾隆微微一笑，"幽明冥暗阴阳之事无根无据，不足为证。就算是的吧，他也是来报恩的。"

太后仍旧摇头，说道："我的儿，这就是我娘儿俩想的不一样处，你说他是报恩的，我觉得他是报怨的来了。你要小心，多听听看看想想，军权万不可交给他，军机大臣天天都见你，都直接对你负责，要什么领班呢？"说着呼吸便显得沉重，支撑不下去了的样子，歪倒了头，合着眼只是念佛，不再说话了。

乾隆心中有事，在旁侍候着尝药，小声安慰了许多话，看太后沉沉欲睡，才轻手轻脚出了春萱堂，一路嗟讶感慨着回到烟波致爽楼。此刻天上的雪越发下得大了，地下已有三寸厚的积雪，仿佛要浇熄心头的无名之火，他站在丹墀前的雪地里兀立不动良久，仰脸看着天，一动不动，直到身上全白了才进殿里。见和珅和阿桂鹄立在殿柱旁，颙琰和颙璇脸色苍白得没有一点血色长跪在地，乾隆无声叹息了一下，径到御座上坐了，说道："你两个也起来吧！"

两个阿哥眼中含泪口里称是，却更伏了一下身子。

"本来她的罪断无可恕之理。"在沉默和压抑的气氛中，乾隆徐徐说道，"一则是老太后高龄，要为她老人家祈福；二则颙璛薨逝不久，不宜废其母，使其地下饮泣不安；三则你们也都为她求情，朕也不能不顾全你们体面。这就暂作罢论……"

两个阿哥连忙就叩头，阿桂和珅原想没指望扳回这场轩然大波的，也都心头一阵轻松，提袍角跪了谢恩，阿桂道："这是天家祥和之气，这是天下臣民之福！"和珅道："奴才近读《金刚经》，里头说'一切有为法，皆以无为法'，黄老也是无为而治。皇上一念之仁，必定通天彻地，降下福祉！"

"无祸就是福。"乾隆听和珅努力引经据典，后头的话说得不伦不类，脸上一笑即逝，"但她确实有病，不宜主持六宫事务，安妥送回北京，到咸宁宫养病。今天预备一下，明天就启程。和珅阿桂你们要去劳军，天气不好，就扈从她的辇驾一同回去。"见他们使着眼色似乎还要说话，乾隆又道，"不要再说这件事了，朕心里很厌烦。"

四个人心知这是皇太后和皇帝计议的结果，"不要再说这件事"也可以当作圣旨，便一齐叩下头领旨。阿桂道："古北口和张家口，还有榆林，有些军务调度，还要请旨处置。可否由和珅卫护娘娘先回北京，奴才稍迟数日再回去？"

"使得的。"乾隆点头道，"朕正要议这件事。大军凯旋，劳军迎军是大事。你一直管带军务，要多费心安排好善后事宜。有事和和珅多商量着办。"

四个人的眼睑都微微一动。和珅的"领班"军机大臣旨意虽然没有发，已经有了口谕。这就是说，此番劳军仍以阿桂为主！偷看和珅时，和珅却是恬然无事，只轻轻抿了一下嘴唇。乾隆像是忘了这回事，又道："兆惠上折子，纪昀在军中人望很好，常给军将们讲解四书，还有《圣武记》。军中文办师爷文采也没有及得纪昀的，所以请旨这次大捷的《万寿无疆赋》由他执笔。但纪昀系有罪军中效力的人，朕想现在是用人之际，军机处四库书房都需用这样人才。你们去劳军，由和珅宣旨，赦纪昀回京，职务待见了朕再作计较。这样，他写文章才不违了体例。"他顿了顿又道，"他虽是有过失，其实是管束家人不严惹出的事。你们在位的难道不要警惕？现在事多人少，放他回来吧！颙琰，你和你八哥给他写封信，除了宣布朕的意旨，也要有些劝惩的话，也由和珅带着面交纪昀。"

颙琰和珅对望一眼，忙叩头答道："是！遵旨！"

"西线无大事，要留心东边。"乾隆说道，"告诉李侍尧，回京朕就见他，预备去署理福建总督衙门。钱上头的事和珅要用心，遇事多请示十五阿哥，八阿哥除了赞襄理政，礼部的事要多管管。兆惠海兰察回来要郊迎，一应事务由你主持。朕和十五阿哥和你要迎出天安门去。

"是！"八阿哥和珅都伏下身去。

"叫福康安再递牌子进来。"乾隆说道，"和珅明天离承德前也进来一下。你们跪安吧！"

众人叩头出去，不由自主地心头都松了一口气。和珅心里还不免有些忐忑，又惦着刘全不知走了没有，今天的事觉得有点离奇，又一时不能理清头绪，到仪门外与阿桂分轿相揖而别，一路只是思忖。颙琰和颙璇却没有乘轿，兄弟两个联袂踏雪回戒得居去。颙琰显得心事很重，本来就寡言罕语的，越发显得沉闷。颙璇却似放下了一份心思，他却耐不得岑寂，看着跟从的长史太监宫人都离得远，笑道："十五弟。"连叫了两声，颙琰才回过神来，问道："八哥，有事？"

"没事。"颙璇说道，"我是在想，皇阿玛这回的人事安排，不能说没有深意。"

"什么深意呢？"

颙璇一时寻不出话来，良久才道："一时还揣摩不清，我只想说，我肯定以你马首是瞻，弟弟们也会的，帮着你把事情理好。"颙琰一笑，说道："不要说这话。我们都是帮皇阿玛料理政务。兄弟同心其利断金，这是句老话。当年圣祖爷手里，廉亲王两次都几乎当了太子。那是多高的威望？我们兄弟少，大家又一心，断不会有兄弟闹家务的事的。我们都是臣，不要想到别的上头。"又道，"我是在担心额娘的病。别看她人前人后处处照应，其实很弱。她有个病根儿，怕冷，前日内务府来人我问了问，咳嗽得一发重了。明天和珅走，带点什么东西去给她呢？"说罢叹了一口气，"虽说有惠儿在跟前，还是不能放心呐。"说着便皱眉。颙璇便也跟着叹息，心里却佩服这位弟弟深沉练达，明摆着的乾隆已有意立为储君，一头全然不露声色，一头话中也有勉劝之意——他自己也尽自聪明伶俐，就这几句话便寻思不来！心里嗟讶着，问道："皇上为什么特特指定和珅给纪昀传旨呢？"

"这是佛心，谁揣度得来？"颙琰小心用木屐踩着雪，手提着袍角防着沾上泥水，一边走一边说道，"我的愚蠢想头，也是和息二人那点芥蒂的意思？"

颙璇微笑着点了点头，却转了话题："我那里有《红楼梦》全真本。手抄的，从外国弄来的抄本。我叫人给你抄一本去。"

"好吧。"颙琰说道，"你喜爱的，我自然也看重。"

第二十三回　掩贪行和珅理家务
　　　　　官风恶民变起台湾

　　第二日，和珅起了个大早便进宫递牌子。吴省钦当晚几乎没有什么隐讳，和珅亲自接见，与他"促膝剪烛夜谈"，小酌助兴，仅此就使这位翰林受宠若惊，言语之间隐约透露，"国子监祭酒"不久就要出缺，翰林清望文华毓茂的个职分，回京可以先安排署理，然后又说起百官岁考，贡院三年计考里头的笑话，暗示乾隆五十年的大考副主考人选"也还没有预定人选"……吴省钦觉得这都是在说自己，接下来的事，外放巡抚、内入军机、学尹继善为一代文坛宗主一方建功诸侯，都是他自己想的。没有吃多少酒，吴省钦已醺醺如醉，把当年几个贡生朋友如何进京"赶考"，在长辛店相遇，又结为异姓兄弟，方令诚怎样夺人所爱，曹锡宝等人又如何"偏袒"，种种子虚乌有的事编得活龙活现如在目前。又说了他们背后"结党"，准备着扳倒和珅"做大事业"，自己又千方百计暗示劝阻不听，所以才"出此下策"……不得已的苦心又跃然欲出，还夹着几分大义灭亲的凛然……和珅自己量浅，只是殷殷劝酒，一头里"光明正大"为自家辩解，还要有几分"宰相肚量"不计人过的风范……所幸吴省钦不到半个时辰便烂醉如泥，又妥帖安排他睡了自己才睡。一夜里头，又惊又怕又私自庆幸，又有几分懊悔："做到这么大官，为一点身外之物弄得整日惊魂不定，偷东西贼似的，值么？"……此刻坐在绿呢顶大轿里，左右燕山前后驿道都是白雪皑皑，零星飘散的雪虽然不很大，道路上也是一片混茫淆乱，一千多名太监宫女并连随从护卫"凤驾"的善扑营军士，脚步踏得路上雪水一片声响，瞧着总有点行伍不整的模样，呼拥着各种龙旗仪仗逶迤前行，一个倒霉的"病"皇后，还有一个前途未卜吉凶的军机大臣，都湮融在这行伍中。

　　……和珅思绪一转，又想陛辞时乾隆接见的情形。乾隆的神气有些捉摸不定，似喜似悲，又似心事重重，尽管是单独叫进，亲切也还亲切，赐茶赐座也都如常，总觉得少了平日那份近如家人的温馨。

"和珅，"乾隆说道，"老八旗子弟里头，你是升官最快的了。你聪明尽有的，有些话还是要交代你。有些面情上依附你的，一是看中了你手里的钱，二是瞧着朕器重你。狐假虎威只能逞于一时，不能倚为终生之靠。朕看你这些日子学问日有长进，很是欢喜。你这次去劳军，那些出兵放马的未必买你的账，要谦逊雍和些，不要事事出头卖弄。许多事，只要不干碍国体国本，朕能容你，保全你，这一条你可以放心，但为人立品，还是要靠你自己德望。听说阿桂入朝接见大臣，总离着你几步远，逊谢不敢居功，这是他的持重处，你要学他。"

自己怎么回话的？阿桂是自己的老上司，一向不敢稍有失敬处。军机处的大事有十五爷，小事也不敢绕过阿桂。这次去西边劳军，下这么大的雪——大概在西安劳军的好，行伍里兆惠海兰察都是老朋友。纪昀平日相处得也好的，断不敢僭越了阿桂自作什么主张的。一切请皇上放心。

乾隆当时听了没说什么，只笑着点点头，又道："皇后不废也是废了，废了也是没废。只是恐怕惊骇中外，所以不发明诏。这个你心里有数。她在言语中平日有冒犯贵戚的，有些贵妇人进宫给老佛爷请安，也多有冷淡的。你到北京各王府也去看看，用你的话劝慰王爷，不要借端生事。朕赏二十四福晋一袭俄罗斯天鹅绒裘，你就便带到北京送去。"

和珅心想这就是皇帝召见自己的真意了，答应着跪辞。乾隆又叫住了，说道："你还该去见见你十五爷他们。你管着财政，吏部的事也管，朕看你也留心结交文人学士，这都是好的。颙琰他们各处调度，有用钱用银子之处，要多分忧。"

颙琰还是那么客气，颙璇却显着有点调侃的味道。一个端膝稳坐，一个来回走着说笑，颙琰说没有什么难处，颙璇却道："永定河靠京畿有几处堤岸塌方失修，十五弟和我都去看过。再者今年多雨早雪，京师缺炭人家难过，有些人家甚至断粮断炭。昨儿刘墉来信，十五弟还愁得直绕圈子，趁着和珅来，看能不能从园工上头打打主意，不要再难为户部了。"和珅道："请十五爷示下，可以借调一点。因为天儿冷，有些工地都停了工。不知需用多少？"颙琰说："总计下来要五十五万两，只怕才够。怕你难为，所以打算回銮之后再说。"和珅道："就依爷的王命，我回京就办，王爷回京让户部补过去一个借款条子，不然不好落账。"颙璇说道："还有一件愁事。车臣国进贡的单子还没有呈上，就为里头有一个玉石盘，道儿上运输颠裂了，现存在嘉亲王府，你看能不能补上，或者换上。万岁爷那头也好交代。"看颙琰笑着冲自己点头，和珅道："奴才该当努力巴结。荷兰国进贡的物件在圆明园库房里，里头品类很多，奴才回去看看王府的玉盘样儿，寻个相似的补上就是。"一路出来，和珅还在想这个不可思议的嘉亲王，也客气也亲切，温言善语的像个女人，但又觉得隔着一层什么，无法走近，就像不是自己的肉，无论如何贴不到自己身上……

迷离惝恍间，好像乾隆也来了戒得居，面色却不那么温善，一见面就问："你怎么还不走？你不是要去见钱沣的么？"和珅惊讶道："钱沣还没有到的呀！"乾隆冷笑道："朕知道他来不了了。国泰犹有可说，他是有罪的人。钱沣又什么地方碍你的事？你做的什么手脚，以为朕不知道？"

轿子颠了一下，和珅一下子清醒过来，才知思想事情，迷糊了一个南柯之梦。想起梦中乾隆父子相待自己情形，兀自心头突突乱跳，揩一把脑门子上惊出的冷汗，问轿窗外道："到了哪里了？"

"回中堂话，"一个戈什哈跑上来道，"咱们还在兴隆地面儿。喏，那不是长城？过了长城就是密云！"

"密云。"和珅放下了轿窗帘，自言自语说道，"这个名字有意思，密云，密云不雨啊……"

………………

但是密云也在下雪，过怀柔进京郊，零零星星的雪都没有停，只是过了长城地气暖和，雪落即融，满地雪水更难走路。所幸这是黄土垫沙修了又修的"天字第一号"官驿道，没有泥泞积水，和珅一路只是指挥兵士太监妥善安置驻驿关防，并不进去请安道乏，相安无事，也就到了北京。大内的敬事房是早已得了消息，咸宁宫廷除洒扫得洁净拾掇得暖和。没有一点声张，皇后就永远住了进去"养病"，到死没有再迈出宫门一步，这都是多余的话了。

把皇后这尊神仙送进紫禁城，和珅没有立刻回府，先去二十四贝勒府颁赐了福晋物件，又到圆明园给魏佳氏和宝月楼的和卓氏请安，隔着帘子没法看气色，只觉得和卓氏说话中气尚足，魏佳氏咳嗽得几乎说不成话，满屋的药香熏得人头晕，这都是千篇一律的老套子程式，隔帘谢恩，赐座赏茶，辞谢说"事忙"也就告退。饶是这样，从城西圆明园到城东鲜花深处胡同，还要按次序位分，斟酌与皇帝密疏一家家拜望。从上午辰时直到下午酉末时牌才回到驴肉胡同和家老宅。秋冬之交天光最短，此刻又阴，早已晦暝如夜了。和珅以为自己一路回来的事早已满北京城都知道，必定阖府上下齐集，恭候着自己归来。谁知偌大老宅前院几乎没有人，就有十几个看门的家丁，也都是西下院管扫地的粗使奴才。都面熟，却叫不出名字来，问了问，长二姑、吴姨姨、上房的彩云彩卉都出去了，下午出去还没回来，也不知去了哪里。刘全是他最想见的，并连刘畏君也不见影儿。站在院里想了想，和珅踅身进了二门里院。黑影里便听翠屏在廊下说道："老爷回来了，给老爷多照个亮儿。"和珅这才想到是冯氏病重羞光，说了声"不必"便进了内房。

内房里灯色更暗，只有一盏，上面还罩着一层红色纱幕。冯氏像是刚刚吃过药，碗匙都放在茶几上没有收。不知是灯光的缘故还是病，她的脸色很红，半躺在大迎枕上，喉头发出细细的喘息声，丈夫在外间说话，她已经醒了，半睁着无神的眼睛望着他坐下。和珅无声皱了皱眉，说道："煤气、药气太重了，也太热。他们怎么侍候的？也要透透风嘛！"

"这不怪他们，是我怕冷。"冯氏目不转睛地看着和珅，弱弱地一笑，说道，"怜卿给我念信，你又要出远差了？"

和珅点点头，摸摸她的额，拉住了她的手，缓缓说道："去西安，要不了几天就回来的。""西安……也是不近的。"冯氏说道，微微地摇摇头，"你赶着回来见见，我也就心满意足了。我怕是——"她未说完，和珅伸手掩住了她的口，说道："不要胡思乱想。没听人说别看我这病奄奄，熬过你那俏尖尖？如今什么好医好药没有？要风有风要雨有雨！你是大家子出来的，前半辈子跟我吃苦，后半辈子我要给你捞回来……"

　　和珅自家是破落八旗子弟人家，行为也放荡不羁，贪财好货没学问，但朋友上头不小气，对这位大学士贵胄女子伉俪情深也是真的。见冯氏气短，还要着意抚慰，冯氏却止住了他：

　　"来你们和家先头，宗学里头兄弟们就说起过你。穷是穷，心里没有什么不快活的……"冯氏说道："如今富了，该当的看成是祖上的阴骘，我总觉得你在钱上头撂不开手，有点暴发户的模样……"

　　和珅一头还惦记着见刘全，一头又无法立马离开冯氏，因笑道："我就是管钱的。过手的银子多得像淌海水，自己自然就富些，家里人在这海边站，沾些水也不为奇事。你放心……"

　　"人就这样。"冯氏道，"长二姑从前也不这样的，吴姨姨先也不爱财，一里一里的我看着……不但她们，就我房里的丫头娘家，私地里也都在置买田庄产业。养移体居易气，我身子不好，也难管得这事。可根子毕竟在你这儿，能想着法子辞了这管钱的差使，平平安安多少是好！我有天没日头的人了，离和家祖坟没有半尺远，阴曹地府里，我也不愿见你钱上头栽筋斗的……"说罢咳嗽，脖项上的筋都胀起老高。翠屏几个人听见，忙进来端盂接痰，捶背拭汗地忙个不了。冯氏喘息稍定，又道："钱，多少是个够？我爷爷见过明珠，那是多么精明能干的个人！还有索额图、讷亲……都是皇上宠了又宠……咳，眼见他盖高楼，眼见他宴歌舞，眼见他楼坍了……这歌儿起小儿就唱，今日才得明白……"

　　和珅木着脸听夫人娓娓劝解，打心底里叹息了一声，心说"这是骑虎难下"，口里却道："这都是没有账的账，我不收别人收，一点事也没有……我虽富，从来不敢伸手索贿的，换了别人比我还捞得多呢！还有下头办事的人，你干净得一尘不染，谁给你卖命？不说这了。你安心养病，往后我加意留心，不该要的钱一分不要。得便儿辞了这差使罢了……"说着出来，翠屏站在灯影里，上来轻轻盈盈蹲了个福儿，说道："老爷，太太的药单子就在我屋里，您过去瞧瞧吧？"

　　和珅一看她脸色就知道意思，但此刻心中千头万绪，却无心和她作兴，只在她耳边轻声说了句"后半夜不要闩门"便笑着出去。已见刘畏君站在二门口冻得吸溜鼻子，便问："刘全呢？"

　　"哎，老爷，我在这儿。"在东厢中取暖的刘全几步跨了出来，刚要迎上来行礼，和珅摆手止住了他，说道："免礼免礼——就这屋里说话就好。"便就近进了东厢。

刘畏君在外把风防耳目。听着二人在里头喊喊喳喳密语足有移时，才见和珅出来，已是神色平和了无忧容。刘全跟在后头兀自说："那一片地基都刨翻了，索性不造房屋，移来的都是圆明园里用余的长青藤、葛树和金银花，都用土墙盘起的花房。老爷放心，连我昨个儿去都认不出原来的地儿。就那么几处别墅，还有几处园子房屋，尽着请大人们查看。"和珅道："我早就巴着来人查勘一下。我们心中没病儿，怕什么？账目上头也要随时把账本子预备好，户部要看，告诉我一声儿。"又问，"家里长二姑还有吴姨姨她们都哪去了？"刘畏君见问自己，忙道："都到新府宅里去看房子，宅子里没住过人，宅地有的地儿先还是坟地，请的和尚道士做超度道场，也避避忌讳儿。"

和珅没再说话，径到东院吴氏房中来。这里管家媳妇婆子早已散去，有的出去看房子，里头倒是通明雪亮光色晃眼的，只有怜卿正在洗脚，听见门响，见进来和珅，吓了一跳，忙跐了鞋来给他倒茶，说道："娘到起了更时才回来呢，老爷先用茶，长二姑奶奶告诉大伙房，老爷今个回来，我给你弄饭先吃。"

和珅灯下看她，约可十六七岁的模样，因正在栉沐，乌油油一头散发直披后肩，半敞着衣纽扣儿，露出白生生的胸项，因为年轻，透着隐隐的血色，瓜子儿脸柳叶眉上粉黛不施，天生的一分秀气，带着女孩子那份轻淡的幽香，脚底下也不似已婚女子那么滞重。怜卿见他不住上下看自己，不解地自己打量了一下，见赤着脚，跐着鞋，不好意思地红了脸，忸怩地说道："我以为没人了的，没想到老爷来。"一边蹲身提鞋。和珅笑道："我来给你提——"也蹲下身子"帮"她提鞋，手却甚不老成，一手摸她润软雪白如柔荑的小脚，一手便扳她肩头，有意无意把个娇小玲珑的怜卿揽在怀里。

怜卿一阵羞涩，更加不安还带着一阵惊恐慌乱，喊又不敢喊，挣了两下又挣不脱，觉得和珅腰下那活儿隔衣服硬邦邦顶在身上，更是害怕，低头缩成一团，小声道："老爷，别……别……"

"别什么？"和珅淫兮兮笑道，"你娘没有说过听我的话么？"

"……"怜卿被和珅暖融融的身子搂得有点痒痒，他身上那股男人气息也让她有点把持不定，已是头晕身软，耳语几不可闻说道："听话也不是这个意思……老爷……这不好……"

"什么不好？"和珅笑道，又耳语说道，"你没听你娘说，你小时候撒尿，还是我把着你呢！那时候儿怎么就不害臊的了？嗯？……"说着，当庭里就搂起了怜卿，半拽着向里屋去……那怜卿身在此时此地面遇此人此情此景，也就只好听天由命了……刚刚地调弄得情热，正要入港，忽然院外一阵脚步声，还夹着笑语，二人一上一下叠在炕上都愣住了。听时，却是吴氏和长二姑相跟着回来了。怜卿不知哪来那么大力气，一下子把和珅掀在一旁，灯光底下看自己，一身肉白生生亮晃晃摆在那里，无论如何来不及穿衣整束，幽怨地看了一眼和珅，双手儿捂着脸缩成了一团。和珅却似没事人一般，凑过来小声道："有我给你作主，别怕。"轻咳一声，掩着衣襟出了外间……

　　兆惠和海兰察全胜还军，已接到圣旨，知道阿桂和珅正赶往西安，就地阅军劳军。因大军行动，除了粮草军饷，还有布防营地，过冬柴炭等一应事体，十万大军进驻陕西，不能蜂拥都到西安，兵部几次咨文陕西地方和兆惠大营磋商，决定留在宝鸡七万，到咸阳再留两万，只带各营有功将佐和一万中军精锐进驻西安郊区，入城一匝耀武扬威，然后出城校军。这么尽量精缩，大军班师奏凯，仍旧是地动山摇。十月初九进城这一天，西安城倾城出动，巡抚、藩台、臬台、各司道厅署衙门并西安首府、城门领文武官员三百余人都迎出十里接官亭，几十万百姓，分缙绅、平民，沿途住户香花醴酒、荷担牛羊也是披彩挂红，一齐出城夹道欢迎。锣鼓秧歌、各种旱船、高跷、百戏、莽式一齐都动，数不清的万响爆竹燃起，震天撼地的响声中硝磺弥漫烟腾雾绕，比过大年过元宵节还要热闹十分。兆惠海兰察风光体面，二人骑一色的枣骝大马，挽御赐黄缰，瓜钺、斧、镫、鞭都是御赐仪仗，黄灿灿亮闪闪前呼后拥着行进，沿途遇百姓欢呼，或锣鼓爆竹密集处，还不时含笑招手致意，换来的自是更其热烈的山呼海啸声：

"吾皇万岁万万岁！"

"乾隆老佛爷寿与天齐、福比东海！"

"天兵所向无敌，丑虏灰飞烟灭！"

"兆大将军海大将军纳福！"

……诸如此类口号呼啸震天。一万人的队伍在人胡同里缓缓行进，还要仪容齐整庄严肃穆，足用了两个时辰才算入城。

接下来是阿桂和珅亲接《万寿无疆赋》《立功将士花名册》，颁赐御酒、锦袍、金玉如意，当面宣旨，晋封兆惠一等公爵食双俸，海兰察着封二等公。绕城中主街一周出城校军，演练队列、布阵、奏凯歌。二位钦差大臣为主，驻西安文武衙门陪着观礼，金吾不禁万姓随喜观礼，瞻仰天兵威仪……种种热闹规矩都是礼部的人请纪昀参酌了办理，一天好事无半点差池，西安城差一点没有热闹翻了。

待到晚上宴筵功臣却出了点小毛病。筵席设在巡抚衙门正堂大院内，与筵有功将校是三百多人，加上西安陪筵的官员缙绅有六百余人，月台上下都摆满了桌子，还是显得有点拥挤。钦差大臣和省垣要员的桌子原也在外边摆放，原是取个天地同光上下共乐的意思，筵前各官拜望往来应酬甚多，阿桂的门生故吏部下你来我往赶着过来寒暄问候，和珅在军中没有老部下，便显着有点冷落，心里略有点犯醋味，便命人将首桌席面抬进正堂。下头这群军将们看着，交头接耳的指指点点，心下便有些不然。偏头啐唾沫的不知议论些什么。待到开筵，原预备的就是和珅要有一番训话言语。阿桂讲完乾隆的德意，便轮到和珅登上月台。

"将士们！兄弟们……"和珅一脸矜持，含笑环顾一下众人，亢声喊道，"你们辛苦了——"

本来寂静的筵场忽然显得有点古怪：前座的端肃雍穆双手按膝一副军姿静听，后头几个不知哪个角隅里传来一片咳呛声。有人便叫：

"声音太小了——再大点声！"

"请和中堂站高些，个子太矮，瞧不见！"

"听得见，也看得见！和中堂不要听他们胡嘈……"

"……"不知哪里窃窃私语几句，接着又是一阵哄笑。

和珅看看前头，文官武将还有致休的缙绅都是一本正经毫无异样，只有几个偏着头向后瞧的，无奈地咽了一口唾液，站到了凳子上，又重新喊："兄弟们，将士们，父老们……你们是有功之臣，辛苦了……"
还要往下说，下头又有人喊：

"哈！看见了！是个谢顶头哇！"

"你他妈没看清，是头剃得太光了！"

"没有胡子，是张光溜溜的嘴！"

"敢情，是个太监老公儿！"

"不是，太监下头没有那个玩意儿！"

"你他妈的专会抬杠，你掀开袍子看过和中堂老二了？"

哈哈哈哈、嘿嘿嘿嘿、嘻嘻嘻嘻……下头打诨说笑，前头的是大员，伸脖子探头地向后看，要制止，又没得话说，寻不到人，后头的嘤嘤嗡嗡叽叽嘎嘎已不成体统。

靠签押房一间大一点的书办房里另是一桌，是专为纪昀备的。他虽起复，还没有任命文诰，身份不明，也不是列功叙保人员，还算是个百姓，却又眼见要回军机处重用，不能轻慢，除了兆惠海兰察在这里等着开筵，陕西巡抚，西安知府，西安县令，还有阿桂都在这里陪着说话。陕西巡抚葛孝化是新任的，也是有名的官场老油条，只使足了劲捧纪昀。西安知府罗佑德是纪昀的门生，知道老师诙谐秉性，在旁说笑话，不阴不阳的，晃着脑袋说："万岁爷下旨，说和中堂修的有九楹楠木殿，着礼部勘察，和中堂带着礼部、大理寺、翰林院的人在宅子里一处一处看，并没有违制僭越的什么'殿'，和中堂当场就翻了脸，当着几百官员问礼部侍郎苏克祖：'污人名节，坏人道德是什么罪？把谋逆大罪加在我身上，可以不了了之吗？要反坐！'又逼问众人：'是谁的主谋？站出来说话！'"

这是他的同年朋友来信说话，阿桂只知道个影儿，其余的人都听愣了，张着口睁着眼听他说话，罗佑德一脸煞有介事，一拂桌子，活像书先儿说切口，又道："那些人从不见和中堂发这么大脾气，正颜厉色地训斥众人，都噤住了，白着脸站着没人说话。忽然曹锡宝挺身而出，跨前一步大声说：'你不要敲山震虎，是我曹锡宝举奏你！弹劾你是我的本分，你拿威作势吓唬谁？我等着朝廷的处分，至于你这座冰山，太阳出来时候再说！'曹锡宝说完就拂袖而去。"

众人听着都没有说话，想着当时场景也想着此刻应对。许久，海兰察笑道："这人有种，有骨头！"兆惠道："这也没什么大不了的，御史就是言官，风闻也能奏事嘛！"西安县令官最小，只是拨浪着脑袋傻听，纪昀却换了话题，说道："昨儿他们送来邸报给我看，大约我还是老差使，李侍尧补的兵部侍郎，勒敏调兵部尚书，丘八秀才又动了。"又补了一句，"这就要过冬至，圣驾也就回銮了。"海兰察问："福建水师谁去？"纪昀道："大约非你莫属。稍安毋躁嘛！台湾暴民抗租、抗赋，又平息下去了。看万岁爷的旨意吧。"葛孝化像是还在想方才的事，说道："我听说曹锡宝学问人品都是好的。要在北京不宜，来我这里也使得。"正说着话，听着院里动静不对，像是有点乱糟，兆惠海兰察对视一眼，同时立起身来要出去看，阿桂拦住了笑道："是兄弟们说笑热闹，你们去镇唬反而不好。没有什么大事，还是我去。"说罢笑着出门。

和珅还站在凳子上尴尬不能进退。下头的军士们见他这样，更加兴奋鼓噪——本来的他是权相奸相人人皆知，出这洋相自然都兴高采烈。鼓掌的，说笑的，做怪脸、交头接耳窃窃私语的……什么怪样儿都有。看见阿桂微笑着出来，仿佛暗中有什么人挥动了一下魔杖，一时间都安静下来，渐次，后边的军佐们也都停止了说笑。

"在里边陪纪大人说话，少陪了！"阿桂不喜不怒，站在月台旁说道，"纪学士大家都识得的，是个文人，又上了年纪，不能和我们这些厮杀汉坐院里吃酒，大家不会有怨言的吧？"

众人欢畅的笑声中，阿桂脚步轻快地走向和珅，笑道："和这些家伙们多说什么？都等着吃酒呢！——来来，我和你一同劝，今日一醉方休！"和珅就坡打滚儿笑着下了凳子，解嘲地嘻嘻笑道："好好！吃酒，吃酒——我先劝兄弟们三大杯！"——这才把方才上不能上下不能下的狼狈局面缓松了下来。

兆惠海兰察黑水营大捷，霍集占逃亡巴达尔山，巴达尔山汗王勒坦沙与清兵合击这股惊弓之鸟，如摧枯拉朽一般顷刻土崩瓦解，献送霍集占兄弟首级，至此广大回疆重新安定无事。和珅阅军劳军不得将士拥戴，借口预备来年工料、修筑永定河堤提前返回北京。阿桂因在窦光鼐江浙亏空贪贿案上吃了亏，这次行事格外加意留神小心翼翼犒劳三军毕了，立即驱骑兼程赶往伊犁，设官建制、屯田移民，虽然仍旧沿用过去的官名，由阿奇木伯克、伊少噶伯克、噶沙拉齐伯克、商伯克、哈子伯克管理回务，但这堆"伯克"与往不同，都是朝廷任命，与内地府县大致相仿。又选了久驻回疆深谙回务的伊勒图为参赞大臣常驻伊犁，统管屯田、筑城、铸钱、采煤、炼铁……一应经济命脉并官员任免都在朝廷掌握之中，每年按例向户部藩库缴纳小麦、大米、燕麦、棉花、红花、葡萄——虽然例规减了一半，但这都是实的。比起从前不但不缴，还一次又一次向新疆输送财物，那不啻是云泥之别了。一切妥当，阿桂才万里迢迢返回北京。

这期间有纪昀、刘墉、阿桂协助颙琰勤勉料理政务，外有兆惠、海兰察统兵训练，福康安仍是"救火队"。四川哥老会、两江红花会、湖广天理会、江南洪帮织工叫歇起事，扯旗放炮聚众上山这类麻烦，尽管不断头儿出来，也都是旋起旋平，朝中大事不过皇太后薨逝、魏佳氏和棠儿也先后逝去，人事上没有大的变迁，只是风雨流年树犹如此，一个个也都年纪高大了。幸而乾隆精神仍旧健旺，只理大事，余皆交给颙琰料理。吏治尽管败坏，外相看去还好，这也是气数使然。

待到乾隆五十一年深冬，过了冬至，京师人喜气洋洋正预备着过大年，军机处忽然接到急报，那个屡蹶屡起、百计捉拿不到的林爽文又一次聚众生事。闽浙总督常青八百里急奏："彰化县贼匪林爽文结党扰害地方，聚两千众攻陷县城。臣闻信，飞咨水师提督黄仕简带兵由鹿耳门飞渡进剿，并派副将、参将、都司等分路夹击。臣驻泉州，与陆路提臣任承恩居中调度，委金门镇总兵罗英笈赴厦门弹压，饬沿海州县防范，咨广东、浙江督抚严查海口堵拿。"

这种事在台湾已是家常便饭，当日和珅接报，只看了一眼，笑了笑就放在案头。隔了一日，却是刘墉晋见，来军机处取奏折节略，见是军情，便一并收了。和珅见他要进养心殿，笑道："刚才常青又送折子，台湾郡城紧要，又派了一千二百人从鹿耳门到台湾府了。"刘墉接过折子，皱眉看着，越看越觉得不对，但他平日不看地图，只晓得个地名儿，弄不清敌我双方所以然。只一笑，不言声径至养心殿来见乾隆。

　　大殿里很暖和，除了熏笼地龙兽炭鼎，绕殿还临时修的有火墙。十冬腊月滴水成冰天气，乾隆只散穿一件酱色湖绸夹袍，趿一双软底千层底布鞋，手里握着一卷书坐在正殿。颙琰陪坐在侧，下头一大群皇孙、皇重孙绵德、绵志、奕纯、毓梓、奕绮、绵性、奕劻、绵恺、奕谅、绵愉、奕谟……还有五六个刘墉也叫不出名字，只晓得是"爷"的，都在殿中，大的约可十二三岁，一本正经坐得小大人似的读书念诗，小的只有四五岁，总角蓄发，皮猴子似的绕着乾隆追打嬉闹——正是一堂和熙的含饴弄孙图。见刘墉进院，颙琰小声说了句什么，乾隆才看见了，放下书道："进来吧——你们散去吧！"

　　"噢……"众小阿哥听见散学，都是一声轻轻欢呼，收拾书囊一哄而散，满院的随行太监、谙达、嬷嬷、保姆各寻主人乱成一团。待都散去，颙琰才笑道："你到毓庆宫那边找我了？方才王师傅派人来说过了。"刘墉趋跄一步还要向乾隆行礼，乾隆笑道："今日就免了吧。老了，爱忘事儿，不中用了……昨个儿福康安递折子，说四川乔什么的弄乱子，已经平了，安抚地方要银子，福康安在檀柘寺给他母亲做功德，今儿又打发人问颙琰，朕才想起是忘了。兆惠在四川，送呈的请安折子也忘了批。勒敏致休的折子朕又批了两次，一次是恩允他在京食俸致休，晋大学士位荣养；一次又批不以七十悬车之故卧而委之，挽留在任。他们没法办，又不敢来问，还是颙琰又把折子送来，朕才看见前后舛误着，改了致休。字画也不清楚，下头人看不清楚，怎么依旨施行呢？幸亏了和珅，还敢说真话，几次都说字迹不清，不如撕了请皇上再写……人老了，看来心气再高，毕竟精神气力都不到了……"他笑着，须发白生生地随着颤抖，只是哀叹"不如年轻时"，已经忘了颙琰因何而来，刘墉请见又为何事。

　　这几年乾隆常这样的，说出话来仍旧条理清楚思绪敏捷，并无颠三倒四的毛病，但只想唠叨，爱说"年轻时"如何如何，现在又怎样怎样，一说就是长篇大论，召见的人如果是外臣小吏，常常来聆听一阵这般的圣训，来不及回奏正事就谢辞而出。二人现在又听乾隆说开了头，不禁面面相觑，还是颙琰见机，见乾隆摸茶杯，亲自过去倒了温茶递给乾隆，笑道："皇阿玛，请用茶润润。刘墉怕是还有事要奏呢！"一句话提醒了乾隆，说道："朕倒忘了，你奏吧！"

"是！"刘墉微一欠身说道。他其实还有几件刑名上的要案要奏，深恐中途被乾隆岔开到别的上头，因紧着先把台湾之变前后说了，连和珅轻慢扣折子的事都略去不提，静等乾隆指示。

"太张皇了吧？"乾隆已没了方才那份饶舌啰嗦，刹那间沉静时，依稀还是当年英睿稳沉模样，旋即脸上露出微微笑容，自信地说道，"还是要以镇定内地为要，听起来乱成了一团，福建浙江两地织工染工还有铜矿上的事呢？台湾，常有这样的事，为什么独这次张皇恐惧？看来他们都过于张皇，因为一个林爽文，全省乃至邻省都恐惧张皇的？"说罢命道："颙琰代朕拟旨，就是这个话，批给他们。"

就这个话里头连着用了几个"张皇"，行文用语断不能依样葫芦，颙琰握管沉吟良久，在诏书上写道：

> 览奏。总以镇静内地为要。看尔等俱属张皇失措，为此朕却悬念。台湾常有此等事，此次何至尔等如是张皇恐惧？看来尔等皆过于张皇矣，岂有因一匪犯，使合省以及邻疆，皆怀恐惧之理？

写罢又呈乾隆，乾隆一点也不苟且，戴上老花镜一字一句看了才命太监用玺。

这里用廷寄刚刚发回福州，紧接着台湾急报又来，除了常青，还有福建陆路提督任承恩奏折也到，才知道事情根底原委。却是台湾诸罗县捐贡杨光勋与其弟杨功宽争财起衅。杨功宽在雷公会，杨光勋是天地会，各自结党相抗。台湾总兵柴大纪，台湾道永福下令查拿，一共拿到五十三人，为了避免兴大狱，天地会在内地就有极响的造反名声，结案时把天地会名头改为"添弟会"。这事前头已经奏过，不过乾隆和军机处都给蒙过了，以为是什么"添弟"小帮会没加留心。他们更不晓得，被拿的天地会人犯中途被林爽文劫回，号召数万兄弟啸聚椰林蔗田盟誓起义。十一月初柴大纪北巡至彰化，同知俞长庚知道他一去孤城难守，恳请柴大纪留驻统兵镇压。柴大纪知道情势凶险，不敢在彰化久留，匆匆返回郡城。台湾知府却是笨瓜，带了三百兵就想去捉拿林爽文，这些兵走到大墩，离林爽文的总堂七里就不敢前进，放火烧了几个小村子，一来回去报功交差，二来也能吓唬一下林爽文。谁知这一举烧杀的并非会众，乃是良善百姓，本来满地干柴，遇了这火"腾"的焰飞冲天！林爽文当夜义兵大起，围攻县城。县城里这时只有兵士八十人，兵力悬殊，顷刻破亡，知府孙景燧、同知俞长庚、摄知县事刘亨基、都司王宗会连并典史、巡检……竟似滚汤泼老鼠，一窝儿都是死。林爽文要过皇帝瘾，以玄缎为冠，结黄缨自项垂背，衮服龙袍升旗放炮，建元顺天，下令会众大举攻掠……这些事详细说去，竟又是一部书，总之下头丢城失府，北京仍旧歌舞升平。乾隆接到这些奏报只道"张皇"，哪里知道已经是百般掩盖修饰的了，不张皇已是"张皇"，该张皇的不张皇，鼓外的人急，鼓里的还在蒙着——乾隆待着这些火急军情仍旧三真七假。台湾一共四县，彰化县已在林爽文之手，接着又下凤山，大半河山已不属清室。只余了柴大纪苦守诸罗扼守要道，孤鸟似的和台湾府城遥相呼应。

但乾隆确是不知情，仍以为是幺麽小丑跳梁，福建官方小题大作。这里边惟一清醒的是阿桂，不但看奏折，也看地图，福建浙江门生部署来的信也都仔细看，又几次去傅恒公府去见福康安，认真剖析台湾形势。

待到年二十三，又来急报，是浙江水师提督冷计春写来，说福建军士调派台湾甚多，请浙江水师布防海面"年关谨防不虞之变"。刘墉原也以为台湾不出大乱，小乱不断，此刻陡起警觉，越想越怕，越察看地图越着急，又怕到乾隆处碰壁，便急急赶到毓庆宫来见颙琰。

已经进入年关时节，腊月二十三，北京人所谓送灶王上天，家家过小年，包饺子，炸油饼，熬饴糖，祭灶祭祖忙得团团转，街上人来人往毡帽棉袍统手缩肩，城里乡里都在赶年货，稀稀零零的爆竹远近响着，弥漫着淡淡的硝烟气，更增几分喜庆热闹。宫里却甚是冷清，因各衙上下官员也要过年，点卯即散，已经没了公事，外官晋见的也甚稀少。刘墉一路过天街，除了见几个太监匆匆往来，搬运东西到斋宫，几乎没见一个官员，从景运门外向北，一处高大殿宇就是毓庆宫了，也不用递牌子，太监见是他，立刻带路引进了工字殿中。在殿东丹墀前站了，太监笑了："请中堂稍候。纪中堂还有福公爷都在里头和十五爷说事儿呢！"

便听殿里颙琰说道：“是崇如公么？请进来吧！”

刘墉忙应一声趋步进殿，果然福康安和纪昀都在。一见面颙琰就道：“正要派人去叫你呢！方才也知会了和珅，和珅正在吏部会同礼部的人会议会试的事，抽不出身子来。台湾那边消息不好，李侍尧昨晚一宿没睡，把台湾澎湖驻兵布防的档案理了出来。我方才撵了他去，叫他歇息一下下午再来。我们几个议个雏形儿，我去请旨。这事不能过年。”

“我来也正为了这事。”刘墉说道，“军事上的事得多听听福公爷的。”因将自己思虑的一一说了。纪昀还是那个老样子，只是烟瘾越发重了，一锅接一锅抽得云雾缭绕，只有脸上刀刻似的皱纹一动不动，显得比昔年城府更加深沉。缓缓说道：“当年圣祖爷时，台湾高化清造反，也是一日七惊。当时三藩之乱狼烟未息，圣祖说不能朝廷直接指挥——福建那么远，这里旨意到达，那里战况早就变了！黄仕简虽然跟过张广泗，不过是个戈什哈，从没有打过大仗。听说当时被莎罗奔吓破了胆，一临阵就拉肚子，又六十多岁了——还有任承恩，也是纨绔子弟，当不了这大任。所以我的意思一刻不缓，请朝廷派能员渡海平乱。”

福康安道：“我来请示十五爷，这件功劳还是我来干，又怕十五爷说我破费银子。正犯着嘀咕呢！”颙琰笑道：“你本来就是化钱的手嘛！该化的还是要化！”福康安挺了挺身子，昂然说道：“那就还是我去！昨个儿见和珅，说起这事，和珅说：‘你去问十五爷，这事怕轮不到你福四爷。再说这是兴大兵，还是等着皇上发话才合宜。’他的意思是说我化钱的话都是十五爷的意思。”

“真正说这话的是和珅，还有你兄弟福灵安。”颙琰脱口说道。又觉得自己语气不对，又转圜了道：“他们也是一番好意。你一生征伐百战百胜，从没有失过手。台湾区区海域之岛，稍有不虞四面都是汪洋，我不愿你再冒险犯难。所以我不附和，也没有驳斥他们。”

福康安眼波闪烁，凝视着颙琰良久，看看二人，又把目光转向窗外，像要透过千重殿宇万重楼阁遥视远方，缓缓说道：“不能等台湾全部沦陷才动手。台湾府治要死守待援，府城守不住也要守住鹿耳门。有登陆滩头，我的大军一到，立刻就能控制全局。请十五爷今天就发八百里加紧。”又转过脸来道，“台湾局面已经糜烂，福建全省兵力能用的都用上了。不然不会调邻省的兵加固海防，足见情势何等严迫！十五爷，您是咱们主心骨，要拿定主意！"刘墉也道："福公爷这是公忠体国之言。林爽文要占据了台湾全境，稳住脚跟，再用兵就十倍艰难！"

"那就这样定！"颙琰一捶卷案下了决心，"你为主，海兰察为前锋，打！"

纪昀一磕烟灰，说道："闽浙总督、福建巡抚、福建水师提督都是无能之辈。请十五爷请旨撤差拿问。派李侍尧兼任福建总督，太湖水师三万人马统归福公指挥，兵部的饷要十五爷亲自督办，不要旁人掣肘。"

他没有明指，人人心里明白，掣肘的是和珅。刘墉故意装傻，说道："不会有掣肘的事。"福康安道："怎么不会？当年施琅老侯爷征台湾，圣祖爷专门派了李光地供应火药、粮饷，还有药材。请十五爷留心，纪老夫子选几个有德有守的门生，比如马祥祖、方令诚、刘保琪，给我料理后方。"

"方令诚请假回籍，其实也有个避祸的意味。一件事相关相联，气死了两个人。曹锡宝也还罢了，方家大爷性气也忒大了些。"刘墉叹道，像在品咂什么滋味，又道，"倒是马祥祖，贬去沧州当同知，不哼不哈谈笑自若就去了。这人，是从哪里说起？""调马祥祖跟我去福建。"福康安沉静地说道，"方令诚钟情风尘女子，以为是张初臣李靖故事，轰轰烈烈一场又灰头土脸；曹锡宝弹劾和珅，无论是非也是大丈夫行径，终于为友所卖——这都是古道热肠栽倒在当今世俗泥坑里。并不知当今之世原容不得忠义！马祥祖、惠同济都调到我那里，方令诚假满了也来，看是谁能害他？"说罢站起身来，又问，"海兰察到京了没有？"

"今晚就到了。"纪昀一叹说道，"可惜兆惠中风。要不然，你带上他两个，海兰察指挥官舰，兆惠陆路扫荡，你居中指挥多好！"

福康安想了想，竟举手向颙琰一揖，颙琰冷不防地忙站起身，惊讶地道："你这是闹哪一出？向来你直来直去，口无遮拦的嘛！"福康安道："我回去预备一下，旨意一到就走。北京我指望不了六部，如今的官是谁有权谁是大爷。就靠十五爷了。就连我的兄弟们我也不靠，全指着十五爷做主。"颙琰的脸一下子涨红起来，握着福康安的手久久不放，说道："你的意思我明白，既是信任我，你放心去！"

第二十四回　畏禅让权奸预筹谋
乘天威福公泛海流

天过西时时分，海兰察赶到了北京。隆冬季节，正是日昼最短时候，这时辰差不多已经黑定了。天上似乎不再飘雪，却阴得很重，笼罩着这座死气沉沉的古城，如果不瞪目细看，一街两巷的店门都像蒙着黑雾，什么也看不清。海兰察带了十个戈什哈，都是精悍孔武的刀马轻骑，由西直门入城，也不回自己府邸，一径赶往城北的兆惠公爷府。

此刻，两个一生并肩厮杀的功勋将领都在闪烁不定的纱灯下。兆惠中风已经年余，左半身麻木不仁，斜倚在大迎枕上，觉得对面海兰察带的一身寒气不时微微袭来，海兰察看着兆惠苍白的发辫，抚着自己的发辫也一时没有话，坐在兆惠大炕旁，倒觉得屋里烧得太热。几句寒暄过后，两个老朋友都又沉默了，觉得一肚子的话要说，又觉得说出来都多余。何云儿到老还是没有放足，拧着小脚指挥丫头"给海老爷上茶，拧热毛巾——叫厨房里备饭"。自己上来剔了灯花儿，口里唠叨着："梅香们不省事，屋里这么暗也想不起来剪剪灯花儿——兄弟，怎么坐着不言声，昨个儿兵部的人来说你兴许回来，他还高兴得歪着嘴笑呢！"海兰察笑道："不妨事的，娥儿四十岁那年中风，也是口不关风，嘴歪得瓢似的，寻个好郎中针灸一下就好！"

看他们说得亲热兴头，兆惠似乎轻松了些，脸上掠过一丝笑容，长长舒了一口气，说道："要去台湾了？"他果然口角有些歪斜，但言语清晰却一如平日，并不似个沉疴在身的病人。

"嗯。"海兰察点头，"还没有圣旨。阿桂和刘墉下的廷谕。大约是福四爷为主，我为副。咱们就是吃这碗饭的，打呗！"何氏在旁做针线翻过老花镜看看，道："海叔叔没吃饭，我叫他们快着点。"兆惠道："越老越嘴碎，你年轻时不是这样儿嘛——唠叨！"海兰察笑道："嫂子那不是好意儿？——跟着福四爷出兵，我还是放心的。怕接了圣旨就不能来了，先来看看你。"

兆惠点头，对云儿道："派人到海府，接过夫人过来一块吃饭。"这才说道，"我们兄弟心里话，跟四爷打仗没说的，比起老公爷还要踏实。四爷只一宗儿，恩怨太分明，带兵是好的。台湾不同西北，四面都是水。打得好，可以一劳永逸。我担心的是四爷，论起威信人望，他远不及傅恒公。他从来没有打过败仗，一是怕他轻敌；一是朝里有人嫉他，趁打仗给他穿小鞋。你来得好，望着你能和四爷多谈谈。"

"不能等姓林的在台湾站稳。"海兰察道，"一个台湾府治地面，更要紧的是鹿耳门登陆滩头，只要在我军手里，就不怕。台湾现在苦撑局面的只有一个柴大纪，听说和福四爷有点过节，要是知道了四爷去，就怕倒戈啊……"

兆惠听着海兰察剖析台湾军政情形，目光炯炯望着房顶，深深吐了一口气，说道："他和林爽文打了多少年交道，成了死对头，而且家属都在大陆，不会倒戈的。四爷什么都好，就是胸襟……唉……多少年鸡毛蒜皮的事，见了都未必认得了，还记在心里！你说的这些不足深虑。我担心的是和相不愿速决……六部里官儿们听他的话不肯全力办差。四爷去，只怕还镇得住，要是你我，就麻烦了。"

"你是说和珅！"海兰察瞪大了眼，"他通敌？！"

"那倒不至于……"

"也许我是小人之心度君子之腹……"海兰察道，"他想喝兵血，发军饷财，打的日子越长越好！"

"他财早就发够了。他……我看要的是个乱……军饷支出从沿海各省调，户部、兵部……账目烂了就没法查……"

海兰察眼一亮，和珅富可敌国，是通国皆知的事，只碍着乾隆偏爱袒护，虽然几次清查，都没有触动和珅半根毫毛。反而家产来路更"合法"更公开。这个想头在海兰察心中也闪过，只想他发了还想发，贪婪军饷，却不似兆惠这般明白。怔了半响，笑道："这是文官管的事，我们操不了那么大的心。只晓得越是速战速决越好！我是好笑，万岁爷左一个诏书右一个圣旨，要整顿吏治倡廉反贪，身边就有个最大的贪官，竟然一次又一次查不出来！"坐在旁边的何氏忍不住说道："上回听兵部的人说，海宁来北京述什么黄子职，要运动两广总督，带了十万银子，和珅说十万够做什么使的？我再给你二十万——老天爷，那是多大一堆银子！要那么些银子坟里头带的么？唉……不明白……不明白……"她果真上了年纪变得嘴碎，说着来续茶，又道，"海叔叔也吃空额的吧？"

"谢嫂子……"海兰察笑嘻嘻地接茶，说道，"天下老鸹一般黑，有紫黑的、墨黑的、漆黑的，我算白脖儿花老鸹罢……空额，克扣这些钱是不敢的，是怕到了阵仗上哗变倒戈。缴获的战利上头不取一点，一家老老小小几百口子喝西北风？"说笑着，听院里丫头隔门说："海夫人到了，给海夫人请安！"便知是丁娥儿到了，二人方转了别的话题。

…………

第二天一早天刚放明，海兰察便赶往西华门请求见驾。刚递过牌子，和珅的大轿也到了。西华门外六部官员外加各省来的官员有一百多人，有的是要到军机处，有的是要去毓庆宫，三三两两熟人攀谈，凑在一起说笑外省京城轶闻趣事，也有海兰察的故旧在这里邂逅，拉手寒暄的，见和珅的大轿落下，一窝蜂儿都拥了上去，请安问好的、寒暄道乏的、胁肩谄笑的、飞媚眼儿的……什么样儿的都有。和珅一一含笑点头应酬，闪眼见海兰察站在石狮子旁，一边命从人递牌子，笑着过去，拉着海兰察的手寒暄："海公，几时到京的？着实惦记着你啦！上回日本国人藤田送我的两把倭刀，说是海底里的结出的铁块锻的。试了试，我们的宝剑也不宝了——叫人送一把给你，可还中用？"说着又拍海兰察肩头，"你是越老越精神了，好身板儿！"他又说又笑还夹着对过来套近乎的人打手势问好致意，就亲热到十分。

"托中堂的福，我身子还成。"海兰察生就的喜相，皮头皮脸只是笑，说道，"我又要出兵了，等万岁的旨呢！这把刀再带上，嘿，削铁如泥！双保险啦！"和珅笑道："是台湾的事儿吧？十五爷说过，这回要看你这老公爷的了！林爽文打一枝花起事，多少次漏网了？记也记不清了，这次在岛上，看他溜到哪里去？"还要往下说，里头叫："万岁叫和珅晋见！"又拍拍海兰察肩头笑着去了。

乾隆仍旧精神矍铄，已经在户外练了一趟剑，刚刚进东暖阁，见和珅进来，一边手指着杌子命坐，一边用热毛巾揩面，说道："昨晚宫门下钥前颙琰进来见。台湾的事不能再拖了——他足说了有半个时辰——朕已经发旨，海兰察来见，由福康安为主，出兵平贼！"这才坐下，又道，"幺麽小丑跳梁，想不到要兴大兵！"

"主子说的是。"和珅赔笑道。他心里突然一阵微微的失落——到底颙琰和乾隆是父子，宫门即将下钥，还能进来造膝密陈。就这一条天生的比别人便宜方便。想了想又道："主子要造十全武功，福康安是福将，里头有十五爷主持，台湾就那么个岛，不经一打的。"

乾隆起初听得有点漫不经心，手不住地抚着案上的黄玉镇纸，听得似乎话中有话，停了手道："旨意已经发出去了。和珅，你是跟朕几十年的老人了，要留心上下左右和睦一心。你名字里有个'和'字，朕昨晚写了一幅字，叫'一堂和气'，挂在军机处提个醒儿。一堂和气也就是一堂春风，也吉利些……朕在位日子久了，好就好在阿哥们里头没有闹家务的，这一条比起圣祖爷还是聊足自慰的……"他话说开了头，又忆起了当年世宗兄弟九王夺嫡惊心动魄的往事，回头又说起眼下，"虽然无事，能好无事最好。朕是六十年就要退居太上皇的，不能给儿孙留下后遗症不好料理……"

和珅像个初启蒙的三家村小学生，端正坐着眼望乾隆说话，心里在想着这些枝叶蔓生的议论里头的真髓。这就是他与刘墉阿桂的不同之处：刘墉阿桂都是自己一大堆事等着要做，一大堆话要回乾隆，不大懂得上了年纪的人爱见别人聆听自己讲话；急着要等乾隆说完，赶快回奏事情，不晓得寻乾隆的话缝儿趁机回事儿，觉得乾隆嘴碎，不愿意也不耐烦寻出乾隆的话中主题——乾隆这话虽唠叨，和珅却明白，他想当太上皇，又不放心儿子们能像自己那样"夙夜求治、勤政爱民"把江山治理好，对"太阿旁移"有一份说不出口的担忧。正顺着这思路往深里想，乾隆又叹道："就看下一代了，瞧他们的了！圣祖收台湾，朕不能乱台湾，台湾的事情下来，要认真预备禅让的事。有了十全武功，朕成十全老人，才不枉了上苍对朕仁爱人民抚绥江山一片厚意啊！"

"皇上，"直到乾隆说得兴尽，和珅淡淡一笑道，"一土不安皆宰相之责，台湾有点小乱子，是奴才们办差不力用心不到的过错。皇上要造十全武功，让福康安渡海安定一下亦无不可。十全武功十全老人，那是古今完人的至福，多么令人神往！圣祖也没有过的呢！就台湾而言，实在也不足董劳圣忧的，可以算一笔账，台湾本府有一万二千名常驻营兵，加上增援的一万三千余名，是两万六千上下，兵力上是朝廷占上风，兵器火枪弓箭火药粮食军饷更不待言。即使不出兵，也是必操胜券的事！"

"不出兵？"乾隆皱了皱眉，"那怕不是好事？可谁能保林爽文不能占据全台？万一站稳了全局优势，又何以善后？"

和珅吓了一跳，飞快看了乾隆一眼，觉得不是什么特指，才放下了心，说道："奴才不过是据理而言。主子决意出兵，奴才听主子的，火速给福康安准备火药粮饷。"又顿了顿，说道，"方才主子说起禅让的事，虽说是千古盛举，奴才总觉得心里不是滋味。跟了主子几十年了，不愿换主子呢！凭是换了哪位爷，奴才照旧忠心耿耿，侍候您老万年龙归大海，再死心塌地侍奉下一代，岂不更好？"

"自知者明，不是老子的话？朕说过六十年禅让，皇天后土实皆闻之。退居太上皇，也还是你们的太主子嘛……"乾隆语气中多少带了点惆怅，仰脸轻轻叹息一声，却又笑了，"自然之理嘛！……其实你已经知道了新主子是谁。年号的事再等几年再说，要取个吉利喜庆的才好。"

和珅怔了半日，才发觉自己走神儿。这指定就是嘉亲王颙琰，但皇帝不说破，自己当然也不能说破。只含糊说道："这几年奴才们追随十五爷为皇上效命办差，军机处和朝野上下都还是宾服的。方才在西华门见着了海兰察，说要求见万岁，不知奉旨了没有？他大概也先去见的嘉亲王。"

"海兰察来了？叫他进来！"乾隆笑道。他似乎没有听出和珅话中有颙琰各自为政的意思，又道，"你去叫来颙琰，一道儿说吧！"

"是！"

和珅答应了一声要辞，乾隆又叫住了他，语重心长斟酌着词句说道："……和珅呐，这些年你为朝廷理财，也维持了不少人，也得罪了一些人……朕老了，不能事事明察，三言两语也有个风闻，积怨多了，难以善终啊……《劝学》有云：积土成山风雨兴焉，积水成渊蛟龙生焉……你是明白人，这‘一堂和气’也是盼你们君臣一心，雍睦和熙的意思。你心中只有朕，朕自然欣慰，但以你年富力强，朕愿你长久为朝廷效力。"

这是再明白不过的话了。一朝天子一朝臣，乾隆却盼的两朝天子一朝臣，希冀和珅能与颙琰和衷共济。其实这个心和珅就操了一世！与公主联姻是一层，在颙琰面前办差谨慎小心，别说颙琰本人，就是他身边的阿猫阿狗，向来也是有求必应甚至求一应二。颙琰表面上对谁都是不凉不热，半斤八两，并没有亏负过和珅什么，连一句重话都没有。无论国泰的事还是李侍尧，抑或是曹锡宝暗地鼓噪倒刘倒和，这位嘉亲王从来都不哼不哈静若止水，可就是与他和珅两张皮不交心！他也奇怪，阿桂、纪昀、刘墉，怎么就没有这般苦恼？也异样，颙琰怎么百看都像瞧不起自己——是错觉，还是颙琰盼着早接大位有意疏远，还是本来的就眼红他手中的权和钱？也许都有，也许没有的，总之是说不明白想不清楚没处抓挠……想着乾隆这话，真比自己说出来还要切实，和珅心中真是百味俱全，感动里夹着怅惘，盼望里还有几分忧惧，一拱一热的胸中之气回荡，已是泪眼模糊，说道："没有主子……您的栽培，哪有我和珅今日？此恩高厚世世生生难报！奴才愿主子永世长生，万年不老……只合奴才报答了老主子的厚恩……奴才无牵无挂了去……"

"痴人，唉……哪有万年不老的？"乾隆听他情辞恳切言语悲凄，触动心事，也不禁慨然伤神，深长叹息一声道，"你既这样忠心耿耿，言语出于肺腑，朕也不瞒你了，乾隆五十年大庆前，朕已默告上天，金简书名十五阿哥嘉亲王承嗣大统——这一条明眼人早就看出来了，但出自朕口，入于人耳，还只是你一人。颙琰从来说话做事光明正大表里如一，就是查勘过你几次，也是有人奏到朕处，是朕有意让颙琰查明，给你去疑去谤，也让颙琰明白你的忠荩之情。他这人淡淡的，这正是他器宇贵重之处，这多年在朕跟前小心忠孝，待臣下宽厚和平。你要和他好好处。阿桂刘墉受处分，还是他的建议，他从没有说过你的不是，可见更器重你……不要疑人，也不要自疑。唉？"这些话他说得知己到了十二分，但和珅却另有见解：颙琰绝口不提和珅的不是，正是颙琰对自己有戒心的明证，是颙琰的胸中城府深藏不露——本来是极寻常的理，乾隆已经参详不透，乾隆的心思已经不够用了！然而这一层他又无论如何不能点明，离间人父子，以疏间亲，疑人而且自疑都是居鼎铉熏灼高位者的大忌，再苦的果子也只索囫囵吞咽了。他嘴里好像真的含着一撮鸡爪黄连，嚅动了一下，小声喑哑地说道："是……十五爷器重奴……奴才，奴才心知肚明……"

见乾隆没有别的话，和珅伛身却步谢出大殿要去毓庆宫传旨，却见颙琰在前，带着海兰察进了养心殿垂花门。和珅忙垂手退到一边让路，笑道："主子说要奴才传旨请十五爷，可巧的爷就来了。请爷进去吧！"一头说，见福康安也进来，赔了个笑，又道："四爷也到了？"颙琰早已止步，微笑着听和珅说了，道："你见过万岁爷了？昨个儿说过的，我今天带他们两个进来。还是商计渡海作战的事，他们请过旨，自然要去见你这财神，有什么难处再商量。你先去吧。"说着便带二人进殿。和珅原本也要一同再进殿"共与军国"的，听他这么说反而怔住了。不知怎的，一见这位皇阿哥，他通身的机灵气都没有了，站在当院迟疑了一阵子，没有听乾隆叫进，料想是忘了，或根本没打算也叫他，无声透了一口气，整顿一下袍角，只作没事人般退了出去。

殿中人的奏对十分简捷，海兰察和福康安在旁跪听，颙琰将台湾形势分一二三四明白奏说，又道："即使现在预备，调动太湖水师，修理船舰火炮，至快也到三月大军才能下海。李侍尧直接到福州布置沿海海防，福建水师整顿一下，或可用作后援。儿臣已经下令死守鹿耳门和台湾府城。现在台湾全境四分之三已在林爽文手，如果守不住台湾府城，就集中全台兵力守住鹿耳门。大军登陆集结起来，情势才能翻转。目下形势火急万分，渡海还要看风向海流，再也拖延不得了。"说罢，恭敬向乾隆一躬，静听旨意。

"到这地步了？"乾隆不安地动了一下身子，"台湾我军有两万六千，都在做什么吃的？"他几乎就要脱口说是和珅说的，又忍住了，说道，"现在谁在台湾指挥？常青在做什么？黄仕简和任承恩又在哪里？"

"回主子，"跪在一旁的福康安道，"是常青指挥，他在台湾府，福建水师已经上了台湾，占据鹿耳门，黄仕简在鹿耳门。道路信息已经被贼匪割断，只能偶尔联络，战况不十分明了……"

乾隆登时涨红了脸，已是勃然作色，"砰"地一击案站起身来："一个小小的台湾，蕞尔盗贼之患，动用省台大军数万，不但不能及时敉平，该抚该督已经有罪。两个提督登台，一个株守郡城，一个静坐鹿港，竟成了一个畏敌观望的局面！着李侍尧实补闽浙总督、海宁补署福建巡抚。原任总督巡抚革职听勘，黄仕简、任承恩就地军前正法，为畏敌怯战者戒！"

他近几年极少发脾气了。大小政务烦难都有颙琰顶着，皇八子颙璇文墨上协助，坏事、难事不到万不得已都在军机处兜揽了，又有和珅哄着高兴，听到的都是升平喜庆事，自然每日心旷神怡，即或偶有不惬，也只是皱眉而已，旋即也就"忘了"。今日震怒，赫然之间拍案而起，眼中火光喷射扫视殿宇，所有的人都唬得身子一矮，悚息营屏身上颤抖。海兰察原本打定主意不多口多舌，听旨意跟随福康安走路，眼前这光景阵仗，竟是他见所未见，他也没想到每次见都和蔼得像个老爷子似的乾隆"龙心大怒"时这般可怕——先是怔了一下，又觉得乾隆说得不对头，生恐颙琰和福康安附和，见二人沉吟不语，心里一急，爬跪一步叩头道："皇上，海宁三年前就调了户部侍郎兼盐运使，他何能调动福建军务辎重？总督巡抚可以治罪，但臣福康安及臣至早明年三月才能登台，遽然杀掉黄仕简辈，前敌将士失去首领，后果不堪设想！他二人一个水师一个陆路又都是提督，相互不能节制统属，观望怯敌保存实力，所以台湾战局才成了糜烂局面！"因为心情激越，海兰察说得又脆又响，忽又虑及自己"君前失礼"，猛地降下了嗓门儿，连连叩头暗声说道："求皇上……明察……"

"皇阿玛！"颙琰见乾隆发怔，忙起身哈腰说道，"海兰察奏的是实！不但黄仕简任承恩有可杀之罪，台湾当地驻军也是罪无可逭，即总督常青酿此大乱，也断不可尸居此位。但现在不是治罪的时候，福康安是钦差大臣，由他到任后再便宜处置才好。儿臣在下面和阿桂多次议论，台湾营旗兵丁名额虽然有一万三千，三分之一在大陆做生意，三分之一在海上走私，而且家属都在大陆，拖家带口领饷种地养子弟，比县衙里的衙役战力还要弱。福建水师自兰理父子之后营务废弛，情形与台湾也差不多，能维持眼下这个局面已经很不易。他们能稳住，一切待福康安去后再作处置为好……"

乾隆颤颤地站着，脸上一时青一时红，目中瞳仁一时光亮又一时黯淡，似乎不知该说什么好。这一刹那间，众人觉得乾隆真的老迈得如同风中之烛，像秋天的衰草般荏弱无力，良久，只听他叹息一声颓然坐回椅中，用拳轻轻捶着椅把手，说道："这样的败坏，这样的无能，真真无药可医……"说着，便是一阵剧烈的咳嗽。颙琰和福康安抢上来站在身后为他捶背。乾隆似乎十分伤心，却又眼中无泪，喘息稍定，说道："好……就依着你们……这些败类，咳！……"福康安见他这样，心下陡然泛起一阵酸楚，小声在旁劝慰道："这都是臣下奴才们平日游悠，养尊处优，不知董念皇恩帝德，辜恩溺职的过……皇上放心，只有脓包将军，没有脓包兵士，奴才去了，一定能把局面再翻转过来。"这番话并无错误，仍旧是"皇恩浩荡臣罪当诛"的意思，可是身份不对，眼前是颙琰当家，应该由颙琰说出才是，不合由福康安代为逊谢指摘臣下奴才，就有个"僭越"味道。海兰察不在其位不品其味，乾隆没有听出来，只有颙琰扫了福康安一眼，见乾隆颜色渐渐平和，说道："他们明天就走。儿子送他们到潞河驿设酒祖饯……三月到台湾，平息叛乱了，把新来的乌龙茶给您贡一篓儿进京。"这才哄得乾隆高兴起来，说道："该是瞧你们的了！去吧，朕等着你们新贡乌龙茶！"

福康安第二日即取道旱路，先行急赴太湖水师。这是他父亲早年练过的兵，这几年他料理军务，常常加意嘱托训练，整顿军纪，修缮火炮，料想稍加提调协统，立刻就能从长江入海口处下海到福建会兵进剿的，始料不及的是这里的渡船、炮舰、淡水仓、开山炮也都到了更换期，那些船舰在太湖水域中游弋游弋，摆摆阵势给百姓看，吓唬吓唬零星水匪什么的，自然游刃有余，船外头上了漆，里头的木头多有朽糟了的，禁不起大风狂浪抛起抛落。在船上发炮，有几只好端端的舰竟震散了板儿。实地视察，十分之七不能用于海战。福康安无奈，知道李侍尧先期到了福州，行文移咨命李侍尧就地赶造火炮，所有跟从的官员都去征用民船，另督新造军舰，忙得不可开交处，颙琰宪票廷谕连连催促，户部叫苦连天说"没钱"，和珅又装模糊儿，虚应承不给实惠，接连又是几道严旨，口气也变得毫无通融"尔福康安亦畏敌耶？何以故再三搪塞，至今不能前往福建水域？朕思尔尚不至玩敌贻误军机也。万盼早奏捷音，勿使朕失望也！"福康安一辈子出征都是轻骑快战，后勤辎重毫无滞碍，惟独这次步履艰难如行荆棘，连连催命之下又无由剀切告诉，只好咬牙挺着，命海兰察先带一千艘战舰到福建海面集结，自己自晨挑灯视察督造，至昏夜三更提灯回中军稍作憩息，忙累得瘦了一圈。未出兵已消耗了库银七百余万两，七死八活间赶到四月，已是被训斥催促得七窍生烟，气不打一处来，船舰也总算下海了，其时已是六月，比预期的整整迟了三个月。

但台湾的局势已经是危若累卵一丝之悬。自三月间，闽浙总督常青在福州坐不住了，也是他平日孝敬和珅得惠，和珅让海宁转告"若不即时赴台力挽狂澜，恐君祸在不测"，因此也就不顾了万金之躯亲自赴台"为王前驱"。

福州城百姓但闻台湾"有事"，督帅亲自出马，还以为定必是马到成功，家家户户摆设香案、香花醴酒送他出海。常青自己看周匝太平无事，上马出城、下码头入海，文武官员簇拥相送，百姓万头攒动瞩目相望，在大陆上也还得意的。在鹿耳门登陆便觉得不对，官军连营结寨，画角鼙鼓之声四面呼应，偌大鹿耳门滩头樯橹如林刀剑森立，几千兵士龟缩在营寨之内，一步不敢迈出寨门，原先那一点子虚骄之心一下子化为乌有。

几百名中军戈什哈又加了一千精锐勉强护送他到台湾城，一路上东边"咚"的一声炮响，西边"砰"的一声鸟铳，火箭响箭"日日"地在头上身边飞穿而过——他也是将门之子，官做到起居八座建牙开府封疆大吏，至此才晓得"兵凶战危"，不是坐在签押房里说说玩的事。当晚到台湾，常青立即召集把总以上官员会议，号令立即出击，"本督帅出征，要立马扬威，给林爽文一点厉害瞧瞧！"这话说得内荏色厉，若是平日在署中，早已喏声雷动，可是此时众人都面面相觑欲言又止。议到半夜几个参将仍旧支吾趦趄，都说"朝廷已经派福大帅来，等援兵到了才好出战"。常青怕的就是福康安来了无法交代，不禁勃然大怒，"啪"地一拍案喝道："我们是做什么吃的？难道一定要等福大帅来才能打仗？"话音未了，城外头传来一片鼓声还夹着无数人吆呼呐喊。满座的都是败军之将，闻战即惊，一个个股栗色变脸色煞白，背若芒刺侷促不安间常青大喝一声："来得好！传我的中军，城中原有驻军再增两千跟老子杀这头一阵！打好这一仗，大家放假，我给你们出票出宪牌，人人升官！"

"喳！"

众军将一来畏他的威势，二来见他如此豪气，也觉胆壮，自亦有"叫你尝尝厉害再来训斥我们"这份阴微心思的，勉强振作厉声答应着纷纷起身，虚吆喝着就镇台衙门前点火把召集队伍。总共集合了两千五百人，所有的马匹都用上，擎着火把浩浩荡荡开向南门。

未及城南一里之遥，已隐隐听得城外呼声动地。似乎城外满山遍野都是人在呐喊，四面呼声连成一片，犹如风过山峦，又似狂涛海啸。按台湾地气绝不同于大陆内地分了四季，它只雨旱两季。三月天气象温和，连海风吹过来都是暖融融的。这样的夜里官军是太平年间也不敢出城一步的，但这位憨大帅竟要亲自出马夜战！风虽暖和，夹着外头万众呼啸声，竟吹得军士们身上一阵阵起鸡皮疙瘩。常青本想上城头瞭望一下，火把中看见众军士面带怯色，想想外边都是乌合之众虚作声势，城外突袭一战即收，得点便宜就回来，也未必就失蹄了。遂在马上扬鞭一指，大声喊道："开城门！我的戈什哈在前头，骑兵后边步兵——给老子冲啊！"

城门"吱嘎"一声哗然洞开，百多名戈什哈放缰呐喊，嘶声叫着："冲啊！"泼风价冲了出去，马嘶人喊也甚有声威，后边的马队也就扬刀呼啸一拥而出。起初义军被官军这一大胆举动惊了一下，略一沉寂四面号角呼应，似乎在联络。稍定，便见正面、东南、西南黑乎乎的椰林里燃起了火把。一把、两把……千把、万把星星点点又连连绵绵成了一带火阵，又成一带火海，鼓声也响得密不分点，火山般压了近来……冲在前头的兵惶惑不知所措——就是冲也得有个方向！但后队的兵马还在出城，常青没有号令既不能进也不能退，众人拥挤在护城河桥头乱成一团。

突然，对面椰林里一簇火光极明亮地一闪，接着"轰"的一炮天崩地裂般响震，撼得大地簌簌发抖，炮弹打在护城河里，激起丈许高的水柱。暴民还有炮？冲出来的官军吓怔了。一时目瞪口呆不知所措间，"轰轰轰"又是三炮打过来，这次准头却是极佳，护城河桥头四五匹马登时倒地，有两个正在发愣的军士仰天被掀翻下马来，硝烟弥漫间火把熄灭，人们已经乱作一团……留下来的人发一声喊，勒马转缰掉头就跑——后边的人马不知外头出了什么事，还在往外拥，前边的回头跑，马碰马人挤人喊声骂声哭爹叫娘声嚷成一片乌烟瘴气，这时常青才策马出了城门口，不防义军方向瞭得清他的纛旗，迎头又是一炮，却打在城门顶上，打烂好大一块，断砖灰土片猛雨般砸落下来。常青肩头着了一下，座下的马不知砸了哪里，"咴儿"惊嘶一声前蹄撩起老高，几乎把这位堂堂主帅颠下骑来，还没有勒定马，口中来不及约束部众，敌军那边十几支鸟铳"砰訇"齐发一响，常青周围的军士麦捆儿一样倒下一片。这下子常青连马鞭子也丢了，再也撑不住，声嘶力竭大叫一声："贼来砍老子头了！退兵退兵！"接过亲兵递来的鞭子照马屁股狠狠就是一鞭，那畜牲掉头就跑，把后头的步军也踩倒了一片……

从此常青龟缩台湾府城，和黄仕简一同勒束军队不敢言战。只严命柴大纪死守诸罗和任承恩全力打通给养要道。无奈似乎全台百姓都反了，小股部队即使大白天也不敢开拔，运送一队粮车，至少要两千兵士带鸟铳弓箭严加戒备，还要一千军士游弋搜索前进。鹿耳门码头李侍尧派刘保琪马祥祖惠同济等人送来的白米、风干肉、火药大炮堆积如山，不但送不出去，还要重兵严加看守，防着林爽文来劫，台湾诸罗两县官兵都似齐人遭荒，饿得连嗟来之食也没，走路都晃晃荡荡……

六月里，福康安的行营终于移驻福州。他似乎还嫌准备不足，只下令连同常青在内，所有台湾府驻军旗营一律不得妄动，等候军命。常青莫名其妙又心里发急，派人悄悄打听，才晓得福康安已下令解散福建水师，只带原从太湖水师里精选的五千人马，又听说李侍尧从广东琼州水师精选了五千人马正在火速赶来，福康安已连连遭乾隆"怯战"申斥，一律充耳不闻，只管日夜修理船舰，手提着马鞭子亲自到工场督造炮舰……常青心里暗道：你带这一万人马好做什么用，充馅饼给姓林的吃么？嘴里却不敢说：因为人人皆知，福康安打仗还从未输过。——但也因为福康安大军已抵厦门，准备赴台的营生作得声势浩大，台湾的军心大定。诸罗城中有柴大纪，虽说被义军围得水泄不通，但城中原有一座花生库，还有一座地瓜干库，都取出来军民人等按日供应，抽精壮劳力加固城防，一时倒也无虞。台湾府和鹿耳门港的联络交通，因鹿耳门能抽出人丁卫护驿道，情形比前也好了许多。福康安先声夺人，台湾官军士绅如大旱之望云霓，日盼他早早放洋过来。却也奇怪：为什么迟迟不动？

福康安在等风，等着南风大作。但厦门海域春夏两季极少西南风，偶尔吹来也是旋起旋停。从厦门到台湾数百里水面，都是万丈狂涛，风向不对，千艘战舰滞留海中逆风逆水而渡，一旦中途退回，台湾的局势更不堪设想，待到秋八九月，已见南风渐次增多，战舰已修缮完备，战士们吃饱了撑的，海滩上摔跤打布库游戏，将军们摩拳擦掌跃跃欲试，单等他的号令。

十月二十七夜分，南风大起，裹携着凄迷的秋雨，袭到厦门。这风起初还时紧时慢地鼓动，插在福康安大营上专门用来测风向的风标和节绒还一飘一落微旋不定。到后半夜，福康安披挂危坐帐中，命所有船舰官兵一律码头集结待命，全部游击以上军官都集中到他的大帐前肃立待命。到天将放亮时，福康安已焚了三炉香，整束衣冠盥手谢天，清酒酹地，向北恭敬叩辞乾隆，带了众将军一起来到港口。

他似乎许了禁口愿，一直默不言声，他的中军领佐贺老六已是副将实缺，王吉保也已领了副将衔，都穿着黄马褂，也是一言不发。海兰察就守在港口，见他骑马到了码头，只一躬，将手一让，说道："请大帅视察！"

这里是厦门的崇武澳，港口洋面上灰蒙蒙的飘着细密的斜雨，千船万舰樯桅如林，都在微微动荡摇曳不定，远处平日看去平静的大海也不再是蔚蓝色，此时天低云暗，苍苍茫茫的海面上一浪卷一浪，泛着白色泡沫扑上滩头，愤怒又不情愿地退下去，海崖礁石激起的浪花足有丈许来高。福康安眯缝着眼遥望着大海，又不经意地抬头看了看风中簌簌急抖的节绒和纛旗，突然扬臂一呼："大丈夫立功在此一举，为社稷为皇上效命，决不许金瓯一缺！——我的旗舰在中央，贺老六王吉保随我——各军听我号令，按方位依次出洋！"

这风真是天助，劲急而不躁，力匀而不懈，千帆万舟鼓浪而进行走如飞。各船艄公都是精选出来的精壮水手，走得又快又稳。二十八日晨下海，只用了两天一夜，全部战舰一艘不损，军士一员不缺，已云集在鹿耳门。那风兀自一如既往直吹不止。福康安在暮色中踏着桥板率中军旗舰的下船，站在冰冷的滩头岩石上，深深舒了一口气，由着风把他的辫子和袍摆撩起老高，半晌命道："所有军士下船，有晕船的好生调息。休整三天，什么事也不做，让我的兵吃好睡好养足精神！"

"喳！"站在福康安身边的海兰察应声答道，"标下遵命传令！"

福康安放缓了神色，又问："常青、黄仕简、任承恩到了没有？"王吉保忙跨前一步，回道："常青昨晚就到了鹿耳门，正在滩头等候欢迎大帅，黄仕简留守府城，其余的都到了。"福康安又问道："那个守诸罗的是柴大纪？他没有来吧？"

"回大帅，"听他说到柴大纪，王吉保加了小心，进前一步说道，"诸罗城被贼四面围困，我军联络不上，他还不知道大帅已经登台。"

福康安哼了一声，冷冷说道："这个时候欢迎个屁！吩咐常青，把鹿耳门大营中帐腾出来，摆好木图，我和海军门要立即召集会议布置军务。淡水要先供应登岸的军士，亥末时牌我要逐营逐个查检，没有洗过脚、喝不上酸辣汤的，直接禀我！"

"喳！"

军事会议开得甚是肃杀，鹿耳门中军大帐地方不大，里里外外都是军将肃立，也不知从哪里弄来的七八只胳膊粗的龙凤烛照得里外通明雪亮，帐中一盘硕大的军事木图旁边只有海兰察和常青就座，其余的人一律贴帐站立，静得只闻帐外掠天而过的风声浪声和大帐鼓噎的牛皮磨擦声。

"诸位！"在岑寂中福康安扬声说道，"用不着文过饰非，因为主将无能，台湾已经全局糜烂！"他目中精光四射，扫视着大小林林总总的官员，又看一眼木然呆坐的常青，冷冷地转脸面向木图，用长竹节鞭虚指了一下，说道，"在福州我和海军门已经召集全体游击以上军官几次会议。这个仗怎么打，其实用不着多议。台湾四县已沦陷两城，诸罗是战略要害，解掉诸罗之围，全局就会翻转过来，军心民心就定住了！这么明白的事——"他突然转脸问常青，"为什么当初常督没有计议到？"

常青没想到突然质问到自己，身上抖了一下，忙欠身答道："卑职们几次计议也是这般儿见解，但台湾的官军太少，首尾不能相顾。试着攻了几次，都被贼匪堵回来……"他下巴颤着，声音也有些发抖了。

"堵回来？敌人是多少？有什么火器？我军谁是主攻？谁是策应、预备队，后援辎重谁负责？"

一连排炮般的质问下，常青脑门子上已一层冷汗，用汗巾子拭着，期期艾艾答道："是这个……全台造反的已逾十万，连同我带的福州绿营……我军这个，这个这个只有四万……"

"答非所问。"福康安突然一笑，"真正的天地会只有四万余众，你说的十万是连跟着起哄在山里摇旗虚咋呼的也计在内了。"他的神色突然变得异常庄重，摆着方步走至上方，南面而立，徐徐说道："常青听旨！"

屋里屋外的军将都吓了一跳，不安地互相询问颜色。常青一下子变得衰惫不堪，在椅中挣扎了一下才起身来，脚底下踉跄两步才站稳了，伏俯跪倒在地叩头道："奴才常青恭聆圣谕！"

"常青之罪朕已屡次降旨。"福康安在死寂中扬声说道，"今着钦差大臣福康安宣布，着革去常青顶戴花翎及原颁赐黄马褂、革去其原任太子少傅兼兵部侍郎及本衔闽浙总督。即刻由福康安委员锁拿进京交部问罪！钦此！"

"奴才……遵旨……谢恩……"常青的身子一下子瘫落了下去。

"战事当前，没有那么多客气话。"福康安一副脸毫不动容，也不似平常宣旨过后有许多敷衍安慰，"天威不测天怒难犯，请常公斟酌自爱——就请常公住到我的旗舰上，待风向顺利再返大陆。"

待两个亲兵搀着常青退去。福康安略一沉默，从袖子里又抽出一份诏旨，说道："台湾乱起已近一年，福康安自受命以来也已八月有余，而至今才抵达，甚是有愧皇上知遇之恩呐……六部督促，廷谕申斥的话诸位想必已经有所耳闻，所以有些人心里另有些想头，以为皇上不再信任我福康安，以为跟着福康安干前程黯淡，这里有皇上八月二十五日由北京发出，也即是我最近收到皇上的恩谕，虽然是给我的，我看成是对我三军将士的信任勉励。眼下就是一场硬仗恶战，我读给诸军兄弟，与我同沐皇恩。"他环视一眼众人，说道，"地方狭小，不要跪听了，就这样立正肃听就是。"因展开诏旨轻声读道：

> 奉天承运皇帝诏曰：朕临御五十余年，于一切重大事务，经历不知凡几，无不通盘筹划、熟虑机先。今委福康安以剿捕之任，岂有令其冒险前进之理？无论福康安久经简任，寄以股肱心膂，事无巨细，无不休戚相关，断不肯置伊于险地，岂有福康安为朕亲信倚任之人，转不为计出万全耶……朕之待福康安，不啻家人父子，恩信实倍寻常。福康安亦当以伊父傅恒事朕之心为心，竭力奋勉……

福康安起初还读得堂而皇之庄而重之，读到情真之处，仿佛眼见乾隆皓首握管关切凝注的目光，声音已是变得喑哑哽咽，读到"傅恒"名字，更是触动心事，已是泪流满面，声怯气嘶朗诵一遍，满庭军将尽都感激唏嘘。

"福康安只有一死粉身来报这高天厚地之恩了！"福康安涕零说道，"台湾本岛将士久战疲劳，全队充作后备。由我率登台军队全军攻打围困诸罗的匪众！"他这才认真指定了木图，说道，"这里是大里杙，这里是诸罗，这里是台湾府城，我军现驻这里。如果我军向诸罗运动，大里杙天地会众必然号令匪众拦截。为牵制大里杙匪众不敢妄动，我军必须攻取这里——八卦山，要轻骑快取，迅雷不及掩耳，夺下八卦山，台湾原有的二十门火炮，还有我带来的三十门火炮就能迅速向诸罗运动。敌军的优势是人多，劣势是没有经过野战训练，敌军屡胜，有虚骄之心轻蔑于我，而我军人少却全都是精选出来的壮士，有五千火枪手还有两千持短把马铳的，装备精良前所未有……"他侃侃而言，从雷公会与天地会的矛盾说到台湾土著居民与外地移民的纠纷，剖析得精细入微，末了放开嗓子问："谁敢打第一阵去攻八卦山？"

"我敢！"贺老六一个挺身出来，亢声说道，"请四爷拨给我一千人马，三天打不下八卦山，老六提着头来见您！"话没说完，王吉保大叫一声出来"啪"的一个立正："我给四爷立军令状，我只要六百兵！"贺老六一拍胸脯怒目王吉保道："老大帅用我的时候，你还穿开裆裤！由海军门带一千人准备驻扎，我只要五十个人攻八卦山！"王吉保梗着脖子扬声道："你和海军门压阵，给我选十个不怕死的，打出威风给你看！麦秸垛大压不死老鼠，秤砣儿小能压千斤，你少倚老卖老！"

当下二人军帐争夺请战越吵越是激烈，已都是通红了脸，要带领抢攻的人竟减至十名，听得任承恩诸旧部驻军将弁目瞪口呆。正自不可开交，海兰察挺身站了出来，对福康安道："这次打八卦山，要打出威风，要台湾匪众知道中原好汉的厉害！五十人靠群胆，十人靠孤胆，我老海请先打个样儿给兄弟们看，请跟随大帅来的十名巴图鲁、十名侍卫选出来，也加上贺老六王吉保两位，跟我登八卦山。大帅您只管率军观战，派军队预备接防驻扎！"

"老将军勇气何其豪迈！"福康安被他这番话激得热血沸腾，"这一阵既要夺取这块冲要之地，更要激起我三军高昂士气——打出威风来，如果倚多取胜，就没有威风可言，这话说得好！你要什么？只管开口！"

"每人一把鸟铳、一把马铳、一把倭刀、一把匕首！"

"成，还要什么？"

"每人一壶酒、一包炮药裹扎，不成功便成仁！"

"好！我预备黄金一千两等你们接赏！我准备奏章为你们请功！我带领五千军马观战，万一有所不利，我全军压上去接应！"

跟着福康安的巴图鲁侍卫们"啪"地一扣马刀，齐步跨出班序，一齐向福康安行礼："标下们跟海军门去，踹平了八卦山，给大帅立头一功！"

"好！"福康安回身顺手拔出将令，狞笑一声，"瞧着众位兄弟们了！"

第二十五回　海兰察称雄八卦山
　　　　　　福康安血战诸罗城

　　八卦山这一战打得极其干脆漂亮。林爽文虽然称帝，也就是过过皇帝瘾而已，台湾各地义军，有原来在雷公会的，也有天地会的，公举他为顺天皇帝，其实还是各自为政。就八卦山而言，林爽文只在山梁上设了一个卡，是他大里杙"帝都"的一个门户，根本想不到这里是可以扼制清军攻打诸罗的交通要道，更没有想到福康安第一个先拿这里下手。见清军五千人马浩浩荡荡开过来，守山卡的义军香堂堂主罗耀祖还以为是增援台湾府城的部队，就用这个情报飞告林爽文，林爽文也是大意，没想到这丁点军队就敢来扫荡台湾，急出调兵符，从仙居贺屋居两处向南夹击，要抄掉福康安后路，一同当饺子馅包进台湾城。一来清军不堪一击"败惯了"，义军没当一回事，二来军事判断轻率失误，这就酿成大错。

　　清军攻打八卦山是在下午未末时牌，用现时话说是"多云"天气，但那场南风仍旧吹得很强。八卦山山势并不险峻，形如龟背曲似长蛇，盘踞在驿道西侧。虽值孟冬季节，满山灌木也还青葱，被风吹得摇荡不止。守山的喽啰见五千人马从山脚下驿道上过，以为又是护粮队伍，紧忙跑回山顶临时修的木栅寨向罗耀祖禀告："堂主，鞑子兵又过路了！这回护粮的人多，有四五千人呢！"

　　"还照常例，打他几枪鸟铳！"罗耀祖正在和几个亲信发宰相的牢骚，偏过脸接着说话。他是个三十岁上下的粗壮中年，已经剃了辫子，光着头半边身子袒着袖子，一脚踩在凳子上正说得兴头："皇上当初焚香告天，三十六友学瓦岗兄弟义结金兰，我就是掌炉使者！那时候他安怀仁在哪？在他妈雷公会给人家香堂扫地！皇上倒有意封我南护法尊者，他先拦着！说朱雀堂的香火银子不对数，有贪污嫌疑！我不是嫌官小，这名声儿叫人怎么受?!"他越说越气，"啪"地一拍大腿，"老子不侍候这爷！干他娘的，他不给我说出个子午卯酉，下次朝会把他从公座上拉下来！屄毛灰的啦……"还要往下说，见前头报信的喽啰喘吁吁又跑进来，不耐烦地又问道，"还没有完么?"

"报堂主……"那喽啰大喘一口气，又在缸里舀了一瓢水咕咚喝了两口，这才说道，"有一股官兵上山来了！"

"多少人?"

"我点了点，二十三个人！"

"噢。"罗耀祖松了一口气，笑道，"你打了鸟铳，人家那么多人，能不上山看看? ——走，咱们瞧瞧去！"说罢，也喝了半碗水，这才带众人出寨门来看，从这里居高望下看得清楚，真的只有二十来个人蠕动着上山，走得似乎不快，似乎"搜山"的模样彳亍前进。山下的驿道上清军队伍像是在休息，前队已经站住，后队还在向前靠拢，有三十几辆大车夹在队伍中，像是蒙着布包，几个骑兵来回游弋挥鞭说着什么，既听不清，也看不出什么异样来。罗耀祖笑道："这点子人上来又有屁用！等走近了放几枪他就属兔子了！"说着便转过坡后撒尿。

海兰察真的是假装搜山的散兵游勇，二十几个人散成一线，东张张西望望走走停停，还不时吆呼着互相"壮胆"，已经看见山上有人影也装出毫不知情的模样。侦探着，突然山上几十步远处，三支鸟铳齐发，"砰"的一声巨响，二十三个人一齐伏了下身子，只听得铁砂子打在荆树上沙沙一片作响。海兰察再不迟疑，双指卡口尖哨一声，这二十三个人伏地猛虎般一跃而起，蹿跃着直奔而上，一边跑跳，各人端出马铳，"刷"地抽出倭刀，踩石头跳草墩飞也似扑上来！——罗耀祖撒尿还没有系上裤子，一偏脸见势头不对忙叫："快放鸟铳打！打打打呀！"那三个鸟铳手这才惊悟起来，开枪膛装药时，哪里还来得及? 王吉保和两个侍卫一手匕首一手长刀挥舞得银光四射，一转眼间三个义军鸟铳手已被砍翻在地。罗耀祖大叫一声："不好！快退！"转身要走，贺老六怒吼一声劈叉跳起老高，落地时一个连环剪踢过去，正着在罗耀祖后背心，收脚不住向山下斜倒过去，恰一头撞在一块卧牛石上，因碰得着实，顿时左额上血流如注，翻了一个身踢着腿只是挣命。这时山下五千余众清兵突然齐声发喊助威：

"打呀！打得好！杀——！"

声势如山崩地裂地从山下传来。守在寨门口的义军也有六七十人，有的握一把刀，有的提一把镰，有的是空手出来转山玩儿瞧热闹的……已经看得目眩神迷如在梦中。眼见这二十几个人在大寨门外施为行凶，连杀了十几个人，竟连相帮也忘了，直到官军一齐呼喊，才回过神来，乱成一窝蜂要回窜关寨门时，哪里还能够？海兰察为首，二十三个勇士举起马铳"嗵嗵嗵"就是一阵排枪，硝火烟气中义军已被打倒一大片，铁砂子横飞，打中了脸的打中了眼的，捂着脸惨叫呼救……大寨中还有五六十名义军，临到此时没了指挥，从二寨门石头小桥上刚一露头，喊着"快寻罗香主……"被十几支长鸟铳一起打去，顿时撂倒了五六个，剩下的人"妈呀"一声，都似没头苍蝇般四下乱窜，已经丝毫没有章法。山下助威的此刻已看不见海兰察他们动作，只管高声呼喊："杀贼——立功——福四爷有赏！杀贼——立功——福四爷有赏！"

山上的官军一头听这助威声，一头已经杀红了眼。这些人除了贺老六和王吉保，一半是从蒙古选来的巴图鲁勇士，一半是从盛京故宫选来的侍卫，又在古北口大营里操演训练出来的高手。最得手的就是单打独斗、踢高撂个子的人中精儿。若是全山寨操野战队列堂堂对阵，义军还不至于败得这样快，此时被打得没了建制没了指挥，四散逃亡如惊弓之鸟。连招架也没了勇气，见机得快的溜山沟逃掉了，见机略慢一点的被海兰察一众枪打刀剁匕首刺，竟如切瓜割菜般恣意收拾。不到一顿饭时候，前后寨搜遍，已是宰杀尽净，一个活人影儿不见。海兰察呼哨集合，各人提一把血淋淋的刀来见，都是满脸遍身的人血，海兰察看王吉保没到，问贺老六道："吉保呢？"贺老六揩着眼角上的血痂一笑说道："这家伙孩子气，比我少杀了一个，这会子还在寻人杀呢！"一时便见王吉保拖着半昏迷的罗耀祖来，笑着道："我抓个活的，这家伙是林爽文的南堂堂主，是个头儿呢！"

海兰察检视众人，都是稀里糊涂，各人自查，竟连个轻伤都没有，只有王吉保手脖子中了一枚铁砂子——还是乱中被自己人鸟铳打的。——海兰察大喜，带着这一群"血衣"人到寨门口手卷喇叭齐声高喊：

"福四爷！我们全胜了！"

"福四爷！我们全胜了！"

⋯⋯⋯⋯

声音终于传到了山下。其实他们不用喊，那种欢呼雀跃的景象山下五千人已看得清清爽爽。福康安看着，脸上露出孩子气的一笑，用马鞭子扬手一指，说道："这是皇上洪福齐天，这是我大清百姓臣民之福！——吴德贵！你带一千人驻扎这山上，现在就去！把山上的英雄给我抬回来当众昭示三军！"

"喳！"那个叫吴德贵的偏将行一个军礼回身便走。

"慢！"福康安叫住了他，眯眼看着山峦，慢吞吞又道，"你看这座八卦山，控扼住了这里，可以阻碍驿道，可以卡住台湾府和诸罗的咽喉，这么要紧的地方，他姓林的只派了一群脓包来驻扎……他只顾了做皇帝，沐猴而冠，何其短见也！你是跟我打金川升的参将吧？听着，你不要学马谡失街亭，这个地方和街亭一样，你给我守好这座山，就好比撬东西杠杆儿，这就是个支点，我能把全台湾都给撬翻了，你就立了大功劳。你要丢了这块地方，什么交情脸面都不用想，叫当兵的提着你人头来见我！"

"喳！标下一定切记在心，这座八卦山就是标下的命！"

"也是你的前程。"福康安不动声色，说道，"去吧！"

八卦山得手，像一针兴奋剂刺进了官军队伍。海兰察身为副钦差，王吉保和贺老六也都是福康安的心膂将军，二十个上前杀敌的也都是勋贵子弟位高望众，一顿厮杀全胜而归，都在三军众目睽睽下当场展示，真个三军先惊心动魄，后沸腾如海，踊跃鼓噪士气高昂。福康安紧紧部勒军队一夜强行军，待到天明，已在曦光中遥遥可见诸罗县城。骑兵固自不待言，就是步军，一边挑脚泡，烧火做饭，吹口哨唱歌，走道儿一瘸一瘸的直想撒欢儿。福康安就一片椰林里召集军务会议，商量诸罗解围的事。

"士气可鼓不可泄。"福康安也是一夜不睡，眼角显得有点暗，但仍是十分精神焕映，手里握着马鞭子在地下划着，说道，"自我带兵以来，从没有像现在这样士气高过。但士气高是要靠打胜仗才能维持——昨天一战，胜过我福康安集合全军讲十年课！"他用鞭子指指诸罗城，"这四匝一共驻了林爽文八个营，已经围困这座孤城十个月，双方相持不下，已经都是疲兵，这是其短。但他们地形熟，本地人水土习惯，这是其长。我们走了一夜也很累，但歇下来就有伤士气，还要再接再厉打这场硬仗，这是我们短处。我的想法是立即把拖来的三十门炮分城东城南两处，城南这座乱营像是敌军主营——他妈的常青真是活见鬼，连这一点事都探不清楚——看他的纛旗似乎是吧！敌情不明也是我一短——轰他这两座营先镇住势头，我们的人也好趁机休息半天，把通往台湾、台南、台东的道路探清楚，然后猛攻下了这座营。通知城里的那个柴大纪，向北打一下，策应着牵掣敌人不能增援就是成功。"

海兰察坐在福康安身边，仍旧一副似笑非笑模样，手指头划着地听福康安说话。福康安又布置了警戒关防，吩咐众人："大家辛苦一点先去看看营务，等一会接着会议。"待众人散去，问海兰察道，"你似乎有话说？我方才布置的，都是我俩在福州计议过的呀，没有再征求您的意见，您不会介意吧？""四爷和老海说话，还用'您'字儿，"海兰察一笑说道，"到这里看看情势，我有些新想法，还没有想透。所以没有说话。"

"那我们一同走走。"福康安笑道，"边走边说。"

这是半阴半晴天气，刚刚过了寅时，东方的云透着白光，散散地照进椰林，挺拔孤峭的枝叶和树干都翘着，像一个个人站在高岗上迎风而立，又似一根根翘起来称赏别人的大拇指，虽然颜色老碧，看去也都还精神——中原此时早已是万木叶落冰封地冻了——这里远处，一片蔗林还没有砍倒。因为战乱，椰林外的红薯地还没有收，已变得发紫的薯秧被人踩得横七竖八无声地躺在地埂上。目光穿过红薯地向东北看，就是林爽文围困诸罗的南大营，却都是用甘蔗搭起的包，密密麻麻集攒成一大片，外围用木栅圈起，这就是"寨"了。海兰察默默走了一阵，站住了脚，微微一叹说道："台湾的兵太怂包了，昨天一仗，我看清楚了，其实反贼都是老实巴交的农夫。可我不杀他们，他们操家伙要杀我，里头一个还是个十二三岁的孩子……官逼民反，他们入天地会也实在是没法子逼的了。"福康安不言声听了，点头道："这是出兵放马，我们也是不得已儿，这种事没有仁慈可言……我们在这里提着脑袋干，朝里还有人说我花钱多，还有人盼着我狠栽一筋斗，他们看笑话！真奇怪，文官贪污千百万两没事，当兵的收复失地，叫人家枵腹从公？皇上这份诏书，是我托阿桂亲自送了密折陈情，才亲自写给我的。阿玛说他是仗打得越多越怕。他老人家在世最怕的是我'快牛破车'当了赵括马谡。我先是小心，如今才真正体味了他老人家心思……"他又深深叹了一声，"想眼前的事吧！你有什么意见，只情说起。"

"这种寨子根本禁不住炮轰。"海兰察扬手指了一下蔗寨，"我估算了一下，每个寨大约驻有两千五百兵力，粗算有两万多人。他们还是弄的天地会红阳教里什么'八卦迷魂阵'那一套。自从有了火炮，那些玩意一点事也不管的，里头道路曲折只会妨碍他们自己的运动。我军地形不熟，不能夜战，今天下午打，如果维持到天黑，他们或跑或攻于我不利。所以我建议今夜好好休息一下，明天拂晓，集中全部大炮猛轰这个寨子，派两千人潜伏到城北。这边一开火，那边必定增援，趁着空虚只情放火烧。等他乱了阵脚，还是我打头，带两千人携带鸟枪马铳大刀，只管打杀。我们五千敌人两万，全歼是不成的，要的是击溃战，打得他们没魂儿就算成功。"

福康安一边听，一边手指无意识地抠弄鞭子上的黄绒，目光幽幽地随着他的手指看，突然熠地一闪，说道："老海，你的办法好！到城北的人由吉保指挥！射一封箭书约定时辰，命柴大纪带兵出城，和吉保一路烧杀，越猛越好！"又笑道，"看来和你这老军务比，我还嫩着啦!"海兰察笑道："大帅谦逊了不是？老傅相也算古今名将了，我看比着大帅还过于持重了些。百战百胜将军又这么虚心，老海服了您了！"他原想福康安必定扬鞭大笑的，但只见福康安一丝苦笑，说道："你甭这样说，我有几次都是奴才背着逃出险境的……我的奴才们好使，比纪昀的要强多了。纪昀从新疆回来，跟他的那个叫'四儿'的狗老死了，他要塑跟从戍边的四个奴才石像立在狗墓旁，还是刘墉劝阻了，他家奴才的议事厅匾额，就写的'师犬堂'三个字……"他点了点头，说道，"我们还不是皇上放出的狗？"

海兰察抿了抿嘴唇，说道："是。"

…………

一切依了海兰察的主张。第二天凌晨，贺老六一声令下，三十门用炮车拖来的红衣大炮一齐怒吼，一炮又一炮没头没脸铺天盖地冲着敌军南营只是炸。顷刻间，偌大一座寨子成了烟海火海，里头的人一片嘈杂嚷嚷呼天叫地之后归于岑寂，突然放出红绿蓝三枚起火，又是一阵号角鸣里哇啦，便听鼓声响，一彪军马从东寨门烟雾中突袭而出，阵容却远比八卦山的义军齐整，一律短衣短裤红布包头，呜呼大叫着扑出来，足有两千人。这时天已光亮，隐隐日影里看得明白，人人都喝过了符水，红着眼张牙舞爪的十分猛恶狰狞。贺老六袖子一挽，大叫一声："先人板板的，不怕死的跟老子冲！"

"都给我站住！"福康安一把拉住了贺老六，咬着细牙喝令："放箭！"

他身后就是五百弓弩手，而且也都是火枪手，听得主将一声令下，俱都张弓挽箭，劈头射了出去，密集得犹如蝗虫阵飞向敌群，当头的义军立刻倒下了十几个。有几个悍勇的臂上胸上都中了箭，大声恶骂着"干你姥姥的！操你妈"，一头拔箭挥着大刀又冲上来，有一群迟疑着要退的又折回头大叫着劈杀过来。此时大炮已排不上用场。福康安见战士们跃跃欲试白刃格杀，只是按捺着"不许出阵，只管放箭"。海兰察在后队督战，一边警惕地环视四方，一边命人："开箱，往上送箭！把火药包备好！"他提着矛枪威风凛凛下令："哪一队缺了箭，我立刻斩掉送箭的！"

正在紧急时刻，突然东边南边西边都传来撼天动地的喊杀声，原来其余七个营的敌军援兵已经赶到，所有椰林、草丛中像是地下冒出来的都是密密麻麻的造反义军，一律都是红缨矛戈，也有十几枝火枪"砰！啪！"零零星星响着，裹携着人声呼啸杀近前来。福康安此刻才清醒想到：常青估算敌军总兵力十万，大约还估量不足。眼见几万人马狂叫呼喊着围过来，红漫漫一片人海。福康安"刷"地抽出剑，高声喝命："停止放箭！火枪手预备，向东寨门，给我狠狠打！"

"砰！"一千支火枪轰鸣着打向东寨门。

"砰！"第一队响过，枪手装药，第二队立刻开火。

"砰！"

"砰！"

这一着极其奏效。第一排枪响，东寨敌人已经后退，第二排枪响后已经四散溃逃。四排枪响后，东边已经杳无人影，漫漫荡荡的烟雾中留下的尸体堆成堆垛成垛，寨门口的小渠里已满是泛着红沫的血泊。南边西边的敌人见东边突然全军覆没，被这惨烈的战场屠杀似乎惊怔了。冲在前面的迟疑着放慢了步子，喊杀声也变得飘忽犹豫："杀……哪……"与此同时，北边天上起了三枚蓝色起火，接着便见北边南边同时起火。义军队伍立刻前后顾盼，变得惊慌不安。

"掉转枪口！"福康安心知王吉保抄敌后路顺手，心中大定，一挥剑咬牙切齿大喝，"孩子们，打！用火枪打！"

"砰砰砰砰砰——"

火枪手们遵命向南打，已经不分第一排第几排，装药就打，打了装药，南边一带椰林像蒙了一层大雾，烟气随风卷过来连清军这边都刺鼻呛人，还带着新鲜人血腥味，猛雨似的砂子打得椰树草丛都簌簌发抖。这样的火器装备，义军委实支撑不住，分不清多少人惨叫凄号着溃退下去。

"兄弟们，跟老子杀呀！"贺老六"哧溜"一声撕脱褂子，露出一身疤痕累累的横肉，抽出大刀片便出了阵，接着，三千清兵照样学样，都剥脱得赤条条跟着杀了出去，一路发了疯似的向西压去。

自从台湾乱起，义军官军交锋，从来都是官军一触即溃，打一阵败一阵，一方败惯了，一方胜惯了，义军何曾见过这般凶恶的官军？眼见白汪汪一片人手擎银光闪闪的大刀冲杀上来，又见后营到处起火冒烟，哪里还有恋战之心？不知是谁大喊一声："妈啊！他们不是人，是魔王杀我啦！——逃呀……"声音尖锐惨厉，直如夜行人突如其来遇到鬼魅一般，这队伍原本已经攻得心慌意乱，听这一嗓子刚落，一排霰弹携着浓烟巨响打过来，再也撑不住，轰然掉头就四散奔逃。队后有几个肩插令旗穿红色马甲的像是头目，挥着刀还想聚拢人众，哪里挡得住？早被潮水一样的溃兵踏得人仰马翻。

"冲呀!"福康安见此情势,知道时机已到,手中扬剑一挥,带着中军护卫从正面呼拥而上,这一来叛军更加招架不得,纷纷向西逃亡,却被王吉保带的清兵迎头堵住,又折头向南狂奔,福康安指挥火枪拦截,又掉头向东,几千人都昏了头,没有了首领没有了阵脚,自己人互相搅着践踏……闯进敌群中的清兵杀红了眼,也不分了建制,哪里人多就冲向哪里。惨冷的日光下人群刀丛簇拥闪烁,把义军分割成几块,恣意宰割屠杀。号叫呼救声、呼爹叫娘声、惨叫声、喊杀声,混茫得不辨敌我,到处都是汪得一片一片的血泊,到处都是滚动着的人头和被踩得乱七八糟的尸体。眼见被切割成几小块的战团越缩越小,圈外的乱军早已逃得无影无踪,稀落的枪声中王吉保带着一群凶神恶煞般的兵士还要向南边椰林中搜杀。福康安长舒一口气,还剑入鞘,冷冷地下令:"剩下的敌人准允投诚,命各军收拢建制,清点战场。我军伤号一律抬到左边椰林,军医火夫还有中军我的护卫,统统去照料他们——叫王吉保过来!老海去查看战场,完了整顿队伍,也过来准备入城。"他这才觉得通身的冷汗已经粘在身上,掏出怀表看时,原来大战激烈不知时辰,已到酉正时牌。一时便见王吉保踏着尸体血泊一脚高一脚低过来,刀尖上兀自向下滴血,已经成了"红人",福康安关切地觑着他近前,问道:"你受伤了么?"

"没有!"王吉保咧着"血脸"笑道,样子有些可怖,"踹西营绊了一跤,崴了脚脖子,呸!这他娘的什么鬼地儿?主子没有受惊吧?"

福康安也是一笑,指指左右风趣地说道:"我受他们挟持,不能上前杀敌——怎么样,诸罗城里策应没有?出了多少兵?柴大纪呢?方才有一阵我担心他图便利从城南出来,被敌人乘机抢进城去,这仗就难打了。他还成,没有开门揖盗。""爷还夸这个姓柴的!"王吉保小心揭着脸上渐渐凝起来的血痂,舒适地抹了一把,一撇嘴道:"原先爷几次在兵部说他不可重用,奴才还想着这人真倒霉,怎么偏偏就得罪了我的爷呢?看起来爷的眼真是有水!总共——从城北总共出来五百兵,踹头一座营就伤了二百多,还有三百掉头就跑,弄了些粮食就跑回城里了!爷亲自写信,姓柴的就是不出战,好歹在城楼子上头见见面,呐喊助威一下也是个人!连他鬼影子也他妈没见。真不是个玩意儿!"说完又补了一句，"要是我的兵这么不中用，我他妈就地就正法了他！"

福康安不自禁地看了一眼诸罗城南门，因天色渐已向晚，天上又压着云，城墙雉堞已变成灰褐色，冷清清死沉沉地矗着，仍不见一个人影儿，只是城门已经打开，门洞里似乎有人，影影绰绰不知在做什么。转眼见自己的军士们都还打着赤膊，福康安命道："都给我把衣服穿好！看着凉了！"说着便见海兰察和贺老六带着一群军校过来。海兰察倒没留心福康安脸色阴着，笑嘻嘻地禀道："大帅，我军死了三十三名，伤了四百三十一名，都安置好了。抓了四百二十七名俘虏，都带着伤，没囫囵人。检点尸体是三千四百多名，零星散着的没有细查。老海打了一辈子仗，像这么合算的买卖还是头一回！"他这才看见，问道："大帅，怎么不高兴？"

"没什么。"福康安无意识地一笑，说道，"打了胜仗，我和你一样高兴。还要辛苦老六叔，今晚部队不进城，要露宿城外，六叔要查看警戒关防，看鹿耳门有人来送粮没有，最好在城里弄点肉，但要严禁喝酒。有私自进城抢夺民物或滋扰百姓者，一律就地正法！"

"是！贺老六听令！"

"老海、吉保，我们走，进城！"福康安道，"叫人先期进城通知柴大纪，我们进县衙。"说罢一摆手，五六十名亲兵戈什哈一齐上骑，尾随福康安向诸罗城行进。

福康安盘算着还要弄肉，还要戒酒，但一进城他就知道这个想头多余。诸罗被围已近一年，除了去年过年送进去几车粮食，已是与世隔绝的局面。地瓜、地瓜干、红薯藤、花生早就吃得罄尽，并所有能填糊人口的树皮草根甚至棉籽棉絮也都吃得精光。孤城久困乍释围，他原想欢迎场面也热闹不起来，但他没有想到，赶到城门内"香花醴酒犒迎王师"的只有五桌，盘中的"肉"都是用肉色纸摆出的样儿，"酒"在壶里，倒入碗里一点颜色也没有，天晓得是哪口井里的水。城中尽自戒严，家家关门闭户，却也不禁人行，每隔几十步站一个兵士，俱都是形容枯槁面黄肌瘦，衣服既烂又脏。城里百姓样儿也差不多，不过"扶老携幼"是说不得了，因为既不见有老人，孩子也极稀见，只有些衣裳褴褛的中年、年轻人骨瘦如柴，站在街旁木着脸看"王师入城"。除了十几个穿着皱巴巴长袍马褂出迎的士绅，还有七八个衙役也都面目黧黑，强装一副笑脸跟着县令在内城口打磨旋儿支应场面。县令倒是衣帽周正，说话便捷，看情形比别的人吃得略饱些，自报姓名叫丰开生，是乾隆四十八年进士，在福州候补，老虎班分发台湾来任知县。但他似乎也很饿，说话瞧着精神气力不足似的，一个劲摸肚子束腰硬赔笑脸。福康安一辈子出兵放马，每每得胜还朝，大小迎劳场面不知经过凡几，从没有如此凋零萧索的"欢迎"场面，想想城中被困一年，看看家家院落门前蒿草丛生，心中直往下沉。下马持鞭沉吟片刻，说道："贵县不容易支撑这个局面。今晚借用贵衙，我们同进晚餐，可以说说地方难处，可以先拨几千斤军粮分发百姓。"

"是是是！大帅这是救命粮！"丰开生又谢揖又打千，高兴得眉开眼笑，"只是请快一点。这里天天饿死人，只剩下三千多人了……军士们也只剩了三千名，是柴军门日夜督护守城，不然早就破了……"跟着福康安的王吉保这才明白，城中出去的援兵其实是饿得半死的人，也就原谅了他们增援不力。

丰开生陪着福康安一行来到荒榛满目的县衙，就在县令起居的县衙琴诒堂安顿了。福康安这才提起柴大纪，说道："预先布置好了的，海军门已经快马报出去了，鹿耳门和台湾府现存文官，都到诸罗来会议。柴大纪是台湾总兵，台湾全局失陷，他责任不可推卸，但孤城坚守一年，敌人七倍兵力不能动摇，志节和苦劳功劳也不可泯灭。他守城部署军务，自然不能迎我。现在知会他，约束好行伍，来一趟，我和他谈谈。"

这是一对一辈子的老冤家了，当年在瓜洲渡驿站，柴大纪吃醉了酒，开罪了微服私行的福康安，拙著已经写明。时至垂老几十年，福康安就是胸量再窄，再能计较恩怨，那口子气也早暖化了。本来事情若到此为止，柴大纪兵困、福康安来解围，他亲自到城口关防欢迎，也就罢了，福康安对城中军民一念怜恤，自觉可以大度放柴大纪一马，着县令传叫，老实跟来辞功服罪，不但无事，还可叙功，一天恩怨也可化解于无形。无奈前头乾隆已经知道柴大纪孤军坚守孤城，为坚兵士守城之志，不但有旨表彰柴大纪"忠能俱全心如皎月"而且继而下旨叙功，晋封柴大纪公爵，心中自有一份荣耀，现在听"福公"传叫，呼喝如同下隶，又说及台湾全局失陷责任。他极性高气傲的人，官场升迁屡次被福康安说"此人不可重用"压了又压，早已积郁含愤满腔。连日感冒卧床高烧，再加上疲累得神思恍惚，饿火又中烧，越发火气旺盛。听了丰开生传"大帅令旨"，眼一睖说道："有什么可谈的？我已经老了，就等着死了！你去回复钦差，敌军新败，要严护城防，防止偷袭报复。今晚护卫大帅安全都是我的差使，后半夜看过城防，我再过去侍候。"

丰开生无奈，只得又趑回衙门。军民同守一城，平日争抢口粮的事当然不少，老百姓饿死近半，军队好歹还有棉籽壳可食，原本也有些不和气，听了这话不受用，脸色也就不好看，只拣着能说的回禀福康安道："柴公爷说要维持城防，保护大帅安全，后半夜才能过来，请大帅鉴谅。"福康安听他说"柴公爷"，心里略不自在，但也没想到还有那些话，因还有一大堆事要料理，也觉累上来，因笑道："那就算了，他好好办军务，会议时再见吧。"倒是王吉保，原来和胡克敬是穿一条裤子还嫌肥的哥儿们，胡克敬是在金川战场护他才中了流矢阵亡的，这档子往事他心里清清爽爽，对这个柴大纪从来也没有好感。踹营增援不力他不高兴也罢了，入城不见柴大纪来"护场子"更不是滋味，见又不奉召令，丰开生面色言语有异，他有心的人已经瞧科不尴尬，拉了个背场问丰开生："他到底是怎么回事？"丰开生这场合便不肯替柴大纪瞒着，一五一十全兜了出去。王吉保听着气得脸发白，督促人赶紧给福康安造饭，趁着没人，瘸着腿进来，跺脚臭骂："他他妈真正的王八蛋，给脸不要脸！"

"你这是怎么了？"福康安正磨墨，偏脸见王吉保进来开口就骂人，笑道，"哪个惹着你这猢狲了？"

"还不是姓柴的！我们跑一万里来给他解围，要不然他这'公爷'还不饿死去喂海王八？"王吉保气咻咻说着，一字不漏把柴大纪原话传给了福康安，又道："早知是这么个东西，方才大军不整队，进城搞乱我屠了这狗日的！"福康安此时已不是少年时躁性，极有耐心听完，接着磨墨，漠然说道："这事到此为止，你胡说乱道是帮倒忙，叫那个姓丰的进来问话，由我来料理。"

这就种下了柴大纪的死因。接连三天，台湾府的同知、逃亡县令、县丞、同知纷纷由兵丁护送来诸罗开会，福康安再不提柴大纪一个字。只埋头写折子奏本，安排会议节要程序，派一千兵马护送海兰察至鹿耳门港，合大陆援兵五千进击彰化。原驻鹿耳门的福建兵向凤山运动，佯攻林爽文的老窠，造成钳形攻势扫荡全台。临会议这日，他照常起了个大早，在曦光中练了一趟太极拳，又丢了一阵石锁，玩得兴起时，那四十斤石锁在他手中上下翻飞轻如羽键，贺老六和一干侍卫侍立在旁连声喝彩："好!"正热闹间，王吉保从前院进来禀道："官员们都到了，请大帅过去训示!"

"鹿耳门有消息没有?"

"回大帅，平常来信都是午后。现在没有。"

"再传我的令箭给黄仕简，增加二百支火铳给他，严防敌军偷袭台湾县城。以前传令他说什么?"

"他说兵士们现在有吃的，林爽文来了，叫他有来无回!"

"八卦山方面呢?"

"吴德贵今天早晨报说，请再增拨三千斤火药。"

福康安站直了身子，揩揩额前的汗，又极仔细地放下袍摆，扯直弹去灰土，舒舒服服打了个伸展，这才说道："八卦山，我说过是杠杆撬东西的支点。现在我们已经撬翻了台湾全境，不必再专门看守这个支点。命令他的人马全都开来诸罗，休整待命!"

"是!"王吉保直挺挺答道，"这要大帅手谕!"

"我这就给他。"福康安回身进房，就着昨晚的残墨写了手令递给王吉保，皱了皱眉头道："你看看这院子像什么样子? 中军二百人不当班的，全都给我铲草，把地扫干净。我们会议我们的，你们干你们的!"王吉保忙答应着，福康安又问，"柴大纪来了没有?"

"没见他人。"王吉保木着脸道，"我问了他的兵——他们倒是按期来办差——说柴公爷犯了痔疮，还有老寒腿什么的，迟一会儿再来。"

福康安不再说什么，命王吉保出去传令，从容地用青盐擦牙漱口，又吃了几块点心，这才出到签押房前院。前院却甚是热闹，几十个戈什哈士兵在洒扫庭除，铲草割黄蒿，清理碎烂砖瓦还抓到一条冬眠的蛇，高兴的、害怕的叽哇大叫。几十个官员都是乱起之后逃往台湾府和鹿耳门寄居的官员，自从遭难还从没有见到衙门中有如此欢畅快乐的场景，都站在签押房滴水檐阶下笑着看。还是丰开生一转眼见福康安从二门出来，忙道："福帅来了，快迎！"

"给福大帅请安！"
"给福公爷请安！"
"给福四爷请安！"

……这些被丧乱战火洗礼过的文官一旦回到官场，立刻恢复了原貌，或端庄或矜持或媚笑或微笑，有旗员有汉员有远门套得上的奴才身份儿，各自身份不同，称谓也就一毫不乱。福康安平抬手臂，含笑说道："他们院里清扫，我们屋里会议。虽然听着热闹，那是升平祥和气象。你们瞧着比过年还要喜庆安逸，是不是？"

"是！"众官笑着一齐恭敬答道。于是纷纷跟着福康安进了签押房上首的议事厅——也就是戏上常见的大堂了。

官员们一年奔亡离散，各自分手寄人谋食，日日如惊弓之鸟。此刻乍然又聚官场，似乎人人都有恍若隔世之感，又像噩梦初醒，惊定思惊，感慨万千，自己人又簇凑了一处，往日恩怨似也化解尽净，患难相处，更有一份亲近之情。众人流泪拉手说话的、互相询问别后光景的，述说逃难凄楚仓皇的……这都是人之常情，不必备细说得。直到福康安在上头轻咳一声，嗡嗡嘤嘤的会场才渐次雅静下来。

"众位，"福康安据案而坐，扫视会场一眼，神情变得安详庄重，"大家自然都有许多感慨的，一言难尽哪！但现在有大事等着做，先办大事，话留到以后说。连这个会议也不能搓绳子，我想了几条，如无错误或补阙，早点散会，留任办事，可成？"

"是！遵宪命！"

福康安稳稳神，沉着地说道："八卦山一战壮了我的军威，高涨了我的士气；诸罗一战我原计划是十天结束，结果只用了八个时辰。"

会场上顿时轻轻起了一阵惊讶赞叹声，但福康安的话很快又使会场人静："这自然是帝德君恩三军用命，是皇上洪福齐天，社稷人民之福的缘故。有道是民有所愿天必从之。是上苍冥冥造化不许我中华分割！"

　　"诸罗一战，局势已转而向我有利。"福康安说了惯常官场会议的"书帽儿"，转向说实事，"我福康安战不胜定局从来不轻言胜利。老实告诉大家，原来是想一年收复全台。现在看来，只用半年就能廓清全宇。"在一片兴奋的噪声中，福康安提高了一点嗓门："叫你们来干什么？安民。绥靖。生业。——三件大事。我的安民告示已经发出，我军占领一地，该地民政长官立刻到任理事，也要出安民告示。

　　"一是不问从贼平民，不设盗户看管约束，凡捉到天地会香堂堂主以上贼酋，一律按军功给赏，本人犯事既往不咎。

　　"二是按内地办法，以声望素著的缙绅设置保甲，恢复乡村建制，清理地方治安。

　　"三是大批粮食就要运到。登记人口造册，要按户发到赈粮。种粮、农具、畜力、草料……"他掰着手指一一详明分列，一眼见一个红顶子官员进了仪门，料是柴大纪，偏了偏脸只作没看见，接着说下去，"春耕要预备好，甘蔗、早玉米、红薯——不能度了春荒备秋荒，凡收复失地的地方，如果地没人种，人流亡、饿死，我就和你不客气。完了——有什么要说的，现在就提。"

第二十六回　台湾善后冤杀功臣
王爵加身意气消融

　　会场一瞬间寂静下来，福康安偷觑一眼柴大纪，他在外边正和人吩咐什么，看去个子很高大，脸色却看不清，只走路有点蹒跚，只看了一眼忙收神到会场。后头一个县丞已经发问："请大帅示下，这都要用银子，钱从哪里支？"

　　"从军费里垫支。李侍尧的民政费用拨出后两下清结。"

　　"原来地土，林爽文逆匪有些已经分了，要不要追究分田农民？"又一个人起立问道，"有的地主遭难，全家被杀，地土怎样分派？"

　　"分掉的地要还原地主，不予追究，要约束地主不得报复。无主土地先收官，然后分给赤贫——记住这一条，谁敢在这上头弄手脚捞钱，我用铡铡了他！"

　　…………

　　福康安侃侃而言，显见是深思熟虑早已胸有成竹的，见没了问话，又问道："还有没有？"

　　"我……有。"坐在前排的丰开生怯生生站起来道，"本地鳏居的男人太多，能不能从大陆福建运、运些女人来？"

　　会场里众人发出一阵活跃的笑声。丰开生却认真地说道："从大陆来的，连我们做地方官和兵丁都不能带家属。我们无所谓，三年任满转调走了，旗营绿营是常驻，没有女人就要找女人，到大陆鬼混，和当地女人混。大陆不准女人渡海，当地也缺女人，光棍汉多，造反就没有顾忌……总之，我说不清楚……反正没有女人不行。"他说着红着脸坐下，会场上人都哄笑。福康安起初也笑，但他立刻就想明白了，说道："饮食男女人之大欲，扼制了这个欲，就要横生是非。笑什么？我认为可以解禁妇女入台，但这件事要请旨施行。"众人见他一本正经，脸板得阴沉，一阵发怵，料想他还有事要说，都低下了头。

"没有话了散会。"福康安说道，"已经吩咐大伙房做好了饭。吃过饭，到中军计财处领盘缠和关防。"

于是众人纷纷起身，椅子凳子一片乱响后人们出屋向伙房走去。福康安起身笑着送众人出了大堂滴水檐，远远见柴大纪过来，只作没看见，和几个县令点头敷衍着说几句，倏地收了笑脸，冲柴大纪道："你就是柴总兵吧？怎么这时候才来？"

柴大纪早已觉得了福康安在留意自己，突兀一句问到头上，还是受了一惊。他也是久经沧海难为水的人了，旋即平定了心头慌乱，却不肯失礼，从容趋前一步叩下千儿，说道："标下台湾总兵柴大纪，叩见钦差福康安大人——回大人话，因为城门禁令已经解除，连日逃亡回归的居民返回，大人起居关防恐有奸民潜入滋扰，所以要加紧布置。今天一早标下就过来了，当时没有开衙门，又巡城一匝，来见大人时正在会议。未奉钧命不敢入内，所以——"

"我问的不是这个。"福康安毫不客气地打断了他的话，"我入城已经三天，为什么不来见我？"说着，像鹰隼盯准了小鸡，居高临下凝视着柴大纪。那起子文官端碗盛饭，就在大伙房门口吃，见这边风色不对，都停了说笑嘈闹，怔怔地看着这边情势。听柴大纪跪着说道："原来城防被围，大帅命人射进两封箭书都收到了，书中有钧命，无论破贼解围与否，该员柴大纪均不得擅离职守，切实剀要维持诸罗治安。标下是奉钧命办事！"他已听出来福康安要无端寻事，语气里加了小心。但诚所谓秉性难移，柴大纪一世都是那种油盐不浸的刚愎人，傲得不近人情，尽管放了小心，这些话毫无转圜余地，——就是要顶你一下，你怎么样？——这味儿还是带出来了。

两个公爵，而且柴大纪封的也是一等公——这很明白，当时诸罗危在旦夕，乾隆是为了激励人心表彰气节，换句话说权当"柴大纪死了"来晋封的——品秩一样，地位却有天壤之别。一个是"天下兵马大元帅"，金尊玉贵的天潢贵胄，一个只是一郡军事长官，小小的总兵，就这么僵住了，话越说越拧。

"我初入城，没有召见你么？"福康安面颊不易觉察地抽搐了一下，

"这真奇了，我并没说你不迎钦差，难道丰开生胆敢说假话？你为什么不来？"

柴大纪心中又惊又气又悲又怒，却不肯低头，直挺挺跪着，说道："当时我在病中，有军医和地方郎中为证！对丰开生说了些什么已经记不清楚。但我说后半夜过来侍候是有的——子时我服了药，过来卫护县衙，大人已经封门。"他略低了一下头又倔强地昂了起来，"福四爷的功勋名声标下岂敢不知？你要怎样，大约是天知地知你知我知！听凭你发落就是！"

福康安还从来没有受过部将如此顶撞。他自己就是负才傲岸的人，碰上了一样盛气凌人的柴大纪。杀心一闪而过，眼中火花熠然一闪，却又按捺了下去。哼地冷笑一声，说道："我无权革掉你的公爵。但我为全权钦差大臣，你眼中无我可恕，目无圣上其罪难饶。你说的意思我明白，我是说过你不可重用，我现在当众说你，你就是不可重用，你怎么样？"

"哼！"柴大纪一脸的不服相，别转了脸。

"你不能再任总兵了。"福康安冷冷说道，"台湾总兵把台湾失陷给林爽文，军法无情不能容。我撤掉你的总兵——你有话可以向军机处禀告。同时，我昨天已经传令，撤掉黄仕简任承恩的职，今天也同时宣布。用船送你们到福州，和常青一样，革职待勘！"说罢转脸，又大声道，"柴大纪的兵权由王吉保接管，要改编！"他冷酷地看一眼梗着脖子盯自己的柴大纪，毫无商量余地地说道，"你去吧！有话以后再说！"

柴大纪硬硬地行了礼，长步迈出了县衙照壁。他突然想起早不知多少年，还是他当巡检时吃醉了酒，冒犯了"国舅衙内"福康安的往事，想起他调任湖广武汉城门领，票拟都下了，又没了声息，想起转调长沙观察道，又是吏部挡住，转调兆惠军中当参将，转调……都蹭蹬蹉跎了……全都拜赐这个哥儿……看看这座孤城，想想在这里坚守一年的日日夜夜。突然心中一酸，城池房屋都模糊不可辨，脚步也变得踉跄，踩在棉花垛上一样虚空软弱。他的心在柔荏中又一动，强烈的自尊又占了上风，猛地一跺脚，上马飞骑而去。

平定台湾，自诸罗大战以后势如破竹，比福康安最快的预期还要快。其时李侍尧又调来贵州和湖南新练的营兵一万协助作战，三月之内连下凤山彰化两县，至此台湾全境势要城市山川重地连成一片皆在清军手中。只是逃走了林爽文进入山中，和台湾土著合兵约有不足一万，盘踞在打铁寮一带山沟中，称帝也还是称帝，这皇帝穿破烂衣，吃红薯度日，已经一蹶不起了。

福康安连战连捷，得胜奏报揭帖红旗雪片价奏到北京，军机处诸臣和颙琰自都是弹冠相庆喜形于色，惟独和珅有一份不可告人心思，因为颙琰见了诸罗大捷的奏文，高兴得说漏了口："这下子皇上放心了。我们可以松一口气，好好清理一下兵部户部和内务府的财务——手头库银太紧了呀！"他的账目都已走干净，私立的小账也早已焚毁。但他自己明白，他弄的这些钱财可不同于督抚官吃亏空，弄个几百万就偃旗息鼓，或州县官凭打官司、原被告身上一次弄个几十百千两不等，捞成个团团百万富翁就罢手归里。这是全大清天下的大财政，圆明园、内务府、户部、兵部、各省藩库一笔小账目就是百万两、大的到上千万，成笔的都拨到了长二姑和吴姨姨的账目上，又转进和府账上……

他有多少钱财？他自己也说不清，长二姑吴姨姨也说不清，刘全其实也只晓得园工上的出入账，也说不清。他只能几百万几百万"粗估大约"——恐怕已经几亿了吧……这个数字任何一个贪官想起来都会心惊肉跳的，因为清政府每年全部收入库银才一千多万两啊！只要这几个部一齐查，只要有一笔银子银账不对查出纰漏……掀翻了，他就是古往今来天上地下第一贪官，什么严嵩严世藩——那也是头号的贪官了，比起来实在是小巫之小巫了！……懵怔了好一会，才想起要到进西华门递牌子了，自己还在洗脸，手将插未插空悬在盆子上发愣，自己也觉好笑的，忙洗了脸。此刻怜卿才懒惰惰地起来侍候，和珅坐着，她站在背后慢慢梳理他的花发，小心地总着发辫儿。恰吴氏挑帘进来，见女儿挨挨擦偎在和珅旁，又是一副娇痴慵妆，不禁微微一阵妒意，却向和珅道："南边金陵货庄上送来十颗祖母绿。你要不要看看再入库？"又哂着女儿，"这梅花攒珠儿头钗是戴着睡觉的？你舅家大表嫂上回见你戴的荷包个缀七颗翡翠珠儿还缀着一串血玉红，下来跟你舅奶奶说，那一身头面就得三万两。且是戴得多了就失了雅致。白落个名声儿——尽着外头说和家铺路都用玉石雕花儿。亲戚们再一瞧，可不就是成真的了。"怜卿只一笑，回了句："娘的首面也忒老式的了——对了，他们送的珍珠粉，我给娘留了一盒子，回头叫彩格儿送过去。"

"我该进去了。"和珅笑着站起身来，"女人爱打扮是王母娘娘的懿旨。珠子我不要看了叫他们收库就是。库里银子要能换成黄的，或者就是珠玉宝石这一类最好。不要越建越多越建越大，就是格格府这一块，连同府里账上最多三座，张扬出去——像忠亲老王爷，库给人盗了还不敢报顺天府！太多了嘛！告诉刘全家的一声，十五爷侧福晋鲁奶奶的大舅子，就是保定府外那二百顷地，不论价高低，只要个收条过账就行。叫刘全晚上过来一趟——原还七天进来请个安，如今也越发懒了。"趁着怜卿出去提热水，又凑到吴氏耳边小声说了句什么。吴氏脸一红，打脱他手背，便帮着拾掇桌子上茶具。和珅自笑着去了。

他想单独见见刘墉探探口风，因为在他心目中刘墉和他没有大的过节，和颙琰又谈得来，和颙琰的师傅王尔烈又是知交密友——但刘墉却不在军机处，一问当值的小苏拉太监，才知阿桂刘墉和纪昀都去了毓庆宫，说是台湾又寄来了奏报。众人都去单拉下他一人，和珅便觉一阵失落，也只可懊悔自己来迟而已，却也疑惑，军机处还从没有由颙琰召集过会议，向来都是谁的事谁去回，今儿是怎么了？想着，拖沓着步子穿过满是阳光的径去毓庆宫请见颙琰。

"就差你一个了！"颙琰显得精神爽快，一见和珅便道，"都知道台湾四县已经收复。昨晚皇阿玛高兴得吃了三杯老玉壶春呢！你坐，我们商计一下善后。"和珅除了阿桂纪昀刘墉，见颙璇也在，笑道："八爷也来了。"还要请安，颙璇笑呵呵虚抬着手中素纸扇子道："免礼免礼！翰林院要作文章，国子监的太学生们也要有贺文，礼部也有我的份。这大喜事少了我这军机处王大臣还成？"说得颙琰也一个莞尔，却道："八哥，您也坐。这是普天同庆四海共欢的喜事。迎接福康安大军返程是礼部的事。现在想找你们商议的，一件是叙功表彰，一件是原先台湾官员失守责任。再一件是善后——今天福康安有折子到没有？"他突然转脸问阿桂道。

阿桂几个人齐排坐在矮几旁吃茶微笑，听颙琰问自己，忙一欠身答道："今天用六百里加急送来两份。还没有拆看。"说着双手捧着两封火漆缄封的通封书简送了上去。

"哦，这么厚的？"颙琰接过来端详了一下，掂了掂，小心剪开了，又想想，递给颙璇，说道，"八哥，这一份请你先看。"自己又剪了一封看了一眼就递给和珅，"这是善后折子，要钱的，你先看吧。"和珅接过来，却先看后边，见写"总计需银一百七十万两"皱眉沉思一下，突然一笑，说道："晓岚，不知台湾府共有多少人？你大概看过福建《方志通览》的了。"

"唔，这个不能记忆详细了。"纪昀见他笑，有点莫名其妙，一手握着大烟锅子嗞吧嗞吧猛抽，沉吟着道，"康熙五十六年统计的是一万二千人，现在过去七十多年，人口滋生繁衍，加上大陆移民大约有三十万上下吧。"和珅道："也就这个数儿，福四爷要一百七十万，每人平均到六两不足，这要放在内地，是小财主的收入了。"颙琰自然一听就明白他的意思，却也嫌福康安手脚太大，赏赐恩典从来都过分奢侈。他沉吟未语间，纪昀却在细看那折子，笑道："爷和和公没有看仔细啊！这说的事很多，不单是赈粮。一是屯田，允许大陆士兵家眷迁来台湾垦荒；二是乡村保甲要重建，政府贷款购置农具，不但稻蔗薯粟，还要修设水利，栽种桑麻，引进内地织机；第三才是赈济，平均每户一两三钱四厘四毫，福四爷算计，用两年造成全境太平，消弭土著与移民隔阂，再用两年复苏振兴经济。不但不要大陆供应，台湾每年还可缴纳十万银子。"他一一掰算，"这是万世之利，福四爷筹划精密，而且他要亲自在福建台湾督办。我以为这个数目是切实的。若施行中不够，朝廷还应该再补贴些。"

他这么详明解说，众人都听入了神，连颙璇也用扇骨儿拍打着手心沉吟。和珅永久的秉性绝不逆众，早已眉宇开朗带笑，说道："这么大好事，朝廷自然要成全，请十五爷、八爷照准，请了旨意下来由我去办！"

"这一份是要杀人的。"颙琰点着手中那份奏折说道，"听起来就没有那么祥和了。一个是总督常青，提督黄仕简和任承恩，总兵柴大纪。现在台湾粗定，要追究酿成大祸失陷台湾责任。整顿驻台旗营绿营营务纪律，福康安要拿他们开刀。"

一下子要杀四名红顶子大员，而且其中柴大纪还是公爵！这般的心狠手辣，撼得众人心里都是一颤一震又一沉。总督常青不但平日在和珅跟前多有孝敬，连颙璇处年节时也贡物不菲，就是阿桂纪昀刘墉处也常殷勤省问，关照大小嘱托公私事务，厮混得极好人缘，现在骤然要杀，都是于心不忍。任承恩和黄仕简虽没有偌大的面情，但兵部、军机处阿桂那里却相熟的，而且二人的满洲主子一个是诚王府，一个是恭王府，和颙璇过从得好，杀狗也须看主人，这就令人难为。沉默良久，颙琰说道："台湾的事冰冻三尺非一日之寒，事出在这一任，不全是这一任的责任。儆戒一下是对的。这样杀要引得别处惊慌的。"

"我看可以原奏请示皇上。"和珅抿了抿嘴，沉着地说道，"这事该由皇上圣裁。"颙璇在旁一哂，说道："如今福康安的折子还不是奏一本准一本？像这样人命关天的，皇上也未必细细甄别，照批下来，岂不是我们误了？"他想讲乾隆已经倦政，人命关天的事不能由乾隆甄别，舌头卷了几卷，话说得语焉含糊，也还大体明白了。和珅却道："还有礼部呢，按八议叙上去，也可缴议罪银子赎过。"

颙琰听得清楚和珅是想揽差使做人情，不言声默谋一会儿，问阿桂道："你看怎么样？"

"八议有议亲议贵议功这些减赦豁免条例。"阿桂说道，"皇上必定要问十五爷八爷意见的。和珅既有成法，你就说说何妨？"和珅自觉阿桂一句话就揭破了自己心事，众目睽睽下不觉微微的有些狼狈，只得说道："常青是总督，下头还有省、道，台湾只是其中一府，就是十五爷说的冰冻三尺的话，乱源不在他这一任，更不能以一郡之罪加于两省首脑。他的罪是台湾乱起时不能扼制扑灭，又惊慌失措乱调沿海驻军。这也不是死罪，应该革职，交部议罪。黄仕简和任承恩是打了败仗、畏战怯敌调度无方，这是死罪，按八议条例他们都是功臣子弟，黄仕简无后，任承恩也没有子嗣。功臣绝后不合于礼。因此也有减免的理。柴大纪的情形我不知道，但在台湾坚守诸罗一年，功可以抵过的吧？"

颙璇一边听他说一边看那份折子，放下了手说道："我看福康安要杀的就一个柴大纪。他的罪是三条，林爽文事起，彰化情势紧急，柴大纪带着兵视察城防，县令苦苦哀求驻兵保护，他怯战畏敌弃城回营，致使彰化失陷，这是全台大乱的导火索。第二，诸罗坚守孤城，是诸罗县城军民并肩作战万众一心捍卫的结果。八卦山是全台形势之要，与诸罗近在弥密，官兵畏战不能掌据，致使全台交通中断，军事瘫痪。第三，自柴大纪任台湾总兵，纵恣自大，且居官贪黩，较之地方文官尤甚，并将台湾所辖守兵，私令渡回内地、贸易牟利，驻守之兵所存无几。致令全局糜烂溃败时无兵可调无兵可运。虽然坚守孤城不无微功，此起所犯罪科，仍死有余辜。"这都是福康安在折子里慷慨陈词备细说明了的，道理事实十分详明，语气也斩钉截铁，颙璇说得语气沉重，众人听着，都从心底一阵阵泛起寒意。颙璇说着，嘴角也泛起一丝苦笑："这确实又是一番道理。他毕竟是台湾总兵嘛！"

"就这样，把我们的意见汇总给皇上，由天命来断吧！"颙琰也觉得柴大纪太冤，但千里万里外头的台湾事务，京城里的大臣凭什么驳福康安？只好叹息一声道："总要有人负责嘛！"刘墉是早就隐约听说福柴二人多年那些芥蒂的，咬着下唇想，总归没有来由指摘福康安公报私怨。就是这位皇十五阿哥，又何尝与福康安没有纷争？这是说不清道不白的一团乱麻，只好道："还是把他四人都交部议处，甄别之后再勘定好些。"和珅却宁愿颙琰福康安二人闹个满拧，顾得了对付福康安就顾不了"照看"自己，但觉不好再顺这个题目说下去，只道："福康安看来不单能打仗，文治才具也很看得，要把台湾治得道不拾遗。他在洛阳惩贪倡廉，至今还有口碑呢！"纪昀摇头道："洛阳那个不足为训。台湾这确是经济之道。"颙璇是说话最没负担的，笑道："这个才具满该进军机处料理民政了。"正说着，见王仁过来传旨："皇上叫十五爷和纪中堂和中堂进去。"

三个忙起身一躬答应"是"，待阿桂几人也笑着辞出去，这才随王仁赶到养心殿。直入中殿进东暖阁，见乾隆半躺在安乐椅上看书，怀春站在一旁侍茶，三人齐都跪下请安。

"噢，来了？"乾隆听他们说话，把那本《吟香室诗钞》放在几上，坐直了身子，笑道，"方才派人到军机处。说是你们在毓庆宫会议，是什么会议？"和珅见乾隆望着自己说话，忙道："是议台湾的事。昨个立功将士的叙保奏折已经呈给御览，今天议的是——"他没说完，纪昀接口说道："毓庆宫没有会议。大家有事请示十五爷，碰到了一处，八爷也去了，一处议论了台湾的事。"因将方才大家说话约略转述给乾隆。

乾隆捻须而坐，静静听着，脸上泛出笑容，说道："他要用四年治好台湾，不但不要朝廷供应，还要缴纳赋税，这个志量极可嘉。打台湾是武功，这是文治，傅恒可谓有后！昨天和珅进来，说总共军费用度一千一百万两。说都像福康安，几年就精穷了。朕问他，台湾这岛再买一个，朝廷出一亿，问和珅能不能买来？——这是大功劳大事业大勋绩嘛！说那么多的枝节！颙琰，你看福康安怎样封赏才好？"

"还是皇阿玛看得是。"颙琰说道。福康安立功受奖他有一份妒忌，但和珅受斥，又觉得称心如愿。脸上带着微笑，说道："和纪昀议过，他已经是一等公，又不能封贝勒贝子，已经无爵可封了。可否赏食郡王俸，一等公承嗣顺延至下五代？"乾隆一笑，说道："这是挟了不赏之功，很犯人臣之忌的。纪昀，是不是啦？"

纪昀心中陡起惊觉，不知乾隆是什么意思，忙坐直了一下身子，拱手答道："我大清不曾有过鸟尽弓藏之主。"颙琰也疑惑地看着乾隆，却没敢问话。

"封郡王。"乾隆笃定地说道，"福康安的功劳，早就应该封王，只是限于成规制度没有先例罢了，朕这里立个规矩，颙琰你要记住，要有这种胸襟胆量。后世满洲亲贵确实伟业可著的，一定要给够名分，这样才不失士子进取之心。"

颙琰和纪昀都怔住了！自从顺治开国之后，康熙铲除三藩之乱，大小战争多少场，立功名将如云，还没有哪个封王的！乾隆怎么突然颁赐偌大的殊恩？

"这件事在福康安进驻打箭炉，扼制英国觊觎西藏时就该办的。"乾隆捻须说道，"顺康两世是开创之主，雍正爷与朕是守成之主。守成也要开创，以开创为守成，所以才用心造十全武功。纪昀，你真的以为朕只是为了粉饰太平盛世？"

纪昀端肃坐着，看似不动声色，其实再也没有他心中那种剧烈的震撼，那份强烈的冲击，引得心脏怦怦直跳，冲得血脉贲张。他原以为乾隆老迈，已经糊涂得只知道游悠余年颐养精神，不料他是姜桂之性老而弥辣！十全老人是粉饰，十全武功——不停地运作这庞大的国家机器，都是为了它能不生锈，还要增强上下和谐，填充这种活力！……他一时想不清楚，怔了怔才道："流水不腐，户枢不蠹。"

"你心思清明，学术渊博无人能及啊！"乾隆说道，"要不停地添柴，薪火才能相传不替。奉天养着多少异姓王？立了功，你就封王，养起来，有事去为国出力，无事就养起来。这是谁的办法？"

"回皇上！"纪昀激动得呼吸都有些急促，躬身答道，"是汉光武刘秀的制度，叫'功以赏爵，职以任能'。"见颙琰用目光询问，又款款言道，"就是用高位厚禄作养有功将士，但不能立了功就赏职务办差事，二者不能混同。就是福康安封王，也不给采邑，不给兵权的吧。"

"采邑给五百户，"乾隆笑道，"王府护卫五十名。"

这下子颙琰也明白过来，一笑说道："皇阿玛，侯爵是五百户。我们何妨大方一点？给一千五百户吧！"

"唉，朕是老了。"乾隆抚了抚花白的前额顶，喟然叹道，"有时清明，有时忘事，就是你说的好，照办吧。"纪昀此时方知乾隆深有自知之明，因道："这么大事，要大脯天下。六十岁以上老人每人要分一串钱，酒肉各二斤。上次有旨说还要大赦天下，除十恶奉特旨的外一律减等处置。昨个儿又有旨没了这一项，却又加了恩科。请皇上旨，是否两旨并行。但要并行，又必得追加拨款……""这个你找和珅，由他来计划调拨。"乾隆爽然一笑，"原来是两次旨意？朕竟忘了。"

颙琰这才说到惩治常青等人肇乱镇压不力有罪的事。双手呈上福康安的奏折，说道："请皇阿玛御览。"乾隆接过两份厚厚的奏折，信手翻了翻就放下了，略带无奈地苦笑道："这样长的文章，字也小，朕已经不能细看了。赏功的事可以依着福康安，罚罪要持重。犯官一律解来北京，由你们亲审，也要听听他们的折辩。台湾现在只是粗定。第一要务是要拿到林爽文，传旨给福康安，生要见人死要见尸，解到北京明正典刑的最好。内地几处如直隶、山东、湖广、四川、广西，邪教匪徒、天理教、天地会众滋事的还是不少，可以杀一儆百。福康安没有坐性，不是文官材料儿，可以传旨不必前来陛见，待拿到林爽文，他可以押解人犯一路耀武扬威嘛！他的治理台湾条陈如果可行，就交李侍尧办理。"

乾隆入耄耋之年后，说话言语常颠三倒四前后矛盾，今日思路却格外清明。颙琰纪昀自然欢喜，听他长篇大论，一宗一宗躬身应承。纪昀笑道："臣这就拟旨稿，请皇上用玺。"乾隆道："还是颙琰来办，这只是大体，下去你们再议一下细务，拟好旨稿朕再看。"二人见乾隆没有别的吩咐，起身却步辞了出去。乾隆觉得坐得太久，站起身来笑道："朕的坐功已经不中用了。到院里散一散吧。"怀春忙放下手中银瓶，上前轻轻搀扶着他出了正殿。

这是大好阳春四月，融融的太阳光从南照壁西斜洒落下来，明媚又且柔和，满院的铜鹤、鼎、顾颙、镏金齐明闪亮，晃得人刺眼，挨着地面处有些金皮已经剥落，斑驳铜绿倒显得宜人眼目。宫里不能栽树，春风拂荡着宫外的花香时浓时淡飘飘逸逸进来，令人呼吸心扉畅明，怀春扶着乾隆慢慢踱步，轻轻吸一口气，说道："好香呀！主子，是御花园那边飘过来的吧？"

"朕也说不清楚。"乾隆摇头道，"现在圆明园那边准是万紫千红……苹果花、梨花……玉兰花？都像，又不是的……"他见照壁背阴处有几株纤嫩的何首乌和牵牛藤。他屈下了身子凝神注目许久，站起身来叫过卜智，吩咐道："宫里不许栽大树，是为防贼潜入。这样的小草是春发生意，不要铲除。"卜智答应着，又赔笑道："和珅进来了，在垂花门外头候着呢！"乾隆笑道："叫进来吧。"话刚说完，已见和珅小步细碎进院，乾隆笑着命免礼，问道："有什么事？"

和珅看一眼乾隆，恭恭敬敬说道："浙江送来请安折子，还有钱塘江堤加固需用银子，里头夹着折片，奏说窦光鼐已经殁了。这是主子关心的人，奴才进来禀奏一下。"

"朝廷又失一正直臣子……"乾隆漫步散荡着，目光幽幽看着地，又仰望湛蓝的天空，似乎在告诉上苍什么，又像在询问什么答案，许久才道："原想留给儿子用，所以朕没有大用。可惜了的……叫纪昀给拟个谥号来。请你八爷给福康安写信，关照一下家属……"他像想起了什么，又问道，"福康安要封王，你有什么想头？"

和珅眨巴着眼，一时揣不透乾隆的意思，试探着说道："奴才是刚刚儿听说。按福康安功劳这是天公地道。怕就是封得高了招人忌，于他反而不好。"

"管事儿才招人忌。所以朕始终没让他进军机。"乾隆轻轻嘘一口气，"这是天意……有什么法子？"说着，他的思绪又悠然转回来，笑道，"记得朕说过给你的，台湾的事无虞，大定了，就要把禅位的事筹备起来。你是赵公元帅，只有人求你，没有你求人的，要谦和严谨些才好。自疑疑人，对景儿时候要吃亏。"

这是乾隆每次私下单独召见都要吩咐的话，和珅早已听得耳朵灌满，仍笑着回道："奴才谨记住了！——福康安在折子里说，要在福建引进桑、麻、茶树到台湾。还要在台湾制乌龙茶贡进来给主子。他要在台湾福建待四年，亲自搬一篓茶给主子呢！"

"你哪里知道福康安！"乾隆笑道，"他文武全挂子的本事，心胸又高，虑事也细。不急于回京有个逊功避事的心思。他不能在台湾耽那多年日，就在内地，比如武昌、开封、洛阳的就好，哪里有事就到哪——这么着好。"思量着又道，"台湾乌龙茶，朕倒真想尝尝。你写信给李侍尧。"

"喳……奴才记住了。"

乾隆的旨意第二天就用廷寄发出去了。台湾虽然粗定，只是城市已握入清军之手，造反民军被打散了，东一块西一块聚进山林成了山大王。朝廷连旨催促进剿，福康安就在台湾府城坐镇指挥扫荡，费尽力气，前边打下一镇一乡，后头组建保甲，在丛林中艰难推进。文武军政一齐来，饶是如此，至乾隆五十三年才终于在打铁寮探明林爽文踪迹。由虾骨社、合欢社两处出兵夹击，又选屯练兵数百混迹入山为内应，打了三天，捉到了林爽文"朝臣"陈传、何有志、林琴、吴万宗、赖其龙一伙。得知林爽文逃往老衢崎——此乃林爽文最后巢穴，又分南北两路大肆搜剿，在一堆造糖废甘蔗渣中搜出林爽文和他的大将军庄大田。至此，这次震惊朝野的揭竿起义方完全扑灭。

柴大纪就这样死定了。因为福康安的奏折要杀四人，刑部兵部的官员都明明白白，"福四爷最恨的"是柴大纪。常青自不必说，总督只有"间接责任"，黄仕简任承恩驻师大陆，"与台湾本土驻军究属有别"，议亲议贵下来，这三人都是功臣后裔，而且黄仕简与任承恩二人均"无子"，循兴灭继绝之理，非犯十恶不诛。惟独柴大纪一条也占不上，守城有功丢地有罪、功罪相抵余罪死不足恤。解京部议下来堂堂正正，常青革职罢官，其余三人定的斩监候。一年之后甄别处情，黄任二人免决。只柴大纪在劫难逃。乾隆五十三年秋九月十四，羁押在顺天府的柴大纪被提刑官押赴柴市斩决。这日本来好好的晴日，突然浓云密布雷电交加豪雨如注。非时风雨大作，自然有些街谈巷议，说柴某临刑之际仰首望天，号呼称冤"庸帅（常青）无罪，畏战苟活失城失地者无罪，惟我柴某死守孤城罪不容诛！好公道的天！"刽子手也流泪，说道："柴爷，我只能把活做得利索点——谁叫你做官朝中无人，又没有个好爹呢？"后人有议及此事，以为福康安诸般军务百无一失，收复台湾完全金瓯厥功甚伟。若论胸襟度量，比之乃父傅恒相去就远了。但此事若如乾隆皇帝清明在躬，不肯糊涂杀人，如何有这种颠倒是非之举？

当下福康安封王诏旨发到，三军将士踊跃欢腾，自海兰察以下，贺老六、王吉保及侍卫戈什哈无不弹冠相庆。全军放假三天。牛酒犒劳都安排在福州城郊，全城烟花火炮爆仗连放三日，缙绅耆老盈门恭贺，总督衙门设八十桌满汉全席，与筵人员全都是流水出入，六十岁以上老人不但"恭与荣典"，还另外赏有酒、肉、香烛之类，俱各乐得欢天喜地。只苦了李侍尧，忙得人仰马翻，招呼了里边应酬外边，吃过了喜酒再吃贺酒，跑过了城里又到城外……他自己也是古稀老人了，一场忙碌下来竟累倒了。福康安在郊外大营也是各营串忙，安排水陆师驻扎营地防务，又送广东广西湘鄂川各地抽调来的军士回营，颁赐奖银抚慰伤号，弄得晕头转向。听得李侍尧病卧，心里更是张忙，委了海兰察提调营务，自带了刘保琪马祥祖一干人赶往总督衙门探病。早有戈什哈在仪门外，直接引他们到西花厅来见李侍尧。却见李侍尧身上裹着一床夹被，坐在安乐椅上正在吃药。

"你唬了我一跳！"福康安一进门便笑道，"我以为还不知怎么不得了呢！看来不相干的。"

李侍尧放下药碗，笑了笑，意思还要起身相迎，福康安抢一步上去又扶他坐了，说道："我封了这么个王，名分上是高了，心里拿你作朋友看，你还是你我还是我嘛！你跟着阿玛打黑查山那辰光，我还在保姆怀里呢！我心里看你是我的老叔叔呢！"李侍尧看了看跟福康安的人，一笑说道："原来是你们，返谈店里的老人儿。都是好相识了，请随意坐，坐嘛！"福康安道："戈什哈们都出去。保琪、同济、祥祖坐！"三人这才微笑着坐了。李侍尧摇头道："我确实有病，也真的太累了——比打仗累啊……"他轻轻咳嗽几声，又自失地一笑。

福康安没有听出他的弦外之音，安慰道："不妨的，也就这一阵子，过去就完了。你比我阿玛身子骨硬朗，好好将息就成。我在条陈里说的几件大事，单台湾府里办不来的。可惜朝廷不许我在福州，不然我们一同做起来看！"说着一叹，又诧异道，"你好像还有什么话？保琪他们也不是外人，若不方便，请他们回避，你畅开来谈谈。"

"没有什么不方便的。"李侍尧道，"你在台湾，我们几个天天一处吃大锅饭办事，什么话不说？有病是真的，想说说话也是真的。单是身上累也还罢了，从骨头缝里累到心里，那滋味就难说了。"

福康安瞧瞧这个，看看那个，心中越发惊异不定，见几个人都若有所思含笑不语，恍然说道："啊……我明白了！原来你们几个约好了的要诳我说话！"这几个人都是几经人世沧桑，电光石火中翻过筋斗来的人，都深沉得波澜不惊，只是微笑。刘保琪道："制台没有约我们，可制台要说什么，我们心里有数。他大约要劝四爷急流勇退。他自己也要急流勇退的吧。"

"我已经奉到廷谕。"李侍尧道，"要调到兵部任尚书，兼任理藩院掌院大学士。"说完又补了一句，"圣旨还没下，军机处和毓庆宫都是这个意思，也就是下个月的事儿罢。"

福康安不禁错愕，瞠目结舌说道："如今这里百废待兴事积如山，不会的吧？谁来接印？"

"大约是海宁。"李侍尧无所谓地说道。

"海宁？"

李侍尧笃定地点点头。

"不成！"福康安扫视一眼花厅，"他败坏福建吏治，发了财一走了之，我还要弹劾他呢！也好，我就在这里，等着他来！"还想说什么，目光一闪，收住了。又缓缓道："又要下什么雨，吹什么风的，天刚放晴，老鳖就要反潭么！"刘保琪接着他的话音说道："学生没住过返谈店，他们两个住过，"他用手指指惠同济笑道，"当初贾士芳推过格，返谈店还有五贵登科一场盛事，这倒不假。他们五人——曹锡宝气死，方令诚气疯，吴省钦连连升官。一个老鳖反潭，人人俱不得安。"马祥祖却道："他们拉你同去看望钱沣，幸亏你犯了疟疾，就这样，你在贵阳三元宫一囚半年，你还指望着人来救你。你没有倒栽葱就是好的！"

福康安听他们说笑起初懵懂，他毕竟天分极高的人，倏地灵机一动已经明白：自己信任重用的人，不是傅府的老人就是与和珅作对的人！招降纳叛的一伙凑集在福建，干了一件惊天动地的伟业——这如何不招那些权倾朝野势倾天下的人疾忌！！！一时间想到他晋封为有清自三藩之后头一位功勋王爷，但觉脚下虚空得如万丈深渊，心也一下子直落下去，竟一时呆住了！良久，喃喃自语说道："我辞了三次的，万岁爷知道我的心……"

"想和四爷说的就是这件事。"李侍尧见刘保琪掏烟斗，自己也掏出烟斗，燃着了，慢吞吞说道，"我到北京其实就是荣养了，其实早年雄心壮志，这会子都冰消瓦解。老了死了完事儿。四爷，你如今封王，已经是特出恩典——就算皇上信任你，皇上可已经是近八旬的老人了——您想想，跟着您的这一群，真正能打仗的，无论两广、川、鄂、湘调来的，还都是您带过的兵……清军官场败坏，其实营务废弛军纪也败坏。别的行伍一摧就垮，惟独您的兵无坚不摧所向无敌！王爷，恕我直言，若是别的将军，十个有十个也完了，若不是皇上信任，不赏之功硬赏你一个王爵。如此风标崖岸，谁能承受得住？"

这是透彻入骨的警醒语了，福康安早已听得身心一阵阵发寒，他的心随着李侍尧说话驰得更远，想到傅门三世荣贵、忠诚报国军法治府；想到颙琰多次说他"豪奢挥霍"，兵部人私议他养"骄兵悍将"；想到傅家奴才一个个都成了将军、副将；想到每当父亲冥寿，来赴筵的将军黄灿灿一片都穿黄马褂、马鞭子放得一排排的威风贵盛场面……他一阵胆怯，又一阵背若芒刺，冷汗已沁了出来。早年乾隆与母亲的事他多年来也多少听得一点宫里含糊谣传，这种事为子为臣不但不能信，更不敢想，更不必存这念头了。此刻一下子都明白：这些知友比自己清醒，看得准而且看得远！思量着，深长叹息一声："我一生耻于人言倚赖父祖功名博取功名，仗自己三尺剑立功名于当今，垂竹帛于后世。其实父亲一直在庇佑着我，皇上一直在呵护着我，我还以为是自己的能耐。皋陶，既明白了我就有办法。"

四个人都注目着福康安不言语。

"我要上表请旨，"福康安脸色异常苍白，声音也微微有点颤抖，"父丧未除，我就去山东剿贼，没有为父守灵，有亏人子之道。归还兵权，解散府兵，举家为老公爷守丧三年，然后我去奉天养病。我的王爵与开国诸东来之王有别，是守成有功封的。因此从我儿子开始要递降，直到平常庶人为止。多年征战，我的腰部受损，也有了痰喘的病，也该退下去休养了……"他不胜其力地又咳嗽了两声，才止定喘息。

几个人原都是怕福康安知进不知退，骄纵傲上招来奇祸，没想到他一下子就被刺瘪了，瘪得颓唐无气，都觉得有点意外，正面面相觑，福康安又道："其实你们这些话我心里想了不止十遍了。我的想头只要我打胜仗，每战必捷，朝廷用得着我就无妨，再就是人善遭欺，盛气凌人些只怕那些乌龟王八还怕些……唉，错了，从头到尾都不对头啊……"

"王爷，没想到你心境也是苦。"惠同济说道，"但我还是觉得你弯子转得太急。你一辈子都颐指气使豪气干云的，就有这想头也要慢慢来。你并无危险也没有把柄在人手中，福四爷还是福四爷嘛！"李侍尧笑道："小惠说的是，是历练了的人了。人若改常不病即亡，所以你不能变得太快。"

福康安此刻感念四人友情真是铭心刻骨，怅然一笑说道："我都依诸位了。这么说还有事可干。海宁我不能让他再来坏台湾，要上折阻他来闽。皋陶也不要急着回北京，把我折子里说的几件大事办好再说！"他仰起身来："湖广不是又有天地会闹事么？我去坐镇武昌，敉平了再回北京，先见见十五爷推诚谈心，一步步退下来。"接着，扳着指头数述台湾风土人情，何处可以植茶树，哪里可以栽桑麻，彼地能建市场，此方适宜建作坊……一直说到晚饭后又秉烛夜谈，也不骑马，竟打轿回营不提。

第二十七回　世情浇漓新茶旧茶　授受相疑太上今上

　　其后数年无事，日月星辰地角天涯无往不神驰，到乾隆六十年，禅让大礼的日程不得不提到朝野关心瞩目之下。这期间，福康安几次想缓缓退出政府，无奈天下已不同于乾隆四十年之前，不但多事且稍有动荡，动辄以倾朝之力扑灭，当年福康安赴武汉，十月安南内乱，遗臣阮辉奉王族命来投奔，朝廷命孙士毅出兵到交阯征讨镇平，直打了三年，不但没有赢，还险些把老命搭进去，把全部辎重火器弹药就地焚弃，带着一少半败兵逃回镇南关。朝廷无奈，只得再次动用福康安，福康安此时虽已征战情致萧然，但他的名头太大了，敌人也实狡黠无赖，还没有走到广州，已经遣使叩关谢罪，赍表乞降。朝廷算算输赢账，只会睁一眼闭一眼，竟封了安南叛王为安南国王马虎了事。乾隆五十六年十一月，尼泊尔的廓尔喀由须弥山南入寇后藏，这不同于安南疥癣之疾，想马虎也马虎不得。遍观文武百官，能打仗的还只有个福康安和海兰察。五十七年六月，福康安和海兰察抽调兆惠原来统属部队，以六万大军由青海抵后藏，四月首战，连败廓尔喀屯界之兵，收复后藏失地，六月大举反攻，海兰察前队长驱直入尼泊尔，福康安大军后继。尼泊尔痴心一片，还等着英国人来援，但清军压境刻不容缓，无奈又俯首称臣。此系福康安毕生抗御外患最后一役，也使尽了吃奶气力，全凭着天山旗营战力强大，火器充备，又有海兰察这员老将用心合力，加之尼泊尔兵都是和尚兵，不吃打，一见火器就跪地礼拜求神保佑，才得西藏平安无恙。饶是如此，此役下来，福康安已筋衰力竭形容枯槁，海兰察更惨，回军行至青海西宁心疾发作端坐而逝。消息传到北京，举朝震悼，诏命海兰察入昭忠祠。这固是前所未有的荣宠，昭忠祠中灵牌如林，不以阵亡入祠的，只有一个海兰察。此刻丁娥儿已是白发婆婆，兆惠叫人抬了自己亲到海兰察府，躺在椅轿上只是老泪长流，一句话也说不得。这对"红袍双枪将"老兄弟如此结束。

福康安单身带十骑返回北京，已是乾隆六十年秋九月。他是凯旋王爷，虽然没有带大军耀武扬威，照例皇帝是要"郊迎"的。前宿丰台，已奉旨，"朕年事已高，着皇十五子嘉亲王率诸王皇子及文武百官至潞河驿迎福康安凯旋归朝，用皇帝仪仗。钦此！"

第二日辰时，福康安带着顺天府送来的卤簿仪仗，前呼后拥也有数百善扑营军士夹护，十名戈什哈都是钦封参将衔，都穿着簇新的黄马褂在前开导，举着钺、节、镫、斧、旗、牌，中间拥着御赐明黄顶十六人抬大轿逶迤赶往潞河。福康安已不是第一次坐这轿了，还是有点局促不安，不住地在里边掀开轿窗帘向外看。遥遥见得前头一大片龙凤旗遮天蔽日，在西风中猎猎招展，约可有一里之遥，他沉思片刻吩咐"停轿"，提着袍角款款下来，站在风地里，像是在聚集力量似的深吸一口凉气，命道："除了得胜鼓，其余鼓乐吹打都停了。"又招过十名戈什哈道，"这就到天子辇下了。黄马褂是奉旨沿途穿的，现在一律脱掉。一切仪仗随后，由你十人摆队引导，我们步行！"

"喳！"

军将们一齐打千儿答应道。福康安被边塞外的风雕刻得满是皱纹的脸不易觉察动了一下，心中暗自叹息一声，口气却仍不容置疑，说道："佩刀一律解下，走得稍微慢些！听着了？"这边军将们答应着，潞河驿那边号炮齐响已经鼓乐大作，黄钟、太簇、无射、姑洗、蕤宾、大吕之声扬天齐奏。看着福康安一行近前，六十四名畅音阁供奉引喉吟唱，却是《武功葳》：

> 武功葳，珠丘告。礼成驻跸，露布适报，策勋懋赏下明诏……崇善归美，尊上徽号。亲制纪功碣，勒太学，第功臣次，燕紫光，图其貌……

吟唱声中，颙琰当先，颙瑢、颙珵、颙璘（其余诸子已先后善终）随后，大片文武官员是纪昀为首鹭行鹤步亦行亦趋迎上来。颙琰还没说话，福康安已俯伏在地，连连叩头道："奴才福康安恭请圣安！"

"圣躬安！"颙琰一身四团龙褂，平静地看着福康安代天子答道。

"给十五爷请安，并给诸位爷请安！"

"我们都好，你不必客气了。"颙琰换了笑脸，上前双手挽起福康安，又命百官随喜，执手握了又握，说道："我们自小就在一处的，记得爬树摘石榴，叫你站在我肩上去摘，两个大的你留了，小的给了我……一晃就是近四十年。"福康安听他连这样的小事都记着，慌乱地摇手道："那时候小，不懂事，阿玛揍了我十板子呢！"颙琰只是笑，说道："风雨流年树犹如此啊！你当马，我骑马那辰光，谁能想到你真是大清的千里马呢？你瘦多了，也黑多了，手上也磨得都是老茧，真真地难为你了。上回接见玛格尔尼，他又说在京建教堂，我说你还是到尼泊尔建去，福康安只要答应，我没话。他说：'我怕福将军。'——你是打怕了英国鬼子啊！"

他一边说，福康安连连逊谢："这都是皇上的洪福被于四海万方，十五爷居中调度，福康安何德何能呢……"手试着要从颙琰那儿抽出，颙琰却不肯放，笑道："老伙伴嘛，何必计较那个礼？"挥手叫纪昀道："晓岚公，叫礼部用筵平细乐，不要大吹大擂，平和些好……"纪昀龙钟着答应又吩咐了这才过来见礼，笑道："臣老迈年高了，眼还中使，席上特意蒸的有，十五爷福爷小时候儿都爱吃的，请用。"福康安诧异道："您说的什么呀，我怎么听糊涂了。"纪昀道："我是说我是老卖年糕的，席上特意蒸了年糕。"众人顿时听得一片笑声。福康安觉得颙琰性情变得爽朗了许多，言语谈吐也比前更亲切随和，略略才觉心境平和，因见阿桂也过来，笑道："老桂，看你脚步平稳，练的什么功夫？倒蛮精神，鹤发童颜的！——怎么不见和相和刘墉？""皇上今儿在圆明园，刘墉在军机处当值，和珅陪驾守园子去了……"阿桂说道，"苗疆那边又出点事，有几个苗酋起反，我们先迎你，如果事体不了，恐怕还得你到贵州走一遭呢！"

"今天不说这个。"颙琰似乎谈兴不减，更加散漫随和，松开了手放开福康安，一边向正中庐棚走，一头笑道，"晓岚公虽说老卖年糕，也老卖风趣呢！上回在我那里，老稽瑾师傅哭穷，说儿子太多，俸禄养不起，纪晓岚说'子好不怕多'；恰好老福嵩也在，皱着眉头说：'我只有一个儿子，我才真担心呢！'晓岚偏过头又安慰，说'好子何须多'？——纪老心里清明着呢！"大家都笑起来。福康安问道："我在外头，听茶馆里人说起，纪公当面称万岁爷是'老头子'可是有的？"

纪昀跟着入席，看看满桌的珍馐佳肴，晃着脑袋用鼻子吸那香味，嗟讶着道："呀！真香啊……可惜今儿这场面儿不能放开饕餮！——有是有的，我学生君前还是守礼——那是今年夏天，三伏天流金铄石时候儿，我在文华殿检看《四库书目》，天热得着实受不得，就打了赤膊写字儿。忽然的外头传旨'万岁爷来了'，接着就听脚步声近了，心里一急，我就爬进放案卷文书的桌底下……"

这件事众人都听说过，传得已经神乎其神，还是头一次听纪昀自家说起，几个部院尚书立在棚下，毕恭毕敬站着，也听入了神。纪昀接着说道："谁知万岁爷眼力极好，已经看见了。不言声就坐了对面看书。……那桌子外头蒙着布，里头又黑又闷又热，我在里头憋不住，又听没动静，伸头出来问学生们：'老头子走了没有？'话没说就愣住了，皇上就坐在对面！只好硬着头皮拱出来，赤条条磕头谢罪。

"皇上一放书，问我：'不说你君前失仪，"老头子"三字怎么讲？'我就磕头讲了那三句话说：'天荒地老万万年为"老"；万物生灵极尊贵为"头"；天之骄子谓之"子"，合称为"老头子"。'"纪昀笑道，"民间传说的万岁爷大怒，说'老头子三字为人臣大不敬，尔有欺臣之罪'，还说叫来刀斧手，要午门问斩，都是齐东野语不足征信。其实皇上脸上带着笑，是逗我开心的！"说罢，众人都是粲然一笑。纪昀到桌旁忖度位次，坐到左首下席第一位，一转脸见王尔烈站在棚柱旁，笑道："十五爷，尔烈是您师傅，也是摇笔杆的，也跟过我，就坐我旁边吧？"见颙琰点头，拍拍椅子招呼王尔烈道："哎，后生子，来！陪着老迈年高坐——把台湾贡上来的乌龙茶给王师傅上一碗。"又笑谓福康安，"这是拜你所赐啰！"

于是众人纷纷安席入座——那都是礼部官员彻夜不眠安排好的，半点差池也不得有——最上首是颙琰，紧挨着是福康安，右首是阿桂，左首是纪昀和王尔烈，下首是颙璘等三位王爷相陪——正面中间庐棚只此一桌，其余庐棚雁序左右排在潞河驿外空场上，也自有礼部妥帖安排。不必细述。阿桂一边落座，一边笑着道："老纪今日出风头，话都给你一人抢了。你是越老话越多，字写得越歪。"纪昀道："你是越老越闷葫芦儿，谁封你的口儿了？"阿桂遭他抢白，并不以为意，只端茶一呷说道："好水，好茶！难为了这秋天，还能喝上台湾贡的新乌龙茶！"福康安其实早已喝过这茶，故作惊讶地端杯看着茶色，说道："秋天的新茶？又是玉泉山水，必是好口道！"也啜一口赞道，"这茶这水，在外头哪能吃到！"

"从乾隆五十四年，福建每年贡十二篓。"纪昀笑着对福康安道，"从去年又贡了秋茶。难为这乌龙是秋天茶女一片一片摘的，茶工在花房里颠倒四时作养出来。名茶名水，万岁爷和十五爷都十分爱用呢！"

颙琰在主座上轻咳一声，众人才停了议论说笑，外间各棚也都渐次安静下来。礼部汉尚书葛孝化是新上任的，一直站在棚口管司仪。看看棚里光景，扯足了嗓门高唱：

"嘉亲王爷代天子设筵，迎接福康安郡王爷凯旋荣归！诸臣工谢恩——免跪拜礼！"

"吾皇万岁万万岁！"

潞河驿外各个庐棚大小文武官员，并棚外侍候的礼部官员一齐起身山呼：

"王爷千岁，千千岁！"

山呼声中，细乐悠悠而起，肉竹旱雷节拍轻快。颙琰双手虚按暂命止乐。扬声说道："福郡王是我大清瑰宝！以百战之身亲征台湾，又亲征后藏，连战连捷，功垂竹帛图形紫光！不才已代皇阿玛郊迎，谨此一杯酒，为福郡王贺！"用手一掩道，"干杯！"

"干杯！"

"干杯！"

…………

各棚里传来一片碰杯声，细碎的瓷器接唇吱儿呷儿声。上棚的人干了，福康安也只好陪着，惶恐不安地又执壶倒酒，道："圣命我不敢违，但这功劳确实居之难安，一定请嘉亲王代为转奏。我劝第二杯，为嘉亲王寿，为在座各位亲王爷贝勒爷纳福！"这也是题中应有之义。席间众人都举杯来贺嘉亲王颙琰。颙琰也就饮了，又道："我们还该为海兰察和阵亡将士同酹一杯！"说着，从杯中酒轻轻一躬酹地。各个棚中人也都依样葫芦。只有福康安深知个中滋味，酹酒起身，已是泪水夺眶而出，此刻却不是悲伤感怀时候，忙拭泪强颜恭敬与典。

但这种筵宴不同朋友家人设酒嬉乐，举止进退揖让劝酒处处都讲规矩分寸，"守礼不悖"是其宗旨，言谈说笑也都是体仁德沐皇恩，高天后土臣罪惶恐的那一套。无论如何，只是个"敷衍"二字，礼成就算完事。大家雍雍穆穆官话连篇，酒过三巡，颙琰便说："还要到澹宁居书房，有事要办。今日还没给皇上请安。"福康安便忙辞席，说道："我家里也没有事，送送十五爷回驾如何？"

"也好。"颙琰淡淡一笑，"苗疆的事我不大懂，谈谈再去。这饭也吃不好，晚饭就在我那里用吧——坐我的轿，我们一同走吧！"葛孝化便喊："礼成！恭送嘉亲王、诸王爷回驾！"于是百官又来"恭送"，看着颙琰和福康安逊谢着升轿而去，方才各自打道回府。

此时乾隆还在圆明园双闸北东边门里宝月楼一带独自踟蹰。和珅原说过来陪驾，见了一面，请旨要去清梵寺给乾隆进香，现在还未回来。乾隆近来越来越喜欢独自散步，所有跟侍的侍卫太监都被他撵得远远的不见影儿，只带了怀春思春在园中游赏。

这是多么美的秋天！从林子这一带高埠向南看，是密密层层连天蔽日的丛树，桧柏松竹一片片老林，或墨绿或浓绿或浅淡绿色裹在杂树树海中，枫、榆、柿、杨、柳……无尽的落叶乔木被霜染夜冻，绛、赭、深红、粉红、金黄……艳色杂陈，微风掠过树影婆娑摇曳生姿，似乎在作生命的最后展示，又像在努力寻找延续生命的机缘。向西透过林海远眺，可以看到湛蓝的秋空下蔚蔚岚气朦胧笼罩下的西山，是翠色的，又带着黛色，有点像新妆少妇的眉宇那般，被造化之神轻轻一抹。树丛中也有不少高台楼阁，但比起园外和珅的格格府和翻新修葺过的清梵寺，就少了几分妩媚，也欠着一点峥嵘气势……北边的风带着海子的潮湿和着西风漫荡飘洒而过，簌簌的，纷纷的树叶像无数彩蝶荡落下来，扬起再落下，不甘寂寞地铺垫在一条一道错落有致的鹅卵石小径上，或草丛上……

　　乾隆默默踏着已变得坚韧的绒草踱到了园边小渠旁，拣了一块洁净的青石坐下。这里看去却甚是凄清，笔直的堤上秋草已半枯黄，连堤外的花篱也老叶萎谢，寂寞地偶尔翻动着叶片。渠水仍旧潺潺，清澈得可以见到渠底的小石沙砾和努力上游的小鱼，也有不知名的树叶和草节在水面上粼粼漂过。深暗色的树林树干像被一层寒雾淡淡笼着，除了风过叶落，幽深得看不到透底，神秘的幽静中只能听到草间小虫日——日——嗡——嗡——的，——不知是求偶还是求食的嘤嘤悲鸣……

　　乾隆怅望着这景致，低垂了花白的浓眉，一手塞塞窣窣在另一袖筒里摸索着，半晌，取出一张薛涛纸，展开来掠了一眼，上头写道：

> 南苑凄清西苑荒，
> 淡云秋树满宫墙。
> 由来百代圣天子，
> 不肯将身作上皇。

他默念了一遍，又装回了袖子里。怀春打破了岑寂，在旁问道："皇上，这纸上写的啥子？您已经看过三次了。"

　　"写的朕就要做太上皇了。"乾隆怔怔地答道，"要由儿子来当家了。"

　　"我记得是和大人送的。是他写的？"

　　"不，他写不来这样的诗。是郑板桥写的。"

　　"郑板桥……是个翰林吧？"

　　"不，翰林院里写不出这样的诗。"

　　乾隆又摇了摇头，旁边的思春掩口微笑，说道："皇上都瞧得起，必定好得不得了了！这人的名字好怪，我们老家那块就有座板桥，是歪的，他那块一定有座'正'板桥了——他必定是李白的同年进士！"乾隆听得莞尔一笑，说道："郑板桥是本朝人，李白是唐朝人，怎么个同年法？你们会弄词曲儿，就是不读书——错了一千年……不过，唐朝有个唐玄宗，倒是和李白同年代的，年岁朕没有考定，恐怕也差不多——

就是唐明皇，知道吧？"

"唐明皇我知道！"怀春惊喜地拍手笑道，"是戏祖宗，唱丑儿的。如今唱戏的开台都祭唐明皇！我们学唱妈妈说的，李白醉草吓蛮书，高力士脱靴——都是唐明皇！"

乾隆开心地笑起来，怀春思春也就为逗他一笑，也都叽叽格格连比划带笑说戏。乾隆却又变得沉郁了，抚揉着膝盖说道："唐明皇也是雄主呢！开元之治……那是何其繁华昌盛！晚年不中用了，弄出乱子来，逃到四川。他跟前有个杨贵妃……也死了。《长恨歌》里讲的就是这事儿——忽闻海上有仙山，山在虚无缥缈间……中有一人字太真，雪肤花貌参差是……天长地久有时尽，此恨绵绵无绝期……"他曼声背诵着，林间草树间回荡着他自己的声音，眼睛已变得有些模糊。思春忙过来用手绢子给他拭泪，笑道："皇上这又何必？看三国流泪，替古人伤心么？——咱们不说唐明皇了。"乾隆平静了一下，说道："说说也好嘛。他后来是做了太上皇。他在四川，他儿子在关内灵武当了皇帝，接了他回来。"

"当太上皇有什么不好？"思春见乾隆神色郑重，笑道，"唐明皇是个有福的，儿子孝顺。"

"孝顺。"乾隆面无表情，"用了三千羽林军。"

"那对的，怕路上有贼劫了老爷子吧！"

乾隆想正面回答："是为了挟制老爷子，防着老爷子再夺皇位。"嚅动了一下嘴唇，却换了话题，喃喃说道："这里景色真美……朕从来没留意过这样儿的秋景，美得令人忧伤——淡云秋树、南苑西苑……真是太好了……我们再走动走动吧……"方欲起身，见和珅远远从南边抄着方步过来，乾隆笑道，"他毕竟年轻些，走道儿能看出来。"见他近了，又问道，"怎么去这么久？"

"怎么跟的人这么少？老年人要多热闹些，也不怕皇上寂寞！"和珅走得身上一层微汗，给乾隆打千儿行礼起来，嗔着二春说道，"这地方也太荒凉了，散步也寻个好景致嘛！""你懂什么叫好景致？"乾隆说道，"这是朕的旨意，她们敢违？"和珅换了微笑，低声道："奴才也是关心主子么！奴才去了清梵寺，又返回大内。大内都差不多走空了，跟嘉亲王去迎福康安回来，军机处就只留了个刘墉当班，站着说了几句苗疆的事，又到内务府催发侍候主子跟前的月例银子。事儿也没办成，又惦记主子有事招呼就赶着骑马回来了——几年没骑这畜牲，直犯生分尥蹶子，颠得腿疼呢！"

乾隆笑了一下："福康安若是皇室宗亲，论功劳可以给他个铁帽子王的。嘉亲王是代朕出迎，自然要热闹风光些。如今传位嘉亲王已经是不宣之秘。明天就要在勤政殿公布诏书册封太子，明年正月初一朕就逊位禅让，他就是当今，人心趋炎附势也是寻常事。这都是你不读史书的过。你下去读读司马迁的《廉颇蔺相如列传》。"他顿了一顿又道，"朕料福康安念朕，颙琰今儿也没过来，必定一同进来的——叫他们把台湾进的新茶送过来，朕还没有吃过呢！"

"奴才就是为这事去的内务府。"和珅笑道，"今儿的玉泉水还没送过来，还有新茶，奴才还指望着主子赏一点呢！管茶库的掌事太监去了潞河驿，御膳房总管派人催去了，奴才惦着主子这就先过来……主子爱这里，就在这里悠悠。奴才去去就来。"见乾隆微笑点头，和珅才跪辞了。

乾隆这才起身，走了几步，觉得腿膝有点酸胀，命二春一边一个搀扶着慢慢散步，不住地感喟："老了，老了……再不是金戈铁马射熊射虎那辰光了……"怀春和思春都无可深劝。她们自也有一份难以启齿的隐衷：皇后虽然废死，没人再来整治作践她们，但她们名义上只是个不伦不类的"才人"，是女官又是宫人，像嫔妃又没有嫔妃位子，年轻轻的闭锁深宫，又没有子息，这位老朽皇帝一旦驾崩，再去依托谁呢？口中各自劝着"皇上还成，皇上不老"，声音已带了哽咽。三人扶将着在老树秋草间徘徊遣怀间，思春眼尖，遥指着南边宽道说道："有人过来了，那不是十五爷？……那是……？"

"福康安！"乾隆也认了出来，笑道，"这里草太深，咱们也转悠够了，到那边见他们。"

……福康安是从颙琰处一同来的。挨了颙琰一通训斥，他反而觉得轻松了许多。

起初到澹宁居颙琰办事书房，颙琰还是很客气，仍是那副淡淡的笑容，只是问起居，问家中有什么难处，又说福灵安在外当巡抚口碑还好。他这样不咸不淡，福康安想寻出由头"交心"也难开口。思量着还是从亲情上头说容易，因道："奴才已经听说十五爷要当太子。明年改元，皇上逊位，您就要御极君临。这些日子，这些年，奴才越来越觉得自己无能，活得不地道。"

"你这是怎么说？"颙琰看着纸扇，笑着转过脸来，"谁敢说你无能？我还不知道你？能读书能出兵，全挂子的本事嘛！皇上和我都信得过，怎么又说这个话？"

"奴才想想，反躬自省。略能带兵是真的，书，都读到狗肚子里了。"福康安摇头叹息，说道，"就是带兵，也全仗着皇上和十五爷的信任，军需待遇和兆惠海兰察他们不可同日而语。奴才错就错在把功劳能耐都算到自己账上，顾盼自雄，眼里心里只是个显摆。守礼，也是循了圣人教诲不敢为非，替自己替部下门人奴才想得太多了……奴才常常跟府里下人说，什么叫忠？就是要有心，心中只有主子没有自己！教下头是这样，想自己也是皇上奴才这一条就少了。"说罢长叹一声，"这是奴才几年读书养气的心得，未必说得全。想起阿玛额娘的教诲，想起当年魏娘娘教我识字，给我铰鞋样子……都是恍然如梦——真的，什么都不必说了，总之是糊涂罢了。"

颙琰起初只做无心，摆弄着手中素纸扇子静听，偶尔还颔首微笑，听着他是真情认错服低，又提起两家上代恩义情分，不禁慢慢入心动情动容，想说几句温存话，临出口改了主意，把手中扇子慢慢折起放下了，说道："本来这些话，将来有机会说的。你现在说了，我很为你欣慰。我和王师傅他们闲常议论过你——能耐是有的，但有豪门公子哥儿性情，送你'骄纵'二字大约不为冤枉了你。"

他口气淡淡如水，考语却下得很重，似笑不笑只是把玩那扇子。若在昔年早日，福康安早就跳起来回驳了，但此刻却是真地认了，只是低头，诚挚地说道："十五爷是真地斥我，我也是真心认了，不但骄纵而且有时狂妄！年轻读书时我就说过，'论读书写文章，阿哥们都和我一处，谁还不知道谁？八爷就诗词我还服些，就十五爷，一篇书要温习几天才会背'——这不是患了痰症风疾么？"

"钱沣的死，我查过了，没你的事。"颙琰平静地说着，轻轻把扇子丢下，"因为当时你在洛阳嘛。有人疑心小人害的他了——所以要查。但有人说纪昀被黜，有你的份；还有，福灵安党附朝廷大员，恐怕也是真的。忠，只有一个心，像你这样身份地位，放纵兄弟去捧人的臭脚应该么？"

福康安吓了一跳，忙道："十五爷这话，足见还是信任我。纪昀被黜，是和珅到山东，我心里恨于敏中，叫他狠狠整，谁知他连纪昀的过错都抖落出来……福灵安党附的大臣，奴才也听说过，但奴才们分居已经多年，又常年在外，有失兄弟通气教训，这是实话。"不知是怕还是心有委屈，福康安说着，已迸出泪花。

"你手脚也太大方。"颙琰毫无表情，像在议论别人，侃侃说道，"金川是七千万吧？台湾又是一千多万。重赏之下必有勇夫是对的，可总要有个尺度分寸吧！嗯……这次出兵后藏，我看还是不错的，不当家不知柴米贵噢！"

这话福康安打心底里不服。但此时不服更待何时？他觉得再坐着对话已不合宜，起身小心说道："总之都打骄纵狂妄目中无人这个病根上起来。我虽封王，心里还拿皇上和十五爷当主子。这话早年爷要说出来，我必定驳回，如今是口服心也服了！"

"我们表兄弟交心，就是朋友相处，规之于义么！何必这样呢？"看着这位一世不肯服人，桀骜不驯的勋贵软软地低头，颙琰心里突然得到极大的满足，"你的功劳我没说，其实记得也结实着的。皇太子是这样，将来无论怎样也还是这样。不要疑人也不自疑，我毫无难为你的意思。"说着掏出表来看看，一笑说道，"今儿谈得很好。我们抽时辰再论——走。"他用手轻轻拍拍福康安肩头，"你这功臣王还没见万岁爷呢！咱们一道去……"

…………

乾隆哪里知道这个凯旋得胜的将军王爷刚才和儿子有这一番极为别致的晤对？见他们脚步轻快联袂近来，笑着站住了，道："好啊！福康安又打胜仗回来了……你们一道来了，好啊……"

"阿玛安乐！"颙琰见两个美人搀着乾隆一脸喜色站着，他此刻心境却也甚是高兴，抢上几步道："儿子来搀你……"到思春一边插手入臂替换了下来。思春觉得他插手交接间微微挨了自己手腕一下，若有若无的，却甚是明白，不禁腾地脸一红，退到一边兀自心头突突乱跳，偷看一眼这位明日就要册封太子的亲王，又低下了头。怀春也撒开了手退下，见思春神色突然有些异样，倒一时不得其解。颙琰却一如平日一本正经，架着乾隆道："皇上怎么到了这里，北边过来的穿林风儿，小心吹凉着了。"福康安早趋跄几步伏地泥首叩头，一头是心情暂得舒缓，一头见乾隆苍老另有一种伤怀，还有一份说不清楚的惆怅酸涩……都涌上心头，扑地叩头哽咽道："奴才……又见到老主子了……"

乾隆却万不能理会四人此时四样复杂之极的心境，呵呵笑着虚抬手叫福康安："起来起来，你和琰儿搀朕到澹宁居行宫里说话……"那边太监卜智见这里情形，早招呼了一群太监、宫女、谙达、嬷嬷过来侍候。怀春思春不宜再跟着，不言声蹲福儿辞驾回去，各自去想心事不提。乾隆一边走，听颙琰说已在书房和福康安见过，似乎怔了一下，旋即说道："朕也想和你兄弟们谈谈，他们说有好茶叶贡进来，福康安叨光也尝尝新儿……"

新乌龙茶已经送来了。三人进澹宁居殿时就看见几个太监拆茶篓封口的明黄签儿。都没理会就进了殿。乾隆甚有兴致，一边连声命"煽火沏茶"，一边笑道："颙琰陪朕坐，福康安坐对面瓷墩子上头——先喝点陈茶吧！"

"是！"两个人一齐躬身答道。

"还是殿里暖和。"乾隆亲切地看着福康安，又看一眼颙琰，揉了揉膝头又放下了手，正容说道，"朕用旨催你，是为了赶好日子。如今虽没有明诏，军机处、礼部、六部都连明彻夜忙大事，天下人心里也都知道了。明日是辛亥日，是颙琰数格里最好的黄道吉日。朕要升勤政殿，召见皇子、皇孙、王、公、大臣宣示，立颙琰为皇太子。"他略顿了一下，又对颙琰道，"明年正月初一，遍拜堂子、奉先殿、寿皇殿。你要当皇帝。虽然是内禅，年号要公布，改元为嘉庆皇帝——和你的亲王封号一样。"

一抹微红的血色涌上来，颙琰觉得一股热烘烘的气自丹田拱上，还有一份莫名其妙的惶恐、不安、激动、兴奋、庄严、自豪种种情愫在心头萦绕。他想用王尔烈讲的"凛凛正气"赋于流形充实自己，也想用孟子的"浩然"正气扶自家一把，但不中用，只合用平常人的耐性硬压了，暗说"我还什么都不是。亲王而已"——这么使自己平静下来，欠身说道："儿子德能难追皇阿玛万一。儿子每次听阿玛说起，总觉得背若芒刺……父亲已经几次教训，儿子不敢再辞。但皇阿玛一日在世，儿子一惟皇阿玛为天下之主，永不自专！这里有福康安在，有他为证，儿子日夕祈祝皇阿玛龙体康泰，儿子即在位，心中也有个依托……祈阿玛垂鉴儿子的心！"福康安忙也道："十五爷孝心可通上天九幽，奴才可以为证！"

"你当皇帝，不是朕一朝一夕所思的了。"乾隆说道，"打从你生下来就有异秉，这个事老十贝勒府的老人都晓得。送你几次出巡，还有你们兄弟各自办差，朕就有考察历练的深意。明天起你就是太子，朕原也有些体己话要私下和你讲——福康安不要辞去，朕看你也如同自己儿子，信得及你。"

福康安坐定了身子，目不转睛地盯着乾隆，心里忐忑不定，不知他要说什么话。乾隆却一时没有开口，许久才道："用人行政，朕已几次说过了。你讲孝道，这是治国忠义之本，朕也放心的……"他又顿住，仿佛在斟酌选择词句，终于直来直去问道："你——是不是要杀和珅？"

就如一声平地霹雳，福康安被震得身上一个激灵，目瞪口呆盯紧了颙琰！

这是隐在颙琰心灵最深处的一片心机，他说过一些对和珅不满的话，也时有微加表扬的话，这念头却连最亲近的王府心腹都没说过。乾隆陡地问出来，也震得他心猛地一颤，佯作思忖才使自己略平静了点，诚恳地说道："儿子有时独自思量，心里看他是个小人，杀他的念头也有过。但他没有可杀的罪，这要公道处置，又想他是父皇起用信任的，不能由着性子胡乱入人以罪。阿玛说的话，处事光明正大，不能以我之好恶决人之生死，那就是昏了。为臣是昏聩，为君，是昏君。"他抿了抿嘴，"他只要安分循礼，儿子永不动这念头。"

"和珅这人军政民政大事是做不来的。"乾隆说道，"你让他学福康安带兵，或学纪昀做学问文章、刘墉忠勤办事，就是杀了他他也不成。但他能理财，千账万账算不糊涂，这是他一长，晚年朕信用他，是他能揣摩朕老年人心事，是代你尽了孝。所以他有些毛病你看不惯，还是不要杀他。"他仰脸吁了一口气，说道，"就是小人也罢。齐景公用晏子，也用梁丘据。这是人君度量。你生性深沉，他佻脱，不要因人而废……"

"哪里……儿子不敢拟比父皇度量。"颙琰赔笑，说道，"但儿子也不至于无端杀人的……"

"现在不要说，对谁都不要说起。"乾隆看一眼福康安，"明年登位，布新不忘旧，你到时候可以与和珅，还有几位军机各自谈谈。"

说话间，新茶已经沏上来。颙琰还在说"断不为不忠不孝之举，使阿玛晚年伤怀"，乾隆止住了他，说道："朕说的是度量要宽宏，不是疑你。这件事就此不提。"看太监沏好了，吩咐道，"给你十五爷和福爷端上——这茶要稍凉一凉，色味才能醇正。"

君臣三人看着微微冒着热气的茶碗随意说笑，福康安拣着军中兵士军官的轶闻笑话说给二人取乐。一时看那茶成绛褐色，才同时端碗品尝。

乾隆呷了一口，似乎不信，又呷了一口，一笑把碗放下了。福康安也呷一口，舌尖舐了一片茶叶，品嚼着，偷觑了一眼颙琰。颙琰也取碗，啜吸了一下，脸色一怔，随即平和，似乎不甘心，又喝了一小口，放下了碗。

三个人都是品茶高手，雨水、雪水、惠泉、虎跑、玉泉……什么水到口便知：这水是玉泉山的水是不假，但茶叶却是春茶！春茶也不是劣茶。但现在是秋天，贡的是新秋新茶，茶叶茶水尽自清香甘口回味隽永。却没有那份鲜嫩醇烈！虽仍是好茶，万难比得上方才潞河驿吃的那份清洌宜人……都明白是假的，却也都明白不能说破了，只沉默了少许时辰，福康安心慌意乱地说道："好茶，谢万岁赏！"咕咕地喝尽了那碗。

"好茶！"颙琰不胜苦涩地一笑，喝了少半碗就放下了。

"嗯……"乾隆又喝了一小口，慢慢放下了碗，勉强笑道，"你们都说好，朕看也不错。福康安还没回家吧？回去看看吧。这茶虽好，喝多了朕更难入眠。还要睡一会儿呢！琰儿也跪安吧……"

颙琰仍和福康安一同跪辞出来，一出垂花门，他的脸色就阴沉下来，脚步叮叮走得飞快，福康安情知他已心中大怒，生怕和自己发作，几乎小跑着跟在旁边。待出了花篱，颙琰见内务府的赵怀诚指挥着太监打扫落叶，忽地站住了脚，招手叫过他来，强笑着转过脸对福康安道："你先安置吧，回头我们再说话。"

"喳！"福康安紧绷绷的心略松了一点，如蒙大赦地打了个千，装着从容退了出去。

……这一夜福康安没有好睡，没有叫福晋也没有叫侧福晋，自个在傅恒府花园听秋虫唧鸣，大睁着眼想事情——潞河驿的是新茶，乾隆本人却是陈茶！还没有当太子，人心都变了，连执政六十年威灵赫赫的乾隆都敢怠慢！这里头的人事太繁复了。他一夜想得眼发青也还是个懵懂惶惧。

第二天是九月初三辛亥日，天气不好，阴上来了，却没有雨，太子册封大典仍旧如仪办理。所有军机部院大臣，谁也不晓得昨天微妙的一幕，俱各欢天喜地站在天街观礼。福康安位在王爵，心神恍惚地看着颙琰，自己随班，也看品级山前百官一个个神情雍穆，随仪节鹭行鹤步庄重行礼，但觉这巍峨宫阙之下，人人心里一把锯，一把算盘，秉风雷之性怀刀斧之心，却又具菩萨之相。他异样奇怪，自己自幼就在这堆人中厮混，怎么到今天才明白过来？……神思恍惚着，忽听景阳钟洪亮地响起，这才憬悟回来，听赞礼官唱道：

"百官在勤政殿外跪听。皇太子颙琰领班，诸亲王、皇子、皇孙、王、公、大学士、军机大臣入殿，跪听皇上圣训！"

福康安忙随众承旨，跟在颙璘身后趋步鱼贯而入，已见乾隆高坐须弥座上，他穿得有点臃肿，一件驼色江绸棉袍外还罩了石青小羊皮褂，套着宽宽的瑞罩，束一条镀金镶蓝宝石线纽带，脚下的皂靴被袍子半掩了起来。乾隆神情看去还高兴，精神也好，微笑着目光流移看着众人，但眼角有点浮肿，看样子夜来也没睡好。太子颙琰穿一身簇新的八团龙褂，红宝石顶子上缀十二颗闪闪发光的大东珠——这是任凭哪个王爷都没有的——颤巍巍地背对着众人，却看不清什么脸色——再向左看，还有个黄白头发洋人，高鼻深目蓝眼睛，周周正正扣着顶红缨帽，傻子似的端在柱子旁呆看，与福康安目光一接便转过了脸。福康安一下子便认出他来：是玛格尔尼。这老鬼子也来观礼了！福康安和他是老对头了，见了就直巴掌痒痒，但此时只动了一下，他不敢失仪。

"方才诏书已经公布明白。十五阿哥颙琰从今天就是皇太子了。"乾隆端坐着说道，脸上仍带着笑容，"颙琰谦逊孝顺，多次辞谢，百官里头也有不少官员上表上奏，以为朕年事虽高，身体精神不亚壮年，请推迟明年改元大礼。这都是爱朕，也爱十五阿哥的。自然，也有人举出史上汉高祖之封太上皇，唐玄宗、宋高宗这些例子动摇朕心，这些人不是别有用心就是不懂经史。朕之逊位出自天意也出自诚意，从二十五岁登极，朕即焚香告天，假使天假余年，决不与圣祖比齐。与不得已逊居后宫者岂得等量齐观？"

他晃动了一下身躯，神情变得肃穆了些："朕待太子必能以慈，太子事朕必能以孝。明年太子即位，即为天下之主，是你们的君，你们的为臣之道就要讲究忠。"他放得口气随便了一点，斟酌着词句说道，"当然，朕还健在嘛。与军国大政要务，不能无所事事不闻不问。太子有不易料理的政务，自当随时随地训诲指正。当了太上皇自有太上皇的身份，皇帝有重大政务和人事变更，自当请示而后施行。"他说完一笑，问道，"颙琰，如何？"

"儿臣诚惶诚恐，凛凛畏命，谨遵皇阿玛圣训！"颙琰被问得身上颤了一下，忙叩头答道。

满殿的王公大臣一片死寂：因为册封之命已经下达布告，说的就是皇帝，别无异辞。皇帝就是皇帝，事事都要"请示而后施行"，那和臣工有什么区分？人人都在想这段节外生枝的话，却一时想不清爽，而且这也不是说话的地时。乾隆见众人屏息听命，不无得意地一笑，挥手道："颙琰的喜日子，在体仁阁设的有筵。就是这样很好，诸王众臣工去领筵吧！"又对颙琰道，"还是你代朕，遇到老臣子老奴才，要殷勤劝，不要他们多用酒。"说罢命驾，"朕去寿皇殿歇息。过午之后再回圆明园！"

"儿臣恭送皇阿玛……"颙琰又叩头道。不知怎的，他的声音有点气怯。

此刻阿桂、和珅和纪昀、刘墉都在班里。太子先出殿，众人脚步杂沓纷纷跟着，已经乱了班序，刘墉走着，觉得有人扯了一下袍角，回头看是纪昀在身边，笑眯眯没事人般跟着蹭步儿，再看阿桂，却在纪昀身后，也用眼瞟自己，却是一脸木然。刘墉便知有话，回身对阿桂笑道："今儿是和珅当值军机处。我们倒清闲了，待会儿到四库书房老纪那儿，他弄来的好墨，欠你们的字账今天还。"和珅在前侧走，听见了回头笑道："顺便给我也写一幅。"刘墉极爽快地应口答道："成！"

三个人这般儿默契，胡乱到体仁阁应了个景儿，各自推说"忙"，辞了太子出来，剔牙散步说笑着跟纪昀去了。

在纪昀文卷堆积如山，满地灰土纸片的公事房里，刘墉做张做智写了几幅字，晾着墨渍，也不礼让就都坐了。略一交换眼神，阿桂开口便单刀直入："我们千难万难，竭蹶维持，才得这个局面。别人几句话几件鸡毛蒜皮小事就动摇。现在最要紧的是第一，三个月内不能再有变故，十五爷要能顺利登极；第二，要问清皇上，交不交皇帝玉玺，皇帝单独接见大臣不？第三，训政局面看来难以改变了，但诏书是不是单用嘉庆名义？我以为，最要紧的是头一条，力争的是太上皇不单独接见大臣，一定要交玉玺。时辰紧，我们不能长谈。我想的就这几条。你们再看。"他说得十分简捷明了。大家心里明白，就这样的聚会也十分难得。纪昀哆嗦着手往烟斗里装烟，说道："伍次友老先生有诗'君子搏小人，如同赤手搏龙象'——什么也不说了，阿桂的意见都对。但十五爷万难出面。谁去说？净谏、苦谏还是谲谏？"

"我去。"刘墉也吸烟，浓浓地喷了一口，"皇上现在是老小孩，不能谲谏。老人懵懂家人子弟也有猛喝提醒的，一味哄顺着反而麻烦。"纪昀道："你一个人不成。要车轮战。皇上有时糊涂有时清明。军机处就什么也不干，也得看守他，要做到无孔不入。"

"太子要一如既往。"阿桂道，"我们不能串连，太子幕里有的是能人，大家心照不宣。"

"是。我们一齐去见皇上，一个人不够力。"纪昀道。

"我一定拼了老命争。"刘墉道。

阿桂听着一个个短促明了的发言，浓浓地锁着眉道："这又不是赴难，不要太绷得紧了。今天不是领了十五爷代天设的筵么？明天一齐进去谢恩。要和相领衔，把礼部安排的登极仪典奏上，要和珅领衔说十五爷孝格天地，仁德忠厚。这样他至少背地不能直接再冒坏水儿了。然后由刘墉召见内务府堂官，皇上任何待遇有丝毫减退，要杀无赦——老罗锅子要多费心，里头的人还是怕你些。我们办事照旧，刘墉你就谏吧。谏不下来，我们再上。"

"成！"这些都是久居相位谋算无孑遗的人，一听便知可行，无由再多说便异口同声答应。听着外头书办说话："和相爷您来了？"同时一个微笑散立起来。便听和珅笑着近来，隔门问道："老刘，我的字呢？这回笔没毛病吧？"刘墉笑着迎出来，说道："晾着呢！他们都说还成——写的'高堂明镜悲白发，朝如青丝暮成雪'。内务府那边我还有事，你去看吧，好歹回头再论——纪昀在里头呢！"说着和阿桂同去了。

纪昀叼着大烟斗，看着和珅进来，笑道："喏，那是你的，再稍晾晾就得。你就等不及，还亲自来了。"和珅笑着看那幅字，又看刘墉给阿桂和纪昀的，只笑着说了句："你就这屋里抽烟，也不怕走了水（失火）？"又道，"那我再等等来取。"说着就要走。纪昀突然灵机一动，叫住了他："老和，你略留留，我有几句话，听不听在你。"

"你还和我闹这个？"和珅站住了脚，他虽盖世聪明，万难料到这么极短的须臾之刻三人已经开了一次会。诧异地看着纪昀道："请讲。"

纪昀神秘地左右看看，挽着胡子拉近了和珅，问道："你黑山县有没有庄子？"

"有的。"和珅警觉又有点迷惘地看一眼纪昀，点头道，"那是皇上赐的。"

"请人看过风水？"

"看过，那是一块盘龙地。死后三年再葬最好。怎么？"

"看地的人是西藏班禅活佛？"

"是呀？怎么？"

"没什么。"纪昀嚅动一下下巴，"马二侉子听说福四爷平了尼泊尔，带着伙计竟亲自去了，买红花、虫草、买雪莲……这个这个……"

　　和珅听他数落药材名字，急得道："这和那块地有什么干系?"纪昀这才似乎换过脑筋，说道："在拉萨他拜谒了班禅。班禅跟他说，那其实是一块龙眠地，下三代要出真龙天子!……"他指头捣捣和珅前襟，捣得和珅直眨眼，——他的伙计前半月来的北京，这事就告诉了刘墉。事关外藩，刘墉正秘地着人查呢!"和珅一听就急了，说道："他真的说那块地是龙盘地，我这就出脱了它，刘墉要查，我去跟皇上说!"

　　"你跟皇上说，你卖地，这种事都要查。"纪昀说道，"而且事情叨登明白，这里先免你的军机，再查!"纪昀一副老子教训不懂事小儿的神情，"告诉你两条，一条叫人到西藏，寻着达赖或者班禅，澄清谣言釜底抽薪，二条去太子府，恳恳切切老老实实说明情由，把地纳还，或者送了十五爷——比你送十五爷那柄如意强了去!"

　　……看着和珅嗒然如丧踽踽而去，纪昀拈须而笑：这种无根无梢的谣言你和珅也怕? 西藏走一趟至少半年，你这头还得紧粘着太子，这就够你累的了!

　　军机处一个短会若干措置，各人施展手段能耐掣肘和珅，太子造膝密陈反复说明尊崇太上皇，永不擅权。乾隆耳边又少了和珅许多含沙射影的暗示撩拨，总算稳住了乾隆的心。答应如期内禅，颙琰单独行政，太上皇不单独与大臣议政。一切都在这种看似寻常的接见中，或净言直述，或苦口婆心，又要堂皇正大又要体贴入微，才将"儿皇帝"的位分真正变成"训政"。但只乾隆咬定牙根，不交皇帝玉玺，说："由朕代为看护使用，岂不两全其美?"任是众人说破嘴皮子耗尽心血，总之不松口。

　　眼见腊月冬至已过，又近年关，禅让的日子屈指可数只有三天，腊月二十八，掐头去尾只有两天，是刘墉当班，天又下着小雪，下午将退值时，又递牌子请见。为了颙琰在太和殿授受大统，乾隆自腊月起便进紫禁城养心殿居住，听见刘墉踢突踢突拖曳的脚步声，东暖阁向火的乾隆便知又是他到了。刘墉一进殿他便笑了："朕一辈子不听人脚步，你脚步声朕都听出来了——颙琰什么话都没有，只是遵旨，朕说怎么就怎么。你怎么没完?"

"臣也是老背晦了。"刘墉行了礼，见乾隆指座儿，就杌子上坐了，说道，"就为这传国玺，不但臣，就是古人也操碎了心。前头秦皇一统，因和氏之璧制成'受天之命，既恒且昌'，其实到胡亥手里就丢失了。汉兴，又用这块玉。到王莽篡汉，又夺这块玉，庄太后王政君——是王昭君的姐姐吧？"

"是妹妹，朕记得是。"乾隆道。

"王莽来逼传国玺，逼得老孤孀太后恼了，当场摔出去，摔烂了一个角儿。"刘墉笑道，"臣想那殿一定很软，若是现在这样金砖，一下子就碎得没法补了。"

乾隆统着手笑了。"朕没说你是王莽。也不是信不过颙琰——就是当个看柜子的老爷子，有什么错儿？偶尔内廷使用调度朕所需用，朕为针头线脑的事去聒噪皇帝？"

"臣用身家性命担保，太上皇一切需用无虞。但皇上想，若派臣下江南，或下山东，又不给臣关防印信，办差且不论，臣身也是妾身未分明啊。这就是要把名分给足的意思。"

"你不要下山东，你在山东杀造反百姓太多，名声不好。"乾隆半认真半调侃地一笑，"你在江南赈济多，还有湖广、直隶口碑好。你还下江南除暴安良。"顿了顿又道，"玉玺的事不要说了，你反复讲，似乎不信任朕？还是不信任颙琰？颙琰说他不要玉玺嘛！"

刘墉咽了一口唾液。说道："这是尧天舜地的大喜事，不可带有破相。臣就是这片心思。臣下有一等愚民宵小之辈，知道皇上不肯缴玺，不能领会皇上父子同心同德的深意，造作出流言，是否有伤皇上至意？……这样，既然太上皇和皇帝同体连心，凡所有督抚提镇任免，及颁布要紧文告，除用皇帝印玺之外，还要加盖太上皇印玺，申明'奉太上皇圣训'字样。如何？"这是他作退到最后一步想的话，说的语气十分恳切，又十分郑重。说完，目视乾隆不语。

乾隆默谋着。刘墉见他动了心，又道："皇上当殿亲自授玺，才叫完美无缺。初一在太和殿您两手空空，新嘉庆皇帝也两手空空如也，不但观瞻不雅，而且也不甚增吉利祥和之气。请皇上三思，臣刘墉两世追随皇上，慎始慎终，若不为皇上父子着想，只合随波逐流，何必在皇上面前再三饶舌?"说着,已触了心事,不由流出泪来。乾隆叹息一声,声音也喑哑了,说道:"你父亲不容易。他是殁在上朝的轿中。朕亲去拜祭他。夜里有时还梦见他……"

"臣父刘统勋在世常说,皇上是超迈千古之君,万世不遇之主!"

乾隆又沉默一会儿,不无伤怀地叹了口气,说道:"好吧……朕是看着你长成的,信任到底吧。朕亲手授玺,你叫礼部预备仪节。要当殿申明你方才说的那个条陈……"

事情定下来,刘墉顿时一阵轻松,看乾隆恋栈之情,又代乾隆难过,又在乾隆身旁娓娓促膝谈心,百般宽慰得乾隆渐次平复,才小心道辞:"臣去了。就按旨意布置。明日臣再进来……臣也老了,只要皇上不厌,一得空就进来和皇上说话,以宽圣怀……"

"朕不厌你。军机处的人朕是一个个拔识起来的,都不厌。你们多进来。"乾隆做了决定,也就了无挂碍,"你就照这个传旨。朕从来语出如矢,决无变卦的理——你跪安,明儿个再进来,啊?"

"是……"

刘墉慢慢退出来,殿外的风卷着小雪扑面一激,冻得他一哆嗦,才意识到天已黑了定了,几时进来,几时太监掌灯,竟全然没有在意……他身上带着殿中的余温,小雪花黑地里飘在脸上,倒觉适意的。悠着步子出隆宗门、到西华门外上轿,走了一程,觉得轿中还没有外头舒展,才想到是坐了一天费心费神费口舌的缘由。又觉饥上来,因在正阳门西下轿,吩咐:"你们先回去,我带小奚奴步行回去——把屋里弄暖和点!"因只带了两个小总角奴才跟着闲逛。

……已是年关近弥了,此时又是入夜,又飘着雪,空寥的正阳门前原本这时正是热闹不堪的夜市,但此时几乎不见行人影儿。因为地下盖了一层薄雪,雪光映着,隐约可见巍峨高矗的正阳门轮廓,和守城兵士旁星星点点的西瓜灯在风雪中晃荡。只有旁边关帝庙的寓舍里还住着人,那都是羁留京师的外地商贾和等待来年春闱的各省寓京举人住的,还闪着一扇扇门户的灯亮。也有几家馄饨烧卖小吃、汤饼摊儿、和烧鸡卤肉之类的担子摊儿,是专趁侍候这里客人的,点着稀稀落落的气死风灯,在砰、叭,零星的爆竹声间隙中凄凉叫卖:

"馄饨——热的，一碗保您全身暖，两碗管教一身汗哪哎……"

"烧鸡——瓜子儿！"

"脆皮烧卖——正阳门刘家祖传高汤，一口一个鲜哎……"

……刘墉觉得饥上来，踽踽走近一个烧饼炉儿，用手煨着炉子问那卖烧饼的："几个钱一个？"

"乾隆子儿俩一个！"卖烧饼的也是个小老头，摊子后头还有间小客屋，里头灯下影绰有人吃饭。听刘墉问，手里擀杖砰叭作响，搓着面剂儿头也不抬忙活，"里头有油茶，喝开水不要钱！"说着，掀开炉盖，在通红的炉膛里翻弄一下，又忙着赶剂儿。

"我来六个——我们三个人呢！"刘墉说道，回身把十几枚铜子儿隔案丢到钱匣子里。

那小老头看了一眼刘墉，伸着油光光的手从钱匣子里又如数把钱捡回来递给刘墉，笑道："不敢收您的钱——是我积德。"

"为什么？"刘墉诧异道。

"小人认得您老。您是刘相爷。"小老头说道，"清官——茶馆里头整日说书，刘罗——"

刘墉一下子笑了，又把钱递回去："就是罗锅子嘛——收下，你不收，我也就不是清官了。"

"成！我给您老多加点芝麻！"

小老头忙活着又用心做面剂儿，一面掀开通红的炉膛，不时地翻弄那溢着香味的烧饼。

隔二日后，乾隆与太子在太和殿授受玉玺成礼，嘉庆朝立。

《乾隆皇帝》全卷终

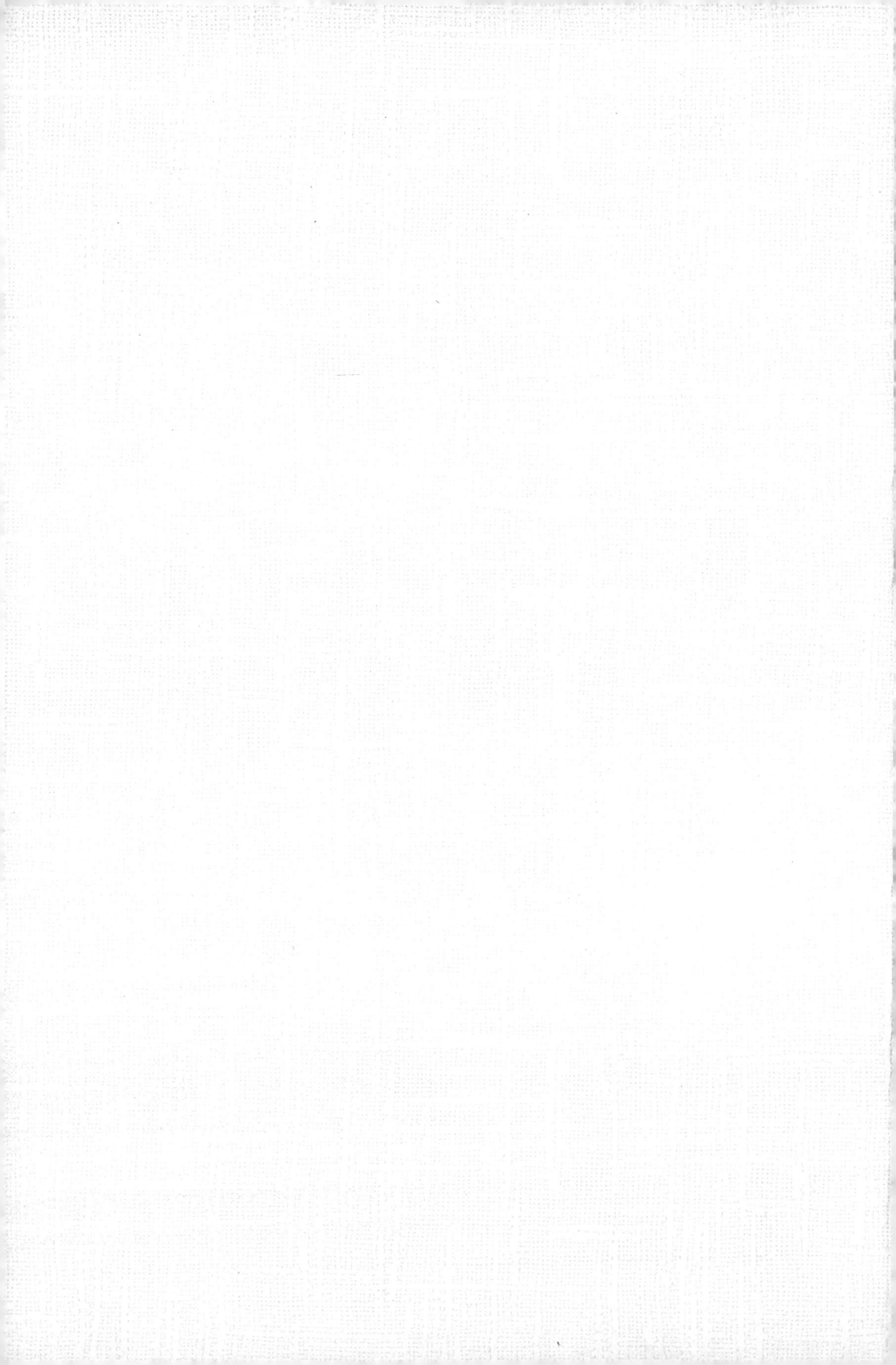